Hermann Broch
Die Verzauberung
•
현혹

창 비 세 계 문 학

75

•

현혹

•

헤르만 브로흐

이노은 옮김

창비

차례

•

현혹
7

일러두기
1. 이 책은 Hermann Broch, *Die Verzauberung*(Suhrkamp Verlag Frankfurt am Main,
   1986)를 번역 저본으로 삼았다.
2. 본문 중의 각주는 옮긴이의 것이다.
3. 외국어는 되도록 현지 발음에 가깝게 표기하되, 우리말 표기가 굳어진 것은 관용을
   따랐다.

서언

저 멀리 가문비나무 숲의 가지 위에, 우리 집 정원에, 그리고 쿠프론 절벽의 바위 틈새에 눈이 쌓여 있다. 창밖을 내다보면 정원과 숲이 보인다. 우리 집은 쿠프론 절벽의 비탈에 자리 잡고 있지만 절벽은 보이지 않는다. 뒤편 창문을 통해서도 볼 수 없다. 그쪽은 숲으로 가려져 있다. 하지만 절벽의 존재는 항상 느낄 수 있다. 바닷가에 사는 사람은 어떤 생각을 하든 바다를 완전히 배제하고는 생각할 수 없다. 고산 자락에 정착해 살아온 사람 또한 마찬가지다. 그의 감각을 파고드는 온갖 것들, 각각의 소리, 각각의 빛깔, 각각의 새소리, 각각의 햇살, 그 모두가 휴식 중인 산이 내뿜는 거대한 침묵의 메아리이다. 산의 굽이굽이가 빛으로 타오르고 색채로 가득하고 소리로 넘쳐난다. 이곳에서 인간 또한 자신의 마음속에선 그저 새소리이고, 빛깔이고, 햇살이고 밤일 따름이다. 그렇다면 그 인간도 마찬가지로 저 거대한 침묵의 영원한 메아리가 되어야 하지 않을까? 그 침묵이 연주할 수 있도록 함께 울리고 거듭해서 소리 내는 악기가 되어야 하지 않을까?

여기 노년에 접어들어가는 나이 든 시골 의사인 내가 앉아 있다. 나는 내가 겪은 어떤 일을 기록하고자 한다. 이렇게 하면 지식과 망각을 손에 넣을 수 있기라도 하다는 듯 말이다. 우리 인생은 위로 떠올랐다가 다시 가라앉기도 하고, 때로는 시간에 흡수되고 무화되어 완전히 사라져버리기도 하면서 지식과 망각 사이를 흘러간다. 오래전에 나 자신을 도시로부터 몰아내어 이곳 소박한 시골 병원의 적막 속으로 밀어넣은 것도, 당시 내가 엮여 있던 학문적 작업을 떠나 모든 망각보다 더 강력해 보이는 또다른 지식에 종사하도록 만든 것도 바로 그 이유 때문이 아니었던가? 나는 큰 행운을 누리며 수년 동안 학문의 무한한 구축 작업에 동참할 수 있었다. 그 지식은 더이상 내 소유가 아니라 인류 전체에게 속한 것이어서, 노동자 그룹의 하찮은 일원인 나는 다른 모든 이와 마찬가지로 작은 돌멩이를 계속해서 갖다 나르며 바로 다음의 결과만을 볼뿐이었다. 그럼에도 나는 다른 모든 이들이 그렇듯 이 작업의 무한성을 예감했고, 이 무한한 목표로 인해 행복해하고 그로 인해 영감을 얻었다. 나는 내가 참여했던 작업이 바벨탑이라도 되는 것처럼 그 일을 내팽개쳐버렸다. 나에게 속하지 않고 인류에게 속해 있는 무한성, 어제를 지워버리고 내일만을 인정하는 무한성으로부터 시선을 거두고 시시한 일 속으로 숨어들었다. 그 일이란 이제는 인식하는 일이 아니고 살기, 함께 살기, 필요할 땐 가끔 도움을 베풀기이다. 나의 내일이 점점 짧아지고 있으니 그렇게라도 해서 어제를 구원하고 싶은 모양이다. 나는 즉각적인 삶의 무질서 속으로 들어서기를 원했던 것일까? 그저 인식의 체계로부터 성급히 벗어나기

를 원했던 것일까? 이젠 이미 오래전의 일이다. 그동안 많은 세월
이 흘렀다. 그 도시도, 갑작스럽게 나를 엄습했던 도시의 삶에 대
한 혐오감도 이제는 희미하게 기억될 뿐이다. 시내 전차가 정확하
게 운행되고 많은 일이 정확함을 기준으로 조정되는 것을 보며 느
꼈던 혐오감도, 더이상의 말을 불필요하게 만드는 규칙성에 대한
역겨움도 이제는 흐릿한 기억 속의 일이다. 그 규칙성 덕분에 실험
실과 병원에서의 업무는 침묵 속에서 이루어졌고, 환자 이송도 침
묵 속에서 진행됐으며, 거의 기계장치 같은 환자 간병과 ─ 그것
은 간병이라고 부르기도 어려운 것이었다 ─ 질병 퇴치 업무도 침
묵 속에서 행해졌다. 내 견해를 표명하고 다른 사람들과 의사소통
하기 위해 필요한 언어도 침묵했다. 그것은 이 모든 일의 목표였고
지금도 목표인, 물론 이제 내게는 더이상 목표가 되지 못하는 저
무한의 침묵 같았다. 도시의 질서에 대해 느꼈던 혐오감 속에는 삶
의 다양성을 잃을지 모른다는 두려움이 담겨 있었는지도 모른다.
인간은 다양성을 소유하고 있지만, 한번 어떤 노선에 접어들어 그
곳에 고정되고 나면 자신의 다양성을 더이상 사용할 수 없게 되기
때문이다. 그는 그 안에 머물러 있게 되고 더이상은 어떤 것으로도
그를 빠져나오게 할 수 없다. 물론 이미 오래전에 스쳐지나간 꿈처
럼 아주 먼 과거의 일이라 더이상 이런 발언을 함부로 할 수도 없
겠지만, 만약 그냥 그렇게 진행되었다고 할지라도 내가 그로 인해
잃은 것은 무엇이겠는가? 내가 도망쳐나온 도시의 경관 또한 지금
내가 활동하고 있는 마을과 같지 않은가? 도시의 질서도 넓은 의미
로 인간성의 한 부분이 아니겠는가? 나는 고독을 찾았던가? 나는
혼자서 숲길을 걷는다. 혼자서 산을 넘는다. 하지만 마을 소유의 경
작지, 축사와 농장 안의 존재들, 산속 깊은 지하의 옛 광산 갱도에

대한 정보, 이 모든 인간의 창조물과 동물부터 식물에 이르는 온갖 존재가 내게는 고독 자체보다 더 큰 안정감을 준다. 실제로 숲속에서 울리는 총성은 비록 폐쇄적이고 목표는 없을망정 내가 인간적 질서와 존재의 일원임을 다시 한번 느끼게 해준다. 나는 왜 이곳에서는 모든 것에 관심을 가지면서, 도시의 질서를 질서 그 자체로 받아들이지 않고 인간의 자기혐오로, 성가신 무지로 받아들였던 것일까? 나는 인식보다 더 강력한 어떤 지식을 찾기 위해 연구의 영역을 떠났다. 그 지식은 인간에게 부여된 기간 동안 자신의 두 발로 이곳저곳 움직여 다닐 수 있고, 자신의 눈길을 여기저기 돌릴 수 있고, 지상에 존재하는 짧은 이 기간을 흥겨운 기다림으로 채울 수 있을 만큼 강력한 것이어야 했다. 그 지식은 망각에서 해방되어 어제와 내일로 채워지고, 이미 존재한 것과 앞으로 다가올 것의 의미로 채워진 것이어야 했다. 그것이 나의 희망이었다. 그러한 희망은 충족되었는가? 그렇다. 망각 속에서도 사라지는 것은 아무것도 없고, 한번 존재했던 모든 것은 예전처럼 오늘도 여전히 내 안에 존재한다. 우리의 선박은 항구에 가까워질수록 점점 무거워진다. 그것은 이제 선박이라기보다는 점점 더 화물의 형상을 하고 있으며, 더이상 운행하지 않고 움직임 없이 고요한 저녁의 수면 위에 떠 있다. 엄청난 양의 화물을 싣고 있는데도 선박은 무게감 없이 입항한다. 그 선박이 가라앉고 있는지 아니면 구름 속으로 사라지는 것인지 누구도 알 수 없다. 하지만 우리는 그 화물이 무엇인지 알지 못하고 그 항구가 어디인지 알지 못한다. 우리가 건너온 바다는 깊이를 알 수 없고 그 위의 아치형 창공은 끝을 알 수 없으며, 점점 자라나면서 사라져버리는 우리 자신의 지식은 헤아려볼 길이 없다. 남은 기간을 제대로 활용하고 싶다는 조바심에 휩싸여 이곳으로 도망쳐온 후로 여러해가 흘렀다. 인내심을 가지고 연구 활동에 종사하며 한단계씩 인식해나가는 학문적 삶으로부터 도망쳐 나의 삶으로 되돌아왔다. 불운하지만 그래도 지식이 자라나는 것을 느꼈기에 행복하다. 과거의 것과 미래의 것이 함께 자라났지만 포착하기는 힘든 터라 그저 예감에 지나지 않을 뿐이므로 그것은 성공인 동시에 실패이다. 이제 내가 잊힌 것들 속에서 잊을 수 없는 것을 기록하고자 하는 것, 가시적인 것들 속에서 보이지 않는 것을 그려내고자 하는 것은 젊은이의 온갖 희망과 늙은이의 모든 절망을 품고 이미 일어났던 일과 앞으로 일어날 일의 의미를 너무 늦기전에 포착하려는 것이다.

또한 나는 밖에 눈이 내리기 때문에, 아직 이른 오후일 뿐인데도 어두워졌기 때문에 이 글을 쓴다. 사실 이렇게 하지 않으면 이곳에 항상 눈이 쌓여 있던 것만은 아니며 올해에 많은 일이 일어났었다는 사실을 잊어버리게 될까봐 기록하고 싶을 뿐이다. 꽃이 피고 열매가 열리고 숲에서는 송진 향기가 났다. 개울물은 쿠프론 절벽의 암석 위로 방울져 내리고 졸졸 흘러갔다. 바람은 먼 곳으로부터 왔다가 다시 사라졌고, 빛은 불타오르고는 다시 꺼졌다. 하늘은 낮이었다가 다시 밤이 되었다. 이 모든 일이 나의 심장이 뛰는 동안 이루어졌다. 바람과 태양과 구름이 나타났다가 나의 심장과 두 손 사이로 흘러가버렸다.

1

어쩌면 나의 어린 시절 이야기부터 시작하는 것이 더 옳을지도 모르겠다. 그러니까 당시 시내의 커다란 건물 안에 계단이 잇닿아 있었는데 내가 그 꼭대기 층에 서서 휑하고 서늘한 바닥을 내려다보고 있었다고, 어린 시절의 그 짧은 순간을 붙잡아 기록하는 것으로 충분할지도 모르겠다. 왜냐하면 난 그 순간 또한 절대 잊고 싶지 않기 때문이다. 어쩌면 어제의 단 일분을 기록하여 붙잡아두는 것으로 충분할지도 모른다. 하늘과 산이 가라앉으며 사라져가고, 날이 점차 어두워지고 밝아지면서 너무나 가볍게 그리고 너무나 무겁게 우리 사이를 통과해 흐르는 동안 그 일분은 정확하게 남아 있을 것이기 때문이다. 하지만 나는 벌써 몇달 전, 아니 거의 일년 전 삼월의 어느날을 기억하고자 한다. 우리의 기억이 으레 그렇듯 그날은 어제처럼 멀게 느껴지기도 하고 어린 시절처럼 가깝게 느껴지기도 한다. 기억은 이런저런 것을 끄집어내며 삶과 죽음을 동시에 대면한다. 기억은 그 자체로는 전혀 중요하지 않을 어떤 한 순간을 붙잡아서는, 그것의 존재와 지속에 의미를 부여하고 인간의 존재를 자연 속으로, 죽음과 삶을 넘어서는 불변의 영역으로 돌려보낸다. 그러므로 난 저 삼월의 어느날을 기억하고자 한다. 그날은 분명 여느 날과 별다를 바 없었지만 내적인 의미로 충만했던 날이다.

그날은 햇빛이 환하고 겨울이 세상의 어두운 구석으로 밀려나 있던 날이었다. 국도 이곳저곳은 아직 고랑과 바큇자국 위로 얼음이 얼어 미끄러웠지만, 이미 골짜기 내의 경작지는 초록을 예감하는 갈색으로 물들었고 눈밭 사이사이로 녹색 초원이 드러나 있었다. 초원의 풀이 살아나고 있었고 그 속에서는 벌써 데이지꽃도 자라 있었다. 세상은 깨어나는 커다란 데이지꽃 같았고, 작고 하얀 구름 조각들은 태양이 푸른빛으로 쉬는 동안 눈에 띄지 않을 정도로만 움직였다.

나는 나를 찾아온 몇명의 환자를 치료한 후 아랫마을에 있는 진료실을 향해 가고 있었다. 나는 일주일에 두번 아랫마을에서 진료를 하는데, 장소는 자베스트 여관 겸 주점 내에 마련해둔 진료실이고, 그외에 일요일마다 열두시에서 두시 사이에도 진료를 한다. 겨울에는 하부 쿠프론에서 상부 쿠프론 쪽으로 오르막으로 이어진 후 거기서 쿠프론 산등성이 쪽으로 넘어가며 굽어지는 국도를 이용한다. 눈이 쌓여 있으면 스키를 타고 내려갈 때도 종종 있다. 하지만 여름엔 숲속의 오솔길을 이용한다. 돌아오는 길은 물론 그다지 편하지 않아서 거의 한시간 정도를 걸어올라가야 하지만 시골 의사라면 그 정도는 개의치 말아야 한다. 설혹 나이 오십이 넘었을지라도 상당한 거리를 걸어다닐 수 있어야 하는 것이다. 가끔은 마차나 자동차 같은 교통편이 있어서 나를 함께 태워다주기도 한다. 그것은 이 지역의 관습에 속하며 아주 당연한 일이기도 하다.

내가 하부 쿠프론을 향해 길을 나섰을 때는 정오 즈음이었는데 푸른 하늘이 큰 소리로 노래를 부르는 듯했다. 그때 성당 시계가 열두시를 알렸고, 곧장 두명의 종지기 아이들이 정오의 종을 울려 그 소리가 하늘의 노래 속에 섞여 함께 노래하도록 했다. 나는 마을의 도로에서 그 낯선 사내를 만났다.

활처럼 휜 날카로운 코와 오랫동안 면도를 하지 않아 듬성듬성 난 턱수염 사이로 거뭇한 갈리아풍 콧수염이 입 가장자리에 나 있어서 그는 원래 나이보다 더 들어 보였다. 실제로는 서른 혹은 서른을 약간 넘긴 나이일 듯했다. 그는 나를 거들떠보지 않았다. 그럼에도 나는 그가 나를 스쳐지나갈 때 그의 눈길을 얼핏 본 것만 같았고, 그 눈길은 꿈꾸는 듯 멍하면서도 대담한 것이었다는 망상이 들었다. 나는 그저 그의 걸음걸이를 보고 그런 생각을 했던 것 같다. 분명 피곤해 보였고 신발이 형편없는 상태였는데도 그의 걸음걸이는 활기찬 동시에 엄격했기 때문이다. 정말이지 활기차고 엄격하게 질질 끄는 걸음걸이라는 말 외에는 달리 표현할 길이 없었는데, 그런 걸음은 먼 곳을 바라보는 날카로운 눈길이 이끄는 듯했고, 그래야만 할 것 같았다. 그것은 농부의 걸음걸이는 아니었고 유랑 중인 직인의 걸음걸이처럼 보였는데, 그 남자의 뒷모습으로부터 풍겨져나오는 어떤 감춰진 소시민성이 그런 느낌에 더욱 확신을 주었다. 어떤 소시민적 독선이 느껴진 것은 아마도 검은 양복과 낡고 거의 든 것이 없어 위아래로 흔들거리는 배낭 때문이었던 것 같다. 그는 갈리아 지방 출신의 소시민인 듯했다.

주점에 당도했을 때 나는 다시 한번 도로 쪽을 바라보았다. 그 사내가 성당 골목으로 막 사라진 참이었다.

주점 앞에는 하얀 가루로 뒤덮인 시멘트 포대를 가득 실은 화물차 한대가 서 있었다. 차는 방금 도착한 듯했고, 라디에이터 밸브 위에서는 뜨거운 공기가 작은 덩어리를 이루며 꿈틀거리고 있었다. 부드럽게 아지랑이를 그리며 피어오르는 대기는 여름의 전조였다.

건물의 진입로 좌우로는 주점 내부로 통하는 문과 자베스트가 운영하는 작은 가게로 통하는 문이 있다. 하지만 두 가게 모두 진입로에서 바로 들어설 수도 있다. 주점으로 가려면 계단 몇단을 올라가야 하는 데 반해 가게는 평지에 있다. 나는 진입로 그늘 안으로 들어섰다. 그곳은 충분히 높고 넓어서 건초 운반차가 통과할 수 있을 정도인데, 쓸데없이 방처럼 페인트칠이 되어 있고 양조장에서 회수해가기를 기다리는 빈 맥주통들이 항상 냄새를 풍기고 있다. 이곳에는 나의 진료실 팻말도 붙어 있다. 난 담배가 필요해서 가게로 갔지만 그곳엔 아무도 없었다. 가게 바로 옆에는 마당 쪽으로 돌출해 있는 납작 지붕의 작고 새로 지은 증축 건물이 있는데, 그곳에 들어선 정육점에도 역시 사람은 보이지 않았다. 회색과 파란색의 타일들은 말끔히 청소되어 있고 그 위엔 하얀 모래가 뿌려져 있었으며, 갈고리가 걸린 쇠기둥은 광택이 나도록 닦여 있었다. 고기는 걸려 있지 않았고, 긴 건조 소시지 몇덩이만이 벽에 얌전히 걸려 있었다. 울퉁불퉁하고 칼자국이 가득한 도마 역시 깨끗하게 씻겨 있었지만 검게 스며든 핏자국까지 제거하지는 못한 상태였다. 이곳의 공기는 굉장히 깨끗하고 선선했지만 왠지 방금 생긴 커다란 상처 같았다. 나는 주점 안으로 건너갔다.

주점엔 운전기사와 그의 두 보조기사가 맥주잔을 앞에 두고 긴 탁자의 구석에 앉아 있었다. 그들 외엔 두번째 긴 탁자에도, 창가의 귀빈용 원탁에도 다른 손님이 없었다. 원탁 위에만 유일하게 파란색 바둑판 무늬의 식탁보가 덮여 있었고, 흰색 부싯돌과 거친 이쑤시개가 담긴 통이 놓여 있었다.

"말주변이 좋은 녀석이야." 운전기사가 막 얘기하는 참이었다. 나는 그가 운전기사일 거라고 추측했는데, 앉아 있는 이들 중에 가장 뚱뚱했고 나머지 두명보다 윤택해 보였기 때문이다. 인생의 다른 것들과 마찬가지로 말과 생각 또한 세심하게 사용하는 것이 풍채가 좋아지기 시작하는 이의 본성에 속하기에, 그는 생각에 잠겨 잠시 멈췄다가 같은 말을 반복했다. "말주변이 좋은 녀석이야."

"맞아, 그 녀석 그래." 나는 주점 안으로 들어서면서 그 자리에 있는 사람들을 재밌게 해주려고 그렇게 말했다. 하지만 그런 의도로 말을 하면서도 동시에 그 낯선 사내를 떠올렸다. 나는 사실 운전기사가 그 사내에 대해 말하고 있다는 것을 거의 확신했다.

주점 주인의 아들인 열여덟살의 페터 자베스트가 주류 판매대 뒤에 서 있다가 함께 웃었다. 그는 어른스러운 표정을 지은 채 열심히 담배를 말던 중이었다. "뭘 드릴까요, 의사 선생님?" 그가 물었다.

내가 가게에서 구하지 못했던 담배를 요구하자 그는 판매대 뒤의 유리 진열장에서 한갑을 꺼내주었다.

"네가 오늘은 이 집에서 혼자 주인 노릇 하는구나, 페터."

"잠깐 동안이에요, 두분이 시장에 가셨을 뿐인걸요." 그가 아쉽다는 듯이 말했다.

운전기사들, 아니 정확히 말하자면 운전기사와 두 보조기사는 내가 의사 선생님이라 불리는 것을 듣고는 신뢰감을 드러냈다. 장난을 이어가고 싶었는지 나이가 좀더 많은 사내가 말했다. "그런 녀석은 가진 것은 쥐뿔도 없으면서 입만 가득 찼다니까."

"말을 하려면 입이 비어 있어야죠." 더 젊은 사내가 지적했다. 둥근 얼굴에 들창코를 가진 작은 사내였는데 체코 사람이라고 짐작되는 외모였다. 나이는 스물다섯살이 채 안 된 것이 분명했고 손가락에는 이미 결혼반지를 끼고 있으니 일찌감치 결혼한 체코 사람이라고 짐작해볼 수도 있을 듯했다.

"글쎄, 여자들의 경우엔 꼭 그렇지만도 않아요. 입이 가득 차도 말을 하니까요…… 그렇지 않은가요, 젊은 신랑?" 내가 말했다.

그러자 사내들은 또다시 포복절도했다. 하지만 자기 어머니의 금발과 하얀 피부를 물려받은 페터는 꼭 자신의 어머니처럼 얼굴을 붉혔다. 물론 몇년만 지나면 저 아이는 더이상 이런 상황을 만들지 않게 될 것이다. 그때쯤이면 그의 피부는 지방층 위에 팽팽히 당겨지고 표백된 하얀 가죽이 되어 더이상 홍조를 드러내지 않을 것이다.

나는 파이프에 담배를 채우고 불을 붙인 후 운전기사 일행과 합석했다.

"그 남자가 무슨 얘기를 했길래 그래요?" 페터가 물었다.

두 보조기사 중 연장자가 겉옷을 벗었다. 바깥에서 태양이 여름처럼 타오르고 있어서 그런 듯했다. 그는 셔츠 안으로 손을 집어넣어 가슴을 긁었다. "글쎄, 녀석이 뭐에 대해서 얘기했지?"

운전기사는 잘 모르는 듯 마뜩잖은 표정을 지어 보였다. "운전할 때는 길을 살피는 법이야."

내가 말했다. "나 원 참, 그자가 무슨 얘기를 했는지 당신들이 모르는 걸 보니 아마 아무 얘기도 안 한 모양이지요."

"난 포대 위에 앉아 뒤쪽을 보고 있었어요." 젊은 사내가 변명하듯 말했다.

"말도 안 되는 소리를 지껄이던데." 운전기사가 말했다.

"내가 볼 땐 맨 집시인 것 같았어." 나이 든 보조기사가 말하며 계속해서 몸을 긁었다. 벼룩이 등 쪽으로 향하는 모양이었다.

"갈리아 사람이에요." 내가 말했다.

"아하." 운전기사가 별 감흥 없이 반응했다. 갈리아 사람에 대해 아는 바가 전혀 없었기 때문이다.

내가 말했다. "당신들이 그자를 태워다준 건 잘한 일이에요. 그 사내 굉장히 피곤해 보이던걸요."

자신들이 누구에 대해 이야기하는지 내가 알고 있다는 사실에 그들은 놀란 눈으로 나를 바라보았다. 그리고 그 사실로 인해 기분이 약간 상했는지 더이상의 농담은 하지 않았다.

운전기사가 중얼거리듯 말했다. "난 평소엔 아무도 태워주지 않습니다. 어차피 금지되어 있으니까요." 그는 가죽 모자를 뒤로 젖혔다. 숱이 적은 머리카락이 이마에 달라붙어 있었다.

여관 주인 소유의 커다란 레온베르거[1] 종 개가 뒷방에서 나와 의자와 탁자 모서리에 옆구리를 비비면서 천천히 다가왔다. 내가 개를 키우고 있어서인지 나에게 친근감을 보이는 그 개는 항상 그렇듯 조금씩 침을 흘리며 내 무릎 위에 머리를 얹었고, 호의 어린 슬픔이 담긴 충혈된 눈으로 충직한 마음과 신중한 몇마디를 전해줬다. '또 오셨군요, 인간 님. 당신에게선 약간은 의사 선생님 냄새가 나고, 약간은 당신의 개 트랩 냄새가 나고, 그리고 약간은 인생의

---

1 19세기 독일에서 생겨난 품종으로, 사자와 생김새가 비슷하다.

또다른 것들의 냄새가 나요. 그게 뭔지에 대해서는 지금 더 얘기하고 싶지 않지만요.'

나는 대답했다. "알겠다. 그래, 플루토. 트랍이 네게 안부인사를 전하더구나."

'알겠어요.' 플루토의 눈이 대답했다.

"밖으로 나가보거라, 플루토." 내가 말했다. "밖은 지금 삼월인데도 태양이 여름 향기를 풍긴단다."

플루토가 대답했다. '맞아요. 나도 알고 있어요. 오늘 벌써 밖에 누워 있었거든요. 기분이 좋았어요.'

주점 내부는 창문이 닫혀 있어서 약간 답답했지만 선선했다. 그곳에서는 음식과 맥주와 와인, 땀과 설익은 고기 냄새가 뒤섞여 시큼한 냄새가 났는데, 그것은 기사와 군인 들이 풍기던 냄새였다. 그 내음 속에서 서구 세계는 세상을 정복했지만 이제 그것은 주점 같은 곳에만 남아 소시민적이고 가축과도 같은 존재를 연명해갔고, 그럼에도 언제든 떨쳐 일어나 전쟁터 위에 깃들 준비가 되어 있기도 했다. 바로 그 냄새가 이곳에도 존재하고 있었고 운전기사들은 그것을 음미했다.

연장자인 보조기사는 벼룩 찾기를 포기했다. 그는 셔츠에서 손을 빼내더니 아무것도 잡지 못한 자신의 투박한 손가락들을 아쉽다는 듯 들여다봤다.

운전기사는 갑자기 말이 많아졌다. "의사 선생님, 이런 말도 안되는 얘기 들어본 적 있으신가요? 세상이 나아지기 위해서는 우리가 정결하게 살아야 한다는 얘기요……?"

"그래요? 그 사내가 그런 소리를 지껄이던가요?"

"네, 멍청한 녀석이죠." 운전기사는 맥주잔을 비웠다.

그러자 연장자인 보조기사가 나섰다. "자네도 맞장구쳤잖아."

"내가? 난 길을 살피느라 그럴 정신이 없었는데…… 누군가가 맞장구를 쳤다면 그건 바로 자네겠지."

"맞장구치지 않을 이유가 뭐가 있어? 난 어차피 여자한테는 관심도 없는데…… 그 때문에 세상이 좋아지든 말든 무슨 상관이람."

조금은 학생 같은 생각에서, 그리고 대화에 참여하고 싶은 마음에 페터가 끼어들었다. "신부님이었을 수도 있겠네요."

젊은 신랑이 말했다. "신부님이든 아니든 상관없어. 그런 사람은 자기가 한번 여자한테 빠지면 딴소리할걸."

주류 판매대 맥주통의 놋쇠 꼭지는 바깥에서 펼쳐지는 삼월의 정오 날씨처럼 반짝였고, 맞은편 입구 쪽에서는 창백한 조명 아래 유리창이 어둡게 빛나며 햇빛 찬란한 창공의 물결을 애써 흉내 내고 있었다. 이 시간은 빛이 한떼의 유리 모기 같은 형상으로 지상에 내려앉아 땅을 수태시킬 무렵이었다.

"난 그런 얘기 전혀 듣고 싶지 않아. 쓸데없는 소리일 뿐이라고." 젊은이가 유쾌하게 말을 이었다.

"당신의 젊은 부인도 그런 얘기는 전혀 듣고 싶어하지 않겠지요." 내가 말했다.

"그럼요, 듣고 싶어하지 않죠." 그는 행복한 표정으로 웃음을 터뜨렸는데, 그것은 기적을 체험하고 그 상태에 붙잡혀 있고 싶어하는 사람의 표정이었다.

내가 말했다. "글쎄, 어쩌면 그 사내가 당신을 개심시킬 수도 있잖소. 이번에는 그 사내 옆에 앉아서 가보지 그래요."

"안 됩니다." 운전기사가 말했다. 그는 용감해 보였고 가죽 모자를 쓴 모습은 철도 기관사와 비슷해 보였지만, 이 말을 할 때는 그의 목소리에 약간의 경계심이 서려 있었다. "안 돼요, 저 친구는 그냥 포대 위에 앉아 있으라고 해요. 우린 이제 더이상 그 사내를 태우고 가지 않을 거니까요. 그렇게 수다스러운 녀석은 필요 없습니다…… 산을 넘어가려면 길이 험해요. 꼬불꼬불한 길이 계속 이어지거든요. 게다가 차는 무겁고…… 완전히 어두워지기 전에 산을 넘을 수만 있다면 좋겠네요."

그들은 "안녕히 계세요"라는 인사를 남기고 주점을 떠났다. 나는 창문을 통해 그들의 모습을 지켜보았다. 그들은 주저하는 몸짓으로 길의 오른쪽 왼쪽을 죽 살펴보더니 각자 차 안의 자기 자리에 올라탔다. 운전기사는 시동 버튼을 두번 눌렀고, 차가 한번 세게 출렁이고 핸들이 돌아간 후 덜커덩거리며 출발했다. 포대 위에 앉은 보조기사가 창가에 선 나를 알아보고 손을 흔들었다.

"환자들이 위에 와 있나?" 나는 다시 주점 내부로 몸을 돌리면서 페터에게 물었다.

아니라고, 아직 아무도 오지 않았다고 했다. 페터는 내가 자기와 대화를 계속 이어갈 거라고 생각하는 듯했다. 자신이 여기서 혼자 심심해하고 있기 때문만이 아니라, 기본적으로 자신과 내가 친하기 때문이라고 생각하는 것 같았다. 그는 우리가 얘기한 그 떠돌이 사내가 누구냐고 물었다.

하지만 나는 그에게 알려줄 만한 정보가 없었다. 어쩌면 그 운전기사는 그 사람을 다시 태우고 갔을지도 모른다. 그렇다면 그는 지금 운전기사가 천천히 윗마을을 향해 운전해가면서 경사 때문에 계속해서 속도 조절 장치를 작동시키는 동안 그의 옆자리에 앉아 있을 것이다. 아니면 세 사나이는 이미 그 떠돌이 사내를 잊었을 것이고 클러치를 한번 세게 밟을 때마다 기억을 한조각씩 털어내며 점점 더 멍한 생각 속에 빠져들고 있을 것이다.

어쨌든 나로서는 다 잊고 싶은 마음이 들었다. 그래서 나는 뒷방을 통해 마당으로 나갔다. 마당엔 위층과 개방형 복도로 연결되는 계단이 설치되어 있었고, 그 복도에는 손님용 객실과 자베스트네 집뿐만 아니라 나의 두 공간인 대기실과 진료실도 자리 잡고 있었다.

태양은 따갑게 내리쬐었다. 거친 철제 난간에 몸을 기대자 뜨거운 기운이 손으로 파고들었고 초봄의 노래는 스스로의 능력에 너무 놀란 듯 거의 잦아들었다. 마당 한가운데에 커다란 밤나무가 우람하고 기이한 모습으로 서 있었다. 집과 축사의 벽이 보호해주지 않았다면 이 나무는 절대 이렇게 엄청난 높이로 자라나지 못했을 것이다. 아직 잎이 나지 않은 가지들이 소용돌이 모양의 그림자를 던졌고, 그 안에서 그들의 초록이 잠들어 있었다.

내가 그렇게 평온하게 햇볕을 쬐면서 점점 경쾌해져가는 빛의 속삭임에 귀 기울이고 있을 때, 출입구에서 마차 바퀴 소리가 들려왔고 여관 주인 부부가 마차를 타고 들어왔다. 그들만 있는 것이 아니라 송아지가, 황소의 새끼이자 암소의 새끼인 송아지 한마리가 네 다리가 묶인 채 한마리 말이 끄는 정육점 마차의 적재함에 실려 있었다. 송아지는 머리가 옆으로 돌려진 채로 밤나무를 올려다봤는데 그것이 희귀한 나무라는 건 알아채지 못했을 것이다.

마차가 멈춰 섰다. 자베스트가 마부석에서 뛰어내리더니 자기 부인이 내리는 것을 도와줬다. 그녀가 장 본 것을 마차에서 꺼내는 동안 자베스트는 헛간에서 나온 하인의 도움을 받아 송아지를 끌어내린 후 묶은 것을 풀어줬고 송아지는 비틀거리는 다리로 서 있었다. 그는 송아지를 마차 바퀴에 느슨하게 묶어놨다. 그다음엔 말을 마차에서 풀어줬다.

　테오도어 자베스트는 사람들이 여관 주인과 정육점 주인을 떠올릴 때 연상되는 그런 유형의 인물이 아니다. 그는 살이 찌지 않는 체질이어서 자신의 상점에 더 어울려 보인다. 하지만 그것은 첫인상일 뿐이다. 사람들은 곧 그가 깡마른 정육점 주인 유형에 속한다는 것을 알게 된다. 아니 그가 깡마른 사형집행인 유형에 속한다고 말하고 싶어질 정도이다. 친근하게 굴지 않으면 여관업을 하는 것 자체가 거의 불가능한데도 그는 그것을 어려워한다. 그러니 과거에 이 거칠고 정열적인 남자가 지금은 그의 부인이 된 금발의 소녀를 얻기 위해 얼마나 고군분투했을지 상상해볼 수 있을 것이다. 금발인데도 역시나 그다지 나긋나긋하지 않은 그녀는 그사이 제대로 여관 주인이 되었고, 성실할 뿐 아니라 개방적이면서도 능청스러운 감각으로 부엌과 주점 사이의 독특한 자리를 차지했다. 그녀를 보고 있으면 그녀가 더이상 아이를 낳지 않은 게 아쉬울 정도였다. 하지만 사형집행인은 어머니를 원하는 게 아니라 집 안에 애인을 두고 싶어한다. 그는 사람들이 행복해하거나 불행해하면서 이끌려 들어오는 원시림을 보호한다. 그는 숲을 벌채하여 개간하고 축축한 어둠으로부터 벗어나려고 애쓰는 자들을 비웃는다. 왜냐하면 인간은 넓은 출입문을 갖춘 집을 짓든 혹은 차를 타고 돌아다니든 결코 숲 가장자리를 벗어나지 않는다는 것을 알고 있기 때문이다. 모든 인간적인 것의 시작과 끝은 근원적 잠과 망각의 어둠속에 존재한다는 것을, 모든 동작과 대화, 모든 행동과 포기가 근원적 덤불의 암흑 속으로 되돌아갈 수 있다는 것을, 음산한 불꽃은 언제든 분출해 우리를 집어삼킬 준비가 되어 있다는 것을 그는 알고 있기 때문이다. 짐작건대 여관 주인 테오도어 자베스트는 이 모든 일에 대해 별 생각을 하지 않았을 것이다. 그의 결혼생활에 대해 이것저 것 알고 있는 의사인 내가 그의 마음에 좀 과하게 의미를 부여한 것일 수도 있다. 누가 그에게 직접 묻는다면 그는 아마 단순히 경 제적인 이유로 자식을 하나에서 끝냈다고 대답할 것이다.

그때 플루토마저 밖으로 나와 송아지 곁에서 기분 좋게 킁킁대 며 냄새를 맡아댔다. 그러다가 육중한 앞발로 장난까지 걸자 송아 지는 불안해하며 밧줄을 끌어당기고 다리를 뻗댄 채 윗몸을 들어 올렸다. 그것은 결국엔 곧 도살당하게 될 생명체에게는 어울리지 않는 모습이었다. 나는 진료실로 들어갔다.

이것이 내가 기록하고 싶던 첫째 날이다.

2

모든 것이 잊혔다. 눈이 모든 것을 덮어버렸다. 몰려났던 겨울이 단번에 되돌아왔다. 눈보라가 한번 몰아치자 겨울은 숨어 있던 쿠프론 절벽 뒤편에서 뛰쳐나와 골짜기로 다시 몰려왔다. 이틀 낮 이틀 밤 동안 눈송이가 내리더니 바람의 방향이 바뀌면서 북풍이 불자 풍경 위로 태양이 빛났다. 은빛으로 반들거리는 길 위에선 썰매들의 종소리가 지나간 성탄절을 떠올리게 했다.

하지만 아무리 겹겹이 쌓인 눈이 담을 이루어 차도의 가장자리를 장식하고, 언덕과 들판 위로 하얗게 반짝이는 눈가루가 차가운 바람 속에 흩날리며 성탄절 비슷한 분위기를 만들어내고 있어도 진짜 성탄절 느낌이 들지는 않았다. 삼월의 바람은 십이월의 바람이 아니고, 삼월의 태양은 십이월의 태양이 아니며, 삼월의 인간은 십이월의 인간이 아니기 때문이다. 모든 것이 십이월보다 더 날카로워진 동시에 더 부드러워졌다. 날카로움과 부드러움은 서로 다른 방식으로 배분되었다. 그러니까 추위를 이루던 요소들은 조각 조각 해체되어 나의 두꺼운 털외투를 뚫고 들어왔고, 그와 동시에 길 위에 단단하게 얼어붙은 눈의 윗부분은 녹고 있는 중이었다. 녹은 눈은 질척거리고 미끄러운데다가 묵직하고 거무튀튀한 눈뭉치가 되어 신발바닥에 들러붙고 굽에 엉겨붙었다. 트랍의 발에도 눈이 들러붙곤 했는데 그럴 때면 트랍은 낑낑대며 죽는 소리를 하고는 절뚝이기 시작하는 것이었다. 물론 그러고 나서는 더이상 개의치 않고 다시 쏜살같이 달려나가곤 했다. 특히 눈이 가루처럼 소복이 쌓여 있는 것을 보면 회오리쳐 올라가는 냉기를 즐기며 그 안에서 뒹굴었다. 다 자란 셰퍼드치고는 좀 유치한 행동이었지만, 트랍은 체면이란 것을 몰랐다.

"이리 와." 내가 말했다. "이리 와, 트랍. 아랫마을에 가야 해. 전화가 왔거든. 레나르트가 아이를 낳는다는구나."

나는 기구들을 가방에 담고는 카롤리네에게 저녁 식사에 맞춰 돌아올 거라고 알렸다. 그러고 나서 우리는 환한 오후에 밖으로 나섰다.

여전히 북풍이 날카롭게 불어댔지만 더이상은 지난 며칠만큼 날카롭지 않고, 약간은 단조로운 소리가 났다. 위쪽과 아래쪽에서 동행하던 바람들은 잠잠해졌고, 북풍은 이제 외로운 산책객이 되어 나무 꼭대기 위를 지나가며 혼자서 나지막한 바람 소리를 내고 있었다. 숲속은 바람 소리 말고는 아주 고요했다. 가끔씩 어떤 나뭇가지에선가 눈덩어리가 떨어지곤 했는데 사각거리는 소리를 내며 부드럽게 낙하했다. 우리 집과 마찬가지로 가문비나무 숲속 깊숙이 자리 잡고 있는 건너편 베취의 집은 정원과 울타리가 온통 눈에 뒤덮이는 바람에 숲 한가운데에 덩그러니 서 있었는데, 그곳에서는 한줄기 연기가 투명한 대기 속으로 가늘게 뿜어져나왔다. 이 은청색의 대기는 무한으로부터 와서 나무줄기들을 감싸고는 거의 땅바닥에까지 닿아 있다. 냄새가 없는 맑은 대기 속에서 연하면서도 조금은 거친 연기 냄새, 인간성의 냄새, 주거의 냄새가 풍긴다.

우리 집에서도 연기가 솟아오른다. 저곳은 나의 집이다. 나는 이미 십년 넘게 저곳에서 살고 있다. 산간지역을 여행하던 당시 나는 이 지역에 이르러 잠시 머물렀다. 그러다가 갑작스럽게 결정을 내리고 마침 공고가 난 지역 의사 자리와 거기 딸린 집을 받아들였다. 사실은 이 고지대의 숲속에 위치한 집 때문에 내린 결정이었다. 그런데 이 집은 사기로 지어진 집이고 진정한 인플레이션 가옥이자 주가 조작의 산물이며, 심지어 약간은 미완성 상태인 부실한 조산아이기까지 하다. 예의 그 인플레이션 당시 몇명의 사기꾼이 나타나 쿠프론 지역의 광산업을 다시 활성화시킬 것처럼 굴었다. 그냥 주식을 발행할 수는 없었기 때문에 그들은 이곳에 두채의 빌라와 플롬벤트로 내려가는 케이블카의 일부를 건설했다. 그 사업은 당연히 더이상 진척되지 않아 갱도는 뚫리지 않았고 플롬벤트에 제련소가 지어지지도 않았다. 칼트 바위 언덕의 가문비나무 숲 위로 한구간의 케이블카가 외롭게 흔들거리는 광석 운반용 쇠바구니를 단 채 아무 의미 없이 설치되어 있다. 두채의 집은 완공되지 못한 채, 미납된 세금 대신 마을공동체에 넘겨졌다. 당시 관리인이던 베취 역시 정산을 못 받았고, 그중 한 집에 살면서 지금은 농업용 기계 판매대리인으로 근근이 연명하고 있다. 공동체는 나머지 한 집의 마땅한 용도를 발견하지 못하자 의사용 사택으로 지정했다. 어차피 농부에게 불필요한 가구나 마찬가지인 의사에게는 충분히 좋은 집이었다.

쿠프론산으로부터 흘러내려오는 춘분의 그림자는 숲에 닿지 않았는데도 이미 느껴진다. 나는 윗마을로 이어지는, 사람들의 발길로 누런색을 드러낸 오솔길로 접어든다. 나의 징 박힌 구두는 오전에 만들어놓은 자국들과 재회했다. 들판으로 나가자 걷는 사람의 오른쪽으로 그늘 속에 잠긴 거대한 장벽이 스스로 그림자를 드리우고 있다. 그림자는 수건처럼 숲의 허리를 휘감고 있고, 눈 덮인 개암나무 덤불이 어둡게 두드러져 보이는 백색 들판에서는 벌써 어둠이 미끄러지듯 다가와 입을 맞추고 있다. 내 앞쪽에 약간 거리를 두고 마을이 자리 잡고 있는데 그곳은 아직 해가 비친다. 마을 뒤쪽으로 쿠프론 고갯길이 끊어진 곳에서부터 펜트 목장과 라우펜텐산을 시작으로 황금빛 고산 정상들이 웅장한 곡선을 그리며 늘어서 있고, 각 산으로부터 동쪽과 북쪽을 향해 눈길이 닿지 않을 만큼 멀리까지 구릉이 잇닿아 있다. 하지만 이곳 왼쪽에서는 산줄기가 처음으로 움푹 꺼지면서 쿠프론 골짜기의 둥근 주발 모양을 형성하고 있다. 물론 이곳에서 골짜기 전체가 보이지는 않는다. 골짜기는 플롬벤트로 향하는 길을 내보내면서 북쪽으로 살짝 기울어져 있고 이 북쪽 출구 주변은 비탈로 둘러싸여 있다. 분지의 한가운데에 위치한 하부 쿠프론 지역도 마찬가지다. 이곳에서는 골짜기 남쪽의 경사면 절반과 그쪽 산비탈에 띄엄띄엄 들어선 농가들만이 보일 뿐이다. 하지만 아래쪽으로부터 겨울 햇살 속 고요를 뚫고 성당탑의 시계 울리는 소리가 들려온다. 골짜기와 가옥들은 청명한 담청색 냉기 속에 깊이 파묻혀 있고, 냉기는 조용히 머물다가 가볍게 날아가서는 건너편 하늘까지 가 닿는다. 태양의 차가운 숨결이 가득하다. 큰길로 나가기 위해 반드시 마을로 들어갈 필요는 없고 왼쪽으로 꺾어지면 되는데 — 이 오솔길도 내가 직접 걸어서 낸 길이다. 베쉬와 카롤리네는 다니지 않는 길이기 때문이다 — 나는 이런 방법으로 십분을 절약한 것을 뿌듯하게 생각한다. 나는 해를 등진 채 얼굴에 가벼운 북풍을 맞으며 신이 난 개를 앞세우고 성큼성큼 걷는다. 레나르트가 이미 두번이나 출산을 했지만 두번 다 순산은 아니었다는 가벼운 걱정까지 해본다. 스키를 타고 가는 게 나을 뻔했다.

아무튼 십오분 후엔 단순한 형태의 박공지붕을 한 성당탑이 시야에 들어왔고, 그다음엔 바로 눈 덮인 마을의 지붕들이 보였다. 십오분을 더 걸은 후 아랫마을 레나르트의 집에 도달하니 상황은 이미 한참 진행 중이었다. 하지만 모든 것이 순조로운 상태였고, 산파 역할을 하는 훌레스 마리 혼자서도 충분히 해낼 수 있을 뻔했다. 정확히 여섯시가 되었을 때 우리가 태양의 마지막 빛줄기를 받으며 새 인간을 세상으로 데리고 옴으로써 이 일상의 기적이 마무리되었다. 나는 또다시 경탄했다. 수년간 산부인과에서 근무한 연로한 산과의사이면서도 나는 우리가 인간의 몸으로부터 끄집어낸 생명체가 이제는 세상을 이겨내고 견뎌내기 위해 필요한 모든 것을 갖춘 또 하나의 몸이 되어 있다는 사실이 새삼 놀라웠다. 내가 탯줄을 자른 그 아기는 사내아이로 레나르트 집안의 둘째 아들이었다. 지난번에 태어난 아기는 여자아이였다. 아이는 가재처럼 빨갰고 머리엔 솜털이 나 있었으며, 앙증맞은 작은 손가락엔 반달 모양의 손톱이 달려 있었다. 자신에게 가해진 모욕에 분개한 모습이었다. 온 집안에 미소가 감돌았다.

내가 해낸 일이 굉장히 기쁘기는 했지만, 성취를 이뤄낸 그 집에 계속 머물러 있는 것도 별 의미가 없는 일이었기에 나는 다시 한번 손을 씻고 흰 가운과 기구들을 가방에 집어넣었다. 짐을 꾸린 후 이 모든 일이 진행되는 동안 부엌에서 몸을 둥그렇게 만 채 잠을 자던 트랍에게 이젠 우리가 길을 나서도 될 것 같다고 말해주었다. 트랍은 이에 동의했고, 우리는 어스름이 내려앉은 골목길로 나왔다.

이곳에 온 김에 나는 진료와 관련된 새로운 일은 없었는지 알아보기 위해 여관으로 가보았다. 아무 일도 없었다. 나는 진입로에서 막 집 밖으로 나가려고 하는 페터를 만났다.

우리는 한참 동안 이런저런 이야기를 나눴다. 그가 배우고 싶어하지 않는 도축업에 대한 반감, 피비린내가 덜 나는 장사꾼 직업에 대한 그의 선호 등에 대해 이야기를 나눈 후 우리는 함께 길을 나섰다. 성당 골목 어귀에 이르자 그가 어찌할 바를 몰라했다. 주제넘게도 나는 그에게 그가 어디로 가려는지 어차피 알고 있고, 사실 나도 같은 방향으로 가는 참이라고 말해줬다.

그는 얼굴을 붉혔고 우리는 함께 골목길로 접어들었다. 소작농 슈트룀을 만나려면, 아니 좀더 정확히 말해 그의 열여섯살짜리 딸 아가테 슈트룀을 만날 목적이라면 이곳에서 꺾어들어가야 했기 때문이다. 그런데 성당 골목으로 접어들고 몇걸음 걷지 않아 나는 이렇게 말했다.

"저기 그 사람이 있군."

사실 나는 밀려들기 시작하는 어둠속에서 그 사내를 알아보기는커녕 제대로 쳐다보기도 전에 그 말을 했다. 그곳 로렌츠 밀란트의 집 앞에 기대어 선 형상이 내가 찾던 그 사람이라는 사실이 그 정도로 명확했던 것이다. 찾던 사람이라고? 그렇다. 찾던 사람. 나는 그 사람을 까맣게 잊어버려서 사람들에게 그자를 마을에서 본 적이 있냐고 물을 하등의 이유조차 없을 정도였는데도 그가 아직

마을에 묵고 있다는 것을 알았다. 그런 일도 있는 법이다.

그렇기 때문에 우리가 그에게 가까이 다가갔을 때 내가 "안녕하시오"라고 인사를 한 것도 당연한 일이었다.

"안녕하십니까." 그가 말했다. 그는 창문의 불빛을 받으며 서 있었는데 모자를 쓰지 않았고 —모자를 쓰지 않고 집 밖에 나가는 농부는 없다— 외투나 조끼도 입지 않은 채 그렇게 추위 속에 서서 구두 뒷굽으로 담장을 따라 생긴 울퉁불퉁한 얼음 띠를 여기저기 툭툭 치고 있었다. 특별한 목적이 있어 보이지는 않았다. 누군가를 기다리던 것일까? 나는 조금 의아해하면서 그를 바라보았다.

"안녕, 페터." 마침내 그가 말했다. "인사할 줄 모르는 모양이구나."

페터는 무슨 이유로 이 남자를 안다는 사실을 감추려 했던 것일까?

페터가 당황하며 말했다. "안녕하세요, 라티 씨."

라티, 이딸리아풍의 이름이었고 그것은 그의 곱슬머리와도 어울렸다. 그런 머리는 이 지역에서는 좀처럼 보기 드문 것이었다.

그는 굉장히 친절한 눈빛으로 "저녁 날씨가 멋진걸" 하고 활기차게 말했다.

"글쎄요, 좀 쌀쌀한데요." 뭔가 좀더 구체적인 이야기를 하기 위해 나는 확인을 해보았다. "밀란트네 집에서 지내시는 거죠?"

"네, 그분이 날 받아주었습니다."

받아주었다고? 손님으로? 며칠 묵고 갈 방랑객으로? 하인으로? 만일 하인이라면 이 사내가 여전히 이곳에 머문다는 건 이상한 일이었다. 왜냐하면 밀란트는 일을 고되게 시키기 때문이다. 그가 관리해야 하는 소가 여든쌍이나 되는데다 이 지역 관습대로 마을공동경작지에 뿔뿔이 흩어져 있기 때문에 일을 고되게 시킬 수밖에 없는 형편인데, 이 사내는 그런 일에 전혀 어울리지 않아 보였다. 게다가 밀란트가 겨우 초봄 경작을 위해 벌써부터 하인을 고용한 거라면 그것 또한 기이한 일이었다. 어쨌든 모든 일은 차차 밝혀질 것이기에 나는 이렇게만 말했다.

"우리 전에 본 적이 있죠. 선생께선 시멘트 운반차를 타고 오셨지요."

"그 모습을 보신 건 아니죠." 그가 내 말을 바로잡았다. "전 벌써 차에서 내린 상태였으니까요."

굉장히 정중하게 말했지만 그 말 속에는 자기만이 옳다고 주장하는 편협함이 담겨 있었다. 하지만 그 말이 담고 있는 것은 그 이상이었는데, 마치 증오를 요청하는 듯한 느낌이었다. 그의 정중한 어조와 뺀질뺀질한 태도 속에는 이런 말이 담겨 있는 것 같았다. 나를 증오해, 당신이 나를 사랑할 수 있도록 나를 증오하라고.

내가 착각했을 수도 있다. 하지만 착각하는 법이 절대 없는 트랍이 낯선 남자 주위에서 쿵쿵대며 냄새를 맡더니 친근함의 표시로 쉴 새 없이 빠르게 흔들어대던 꼬리를 멈추고 화가 난 듯 빳빳이 세우는 것이었다.

나는 라티 씨를 증오하고 싶은 마음이 없었다. 하지만 이왕 친구인 밀란트의 집 앞에 서 있게 된 김에 그를 방문하고 싶어져서, 나는 라티 씨에게 고개만 끄덕여 보이고는 안으로 들어갔다.

축사에 불이 환히 켜져 있었다. 밀란트가 그곳에서 아직도 일을 하고 있는 것이 분명해 보였기에 나는 우리 쪽을 향해 갔다. 아홉마리의 소가 있었는데, 대부분 이 지역에서 사육하는 짧은 뿔을 가진 품종으로 가죽에서는 암갈색의 윤기가 흘렀다. 그밖에 한쌍의 육중한 말도 서 있었다. 하지만 우리의 끝에 위치한 더 큰 칸에는 황소가 자리를 잡고 있었다. 밀란트가 돌보는 마을 소유의 황소였는데 두개의 쇠사슬에 묶인 채 덜거덕거리는 소리를 냈다. 깨끗한 콘크리트 바닥이며 우리 안의 수도시설이며 모든 것이 청결하고 잘 관리된 것처럼 보였다. 물론 물은 저 아래 우물에서 펌프질을 통해 저수 탱크로 끌어와야 했지만, 어쨌든 양동이를 끌고 다니는 것보다는 훨씬 편리한 일이었다. 그뿐만 아니라 사람들은 보기에도 그럴듯한 것을 원하는 법이다.

"어서 오세요, 의사 선생님." 내가 들어오는 소리를 듣고 우리 중의 한칸에서 밀란트가 나타나 말했다. "오랜만에 오셨네요." 농부란 언제나 실용적으로 사고하고 어떤 사건에 대해 가시적인 원인만을 인정하는 존재이기에 그는 이렇게 말을 이었다. "뭐 필요한 게 있으세요, 의사 선생님? 카롤리네가 달걀이 다 떨어졌다고 하던가요?"

아니, 카롤리네가 나를 보낸 건 아니었다. 난 그냥 한번 들른 것이라고 말해줬다.

그는 수도에서 손을 씻은 후 나를 향해 양팔을 벌렸다. "이렇게 와주시니 정말 반갑네요."

순간 나는 밀란트와 그의 새 동거인이 기묘하게도 서로 닮았다는 걸 알게 됐다. 이 지역의 농부 중에는 약간 남유럽풍으로 생긴 이들이 있는데, 머리카락이 검고 근육질 몸집에 독수리처럼 날카로운 옆모습을 가진 사냥꾼 타입의 사람들이다. 밀란트 역시 입 가장자리 위로 콧수염이 나 있었다. "일은 다 끝났나요?" 내가 물었다.

"네, 하지만 저녁은 아직 안 먹었습니다…… 같이 가시죠……" 그러고 나서 그는 천장에 달린 두개의 조명등을 껐다. 가축들은 어둠속에서 호흡했다.

집은 축사의 오른편 구석 쪽에 있었다. 우리는 마당을 가로질러 갔다. 이제 하늘은 벌써 삼월의 별로 가득 차 있었다. 대기는 오후보다 더 부드러웠다. 생명이 잠들고 나면 하늘은 언제나 조금 더 따뜻해지곤 한다.

밀란트의 아내는 골격이 튼튼하고 단단해 보이는 인물로 키가 거의 밀란트만큼 컸으며 아직 마흔이 채 안 된 나이인데도 점점 더 남성성이 증가하고 있었다. 그녀는 윗마을 출신으로 기존 가문 사람이었고, 밀란트가 그녀를 얻기까지는 투쟁이 필요했다고 전해진다. 둘 사이에는 자녀가 많지만 두 사람의 결혼생활이 어떤지는 베일에 가려져 있다. 몇 아이는 이미 죽었는데, 아마 그런 일들이 그녀를 그토록 단단하게 만들었을지도 모른다. 우리와 가까웠던 사람들의 죽음은 반드시 흔적을 남기기 마련이어서, 우리는 해방된 영혼의 한조각을 상속받게 되고, 우리 자신의 인간성은 좀더 풍성해진다. 하지만 어머니는 자식으로부터 상속을 받을 수 없다. 그래서 그녀의 얼굴에는 상속 박탈자들의 지옥에 거주하는 이들에게서 보이는 거친 표정이 담겨 있다.

"모두들 안녕하신가요?" 나는 집으로 들어서면서 말했다. "여기는 아직도 모든 게 한창이군요."

이미 잠자리에 들었거나 아니면 어딘가를 쏘다니고 있을 열두 살짜리 카를을 제외한 온 가족이 모여 있었다. 부인은 어린 사내아이를 품에 안고 있었고, 열살배기 체칠리에는 식탁에 앉아 꾸벅꾸벅 졸고 있었으며 하인 안드레아스는 파이프를 든 채 긴 의자에 앉아 있었다. 하녀 헤르미네 역시 이제껏 편한 자세로 앉아 있다가 지금 막 나막신을 신고 일어서던 참이었다. 맏딸인 이름가르트만

이 화덕가에 서서 차를 끓이고 있었다. 이곳에서는 많은 농부들이 차를 마신다.

　우리는 식탁에 앉았는데, 그곳엔 다른 사람들이 식사하고 남은 음식이 풍성하게 놓여 있었다. 농부는 자리에 앉자마자 졸고 있는 체칠리에의 금발을 쓰다듬기 시작했다. 식탁 가운데에 빵과 담갈색의 굵은 베이컨 조각이 놓여 있었고, 농부를 위해 경단 요리도 한 대접 남겨져 있었다. 하지만 그는 그전에 우유수프를 먼저 받아들고 숟가락질을 시작했고, 그러면서도 왼손은 아이의 머리에서 떼지 않았다. 그다음엔 경단 요리와 베이컨을 먹었다. 나도 이따금 베이컨 조각을 곁들여가며 빵을 먹었다. 우리는 식사를 하는 동안 아무 말도 하지 않았고, 트랍은 그런 우리를 지켜보면서 먹기 힘든 베이컨 껍질을 우리가 먹을지 아니면 밖에 있는 이 집 개에게 주도록 되어 있는지 고민하고 있었다.

　그렇게 식사를 거의 마쳐갈 때쯤 농부가 마리우스는 식사를 했느냐고 물었다.

　"아뇨." 아기를 침대에 눕히기 위해 밖으로 나가던 부인이 말했다. "아뇨, 자기는 하루에 한번만 식사한다고 하더라구요. 이제까지 그렇게 해왔대요."

　"하지만 차는 마셔요." 이름가르트가 화덕 쪽에서 말했다.

　"그 사람 이름이 마리우스로군요." 내가 말했다.

　"네, 마리우스 라티…… 벌써 그를 알고 계시는군요, 의사 선생님."

　"그 사람 지금 페터와 함께 집 앞에 서 있던걸요."

　"자주 그런답니다." 하인인 안드레아스가 그렇게 말하며 키득거렸다.

"글쎄, 어쩌면 페터는 아가테에게 가는 걸 선택했을지도 몰라요…… 차라리 그랬으면 좋겠군요."

"아녜요." 안드레아스가 고집스럽게 말했다. "지금 둘 다 밖에 서 있어요."

페터가 그렇게 당황했던 것은 자기가 별 볼 일 없는 사람과 교류하는 것을 내게 들켰기 때문이었을까? 나는 물었다. "도대체 그 사람은 어떻게 해서 이 집에 묵게 된 거죠?"

마리우스 라티라는 자가 자주 대화의 주제가 되었던 것이 분명했다. 막 다시 문 안으로 들어오던 밀란트의 아내가 무엇에 관해 얘기하고 있는지를 바로 알아채고 대답했기 때문이다. "이름가르트가 데리고 왔답니다."

이름가르트는 대접이라고 부르기는 어려운 커다란 그릇에 차를 담아 각 사람 앞에 놓았다. "아녜요, 카를이 그 사람을 들였어요…… 그 사람이 골목길에서 아이들에게 성당 옆에 여관이 하나 더 있지 않냐고 물었대요."

"그는 왜 곧바로 자베스트네 여관에 묵지 않았을까?"

"그곳은 자기에겐 너무 고급이라고 말하더군요…… 돈이 많지 않아서죠. 그래서 내가 그에게 뭘 좀 먹지 않겠냐고 물었어요…… 그래야 하는 거잖아요…… 그 사람 방랑객 아니던가요?"

"그래." 내가 대답했다. "방랑객인 것 같아."

"그가 뭐든 상관없어요." 부인이 말했다. "그가 배가 고프다면 먹을 것을 주는 게 옳다고 생각해요. 하지만 그런 사람들을 집에 들이는 건 싫어요. 어쩌면 경찰이 뒤쫓고 있는 사람일지도 모르잖아요."

"그렇다면 금방 사라지겠는데요, 마님." 하인인 안드레아스가 키득거리며 웃었다.

농부가 말했다. "난 여태 아무도 쫓아낸 적이 없어. 지금까지 그 때문에 해를 입은 적도 없고."

이제 그들은 모두 발소리가 나지 않는 두꺼운 회색 양말 바람으로 식탁에 모여들었다. 그리고 우리는 모두 차 맛이 희미하게 나는 암적색의 물을 휘저었고, 우리의 생각은 그 방랑자에게 머물러 있었다. 정착해서 사는 사람도 사실은 방랑 중이다. 그저 그것을 인정하고 싶지 않을 뿐이다. 그가 방랑 중인 사람을 자기 집에 붙잡아두는 이유는 아마도 자신이 떠나야만 한다는 사실을 떠올리고 싶지 않아서일 것이다.

"그 사람을 데리고 들어올게요." 이름가르트가 그렇게 말하고는 문 쪽으로 갔다.

밀란트는 체칠리에의 단단하게 땋은 머리를 잡았다. "넌 어때, 마리우스가 좋아?"

아이는 대답 대신 그저 찻주전자를 향해 고개를 끄덕이고는 조금 바보스러운 미소를 지었다. 그러고는 갑자기 생각이 난 듯 의자에서 미끄러져 내려가더니 긴 의자로 가서 그 위로 기어올라갔다. 아이는 방구석의 희미한 불빛 속에서 ― 양철갓 속에 든 전구는 식탁 위로 길게 내려와 달려 있었다 ― 선반 위의 소박한 살림살이들 한가운데에 자리 잡고 있는 도시풍 갈색 라디오의 스위치를 더듬어 찾았다. 그리하여 마리우스가 들어오는 순간 재즈의 음향이 울려퍼졌고, 라디오 몸체에서 흘러나온 나른한 리듬은 천천히 바닥을 기어다니다가 검게 그을린 방 천장을 폴짝폴짝 뛰어다녔다.

반면에 마룻바닥에서는 체칠리에가 폴짝폴짝 뛰고 있었다. 아이는 이쪽저쪽 발을 바꿔가며 폴짝거렸고 작은 두 팔로 번갈아 허공을 찔러댔다. 아이의 표정 속에서 거룩하고도 진지하게 어떤 감정이 깨어나는 것이 보였고, 회색의 두툼한 털양말을 신고 추는 아이의 춤은 소리 없이 잠잠했다. 재즈가 탱고로 바뀌었는데도 아이는 천사의 춤을 멈추지 않았다.

마리우스는 문가에 몸을 기대고 선 채 다정하게 고개를 기울인 특유의 자세로 그 사랑스러운 장면을 바라보고 있었다. 그는 자신에게서 눈을 떼지 않은 채 그의 차를 식탁 위에 놓고 있는 이름가르트에게는 주의를 기울이지 않았다. 아니, 식탁으로 와서 앉으라고 초대하는 그녀의 몸짓을 거의 의도적으로 못 본 체하고 있었다. 그러다가 갑자기, 그순간 나는 그가 함께 춤을 추려나보다 생각했는데, 몇걸음 성큼성큼 구석으로 걸어가서는 라디오를 꺼버렸다.

한창 춤을 추고 있던 체칠리에는 굳어버렸다. 아이는 너무 당황한 나머지, 사실은 이미 크게 놀랐음에도 자신이 빠져 있던 무아지경 속에 그대로 머물러 있었다. 한쪽 발을 가볍게 구부린 상태여서 아이는 나머지 한 발로 서 있는 거나 마찬가지였고, 마치 사라져버린 음향을 저 위쪽에서라도 붙잡으려는 것처럼 팔은 손바닥을 한껏 비틀어올린 채 위를 향하고 있었다. 아이의 표정 속에선 여전히 감정이 깨어나고 있었고, 그 깨어남은 멈출 줄을 몰랐다. 굳어버린 육체 속으로 되돌아갈 수 없게 되자 그것은 영원한 깨어남으로 얼어붙었지만, 그 안에는 애통하게 잠들게 된 데 대한 상처 또한 이미 담겨 있었다.

하지만 결국엔 굳어버린 몸이 풀리면서 아이는 입을 비죽이더니 "으앙" 하고 울음을 터뜨렸고, 다시 아버지의 품으로 도망쳤다.

세상에, 그저 차를 마시기 위해 차가운 전구를 둘러싸고 앉아 있었을 뿐인 우리 역시 굳어버렸다. 선반 위의 접시들이 하얗게 반짝이는 이 따뜻하고도 차가운 부엌의 어둠속에서, 타서 굳어버린 기름의 오래된 악취가 사람들의 체취와 뒤섞이는 이 온기 속에서, 맙소사, 우리도 굳어버렸다. 여전히 마리우스에게 식탁으로 오라고 손짓하던 이름가르트도, 체칠리에를 꼭 안아주고 있는 그녀의 아버지도, 심지어 하인 안드레아스조차도 굳어버렸다. 그는 아까 꺼냈던 성냥을 허벅지 뒷부분에 비벼 불붙일 생각은 하지 않고 조용히 허공에 들고 있었다. 제일 먼저 입을 연 것은 부인이었다. 그녀는 "다시 음악 켜요"라고 말했다.

"사모님." 그가 정중하게 말했다. "라디오를 다시 돌려보내세요."

"말도 안 돼, 정말 말도 안 돼." 부인이 흥분해서 말했다. "정신 좀 차려요! 그게 얼마나 비싼 건데…… 당장 다시 음악 켜요."

"사모님께서 명령하시면, 전 따를 수밖에요." 그는 연극풍의 유순함을 보이며 숙이고 들었다. "하지만 부모님들은 약해요. 부모는 자식을 위해 많은 일을 합니다. 그것이 아이에게 해가 될 수도 있다는 것을 생각하지 못하고 양보를 하죠……" 그는 의도적으로 잠시 말을 멈췄다가 의기양양한 미소를 띠고 덧붙였다. "……제 말은 그저 이제는 아이들이 자야 할 시간이라는 겁니다."

이 말은 사실 체칠리에를 향한 것이었지만 아이는 그 말을 따르지 않았다. 아이는 이제 아버지 옆에 얌전히 앉아 있었고 아버지는 그녀의 머리를 쓰다듬어주고 있었다.

마리우스는 라디오에 손을 가져다 댄 채 기다렸다.

그때 밀란트가 말했다. "그건 도시 음악이야."

그의 말이 맞을지도 모른다. 하지만 라디오 또한 도시의 기계였고, 설혹 라디오에서 시골 노래가 흘러나왔다 한들 달라질 것은 없었을 것이다.

마리우스가 대답했다. "도시 음악이든 도시 음악이 아니든, 사치스러운 음악입니다. 그런데 사모님께서는 그것을 원하시고요." 하지만 그는 이 말을 하면서 마치 결정을 내리는 사람이 이름가르트라는 듯이 그녀를 바라보았다.

"차나 마시고 조용히 해요." 밀란트 부인이 짧고 거칠게 웃으며 명령했다.

하지만 이름가르트는 마리우스의 눈길을 받으며 서 있었다. 나역시 그녀를 바라보았다. 그녀는 꼭 그녀의 어머니와 외할머니가 하던 것처럼 가슴 아래에 팔짱을 끼고 있었다. 붉은색 머리카락 아래 혈색 좋고 넓적한 얼굴, 선홍색 입술, 모든 면에서 그녀는 진정한 기손가의 여인이었다. 결혼식을 위해 아랫마을로 데려왔을 때 그녀의 어머니가 이런 얼굴을 하고 있었을까? 이 얼굴에도 거친 기색이 깃들게 될까? 나이가 우리의 얼굴에 베일을 씌우고 그것을 다시 벗기는 거라면 인간적이면서 지속적인 것은 어디에, 대체 어디에 존재하는 걸까?

다른 사람이 마음속으로 어떤 생각을 하고 있는지 우리는 아무도 모른다. 하인 안드레아스는 "아이고" 하며 한숨을 쉬었다. 그러면서 그는 몇번의 시도 끝에 성냥에 불을 붙여서는 한 손으로 가려가며 파이프에 가져다 댔다.

그때 이름가르트가 마리우스로부터 시선을 떼며 말했다. "맞아요, 잠잘 시간이네요." 그녀는 어린 여동생의 손을 잡고 밖으로 나가면서 더이상 마리우스를 쳐다보지 않았다. 마리우스는 우리와 함께 식탁에 앉아 차가 담긴 사발을 천천히 젓고는 한모금씩 마시기 시작했는데, 그 모습은 마치 자신의 일을 끝낸 댓가로 원기 회복을 위한 음료라도 얻어낸 사람 같았다. 우리는 별 의미 없는 이야기를 나누었다. 잠시 후 밀란트가 일어나 라디오를 켰고 우리는 정치 뉴스를 들었다.

그리고 나서 나는 집으로 왔다. 피곤해져서 더이상 뛰고 싶지 않았던 트랍은 내 뒤를 따라왔다. 눈은 이제 발밑에서 뽀드득거렸다. 눈길은 굉장히 울퉁불퉁하고, 달이 나의 뒤편에 있기 때문에 작고 어두운 그림자들로 가득하다. 날씨는 차가운 동시에 온화하다. 나는 어린 시절에 걸었을 법한 가벼운 걸음걸이로 길을 걷는다. 어린 시절에 숨 쉬었던 것처럼 숨 쉰다. 지금 내 얼굴이 완전히 베일이 벗겨진 모습이라고 해도, 내면으로부터 보았을 때 그것은 더더욱 수수께끼 같은 일이 되었을 뿐이다. 아직 아무런 대답도 얻지 못했다. 어떻게 벌써 작별의 시간이 될 수 있단 말인가? 나는 계속 걸었다. 이곳저곳 불 켜진 집들이 있었다. 몇몇 집에서는 우리가 밀란트네 부엌에 모여 앉아 있던 것과 똑같이 사람들이 앉아 있는 모습이 보였다. 마을을 벗어나자 달빛 속에 쿠프론 절벽이 거대한 백색의 모습으로 서 있었다. 먼 곳의 산꼭대기들은 더욱 부드럽고 연한 은색을 띠고 있었고, 안개가 드리운 밤의 지평선으로 인해 느슨해지고 부분적으로 지워진 모습이었다. 두 발로 나를 앞서가며 내게 길을 가리켜 보이는 나의 그림자를 따라 계속해서 위쪽으로 올라가자 주위가 점점 더 환해졌다. 공기가 온화하고 환한 가운데 달빛으로 인해 더이상 저 위쪽 상부 쿠프론 지역 집들의 불 켜진 창문을 볼 수 없었다. 나는 계속해서 차갑고 부드러운 창공을 향해 위쪽으로 걸어올라갔다. 창공에는 수많은 별이 자기들도 너무 온화한 날씨로 인해 덥혀지고 가벼워졌다는 듯 헤엄치고 있었다.

3

이름가르트 밀란트는 기손가 여인이고, 그녀의 어머니 역시 기손가 여인이다. 하지만 진정한 기손가 여인은, 비록 결혼을 통해 기손이라는 이름을 얻게 되긴 했지만, 그녀의 외할머니였다. 그렇게 강한 기질의 여성들의 경우 그들이 딸과 손녀 그리고 다시 손녀의 딸에게까지 자신의 이름을 물려주지 못하고 상실하게 되는 것이 부당하다는 생각이 항상 들곤 한다. 반면에 기손가 여인들의 경우 여러 측면에서 예외적으로 여겨지기는 하지만, 일반적으로 '어머니 기손'이라고 불리는 여인에 의해 기손이라는 이름이 남김없이 흡수되고 전수되었다. 그래서 사람들은 분명 이 이름을 가진 남자도 한명은 있었을 거라는 생각조차 아예 하지 않는다. 설혹 그런 생각을 하게 되더라도 이 이름을 가진 남자는 죽지 않고 부인에게 흡수되었을 것 같은 느낌이 든다. 물론 그 남자는 이미 죽었지만 그의 유골을 간직하고 있는 땅속으로 들어가지 않고 부인에게로 들어갔을 것만 같다. 그렇다고 해서 그가 약해 빠진 남자라는 의미가 아니라, 강하고 굉장히 힘이 넘치는 남자로서 자신의 힘을 유지한 채 그런 방식으로 사라지기를 소망한 듯한 생각이 드는 것이다. 그런 생각의 영향으로 사람들은 붉은 수염을 가진 그의 아들 마티아스, 힘에 있어서나 건장한 외모에 있어서나 아버지를 꼭 닮았다고 알려진 그의 아들 또한 조금은 이국적으로 들리는 — 이곳 윗마을에는 그런 종류의 이름이 몇개 있다 — 멋진 이름인 기손의 소유자라는 사실을 매번 잊곤 한다. 그래서 그를 부를 때면 그저 산山마티아스라고 부른다.

바야흐로 때는 사월이었다. 여기저기 눈이 녹으며 또다시 검은 흙과 빛바랜 풀이 드러나 보이는 가운데, 낮게 드리워진 하늘에서 이미 거뭇해진 눈 위로 무거운 빗줄기가 요란하게 쏟아져내렸다. 하늘과 빗줄기는 금세 다시 눈으로 변하려는 것 같았다. 사물들은 흐릿해졌다가 가까이 다가가면 안개 속에서 모습을 드러내곤 했다. 빗방울을 뚝뚝 떨어뜨리는 가문비나무, 지붕 위로 가벼운 안개죽 같은 연기를 얹고 있는 집들이 그렇게 나타났다.

내가 윗마을로부터 약간 떨어진 곳에 살고 있는 주크의 집을 나와 귀갓길에 오른 것은 약 열한시경이었다. 달갑지 않은 경우였다. 그의 아내는 부스럼을 앓고 있었고 열이 오른 상태였는데 아이에게 젖을 먹여야만 했다. 이제 내게는 아이조차 그다지 사랑스럽게 여겨지지 않았다. 이런 종류의 문제가 생길 때마다 그랬듯 나는 이토록 열악한 상황에서 인간이 존속한다는 것이 짜증스러워졌다. 그들은 왜 포기하려 하지 않는 걸까? 단지 자신이 후대 부족으로 인해 도움도 받지 못한 채 고독하게 죽어야만 하는 저 최후의 인간들 중 하나가 될까봐 모두 두려워하기 때문인 것일까? 지금은 당연히 젖병 수유를 시작해야 하는 시기였다. 그런데 여기 윗마을에서는 저온살균법에 대해서는 말도 꺼낼 수 없었다. 비참한 상황이었다.

나는 그렇게 언짢은 생각을 하면서 마을길을 걸어내려갔다. 사실 이곳의 길은 하부 쿠프론 지역과는 달리 부분적으로만 건물들이 나란히 늘어서 있는 제대로 된 마을길이었고, 그 사이사이로 아무런 건물도 지어지지 않은 경작지가 나타나기도 하고 외따로 지어진 작은 목조건물들이 등장하기도 했다. 모직 외투에 달린 모자를 머리 위로 끌어당겨 쓴 채 비에 젖은 집들 사이를 걸어내려가며 지팡이로 눈 속 진흙탕을 쿡쿡 찔러대던 나는 산골농장을 지나면서 갑자기 어머니 기손을 만나보고 가야겠다는 생각이 들었다.

산골농장은 옆으로 길게 뻗어 있는 나지막한 건물로 창틀 모양과 내쌓기 장식을 보면 이 건물이 처음에 고딕식으로 지어졌다는 것을 알 수 있다. 과거에 이 산골농장은 오래된 광부 주거지역인 상부 쿠프론에서 광산관리국의 역할을 했던 것이 분명하다. 지금은 명확한 이유 없이 몇 가족의 공동소유가 되어 있는데, 사실은 그 역시 이미 상상도 할 수 없을 만큼 오래전의 일이다. 아마도 그들은 전임 시장, 광부 들 중 상급자와 다른 특권층이었을 것이다. 그들은 이 복합건물에 별도의 입구를 설치하고 넓은 마당을 나누어서 최대한 독립적인 농가들로 바꾸어놓았다. 물론 그렇게 했다고 해서 진짜 농장이 되지는 않았지만 꼭 그래야만 할 이유도 없었다. 이곳 위쪽 지역엔 제대로 된 농부들의 공동경작지 같은 것도 없었고, 토지라고 해봐야 숲을 개간해서 만든 것으로 대부분 소규모여서 빈농의 규모를 넘어서는 경우가 하나도 없었기 때문이다. 하지만 어쩌면 바로 이 공동건물의 존속이 상부 쿠프론 주민들을 하나로 결속시키는 접착제 같은 역할을 해서 과거의 공동체적인 광부 집단에 대한 머나먼 기억을 여태 간직하도록 하고 있는지도 모른다. 아랫마을의 골짜기 농사꾼들은 이런 부분을 전혀 이해하지 못한다. 그들은 몇몇을 제외하고는 자신들 역시 부유하지 못하면서도 가난한 윗마을 사람들을 지금까지도 여전히 농부가 아닌 프롤레타리아로 여겼고, 존중할 만한 전통을 가진 산골농장은 일종의 임대주거단지처럼 생각했다. 그들은 밀란트가 이 윗마을 출신의 아내를 맞이했다는 이유로 굉장히 오랫동안 그에게 분노했고 그를 멸시했다.

이 지역의 창문들이 대부분 그렇듯 어머니 기손네 창문 또한 넝쿨형 카네이션으로 장식되어 있었다. 엉망으로 뒤엉키고 햇볕에 거칠어진 수염 모양의 회녹색 줄기는 아직 꽃을 피우지 않은 채 네모난 화분 밖으로 늘어져 있었고 빗물이 그 위로 흘러내렸다. 다른 집들과 마찬가지로 이곳도 창문 중의 하나를 출입구로 변형시켰는데 바깥쪽의 목재문은 낮에는 항상 열려 있었으며 철사 갈고리를 이용해 오른쪽 벽에 고정시켜두었다. 반면에 문의 왼쪽엔 사람들이 밖에 앉아 있을 수 있도록 나무 벤치를 바닥에 박아넣고 이곳 사람들이 집으로 들어가기 전에 으레 벗어놓곤 하는 나막신을 넣을 칸막이를 마련해두었다. 그러나 안쪽의 유리문을 통과하면 곧장 부엌으로 들어가게 된다.

곧 나는 바로 그곳에 선 채 비에 젖어 무거워진 외투를 벗고 있었고, 어머니 기손은 징이 박힌 구두와 빗물이 뚝뚝 떨어지는 옷으로 하얗게 닦아놓은 마룻바닥을 더럽힌 사내들을 욕하고 있었다. 밝은 안락함이 이 공간을 채우고 있다. 마치 지난 수백년 동안 매일 아침 이 안으로 쏟아져들어와 오전 내내 머물곤 했던 태양이 환한 빛을 저장해두었다가 오늘 같은 흐린 날 꺼내어 쓸 수 있도록 해둔 것만 같다. 뒤쪽의 한 귀퉁이에 화덕이 있고 그 위에선 벌써 점심으로 먹을 수프가 끓고 있다. 십팔세기 농민의 작품인 유리장이 두개 놓여 있고, 그 안은 꽃문양의 그릇들로 가득 차 있다. 한쪽 창문 앞에는 직사각형의 벤치에 둘러싸인 커다란 식탁이 놓여 있는데, 어머니 기손은 거기 앉아 욕을 해대고 있다.

"어머니, 이렇게 궂은 날씨엔 욕 대신 제게 슈납스²나 한잔 주시는 게 훨씬 더 나을 것 같은데요."

"그게 좋겠군요, 의사 선생님."

그러더니 그녀는 식품창고에서 술병을 가져오기 위해 일어선다. 그런데 그 슈납스는 특별한 종류의 것으로, 지독하게 독한 맛을 가진 비밀스러운 약초술이다. 팔월이 되어 별똥별이 떨어질 때가 되면 어머니 기손이 문 앞에 나와 서서 주의 깊게 하늘을 살피는 모습을 볼 수 있다. 나는 오랫동안 그것이 무슨 의미인지 모르고 있었다. 하지만 내가 그녀의 신뢰를 얻게 된 이후로 그녀는 가끔 한두가지 사실을 털어놓곤 한다. 그녀는 "난 팔일 후에 갈 겁니다"라거나 "내일 갑니다"라고 말한다. 그러고는 때가 되면 이른 새벽에 산속 깊이 올라가 마치 젊은 청년처럼 절벽 이곳저곳을 기어오르고는 조심스럽게 싼 약초 다발을 가지고 돌아온다. 하지만 그 내용물에 대해선 함구하고, 발견 장소 역시 철저하게 비밀에 부친다. "누가 그 모든 지식을 물려받게 될까요, 어머니 기손?"—"이름가르트지요, 하지만 아직은 때가 되지 않았어요."

그녀는 술병을 갖고 돌아오는 길에 빵 한덩어리도 가지고 온다.

"슈납스만 마시는 건 좋지 않아요." 그녀가 말했다.

---

2 유럽, 특히 독일 및 그 주변에서 독주를 일컫는 말. 감자·곡물·과일 등을 증류해서 만들며, 보통 높은 알코올을 함유하고 있다. 증류주, 화주(火酒).

나와 어머니 기손의 우정은 이제 꽤 오래되었고 해가 지날수록 단단해져간다. 내가 이곳에서 업무를 시작한 지 얼마 되지 않았을 때 그녀는 사람을 보내 나를 불렀다. 당시 서른살쯤 되었던 마티아스가 갑자기 쓰러진 것이다. 나는 급히 수술이 필요한 맹장염이라고 진단을 내렸다. 하지만 내가 강력하게 요청했음에도 그녀는 아들을 병원으로 보내지 않았다. 그녀는 아들의 두 눈을 한참 동안 응시하더니 내게 말했다. "아닙니다. 살아서 거기 도착하기는 어려울 것 같아요. 여기서 끝내야만 합니다." 그러고는 그녀가 직접 치료에 나섰다. 그녀는 외양간 안의 소 두마리 사이에 환자의 침대를 놓게 했다──나는 그녀의 처방에는 언제나 동물이 포함된다는 것을 나중에 깨달았다──그곳에서 마티아스는 동물들의 악취 속에서 직접적인 기를 받으며 팔일간 금식해야 했다. 그녀가 환자의 배에 따뜻한 소똥까지 발랐는지는 알아낼 수 없었다. 왜냐하면 그녀는 나로 하여금 명백하게 복막염 증세를 보이고 있는 환자에게 손도 대지 못하게 했기 때문이다. 나중에 내가 그 일에 대해 묻자 그녀는 그저 미소 짓더니 "아마도"라고 대답했다. 어쨌든 그녀는 아들을 회복시켰고, 이후에도 나는 그녀와 함께 비슷한 상황들을 몇차례 더 경험하게 되었다. 그렇다고 해서 그녀가 의학을 무시하는 것은 아니었다. 그런 성향은 차라리 내가 더 심했다. 하지만 그녀는 의학의 한계를 명확하게 알았고 내가 그 점을 받아들였기 때문에 그녀와의 우정이 가능해졌을 뿐만 아니라 그녀의 값진 도움까지 받을 수 있었다. 칠십대의 그녀는 나보다 기껏해야 열다섯살이 많을 뿐인데도 내가 마치 비록 인간성은 확인되었지만 그래도 고삐를 잡아줘야 하는 철없는 젊은이인 것처럼 다루는데, 그것이 자연스러워 보인다.

"자, 의사 선생." 그녀가 말한다. "여기 자네의 슈납스 가져왔네. 빵은 갓 구운 거야."

두어마디 말을 나누고 나면 그녀는 내게 반말을 한다. 이곳 윗마을에서는 전반적으로 쉽게 반말을 사용하는 편이다. 적어도 동년배 사이에서는 그렇다.

나는 이름가르트의 소식을 묻는다.

어머니 기손은 조용히 웃는다. 그녀의 이는 굉장히 누렇다. 언젠가 한번 아픈 이가 생겼을 때 그녀는 그것을 직접 뽑아버렸다. 그녀가 어떤 방식으로 그 작업을 해냈는지가 내게는 여전히 수수께끼로 남아 있다.

"자네 마리우스 본 적 있나?"

"세상에, 그자가 아직까지도 밀란트네 집에 머물고 있나요?"

"오늘 이름가르트가 그자를 내게 올려보냈지."

"그 남자랑 결혼이라도 하려는 건가요?"

이제 그녀는 더이상 웃지 않는다. 다만 짧게 "아니"라고 말하는데, 마치 손녀딸을 향해 금지하는 말처럼 들린다.

그녀는 잠시 생각에 잠겨 있었다. 시선을 통해 짐작해보건대, 그녀는 굉장히 멀리 있는 무엇인가에 몰두해 있는 것 같았다. 그러고 거의 위협처럼 들리는 말을 내뱉었다. "이제 때가 된 것 같아."

"뭐가 때가 되었다는 거죠, 어머니 기손?"

"변해야 할 때." 그러더니 그녀는 덧붙였다. "마리우스란 자는 이해가 빠르던걸."

그녀의 언어에서 이해가 빠르다는 말은 지식욕이 있다는 말과 같은 의미였다. 나는 고개를 끄덕였다.

"그자는 광산으로 갔네." 그녀는 엄지로 방의 뒤쪽 벽을 가리켰다. 왜냐하면 그쪽에 쿠프론산이 있기 때문이다.

어머니 기손은 오래된 갱도에 대해 정확한 정보를 줄 수 있는 몇 안 되는 사람들 중의 하나이다. 시간이 흐르면서 그녀는 나에게 수많은 옛 갱도들의 이름을 언급했고 '부유한 갱도' '가난한 갱도' '죽은 이교도의 갱도' '난쟁이갱' '은광' '플롬본'은 직접 보여주기도 했다. 정말이지 나는 그녀가 이 오래된 작업장들의 생산성에 대해 샅샅이 알고 있는 것은 아닌가 하는 의심이 든다. 심지어는 아들 산마티아스보다도 더 많이 알고 있는 듯하다. 언젠가 아들은 내게 주먹만 한 크기의 화강암을 보여줬는데, 그 속엔 위험스럽고도 기이한 빛을 발하는 금맥이 박혀 있었다. 내가 물었다. "찾은 건가?" 그가 대답했다. "네, 조부께서, 아니면 그보다 더 이전의 선조께서요." 그는 돌을 제자리에 돌려놓고 자물쇠를 채웠다. 그의 침대 위에는 오래된 광부용 곡괭이가 걸려 있다.

"마리우스가 광산에서 뭘 하려는 거죠? 그것도 이런 날씨에?"

"아마 금을 찾으려나보지." 어머니 기손이 또다시 웃는데 그 웃음소리엔 뭔가 음흉한 꿍꿍이가 숨어 있는 것처럼 들린다. "이미 많은 사람이 그걸 원했지."

왜 산은 나에게까지 불안감을 주는 것일까? 오래전에 기초공사를 해둔 흔적이 조금씩 남아 있는 산속 오솔길을 걸을 때마다, 숲의 덤불 속에서 벽과 함께 무너진 갱도를 볼 때마다 약간 오싹한 느낌이 들곤 하는 것은 무슨 이유 때문일까? 이 모든 것은 이미 오래전부터 내게 익숙한 것일 수도 있는데 말이다. 실제로 그것들은 이미 예전부터 내게 익숙한 것들이기도 하다.

내가 말한다. "산은 이제 더이상 아무것도 생산하지 않지요."

"산은 쉬어야 해." 어머니 기손이 내 말을 정정한다.

그녀가 이렇게 말하는 것을 이미 여러번 들었지만, 그래도 나는 또다시 묻는다. "얼마나 더 쉬어야 해요, 어머니?"

"난 그걸 볼 수 없을 거야, 자네도 볼 수 없을 거야, 산의 시간은 무궁하지."

그때 왜 이곳에 들어왔는지를 갑자기 떠올린 내가 마치 관련이 있는 얘기라도 되는 것처럼 말한다. "주크의 아이는 살지 못할 것 같아요."

그녀가 말한다. "그래? 아이도 그렇군."

"아이도라니 무슨 뜻이죠?"

그녀가 말한다. "그 어미가 오래 살지 못할 테니 하는 말이지."

"흐음." 나는 쉽게 믿을 수가 없다. 부스럼증에 걸렸다고 죽을 필요까지는 없기 때문이다.

화덕 안에서는 나무가 탁탁 소리를 냈고, 밖에서는 빗줄기가 규칙적으로 후드득거리는 소리를 내며 내리고 있었다. 지붕의 낙수받이로부터 빗물이 졸졸 흘러내렸다. 어머니 기손은 화덕으로 가더니 난로를 열고 장작을 더 집어넣었다. 무심하게 이런 일을 하던 와중에 그녀가 말했다. "사실이야. 내가 주크네를 잘 알잖아."

아마 어떤 남자도 저런 얘기를 저렇게 확신에 차서 가차 없이 할 수는 없을 것이다. 의사조차도 그렇게 못할 것이다. 그 얘기를 듣지 않았더라면 좋았겠다는 생각이 들었다. 그 말을 반박하기는 어려웠지만 좀 완화시키고 싶었다. "글쎄요, 어머니 기손께서도 예외적으로 한번쯤은 틀릴 수도 있잖아요."

그녀는 냄비를 열고 나무주걱으로 그 안을 휘휘 저은 후 맛을 보면서 말했다. "죽는다는 것은 은총이야…… 하지만 자넨 그걸 이해 못하겠지. 그러기엔 아직 너무 젊은데다 의사이기까지 하잖아."

나는 주크를 떠올리며 더이상 대답하지 않았다.

"자네 도시 사람들은 절대 늙지를 않지. 자네들은 늙은 채로 태어나서 죽을 때까지 그대로 멈춰 있잖아……" 그녀는 화덕 앞에 선 채 나를 향해 고개를 끄덕여 보였다.

나처럼 수많은 임종을 경험해본 사람은 여러 종류의 죽음이 있다는 것을, 많은 것들이 똑같아지는 이 크나큰 외로움 속에도 진정한 죽음이라는 특혜가 존재한다는 것을 짐작할 수 있다. 그런 죽음은 너무나 위대하고 아름다우며, 사라짐이긴 하지만 종말을 의미하는 것은 아니어서 죽음의 적대자인 의사조차도 그러한 죽음에는 기꺼이 굴복하고 투쟁을 포기한다. 그때의 투쟁이란 죽음을 상대로 한 것이 아닌 사라짐을 상대로 한 것이다.

어머니 기손은 접시들을 꺼냈다. "자네들은 모든 것이 그저 사라져버릴 수 있다고 생각하니까 누군가에게 때가 이르렀을 때, 그것을 볼 수도 없고 보려고 하지도 않는 거야…… 자네는 물론 나아지기는 했지. 아마 언젠가는 자네가 정말로 죽어도 되는 순간이 오겠지…… 하지만 자네가 그것을 보게 된다면, 자네는 그것을 막을 테지……"

"어머니 기손, 그 일을 위해 제가 있는 겁니다."

"자네가 어리석고 젊기 때문에 그렇게 말하는 걸세." 그녀는 접시들을 식탁 위에 반듯하게 밀어놓고는 가슴 아래로 팔짱을 꼈다. 그러고는 바로 내 앞에 와서 섰다. "내 자네에게 한가지 말해두겠네…… 이제 나에게 때가 이르게 되거든, 괜히 이 방법 저 방법으로 고쳐보려 애쓰지 말고 그냥 순리대로 내버려두게나. 그때쯤엔 내가 자네를 말릴 수 없는 상태에 있더라도 말일세."

"말도 안 됩니다, 어머니 기손. 지금 무슨 얘길 하시는 겁니까?"

"앞으로 일어날 일, 그런데 자네가 직시하지 않으려고 하는 일에 대해 말하는 걸세."

기이한 장면이었다. 칠십대의 나이에도 강인함과 건강의 상징인 그녀가 거기 서 있었다.

"이제 보니 어머니가 무면허 의사로서의 야망 때문에 제가 어머니를 제대로 고쳐놓는 일마저도 못하게 하려는 거라는 생각밖에 안 드는데요…… 하지만 그 문제에 대해서라면 아직은, 다행히 우리에게 아직은 한참의 시간이 남아 있으니까요……"

"두고 보지." 그녀는 웃었다. 인정하고 싶지 않지만 그 웃음소리는 비밀스럽게 들렸다.

그때 유리창을 통해 어깨 위로 모직 우비를 둘러쓴 마리우스가 다가오는 것이 보인다. 그는 활기찬 모습으로 가볍게 다리를 끌면서 길 왼쪽으로부터 올라오고 있었는데, 바지는 젖은 채로 다리에 달라붙어 있고 몰골은 엉망진창이다.

나는 밖을 가리켰다. "금을 많이 가져오는 것처럼 보이지는 않네요."

그녀가 밖을 내다보았다. "금은 아니지만, 뭔가 발견했는데."

나는 더이상 어떤 말에도 놀라지 않았다. 그가 정말 무언가를 발견했는지는 어차피 곧 밝혀질 것이었다.

유리문이 덜컹거리더니 마리우스가 안으로 들어왔다. 이제야 그가 어떤 상태인지를 정확히 볼 수 있었다. 물이 뚝뚝 떨어지는 장화는 온통 흙투성이였고 바지는 무릎 근처까지 더러워져 있었는데, 이런 날씨에 금을 찾으러 갔으니 당연한 일이기도 했다.

"신발과 양말은 벗어서 화덕가에 걸어놓도록 해요." 어머니 기손이 지시를 내렸다.

유치하게도 나는 어머니 기손이 그 부랑자에게 반말을 하지 않는 게 기분 좋았다.

마리우스는 지시받은 대로 했다. 화덕 옆의 벽에 장화를 걸어 말릴 수 있도록 두개의 막대기가 자체적으로 설치되어 있었는데 그는 자신의 물건들을 거기에 걸었다. 그러고는 맨발로 식탁 쪽으로 왔다. 그의 두 발은 반듯한 모양새에 사실상 매우 깨끗했다.

"자, 이제 뭘 찾았는지 보여줘요."

그는 젖은 바지의 주머니에서 기다란 녹색 파편을 끄집어냈다. 그것은 단도처럼 생긴 가느다란 부싯돌칼이었다.

어머니 기손은 강인해 보이는 누런 노인의 손으로 그 칼을 받아 들었다. "눈썰미가 좋은데요." 그녀가 칭찬했다.

내가 말했다. "오천년을 품고 있는 물건이네요."

"칼트 바위 언덕에서 발견했나요?" 어머니 기손이 물었다.

그녀의 다른 말들과 달리 이 말은 놀랍다기보다는 상당히 사실에 근접한 추측이었다. 왜냐하면 그곳에 있는 평평한 암석, 그러니까 그 언덕에 칼트 바위라는 이름을 부여하고 또 원래는 켈트 바위라고 불렸을 것이 틀림없는 그 암석은 의심할 바 없이 켈트족 드루이드(제사장)의 제물용 받침대이기 때문이다. 그 받침대는 그보다 더 오래된 신전이 있던 자리에 설치되었을 것이기 때문에 그곳에서 때때로 그런 물건이 발견되는 것은 아주 당연한 일이다. 마리우스가 바로 그곳에 갔고 눈과 진흙 속에서도 그것을 정확하게 찾아냈다는 것이 더 놀라웠다.

"네." 그가 대답했다. "제 고향에서도 이런 물건이 발견되곤 하지요."

"어디인데요?" 내가 물었다.

마리우스는 선선히 답했다. "돌로미띠[3] 산간지역이요. 조부께서 아직도 그곳에 살고 계시죠."

"뭘 좀 먹겠어요?" 어머니 기손이 빵 덩어리를 가리켜 보였다.

"정말 감사합니다." 마리우스는 그렇게 말하며 빵 덩어리를 집었다. 그러고는 마침 부싯돌칼을 손에 들고 있던 터라, 날이 빠진 그 칼날을 빵에 갖다 대려고 했다.

어머니 기손이 거의 화를 내듯이 그에게서 빵을 빼앗아 뒤집더니 거기 새겨진 세개의 십자무늬를 보여줬다. "이 빵은 신성합니다." 그녀가 말했다. "그리고 이 칼도 신성합니다. 하지만 이 둘은 별개의 것입니다." 그녀는 일반 칼로 빵 한덩어리를 두툼하게 잘라 냈다.

그녀는 석기시대의 제물용 칼이 갖는 신성함에 대해 무엇을 알고 있던 것일까? 그녀에겐 시간이라는 것이 존재하지 않는가? 그녀의 기억은 어디까지 미치는 것일까?

마리우스는 칼을 잡더니 어머니 기손의 말을 이해했다는 것을 보여주려는 듯이, 하지만 그보다는 거의 자동적으로 그것을 목에 가져다 댔다. 그러면서 그는 미소를 지었고 칼을 집어넣고는 빵을 베어 물었다

"조심해요." 어머니 기손이 말했다. "당신은 어느정도 알고 있지만, 알고 있는 것이 너무 적기도 해요. 그렇게 뒤섞인 상태는 좋지 않아요."

"전 다른 사람들보다 더 많이 알고 있습니다." 마리우스가 약간

---

3 알프스 산맥의 일부인 이딸리아 북동부의 산맥. 삼천 미터 이상의 봉우리, 가파른 절벽과 깊은 계곡으로 이루어져 있으며, 화석 기록과 다양한 석회암 지형이 모여 있다. 중세 이후 독일어권과 이딸리아어권 사이의 경계를 이루고 있다.

의 자만심을 드러내며 대답했다. 그의 말은 나까지 겨냥한 것일 수도 있었다. 사실 나는 처음부터 그가 나를 만났던 것을 마뜩지 않게 여긴다는 인상을 받았다.

"바로 그렇기 때문에 조심해야 한다는 겁니다. 당신이 금을 찾으려고 하는 순간 다른 사람들은, 뭐랄까, 훨씬 더 불쾌하게 받아들일 테니까요. 이미 말했듯이 당신이 뭔가를 알고 있기 때문이죠."

"만일 제가 점막대⁴를 이용해서 금을 찾아낸다면요?" 마리우스가 호기롭게 말했다.

"그렇다고 해도 마찬가지예요." 어머니 기손이 말했다. "보기에는 신성하고 진지한 것 같지만 사실은 본색을 감출 수 없는 장난과 유희 같은 것들이 존재하죠. 이를테면 갑자기 유행하게 된 모방 같은 것 말입니다." 그녀의 목소리에 언짢음이 묻어났다. "그냥 식사나 맛있게 하도록 해요." 언짢아하면서도 그녀는 그를 위해 빵 한 조각을 더 잘랐다. 마치 버릇없는 아이를 계속해서 돌봐주는 듯한 모습이었다.

하지만 나는 이 지역 사람들이 들려주곤 하는 전설을 떠올리고 있었다. 전설에 의하면 '난쟁이갱'이라는 이름을 가지고 있고 그 입구가 저 위의 산골예배당 쪽에 나 있는 갱도만이 실제로 금이 나오는 깊이까지 가 닿는다고 했다. 그런데 그 갱도는 거대한 홀로 시작되기는 하지만 그물처럼 연결된 가느다란 통로들로 갈라지는데, 저 난쟁이 같은 갱도 건설자들을 몰아내고 멸망시킨 키 큰 종족, 지금의 우리 또한 속해 있는 그 종족 중의 어느 누구도 네 발로 기어서건 아니면 배를 대고 뱀처럼 기어서건 이 한도 끝도 없이 갈

---

4 수맥이나 광맥을 찾는 데 사용되는 막대기.

라지고 교차하는 장난감 같은 갱도 안으로 들어서거나, 아니면 갱도를 높이거나 확장하는 일에 성공하지 못하리라는 것이었다. 무너져내린 산속에서 혀를 날름거리는 지하 동물들에 에워싸인 채 고립되고 압사하게 될 것이라고 했다. 나는 죽어가던 난쟁이 왕이 남겼다는 그 저주를 떠올려야만 했다. 또한 이곳 산에서 채굴을 했던 그 모든 종족들이 가라앉아 있는 저 시간의 거대한 심연, 인간 삶이 그 안에서 떠돌고 있는 저 시간의 심연으로 인해 전율했다.

그때 마티아스가 산 쪽으로 나 있는 부엌 뒷문을 통해 들어왔다. 마당을 지나 집으로 온 것이 분명했다. 이미 깨끗하게 씻은 그는 키가 크고 어깨가 넓었으며 셔츠를 걸친 모습이었는데, 마치 붉은 수염이 난 천사장처럼 선 채로, 걸어 잠그고 숨겨둬야 하는 문 앞에 서 있는 감시인이기라도 한 듯 새로 와 있는 사람을 자세히 관찰했다. 그는 꼼꼼하게 그리고 천천히 생각하는 사람이었기 때문이다. 익숙하지 않은 일을 할 때는 여유를 두고 미리 준비를 하곤 하는 그였다.

"그래. 이 사람은 마리우스 라티란다. 밀란트네에서 왔단다." 그의 어머니가 말했다.

그러자 누이와 누이의 가족을 사랑할 뿐만 아니라 매형에 대해 호의를 갖고 있는 산마티아스는 식탁으로 와서 우리 곁에 앉았다. 그는 우리와 악수를 나눈 후 어떤 도시의 격식보다 더 복잡하고 엄격하지만 세심하기도 한 이곳 농부들의 격식에 따라 우리가 무슨 얘기를 나누고 있었는지 묻는다. 자신으로 인해 우리의 좋았던 분위기가 깨지지 않도록 하기 위해서이다.

내가 대답했다. "내 생각엔 금이 산속 굉장히 깊은 곳에 있기 때문에 점막대로는 더이상 찾기 어려울 것 같아요."

마티아스는 느릿한 광부의 말투로 대답했다. "점막대는 그것을 들고 있는 사람의 일부일 뿐이죠. 사람이 금을 느끼는 시기도 있고, 구리를 찾거나 둔탁한 납을 찾아갈 수 있는 시기가 있는가 하면 점막대로 그냥 물밖에 찾지 못하는 시기도 있어요. 사람은 자신이 정말 필요로 하는 것만을 발견하기 때문이죠. 그런데 사람이 다른 것을 찾겠다고 억지를 부리면 점막대는 나쁜 결과를 내놓게 되고 그러면 그에겐 모든 것이 재앙이 되고 말아요. 그 때문에 사람들이 오래전 난쟁이갱을 떠났고, 그다음엔 구리 찾기도 그렇게 됐죠. 모든 것에는 시기가 있는 법이고 사람은 그에 따라야 해요. 왜냐하면 그것이 그 사람의 시기니까요."

아마 그는 미처 말을 맺지 못한 상태였을 것이다. 유심히 들어보면 알아챌 수밖에 없는 논리적 결함을 메꾸기 전에 자신의 신중한 성격대로 잠시 말을 멈추려고 했던 것뿐이다. 하지만 마리우스는 명민하게 그 결함을 알아차리고는 재빨리 끼어들었다.

"글쎄요, 당신이 산이 품고 있는 보물들을 모조리 긁어내기 위해 착암기를 들고 산의 몸통을 향해 다가간다면, 당신이 산의 깊숙한 내면을 완전히 거꾸로 뒤집어버린다면 그런 일이 있을 수도 있겠죠. 하지만 내가 점막대를 손에 들고 그것을 움직이면서 내 몸의 모든 힘줄을 통해 금을 느끼려고 할 경우, 그것은 금의 시대가 다시 시작되었다는 의미일 뿐이죠."

마티아스 기손은 두 손으로 턱을 받치고 있었기 때문에 수염이 손가락들 사이로 비어져나왔다. 강한 사람들이 흔히 그렇듯이 그는 웃는 것을 좋아했기 때문에 그에게는 마리우스가 흥분한 것이 우습게 보였다. 그렇다고 그가 마리우스를 조롱조로 비난했다는 것은 아니다. 그는 한 손을 턱에서 뗀 후 웃으면서 손으로 마리우스의 무릎을 두드렸다. "어떤 일에 대해 찬성할 이유와 반대할 이유는 충분히 많은 법이죠."

하지만 어머니 기손은 냄비를 불구멍에서 옆으로 옮기고 다른 냄비를 그 자리에 놓으면서 이렇게 말했다. "사람들은 기계를 악용할 수 있는 것과 똑같이 점막대 역시 악용할 수 있어요. 마찬가지로 그 막대기에 의해 사람이 악용당할 수도 있고요…… 난 당신에게 충고할 수 있을 뿐입니다. 그것을 믿느냐 마느냐 하는 것은 당신에게 달려 있지요."

"그렇지 않습니다." 마리우스는 그의 특징인 흡인력 있는 정중함을 최대한 갖추어 외치듯 말했다. "절 그런 식으로 구슬리지 마세요…… 제 능력을 보여드릴 수 있게 해주세요. 그리고 산마티아스, 내가 당신을 설득하는 데 실패하기 전에는 나를 비웃지 마세요."

그러자 마티아스가 일어서더니 곧 청동 철사로 만든 고리를 가지고 돌아와서는 그것을 말없이 마리우스에게 건넸다. 나도 그 도구가 무엇인지 알아보았다. 점막대를 사용하는 사람들 중 어떤 이들은 청동을 찾을 때 이 금속 고리를 선호했다.

마리우스는 그렇게 호락호락하게 물러서지 않았다. 그는 방어해야 할 것이 많은 사람 같았다. 내가 짐작할 수 있는 것보다 더 큰 소망을 품고 있는 사람처럼 보였다. 그가 말했다. "그러고 보니 당신이 아무것도 못 찾아낸 것이 놀랍지 않군요. 이건 사실상 점막대도 아니지 않습니까. 기계와 거의 비슷한데요…… 생명의 온갖 부드러움이 흐르고 있는 싱싱한 버들가지로 시도를 했어야죠…… 그런 시도를 해본 적이 있나요?"

"그런 시도를 해본 적은 전혀 없어요…… 하지만 우린 점막대 없이도 산이 무엇을 원하는지 알고 있어요." 그러더니 마티아스는 마치 그렇게 하면 땅속의 소리를 들을 수 있다는 듯 손바닥을 마룻바닥 위 무릎 높이 정도로 가져다 댔다.

친근한 부엌 안이 조금 더 환해졌다. 밖에서 비가 천천히 가늘어져가고 있는 듯했다. 마리우스는 침묵했고 우리 또한 침묵했다. 마침내 그가 거의 애원하듯 말했다. "당신들은 산이 무엇을 원하는지 알고 있습니다. 당신들은 그토록 확신에 차 있고 스스로 옳다고 믿고 있기 때문에 다른 사람의 지식을 인정하려고 하기는커녕 관심조차 보이지 않는군요...... 날 시험해보세요. 나를 받아주시고 당신들 밑에서 일하게 해주세요. 나를 다 시험해보기도 전에 처음부터 의심하지는 마세요."

그는 일어서 있었다. 맨발로 머리를 약간 숙인 채 서 있는 모습이 마치 기다리고 있는 참회자 같았다.

어머니 기손은 그를 뚫어지게 바라보더니 차분한 어조로 그리고 반말로 말했다. "자네가 원한다고 해도 여기서 일할 수는 없네. 그리고 난 자네의 지식에 대해 의심하는 게 아닐세. 다만 그 지식이 우리에게 아무런 도움이 안 된다는 거지."

"그러니까 저를 안 받아들이신다는 거죠." 그가 말했다.

"나쁜 의도에서 그런 것이 아니라, 염려가 되어서 그러는 걸세." 그녀가 대답했다.

"알겠습니다." 그는 그렇게만 말하고는 화덕 쪽으로 가서 자신의 양말과 장화를 집어들었다.

"마티아스가 자네에게 마른 양말을 줄 걸세." 그녀는 젖어서 검게 쪼그라든 양말을 바라보더니 그렇게 말했다. "자네가 원할 때 언제든지 다시 가져다주면 되네." 그녀는 문 옆 옷걸이에 걸린 채 아래쪽 바닥에 물을 흠뻑 쏟아놓은 그의 모직 우비를 들고 아직도 묻어 있는 물방울을 털어내며 어머니 같은 어조로 말했다. "이것도 직접 해뒀어야지." 그사이 마티아스는 양말을 가지고 왔고 마리우스는 정중한 감사와 함께 양말을 받았다. 그 모습은 마치 절반 정도는 여전히 집에 속해 있지만 이미 멀어져버린 탕자가 다시 낯선 땅으로 내보내지는 것 같았다. 사실 그들은 거의 다 조리가 된 채 화덕 위에 놓여 있는 음식을 함께 먹자고 그를 붙들 수 없어서 속상해하고 있을 것이 분명했다. 하지만 그런 일이 벌어지고 그런 대화를 나눈 후인데 다른 방법도 없었을 것이다.

"빗줄기가 가늘어졌네요." 내가 말했다. "저도 이젠 가봐야 할 시간입니다…… 아직 환자가 남아 있거든요."

지금은 어머니와 아들 두 사람만 있도록 하는 것이 더 옳은 일이기도 했다.

그리하여 마리우스와 나, 우리 두 사람은 작별인사를 한 후 유리문을 통해 눈얼룩이 남은 채 진흙탕이 되어버린 거리로 나왔다. 하얀 벽과 어두운 유리창들 사이의 그 길은 흐릿하게 하얀빛으로 덮인 정오의 하늘 아래 마치 한장의 사진처럼 회색빛, 흰빛, 검은빛을 발하고 있었다. 눅눅하고 흐물흐물한 회색 공기가 우리를 향해 밀려들었고 우리는 아무 말없이 길을 걸어내려갔다.

마을이 끝나는 지점에서 내가 말했다. "안녕히 가세요, 라티 씨."

"아, 함께 아랫마을로 가시는 게 아닌가요?"

"네, 난 집으로 갑니다." 나는 칼트 바위 위쪽의 가문비나무 숲 위로 우리 집의 빨간색 기와지붕이 솟아올라 있는 것을 가리켜 보였다.

"거기 집이 두채가 있던데요" 그가 말했다. "또 누구 다른 사람이 살고 있나요?"

"물론입니다."

"누구죠?"

"아, 그 건축사업으로부터 남게 된 일종의 관리인 같은 인물입니다…… 기계와 관련된 일을 하면서 생계를 꾸려나가고 있어요. 모터라든가 그 비슷한 것들 말입니다……"

"아하, 그 라디오 판매상 말이군요."

"맞아요, 그 일도 합니다."

그는 누구인지 알겠다는 듯 말했다. "이름이 베취죠." 그가 경멸하는 듯한 표정을 지었다. 이웃이 맘에 들지 않는 모양이었다.

"자, 그럼 난 이제 왼쪽으로 갑니다." 나는 더이상의 질문을 피하기 위해 마무리하듯 말했다.

"안녕히 가십시오, 의사 선생님." 그는 짧게 말하고 멀어져갔다.

내가 자신의 패배를 목격했다는 것 때문에 그가 내게 원한을 품을 것이라는 생각이 들었다. 하지만 무슨 상관인가. 숲 가장자리에 다다르자 올해 처음으로 핀 크로커스꽃이 눈에 들어왔다.

4

부활절이었다. 하얀 구름들이 서쪽으로 느슨하게 차례를 지어 쿠프론산을 향해 몰려와 산 너머로 사라졌다. 덕분에 그다음 구름들이 계속해서 들어설 수 있도록 서늘하고 푸른 하늘이 열리곤 했다. 지금 찾아온 봄은 삼월 초순에 예상치도 못하게 벽력같이 찾아왔던 봄과는 완전히 다른 진정한 봄, 부드럽고 지속적인 봄이었다. 마치 기꺼이 옷을 풀어헤치고 맞고 싶은 가벼운 비처럼 이제 하늘의 푸른빛이 인간들의 몸 위로 가볍게 흘러내렸다.

나는 상당히 이른 시간에 아랫마을로 내려가 마을의 북쪽 가장자리를 따라 난 들길을 걷고 있었다. 농가의 정원들은 아직 횅하고 과일나무에는 이제야 싹이 트고 있었지만 조금 높은 지대에 나 있는 길과 정원 사이에 설치된 느슨하고 불규칙한 회색빛 판자 울타리엔 벌써부터 녹색 이끼가 자라 있다. 또한 울타리와 길 사이의 도랑처럼 생긴 공간도 이미 초록색 잡초들과 머위로 가득하다. 이미 녹색을 띤 초원과 경작지의 분지는 조금씩 조금씩 하늘을 들이마시고 있고, 그 결과 대지는 가볍게 유희하듯 나부끼는데, 이렇게 활동적인 아침의 신선함은 보통은 잔물결이 일고 있는 바닷가의 아침에만 느낄 수 있는 것이다. 이제 곧 초원은 수선화로 가득 덮일 것이다.

슈트룀 소유의 땅과 묘지 사이를 통과해 다시 마을 안쪽으로 접어든 나는 사제관과 성당 사이에서 우리의 성직자, 룸볼트 신부님을 만난다. 병약하고 빈혈기가 있는 그의 희미한 존재는 사제관의 네 벽 사이에서 거의 눈에 띄지 않을 정도이다. 그는 내게 진료를 요청하는 일이 없는데, 그가 죽음에 저항하고 싶은 생각이 전혀 없기 때문이거나, 진료비가 걱정되기 때문일 것이다. 어쩌면 내가 자신에게서 한푼도 받지 않을 거라는 걸 알기 때문일 수도 있다. 언젠가 나는 그에게 가능하면 자주 간을 먹으라고 조언한 적이 있다. 자베스트가 그를 위해 언제나 간을 따로 남겨둘 수 있을 것이고 간이 빈혈에 도움이 될 것이라고 말이다. 그에 대한 대답으로 돌아온 쇠약한 몸짓은 그가 그렇게 사치스러운 식료품을 감당할 수 없다는 사실을 암시하는 것이었다. "그럼 시금치를 많이 드세요, 신부님." 내가 말했다. 왜냐하면 그가 사랑하는 장미가 심긴 황량한 정원 안에서 그가 약간의 채소밭을 직접 가꾼다는 것을 알고 있었기 때문이다. 그는 만족스럽게 고개를 끄덕였다. "맞아요, 맞아요. 시금치는 정말 건강한 음식이죠."

그럼에도 우리는 서로 좋은 관계를 유지하고 있다. 그리고 병자성사[5]를 받아야 할 상황이 되었을 경우, 내가 거의 매번 너무 늦게

---

5 사고나 중병, 고령으로 죽음에 임박한 신자가 받는 성사.

서야 그를 부르도록 하는데도 그는 그런 일로 앙심을 품거나 하지 않는다.

그가 또다시 병상에 몸져누웠다는 얘기를 최근에야 전해 들은 나는 그런 일이 있을 때 나의 도움 없이 해결하려 하지 말라고 으레 하던 대로 잔소리를 했다.

그러자 그는 무시당한 사람들이 종종 드러내곤 하는 방식대로 약간 뼈 있는 농담을 했다. "사실 의사 선생님도 나의 봉사를 이용하는 법이 거의 없지 않습니까."

"아니, 신부님, 제가 신과 맺은 협정에 대해 잘 알고 계시지 않습니까…… 부활절, 오순절 그리고 성탄절엔 제가 그분을 방문해서 뵙지요…… 그 나머지 시간엔 그분께서 제게 오셔야죠……"

입 한쪽이 약간 처져 있는 그의 얼굴에 미소가 떠올랐다. 겨울이면 두꺼운 목도리 위로 그의 얼굴이 솟아나와 있곤 하기 때문에 사람들은 항상 자기도 모르게 그 얼굴 아래쪽에서 목도리를 찾곤 한다. "옳지 않아요, 의사 선생님, 옳지 않아요."

"성당에 출석하느냐 출석하지 않느냐는 중요한 게 아닙니다…… 그건 다른 상황만 맞으면…… 금세 실행할 수 있는 일이지요."

"그렇죠." 그는 그렇게만 말하고 한숨을 내쉬었다. 그는 농부들에 대해 느끼는 경계심을 나에게도 느끼고 있고 그래서 그가 조금이나마 솔직해질 때까지는 항상 어느정도의 시간이 필요하다. 그가 나의 체력 때문에 나를 농부들과 같은 부류로 여기는 것이 분명하다. 그의 키는 겨우 나의 가슴께에 와 닿는다.

그것도 그렇지만 우리 둘 다 종교에 대한 대화를 시작하고 싶은 생각이 없었다.

그래서 나는 이렇게 말했다. "이제 곧 신부님의 정원이 멋있어지겠는데요." 하지만 곧 그의 믿음 역시 그의 달콤한 장미 향기가 미치는 작은 구역 이상은 넘지 못한다는 생각이 들었다. 정원사들이란 대개 그런 법이다.

그는 또다시 한숨을 쉬었다. "내가 직접 해결할 수 있는 것들은 기꺼이 하고 있습니다…… 하지만 저기 성당 지붕 한번 보세요…… 지붕 물받이는 부서졌고, 여기 사제관은…… 에휴, 이런 얘기 늘어놓고 싶은 생각은 전혀 없습니다만……"

"다들 돈이 없죠, 신부님."

"그래도 저 정도 해결할 정도는 되어야죠…… 하지만 농부들은 일요일에 성당에 나와서 내 강론을 듣는 것으로 충분히 할 일을 다 했다고 생각하지요."

"그것 보세요, 성당 출석에 대한 제 생각이 맞잖아요."

"난 벌써 두번이나 시장에게 다녀왔답니다……"

"그자는 락스가 나서지 않으면 아무 일도 하지 않아요. 그런데 락스는 무례한 무신론자이구요."

락스는 제1공동체위원이다.

신부님은 내가 그 말을 진심으로 한 것인지 살피는 듯 옆쪽에서 나를 바라보았다. 그러더니 한쪽이 처진 그의 입 위로 또다시 그의 빈약한 유머의 그림자가 획 지나간다. "그 사람이 무신론자라구요? 내가 볼 땐 그 사람들 모두 무신론자입니다…… 성호를 긋기는 하지만 이교도적인 행동이죠."

"인간이란 다루기 힘든 짐승이에요, 신부님."

"물론입니다……" 가냘픈 흉곽으로부터 곤충과도 같은 웃음이 비어져나왔다. "……다루기 힘들죠…… 설교도 도움이 안 돼요…… 내가 그 사람들을 무신론자라고 말하는 걸 그들이 듣는다면, 그들은 아마도 주점으로 몰려가서 그걸 자랑할 겁니다."

"에이, 그렇게까지 심할 것 같지는 않은데요."

그는 아래에서 날 올려다봤다. "우리는 모두 인간입니다…… 다루기 힘든 인간……"

"저야말로 그 점을 의심하지 않는 사람입니다."

"아마 우리는 모두 인간이 얼마나 쉽게 추락할 수 있는지 잘 알고 있을 겁니다…… 동물보다 더 아래로 떨어질 수 있다는 걸 말입니다. 신을 꼭 닮은 존재로 살아가는 것은 누구에게도 쉬운 일이 아닙니다."

우리는 하마터면 신에 대한 대화를 시작할 뻔했다. 내가 단순한 생각에서 신적인 구체성을 드러내는 데는 동물, 그리고 무엇보다도 꽃이 더 낫다고 주장했기 때문이다.

"맞아요, 꽃들은 말이죠"라고 신부님이 말을 시작했을 때 그는 희미한 내면의 빛에 의해 밝아졌다.

하지만 그때 우리의 위쪽에서 부활절 종소리가 울려와 그의 말을 중단시켰다. 종탑의 문이 열려 있어서 종치기 소년들의 유쾌한 행동을 볼 수 있었는데, 그들은 마지막 뎅그렁 소리가 울린 후 줄을 놓고는 부러움에 찬 몇몇 또래 친구들이 둘러서 있는 가운데 마치 거장이 연주홀에서 나오듯 밖으로 나왔다. 이제 신부님은 제의실로 가야 했다. 부지런한 여신도들은 이미 오래전에 도착해서 성당 묘지의 십자가들 사이로 옛 이름들을 찾아 이리저리 총총걸음을 쳤다. 그 앞에서 그들은 젊은이가 되어 고개 숙여 인사한다. 이제 성당이 사람들로 차기 시작했다.

오, 구름의 바람, 산의 바람, 땅의 바람 그리고 굽이치는 물결들을 모두 모아들여, 세상 속에서 흩날리는 온갖 다양한 것이 학교

선생님의 단순함에 이끌려 작은 마을성당 안의 시간과 공간 속에
자리 잡을 수 있게 하는 오르간 연주, 그리하여 먼 곳으로 흩어졌
던 믿음도 이곳에 머무를 수 있게 하고, 아직은 고딕 양식을 간직
한 벽 위에 놓인 부서진 지붕 아래에서 그 믿음이 더욱 단단해지고
성취에 다다를 수 있게 하는 오르간 연주. 이를 통해 성당의 교인
들은 언제나 목표를 찾아 멀리 미끄러져가는 바람처럼 믿음 없는
모습으로, 마치 믿음 그 자체처럼 믿음 없는 모습으로 산에서 내려
와 있다. 그들은 사로잡힌 오르간 음향 속에서, 형상을 이루어 완성
된 말 속에서 함께 모여 있다. 그들은 그 말을 가지고 여러 기도 자
세를 취한 채 기도한다. 저기 누런 불도그 같은 얼굴의 인색한 크
리무스가 있다. 언제라도 혀를 비스듬하게 늘어뜨려야만 할 것 같
은 얼굴이다. 그는 저 위의 들보 쪽을 바라본다. 저기 마을공동체
의 실제적 지배자인 부유한 로베르트 락스가 있다. 그는 사냥터
를 두개는 운영할 수 있을 만큼 부유한데도 얼마 전까지 밀렵을 했
다. 지금 강렬하고 검은 두 눈으로 자신의 근육질 배 위에 놓인 깍
지 낀 양손을 바라본다. 저기 시장인 볼터스가 있다. 짧게 자른 백
발에 농장 경영자보다는 제빵사 같은 외모를 가진 그는 입을 달싹
이고 손가락으로 짚어가며 주의 깊게 기도서를 읽는다. 저기 밀란
트 가족이 있다. 농부의 아내는 검은 호박단[6]으로 만든 성긴 그물
눈의 두건을 쓴 채 두 눈을 감고 내면에 침잠해 있다. 저기 바르톨
로메우스 요한니가 있다. 자신의 소들처럼 텅 빈 검은 시선의 그는
그 눈길로 미사 과정을 공허하고 어둡게 응시한다. 하지만 그곳엔
아내가 지금 병상에 누워 있는, 뱃사람 수염을 기른 유쾌한 토마스

---

6 광택이 있는 얇은 평직 견직물.

주크도 있고, 그밖에 윗마을에서 온 다른 사람들도 있다. 그중엔 산 마티아스도 있다. 그들은 모두 가능한 한 지위와 명망에 따라 기도용 의자에 나뉘어 앉아 있는데, 그 의자에는 그들의 이름이 놋쇠나 자기에 새겨져 있다. 그것들은 묘지의 전조라고 할 수 있다. 앞쪽에서는 양탄자가 깔려 있는 제단 위에서 정원사가 바람에 나부끼는 푸른 별빛의 외투 자락 안에 바로크풍으로 손발을 버둥대는 아기 예수를 감싸 안고 있는 성모를 향해 절하고 있다. 반면에 나머지 아이들은 발코니에 모여 있다. 그들은 이곳 위쪽에 앉아 있을 때면 지휘자라고 불리는 음악 선생님이 안경 너머로 노려보는 가운데 서로 팔꿈치로 밀치며 투쟁적으로 묵상 중인 한무리의 천사이다.

나에게서 멀지 않은 곳에서, 마리우스가 제단을 지탱하는 두개의 돌기둥 중 한곳에 태만한 자세로 기댄 채 벽화 중 하나에 그려진 광산 사고를 분명히 의도적으로 뚫어질 듯 보고 있다. 그의 태도에 담긴 반항기는 약간은 과도하다 싶을 정도이다. 밀란트 가족의 일원으로서 미사 참여의 관습에 순종하였기로니 그것이 그렇게까지 심한 억압 행위는 아니기 때문이다. 잠시 후 내가 자신을 관찰하고 있다는 것을 알아챈 그는 나를 향해 조롱기와 정중함을 담은 눈인사를 건네고는 갑자기 사라져버렸다. 나중에 내가 농부들 무리 사이로 걸어가는 동안에도 마리우스의 모습은 어디에서도 찾을 수 없었다. 농부들은 성당 골목을 벗어나면 중앙로에서 대형을 짓는데 엄격한 위계질서에 따라 몇백년 전 그들이 이곳에 섰던 것과 똑같이 늙은 농부, 젊은 농부, 윗마을 주민, 젊은 청년, 소작인과 하인 들의 그룹 순으로 선다. 그들 자신은 이러한 과정을 의식하지 못하며, 아마도 자신들이 이해할 수 있으면서도 이해할 수 없는 방식으로 완수한 성당 행사 다음에 곧바로 일상과 주점 방문이 이어져서는 안 된다는 것만을 느끼고 있을 것이다. 그동안 나는 자연스럽게 형성되었다가 다시 흩어지는 무리들 사이를 걸으며 대부분의 사람들에게 인사를 받고 다시 인사를 건넨다. 여자들은 점심 식사를 준비하기 위해 옷자락을 휘날리며 서둘러 사라진다. 나는 마리우스를 발견할 수 없는 것에 대해 놀라지 않는다. 방랑자가 어느 그룹에 속하겠는가? 그는 어느 그룹에도 속하지 않는다. 또한 어느 그룹에서도 그를 찾지 않는다. 그들은 봄바람이 불고 봄의 구름이 흘러가는 이곳 봄의 하늘 아래 서 있다. 그들의 검은 양복은 햇빛을 받아 하얗게 빛나는 벽과 뚜렷한 대조를 이룬다. 모든 양복 안에는 벌거벗은 남자가 한명씩 들어 있다. 모든 남자 안에는 벌거벗은 영혼이 하나씩 들어 있다. 그 영혼은 자신이 잠시 머물러 있었고 좀더 기다린 후 다시 바람과 구름이 될 거라는 것을 거의 알지 못한다. 오직 그들 가운데 있지 않고, 그들이 찾지도 않는 그자만이 항상 바람이다. 그 바람은 만족을 모른 채 흘러다닌다.

부활절 같은 주요 명절 때는 사람들이 진료소에 거의 오지 않는다. 다음번 휴일에 방문할 수 있도록 미뤄두는 것이다. 그리하여 나는 주점을 방문할 수 있는 여유를 갖게 되는데, 이것 또한 관례에 속한다.

안에 들어서니 역시나 주크가 말을 하고 있는 중이다. 그는 이곳에서 일종의 동방의 동화 구연가 같은 역할을 한다. 다른 사람들을 지휘하는 것이 재미있어서인지, 그저 이야기하는 것을 좋아해서인지는 알 수 없지만 그는 그런 역할을 위해 스스로 준비를 했다.

"그래, 자네들이 남부 유럽인에 대해 얘길 꺼내서 하는 말인데…… 자네들이 남부 유럽인에 대해 뭘 알겠나……"

"어허." 젊은 농부들 중의 하나가 외쳤다.

"그래, 자네는 전쟁 중에 그 지역에 가봤기 때문에 그들에 대해 뭔가 좀 안다는 식인데…… 사실 자네가 거기서 뭐였나? 포병이었 잖아, 멀리서 남부 유럽인을 쐈을 뿐이지. 말馬이 없는 전쟁이 도대체 무슨 전쟁이야? 그런 건 시시한 전쟁일 뿐이지…… 하지만 우리 아버지는 기병이셨다네, 기마병 말이야. 노바라[7] 지방에서 진정한 전투를 치르셨지……"

그는 뱃사람풍의 둥근 수염을 쓰다듬더니 노련한 이야기꾼답게 잠시 말을 멈췄다. "어서 오세요, 의사 선생님." 그가 잠시 생긴 틈을 메우기 위해 말을 건넸다. "반가워요, 주크." 나는 나의 신분에 걸맞게 이미 시장, 검은 머리의 락스, 불도그 형상의 크리무스, 염소수염을 한 젤반더가 앉아 있는 둥근 탁자에 자리를 잡으면서 대답했다. 자베스트는 나의 맥주를 흰색 부싯돌 쪽에 놓는다. 이 막간의 사건이 끝나자 주크는 이야기를 이어나갔다.

"그래, 나의 아버지는 기병이셨지. 그리고 지금의 나처럼 수염을 갖고 계셨어. 난 아버지께 경의를 표하고 기념하기 위해 이 수염을 기르고 있거든. 당시 아버지의 머리카락은 아직 풍성하고 검었지. 그래, 아버지는 그렇게 동료 기병들과 함께 이딸리아라고 하는 평지까지 말을 타고 내려가셨어. 그들은 이딸리아의 열기 속으로 계속해서 말을 타고 갔지. 자네들은 상상도 못할 더위야. 세상은 황금색 오븐이고, 그 위에는 붉은 하늘이 있는 거야……"

그는 또다시 뜸을 들였다.

"내 말을 못 믿겠나? 자네들이 추수 때 입술 위로 흘러내리는 뜨

---

7 이딸리아 북부 삐에몬떼주의 도시. 1847년 이딸리아의 통일에서 중요한 전투였던 오스트리아와 사르데냐 왕국 간의 전투가 벌어진 곳. 이딸리아 통일 영웅인 가리발디 장군이 활약을 한 곳이기도 하다.

거운 땀의 맛을 봤기 때문에 모두들 그런 더위에 대해 알고 있다는 말인가? 그러니까 자네들은 우리 지방의 태양이 그곳의 태양만큼 강렬할 수 있다고 생각하는 건가? 정말 하찮은 정도일 뿐이야. 바다의 도움을 받지 않는 태양이 할 수 있는 게 뭐가 있겠나! 이곳에서는 가끔 산 위로 아주 높이 올라갔을 때나 바다를 느낄 수 있지 않은가. 그 때문에 자네들은 종종 영양 떼가 있는 고산지대까지 오르곤 하지 않나……"

"닥쳐, 주크." 락스가 말했다.

"……하지만 저 아래, 바로 그곳에 바다가 있지. 그곳에서는 보이지 않아도 항상 바다를 느낄 수 있다네. 바다의 소금은 태양 속으로 올라가 함께 떠돌아다니다가 그 열기를 타고 다시 내려와 짐승과 인간의 땀이 되지. 그런가 하면 올리브의 연녹색이 되거나 포도의 검은 달콤함이 되기도 하지. 자네들 올리브 본 적 있나? 아니지, 자네들이 그걸 봤을 리가 없지. 포도나무도 모르는 사람들이……"

"그건 어떻게 생겼나?" 크리무스의 목소리가 들렸다. "자네들 윗마을에서는 이제 포도나무도 가꾸나?"

"아닐세." 주크가 대답했다. "하지만 우린 여러가지 다른 것들을 갖고 있지. 그리고 자네 크리무스, 내가 아버지와 남부 유럽인에 대해 이야기하고 있을 땐 끼어들지 말게나. 그러니까 나의 아버지는 이 모든 것을 다 잘 아셨단 말이지. 아버지와 동료들은 말을 타고 올리브나무와 포도밭 사이를 지나갔으니까. 그들은 바다의 소금을 자신들의 입술로 맛봤고 이딸리아 아가씨들을 만날 생각에 부풀어 있었지."

"이제야 재미있어지는군." 내 옆에서 락스가 말했다.

"물론이지." 주크가 말했다. "계속해서 주의 깊게 잘 듣게나, 락스, 이것도 재미있을걸. 그런 더위 속에서 계속 말을 타고 가며 천지 사방에서 아무도 만나지 못했어도 자네 역시 즐거워했을 거야. 개미 새끼 한마리 못 만났다고 해도 말일세. 때때로 그들은 '적은 어디에 있는 거야?'라고 물었지. 하지만 그들은 단 한명의 적도 만나지 못했다네. 그곳의 마을들은 이곳의 마을들과 달라서 작은 도시 같았어. 가끔은 황폐해진 도시도 있었지. 주민들이 나의 아버지와 기병들을 피해 달아났거나 골방에 숨어 있었던 거야. 그래서 기병들이 자신들과 말들이 먹을 물을 구하려 할 때면 긴 창으로 문을 부수고 각 집의 마당으로 들어가야만 했다네. 그런데 어느 집에서 한 남자를 만나게 된 거야. 그 남자는 그들을 샘으로 안내하고 말들이 목을 축이도록 도와주기까지 했다네. 하지만 그 일이 끝나자 그는 웃옷과 셔츠를 열어젖히더니 '에비바 가리발디(가리발디 만세)'라고 외쳤지. 이 외침은 죽음을 부르는 것이었어. 그러니까 그 사내는 병사들이 창으로 자신의 가슴을 꿰뚫어버리기를 원했던 거야. 그 당시 아직 나의 아버지가 아니었던 내 아버지는 그 모습을 보고 웃지 않을 수 없으셨다네. 그래서 그는 창끝으로 그 사내의 맨가슴을 간질이셨네. 그러고 나서 그들은 곧바로 말을 타고 그곳을 떠났지. 남부 유럽인은 그런 사람들이야. 내가 남부 유럽인에 대해 자네들에게 얘기해주고 싶은 것이 바로 그것이었네."

이 이야기는 마리우스 라티 주위를 맴돌고 있는 것이 아니었던가? 처음엔 모두가 침묵했다. 장사꾼이라 섬세하지 못하고 이해가 느린 여관 주인만이 웃음을 터뜨렸다. 그 자리에 앉은 모든 사람들이 자신을 바라보자 그는 말했다. "그분은 아마 다른 사람의 가슴을 간질이게 되었을 텐데…… 안 그래, 주크? 그리고 그것도 아주 짧은 창이었겠지? 응? 아주 짧은 창 말이야……" 그는 손가락으로 성기의 길이를 그려 보였다.

당연히 모든 사람이 웃음을 터뜨렸다. 잘 이해되지 않고 복잡한 문제가 자신의 내면에서 건드려졌고 그로 인한 불쾌함과 두려움을 덮어주는 상황이 벌어졌는데, 그것을 기꺼이 받아들이지 않는 사람이 있다면 그것은 굉장히 어리석거나 무례한 일일 것이다. 마침 락스의 곁에서는 여종업원이 뭔가를 하고 있었는데, 그는 검지를 뻗어 그녀의 가슴을 가리켰다.

두번째 줄의 긴 탁자에 앉아 있던 산마티아스만이 웅얼거리듯 말했다. "양아치들 같으니라고."

하지만 웃음이 터지는 곳이라면 어디든 함께해온 주크 역시 잠시나마 아픈 부인을 잊을 수 있어서 기분이 좋은 듯했다. 소음이 잦아들자 그가 말했다. "난 저 아래 지방에 내 형제가 있을 수도 있다는 사실을 부인할 수 없는 사람일세. 적국에 우리의 아이들이 많이 있다네."

주크와 함께 첫 줄의 탁자에 앉아 있던 이가 크게 말했다. "또 한 명의 주크라니, 너무 많아."

"겁낼 필요 없어." 주크가 맞받아쳤다. "그가 나처럼 말주변이 좋을 리 없으니까. 이딸리아어를 할 테니 말일세…… 하지만 그가 이곳에 올 수는 있지. 그러지 못할 이유가 뭐가 있어? 전쟁둥이들은 모두 불안정해서, 여기저기를 떠돌며 형제를 찾아다니지. 그래, 언제든지 올 수 있어. 그러니까 나와 비슷한 나이에 이런 수염을 기른……"

모두가 문 쪽을 바라보았다. 그러자 다시 한번 갑작스런 웃음이 터져나왔다.

"자네 진심으로 하는 얘기인가?" 밀란트가 물었는데, 그는 전쟁 둥이 이론에 대해 곰곰이 생각하는 눈치였다.

"떠돌이들이 모두 방랑 중인 전쟁둥이라면 더 좋은 일이지." 시장이 말했다. "그렇지 않아도 그 사람들 때문에 성가시기 짝이 없는데 말야."

"그자들이 불을 지르잖아." 내 옆에 앉아 있던 염소수염을 기른 이가 한마디 했다.

"도둑질만 안 한다면 불 지르는 건 참아줄 수 있겠어." 락스가 그렇게 말하며 위협적인 웃음을 터뜨렸다.

주크는 그의 말뜻을 알아차렸다. "가끔씩 곳간에 불이 나는 것도 괜찮은 일이지…… 그 안에 무엇이 들어 있는지는 농부만이 알 뿐이고……"

"그런 말하는 거 아닐세." 시장이 나무라듯 말했다.

"베취는 지금 여기 없잖아." 락스가 말하더니 자신의 맥주를 들이켰다. "자 베스트, 한잔 더."

베취는 보험 외판원이기도 하다.

염소수염은 물러서지 않았다. "불 속에서 나온 사람이 불을 지른 사람인 법이지."

평소 생각이 별로 없는 바르톨로메우스 요한니가 말했다. "집시들은 모두 짐승에게 주술을 걸잖아."

무더워진 오전에 급하게 들이마신 술로 몇 사람은 취한 것일 수도 있다. 자리에서 일어나 누런빛 불도그 입을 열어 이렇게 말한 루트비히 크리무스의 경우는 분명히 그래 보였다. "방랑하는 사람은 죽음으로부터 도망치고 있는 거야."

둘째 줄의 긴 탁자, 하인들의 탁자에 앉아 있던 하인 안드레아스가 고개를 끄덕였다. "그런 방랑자는 죽음을 몰고 다니기 마련이죠." 그는 그렇게 말하고 나서 다시 파이프를 빨았다.

밀란트가 조용히 말했다. "어디엘 가든지 도처에 죽음이 웅크리고 있는 법이야. 지붕에도, 정원에도…… 새삼 이방인이 죽음을 이끌고 올 필요는 없지."

크리무스는 자리에 다시 앉지 않은 채 술 취한 사람 특유의 자세로 탁자 위에 몸을 비스듬하게 기울이고 있어서 부적, 은화, 은으로 만든 반달이 달린 시곗줄이 상판 위로 드리워진 상태였다. 그가 느릿한 목소리로 말했다. "죽음이 우리 가까이에 웅크리고 있다고 해도 그건 우리의 죽음이고 우리의 친구야…… 하지만 우린 낯선 죽음을 필요로 하진 않는다고."

나도 뭔가 말을 해야 할 때가 되었다고 느꼈다. "난 그저 여러분 중 누구든 죽음이 어딘가에 웅크리고 있는 것을 보거든 의사를 부르라고 말하고 싶을 뿐이에요."

"더 빨리 진행될 수 있도록 하기 위해서죠…… 안 그래요, 의사 선생님?" 웃음이 터지고 있는 가운데 주크가 이렇게 덧붙이는 바람에 나는 사람들의 웃음거리가 되고 말았다.

주크 옆에 앉아 있던 작고 통통한 소작인 슈트룀이 기이하다는 듯 말했다. "난 모르겠어, 죽음이 웅크리고 있는 걸 본 적이 한번도 없는걸."

"좋은 일이에요, 슈트룀." 내가 말했다. "삶만을 바라봅시다. 나도 임종에 불려가는 것보다는 출산을 위해 불려가는 게 더 좋답니다."

그러자 산마티아스가 웃으며 말한다. "하지만 그건 같은 거잖아요."

"입 다물어, 산마티아스." 크리무스가 취한 사람의 집요함이 담긴 쉰 목소리로 말했다. "저 위 산에서의 죽음 또한 낯선 죽음이야…… 우린 그걸 끝장내버릴 거야…… 만일 그 죽음이 오면 난 목을 졸라 죽이고 갈기갈기 찢어서 내던져버릴 거야."

잠시 침묵이 흘렀다. 또다시 모든 사람이 문 쪽을 바라보았다. 무슨 일인가가 일어나고 있다는 것이 느껴졌다. 평소 자신의 주인이 주점 영업을 하는 것에 익숙해져 있어서 그 상황을 편하게 활용하기까지 하던 플루토마저도 부드럽고 커다란 네 발로 일어선 채 슬픈 기대를 담아 함께 바라보고 있었다. 그러자 정말로 문이 열리더니 다른 누구도 아닌 마리우스가 안으로 들어섰다.

"안녕하세요." 그는 짧게 말했고, 모든 자리가 차 있는 것을 보자 판매대에 가서 섰다. 그는 그곳에 조용히 선 채로 약간 비웃듯이 탁자에 앉아 있는 사람들을 바라보았다.

"맥주 한잔할 건가?" 자베스트는 마리우스가 돈이 없다는 것을 알기 때문에 미심쩍게 물었다.

하지만 밀란트가 "우리 집에 속한 사람들의 맥주는 내가 계산할게"라고 말하면서 안드레아스까지 함께 가리킨다.

"고맙습니다, 농부 어르신." 마리우스는 그렇게 말하고 자베스트가 자기 앞에 놓아준 맥주를 조금 마셨다.

여전히 자기 자리에 서 있던 크리무스가 적대감을 드러내며 무언가를 노리듯이 물었다. "도대체 여기엔 왜 온 건가?"

마리우스 라티는 그를 향해 고개를 끄덕여 인사했다. "여러분이 제 얘기를 하니까 왔지요."

"어이없군." 락스가 외쳤다. "우리가 뭐 다른 할 얘기가 없는 줄 아나!"

"그렇죠." 마리우스가 말했다.

그것은 그의 오만함이었다. 아직 그에 대해 잘 알지 못하는 주크는 웃지 않을 수 없었다. 몇 사람이 함께 웃었다.

"자베스트, 저 인간 쫓아버리게." 취한 크리무스는 이제 소리를 질러댔다. "안 그러면 내가 저 녀석 목을 졸라 죽이고 말테야."

"그만하게." 락스가 크리무스의 팔을 잡아 그를 다시 자리에 앉혔다. "앉게나, 크리무스…… 재미있잖아."

"자네는 남부 유럽인인가, 아닌가?" 내 옆에 앉은 염소수염 사내가 건조한 목소리로 물었다.

"저를 말씀하시는 거라면, 전 남부 유럽인이 아닙니다만." 날카롭고, 거리낌 없고, 단호한 말투였다. 그 말투는 이 지역에서는 일상적이지 않은, 사실 적절치 않은 존댓말로 인해 더욱 강조되었다.

"하지만 라티는 기본적으로 남부 유럽인의 이름인데 말일세." 시장이 대립 상황을 조정해보려고 조심스럽게 끼어들었다.

"네, 그래서 어떻다는 거죠?"

"자네가 금을 찾을 수 있다고 했다면서." 이번에는 락스가 말을 시작했다.

"맞아요, 그럴 수 있습니다." 마리우스가 기이하게도 차분하고 협조적으로 대답했다.

"금을 만든다고?" 거구의 요한니는 또다시 자기 생각에 빠져 있었다. "……금을 만들 수 있다면, 자넨 아마 짐승에게 주술을 걸기도 하겠지?"

주크가 그에게 소리 질렀다. "자네의 짐승들이나 주술에 걸리게 해…… 머리가 셋 달린 송아지가 있으면 부자가 될 수 있을 거야…… 어차피 자베스트는 자네에게 송아지 값을 치르지도 않잖아……"

"난 금을 찾을 수 있습니다. 하지만 만들 수는 없습니다."

"그런 일은 절대 없을걸." 산마티아스의 결연한 목소리가 울려 퍼졌다.

요한니는 고개를 절레절레 저으며 고집을 부렸다. "금을 만드는 거나, 금을 찾는 거나 똑같은 거야."

주점 안은 숨이 막힐 정도로 더워졌다. 넓은 층을 이룬 담배 연기는 가운데 높은 곳에서 부유하고 있었고, 맥주와 땀 흘리는 몸뚱이들은 쉰 냄새를 풍겼다. 나는 재빨리 상의를 벗었다.

"의사 선생님이 싸우시려는 모양인데." 무리 중 한명이 외쳤다.

또다시 상당히 떠들썩해졌다. 하지만 나를 따라 하는 사람은 없었다. 모두들 상의를 입은 채로 있었다.

"금을 찾을 수 없다는 이유는 뭐지?" 락스가 목소리를 높인다. "저 사람이 금을 찾는다고 하면 그냥 찾게 내버려두면 되는 거고……"

"안 되지." 윗마을 출신의 펜틀린이 말한다. "산이 금을 내놓지 않을 걸세."

젊은 축에 드는 몇몇이 흥미를 보이며 마리우스 주위에 몰려들었다.

"자네가 원하는 게 뭔가? 금을 찾는다고…… 저 위 산에서?"

그들은 서로를 바라보더니 갑자기 얼빠진 듯한 웃음을 터뜨린다.

"이런 바보가 있나…… 정신 나간 바보 같으니라고."

"저자가 산에서 죽음을 끄집어내려고 해, 황금의 죽음을." 크리무스가 갑자기 끼어든다. "자베스트, 저 인간을 쫓아버려."

"해보시죠." 마리우스는 이렇게 말하고는 자신의 가슴을 내밀다시피 했다.

청년들은 재미로라도 기꺼이 크리무스의 요청을 따르려는 기색을 드러낸다.

그때 마티아스 기손이 중재를 하고 나선다. 그는 청년들을 옆으로 밀더니 건장한 체구로 마리우스 옆에 선다. "자네들 대체 뭘 원하는 건가?" 그는 매우 상냥하게 묻는다.

그런데 내 옆에 앉아 있던 염소수염 젤반더의 행동이 예사롭지 않다. 그는 자리에서 일어서 있었고 마치 기손의 질문에 대한 대답이라도 되는 듯 넋을 잃고 말한다. "황금."

반면에 크리무스의 내면에서는 변화가 일어났다. "금을 가진 사람은 죽음도 갖는 거야…… 금을 가져오기만 하라고 해. 그러면 우리가 그를 목 졸라 죽여버릴 거니까……" 그러더니 그는 나를 향해 말했다. "죽음을 가져오라고 해요. 우리가 목 졸라 죽여버리게."

"금을 가져와." 첫째 줄 탁자에 앉아 있던 사람 하나가 외친다.

밀란트 역시 몸을 일으킨다. "마리우스는 내 일꾼이야. 그리고 난 금을 찾으려고 그를 고용한 게 아니라고…… 그러니 이 사람을 가만 내버려두게."

이 모든 일을 굉장히 재미있어하던 락스가 큰 소리로 말한다. "밀란트, 자네는 자네 일꾼과 똑같은 바보야…… 차라리 그가 금을 찾도록 내버려둬…… 어차피 일도 안 하잖아."

"내가 알아서 하네."

마리우스가 차분하게 말한다. "농부 어르신께서 시키시는 대로 할 겁니다…… 어차피 날 위해 금을 찾으려는 것도 아니었어요……"

젤반더는 두 손으로 제스처를 취해가며 말한다. "그건 마을공동체의 소유야…… 마을공동체…… 밀란트가 이래라저래라 할 게 없다고……"

펜틀린이 끼어든다. "산은 윗마을의 소유야…… 그리고 산을 건드려서는 안 돼…… 우리가 가만히 보고 있지만은 않을 거야……"

성난 개의 눈을 하고 이 모든 대화를 듣고 있던 크리무스가 내 소매를 당긴다. "윗마을 사람들은 그놈을 풀어주지 않을 겁니다. 죽음 말입니다…… 윗마을 사람들은 영리하니까요…… 하지만 그래봐야 소용없을걸요."

염소수염 젤반더는 탐욕스러운 변호사와 비슷하다. "채굴권은 전체 공동체의 소유일 텐데……"

밀란트가 말한다. "공동체에서 포기를 하면 되지. 저 위엔 이미 쓸모도 없는 케이블카가 있잖아."

이때 락스가 그저 논쟁을 부추기고 싶어서인지, 아니면 정말로 금에 이끌려서인지 알 수 없지만 이의를 제기했다. "아니, 아냐, 그럴 수는 없어…… 우린 우리의 금을 원해."

시장은 무마를 하려고 했다. "정말로 금이 있는지는 누구도 모르는 일이지."

"저자가 장담했다니까." 젤반더가 화를 내며 말한다. 누군가가 외친다. "밀란트는 윗마을 사람들 편이야."

마리우스는 논란의 한가운데에 서 있다. 그는 두 그룹 중 어디에도 속하지 않은 채 미소를 짓고 있다. 하지만 양쪽 그룹으로부터 그에게로 불쾌한 시선이 쏠린다.

요한니가 반복해서 말한다. "짐승에게 주술을 거는 집시들은 꺼져버려."

"브라보, 요한니." 락스가 신이 나서 외친다.

이제 무슨 일이 일어나게 될지 꽤 분명해졌다. 자베스트도 벌써 맥주잔들을 치우기 시작했다. 다툼을 좋아하지 않는 슈트룀은 나갈 채비를 했다. 청년들은 기대에 가득 찬 모습이었다.

염소수염의 목소리가 울려퍼졌다. "제일 잘사는 마을공동체…… 전국에서 제일 잘사는 마을공동체……"

내가 붕대와 구급상자를 가지러 올라갔다 오지 않으려면 개입을 해야만 했다. 나는 웃옷을 입었다. "자, 난 가야겠어요…… 벌써 점심 시간이군요……" 난 주동자를 끌어내기 위해 말했다. "……이봐요, 락스, 그만 가는 게 어때요……?"

"이제 한창 재미있어졌는데요, 의사 선생님?" 그러면서도 그는 생각에 잠겼고, 그의 성실하고 단단한 두뇌가 어떤 방식으로든 작동을 시작했다. 그는 일어서더니 말했다. "손해가 될 수도 있겠어…… 한번 잘 생각해봐야 할 것 같아."

크리무스는 성난 불도그처럼 웅얼거렸다. 청년들은 실망한 기색이 역력했다. 그래도 누군가가 마지막 순간에 마리우스에게 덤벼들지 않으리라고 보장할 수 없는 상황이었다. 마리우스 또한 자발적으로 전쟁터를 떠날 인물은 아니었다. 그가 명예롭게 퇴각할 수 있는 기회를 주어야만 했다.

"갑시다, 라티." 내가 큰 목소리로 말했다. "동행 좀 해줘요."

"빛나는 것이 모두 금은 아니야." 주크가 선언하듯 말했다. "계산해줘, 자베스트."

마리우스는 내 제안을 거절할 수 없는 상황이었다. 가벼운 손인사로 작별을 고한 후 나를 따라 나왔다.

"어때요?" 우리가 밖으로 나왔을 때 내가 물었다.

"고맙습니다, 의사 선생님." 그가 대답했다. "하지만 저 혼자서도 저 사람들은 처리할 수 있었을 겁니다." 그는 활기차게 다리를 끌며 멀어졌다.

이제 주점 안은 시끄러웠다. 하지만 그 모든 소음을 뚫고 시장의 목소리가 크게 울렸다. "자, 계산들 먼저 해, 한명씩 차례차례."

락스가 밖으로 나왔다. 그는 멀어져가는 마리우스를 보더니 말했다. "그래도 저자는 금을 찾으려 할 겁니다."

"그래서 그렇게 하기 전에 저 사람을 맞아 죽게 하려고 한 거요?"

"선생님께서 벌써 다시 살려내셨을 텐데요."

"정말 고맙군요, 락스 씨."

그는 덥수룩한 검은 콧수염 아래로 하얀 이를 드러내며 웃었다. "기분 나쁘게 생각하지 마세요, 의사 선생님."

정오의 더위가 시작되었다. 하늘에서는 구름의 움직임이 느려졌다. 은빛 테를 두른 구름 한조각이 태양 앞에서 잠시 머물 때면, 세상에는 봄날 정오에만 느낄 수 있는 우윳빛 정적이 찾아왔다. 카롤리네가 저 위에서 부활절 식사를 마련해두고 기다리고 있었다. 나는 집을 향해 길을 걸었다.

마을을 벗어날 때쯤 주크가 나를 따라잡았다.

"굉장히 영리한 녀석이죠." 그가 말했다.

"마리우스 말인가요? 그렇죠. 하지만 그가 정말 원하는 게 무엇일까요?"

주크는 다 알고 있다는 듯한 표정을 지어 보였다. "저들을 사로잡는 거죠." 그러면서 그는 엄지손가락으로 뒤편의 마을을 가리켜 보였다. "그 녀석이 저들을 사로잡게 될 겁니다."

나는 몸을 돌려 뒤를 돌아보았다. 우리는 윗마을로 가는 길에 있는 세개의 예배당 중 첫번째 예배당 앞에 도착해 있었다. 이곳에서

부터는 아랫마을이 다 내려다보인다. 아랫마을은 여러 과수원들의 한가운데에 자리 잡고 있었는데, 넓게 펼쳐진 첫번째 녹색의 베일이 그 과수원들을 휘감고 있었다. 굴뚝에서는 정오의 연기가 가늘고 반듯하게 솟아오르고 있었다. 우리 뒤쪽의 길에선 윗마을 사람들이 검은 양복을 입은 채 혼자서 또는 짝을 지어 따라왔다. 그들은 모두 저 위에서 자신들을 기다리는, 이제 자신들의 벌거벗은 육체 속으로 집어넣을 점심 식사를 생각하고 있었다.

5

오월 중순 무렵의 어느 오후였다. 진료가 끝날 기미가 보이질 않았다. 환자들이 계속 몰려왔다. 그중에는 나이 든 여성들도 있었는데, 그들은 자신들의 여러가지 고통을 계속해서 내 손 안에 다 비워내려 했고, 마침내 그 일이 끝나고 나면 매번 처음부터 다시 시작하려들곤 했다. 시골 의사라면 누구나 처리해야 하는 종류의 치과 치료도 몇건 있었고, 그다음엔 약을 준비해야 했다. 상표가 붙은 약들이 너무 비싸기 때문이기도 했지만, 농부들의 눈으로 볼 때 자신의 약을 직접 제조하지 않는 의사란 제대로 된 의사가 아니기 때문이기도 했다. 그래서 나는 알코올 버너로 물약을 끓여 만들고, 가루약을 혼합하고, 유리판 위에 연고를 개고, 그 사이사이 치과용 기구들을 전기냄비에 넣어 끓인다. 나의 두 손은 이런 작업에 익숙해져 있어서 더이상 우왕좌왕하지 않는다. 나는 손을 그냥 지켜보기만 해도 될 정도이다. 그러고만 싶다면 뭔가 다른 것에 대한 생각도 할 수 있다. 예를 들면 마리우스에 대한 생각 같은 것 말이다. 하지만 오늘은 그럴 수 없다. 한시간 전부터 자베스트가 도살한 돼지가 피를 흘리며 꽥꽥거려서 내 귀가 생명체의 고통으로 가득 차 있기 때문이다. 내가 마지막으로 유리병과 상자, 용기에 라벨을 붙이고 있을 때, 이미 돼지불고기로 넘어가고 있는 듯한 돼지의 마지막 꼬르륵거리는 소리가 들려온다. 시골 의사는 그런 일에도 익숙해져야 한다. 의사뿐만 아니라 나중에 소시지를 먹게 될 사람들도 그렇다. 소시지를 먹는 사람뿐만 아니라 전쟁과 살인과 피를 견디는 사람 모두가 그래야 한다. 사실 우리 모두가 그런 사람들이다. 그럼에도 불구하고 나는 죽음이 더이상 비명 소리로 공기를 가득 채우지 않게 되자 기뻤다. 나는 조제한 약들을 아래층 부엌에 있는 자베스트 부인에게 가져다주었다. 그러면 그녀는 으레 그랬던 것처럼 그것들을 보관하고 있다가 그걸 가지러 온 사람들에게 넘겨줄 것이다.

자베스트 부인은 약을 받아 들고 한숨을 쉰다.

"불쌍한 돼지." 내가 말한다.

"돼지 때문이 아니고요." 그녀는 이렇게 말하며 다시 한번 정말 깊은 한숨을 내쉰다.

그녀는 내가 들을 수 있도록 지나치게 의식적으로 한숨을 쉰다. 그래서 난 그걸 심각하게 받아들이지 않는다. 어쩌면 그건 그냥 정중한 도입부에 지나지 않을 수도 있다.

"무슨 문제가 있나요, 사장님?"

그녀가 창가에 앉아 감자 껍질을 벗기고 있는 소녀를 흘깃 바라본다. 그리고 우리는 주점 쪽으로 나온다.

"의사 선생님." 그녀가 이야기를 시작한다. "페터 말이에요……"

"그 녀석 한참 동안 못 봤네요."

그녀는 경계하듯 텅 빈 주점 안을 둘러본다. 그러고는 내게 수군 거리듯 말한다. "아이고, 의사 선생님, 지금 바로 그게 문제예요. 부모인 우리조차 그애 얼굴을 제대로 못 보고 있다니까요…… 그애는 항상 그 인간 옆에 들러붙어 있어요…… 밀란트가 받아준 그 마리우스라는 사람 곁에요…… 그 사람 알고는 계시죠?"

"물론 알고 있지요."

"그리고 이건 사실인데요, 의사 선생님, 그 인간이 우리 아이에게 주술을 걸었어요."

"그럴 리가 있나요, 자베스트 부인."

"어휴, 웃지 마세요, 의사 선생님, 속상해요…… 저도 감추고 싶은 얘기랍니다. 페터가 어쩌다 나타날 때면 아주 바보 같은 생각들을 갖고 온다니까요. 그러니까 예를 들자면……" 그녀는 이렇게 말하며 위쪽에 놓인 라디오를 가리켰다. "라디오를 없애겠다고 한다든지……"

"그 말도 안 되는 얘기는 나도 들어봤어요, 자베스트 부인. 그건 그렇게 중요하게 생각할 필요 없습니다…… 내 생각을 말씀드리자면, 나도 가끔은 라디오를 없애버리고 싶을 때가 있답니다……"

"알겠어요." 그녀가 말을 잇는다. "저도 뭐 라디오 얘기를 하려는 건 아니었으니까요. 그래도 선생님께서 그 인간 편을 들어주는 게 이해가 되지는 않네요……"

"아닙니다, 자베스트 부인. 그자가 옳다는 게 아닙니다. 부인은 손님들 때문에라도 라디오가 필요하잖아요." 하지만 나는 속으로는 마리우스가 자신의 생각을 관철시켜나가는 그 에너지에 놀라고 있다.

"아아." 그녀가 계속 말한다. "손님들 때문만이 아니에요. 전에는 그애가 내 옆에 앉아서 함께 음악을 듣기도 하고 그랬는데……"

"아이들은 자라는 법이니까요, 자베스트 부인. 그리고 내가 알기로는 마리우스가 없었을 때에도 그애는 이미 부인의 품을 번번이 떠나곤 했는걸요."

그녀는 눈물 한방울을 훔쳤다. "맞아요, 의사 선생님. 슈트룀 아가테를 말씀하시는 거죠. 그렇다면 제가 그 별 볼 일 없는 소작인의 딸에 대해 이래저래 반대를 했다는 것도 알고 계시겠죠…… 하지만 그자가 그걸 금지한 지금……"

"아니, 아니, 그런 일에 금지라는 건 있을 수 없죠. 그런 문제에 대해서라면 아가테가 걱정하도록 내버려둬야 할 겁니다…… 대체 금지라는 게 말이나 됩니까……"

"온 마을이 다 알아요, 의사 선생님. 제가 가게 안에 서서 여러 가지 이야기를 듣고 있다는 걸 잊지 마세요. 저와 직접 관련된 수치스러운 이야기까지도요…… 에휴, 젤반더 부인, 락스 부인, 그리고…… 아뇨, 이름은 얘기하지 않겠어요…… 그들 모두가 제게 전해주기를, 페터가 그 남자, 신분도 알 수 없는 그 불량배의 주술에 걸렸다고들 해요. 아니, 어쩌면 더 지독하고 추잡하게도 유혹을 당했을지도 모른다고요…… 아이고, 의사 선생님, 웃지 마세요, 이미 온 마을 사람이 다 비웃고 있으니까요. 제가 선생님이 아니라면 누구에게 이런 고민을 털어놓을 수 있겠어요?"

"흐음." 나는 운전기사들이 마리우스에 대해 분노했던 일을 떠올릴 수밖에 없었다. 그가 그들에게 정결에 대해 설교했다는 이유로 그들은 그를 멍청한 녀석이라고 불렀다.

"웃지 않으시네요, 의사 선생님?"

그렇다. 난 웃지 않았다. 민첩하고 소식에 밝은 이 여인, 인생을 잘 꾸려나가고 있을 뿐만 아니라 자신의 쾌락도 충족시킬 줄 아는 것처럼 보이는 이 여인 뒤에 지금은 아무것도 모르는 작은 소녀가 서 있었다. 아마도 그 소녀는 자신이 다른 종의 생명체를 세상에 태어나게 한 것에 당황하고 있을 것이다. 아아, 인간은 어떻게든 가능한 한 오랫동안 삶의 진정한 폭력에서 멀리 떨어져 있으려고 한다. 그리고 가능한 한 그 실체를 보지 않기 위해 최선을 다한다. 나도 그것을 잘 안다.

"남편은 이 일에 대해 대체 뭐라고 하나요, 자베스트 부인?"

"그이는 그냥 웃어넘기는 축에 들어요…… 심지어는 그이가 그 불량배에게 호의를 갖고 있다는 생각조차 든다니까요…… 그이는 모든 짐승은 누구와 짝이 되어야 할지 아는 법이라고 말해요…… 그래도 내가 요구하면 그이는 아마 그 불량배의 목을 절단해버릴 거예요……"

그녀가 침대에서 그것을 요구하면 아마도 그는 그 일을 할 것이다. 나는 자베스트가 그럴 수 있는 위인이라고 여기고 있다. 하지만 그녀에게 그렇게 조언하지는 않는다. 어차피 그녀는 이미 알고 있을 것이다.

"내가 그 문제를 잘 살펴보도록 하겠습니다, 친애하는 부인. 더 이상 속 끓이지 않는다는 조건입니다…… 지금까지는 그럴 이유도 없다고 봅니다만."

이제 그녀는 미소를 짓는다. 나는 그녀의 통통한 뺨을 가볍게 토닥거려준 후, 오늘치 담배를 구입하기 위해 그녀와 함께 진입로를 가로질러 가게로 건너간다. 작은 가게 안에서는 온갖 종류의 냄새가 난다. 특히 날염 옷감과 그밖의 면직물들 냄새가 많이 난다. 옷감 꾸러미들은 ─ 곧바로 무늬를 볼 수 있도록 ─ 진열장 안에 약간 비스듬하게 놓여 있다. 이곳에는 농부의 아내가 필요로 할 만한 것들이 다 있다. 비록 자베스트가 딸려 있는 혹처럼 다루기는 하지만 이 가게는 금광이다. 그리고 그도 표면적으로만 그렇게 행동하는 것뿐이다.

"그런데요." 그녀가 또 말한다. "그자가 가게에 대해서도 험담을 해요. 잡화점이라고 비웃고 우리를 잡화상이라고 한답니다."

"그만하세요." 내가 말한다. "이젠 더이상 그 문제로 속 끓이지 않겠다고 약속하지 않았습니까?"

그녀는 깊은 신뢰감을 보이며 내게 고개를 끄덕인다. 나는 종이 딸랑거리는 문을 통과해서 가게를 나선다.

초봄 오후의 기운을 띤 거리는 먼지로 하얗게 뒤덮여 있었다. 하지만 여름 먼지처럼 따가운 자극이 느껴지지는 않았다. 공기는 아직도 축축하고 향기를 머금고 있었다. 알프스 지역에 위치한 이 시골길 한가운데서 난 해안가와 봄철의 녹색 물결 모래언덕을 떠올렸다. 한순간 방랑에 대한 갈망이 몰려왔다. 다시 한번 젊음을 되찾아 마리우스처럼 이곳저곳 옮겨 다니며 방랑하고 싶은 갈망, 저 마리우스처럼 나 자신이 바보가 되어도, 우스꽝스러운 세계 개혁자가 되어도 상관없으니 방랑자가 되고 싶다는 갈망. 그렇다. 그것은 나의 순간적인 갈망이었다. 하지만 그 갈망이 지속되던 순간만큼은 그것이 금발 여주인의 하소연보다 더 중요하게 여겨졌다. 그리고 나는 마리우스의 어리석음을 더 잘 알고 있음에도 페터가 이해되었다. 마리우스처럼 방랑하는 직인들은 진정으로 독창적인 작품을 만들어내는 데 성공하기 전까지는 스스로 혼란에 빠져 있고 기인과도 같이 불안정한 자연의 실습용 작품으로서, 자연이 내놓은 셀 수 없이 많은 실패작과 다를 바가 없는 존재들이다. 하지만 나는 갈망 속에서 이 모든 것을 모른 체하려 했다. 지금은 그 자연조차도 봄날의 요동에 빠져든 것을 느꼈기 때문이다. 쿠프론 절벽이 더이상 눈에 덮여 있지 않고 마을을 향해 인사하고 있어서 행복했다. 쿠프론 절벽은 나를 향해 다정하게, 마리우스에게 다정하게, 모든 방랑자에게 다정하게 인사했다. 그때 성당탑에서 세시 반을 알리는 종소리가 들렸다. 드넓은 초원 위쪽으로 언덕 끄트머리에 자리 잡은 목장의 오두막이 또렷하게 시야에 들어왔다. 그 위편의 하늘은 더 높고 아무것도 들리지 않는 침묵 속으로 물러나 있었다. 높은 곳으로의 상승을 추구하는 시기가 시작됐다. 하지만 나는 더이상 내게 방랑의 시기가 존재하지 않으며, 그저 조용한 노화의 길만이 남았다는 것을 다시 한번 인식하고 있었다. 나는 회색이 된 덥수룩한 턱수염을 다듬기 위해 이발사네로 건너갔다.

이발사 슈테판은 두개의 직업을 가진 사람답게 창문 앞 재단용 탁자 곁에 서서 정장 재킷을 다림질하고 있었다. 재단용 가위와 이발용 가위는 양쪽 고객 모두를 위해 똑같은 방식으로 사용될 거울 곁에 사이좋게 걸려 있었다.

"바로 해줄게, 의사 선생." 내가 들어서자 그가 말했다. 그는 막 팔소매를 다리는 중이었기 때문에 다림질을 계속했다.

그 방 뒤쪽 벽의 안채로 연결되는 문 위에는 성모마리아 그림과 함께 성체등[8]이 걸려 있어서, 슈테판이 두가지 본업 외에도 성당지기의 의무까지 맡는다는 사실을 알려주고 있었다. 성체등은 빛바랜 금빛 십자가와 타오르는 심장이 그려진 붉은색 유리 용기 안에

---

8 성당 안의 성체가 모셔진 감실 앞에 밤낮으로 켜놓는 붉은색 등.

담긴 채 연기를 내며 타고 있었다.

그는 나와 비슷한 나이였다. 그가 나와 같은 생각에 빠져 있는 듯해 보여서 내가 말했다. "봄이 왔네, 슈테판."

다림질을 하다 말고 고개를 든 그는 불그레한 코 위에 걸린 철제 안경 너머로 먼 곳을 향해 눈을 깜박거리면서 말했다. "사람이 나이 들수록, 봄은 더 오래 지속되는 법이지."

그는 특유의 신뢰감을 불러일으키는 쾌활함을 보이며 이렇게 말했는데, 그의 인생이 싸움꾼 아내와 파리한 얼굴의 병약한 딸 사이에서 진행되고 있다는 것을 알고 보면 이러한 쾌활함은 더더욱 놀라운 것이었다. 그는 조용히 다림질을 계속했다.

나는 이발용 의자에 자리를 잡고 앉았다. "그래, 우리는 나이 들고 있지, 슈테판. 두명의 늙은 남자 간호사라고나 할까."

그가 웃었다. "여기 의사가 있게 된 이후로 난 더이상 간호사가 아니야…… 물론 아버지는 제대로 간호사 일을 하셨지."

그가 아버지에게서 배운 발치 기술을 여전히 사용하고 가끔은 사람들에게 거머리 처방을 해준다는 사실을 —난 그에 대해 전혀 반감이 없다—그는 인정하지 않았다. 그러더니 그가 말했다. "하지만 곧 의사도 필요 없어질 것 같아…… 약품용 기계가 생길 테니까…… 재단용 기계는 벌써 있잖아…… 의사 선생, 그리고 보니 벌써 기성복을 입고 있네……"

나는 당황해서 바지를 쓰다듬었다. 실제로 내 바지는 도시에서 기성품으로 구입한 것이었다.

"기성 와이셔츠, 기성 양말, 기성 재킷. 이제 인간은 기성 피부도 얻게 될 거야. 그렇게 계속해서 신체 내부로도 들어가게 되고, 마지막엔 기성 심장까지 갖게 되겠지. 그러면 인간의 온몸에서 기계 기름 냄새가 날 거야."

"그래서 자네가 사람들 머리에 머릿기름을 발라주는 건가?"

"그걸 비웃는 건 내가 못 참네. 그건 정말 달콤한 향이 나는 거라고."

그는 다리미를 받침대 위에 놓고는 몸을 반듯이 세웠다. 이발사답게 날렵한 몸에 살짝 배가 나와 곡선을 이루고 있는 것이 우스꽝스러웠다. 그가 말했다. "물론 머릿기름도 하느님 앞에서는 악취일 뿐이지. 그분 주위에는 천국의 향기가 풍기니까."

"글쎄, 어쩌면 그곳에서 머릿기름 향기가 날 수도 있지."

그가 미소 지었다. "조금은 그 향기도 나겠지."

지금 이곳의 냄새는 그다지 천국을 떠올리게 하진 않았다. 이발사와 재단사의 냄새가 기묘하게 섞인데다 방금 다림질한 남성용 모직 재킷에서 김이 오르고 있었고, 그 사이로 집 부엌에서 나는 악취 같은 게 섞여들어왔다.

그가 말했다. "그래, 악마가 악취를 풍기고, 흑사병이 악취를 풍기고, 죽음이 악취를 풍기고, 기계가 악취를 풍기고, 모든 악한 것들이 악취를 풍기지. 그렇기 때문에 선한 인간이라면 좋은 향기를 풍길 필요가 있는 거야."

"문을 열게나." 내가 말했다. "밖에는 천국으로부터 바람이 불어오고 있어."

이제 재킷의 두번째 소매를 다리려던 그가 말했다. "그래, 그래, 봄에는 세상이 하느님의 입이 되어 천국의 숨결을 호흡하지. 그때 그분이 호흡하시는 것은 그분의 말씀이야."

"이보게, 간호사, 자네는 도대체 왜 신부님처럼 정원을 가꾸지 않는 건가? 그럼 자넨 자네의 장미와 아름다운 향기를 갖게 될 텐데 말야……"

"흥." 그는 시시한 것과는 상대도 하고 싶지 않은 사람처럼 반응했다. "항상 봄이 지속되고 우리가 언제나 그분의 팔에 안겨 그분의 말씀을 들으며 살 수 있는 거대한 정원에 가 있게 될 때까지 시간이 얼마나 더 걸릴 것 같은가."

소매 다림질을 마칠 때까지 그가 계속해서 말했다. "이곳 현세는 굳은 입이야. 미소도 거의 짓지 않고 주로 침묵하지."

다림질을 마친 그는 나의 수염과 머리를 다듬어주었다. 그다음에 그는 "자" 하고 말하며 담갈색의 액체가 들어 있는 위험한 병을 향해 손을 뻗었다. "이제 기름 순서야."

"그만둬." 내가 급히 말렸다. "난 자네의 향수가 없이도 선한 인간이야…… 비록 지금 젊고 아름다운 아가씨를 만나러 가긴 하지만, 그건 필요 없네." 이발을 하는 동안 불행한 금발의 여주인을 위해 아가테네에 들러 그녀와 페터와 마리우스의 일이 도대체 어떤 상황에 놓여 있는 건지 한번 살펴봐야겠다는 결심이 점점 굳어졌던 것이다.

"이름가르트에게 내 안부인사 전해주게나." 그가 대답했다. "하지만 기름을 몇방울 바르면 더 멋질 텐데."

"틀렸네." 내가 말했다. "나는 이름가르트네에 가는 게 아닌데……" 하지만 다음 순간 마리우스를 직접 만나 꾸짖기 전에 밀란트네에 들러 상의를 하는 것도 괜찮겠다는 생각이 들었다. 그러기엔 아직 시간이 너무 일렀다. 사람들은 아직 밭에 있을 터였다. 하지만 나는 오늘의 업무가 다 끝이 나서 시간이 충분했기에 덧붙여 말했다. "자네가 맞았어, 어쩌면 이름가르트네에 갈 수도 있겠어."

그러고 나서 나는 일단 성당 골목을 통해 천천히 슈트룀의 집 쪽을 향해 갔다. 도중에 밀란트의 집을 지나치며 안을 살짝 들여다봤고, 사제관과 성당을 지나 그곳에서 왼쪽에 나 있는 좁고 막다른 골목으로 접어들었다. 골목의 끝은 슈트룀네 농장 입구로 연결되는데, 문은 열려 있고 마당은 정갈하게 비질이 되어 있지만 닭들만 보이고 아무도 눈에 띄지 않는다. 그러다가 난 마당과 이어진 뒤쪽 정원에서 아가테를 발견한다.

그곳의 사과나무 아래 소박한 탁자에 그녀가 앉아 있다. 탁자는 역시나 소박한 두개의 벤치 사이로 풀밭 속에 고정되어 있는데, 그녀가 거기 앉아 일감에 코를 빠뜨린 채 둥글고 느린 동작으로 바느질을 하고 있다. 그것은 여인의 최초의 위엄에 속하는 것으로, 소녀에게나 옛 선조에게나 똑같은 방식으로 깃들어 있고, 아가테처럼 갓 열여섯살이 된 소녀든 어머니 기손처럼 일흔살이 훨씬 넘은 선조든 상관없이 모두를 시간의 직물 속에 엮어넣는 동작이다.

내가 마당과 정원을 연결하는 약간 빡빡한 울타리 문을 막 열려고 하는 순간 그녀가 시끄러운 소리를 듣고 고개를 들더니 나를 향해 달려온다. 약간 쫓기는 듯하고 당황스러운 얼굴이었는데 마치 내가 정원으로 들어서는 것을 막으려는 것처럼 보이기도 한다. 실제로 그녀는 문 뒤에서 한참을 멈칫거리다가 겨우 이렇게 말할 뿐이다. "의사 선생님."

"그래, 아가테." 나는 이렇게 말하고는 마당에 그대로 서 있다. 파란색 앞치마를 두르고 두 손을 뒤로 깍지 낀 채, 절반은 아직도 땋은 머리의 소녀로서, 절반은 이미 미래의 땋은 머리 소녀들의 어머니로서 그녀가 내 앞에 서 있는 모습을 보며 난 그녀와 페터 사이에 어떤 일이 있었는지 혹은 어떤 일이 여전히 진행되고 있는지 상상할 수가 없다. 젊은이들 사이에 그런 일은 흔하다는 것도, 나 역시 그런 일들의 지배를 받았다는 것도 알고는 있다. 정말이지 그것이 행운일지 불행일지는 모르겠지만 경우에 따라서는 다시 한번 그런 일들의 지배를 받을 수도 있다. 하지만 그것은 추상적인 지식이며, 나 자신에 관해 생각해보면 마치 내가 나에 대한 어떤 소문, 내가 진지하게 받아들일 필요 없는 과거 혹은 미래의 소문을 알고 있는 것만 같은 느낌이 든다.

"어떻게 지내니, 아가테?" 모두가 항상 이 말을 하기 때문에 나는 그렇게 말한다.

그녀는 수줍어하며 대답을 하지 못한다. 분명 내가 북극으로 가버리거나, 아니면 북극이 그녀에겐 너무 멀게 느껴지기 때문에 그냥 무덤으로 가버렸으면 하고 바랄 것이다.

"아버지는 밭에 계시니?"

그녀가 고개를 끄덕인다. 그녀의 생각은 어딘가 다른 곳에 있거나 어느 곳에도 가 있지 않거나, 그녀가 생각해낼 수 없는 행복에 가 있다. 왜냐하면 그녀는 '지금 나는 바느질을 해야 해' '지금 나는 요리를 해야 해' '아버지는 밭에 계셔'와 같은 말 외에는 잘 생각하지 못하기 때문이다. 생각한 내용이 말 안에 담겨 있지 않기 때문에, 발음 가능한 언어 속에 담기지 않고, 실이 달린 바늘의 둥글고 부드러운 움직임 속에, 화덕불의 탁탁거리는 소리와 잠듦과 깨어남 속에, 젊은 육체를 팔뚝 굵기로 관통해서 흘러가는 시간의 무르익음과 인생살이의 흐름 속에 담겨 있기에, 그녀는 행복을 생각해낼 수 없는 것이다. 그녀의 젊은 육체 한가운데엔 고동치며 멈출 줄 모르는 심장이 위치하는데, 그것은 거대한 힘들에게 드리는, 끊이지 않고, 형태도 갖추지 않고, 형태를 갖출 수도 없는 기도이며 그 힘들의 일부이다.

내가 막 그 자리를 떠나려는 찰나, 그녀의 내면에서 형체 없이 꿈꾸던 것이 외부 세계로의 통로를 찾았는지 그녀가 미소를 지으며 말했다. "트랍이네요."

그렇다. 트랍이 거기 서 있었다. 트랍 또한 자신의 꿈에 사로잡혀 있었다. 그것도 친절한 꿈이었음이 분명하다. 꼬리를 요란하게 흔들고 있었기 때문이다. 그것은 자신도 그 일부를 이루고 있는 힘에게 드리는 꼬리 흔들기 기도이다.

"기다려라, 아가테." 내가 말했다. "우리가 그쪽으로 갈게."

하지만 그렇게 하기가 쉽지 않았다. 길과 울타리 사이에 난 고랑에 물이 가득 차 있었고, 그 물은 부분적으로는 넓은 웅덩이를 이루며 정원 안까지 닿아 있었다. 그래서 나는 먼저 발을 디딜 만한 자리를 찾아내야 했고, 그다음에야 발을 적시지 않고 오래되어 문드러진 울타리 판자 위로 기어오를 수 있었다. 트랍이 펄쩍 뛰어서 따라왔다. 그러자 아가테가 웃었다.

"잘했어." 내가 말했다. "잘 봐라, 아가테." 나는 돌을 하나 찾아서 커다란 반원을 그리며 울타리 뒤편 저 멀리 있는 밭으로 던졌다. 트랍은 활기찬 동작으로 침을 질질 흘리며 그 돌을 다시 가지고 왔다. 다음 차례로 아가테가 그 놀이를 반복했다. 이렇게 우리의 우정은 오늘 다시 한번 확인되었다.

우리는 한동안 거기 그렇게 서 있었다. 그녀는 맨발 상태였는데, 단단한 분홍빛 대리석 문양을 한 소녀다운 두 다리엔 모기 물린 자국이 나 있어서 그녀는 계속해서 두 발을 서로 비벼대야만 했다. 우리는 그렇게 선 채로 트랍이 우리에게 계속 같이 놀 것을 끈질기게 요구하고, 매번 다시 그 돌을 우리의 발 앞에 갖다놓고는 자신의 발로 그 돌을 우리를 향해 밀치는 모습을 바라보고 있었다. 그러는 동안 그녀는 서서히 진지해져갔다.

"가자, 아가테, 잠시 함께 앉자꾸나." 내가 말했다.

그리하여 우리는 쌍으로 놓여 있는 벤치에 앉았다. 나는 소녀의 맞은편에 앉았고, 그 아이는 탁자 위에 놓여 있던 아마포 직물을 다시 집어들고는 바느질을 시작했다. 이 지역의 농부들은 과수 재배자가 아니어서 자기 집의 나무를 가꾸거나 가지를 잘라주지 않는다. 정원과 이웃집 정원, 또 그 이웃집 정원은 서로 붙어 있는데 나뭇가지들이 이쪽저쪽으로 건너와 서로 얽혀 있고, 나뭇잎은 촘촘한 덮개를 이루며 풀들은 담요처럼 빽빽하게 자라나 있다. 그 사이에 그늘이, 여름의 냉기가 사로잡혀 있다. 바닥에는 양지가 거의 없다. 가느다란 빛줄기들만이 풀포기들과 어울려 떨고 있을 뿐이다. 하지만 나무줄기들 사이로 비탈에 일궈진 밀밭이 보였다. 그것은 좁다란 띠 모양의 양지 바른 녹지인데 울타리의 선들과 나뭇잎 덮개의 제일 아래쪽 가지들에 의해 둘러싸인 형상이다. 한두개의 나뭇가지들이 그림자 윤곽처럼 밝은 쪽으로 뻗어나와 있었고, 그 밝은 빛은 우리의 그늘창고를 마치 머나먼 나라처럼 비췄다. 햇빛 속에서 그것은 더이상 녹색빛이 아니었고 점점 연해지고 회색빛이 되더니 마지막에는 창공을 떠돌고 그 안에서 휴식하는 푸른빛 미광처럼 보일 뿐이었다. 이 떠돌며 휴식하는 빛은 여름이다. 닭들이 풀밭 여기저기를 쪼아대다가 가끔씩 꼬끼오 하고 운다. 정원 가장자리의 좁다란 물길로부터 때때로 모기 한 마리가 단순하고 밝은 음색으로 윙윙거리며 날아온다. 트랍은 발 사이에 돌을 둔 채 우리 곁에 누워 있다. 아가테는 환하게 밭이 보이는 쪽에 등을 돌린 채 앉아 있었다. 그녀의 두 눈은 바느질거리를 향해 있었고, 오르락내리락하는 맨팔뚝 위를 똑같은 빛줄기가 계속해서 스쳐지나갔다.

그때 그녀가 이야기를 시작했다.

"우리 집 우리에 암소 두마리가 있어요. 송아지도 있고요."

"그래." 내가 말했다. "알고 있지."

"송아지는 젖을 먹고 싶으면 목을 숙여요.

그리고 머리를 쳐들죠. 입술은 길고

부드러워져요. 그러고는 무릎을 꿇죠."

"맞아." 내가 말했다. "송아지는 그렇게 젖을 먹지."

"송아지 털에서는 진짜 우유 냄새가 나요. 이마 위엔

털이 무성하고 검어요. 아직 뿔은 나지 않았죠.

이마는 단단하고 평평하고 묵직해요.

송아지는 젖을 먹으려면 머리를 쳐들죠."

"맞아." 내가 말했다.

"어미는 송아지의 이마와 옆구리를 핥아줘요.

어미는 송아지의 넓적다리를 핥아줘요.

만일 사람들이 어미를 그대로 내버려두면, 아마도 어미는

자신이 텅 빌 때까지 송아지가 젖을 빨아 먹도록 할 거예요.

송아지는 혼자서 자야 해요.

어미도 혼자서 잠을 자요. 하지만 언제나

어미는 새끼를 향해 머리를 돌리죠.

밤은 어둡고 아주 거대해요. 달은

하얀 배腹를 안고 다니는데 그것을

제 침대에 쏟아놓아요.

그런데 전 바라볼 수 있는 곳이 없답니다."

그러더니 그녀는 침묵하며 바느질을 했다. 나는 풀잎을 접어서
그것을 나의 파이프관 속에 끼워넣어 파이프 청소를 했다. 한순간

아가테의 영혼 위로 흘러넘쳤던 언변의 재능이 바람에 휩쓸려 다시 날아가버린 것 같았다.

그래도 그녀가 한마디 했다. "폭풍우가 와요."

"아니다." 내가 말했다. "오늘은 폭풍우가 오지 않아."

그녀는 마치 뭔가를 들키기라도 한 것처럼 미소를 짓더니 계속해서 바늘을 움직였다. 가끔씩 그녀는 실을 조금 더 풀어내기 위해 탁자 위에 놓인, 윗부분에 하얀 공장 상표가 붙어 있는 실꾸러미를 살짝 돌리곤 했다.

"뭘 뜨고 있는 거냐, 아가테?"

"나중을 위한 거예요." 그녀가 대답했다.

해가 높이 솟아오르자 점점 더 많은 빛줄기가 정원 안으로 스며들었다. 바깥의 좁다란 밭의 이삭들은 아침에만 해도 빗물을 머금어 무거웠는데 그사이 몸을 일으켜 세워 가볍고 뜨거운 빛의 소나기 속에서 너울거리고 있었다.

아가테는 일감을 무릎 위에 내려놓았다.

"하지만 우리가 밤중에 여기 앉아 있었을 때, 그 밤은
숨 쉬는 암소 같았어요. 그리고 난
나의 얼굴을 쳐들었죠. 나의 입술은 그렇게 부드러웠어요.
그땐 환했어요.
밤의 뿔들 사이로 폭풍우가
왔어요. 폭풍우는 노래했죠,
마치 해처럼.
난 폭풍우를 마시고 그것의 젖을 마셨어요.
폭풍우의 젖을 난 마셨어요. 그래서 난
마치 달의 배처럼 하얗고 예뻤죠.

하지만 지금 난 마녀예요."

그녀는 침묵하고는 허공을 응시했다.

"네가 뭐라고?"라는 말이 내게서 저절로 튀어나왔다.

그녀는 나의 말을 듣고 있지 않았다. 그녀는 마치 누군가에게 보여주려는 듯 자신의 작고 둥근 가슴 아래에 두 손을 갖다 댔다. 아마도 자신의 애인이 기우뚱거리는 나무 벤치 위의 자기 옆자리에 앉아 있는 모습을 보고 있는 듯했다. 왜냐하면 그녀가 오른쪽으로 몸을 약간 돌렸고, 그녀의 영혼으로 하여금 구불구불한 언어의 형상을 얻도록 만드는 아득한 숨결은 다른 리듬과 파동에서 나오고 있었기 때문이다.

"왜, 아아, 넌 날 떠난 거야? 그가 밤보다 더 강력해서?

그가 폭풍우보다 더 강력해서,

스무번의 번개보다도 더 강력해서?

스무마리의 암소들과 스무마리의 황소들이

나의 가슴을 둘러싸고 춤을 춰.

그들의 발굽이

나의 노래를 에워싸고 춤을 춰.

하지만 넌 떠났구나.

그 약한 자가 널 불렀기 때문이지. 그자,

다른 이를 지킬 능력도 없는 자.

그런 그가 날 마녀라고 불렀지."

마지막 말은 어린애 같은 한탄이었다.

하지만 난 잠시 후에 말했다. "그애를 그렇게나 사랑했던 거냐?"

그녀는 눈을 크게 뜨고 나를 바라봤다. 그러더니 말했다. "네."

"그 페터 녀석을 그렇게나 사랑했던 거야?"

"아마 그 페터일 거예요." 그녀가 말했다.

그리고 우리는 다시 침묵했다. 나는 멀리 이삭이 여물어가는 밭에서 이리저리 흔들리는 태양빛을 바라보았다. 그런데 그 밭 사이로 그 방랑자가 걸어오고 있다. 경솔한 인간, 바람에 휩쓸려 온 자, 어머니들의 적, 무한으로부터 와서 무한으로 가는 자. 그는 밭에 관심이 없고 어머니들에게도 관심이 없다. 그의 힘은 어머니들의 힘이 아니다. 그의 힘은 만남에서 빌린 것이다. 성장에서 빌린 힘이 아니라, 모임에서 빌린 것이다.

"그런데 지금은 네가 마녀라고." 내가 말했다.

"네, 그 남자가 날 그렇게 욕했어요."

"마리우스 말이지."

마녀는 정강이의 모기 물린 곳을 긁으려고 아래로 몸을 숙였다. 마녀가 슬픔에 잠긴 것을 본 트랍은 그녀의 얼굴을 핥으려 했고 결국 그녀의 두 손과 발을 핥았다.

그녀는 개의 축축한 애무를 가만히 받아들였다. 그러더니 그녀가 말했다. "맞아요, 그 마리우스가 날 그렇게 욕했어요. 그가 페터에게 금지령을 내렸으니까요."

"알고 있다." 내가 말했다.

"아니, 의사 선생님, 그걸 알고 계신다고요?" 그녀가 하소연했다. "왜 그걸 내버려두셨어요?"

그것은 나에 대한 비난이 아니었다. 그것은 모든 생명을 향한 비탄의 소리였다. 그것들이 그녀를 달밤의 폭풍우 속에 홀로 남겨두었기 때문이다. 그녀는 고통스럽게 몸을 뻗었고, 그러면서 두 손을 가슴에서 몸을 지나 무릎 쪽으로 떨어뜨렸다.

그녀는 소위 '과거에는'이란 것을 경험하게 된 것이었다. 누군가가 죽을 때마다, 그 말은 언제나 세계 속으로 걸어들어와 온 세상을 가득 채우고 이 세상과 인간들의 모든 미세한 구멍 속으로 밀고 들어온다. 자신의 두 손이 무릎에 닿자 그녀는 자고 있는 개처럼 가볍게 몸을 움찔했다. "여기에 번개가 있어요." 그녀가 말했다. "번개는 두 다리 속에 있으면서 기다려요."

"인생은 아름답고도 길단다, 아가테." 내가 말했다. "슬퍼할 필요 없어."

"네." 그녀가 말했다. "알아요. 하지만 그 사람들은 대장장이 곁에 앉아 자신들의 낫을 갈게 하고 있어요."

"대장장이는 좋은 사람이다." 내가 말했다.

그녀는 "그는 쟁기와 낫을 만들죠"라고 말하고는 자신의 팔이 닿는 한 최대한 멀리 실이 손가락 사이로 미끄러지도록 했다. "그들이 대장장이 곁에 앉아 그가 모루와 불 앞에서 일하는 것을 보고 있으면 시간 가는 줄도 모를 거예요."

"그래." 내가 말했다. "내가 한번 가서 그들이 뭘 하는지 봐야겠구나." 그러고 난 일어섰다.

그녀는 고개를 끄덕이더니 조금은 만족스러워했다. "우유 한잔 드시겠어요, 의사 선생님?"

"좋지."

우리는 정원을 가로지르고 다른 농부네 마당과 똑같은 이 집 마당을 건너 집으로 갔다. 아가테는 마당에서 곧장 창고 계단으로 연결되는 낮고 넓은 문 안으로 사라졌다. 그 아래쪽엔 커다란 갈색 점토 항아리가 놓여 있는데, 그 안에 우유가 저장되어 있고 두툼한 막이 형성되어 있다. 옆에는 아마도 우유를 덜어내기 위해 사용되는 작은 그릇 몇개도 놓여 있을 것이다. 아가테는 우유막이 잔 안으로 함께 미끄러지지 않도록 조심스럽게 나의 잔을 채우고 있을 것이다. 그애도 어쩌면 군것질을 좋아해서 우유막을 두 손가락으로 걷어내서는 부드러운 입속으로 집어넣고 있을 수도 있다. 그 모든 것이 괜찮았다. 이제 그녀가 잔을 손에 들고 가볍게 출렁이는 액체의 표면에 두 눈을 고정시킨 채 한걸음 한걸음 계단을 다시 올라오고 있는 것도 마찬가지였다. 그 모든 것이 괜찮았다. 왜냐하면 실수로 흘린 한방울의 우유와 동시에 인간의 얼굴에서 땅바닥으로 떨어진 미소, 바로 이 한방울의 미소 속에도 진정한 인간성이 들어 있기 때문이다. 아가테는 가장자리까지 가득 채워진 잔을 가지고 돌아와 예의를 갖춰 말했다. "맛있게 드세요, 의사 선생님." 나 역시 정중하게 답했다. "고맙구나, 아가테."

나는 마당에 선 채로 우유를 마셨다. 하늘의 푸른빛은 봄처럼 부드럽게, 마치 탄성 있는 도자기처럼 우리 위에 드리워져 있었다. 그 빛이 땅까지 닿아서는 언덕의 새로 돋은 녹색과 나무에 핀 꽃들의 흰색을 가볍게 쓰다듬었는데, 그러면 굉장히 다정한 지상에서의 충만을 알리는 부드럽고 잔잔한 소리가 들려왔다. 그 사이로 마을에서 나는 소리와 대장간의 망치질 소리가 들렸다. 나는 잔을 돌려준 후 다시 한번 "고맙다, 아가테"라고 말했다.

사실은 마리우스를 만나고 싶은 마음이 완전히 사라져버렸지만, 아가테의 태도에 굉장히 감동을 받은 나는 그 문제를 추적해보기로 마음먹었다. 그래서 밀란트의 집에 들어섰고 트랍이 나의 뒤를 따랐다.

그런데 곧바로 놀랄 만한 일이 있었다. 마당에 들어서자마자 마리우스와 제대로 마주친 것이다. 게다가 그와 함께 또 한명의 남자가 있었다. 그와 마찬가지로 방랑자가 분명해 보였고, 쥐 같은 얼굴에 빈약해 보이는 작은 사내였는데, 장난스러우면서도 존경심을 담은 경직된 자세로 마리우스 앞에 선 채 익살스럽게 눈을 깜박이며 그의 명령 혹은 발언을 듣고 있었다.

마리우스는 내가 들어서는 것을 알아차리자마자 내가 듣도록 큰 목소리로 말했다. "부엌에 가서 이름가르트에게 뭘 좀 받아와."

부랑자라는 말 외에는 달리 표현할 방법이 없는 그 사내는 아첨을 떨며 부엌으로 갔다. 내가 말했다. "자, 손님 한명 더 왔습니다."

"안녕하세요, 의사 선생님." 마리우스는 나의 예절을 지적하기 위해 그렇게 인사했다.

"그쪽도 안녕하신가요, 마리우스 라티 씨." 나도 그에 맞춰 인사를 한 후 입구 옆의 벤치에 앉았다. 벤치 아래에는 농부의 큼직한 신발부터 시작해서 체칠리에의 것까지 온 식구들의 나막신이 놓여 있다.

마리우스는 팔짱을 낀 채 편안한 자세로 햇빛 속에 계속 서 있었다. "어쩐 일로 저희 집에 오셨나요, 의사 선생님."

그의 말이 내겐 좀 과한 허세로 여겨졌다. 나는 상당히 퉁명스럽게 그를 나무랐다. "난 농부 양반을 기다리는 겁니다."

그가 냉정하고 정중한 태도를 유지한 채 상황을 회피하려 하지 않는 것이 맘에 들었다. 그는 이렇게 대답했다. "결국 저도 이곳에 살고 있는 거니까 '저희 집'이라고 말해도 되지 않겠습니까…… 그러면서 곧 전체 농장의 일부가 되는 거고요."

그렇다. 맞는 말이다.

잠시 후 그가 말했다. "다른 사람들은 모두 밭에 있습니다."

"그래요, 봄이라 한창 뭘 심을 때니까 ─

그런데 선생은 가택연금 상태인가요?"

그가 말한다. "아이고, 밖에는 사람들이 충분합니다…… 저의 때는 앞으로 올 겁니다."

"아하? 언제 말이오?"

"예를 들자면 타작을 할 때 말이지요."

"허어, 아직 한참 남았구려…… 고작 타작을 시키려고 농부 양반이 당신을 고용했단 말이오? 수확을 거들 일꾼은 언제나 충분한데다 이곳엔 기계를 조작하는 사람까지 있는데 말이오."

"전 이번에는 기계로 타작하지 않기를 바라고 있습니다."

"뭐라고요?"

"그렇습니다." 그는 짧게 말한다.

"난 당신이 무슨 얘길 하는지 도무지 이해를 못하겠어요, 마리우스."

"의사 선생님, 기계로 타작하는 건 죄입니다."

틀림없이 그는 바보였다.

"흠…… 죄라고요?"

"빵은 빵이라고 믿을 수 있어야 합니다…… 하지만 이제 우리의 빵은 더이상 빵이 아닙니다." 그는 다시 한번 말했다. "빵 말입니다."

"네…… 그런데요?"

그는 조급해졌다. "빵은 저곳으로부터 오지요……" 그러면서 그는 하늘을 가리키고 그다음엔 땅바닥을 가리켰다. "……그리고 저곳으로부터 옵니다…… 그 사이에 두 손을 가진 인간이 있습니다. 하지만 타작기계는 아닙니다…… 항상 그래왔지요."

난 조금 당황했다. 어쩌면 모든 토론이 무의미한 것인지도 몰랐다. 그럼에도 불구하고 나는 이렇게 말했다. "물레방아도 결국은 기계입니다."

"그렇죠." 그가 말했다. "거대한 증기 제분소…… 그 때문에 인간이 아프게 되었던 겁니다."

그는 대중용 주간지를 통해 얼치기 지식을 익힌 자연치유 전도사였던가? 전기의 파장 때문에 세상에 해로운 요소들이 쌓인다는 기사를 읽고 그 때문에 라디오를 없애려고 하는 것인가? 자연으로 돌아가자는 식의 그렇게 단순한 주장을 가지고 밀란트를 꾀어냈단 말인가? 그가 계속해서 말하도록 유도하기 위해 나는 이렇게 말했다. "그러니까 당신 생각엔 통밀가루빵이 몸에 더 좋다는 건가요?"

"그게 뭔지 모르겠습니다." 그가 진지하게 대답했다.

"그러니까, 절반쯤 빻아진 밀가루로 만든 빵 말이오."

그는 나의 무지함 때문이거나 통밀가루빵의 실체 때문에 화가 난 것처럼 보였다. 불쾌하다는 듯 어깨를 으쓱해 보이더니 그가 돌아섰다. "죄 안에서 만들어진 것은 절대로 몸에 좋을 수 없는 겁니다." 그러고는 집 안으로 들어가버렸다.

이제 나는 홀로 벤치에 앉은 채 온갖 유용한 기구들이 놓여 있는 마당을 살펴보았다. 하지만 그것들은 이제는 벌써 자연으로 거의 다 되돌아가 있었다. 나는 마리우스 라티가 저 남부 유럽의 산간지역에 깊이 파묻혀 있는, 창문도 거의 없이 먼지 쌓이고 무너진 담벼락이 둘러쳐져 있고 가파른 외부 계단이 나 있는, 그런 암석 많은 마을들 중의 한곳 출신일 거라고 상상해보았다. 그곳의 집에 사는 사람들이 밭을 경작하는 것을 상상해보고, 더 나아가 포도밭을 가꾸는 것도 상상해보았다. 가을에는 흥겨운 분위기가 넘칠 것이다. 그는 이곳에서 무엇을 하고 있는 것인가. 비록 흥겨움은 덜하지만 질서가 존재하는 이곳에서 무엇을 하고 있는 것인가? 바닥의 습기가 어둡게 올라오고 있기는 했지만, 석회칠이 잘 되어 있는 축사의 담장이 마당을 따라 서 있고, 튀어나온 지붕 아래엔 사다리 들이 질서 정연하게 매달려 있고 그 구석에는 잿빛 제비 둥지가 있다. 파리 떼가 축사의 창문 근처와 이곳까지 악취를 풍기는 두엄용 구덩이 위로 몰려다니고, 퇴비 더미 위에선 벌써 녹색풀 줄기가 자라며, 내 발 근처의 돌판 사이에서도 풀잎이 뚫고 올라오고 있다. 이것은 인간이 성장과 굳어짐 사이에 영존하고 있는 모습과도 같다. 가상의 영존이지만 실제이기도 하다. 왜냐하면 인간은 풀과 바람이 도주할 때 그곳으로부터 오며, 그를 둘러싼 모든 것이 돌처럼 굳어지면 다시 도주할 것이기 때문이다. 인간은 바람이며 도시의 돌판 사이에서 자라는 풀잎이다. 파리 한마리가 마치 독수리처럼 푸른빛 속으로 사라졌다. 나는 여기가 어디이고 내가 누구인지를 잊었다. 왜냐하면 남부 유럽 지방의 포도밭이 마당의 밤나무까지, 금발 여주인의 가게까지 밀고 내려왔기 때문이다. 하지만 그때 부엌에서 격앙된 목소리가 들려오자 나는 내가 왜 이곳에 왔는지를 기억하고 그곳으로 들어갔다.

상황이 조금 기이했다. 마리우스가 방금 그 벤치에 앉아 있었거나 아니면 그쪽으로 도망쳐간 게 분명한 키 작은 사내의 가슴을 붙잡아 절반쯤 일으켜 이리저리 흔들어대서 사내의 발가락 끝이 바닥에 닿지 못하고 있는 상태였다. 그는 제대로 저항도 못하고 "이거 놔, 이거 놔" 하고 외치고 있는 반면, 이름가르트는 약간 놀란 듯 했지만 의심할 바 없이 만족스러운 표정으로 그 옆에 서서 지켜보고 있었다. 그것은 낯선 그림이었고, 페더급의 폭력이었으며, 가벼운 연극이었다. 나는 웃음을 터뜨리지 않을 수 없었다. 세 사람 중 내가 안으로 들어와 웃음을 터뜨리는 것을 제일 먼저 본 키 작은 사내 역시 웃긴 걸 참지 못해서 히죽이며 웃기 시작했다.

마리우스는 그를 내팽개쳐버렸다. "다음번을 위해 똑똑히 기억해둬." 그러고는 나나 키 작은 사내를 더이상 거들떠보지 않고 내가 들어왔던 문을 통해 나가려고 했다.

"이보시오, 마리우스. 당신이 저 사람의 꼬리뼈를 부러뜨릴 수도 있었어요." 그 무뢰한은 핏기 없는 낯빛으로 벤치에 기대어 앉은 채 숨도 제대로 못 쉬고 있었다.

기이하게도, 정말이지 이곳에서는 모든 것이 이상해지긴 했는데, 이름가르트가 대신 대답했다. "저 사람에겐 이게 옳은 처사예요."

"이름가르트." 바깥에서 명령조를 띤 마리우스의 음성이 들려왔고, 이름가르트는 고분고분하게 따라 나갔다.

나는 키 작은 사내에게 다가갔다. "자, 어떤가요…… 숨을 한번 깊이 들이쉬어봐요." 이제 그는 딸꾹질을 했고 그 때문에 온몸이 요동하긴 했지만 다시 히죽거리기 시작했다. 나는 항상 물이 담긴 채 놓여 있는 녹색과 흰색의 자기 물병을 가져와 손잡이가 달린 컵에 물을 가득 채운 후 그가 마시게 했다.

그는 물을 마셨고 내게 감사하다고 말했는데 다시 굉장히 즐거워 보였다.

"대체 무슨 잘못을 저지른 거요?"

"어휴." 그가 말했다. "그냥 예의상…… 약간의 구애를 한 것뿐인데……" 그는 손을 앞으로 뻗어 직물을 살펴보기라도 하듯이 손가락을 맞대어 비볐는데, 나는 구애를 했다는 것이 아주 구체적인 성격의 것이었다는 걸 알 수 있었다.

"그런데 그게 마리우스에게는 거슬렸던 모양이죠?"

그는 마치 내가 그에게 내 이름을 물어보기라도 한 것처럼 대답할 필요도 없다는 듯한 동작을 했다. 그러니까 그는 마리우스의 버릇에 아주 익숙했던 것이다. 그래서 내가 물었다. "아마도 그는 질투가 났던가보군요?"

"엄청나게요." 작은 사내는 이렇게 말하고는 익살스럽게 자신의 빈약한 가슴을 으쓱해 보인다. 하지만 나는 왠지 그가 나를 조롱하려 한다는 느낌을 받는다.

"그렇다면 당신은 왜 그가 질투하도록 만드는 건가요?"

그는 나를 향해 속삭이듯 말한다. "열정 때문이죠."

"글쎄요, 그 때문이라면 당신의 소중한 꼬리뼈는 상당히 비싼 댓가라는 생각이 듭니다만."

"대신 다음번에는 더 싸게 하는 거죠…… 그럼 균형이 맞는 거죠."

"아하, 그러니까 당신은 말하자면 그와 정기적으로 계산을 맞추는 관계군요."

"그와요? 아닙니다, 그냥 일반적으로 하는 말입니다……" 그가 일어서더니 엉덩이를 문지르고는 몇걸음을 떼어본다. "……괜찮은데요…… 시간이 지나면 어느정도 견딜 수 있을 것 같아요."

그는 마흔살쯤 되어 보였고 굉장히 허름한 차림새를 하고 있었다. 축사나 농기계 근처에서 그렇게 생긴 인물들을 가끔씩 볼 수 있기는 하지만 그도 제대로 된 농부는 아니었다. 순간적으로 내 머릿속을 번쩍하며 스친 생각은 마리우스가 이 집에 눌러앉은 유일한 이유는 같은 패거리를 이곳에 불러들여 둘이서 뭔가 사기 행각을 벌이기 위해서였을 거라는 것이었다. 그 자그마한 사내의 주름 많은, 아마 여러 면모를 지녔을 쥐 같은 얼굴이 재미있다는 듯 아이러니한 표정으로 나를 관찰했다.

"당신은 농장 일꾼이오?"

"필요할 경우엔요, 아닐 이유도 없지요?"

"글쎄요, 힘든 노동이니까요."

그러자 그가 일어선다. 그는 키 작은 인간의 자존심으로 나로 하여금 자기 팔의 단단한 근육을 만져보게 한다. 특이하게도 손은 섬세하고 가냘픈데, 그 손에서 이런 팔뚝이 뻗어나와 있다.

이제 나는 묻지 않을 수 없다. "이 근육을 가지고도 그렇게 흔들어대도록 내버려뒀단 말이오?"

"그렇죠." 그가 거만하게 말한다. "사람은 언제 저항해야 하는지를 알아야 합니다…… 만일 다른 사람이 그랬다면 다르게 결판이 났겠죠."

무엇이 이 두 사람을 연결시키고 있는 걸까? 한 남자는 볼품없는 몸매에 우람한 팔이 달려 있고 그 팔에 다시 아주 섬세한 손이 달려 있다. 뾰족한 코 아래엔 옆으로 넓게 찢어진 가느다란 틈이 나 있어서, 그는 그 입으로 말하고 숨을 내쉰다. 또다른 한 사람 역시 숨을 쉬는데, 그는 앞사람과 비교해볼 때 균형 잡힌 몸을 갖고 있다고 말해야 할 것이다 ─ 도대체 왜일까? ─ 그는 잘생긴 사람이었고 그의 힘은 눈에 들어 있었다. 팔이 아니라 기이하게 팽팽한 그 새의 눈초리 안에 있었다. 무엇이 이 두 사람을 연결시키고 있는 것일까? 무엇이 인간들을 서로서로 연결시키는 것일까? 왜 사람들은 더이상 서로에게서 벗어나지 않는 걸까? 그들의 길은 풍경 속에서 서로 갈라질 수 없게 되고, 하나의 풍경을 이루어 그들의 뒤를 따른다. 그 풍경은 더이상 어떤 특정한 곳에 위치하지 않으며 포도밭을 빙하와 하나로 연결시킨다. 게다가 매우 강력해서 방랑자의 발걸음을 연결시키고 인도할 정도이다. 나는 혼잣말을 하듯

이 말했다. "바로 시선이야."

"그렇죠." 교활한 표정의 얼굴이 마치 나의 생각을 알고 있다는 듯 아래쪽에서 맞장구를 쳤다. "그렇죠."

우리가 만나는 인간은 어떤 특정한 지역에서 온 것이 아니기 때문에 그렇다. 인간은 넓이와 깊이 그리고 높이를 가진 어떤 공간에서 오지 않는다. 그렇다. 동물조차도 그런 곳에서부터 오지 않는다. 인간은 자신이 알고 있는 것보다도 훨씬 더 먼 곳에서부터 온다. 그의 몸으로부터 뿜어져나오는 것이 아닌 그의 시선은 그가 진정 무한한 공간으로부터 왔음을 나타낸다. 그곳은 몸과 공간이 항상 새로 태어나고 존재가 존재를 만나는 곳이어서 인간은 더이상은 무한성 없이는 살 수 없게 된다. 시선을 통해 자신의 존재에 대한 암시를 주었던 방랑자에게서 등을 돌리고 그를 다시 버려야 한다면, 인간은 손 닿을 길 없는 영원을 배반한 사람처럼, 마치 슬픔에 잠긴 눈먼 동물처럼 느끼며 살게 된다. 아마도 그것이 내가 했던 질문에 대한 대답일 것이다. 그 대답은 볼품없는 한 방랑자의 "그렇죠"란 말로 확인이 되었다.

상황이 그랬기 때문에, 또한 예견했던 무한성으로부터 벗어나는 순간 인간은 절망으로 미끄러지기 마련인데 그런 절망의 가장 소소하면서도 가장 육체적인 부분이 바로 질투이기 때문에 나는 마리우스와 이름가르트가 그 뒤로 사라졌던 문 쪽을 가리키며 물었다. "그렇다면 당신은 질투가 나지 않는지요……?"

"질투요……?" 그는 얼굴 가득 주름을 잡으며 또다시 쥐 같은 웃음을 터뜨렸다. "……질투라고요……? 그가 옳은데요 뭘." 그러고서 그는 남루한데다 너무 펑퍼짐하고 긴 운동복 바지 안의 엉덩이를 또다시 문질렀다.

"글쎄요." 내가 말했다. "당신들이 여자와 관련해서 맺은 협정에 대해 아는 바가 없으니 나로서는 이해하기 어렵지만, 뭐 맞는 말이겠지요……"

그러자 마침내 그의 입에서 어떤 말이 나온다. "선생님은 이해 못하실 겁니다…… 그러려면 일단 그와 몇년은 같이 지내야 하거든요."

내가 재빨리 말한다. "당신들은 함께 방랑을 했던 거로군요……"

하지만 이제 그는 더이상 대답하지 않는다. 그는 녹색과 흰색의 물병을 집어들더니 귀찮은지 물병째 들고 자신의 작은 몸 안으로 많은 양의 물을 들이키고는 말한다. "모든 게 제대로였죠." 그러더니 구석의 벤치에 앉는다.

자, 그러니까 몇년 이하는 아니었던 것이다.

나는 "좋아요"라고 말하고 부엌 쪽으로 나간다. 밖으로 나와 복도에 서자 마리우스가 말하는 소리가 들린다. 그는 굉장히 또렷하게 말하고 있어서 귀를 기울이지 않아도 단어 하나하나가 들릴 정도이다. 이제 그는 결론짓는 말을 하고 있다. "그것이 옳아, 정의를 위해서 그렇게 해야만 해."

그 또한 옳음에 대해 이야기했다는 것은 분명 우연이 아니었다. 이름가르트는 이미 작은 사내에겐 그게 옳은 일이라고 말했다. 작은 사내 스스로도 마리우스가 옳다고 말하면서 자기 자신은 무시해도 되는 존재로 비하했다. 왜냐하면 산과 나무 사이를 걷는 사람들은 무한성에 의해 어디론가 옮겨질 때, 누군가와 함께 걷도록 강요받거나 떼어놓아지고 다른 곳으로 옮겨지게 될 때면 항상 옳음, 옳은 입장, 정의에 대해 말하게 되기 때문이다. 아아, 그들은 그에 대해 다른 단어를, 적어도 더 훌륭하고 신성한 단어를 찾을 수 없다. 그리고 자신들이 행하는 모든 불의는 자신들이 옳다고 믿으면 그냥 일어날 수 있는 일일 뿐이다. 그들은 도처에서, 모든 사건과 자연현상 속에서 정의를 찾아헤맨다. 왜냐하면 정의는 그들이 경험한 작별의 슬픔 속에서 위로가 되기 때문이다. 또 그것이 법이든 아니면 다른 무엇이라고 불리든 그 안에서야 비로소 우리의 기원인 한없는 무한을 예견할 수 있기 때문이다. 물론 그것은 종종 일그러진 형태를 띠고, 육체성으로 인해 자주 좌절되기도 하고, 너무나 공허해진 나머지 그 뒤에서 더이상 아무런 존재도 작용하지 않는 것처럼 보일 때가 더 많긴 하지만 말이다. 그럼에도 그것은 단어 안에 여전히 신성함과 영원함과 불가침성을 보존하고 있다. 심지어는 마리우스와 그의 부랑자 사이에 확고하게 자리 잡고 있는 게 분명해 보이는 특별법 안에서조차 영원의 징후가 진동하고 있었다.

그러나 지금은 이름가르트의 목소리가 대답한다. "그게 당신의 정의니까 난 그걸 믿어요."

목소리는 아주 반듯하고 곱게 고조된다. 그 소녀 자체가 그렇듯이 반듯하고 곱다. 하지만 바로 그 이유로 나는 화가 난다. 마리우스의 정의라는 건 존재하지 않는다. 또한 연인들이 서로를 무한한 존재로 바라본다고 해도, 아니 실제로 그들이 무한한 존재라 할지라도 연인들에게 허락된 직접성의 자비 속에 더이상 단어들은 없다. 그중에서도 법과 정의에 대한 단어가 존재할 가능성은 가장 적다. 비록 정의가 그 내부에서 사랑을 아주 잘 반영하고 있다 할지라도 말이다. 오직 바보나 협잡꾼만이 거꾸로 된 길을 가고 직접적인 것을 유추된 무엇인가로 대체한다. 마리우스는 그런 잡설로 저 뛰어나고 강력하고 올곧은 소녀를 자신에게 얽매어두려는 것일까? 그녀는 정말로 그에 동조할 수 있었단 말인가? 그들이 키스를 했다고 해도 그에 대한 반감은 없었을 것이다. 멋진 커플을 보면 나의 늙은 뇌 속에서는 벌써 할아버지 같은 중매자의 상상력이 자리 잡기 때문이다. 하지만 지금 저런 식으로 거들먹거리는 마리우스는 내 눈에는 공산주의의 색채가 들어간 금욕적인 이단 종파의 방랑 설교자처럼 보였다. 나는 불신에 가득 차 있었고 그 거드름 피우는 행동거지에 반감을 가지고 있었는데, 저 안에 있는 교활한 쥐새끼는 뭔가 방랑자로서의 유리함을 얻기 위해 그 옆에서 조연 역할을 맡고 있는 듯했다. 나는 밖으로 나왔다.

거기 방랑 설교자가 건방진 자세로 절반쯤 그녀를 향해 몸을 돌린 채 서 있었고, 그녀는 약간 미소 지은 채 먼 곳을 향해 시선을 던지고 있었다. 그들이 미심쩍은 대화를 나누었다는 기미는 전혀 남아 있지 않았다. 그런데도 나는 여전히 화가 나서 말했다. "저 안에 있는 사람이 대체 무슨 짓을 했다는 거요?"

마리우스는 아무것도 아니라는 듯한 손짓을 했는데, 한편으로는 그게 나와 아무 상관없는 일이라는 것을 보여주기 위해서였고, 다른 한편으로는 사소한 일이라는 것을 강조하기 위해서였다. "아, 벤첼 말이죠……"

"벤첼? 그는 체코 사람이오?"

"아닙니다. 벤첼처럼 생겨서 내가 이름을 그렇게 지었지요…… 지금은 그게 그의 이름입니다."

이름가르트가 웃었다.

마리우스의 농담이 내게는 재밌지 않다. 그는 잘생긴 사람이다. 그럼에도 불구하고 그는 그보다 훨씬 더 동물처럼 생긴 많은 사람들보다 더 동물에 가깝다. 그리고 동물들은 농담을 하지 않는다. 독수리들은 유머 감각이 없다. 기껏해야 돼지나 쥐 들에게나 조금 있을까.

"그러니까 벤첼이란 사람…… 이제 그 사람도 이곳에 묵는 건가요?"

두 사람은 내가 완전히 사소해져버린 문제를 언급했다는 듯이 나의 질문을 못 들은 체했다. 결국엔 마리우스가 마지못해 대답했다. "아마 농부 양반이 만족하실 겁니다."

이름가르트는 말없이 집 안으로 들어갔다.

이곳에서는 어떤 질서에 따라 세상이 정리되기 시작한 것일까? 새로운 질서가 생겨날 것인가? 아니면 무정부주의가 밀려오려는 것인가? 질서 자체가 혐오스러운 것으로 변할 때 등장하는 유혹적이고 미혹적인 존재가 밀려오려는 것인가? 몰락의 환희. 하지만 나로서는 한 농부, 그러니까 밀란트가 아버지와 선조의 질서에 대해 그렇게나 혐오감을 느껴서 그런 유혹에 굴복한다는 건 상상하기 어렵다.

마리우스는 으쓱해서 경쾌한 걸음걸이로 마당을 이리저리 걷고 있었다. 나의 존재가 그에게 방해가 되는 것 같아서 내가 묻는다. "금 문제는 어떻게 되고 있죠?"

그는 또다시 외교적으로 방어적인 자세를 취한다. "농부 양반이 찬성하지 않아요."

하지만 나는 페터 때문에라도 뭔가 명확한 것을 얻고 싶기 때문에 눈치 없게 군다. "내가 아는 바로는, 금을 찾으려면 정결해야 하는 거죠?"

"그렇죠." 그는 정중하게 인정한다.

"하지만 당신은 금을 찾을 생각이 전혀 없는 사람들에게도 당신의 윤리를 설교하고 있잖습니까."

"그러니까 선생님은 간음에 찬성하시는 건가요, 의사 선생님?" 약간 놀라운 대답이 들려왔다.

갑자기 나는 그의 모든 외교적인 수완에도 그가 하는 말이 반어적인 것이 아니라 완전히 진지하다는 것을, 오직 바보들이 그런 것만큼이나 진지하다는 것을 알아차린다.

"모든 질병이 방탕함에서 오는 겁니다." 그가 나에게 일깨워줬다.

"내 생각엔 아이들의 경우에나 그럴 것 같은데요."

그는 내게 경멸하는 듯한 시선을 던지고는 계속해서 으쓱거리며 걷는다. 나는 그 남자가 과거에 병동에 격리된 일이 있었다고 해도 놀라지 않을 것 같다. 최소한 그는 그 경계에 속하는 사례이다.

그런데 그가 마치 내 생각을 읽기라도 한 것처럼 내 앞에 멈춰 선다. "선생님은 내가 바보라고 생각하죠…… 그렇다면 말이죠, 선생님의 의학은 질병이 어디에서 오는지 알기는 합니까?"

나는 예컨대 전염병의 경우엔 그것을 알 수 있다고 그에게 대답할 수도 있다. 하지만 모든 문제엔 반대되는 질문이 존재하기 때문에 나는 포기하고 이렇게만 말한다. "이봐요, 라티 씨. 당신은 이미 의학과 관련해서 경험이 좀 있는 모양이군요."

그는 미소를 짓고는 팔을 뻗더니 나를 직접 만지지는 않으면서 펼친 손가락으로 나의 몸을 따라 움직인다. "선생님의 경우엔 여기에 있군요"라고 말하며 그는 나의 왼쪽 어깨를 가리킨다.

그의 말이 맞았다. 나의 어깨와 위팔에 류머티즘이 있다. 크게 신경을 쓰지는 않지만, 날씨가 갑자기 바뀌면 굉장히 고통스러워진다. 어쩌면 내가 밀란트에게 이미 나의 류머티즘에 대해 여러번 얘기를 했기 때문에 그에게서 들은 이야기를 마리우스가 하는 것일 수도 있다. 하지만 어쩌면 그는 실제로 자성磁性을 이용한 진단 재능을 갖고 있을 수도 있다. 나는 불쾌해져서 이렇게 말한다. "자성을 이용한 또다른 재주를 가진 게 있나요?"

"아하, 선생님은 이걸 요술이라고 생각하시는군요……"

"아니요, 하지만 그것이 의학에 반대할 이유는 아니잖소."

그때 성당 골목에서 부터 마차의 삐걱거리는 소리가 들려온 것이 내겐 다행스럽게 여겨졌다. 마차가 곧바로 마당 안으로 커브를 그리며 들어왔다. 밀란트 부인은 아들과 함께 마부석의 남편 옆에 앉아 있었고, 하녀는 체칠리에와 함께 뒷좌석에 앉아 있었다. 이미 마차에서 내린 안드레아스는 마차가 안으로 들어오자 마당의 문을 닫았다.

마리우스는 말의 마구를 벗기는 일을 도왔다. 일하는 방식을 보면 그가 동물을 잘 알고 말을 잘 다룬다는 것을 알 수 있었다. 그는 팔을 뻗어 거의 다정하다고 할 정도로 말들의 털을 쓰다듬고 달라붙어 있는 쇠파리를 털어버리기 위해 부드러운 손길로 배와 허벅지 안쪽을 쓰다듬었다.

그동안 나는 가족들과 인사를 나눴다. 그들은 나를 보고도 놀라지 않았다. 의사는 방랑하는 직인에 속하기 때문이다. 의사는 이 집 저 집을 옮겨 다니며 여기저기의 인생을 방문한다. 지나치게 빠르게 스쳐지나가는 그 인생은 조금씩 땅속으로 가라앉고 있다. 그의 과제는 어떤 이에게서는 어깨, 또다른 이에게서는 신장이나 어디 다른 곳에서 시작되는 붕괴를 무한으로부터 가져온 법칙의 도움을 받아 잠시나마 멈추게 하는 것이다. 이러한 나의 기능에 걸맞게 나는 질문을 던졌다. "다들 별고 없지요?"

"다행히 건강합니다." 이제까지 아무 말없이 옆에 선 채로 체칠리에를 끌어안고 있던 밀란트가 대답했다.

한동안 우리는 그렇게 서 있었다. 우리는 모두 기이하게도 우리 몸에서 둘로 갈라져나와 자라난 하체를 딛고 서 있었다. 그러면서 나는 방탕함이 사실은 우리의 내밀한 연결을 포기하는 해체 현상은 아닌가, 그 안에 질서에 대한 온갖 혐오감과 몰락의 환희가 표현되고 있는 것은 아닌가 자문했다. 하지만 아직 사건이 일어나지 않았고 벤첼이라는 사내 역시 나타나지 않았기 때문에 나는 기다리고 있었다. 체칠리에는 아무 소리도 내지 않고 어린 고양이 한마리를 꾀어낸 후 그 고양이가 꼬리를 빳빳하게 세우고 등을 구부린 채 다가오자 놀랄 만큼 빠르게 잡아채어 들어올렸다. 태양은 세상의 가장자리를 붉게 장식하며 쿠프론산 뒤로 사라졌고, 갑작스럽고 부드러운 저녁 숨결은 수선화가 가득 핀 언덕의 향기를 마치 눈에 보이지 않는 꽃무더기처럼 산비탈로 가져갔다.

안드레아스는 헛간 바닥으로 기어들어가서는 건초 사료를 집어 던지기 위해 안쪽에서 커다란 회색빛 이중문을 밀쳐 열었다. 두개의 기다란 철제 양문 고리가 삐걱삐걱 소리를 내며 흔들거리다가 마침내 조용해졌다. 그때 이름가르트가 부엌에서 나왔다. 하지만 손님의 모습은 여전히 전혀 보이지 않았다.

그러자 이름가르트가 돌아서더니 안쪽을 향해 외쳤다. "좀 나와 보세요."

벤첼이라고 불리는 인간이 금세 나타나 히죽거리며 웃었다. 당황한 모습이라고 말하기는 어려웠지만, 어쨌든 기대에 찬 모습이었다.

마리우스가 다가오더니 간단하게 말했다. "이 사람은 벤첼이라고 합니다. 일자리를 찾고 있어요."

나는 약간 긴장이 되었다. 농부의 아내는 아무 말이 없었다. 그녀는 날카로운 시선으로 새로 온 사람의 모습을 자세히 살폈다. 그녀로부터 좋은 말이 나오기를 기대하기는 어려울 터였다. 하지만 그녀는 예의를 지키면서 자신의 남편보다 먼저 나서지 않으려 했다. 농부는 교활하게 히죽거리는 그 사내에게 다가서더니 손을 내밀었다. 그러자 그 부랑자는 전혀 농부답지 않은 자세로 몸을 굽히고 오른발을 뒤로 빼면서 인사를 했다. 농부가 그에게 말했다. "여긴 일손이 충분하다네. 하지만 자네가 이 마을의 다른 집에서 일자리를 찾고 싶다면 그때까지 여기서 묵어도 되네. 그렇게 하는 게 좋겠어."

"농부 어른께서 명령하시는 대로 해야죠." 마리우스가 수상쩍게도 바로 순응하며 말했다.

지금까지 체칠리에의 어깨 위에 얌전히 앉아 있던 고양이가 갑자기 뛰어내렸다. 소녀가 날쌔게 붙잡으려 했지만 고양이의 꼬리는 소녀의 손가락 사이로 미끄러져나갔다.

그런데 기손가의 특성을 매우 투박한 형태로 지닌 농부의 아내가 놀랍게도 그 작은 사내에게 이렇게 말하는 것이었다. "어쩌면 윗마을에 사는 나의 오빠에게 당신이 필요할 수도 있겠네요."

그것이 전부였다. 눈에 띄는 것은 지금 이곳을 지배하는 순응의 어조였는데, 오직 마리우스에게서만 나올 수 있는 것이었다. 나는 십사년 전 내가 이 마을에 들어왔을 때 아직 생존해 있던 밀란트의 선친을 떠올렸다. 그는 자신의 손주들 중에서 겨우 이름가르트만 보았다. 하지만 그것은 순응과는 거의 상관이 없다. 아니 상관이 있을 수도 있겠다. 밀란트의 선친은 굉장히 불쾌하고 못마땅한 마음으로 농장을 넘겨줬다. 그는 윗마을에서 여자를 데리고 내려온 자신의 아들을 완전히 불신했다. 하지만 죽기 일년 전에는 며느리와는 아니었지만 아들과는 상당히 괜찮은 관계가 형성되었다. 아마 아들이 강한 여자 아래서 고생한다는 것을 그가 알아챘기 때문이었던 듯하다. 당시 밀란트는 정원의 아버지 곁에 자주 앉아 있곤 했다. 점점 줄어들어가는 노인의 삶은 공간적으로도 역시 점점 작아져가기는 했지만, 그렇다고 해도 삶이 그동안 흘러왔던, 발아하고 성장하고 성숙하는 대지를 떠나지는 않았기 때문이다. 정말이지 그는 과거 어느 때보다도 더 대지와 성장을 원했다. 비록 그것이 한정적인 공간에 담장으로 둘러싸여 있는 정원일 뿐이었지만 말이다. 그리하여 그는 그곳 정원에서 두 손을 어느 나무의 늘어진 가지와 잎 속에 넣은 채 잠이 들었고, 누군가가 그것을 알아채기 한참 전에 세상을 떠났다. 결국 그가 발견되어 집 안으로 옮겨졌을 때, 그는 어린 나뭇가지 하나를 손에 들고 있었다. 우리는 그 나뭇가지로 그가 관 속에서 쥐고 있게 될 십자가를 휘감았다.

그렇다. 마리우스의 순응과 그 일은 아무런 상관이 없다. 그것은 다른 종류의 순응이다. 하지만 밀란트와 나의 관계에서 그 일은 중요한 의미가 있다. 그래서 우리가 거기 서 있는 동안 내게 그 일이 떠올랐던 것이다. 우리 주위는 점점 더 고요해지고 황금빛이 되어갔다.

6

윗마을에서 약 한시간쯤 더 올라가면, 난쟁이갱이라고 불리는 지하 막장에서 멀지 않은 곳에 오래된 탄광예배당이 있다. 자그마한 후기 고딕 양식의 건물로 십팔세기에 다른 많은 건물들처럼 석회칠을 하고 미화 작업을 한 후 당대의 양식대로 장식을 했지만, 지금은 서서히 쇠락하는 중이다. 입구 앞에는 부서진 두칸의 돌계단이 있는데 그 틈 사이로 잡초가 자란다. 예배당의 문은 항상 잠겨 있고 일년 중 단 한번만 열린다. 매번 마지막 초승달과 하지 사이의 첫번째 목요일에 거행되는 소위 '암석축성'이라고 불리는 미사를 위해 신부님이 그 안으로 들어갈 때이다.

나는 가끔씩 그곳에 올라간다. 사실 그곳은 내가 가장 좋아하는 길이라고 할 수 있을 것이다. 나는 좋아하는 장소를 특별히 강력하게 기억에 남기겠다는, 기이하면서도 아주 인간적인 열망에 이끌려 매번 새롭게 이곳을 찾곤 한다. 그것은 설혹 사랑하는 사람의 초인적인 능력이라고 해도 인간의 상상력으로는 결코 충족시킬 수 없는 과제이며 열망이라는 것을 알고 있으면서도 말이다. 이곳에서도 다를 바 없다. 매번 방문할 때마다 예배당 널빤지 지붕을 구석구석까지 잘 파악해보려고, 그 위로 뻗어나가 있는 가문비나무의 모습, 두개의 첨두아치[9]형 창문과 그 사이의 우아한 원주, 기둥받침 부분에 놓여 있는 한무더기의 성벽 잔해물을 꼼꼼히 살펴보려고 노력하지만, 기억은 언제나 그 과제를 완수하지 못한다. 매번 나는 여러가지 이유로 놀라게 된다. 벽 주위에 맴도는 서늘한 구름 같은 숲의 향기에 놀라고, 정말로 그 안에 진입하려면 한참을 더 걸어가야 하는 곳인데도 마치 그 초입에 서 있는 것처럼 느껴질 만큼 가까워 보이는 갈라진 바위절벽 때문에 놀라게 된다. 무엇보다도 나는 이곳에서 펼쳐지는 전망 때문에 매번 놀란다. 예배당은 좁다란 돌투성이 산간 초지의 위쪽 가장자리에 자리 잡고 있는데, 그 초지는 과거에 난쟁이갱 때문에 이곳에 일구어진 개간지였던 것이 분명해 보인다. 오래된 광부길은 위를 향해 지그재그로 가파르게 이어지고, 아래쪽으로는 일 미터가 넘는 뾰족한 풀들로 뒤덮인 넓은 덤불과 관목지대가 펼쳐진 후 다시 가문비나무 숲이 시작된다. 이곳에서는 그 나무 꼭대기 너머로 골짜기 전체를 내려다볼 수 있다.

그래서 난 내 손을 개의 머리 위에 얹은 채 이곳 예배당 계단에 앉아 있기를 좋아했고 지금도 여전히 그러하다. 종종 저녁 시간의 골짜기와 그 안에서 떨며 황금빛으로 미소 짓는 연한 빛을 내려다보고 있으면 엄청난 경이로움을 느끼게 되고 계속해서 진행되

---

9 꼭대기가 뾰족한 아치. 고딕 건축의 중요한 특징 중 하나이다.

는 변화를 충만하게 경험하게 되는데, 그것은 나의 시선이 본래 조용히 향하던 곳으로 가지 않고, 마치 속세의 농가들을 내려다보듯이 놀라움에 가득 찬 채 나 자신을 바라본다는 것을 느끼게 될 때의 일이다. 왜냐하면 바라보는 이가 여기 앉아 있는 그 사람이 아니기 때문이다. 그는 노쇠해가는 남자가 아니다. 한때 어린아이였고 해마다 세상을 떠돌아다녔던, 시간의 안개 골짜기를 힘겹게 기어올라온 자가 아니다. 또한 내면에 기억이 쌓여 있는 사람도 아니며, 층층이 의학적 지식의 파편들이 스며들어 있는 자도 아니다. 심지어 한때 여인의 숨결 속에서 잠잤고 오래지 않아 고독하게 사지를 쭉 뻗게 될, 그때가 되면 멈추는 법 없이 갑작스러운 시간의 망각을 향해 계속해서 자라나던 기억마저 꺼져버릴 그 사람조차 아니다. 아니다. 바라보는 자는 이 모든 사람이 아니다. 아니다. 그것은 내가 아니다. 나는 그것이었던 적이 없으며, 나는 가장 내밀하고 굉장히 안전한 껍질 속에 숨어 있다. 나는 마치 잠수기[10]와 같이 나 자신 안으로 아주 깊이 내려놓아진 채, 나의 피안에 가라앉아 있다. 그리하여 마지막에 놓여 있는 종말까지 포함하여 이 모든 인생의 흐름이 내겐 사실 아무 상관이 없다. 또한 내가 나의 형제에게, 그러니까 내가 그 안에 살고 있는, 좀더 정확하게는 그저 나의 임대인일 뿐인 형제에게 즐거움과 심지어는 고통까지 허용한다고 해도, 내가 단순히 구경하고 박수 치는 데서 만족을 찾는 바보처럼 시간을 허비한다고 해도 마찬가지이다. 시간을 허비하는 이유도 그저 내가 아예 시간을 소유하고 있지 않거나 또는 내가 마지막으로 바라보는 시선이 향한 곳, 그러니까 무지와 지식이 완전히

....
10 물속으로 잠수할 때 사용하는 기구.

하나가 되기 때문에 다시 한번 그 두가지를 구분하기 위해서는 새롭고 더 깊은 눈이 필요한 저 영역에서는 ── 아아, 그곳은 어디인가?! ── 시간이 더이상 유효하지 않기 때문일 뿐이다. 그 두가지의 구분이란 무지는 더이상 무지로 드러나지 않게 하고, 지식은 더이상 지식으로 드러나지 않게 할 그런 구분이다. 비록 나의 잠수기가 나의 대양의 어둠속에서, 그리고 나의 침몰해버린, 그 깊이를 잴 길 없는 풍경 속에서 여전히 자유롭게 부유하고 있다 해도 말이다. 나의 칩거의 어둠에도 불구하고 나의 주변은 점점 더 환해질 것이고, 그 깊은, 거의 마지막이라 할 어둠으로부터 모든 껍질을 꿰뚫어 볼 것이다. 그 껍질은 나 자신이다. 나는 나의 삶 속에, 살 속에 에워싸인 채 여기 앉아 있다. 산속에서 사라져가는 빛의 음악에 귀를 기울이고 있다. 환희에 차서 내 존재의 불가해함으로부터 더욱더 먼 영역의 거듭되는 불가해함을 멀리 응시하고 있다. 아니, 응시하면서 나 자신이 응시되고 있다. 그러면서 지식의 밀접한 연관성을 예감한다. 나 자신이 산이라는 예감을 예감한다. 나 자신이 언덕이고, 빛이며 내가 도달하지 못하는 풍경이라는 것을 예감한다. 그 풍경이 나이기 때문에 도달하지 못하는 것이다. 그럼에도 대양의, 산의, 가라앉은 섬의 깊은 골짜기에서, 모든 어둠의 금빛 근원에서 거대한 망각이 나를 덮치게 되면, 나는 그곳에 도달하고자 한다. 그럼에도 불구하고 나는 도달할 것이다.

그렇게 나는 산과 난쟁이갱을 등 뒤에 둔 채 자주 이곳 예배당 계단 위에 앉아 있곤 한다. 도달할 수 없음을 슬퍼하며, 그럼에도 그것을 바라볼 수 있음에 황홀해한다. 개의 부드럽고 따뜻한 털로 덮인 머리는 나의 구부린 손 안에 쏙 들어와서 난 항상 내 손을 그 위에 올려놓곤 한다. 그렇게 하면 내가 그 안에 깃들어 있는 무한성을 잡을 수 있기라도 한 듯이 말이다. 우리가 개를 부러워하는 이유는 그것이 구분이라는 자비로운 저주를 지고 다니지 않아도 되고, 먹어대고 또 자주 오줌을 싸대는 존재와 관조하는 존재가 서로 구분되지 않는 하나의 즐거운 통일체로 엮여 있는 것처럼 보이기 때문이다. 그 통일체는 어떤 면에서 보더라도 개 트랍이라는 것을 믿을 수 있게 한다. 트랍은 즐거워하지 않는다. 달리 말하면, 눈 위에서 뛰놀고 땅 위를 질주하기는 할망정 즐거워하는 일이 굉장히 드물다. 오히려 그 개는 도처에서 끈질기게 자신을 찾아헤맨다. 인간이 동물 내면에 일깨운 무한성의 징후를 자기 머릿속에서 찾고 있다. 거기서 개는 황홀함이 아닌 슬픔을 얻게 된다. 하지만 이 슬픔, 그러니까 나와 트랍이 공유하게 된 슬픔 속에서 우리는 사랑하는 마음, 찾는 마음으로 서로의 눈을 들여다본다. 우리 무한성의 사랑하는 먼 곳을 들여다본다. 그 무한성으로부터 우리의 시선이 뻗어나오고, 그 무한성에 우리의 공통점이 존재한다. 우리는 서로를 바라본다. 그러다가 마침내 내가 개의 주둥이를 밀어내면서 입에서 악취가 나는 건 훌륭한 개에게 어울리지 않는다고 말한다. 그럼에도 개의 주둥이에서는 악취가 난다. 그의 이빨이 이미 상한 것이다.

　하지만 그곳에 그렇게 자주 그리고 즐겨 오르곤 함에도 내가 매해 암석축성에 참여한 것은 아니었다. 그런 오래된 자연 의식들이 대체로 그렇듯이 그 또한 굉장히 초라한 축제가 되었기 때문만은 아니다. 나처럼 성당에 자주 가지 않는 사람이 그런 부수적 행사에 참여할 수는 없기 때문이기도 하다. 이번에 참여하게 된 것 역시 — 그때는 오순절 주간이었다 — 순전히 우연이었다. 나는 윗마을에 오전 회진을 가는 중이었는데, 집집마다 잎이 달린 나뭇가지로 장식되어 있고 길에는 풀이 뿌려져 있는 것을 발견했다. 그래서 나는 주크 부인의 왕진을 마치고 난 후에도 집으로 가지 않고 산골 농장으로 갔다. 농장 주변에는 널빤지로 만들어진 원시적인 거리 제단이 세워져 있었는데, 그 제단은 금빛으로 테를 두른 붉은 천으로 덮여 있고 그 위로 성모마리아 상이 우뚝 솟아 있었으며 전체가 나뭇잎으로 둘러싸여 있었다. 그곳엔 이미 행렬 참가자들이 서서 기다리는 중이었다. 산ㅁ신부를 위해 일종의 신부 들러리 역할을 하는 곱게 단장한 마을 처녀들, 심지어는 아랫마을에서 온 구경꾼들도 있었고, 동네 아이들은 말할 것도 없이 전부 다 모여 있었다. 그들은 여기서 신부님을 기다리고 있었던 것이다. 정작 산신부는 아직 보이지 않았다. 나는 몇몇 사람과 인사를 하고 곧장 어머니 기손네로 들어가 무료함을 달랠 겸 안부인사라도 나눌 생각이었다. 그런데 바로 그때 어머니 기손이 비단으로 지은 고운 축제용 의상을 입고 밖으로 나왔고 그 뒤를 산신부가 따라 나왔는데, 그것은 놀랍게도 이름가르트였다. 그랬다. 머리에 신부용 관을 쓰고 손에 꽃을 들고 오직 신부에게만 어울릴 법한 단장을 한 이름가르트였다.

"와아." 구경꾼들은 그 상황에 걸맞게 감탄사를 내뱉었다. "야, 이름가르트다." 아이들은 화려한 치장을 보고 좋아하며 말했다. 하늘엔 밝고 연한 구름이 떠 있었고 비는 오지 않았으며 비가 올 것 같지도 않았다. 부드럽고 서늘한 파도를 그리며 골짜기와 그 위의 하늘 사이로 북풍이 불고 있었기 때문이다. 일정한 간격을 이루어, 역시나 보이지 않는 조용한 파도를 그리며 그 공간을 흘러가고 있는 오팔색 빛 속에서, 마치 태양이 훨씬 더 풍성한 광채로 내리쬐기라도 한 듯 이름가르트는 더욱 아름다웠다.

나 역시 이름가르트에게 충분히 찬사를 보낸 후 말했다. "이거 정말 놀라운 일인데요, 어머니 기손."

그때 신부의 어머니인 밀란트 부인 역시 집에서 나왔다. 그사이 나는 체칠리에가 아이들 사이에 있는 것을 보았다. 신부의 어머니는 평상복 차림이었는데, 그녀는 우리 쪽을 보지 않았고 자신의 딸도 보지 않았다. 그녀는 바람이 부드럽게 빛을 몰고 와 이곳에 내려놓고는 계속해서 흘러가는 모양을 바라보았다.

내가 그녀에게 인사하자 그녀는 그저 이렇게 말할 뿐이었다. "네. 오늘 이름가르트가 산신부예요."

"한때는 나도 산신부였지." 어머니 기손이 말했다. "하지만 너무 오래전 일이라 이젠 더이상 사실 같지가 않아."

그때 나는 이름가르트가 여전히 기손가의 인물로 여겨진다는 것을, 그녀가 그 신분 때문에 오늘의 이 지위를 얻게 되었다는 것을 알게 되었다. 그렇지 않다면 이 지위는 '아랫마을 사람'에게는 주어지지 않을 것이다. 전해지는 말에 의하면 예전에는 아랫마을 사람들은 구경꾼으로 오는 것조차 허락되지 않았다고 한다. 그들 중 많은 사람이 오늘 '아랫마을 사람'이 산신부 역할을 맡았다는 사실에 이끌려 윗마을까지 올라온 듯했다.

밀란트 부인은 '아랫마을 사람'이 되기 전 자신도 과거에 그렇게 단장을 하고 그곳에 서 있던 것을 떠올린 듯했다. 그녀가 이렇게 말했다. "이 아이가 집으로 돌아온 거죠."

"그렇다고 할 수 있지." 할머니가 말했다.

"그럼 이름가르트는 이제 윗마을에 완전히 머물게 되는 건가요?"

"네." 밀란트 부인이 말했다.

어머니 기손이 설명을 덧붙였다. "그렇다네, 추수가 끝나고 나면 우리 집으로 올라오게 할 거야."

"내가 어머니께 비용을 지불할 거구요." 밀란트 부인이 강조했다.

"그렇게 하고 싶으면 그러려무나." 할머니가 말했다. "하지만 이름가르트는 내 집에서 자기 밥값을 직접 벌게 될 거다."

그때 아래쪽에서 신부님을 태운 마차가 마을대로로 접어들었다. 시골 말은 계속해서 비틀거리며 느릿느릿 걸었고, 주크가 여러 차례 "츳츳"하고 "휘이"하며 혀를 차고 가볍게 채찍질을 하면서 말을 몰았다. 마부석 옆자리에는 복사가 임종성사와 행렬 때 사용되는 길고 검은 나무 십자가를 든 채 앉아 있었고, 뒤쪽 좌석에는 제복을 갖춰 입은 신부님이, 또다른 좌석에는 빨간 옷을 입은 성당지기와 기도 인도자 그로네가 앉아 있었다. 그는 산골농장에 살고 있는데, 관례에 따라 항상 주크와 함께 신부님을 암석축성에 데려오곤 했다. 그래서 오늘도 그들은 함께 신부님을 마차에 태워 데리고 올라온 것이었다. 나는 내 시계를 봤다. 일곱시 삼십분이었다.

그들은 마차에서 내렸고, 암석축성을 위해 필요한 집기들도 모두 꺼냈다. 그중에는 아직 둘둘 말려 있는 붉은색 다마스크직[11]의 성당깃발이 있었다. 들러리들에게 둘러싸여 있던 이름가르트가 마차를 향해 걸어와서는 산신부가 성직자에게 인사할 때 사용하는 문구를 암송했다.

"예수 그리스도를 찬양하라.
산속에 사로잡힌 것들은

---

11 올이 치밀한 자카드직의 천. 주로 침구, 방석, 커튼 등에 사용된다.

그를 통해 해방되리니

사탄과 요괴는 쫓겨나고

모든 악은 그곳으로부터 도망치리라.

예수님과 마리아의 이름으로."

그녀는 시골 학생의 톤으로 이것을 암송하면서, 축복을 받기 위해 신부님에게 자신의 꽃다발을 내밀었다. 왜소하고 수줍음 많은 성직자는 잠시 머뭇거렸다. 왜냐하면 그는 꽃을 좋아하는 사람으로서 그 헌물을 우선 한번 찬찬히 살펴봐야 했기 때문이다. 입 한쪽이 약간 처져 있는 그의 얼굴 위로 친절하고 전문가다운 옅은 미소가 떠올랐고, 그는 가볍게 동의하듯 고개를 끄덕이며 꽃다발 위로 성호를 그었다.

예의범절을 모르는 트랍은 그저 이곳에 나와 절친한 지인 몇몇이 모여 서 있는 것만을 보고는, 그들이 뭘 하는지 좀더 잘 보기 위해 그들 쪽으로 다가갔다. 그래서 나는 녀석이 제식 행사에 끼어들지 못하도록 내 쪽으로 불러야만 했다. 트랍은 인간의 이해할 수 없는 어리석음에 진저리를 치면서 내 말을 따랐다. 그사이 성당지기는 향로를 흔들고 있었고, 신부님은 첫번째 기도를 올리기 위해 거리제단 앞으로 갔다. 하지만 이때까지도 모여 있는 사람들은 아직 완전히 경건한 자세를 갖춰 그를 따르고 있지는 않았다. 이미 한참을 거리에 서 있던 그들의 눈에는 특별한 변화가 느껴지지 않았던 것이다. 그래서 그들은 그저 구경하면서 녹색 나뭇가지들 사이에 진홍색으로 세워진 제단이 멋지다고 생각하고 있을 뿐이었다. 사람들이 모였다거나 집중을 한다거나 하는 것은 중요하지 않다. 중요한 것은 단지 어떤 일이 일어나기 전, 그리고 거의 구분하기 어려운 일이긴 하지만 사람들이 바람을 거스르거나 바람과 함께 그 위로 흘러갈 때 세상이 가끔은 멋지다는 것이다. 왜냐하면 지상의 바람은 기껏해야 바다가 엿듣는 이 없이 망상에 잠긴 채 썰물과 밀물의 부드럽고도 강력한 흔들림 속에서 달과 끝없는 대화를 나눌 때, 그 달콤함과 강렬함에 대해 가끔씩 얘기해주는 호흡의 그저 작고도 부정확한 메아리일 뿐이기 때문이다. 침묵하는 바람을 따라 흔들리는 나뭇잎의 떨림은, 모든 것이 고요해지고 오직 심장만이 두근거리는 그것은 메아리의 메아리가 아닌가? 산의 높이에서 바다를 마지막으로 비춰 보는 것과 같은? 제단 주위에 세워둔 나뭇가지의 잎들이 조용히 사랑스럽게 살랑거렸는데, 그 잎사귀들은 이미 가장자리가 빳빳해지면서 안으로 말리기 시작했다. 그때 성당지기가 다시 자신의 향로를 흔들자, 그것은 이쪽저쪽으로 천천히 흔들렸다. 행렬이 정돈되고 움직이기 시작했다. 맨 앞에는 복사가 우뚝 솟아오른 기다란 십자가를 들고 있었는데 십자가 위에서는 은빛으로 빛나는 예수님이 절하고 또 절하고 있었다. 모든 아이들이 그를 둘러싸고 있었고, 그 뒤에는 신부님과 성당지기가, 그다음엔 산신부와 그녀의 들러리들이, 그리고 마지막으로 기도 인도자 그로네의 인솔을 받으며 평신도 그룹이 따르고 있었는데, 여기 참여한 몇 안 되는 남자들 뒤로 상당히 많은 수의 여자들 무리가 이어졌다. 행렬들과 장례식의 규범이 그렇게 정하고 있었고, 아마 인류의 근원적 규범이 그렇다고 거의 믿고들 있을 터였다.

기도 인도자가 행렬 연도煉禱[12]를 읊기 시작했다.

---

[12] 가톨릭의 위령 기도.

"하느님이 산 위에서 말씀하셨네.
별과 달이 흔들렸네.
또한 그는 은혜의 씨를 뿌리셨네.
동트기 전에
세상의 탑 위로
인생의 산 위로 밝게 솟아오른
산 위의 마리아를 찬양하라."

"하느님이 산 위에서 말씀하셨네.
별과 달이 흔들렸네.
또한 그는 은혜의 씨를 뿌리셨네……"

그렇게 계속 진행되었는데, 위쪽으로 올라가고 있었기 때문에 다들 호흡이 조금씩 가빠졌다. 나는 다른 남자들 뒤에 섰는데, 여자 무리의 맨 앞에 서서 걷고 있는 어머니 기손과 얘기를 나누기 위해서였다. 개는 집으로 돌려보냈다. 개는 돌아서기로 결심할 때까지 한참 동안이나 우리를 바라보고 있었다. 그러고 나서도 자꾸 멈춰 섰는데, 그것은 내가 하는 모든 행동을 도무지 이해할 수 없기 때문이었다.

"개가 뒤에서 따라와도 별일 없을 텐데." 어머니 기손이 말했다.

"그냥 신성함을 위해서입니다."

길 아래쪽으로 사라진 것은 트랍만이 아니었다. 밀란트 부인 역시 — 체칠리에의 손을 잡고 — 다시 골짜기 쪽으로 성큼성큼 걸어 내려갔다.

"……인생의 산 위로 밝게 솟아오른
산 위의 마리아를 찬양하라."

어머니 기손은 '찬양하라'를 점잖게 노래했는데, 너무나 점잔을
빼며 부르는 그 모습은 그녀가 얼마간 조롱을 하고 있으며 그저 좋
은 모범을 보이기 위해 굉장히 노력하는 거라는 생각이 들게 할 정
도였다.

하지만 인간이 하는 많은 일은 진지한 동시에 장난스러우며, 영
원한 동시에 유한한 법이다. 특히 그 인간의 지식이 이미 일차적인
수준을 넘어섰고 그가 유머의 재능을 받았을 경우엔 더더욱 그렇
다. 기병의 아들인 주크, 타락했었지만 지금은 꽃 애호가이기도 한
왜소한 신부님을 마차로 태워올 수 있는 마부의 지위까지 오른 주
크 역시 나보다 몇걸음 앞서 걸으며 점잖게 함께 노래했다.

"오십년 전엔 지금과 달랐어." 어머니 기손이 말했다. 그것은 오
십년 전에도, 백년 전에도 숲이 우거져 있고, 풀이 자라고 있고, 굴
뚝에서는 연기가 났고, 길은 굽이굽이 이어지며 가끔은 방향을 바
꾸기도 하고 가끔은 급경사를 이루기도 했다는 사실을 알고 있으
면서도, 그저 차이점만을 보곤 하는 노인들이 말하는 방식이었다.

그런데 왜소한 신부님이 산을 잘 오르지 못해서 우리는 굉장히
천천히 전진하는 중이었다. 숲속엔 안개가 짙었다. 바람은 나무 꼭
대기 위로 불고 있었지만 아래로 내려오지는 않았다. 숲으로 충만
해진 이곳의 공기는 고요했다. 공기는 살아 있는 나무와 도끼질당
한 나무들의 향기로 충만하고, 숲의 풀로 충만하고, 바닥의 달콤한
곰팡으로 충만했다. 길의 왼쪽과 오른쪽 모두 월귤나무로 가득해

서, 진한 녹색의 양탄자 같았다.

"또한 그는 은혜의 씨를 뿌리셨네.
동트기 전에……"

멧새의 지저귀는 소리가 들려왔다.

"그때 우리 신부님은 유능했지." 어머니 기손이 계속해서 이야기했다. "삼십분이면 우린 저 위에 도착해 있었어."

"에이, 어머니, 아무리 그래도 그렇죠."

하지만 그녀는 지금도 여전히 산골 주민 특유의 활기찬 걸음걸이를 유지하고 있었고, 의기양양하게 미소를 지어 보였다. "삼십분에 끝내는 것도 나쁘지 않을 거야. 나라면 지금도 할 수 있어…… 그 아를렛 신부님은 그게 가능했지. 그분은 축복도 아주 잘하셨어."

"거기 잘하고 말고 할 게 뭐가 있어요?"

어머니 기손은 웃었다. "산 위의 성 미셸[13]을 찬양하라."

나는 그녀가 무슨 말을 하는지 알 수 있을 것 같았다. 그녀는 뒤로 물러서 있기 좋아하는 인간을 굉장히 싫어했는데, 꽃을 재배하는 우리의 가난한 성직자가 거기 속했던 것이다.

잠시 후 그녀가 말했다. "그런 축복이 진가를 발휘하는 건 밤이지……"

"하지만 결혼식은 낮에 하는 거지 밤에 하는 게 아니잖아요, 어머니 기손."

---

13 가톨릭에서 말하는 대천사장.

"하지만 축복은 밤에 하는 거야."

"……달이 흔들렸네.
또한 그는 은혜의 씨를 뿌리셨네."

"물론이죠, 어머니. 하지만 신랑이 없으면 첫날밤도 없는 거죠."

"저기 저 앞에 있는 인간은 물론 신랑이 아니지."

"그렇다면 아를렛 신부님은, 그 사람은 신랑이었나요?"

"그걸 말하려는 거야…… 그는 끔찍한 사내였어. 처녀애를 고해
성사 하라고 보내서는 안 되는 인물이었지……"

"끔찍한 얘기인데요, 어머니 기손…… 그런데 그때 어머니가 산
신부셨잖아요."

그녀는 교활하고 아쉬워하는 듯한 표정을 지었다. "그때 산은 이
미 오래전에 죽은 상태였고 막혀 있었어…… 그래, 산이 아직 열려
있을 땐, 제대로 열려 있었지……"

나는 이해했다. "산이 산고를 겪었군요."

"그래, 그렇다고 치지…… 산이 아직 열려 있었을 때, 그때는 첫
날밤에 밤의 축복이 있었지. 춤이랑 결혼식에 딸린 모든 것도 함께,
그리고 훨씬 더 지독했지."

"주점에서요?"

"물론 저 위에서였지."

"그렇게 전해오나요?"

"그럼, 그렇게들 얘기하지."

나는 가을에 유성이 떨어질 때면 지금도 여전히 칼트 바위 언덕
에서 괴성을 지르고 가장을 한 채 즐기는 소박한 민속축제가 지속

되고 있다는 사실을 떠올렸다. 인간이 산 주변에 휘감았던 축제와 제식의 화관은 수백년의 폭풍에 의해 심하게 쥐어뜯겼고 이미 시들어 볼품없게 되었다.

"……또한 그는 은혜의 씨를 뿌리셨네……" 그녀는 원래 가사에 있는 것처럼, 하지만 더 정확한 가사라는 듯이 이어서 노래했다. "산에서는 광부가, 복부에선 아이가, 파내고 태어나네…… 산 위의 성 판크라스[14]를 찬양하라."

"지금 무슨 노래를 부르시는 겁니까?"

그녀는 살짝 웃더니 진지하게 말했다. "때가 되면 축복은 신부에게 그리고 산속에서 효력을 발휘하지…… 둘 다 똑같은 거야."

나는 의심이 들어서 그냥 "네"라고만 말했다. 사실 나는 오래전 그녀가 산신부였을 때 자신이 정말 쿠프론산을 위한 신부가 되었다고 느꼈는지 물어보려고 했다. 아니면 신부의 화관을 쓰고 우리 앞에서 걷는 이름가르트가 지금 이미 다산의 축복을 받았다는 느낌, 이미 거룩한 기사에 의해 구원받았다는 그런 느낌을 갖고 있을지 물으려고 했다. 아마도 언어가 탄생했던 과거에는, 아마도 대지가 산맥으로 솟아나고 주름 잡히기 전에는 아직 산의 품이라는 것이 있었겠지만, 오늘날 그것은 지질학 속으로 빠져든 텅 빈 개념일 뿐이다. 하지만 그런 이야기를 어머니 기손과 할 수는 없다.

"하느님이 산 위에서 말씀하셨네……"

그래도 난 이렇게 말했다. "어머니 기손, 정말 진지하게 말씀드리는 겁니다만, 세상에는 너무나 많은 살아 있는 산이 존재하고, 사람들은 그곳에 착암기와 케이블카를 가지고 접근합니다…… 산신

---

14 사세기 초에 순교한 로마의 성인.

부나 성직자 없이 말입니다……"

"그러지 말란 법도 없지." 그녀는 무심하게 말했다.

"아를렛 신부님처럼 그 모든 일을 제대로 할 줄 아는 사람을 그렇게 쉽게 찾을 수 없다는 사실은 차치하더라도 말입니다…… 그건 굉장히 힘겨운 일입니다……"

그러자 그녀는 또다시 웃음을 참지 못했다. "산이 그 일을 하고자 하면 그에 맞는 성직자도 거기 있는 법이야."

"네, 하지만 산이 포기하기도 하죠."

"모든 산이 똑같지는 않네…… 세상의 탑 위로 솟아오르네, 인생의 산 위로 환하게……" 그녀는 또다시 노래를 중단했다. "게다가 산은 참을성이 있지. 많은 산이 온갖 일을 다 받아들인다네."

"맙소사, 어머니 기손. 정말로 그렇게 믿고 계신 건지 알고 싶네요."

그녀는 조금은 안됐다는 듯이 나를 바라봤다. "기다려봐…… 기다려보게나. 산들이 참을성을 잃고 복수할 때까지 기다려보라구…… 그때는 자네 눈으로 직접 보게 될 테니."

"아녜요." 내가 말했다. "전 아무것도 보지 않을 겁니다. 세상의 악은 복수와 징계에 있는 것이 아니라 어리석은 유희에 있으니까요…… 만일 가련한 주크의 부인이 죽고 그가 아이들과 혼자 남게 된다면 그는 정말 아무것도 아닌 일 때문에 벌을 받는 겁니다……"

자신의 이름이 불리는 것을 들은 듯 주크가 뒤를 돌아보았다.

"생명은 벌을 주지 않아." 그녀가 명료하게 말했다. "하지만 생명은 어느 곳에나 있지, 악 속에도 존재하고."

"인정합니다, 어머니 기손. 그 얘기에 반대할 생각은 전혀 없습니다. 하지만 산의 악과 그의 복수 속에 들어 있는 것은 대체 어떤 생명일까요…… 이를테면 비룡의 생명일까요……?"

　이제 그녀는 더이상 대답하지 않았다. 그런 이야기를 하면 그녀의 화만 돋울 뿐이었다. 그녀가 거인과 용을 정말 믿는지 여부는 밝혀낼 수 없었다. 그에 대해 질문해서는 안 되었다. 그녀는 그들에 관해, 풀과 암석 속에 깃든 그들의 효능과 존재에 대해 온갖 이야기를 알았고, 약초를 찾으며, 귀를 기울여 몰래 엿들으며, 그들과 끊임없이 생산적인 교류를 나누고 있었다. 아주 오래되어 어떤 기억보다도 앞서지만, 그녀에게는 거의 현재만큼이나 중요한 과거로부터 환상적인 것들이 계속해서 그녀를 향해 몰려왔다. 그럼에도 불구하고 그녀는 현재에도 굳건하게 뿌리내린 삶을 살고 있다. 그러나 실상은 아마도 이럴 것이다. 즉 진심으로 사랑할 줄 아는 사람은 설혹 죽음 속에서라 할지라도 자신의 연인으로부터 완전히 버림받는 법이 절대로 없다. 진정으로 사랑하는 사람은 망자에 대해 아주 정확하게 알고 있다. 그는 망자가 언제나 되돌아오곤 하며 그것이 자신의 풍요로움이 된다는 것을 알고 있다. 그가 비록 이런 일들이 어떤 형상으로 일어나는지 알려줄 수는 없다 해도, 그가 "그것은 정령이야"라거나 "그것은 유령이었어"라고 말하기를 꺼린다 할지라도, 그는 완전한 확신으로 충만하며 그저 그에 대해 말하고 싶어하지 않을 뿐이다. 정말이지 그에 대해 질문을 받게 되면 그는 화를 내게 된다. 아마 어머니 기손의 경우도 그러할 것이다. 그녀의 사랑은 시간 속 깊은 곳까지 도달해 있고 그녀는 많은 것을 자신에게로 다시 불러낸다. 하지만 사람들이 그녀에게 그에 대해 질문하면 그녀는 화를 낸다. 왜냐하면 그녀는 "그것은 상상의 존재였어" "그것은 요정이었어" "그것은 용이었어"라는 식으로 말할 수 없고, 그저 그런 것들이 그녀 주위에서 힘을 발휘한다는 것을 알고 있을 뿐이기 때문이다. 그렇다. 그녀에게 질문을 해서는 안 된다. 내가 그녀에게 질문을 한 것은 잘못된 행동이었다.

길은 더 가팔라졌다. 여기저기 물길이 나 있고, 바큇자국은 바위 깊이 새겨져 있었다. 수천년 동안 사람들이 오가고 마차들이 지나다닌 길이었고, 바퀴가 발명되기 전부터 원시적인 썰매에 의해 길들여진 길이었다. 광부들이 다니고, 거인들이 다니고, 난쟁이들이 지나다니던 길이었다. 월귤나무 들판이 조금 성기어졌다. 그리고 여기서부터 우리는 자주 멈춰 서야만 했는데, 우리의 왜소한 신부님이 더이상 갈 수가 없었기 때문이다. 그에게 기꺼이 도움을 주고 싶었지만, 나의 왕진가방 안에는 카페인도 다른 적절한 약도 없다. 어차피 그는 사람들 앞에서 뭔가를 복용하려 하지도 않았을 것이다. 누가 봐도 심장이 약한 사람에게, 그것도 공복 상태에서 이런 오르막길을 오르도록 강요하는 것은 정말 말도 안 되는 짓이었다. 그래서 나는 모든 전통을 무시하고 이렇게 외쳤다. "잠깐 좀 앉으시죠, 신부님."

빳빳한 제복을 입은 그가 급하게 몸을 돌리더니 나를 향해 고마워하면서도 주저하는 듯한 미소를 지어 보였다.

"그렇게 하시죠, 신부님. 우리 모두에게 그게 좋을 겁니다. 그리고 하느님께서도 반대하진 않으실 테고요."

그는 한번 더 고민하더니 치마를 구기지 않으려는 농부 아낙네 같은 몸짓으로 제복의 뒤쪽을 들어올리고는 바위가 많은 길 가장자리에 앉았다. 그러자 기워 입은 남자용 줄무늬 바지가 들여다보였다. 다른 사람들도 그의 행동을 따랐다. 복사는 양쪽으로 갈라진 나뭇가지에 예수님을 기대어놓고는 다른 아이들과 함께 수풀 속으로 들어갔다. 그의 제식용 백의가 나무줄기들 사이로 이쪽에서 보였다 저쪽에서 보였다 했다. 기도 인도자인 그로네는 다마스크직의 성당깃발을 내려놓더니 병을 하나 꺼내고는——그의 재킷 뒷부분이 불룩해 보였던 이유가 이제야 드러났다——그 병을 망설이듯 두 손에 쥐고 있었다. 그러면서 이제 가파른 길가에 줄지어 앉아 수다를 떨고 있는 여자들 사이에 자리를 잡고 앉았다. "그냥 커피예요, 목 좀 축이려고요." 그는 변명하듯 말했다. 계속 노래를 불렀기 때문에 그들 모두 굉장히 목을 축이고 싶은 상황이었고 그 병을 정말 갈망하듯 바라봤지만, 어느 누구도 미사를 올리기 전에 한모금 마실 생각은 감히 못하고 있었다. 나 역시 이제는 신성함이 아무리 세속적인 것으로, 거의 관광용이라 할 수 있을 정도로 소멸된 것처럼 보인다고는 해도 그로네에게 그 음료를 신부님께 좀 드리라는 요청은 차마 못했다.

"자." 내가 말했다. "같이 좀 쉬실 생각이 없으세요, 어머니 기손?"

그녀는 화를 냈던 것을 이미 잊고 있었고, 예식 전문가로서 관대함이 담긴 분노를 드러내며 나와 주변 사람들을 바라봤다. "축복이 끝나기 전에는 그럴 수 없네"라고 말하며 그녀는 이름가르트를 자기 옆으로 불렀다. 아마 최소한 산신부만이라도 품위를 유지하도록 하기 위해서인 듯했다.

비록 이마에 땀방울이 솟아 있기는 해도 이름가르트는 신부화관을 쓴 상태에서도 정말로 엄숙한 표정을 짓고 있었다.

주크가 우리 쪽으로 왔다. 노래가 잠잠해진 지금 주위는 온통 숲속 곤충들의 윙윙거리는 소리로 가득 차 있었다. 개미들이 알아볼 수도 없을 만큼 재빠른 움직임으로 떼를 지어 길을 가로지르고 있었다. 주크의 유쾌한 얼굴에 근심이 어렸다. "오늘 우리 집에 들러보셨나요, 의사 선생님?"——"그래요, 주크. 아직 괜찮아요." 하지만 나는 그 말을 하면서 상황을 더 잘 알고 있는 어머니 기손을 바라보았다. 어쩌면 나는 주크의 눈을 바라보지 않기 위해 그녀를 바라보았을 것이고, 또한 어쩌면 그녀가 환자에게 내렸던 진단을 지금 철회해줄지도 모른다는 기대 때문에 그녀를 바라보았을 것이다. 하지만 그런 일은 절대 일어나지 않았다. 그녀가 주크의 두려움에 찬 질문을 들었고 내가 어떤 생각을 하고 있는지 또한 느꼈음이 분명한데도 그녀는 태연히 이름가르트의 신부화관에서 떨어져 엉클어진 리본을 정리하고 있을 뿐이었다.

주크는 다시 한번 질문했다. "아내가 건강해질까요?"

"그래요." 내가 일종의 비통한 분노를 느끼며 말했다.

"자네 아들들은 잘 성장할 거네, 주크." 어머니 기손이 이렇게 말하고는 숲속에서 이리저리 돌아다니는 주크의 아들 중 한 녀석을 가리켰다.

둥그런 뱃사람 수염 속에서 주크의 얼굴이 미소를 보였다. 그가 여전히 자신의 아버지를 닮았듯이, 그의 아들들도 그를 닮았다. 작고 다부진 체격에 유쾌한 녀석들이었다. 모두 주크를 쏙 빼닮았다. 그 아이들은 그로 하여금 아내에게 청혼하지 않을 수 없도록 몰아넣은 인생의 아름다운 필연성 속에서 그에게 왔다. 그리고 그 아이들은 온갖 놀라운 일을 세상에 함께 가져오는데, 그들을 보면 부인이 뱃사람 수염을 가진 그런 사내와의 결혼을 승낙했고 그를 좋아했으며 그녀 또한 인생의 아름다운 필연성에 굴복했다는 사실로 인한 놀라움을 여전히 느끼게 된다. 주크 역시 그렇게 생각하고 있는지는 모르겠다. 하지만 내가 그의 입장이거나 내게 자식들이 있다면 난 그렇게 생각할 것이다.

이제 우리 쪽으로 다가온 소년은 산신부를 바라보았다. 그러더니 꽃다발을 갖고 싶어했다.

"안 된다." 어머니 기손이 말했다. "넌 꽃다발을 절대 가질 수 없어. 그건 이미 하느님의 것이니까. 하지만 바라볼 수는 있지."

나 역시 이름가르트가 안고 있는 꽃다발을 바라보았다. 그것은 주로 카네이션으로 만들어져 있었고, 연한 사시나무 이파리가 함께 섞여 있었다. 하지만 꽃다발엔 약초도 상당히 많이 섞여 있었는데, 그중 많은 것들이 나로서는 알 수 없는 것이었고 아마도 어머니 기손이 은밀하게 채집해둔 것 중에서 나온 것인 듯했다. 살무사에 물렸을 때 끓인 즙이 효험이 있다 하여 지역에서 뱀풀이라 불리는 약초의 창 모양 잎은 나도 알아볼 수 있었다.

"그래, 꽃은 하느님께 속한 거야." 이제 어머니 기손은 처음으로 신부님을 향해 몸을 돌리더니 큰 소리로 반복해서 말했다. "안 그렇습니까, 신부님?"

"그렇죠." 신부님은 힘없고 지친 얼굴로 말했다. "아마도 그럴 겁니다." 그러고 그는 알록달록한 손수건으로 창백한 얼굴의 땀을 닦아냈다.

나는 앞으로 가서 그의 옆에 앉은 다음 맥을 좀 짚어보자고 했다. 그는 곧 다시 괜찮아질 거라고, 조금 빨리 걸어올라오느라 그런 것뿐이라고 말했다. 정말이라고, 높이 오르는 데 익숙하지 않아서 그런 것뿐이라고 했다.

"신부님, 신부님께서 여행자가 되기 위한 훈련을 받으시는 것까지는 반대입니다만, 약간의 산책은 신부님께 정말 좋을 텐데요."

그의 벌어진 두 다리 사이에 사제용 제의가 치렁치렁 늘어져 있었다. 나는 이 모든 것을 벗어버리고 이제 남은 길은 셔츠 바람으로 가라고 적극 권하고 싶었다. 아를렛 신부님이라면 분명히 그렇게 했을 것이다.

"내년에는 신부님이 저 위로 올라가도록 내버려두지 않을 겁니다. 제가 의사로서 거부권을 행사할 거라는 걸 알고 계셔야 할 겁니다."

"내년이라구요." 그가 또다시 한쪽 입술이 처진 얼굴로 희미한 미소를 지었다. "아직 한참 나중의 일인걸요. 난 그렇게 먼 나중의 시간까지 생각하고 있지 않아요⋯⋯ 주님의 뜻대로 되겠죠."

그 말과 함께 그는 몸을 일으키더니 입고 있는 제복과 장식을 쓰다듬어 반듯하게 펴고 다시 행진에 나설 채비를 했다. 하지만 한번 일이 중단되면 그것을 다시 시작하기는 언제나 어려워 보인다. 산을 오르다 적절하지 못한 시간에 휴식을 취하는 것은 바람직한 일이 아니다. 수다 삼매경에 빠진 여인들은 그늘에 앉아 있는 게 쾌적했고, 산에서의 축복이 꼭 필요한 사람 또한 아무도 없었다. 선조들에 의해 부과되고 스스로의 무지에 의해 유지되는 불편함처럼 이 축복은 모든 사람에게 부담이 되고 있었다. 하지만 선창자인 그로네가 자신의 의무를 기억해내고 울먹이는 듯한 어조로 "하느님이 산 위에서 말씀하셨네"라고 다시 노래를 시작하자, 복사의 도움을 받아 행렬 무리 속에는 그럭저럭 다시 질서가 잡혔다.

그리고 이제는 마침내 험난한 길도 끝이 났다. 아주 조금 더 갔을 뿐인데 나무줄기들 사이로 환하게 빛이 비치는 게 보였다. 우리의 연도가 "산 위의 성 제노베파"[15] 부분에 이르렀을 때 우리는 벌채가 되어 있는 개간지로 빠져나왔다. 땀을 흘리는 사람들 주위로 말파리와 모기떼가 모여들었다. 우리 앞쪽 위편에 예배당이 있었

---

[15] 프랑스 빠리의 수호성녀.

는데, 거기까지는 꼬불꼬불한 산길이었다. 우리는 그 예배당에 도착하게 될 것이었다. 하지만 마지막 숲길 뒤편에는 거대한 암벽이 솟아 있었고, 잿빛 암벽은 녹색 빛깔의 숲길에 의해 둘로 나뉘어 있었다. 하늘엔 여전히 환한 흰색이 섞인 회색빛이 감돌고 있었지만, 태양이 비치는 쪽의 하늘은 이제 오팔색으로 눈이 부시도록 빛났다. 풀, 키 작은 관목들, 베인 채 숨 쉬고 있는 나무들의 향기가 났다. 이 지방에서 흔히 볼 수 있는 검은 도마뱀이 S자 형으로 꼬리를 늘인 채 나무 그루터기에 앉아 머리를 들고는 우리를 바라보았다.

우리는 점점 더 아주 느린 속도로 전진했다. 내 지팡이를 신부님에게 주었는데도 그가 계속해서 미끄러지자 이제는 주크가 앞으로 나서서 그에게 손을 내밀고는 그를 끌어주고 있었다. 급한 경사 때문에 복사가 비스듬하게 매고 있어서 이리저리 흔들거리는 십자가의 뒤를 따라 우리가 아주 천천히 위쪽을 향해 걸어가는 동안, 나는 이곳에 올 때마다 그래왔던 것처럼 다시 한번 내 앞의 암벽을 살펴보았는데, 그때 아주 높지 않은 부분에 가로로 약 이삼 미터가량의 두툼한 돌이 도드라져 마치 거대한 뱀의 양각과 비슷하게 전체 암벽을 따라 죽 이어져 있는 것을 발견했다. 그것을 이제까지 한번도 제대로 알아차리지 못했다는 것이 놀라웠다. 나는 내가 가장 좋아하는 풍경마저도 철저하게 이해하고 파악할 수 있는 능력이 내게 없다는 것을 확인할 때마다 나를 엄습하곤 하는 가벼운 불쾌감을 느끼며 계속해서 그곳을 바라보다가 그 불룩 솟은 돌이 한 곳에서 아래로 구부러진 후 삼각형 모양으로 끝이 나 있는 것을 발견했다. 그 형상은 뱀의 머리 모양과 지독할 정도로 닮았고 매몰된 난쟁이갱의 입구 쪽을 정확히 가리키고 있었다. 무슨 상관이야, 하고 나는 혼잣말을 했다. 하지만 다음 순간 나는 멈칫했고 불안해졌다. 오늘 이미 사람들은 그들의 발톱으로부터 산신부 이름가르트를 구해내야 하는 용과 비룡에 대해 너무 많은 이야기를 했다. 내가 보았던 것은 정말로 내가 본 그대로일까? 난 내가 이 의식에 상당히 무성의하게 참여하고 있다고 생각했지만, 사실은 나 자신, 혹은 보고 있는 나 자신의 일부가 이 의식으로 인해 너무나 마음을 빼앗긴 나머지 존재하지도 않는 사물을 보았던 것은 아닐까? 사실 사람은 바위 형상 속에서도 온갖 가능한 것을 상상해낼 수 있는 것이다. 저 형상들은 그런 상상을 하기에 종유석 형상만큼이나 적당하다. 그러니 산을 휘감고 있는 뱀 또한 상상하지 못할 이유는 없지 않겠는가? 우윳빛처럼 연한 회색의 암벽이 거기 우유처럼 하얀 하늘의 빛 속에 서 있다. 마치 태곳적에 굳어진 빛처럼 거기 서 있다. 마치 대지의 태곳적 미소처럼, 아니, 대지가 처음으로 빛을 향해 자신을 열었던 것이기에 대지의 웃음처럼 거기 서 있다. 그리고 우리는 그곳을 향해 우리의 주문들과 함께 다가가고 있었는데, 그 주문들 또한 아주 오래된 것이긴 하지만 이미 시간의 흐름과 함께 다 닳아빠진 것이었다. 그렇다면 저곳의 바위가 뱀으로 띠를 두르며 장난을 쳐서는 안 될 이유가 무엇이겠는가? 이제 연도는 더이상 할 수 없게 되었다. 그로네의 목소리가 안 나오게 되었던 것이다. "후유, 신부님." 앞에서 주크가 외쳤다. "곧 도착할 겁니다. 아주 조금 남았습니다." 아이들도 이미 위에 도착해 있었고 마지막으로 네 발로 기어올라간 복사는 자신의 십자가를 의기양양하게 땅속에 박아 세웠다. "자요, 신부님." 주크가 외치면서 예배당 앞의 작은 평지 위로 신부님을 끌어올렸다.

그리하여 우리는 도착했다. 대부분의 사람들이 오늘은 길이 특히 가팔랐다고 느꼈다. 하지만 왜소한 신부님은 미소를 지은 채 힘겹게 숨을 몰아쉬며 열려 있는, 그리고 나뭇가지로 엮은 화환이 둘러져 있는 예배당 문에 몸을 기댄 채 자신의 여행자로서의 성취를 자랑스러워하고 있었다. 나의 지팡이를 여전히 손에 쥔 채였다.

"천천히 걷는 사람은 피곤해지지." 어머니 기손이 이렇게 말하며 자신의 치마를 두드려 반듯하게 폈다. "피곤한 축복이 되겠어."

"맞습니다." 나는 절반쯤 신부님을 향해 몸을 돌리며 대답했다. "그러니 우리의 신부님께서는 일단 다시 휴식을 좀 취하셔야겠는데요."

하지만 신부님은 거절한다는 의미의 미소를 짓고는 예배당 안으로 사라졌고 그 뒤를 복사가 따랐다. 그러자 참가자들, 무엇보다도 산신부와 어머니 기손은 자기들 역시 들어가야만 한다고 느꼈다. 잠시 사람들이 몰려 정체가 되었다.

우리는 그곳에서 처음부터 그날 아침을 가득 채우던 환한 빛의 안개 한가운데에 있는 셈이었다. 아니, 그 안개는 그날 아침 그 자체였다. 골짜기와 바위와 하늘이 안개에 의해 빈틈없이 가득 채워져 있었기 때문이다. 그곳에서 우리가 아침 그 자체의 가장자리에 서 있다고, 아침의 고요 속에 머나먼 무한까지 펼쳐진 바닷가에 서 있는 거라고 상상할 수 있을 정도였다. 내 옆에 서 있던 주크가 말했다. "오늘은 암석이 부드러운데요."

"그렇군요." 내가 말했다. 그리고 우리 두 사람은 쿠프론 절벽을 올려다보았다.

"내 말 좀 들어봐요." 내가 말했다. "저기 저 위에 있는 것이 뱀처럼 보이거든."

"맞네요." 그가 확인해주었다. "산을 둘러싸고 있는 뱀이라…… 뱀이 빙 둘러져 있는데요."

"이상하군요." 내가 말했다.

"왜요? 어쩌면 뱀이 화석이 된 것일 수도 있죠…… 그런 것도 있어요."

"세상에." 내가 말했다. "온 산을 감고 있는 뱀이라니…… 말도 안되는 얘기로군요."

"머나먼 옛날의 일일 수도 있죠." 그가 말했다. "그때는 별별 일들이 많았으니까요."

하지만 그사이에 주위가 굉장히 조용해졌고, 나는 예배당 안으로 들어가야만 했다. 이름가르트가 신부 역할을 하는 모습을 보고 싶었고, 내가 만일 그녀를 보지 않을 경우 어머니 기손이 굉장히 불쾌하게 생각할 것이기 때문이기도 했다.

작고 하얗게 칠해진 공간은 출입문과 두개의 고딕식 첨두형 유리창을 통해 밀려들어온 일렁이는 아침 햇살 속에서 환하게 빛나고 있었다. 그런 밝음 속에서 제단의 탁자 위에 격식에 맞춰 켜놓은 촛불은 창백해 보였다. 여기서 진행되는 예배는 참으로 기이한 형식의 예배였다! 촛불은 아침 햇살 속에 사라져가는 별과도 같았다. 그 촛불 아래쪽에는 아를렛 신부님의 명령으로 이곳에 세워졌던 것이 분명한 푸른색 별 문양의 외투를 입고 있는 성모마리아 석고상이 사랑스러우면서도 통속적인 미소를 지으며 바라보는 가운데 돌들이 놓여 있었다. 바로 그 돌들 때문에 이 모든 의식이 암석축성이라고 불리는 것이다. 이 돌들은 본래는 광석 조각으로, 추측건대 이 예배당이 지어지기도 전부터, 보관을 위해 이런 기독교적이고 협소한 공간에 넘겨지기 훨씬 전부터 예배 목적으로 사용되었을 것이다. 왜냐하면 어린아이 머리통만 한 크기의, 금속의 결로 온통 감싸인 그 돌들의 표면은 마치 수천년 동안 끊임없이 인간의 손길이 닿았던 것처럼 닳아 광택이 나는 상태였기 때문이다. 또한 제단 뒤편의 십자가 아래쪽 벽에는 오래된 광부의 곡괭이가 걸려 있었다. 이 모든 물건 앞에서 신부님은 의식을 거행했다. 성당 신부인 그에게는 자신이 행하고 있는 것이 저주받아 마땅한 미신의 구렁텅이와 아주 가까운 곳에서 진행되는 일로 보일 것이 분명했다. 그렇다면 참가자들은 어떤 상태였는가? 거기, 몇줄 안 되는 기도용 의자의 첫번째 줄에는 어머니 기손이 무릎을 꿇고 있었다. 그녀는 다른 종류의 지식을 소유했기에 공손하긴 하지만 조롱기 어린 손님으로서 성당 의식에 참여하고 있었고, 게다가 아를렛 신부님을 생각하고 있었다. 산신부인 이름가르트는 곱게 치장한 농가의 소녀로서 기이할 정도로 엄숙한 경건함과 위엄을 보이며 무릎을 꿇고 있었는데, 그러한 경건함이 그녀가 신뢰하는 마리우스의 정의 때문인지, 아니면 그에게 이토록 아름다운 모습으로 멋진 치장을 한 자신을 보여줄 수 있게 된 데 대한 기쁨 때문인지는 알 수 없었다. 그리고 평소에는 잠겨 있던 예배당 안으로 기뻐하며 밀고 들어온 아이들이 거기 있었다. 그다음엔 여자들이 있었다. 그들은 각자 먹을 것이 담긴 보자기를 잘 묶어서 자기 앞의 바닥에 놓아두고 있었다. 의식은 그 자체로는 초라하기 그지없었지만 그것이 진행되는 여름 아침의 고요한 위엄을 지니고 있었고, 여름 아침과 마찬가지로 동트는 바다 위로 시선을 던지고 있는 듯했다. 신부님의 동작들, 사람들의 얼굴은 스쳐가는 하얀 안개 혹은 아직도 희미한 무한 위로 이동해가는 어렴풋한 돛 같았다. 왜냐하면 기도의 몸짓이 아무리 현세적이라고 할지라도, 더 중요한 것은 아마도 그것을 실행하는 능력일 것이기 때문이다. 심지어는 연기력이라고 욕할 수도 있을 이 단순한 인간의 능력이 중요한 것이다. 그것은 보증이나 마찬가지다. 아니, 그냥 마찬가지가 아니라 그것은 무한으로부터 와서 그것 없이는 살 수 없는 인간이 무한을 향해 돌아갈 수 있다는 진정한 보증이다. 그것은 무한성의 보증인 것이다. 왜소한 신부님이 먼지를 심하게 뒤집어쓴 제복을 입은 채 탈진했다고 해도, 농부의 신발을 신은 그의 두 발이 몹시 아프다고 해도, 이름가르트가 온갖 불경스러운 저의를 품고 신부의 장신구를 과시하고 있다고 해도, 어머니 기손이 그 단순함으로 인해 더이상 예배와 같은 수고로움이 필요치 않은 먼 과거를 누리고 있다고 해도, 그 모든 것에도 신부님의 행위 안에, 기도하는 이들의 몸짓 속에, 그 단순한 행위와 단순한 몸짓 속에 피안의 것과 불가해한 것에 대한 헌신이 표현되고 있었다. 인간은 기도하기 위해 두 손을 깍지 끼고 있지만, 그럼에도 그는 무표정한 얼굴의 위엄에 의해 높이 떠받들린다. 그리하여 그의 겸손한 태도의 하얀 돛은 존재의 많은 층을 통과해간다. 그렇게 수없이 많은 층을 통과하여 무한을 예감하는 물가까지, 기도자의 눈 먼 시선으로 예감할 수 있는 보이지 않는 하늘의 가장자리까지 그를 옮겨다놓는다. 바깥에서는 매미가 예배당 앞에서 맴맴거리며 하얗게 노래했다.

하지만 암석축성 자체는 예배당 안에서 거행되지 않는다. 미사의 마지막에 주기도문을 세번 암송하는 동안, 성당지기와 그로네는 광석 조각들을 제단의 탁자로부터 들어올려 운반용 궤에 담았다. 그것은 광차도, 선로도 없던 시절에 옛날식 채굴 작업을 할 때 자주 사용된 기구였다. 두명의 젊은이가 그 궤를 들었고, 산신부와 들러리들, 아이들과 그외의 젊은이들이 그들 주위에 모여들었다. 남은 우리가 다시 행렬을 정비하기도 전에 그룹 전체가 자신들의 짐과 함께 숲속으로 자취를 감췄다. 그들은 저기 옛 난쟁이갱의 입구에서 우리를 기다려야 했기 때문이다.

이제 성당지기는 광부의 곡괭이를 벽에서 내려 향로와 나란히 들고 있었고, 복사는 이미 십자가를 다시 갖추어 들고 있었다. 하지만 그로네는 제단 옆에 세워져 있던 성당깃발을 이제야 다시 허리띠에 꽂고는 새로이 연도를 읊기 시작했다. 그런데 이번에는 모든 성인들의 이름을 다 부르지 않았고, 모든 노래를 "산 위의 성 게오르기우스[16]를 찬양하라"로 끝맺음했다. 우리도 역시 숲속으로 행진해서 들어갔다. 선발대를 난쟁이갱에서 만날 때까지 우리의 속도로는 이십분 정도가 필요했다. 그곳에서 산신부는 담장으로 막혀 있는 갱도 입구에 등을 돌린 채 서 있었다. 그녀의 발 앞에는 광석을 모아둔 궤가 놓여 있었다. 소녀들은 신부와 광석을 보호하려는 듯 서로의 손을 붙잡은 채 그녀 주위로 반원을 그리며 모여 있었다. 그들은 노래를 부르고 있는 우리 무리를 보자마자 약간은 유치하고 기괴한 노래를 맞서 부르기 시작했다. 그것은 「작은 별이 얼마나 많은지 아느냐」는 노래의 멜로디를 차용한 노래였다. 그들은 학교에서처럼 큰 소리로 노래했다.

"누구도 감히 가까워질 수 없네.
거인의 견고한 성에.
그렇지 않으면 처녀를 데려오라.
그가 네게 나쁜 짓을 하지 않도록."

경고에도 불구하고 우리는 용감하게 계속 전진했다. 한때는 그

---

16 초기 기독교의 순교자이자 14성인 가운데 한 사람. 일반적으로 칼이나 창으로 용을 찌르는 백마 탄 기사의 모습으로 묘사된다.

러한 노래가 갱도에서 굉장히 오싹하게 울려나왔을 것이다. 특히 이 모든 일이 어두운 초승달 밤에 진행되던 과거에는 말이다. 나는 암벽을 올려다보았다. 그곳에서는 거대한 뱀의 양각이 보이지 않았다. 하지만 내가 뱀의 머리라고 생각했던 아래로 드리워진 돌에서 암적색의 가는 두개의 물줄기가 날름거리는 혀처럼 아래로 흐르고 있었다.

우리는 끈질기게 연도를 고수했다.

"하느님이 산 위에서 말씀하셨네.
별과 달이 흔들렸네.
또한 그는 은혜의 씨를 뿌리셨네.
동트기 전에
세상의 탑 위로
인생의 산 위로 밝게 솟아오른
산 위의 성 게오르기우스를 찬양하라."

결국 우리가 노래를 통해 이겼다. 우리가 소녀들의 원 앞에 섰을 때 그들 역시 양보하고 이렇게만 노래했기 때문이다.

"사탄의 무서운 복수로부터
그리스도가 세상을 구 ─ 원하러 오시면
도망쳐야 하리. 모든 악 ─ 한
괴수와 용 들은."

이 구절에서 성당지기는 광부의 곡괭이를 가지고 두 소녀의 꼭 붙잡은 손을 건드렸다. 원이 해체됐고 신부님은 반원 안으로 들어갈 수 있었다. 산신부 이름가르트는 궤 뒤에서 매우 품위 있게 무릎을 꿇었다. 물론 손수건을 미리 땅 위에 펼쳐놓은 상태였다. 신부님은 그녀를 향해 다가서면서 그녀의 머리 위에 성호를 그었다. 담장이 둘러쳐진 산의 입구 앞에서도 마찬가지였다. 그러고는 성수채[17]를 가지고 처녀의 몸과 산의 몸에 축복을 내렸다. 그동안 참가자들은 주기도문과 성모송을 암송하고 있었다. 이 일이 끝나자 산신부는 무릎을 꿇은 자세로 꽃다발을 든 두 손을 신부님을 향해 올리며 요청했다. "당신이 저를 구원하셨으니, 저의 꽃을 받아주세요." 신부님은 이렇게 대답해야 했다. "너의 꽃을 받으마. 대신 너는 축복받은 이 물건을 받아라." 그러면서 그는 광석이 든 궤 안을 가리켰다. "그것을 가지고 가서 구원받아라." 우리는 그가 이 말을 할 때 더이상 멈춰 있어서는 안 되었다. 잠시 휴식을 취한 목청을 가다듬어 우리는 다시 한번, 마지막으로 노래를 시작했다.

"하느님이 산 위에서 말씀하셨네.
별과 달이 흔들렸네.
또한 그는 은혜의 씨를 뿌리셨네.
동트기 전에
세상의 탑 위로
인생의 산 위로 밝게 솟아오른
산 위의 성 게오르기우스를 찬양하라."

---

17 예식 때 사제가 성수를 찍어 뿌리는 채.

그사이에 이름가르트는 일어섰다. 그녀는 신부님이 손가락으로 가리켰던 금이 함유되어 있는 광석을 누군가로부터 건네받은 아마포 띠로 감싼 후 품에 안았다. 그러고는 우리들 사이로 들어섰다. 여자들은 애정을 담아 그녀와 그녀의 신부화관에서 흘러내린 리본에 손가락을 갖다 댔다. 또한 그들은 아마포에 감싸인 돌에도 조심스럽게 손을 갖다 대고는 말했다. "그래, 우리 이름가르트." 하지만 그로네는 그런 낯간지러운 짓거리를 더이상 내버려두지 않고 행렬을 정돈하고는 서둘러 사람들을 몰고 갔다. 왜냐하면 사실 모든 이들이 결국에는 자신들의 도시락을 먹기를 원했기 때문이다. 모든 이들이 비슷한 생각을 하고 있었기 때문에 우리는 곧 귀로에 올랐다. 맨 앞에는 복사와 아이들이 섰고, 그 뒤에 선 소녀들과 산신부 뒤로는 궤를 든 사람들이 따랐다. 그다음엔 신부님, 성당지기, 기도 인도자와 나머지 참가자들이 섰다. 이제 그로네는 침묵했고, 소녀들과 아이들만이 노래했다.

"사탄의 무서운 복수로부터
그리스도가 세상을 구 — 원하러 오시면
도망쳐야 하리. 모든 악 — 한
괴수와 용 들은
거룩한 게오르기우스여, 거룩한 게오르기우스여.
산 위에 계신 우리의 소중한 이
아름다운 처녀는 치료되었네.
저기 용의 피로부터."

"끝났네." 어머니 기손이 말했다. 특별히 즐거워하는 목소리는 아니었다. 어쨌든 지금까지 여러 일이 진행되었고, 산 아니면 적어도 자신의 손녀가 용에게 휘감기지 않고 풀려났다. 이름가르트는 광석 덩어리를 들고 있었다. 우리는 몇가지 일을 완수했고 지쳐 있었다. 그런데 이 모든 것을 "끝났네"라는 한마디로 별일 아닌 걸로 치부해버린다는 사실이 내게는 마땅치 않게 여겨졌다.

"당신의 창은 승리했네.
이교도는 쓰러져 있네.
성모는 아기를 흔들어주네.
그리스도는 세상을 다스리시네.
거룩한 게오르기우스여, 거룩한 게오르기우스여.
산 위에 계신 우리의 소중한 이
온 천사들이 당신 주위를 날아다니네.
모든 곳에 계신 거룩한 그리스도여."

그랬다. 그럼에도 어머니 기손이 "끝났네"라고 말한 것은 옳았다. 축제는 치러졌고, 산이 주문을 통해 불려왔고, 성소는 열렸다. 일년에 한번 일어나는 일이다. 일년에 한번, 해마다, 수천년의 흐름을 통과해 일어나는 일이다. 하지만 이 무한한 흐름 속에서 그 시초에 존재했던, 그리고 언제나 새롭게 불려와야 했던 바로 그 무한성이 미약해진 것만 같았다. 그렇다. 마치 인간이 자신의 주문으로 이미 들어올린 바 있는 조각이 그 응고된 빛만을 남겨둔 채 닿을 길 없는 근원의 상태로 다시 가라앉아버린 것만 같았다. 금이 함유된 한조각의 광석, 현세의 빛, 어쩌면 그것마저 사라져버린 것 같기도 했다. 이제 우리가 상대한 무한성은 귀엽고 천진난만했다. 그의 용은 너무나 쉽게 퇴치되었다. 여러개의 용 머리는 나란히 늘어선 소녀들의 머리였다. 성당이 우리에게 보낸 신의 용사는 우리의 왜소한 정원사 신부님이었다. 잘못했든 제대로 했든 모든 일이 다 끝났다는 것에 대해 그가 굉장히 기뻐한다는 걸 알 수 있었다. 심지어는 이교도를 무찌른 데 대한 찬가도 아이들 방에서 부르는 노래가 되어버렸다. 마치 무한성이 자기 자신과의 연관성을 잃어버린 것만 같았다. 영혼은 이미 고양된 것을 초라하고 유희적이고 유치한 것으로 추락시키도록 계속해서 저주를 받은 채 서로 다른 시대 사이에 서 있는 듯했다. 과거에 존재했던 살아 있는 무한성과 앞으로 오게 될 무한성 사이에, 인간이 눈을 감으면 그 둘을 모두 예감하고 그 둘을 모두 알지만 그가 눈을 뜨면 그의 앞에 죽어 있는 도정이 놓여 있는 것만 같았다. 지식을 소유한 그는 이미 전에 불러올렸던 지하의 힘을 이제는 잡을 수 없게 되어 있었다. 어머니 기손이 "끝났네"라고 말한 것은 옳은 일이었다.

내가 말했다. "적어도 축제를 위해 갱도를 열었어야죠."

"그게 누구한테 소용이 있을까?"

나는 잠시 생각을 해봐야만 했다. "오싹함을 위해서죠…… 그러면 사람들은 아마도 지하의 힘을 느낄 수 있겠죠."

"……

거룩한 게오르기우스여, 거룩한 게오르기우스여

산 위에 계신 우리의 소중한 이

……"

"이미 아를렛 신부님이 그걸 하려고 했었지…… 그가 안으로 들어갔어…… 당시에는 갱도가 아직 담장으로 막혀 있지 않았거든. 그저 몇개의 판자를 박아두었지……"

"그래서요?"

"그는 힘으로 시도를 해보려고 했어…… 그는 모든 걸 힘으로 했거든…… 설교단에서도 침대에서도…… 하지만 그때는 아무 소용이 없었지. 지하의 것은 폭력이 가해지는 걸 허용하지 않거든."

"맞아요." 내가 말했다.

"소녀가 아마 아이를 가졌을 거야. 그런데도 산은 잠자코 있었어…… 그다음에 우리가 담을 쌓아 막은 거지."

"신부님을요?"

그녀가 웃었다. "아니야, 그는 나이 들도록 살아 있었어. 그가 죽었을 때 우린 모두 울었다네."

"하지만, 어머니 기손, 그는 인간 같지도 않은 사람이었잖아요."

"아니야, 그렇지 않았어…… 그는 둔감한 사람이었어. 그리고 좋은 사람이었지. 또 위대한 사람이었어. 믿음도 그랬지. 그리고 그는 발언권을 갖고 있었어."

"그걸 발언권이라고 하시는 겁니까?"

"그래, 그저 누구나 갖고 있는 그런 발언권을 갖고 있었지. 그런데 남자들은 그의 앞에서는 여자 같았어…… 그래서 그때 그는 지하의 여성도 굴복시키려고 했던 거지, 자신의 믿음을 위해서……"

"……
당신의 창은 승리했네.
이교도는 쓰러져 있네……"

아이들이 노래했다.

"하지만 만일 산이 여성이 아니라면 어떻게 될까요, 어머니 기손?" 나는 이미 오래전부터 그 말을 하고 싶었다. "그럼 산은 산신부가 아니라 용일 수도 있는 거잖아요."

"아하."

나는 묻듯이 그녀를 바라보았다.

그 순간 태양이 세상의 연한 휘장을 잡아 찢었다. 하얗게 잔털이 나 있는 소나무 줄기들이 금갈색으로 변했고 솔잎이 쌓여 있는 바닥은 가느다란 가지 위까지 매달린 그림자와 햇빛 자국에 뒤덮여 금빛으로 어둡게 빛나고 있었다.

하지만 나는 물러서고 싶지 않았다. "오히려 산보다는 골짜기가 여성이라면요…… 아니면 바다가 그럴 수도 있구요……"

"바다라……" 그녀는 그랬던 적이 전혀 없음에도 평생 바다를 동경해왔던 사람이라도 되는 것처럼 그렇게 경건하게 말했다. "……바다라 ……바다 주위를 뱀이 휘감았어. 그리고 뱀은 바닷속에서 쉬고 있지."

나는 복부가 굉장히 오싹해지는 느낌이었다. 사람들이 내 몸에 쿠프론산의 돌뱀을 두르기라도 한 것 같았다.

그녀가 말을 이어갔다. "자네는 남자가 어디에, 그리고 여자가 어디에 숨어 있는지 알고 있나? 산이 바닷속으로 가라앉는지, 아니면 바다가 산 위로 범람하는지?"

나는 더이상 반론을 제기할 수 없었다.

그녀가 말했다. "강한 사람은 모든 것을 임신시키고 모든 것에 의해 임신을 하지…… 언제가 이 일의 때이고 언제가 저 일의 때인지 우리는 그저 몰래 귀 기울여 엿들을 수밖에 없어. 왜냐하면 각각의 일마다 두가지 때가 모두 깃들어 있고 그 안에서 살고 있기 때문이야. 그걸 알아야 할 거야, 의사 선생."

"네, 어머니." 내가 말했다. "어쩌면 언젠가는 제가 그걸 알게 되겠죠."

"서두르시게나." 그녀가 말했다. "그리고 그 지식이 자라나도록 키우게."

"......

아름다운 처녀는 치료되었네.
저기 용의 피로부터……"

아이들이 노래했다.

짧은 숲길이 끝났다. 풍파에 씻긴 예배당의 뒷면이 시야에 들어왔다. 숲속 공터로 나간 우리 앞에는 넓게 펼쳐진 골짜기가 햇빛 가득한 모습으로 놓여 있었다. 우리는 이제 마지막 고갯길도 내려갔다. 신부님은 나의 지팡이에 몸을 의지하고 있었다. 그런데도 그가 자갈길에서 미끄러지면 주크가 그의 팔 아래로 부축을 했다. 아이들이 "모든 곳에 계신 거룩한 그리스도여"를 마지막으로 부르는 동안 우리는 예배당 앞에 도착했다. 이제 태양은 비스듬히 예배당의 문 안쪽을 비추고 있어서 삼각형 모양으로 노랗게 빛을 받은 곳을 제외하고 다른 공간은 어두워 보였다.

이름가르트가 자신이 들고 온 돌의 덮개를 벗긴 후 그것을 예배당 문턱 앞 땅바닥에 내려놓았다. 궤에서 꺼낸 돌들도 마찬가지였다. 이것이 이 축제의 마지막 의식이었기 때문이다. 신부님은 문턱 위에 서 있었고, 산신부는 그 앞에 무릎을 꿇은 채 그곳에 놓인 돌들과 함께 다시 한번 축복을 받았다. 그다음에 신부님은 제단으로 가서 그 위에 꽃다발을 놓고는 "아우룸·Aurum"하고 외쳤다. 그러자 이름가르트는 금광석을 가져왔다. 그가 "아르겐툼·Argentum"하고 외치자 그녀는 은광석을 가져왔다. 그다음에 그가 다시 "쿠프룸·Cuprum"과 "플룸붐·Plumbum"18을 외쳤고 그녀는 구리광석과 납광석을 가지고 왔다. 그것은 세례식과도 같았다. 하지만 그와 동시에 정식 재고 조사이기도 했다. 이렇게 한 후 그 돌들은 또다시 일년 동안 새롭게 보관되기 때문이다. 마지막 기도를 하는 동안 성당지기는 광부의 곡괭이를 다시 벽에 고정시킴으로써 모든 것이 원래의 자리로 돌아갈 수 있도록 했다. 그러고는 촛불을 껐고 모두가 예배당을 빠져나왔다. 문의 자물쇠를 잠그고 신부님이 그 위에 성호를 그었다. 그다음에 열쇠를 빼냈다. 축제는 끝이 났다. 오직 꽃들만이, 내년이 되어서야 그 부스러진 먼지를 밖으로 털어내게 될 꽃들만이 축제에 대한 기념으로 제단 탁자 위에 남아 있었다.

물론 그런 것은 한참 나중의 일이기에 사람들은 이제 요깃거리를 싼 보자기를 풀고 병의 마개를 땄다. 전체적으로 서두르는 분위기였는데, 배고픔 때문만은 아니었다. 위협적이지 않게, 굉장히 유치하게 변장을 하고 있기는 했지만 가능한 한 빨리 잊어버리고 싶은 불쾌한 일이 일어났었다는 것을 모두가 느끼고 있기 때문이기도 했다. 전반적으로 안도하는 느낌이었고, 몇몇 사람은 예배당 뒤로 가서 축성된 담장을 더럽히는 것으로 자신들의 그런 느낌을 표현했다. 신부님마저도 안도감을 느끼고 있다는 사실은 놀랄 일이 아니었는데, 그건 그가 고되게 일을 했기 때문이다. 그의 약한 심장

---

18 라틴어로 Aurum은 '금', Argentum은, '은', Cuprum은 '구리', Plumbum은 '납'을 의미한다.

을 감안하면 너무 고된 일이었다. 그는 이제 햇볕이 내리쬐는 돌계단 위의 내 옆자리에 앉아 있었다. 숲의 그림자가 드리워진 건너편까지 가기에는 힘이 부쳤기 때문이다. 그는 사방에서 권하는 간단한 음식들을 다 거절했다. 그런 것을 먹기에 그는 아직 너무 지쳐 있었다. 그로네의 병에 든 차가운 커피만 겨우 몇모금 넘길 수 있을 뿐이었다.

"이제 내년에는 대리인이 올라오도록 해야 할 겁니다, 신부님. 꼭 그렇게 하셔야 합니다."

"그래요"라며 그가 변명하는 듯한 미소를 지었다. "그래요, 의사 선생님. 어쩌면 그럴 수도 있겠죠…… 하지만 대리인 역시 비용이 좀 드는 일이라서요. 그래도 그렇게 되면 저의 꽃들을 위해 또다시 무언가를 할 수는 있겠죠."

그는 너무 곤궁한 처지라 미사를 위해 지불할 몇푼이 아쉬운 것이 분명했다. 하지만 그렇게 말한 건 그가 나를 이교도라 생각하기 때문에 금전적인 이유로만 납득시킬 수 있을 거라 짐작하고 있기 때문인 것도 분명했다. 그때 어머니 기손이 그의 앞으로 와서 특유의 위엄을 가득 담아 "훌륭한 미사를 집전해주셔서 정말 감사합니다" 하고 말하자, 그는 고개를 좀더 비스듬히 기울이더니, 비록 좀 힘들기는 했지만 자신은 그저 신과 이곳의 작은 교구를 위해 소박한 의무를 다했을 뿐이라는 생각을 전달하고자 두 손을 약간 펼쳤다. 그러고는 굉장히 순박하고 진실한 어조로 대답했다. "제게 큰 기쁨이 되었습니다, 기손 부인." 그들의 이 대화는 정중한 의식의 차원에서 이루어진 것이긴 했다. 오늘날에는 더이상 인간 스스로 진지한 자세로 수행하지 않지만, 시골 사람들 간의 예의범절에 여러가지 영향을 남기고 있는 그런 의식 말이다. 하지만 어머니 기손의 경우, 마찬가지로 신부님의 경우에도 그런 식의 예의는 자신들의 존재방식으로부터 직접적으로 나오는 것이었다. 그 존재방식은 그녀의 경우에는 대범하고 원만한 것이었고, 반대로 신부님의 경우에는 약간 궁핍하고 옹색한 것이었다. 그다음 상황에서도 그런 면이 뚜렷하게 드러났다. 어머니 기손이 그의 손을 놓고는 단호하게 명령했는데, 그것은 그녀의 장기로서 그녀가 그렇게 말하면 누구도 쉽게 거부할 수 없었다. "이제 어서 제복을 벗으세요, 신부님. 안 그러면 내가 벗겨야겠어요…… 지금은 더이상 필요 없으니까요." 그러자 신부님은 급하게 그 말을 따르느라, 역시나 할머니를 따라서 자신을 축복해준 데 대해 무릎을 굽혀 인사하기 위해 온 이름가르트에게 제대로 고개조차 끄덕여주지 못했다. 하지만 어차피 이름가르트에게도 그것은 그저 외형적인 예의일 뿐이었기 때문에 그녀는 별로 신경 쓰지 않았다.

아래쪽의 성당탑에서 열시를 알리는 종소리가 울려왔다. 아침의 바다는 골짜기를 빠져나갔다. 멀리 아래쪽에는 경작 중인 녹색의 토지가 보였다. 고산목장의 실개천들이 마주보고 흐르며 들판을 관통하는 곳은 녹색이 더욱 짙었다. 또한 아랫마을의 과수원과 건너편 골짜기 가장자리의 숲이 우거진 언덕도 벌써부터 녹색이 더 짙었다. 여기저기 흩어져 있는 농가로부터 소의 방울 소리가 울려왔다. 하늘은 그 위에 나무랄 데 없는 푸른빛으로 팽팽하게 펼쳐져 있었는데, 골짜기 위로 높게, 아직 봄을 밀어내며 햇빛 비치는 늦은 겨울을 품고 있는 암석산 위로는 더욱 높게 펼쳐져 있었다. 인간은 처음부터 아주 먼 나중까지 그렇게 산다. 그의 최초의 조상들과 가장 나중의 자손들은 그에게는 절대 같은 종으로서의 존재가 아니다. 그렇다. 그들은 더이상 인간이 아니다. 그들은 영원한 존재와 같다. 신도 아니고 암석도 아니지만, 동시에 신이기도 하고 암석이기도 하다. 무한한 근원적 시초와 근원적 종말에 서 있는 그들은 통일체를 이루어 영겁의 시간 후에 출구의 통일에 다시 도달한다. 반면 중간에 존재하는 우리들 안에는 그저 기억과 예감이 있을 뿐이다. 그렇지만 그것은 매우 강렬해서 영원히 변모하는 것, 영원히 합류하는 것에 대한 지식을 이룬다. 그것은 그 안에서 모든 갈라진 것이 다시 합류하고자 하며, 합류하게 될 분류할 수 없는 것에 대한 지식이다. 남자와 여자는 태양으로부터 흘러내려오며, 산에서 힘들게 움직이며, 바다에서 범람하고, 남자와 여자는 들판 위로 몸을 굽힌 채, 오두막에서 거주하고, 언어를 말한다. 그것은 다양한, 여전히 찢겨 있고 볼품없는, 온갖 미사여구와 의식 들로 가득 차 있는 언어이다. 남자와 여자, 그들은 그들의 언어가 스스로 시를 짓고 땅에 대해 노래하며 자기 자신의 깊이 속으로 되돌아와 그들의 하나됨을 표현할 수 있게 될 때 꽃이 만발한 그들의 들판에서 다시 하나가 될 것이다.

"그래." 나를 관찰하고 있던 어머니 기손이 말했다. "어떻게 생각하나, 의사 선생? 지금 골짜기는 산인가 아니면 남자인가?"

"그만 떠나시죠, 어머니 기손. 지금 하산을 시작해서 숲에서 쉬시는 게 더 나을 겁니다······ 여긴 너무 더워질테니까요."

"그럼 자네는?"

"전 어차피 여기 온 김에 저 위쪽 산길을 통해 아버지 미티스네로 갈 겁니다."

난 어차피 미티스네 노부부를 방문해야 했다. 나는 사람들과 헤어졌고, 이제 다행히 셔츠만 입고 있는 신부님을 골짜기 쪽으로 제대로 안내하는 일은 주크에게 맡겼다.

7

　며칠 동안 비가 내렸다. 점점 잦아들던 비는 어느날 밤 완전히 그쳤다. 나는 활짝 열려 있던 창문을 통해 남풍을 타고 왈칵 쏟아져들어온 여름 내음에 일찍 깨어났다. 자리에서 일어난 나는 창밖으로 몸을 내밀었다. 작은 정원은 아직 축축했고 주위를 둘러싼 가문비나무 숲의 그늘 속에 잠겨 있었다. 지빠귀 한마리가 자갈 위에서 바쁘게 움직였다. 하지만 이내 날아오른다. 앞발을 포갠 채 검은 코끝을 그 위에 올리고 개집에서 밖을 내다보던 트랍이 나를 보고는 급히 밖으로 기어나왔기 때문이다. 트랍은 주둥이를 벌리고 등허리를 구부려 기지개를 두번 켜더니 짖어대고 꼬리를 흔들어대며 창문 앞에서 춤을 추기 시작했다.

　노인이 되어가는 나를 벌써 몇년 동안이나 이 산골마을에 붙잡아두었던 것이 바로 이런 아침들, 이런 여름 아침과 이런 겨울 아침이었던가? 나를 더이상 놓아주지 않을 것이 이런 아침인가?

카롤리네도 일어났다. 그녀가 부엌에서 분주하게 움직이며 우리 둘을 위해 커피를 준비하는 소리가 들린다. 나는 욕실로 간다. 이 집에 있는 다른 많은 것들과 마찬가지로 그곳 역시 인플레이션 때 만들어진 위조품이다. 니켈 수도꼭지에는 물기가 없다. 두 빌라의 수돗물을 공급할 샘에 집수시설이 설치된 적이 아예 없기 때문이다. 그래서 나는 멋지게 타일 장식이 되어 있는 욕실에서 몇통의 물로 임시변통을 하며 지내야만 한다. 이상한 일이지만 내 영혼의 어느 한구석에서는 이 상황이 옳다고 여기고 있다. 사실 나의 요구에 따라 마을공동체에서 수도시설을 해줄 경우, 이곳에 두세칸의 병실을 마련할 수 있을 테고, 그것이 이 외딴 지역을 위해 유익한 일이 될 것임에도, 기이하게도 나는 이 강요된 원시적 삶이 옳은 것이라고 여기고 있다. 나를 내가 도망쳐나온 도시와 도시의 질서로부터 떼어놓고 있는 다른 모든 요소들과 마찬가지로 말이다. 물론 이것은 그 자체로는 의미 없는 일이다. 하지만 인간은 내면의 행진을 하고 있을 때 가끔은 외적인 전환점을 필요로 하는 법이다. 내가 외형적으로도 도시와 결별을 선언한 이후로 나는 행진하고 있다. 행진하고 있다고 믿고 있다.

그런 후 나는 카롤리네와 함께 부엌에서 아침 식사를 한다. 창문은 열려 있었고, 정원의 그늘은 부엌으로 시원한 숨결을 들여보내고 빻은 커피의 향을 빨아들였다. 하지만 밖에서는 이미 가문비나무의 꼭대기가 완만한 햇살에 의해 황금빛으로 물들어 있다는 것도 느껴졌다. 왜냐하면 나무로 하여금 덜거덕거리고 한숨 쉬며 미소 짓게 만드는 남풍 때문에 이리저리 흔들리는 채로, 나무는 자기 안에 붙잡혀 있던 빛의 섬광을 씨 뿌리고 있기 때문이다. 그 빛의 씨앗은 그늘 속으로 내려앉아 그의 숨결을 잉태시킨다. 그때 나무

줄기와 가지 들의 미소 짓는 한숨 속으로 온갖 새들의 노랫소리가 섞여든다.

하지만 인간은 세상의 아름다움을 즐기기 위해서만 존재하는 것은 아니다. 특히 카롤리네는 그런 생각을 가진 사람이었고 그래서 아이를 갖게 했던 그 사내가 미국으로 이민을 가지 않았더라면 이렇게 외로운 노년이 되지는 않았을 거라는 이야기를 재차 들려줬다. 언제부터인가 나는 미국에 있는 그 사내의 이름이 아를렛일지도 모른다는 생각을 했다. 하지만 카롤리네의 아이는 도시에서 일하고 있다. "하인의 자식은 또다시 하인이 되는 법이죠." 그녀가 늘 그랬던 것처럼 이야기를 마무리했다.

나는 아랫마을에서 해야 할 일이 있었다. 하지만 — 수요일이기 때문에 — 진료는 없었다. 그래서 곧장 아랫마을로 걸어내려가기로 결정했다. 이 아침이 숲길로 유혹했기 때문이기도 할 것이다. 트랍이 우유를 다 핥아 먹은 후 나는 지팡이와 가방을 집어들었고 우리는 출발했다. 제일 먼저 베취의 집을 지났고 그다음엔 건너편 언덕으로 향했다. 그 위에 완공되지 못한 케이블카의 출발지점이 있었다. 북쪽으로 향한 예정선을 따라 플롬본 골짜기를 목적지로 하고 있었지만, 물론 실제로 그곳에 도달한 적은 없다.

숲속 공터에서 우리는 잠깐 멈춰 섰다. 쿠프론산의 절벽은 이곳에서 보면 전체 넓이가 한눈에 들어온다. 저기 건너편에서 그 절벽이 쿠프론의 안장을 형성하며 아래로 움푹 들어가는 부분까지도 보인다. 쿠프론 절벽은 청람색의 하늘을 배경으로 뚜렷하게 우뚝 솟아 있었다. 꼭대기에 여전히 눈이 쌓여 있는 그 위쪽의 라우펜텐산 역시 마찬가지였다. 기다랗고 검은 나무 그늘에 둘러싸인 채 저 위쪽의 고산목장은 아침의 황금빛 햇살을 받으며 녹색으로 빛났다. 하지만 이 빛의 선선한 청량함이 이미 쿠프론 골짜기와 플롬본 골짜기 모두를 가득 채우고 있었다. 이곳에서는 두 골짜기가 충돌할 듯 서로 마주치고 있는 모습이 잘 내려다보인다. 저 위쪽 북쪽과 동쪽 측면의 조금 낮은 언덕에서는 각각의 농가들과 그 주위에 심긴 나무들 그리고 초원이 뚜렷하게 구분되었다. 집과 축사 사이의 은밀한 삶이 환히 공개되어 있었다. 거주하고 생산하는 위대한 인간성, 우물과 우물 곁의 물통 들이 다 보였다. 가끔은 수탉이 울기도 했고 때로는 누군가를 부르는 소리가 여기까지 들려왔다. 나는 그 모든 것을 보고 들었다. 그럴 수 있을 정도로 비가 대기를 맑게 씻어놓았다. 아침 바람은 침묵하고 있었다.

지식을 기다리기.

우리는 케이블카를 위해 조성되었던 좁은 개간지를 걸어내려갔다. 해가 지날수록 덤불과 이곳 습하고 그늘진 산등성이에서 자라나는 무성한 목초가 점점 증가해 빽빽하게 엉켜 자라고 있었다. 우리는 잿빛 콘크리트 기둥의 주춧돌 옆을 지나갔다. 그것은 거대한 정육면체로, 어떤 식물도 자라나지 않고 어떤 풀도 깃들지 않은 거친 입자의 측면에는 그저 과거에 두드려댔던 자리의 흔적들만이 수평으로 남아 있다. 마침내 우리는 왼쪽의 칼트 바위 언덕으로부터 흘러내려오며 깊은 도랑을 이루어 케이블카 길을 가로지르는 실개천에 도착했다. 우리도 실개천과 함께 오른쪽으로 꺾어지며 숲속으로 들어섰다.

며칠 동안 비가 내린 후여서 쿠프론 절벽에서 그런 작은 실개천이 수도 없이 흘러내려온다. 함께 실려온 모래 때문에 탁해진 물줄기는 평소에는 거의 메말라 있었던 하천 바닥을 지나 이끼 낀 돌들 위로 힘차게 쏟아져내린다. 반면에 그 가장자리에서는 범람하는 물로 인해 양치식물류와 풀이 쓸려나간다. 가끔씩 이런저런 풀들이 뿌리 부분의 토양과 함께 덩어리째 뽑혀 제자리에서 빙글빙글 몇바퀴 돌고는 흔적도 없이 휩쓸려가버린다. 솔잎으로 덮인 길은 반들반들하게 물기에 젖어 있다. 나는 미끄러지지 않기 위해 지팡이로 바닥을 힘 있게 찍어 눌러야만 한다. 걷기가 너무 어려워지면 이끼와 마른 나뭇가지를 밟으며 길을 약간 돌아서 간다. 파란 하늘이 거무스름한 나뭇가지들 사이로 들여다보고 있다. 숲속의 온갖 다양한 나무줄기들은 밤새 내린 비를 여전히 가득 머금은 채 태양과 장난을 시작한다. 햇빛 자국 놀이, 바스락거리기 놀이. 나무줄기들은 송진 방울을 떨어뜨리며 웃었다. 사방 곳곳에서, 특히 반점이 있는 파충류 가죽처럼 생긴 어두운 빛깔의 시클라멘 이파리들이 나무줄기를 둘러싼 채 태양을 향하고 있었다. 그 이파리들 위에는 반짝이는 방울들이 빛났다. 나도 태양을 향해 얼굴을 돌렸다. 나는 정확히 태양을 바라보며 가고 있었는데 아마 나 역시 웃고 있었을 것이다. 하지만 그다음엔 나무들이 바뀌고 거의 순간적으로 너도밤나무 숲의 금빛 어린 녹색 광채 속에 들어서게 된다. 그리고 몇걸음 더 걸어가면 뾰족한 야생초들이 가볍게 사각거리는 초원에 들어서게 된다. 키 작은 나무들이 부드러운 연녹색의 이파리들과 함께 사방에서 너에게 달려든다. 방해받지 않고 계속해서 걸어가기 위해 너는 나뭇가지들을 바깥쪽으로 밀어내야만 한다. 가지들은 너의 얼굴에 이슬을 뿌려댄다. 마지막 남은 빗물의 장난이다. 주변이 서늘해진다. 그리고 시냇물은 더 천천히 흐르고 있다. 이제 나는 파이프에 다시 불을 붙인다. 기분 좋게 파이프를 이 사이에 단단히 문다. 나의 입은 따뜻하고 달콤한 연기로 가득 찬다. 나는 뻐꾸기와 박새의 소리를 듣는다. 숲이 닿는 저 멀리까지 목에서

부터 목으로 전달되는 온갖 소리를 듣는다. 그 소리는 들리지 않는 곳까지 점점 더 멀어졌다가 다시 돌아온다. 들을 수 없는 내 존재의 경계로부터 또다시 경이로움이 솟아난다. 내가 인간이라는 것, 숲속에 있는 한 인간이라는 것, 이슬 사이를 걷고 하루를 가로질러 걷는 인간, 어제의 비를 잊고 오늘의 태양을 잊는 인간이라는 사실 때문이다. 나 자신이 증발하는 이슬 방울이고, 뻐꾸기의 노랫소리이며, 먼 곳에서 먼 곳으로 전달되고 오직 들을 수 없는 상태로만 되돌아오는 지빠귀의 노랫소리이다. 이제 더 어두워진다. 나무줄기들은 더 높아진다. 나뭇가지들은 더욱 촘촘해지고 나무의 껍질들은 더 갈라지고 거칠어진다. 시냇물은 이제 부드러운 땅속으로 더욱 깊이 파고든다. 굉장히 깊이 파고들어서 작은 계곡을 이룰 정도이다. 그 계곡의 어두운 비탈에는 덤불과 양치식물류, 그리고 머리 위의 거대한 잎들이 자라고 있고 여러가지 자갈이 가라앉아 있다.

트랍은 갑자기 다리를 펴고 천천히 걷는다. 개는 두 뒤를 쫑긋 세우고는 주의 깊게 꼬리를 수평으로 편 채 멈춰 선다. 그의 목에서 들릴락말락하게 으르렁거리는 소리가 난다. 그의 허락을 받지 않은 채 숲속에 또 한 사람이 있는 것이다.

그 사람이 눈에 들어오는데 굉장히 남루한 행색이다. 그는 한 손에 매듭을 지어 묶은 붉은 보자기를 들고 있고 다른 손에는 몇개의 예쁜 버섯을 들고 있다. 몸은 마르고 머리는 백발에 수염이 아무렇게나 나 있고 나이를 가늠하기 어려운 그는 제화공 발데마르이다. 그는 비 온 후 자라나는 버섯에 대한 자신의 지식을 활용하고 있던 것이다.

우리는 인사를 나눈다. 나는 그의 버섯을 칭찬한다. 왜냐하면 그가 단순한 사내이기 때문이다.

"여기 이것은 마리우스 줄 거야" 하고 말하며 그가 따로 손에 들고 있는 커다란 그물버섯을 내 코앞에 내민다. 버섯에서는 서늘한 흙냄새가 난다. 경쾌한 냄새라고 말하고 싶을 정도이다.

"그래, 이걸 마리우스를 준다고. 대체 이유가 뭔가?"

제화공 발데마르는 남에게 주는 것을 좋아한다. 사실 그는 지금처럼 가난할 이유가 없을 것이다. 하지만 자기방어 능력이 없다. 사람들은 그를 이용해먹으면서 굉장히 재미있어한다. 락스는 지금까지 그에게 한푼도 지불한 적이 없다.

"그가 우리를 구원할 거니까." 그가 말한다.

사실 난 이와 비슷한 일이 일어나게 될 거라는 것을 이미 오래전부터 예견하고 있었다. 그럼에도 불구하고 나는 놀랐다.

"그가 자네 가게에서 신발을 수선하나?"

"응, 그 사람하고 또다른 사람하고 같이."

다른 사람이라고? 아, 그렇다. 그것은 벤첼이었다.

이제 우리가 함께 내려가고 있는 오솔길은 때로는 시냇물이 만든 계곡의 가장자리를 따라가기도 하고, 때로는 계곡에서 점점 멀어졌다가 다시 가까워지기도 했다. 그리고 마침내 왼쪽에서 튼튼한 통나무 다리를 건너와 오른쪽으로 가서 숲을 벗어나고 마을까지 가 닿는 찻길과 합쳐졌다.

나는 제자리에 서 있었다.

"그들이 신발 수선비를 내던가?"

"응." 그는 행복한 미소를 지으며 말했다.

"아하, 그것 때문에 그가 우리를 구원할 거라는 거군."

"그렇게 웃을 거면 난 숲으로 다시 돌아가겠네." 그가 위협하더니 정말로 그렇게 하려고 했다.

"알았어." 내가 말했다.

우리의 발아래쪽에는 바큇자국들이 진하게 새겨져 있다. 비 때문에 아직 무른 상태인 가장자리가 무너진다. 그리고 그 바닥에는 자갈들이 바퀴에 눌려 편평하게 깔려 있다. 우리는 이따금 앞뒤로 나란히 서서 걸어야 한다. 왜냐하면 그런 곳은 길이 움푹 파여 있고 모래와 진흙으로 된 그 가장자리로 계속해서 물이 조금씩 흐르고 있기 때문이다. 하지만 숲의 출구 쪽으로 가까이 갈수록 길은 점점 더 평탄해지고 마침내 숲 가장자리를 따라 아주 부드럽게 이어진다. 그 길에서 나무 몇그루와 몇개의 덤불만 지나면 산비탈에 목초지가 펼쳐져 있는데, 그곳엔 이미 베인 풀들이 기다란 띠 모양의 물결을 이룬 채 퇴색하여 건초가 되어 있다. 이제 우리는 다시 나란히 걷는다.

"그는 가난해. 그래서 그는 가난한 사람들에게 베풀 거야." 제화공 발데마르가 말한다.

"그리고 부유한 사람들에게서 빼앗겠지." 내가 말한다. "그들이 이제야말로 자네에게 신발 수선비를 지불하도록 말이지."

"아니." 그가 말한다. "그런 일은 하지 않을 걸세. 그는 누구에게서도 무언가를 빼앗지 않아."

"그에게 한개 더 선물해야겠어." 그가 마지막으로 그렇게 말했다. 그러고는 버섯을 하나 더 골라내기 위해 보자기를 풀려고 한다.

"그러시게나." 내가 말한다.

경사면을 하나 더 지나니 마을이 보인다. 나는 그곳에서 제화공 발데마르와 악수를 하고 길 가장자리의 덤불을 통과해 지나간다. 풀을 베어낸 산비탈의 목초지를 지나 곧장 내려가기 위해서이다. 훤히 트인 공간을 좋아하는 트랍은 서둘러 앞서간다.

아래쪽에는 내 앞으로 정원의 녹색이 드리운 어두운 샘 속에 마을이 자리 잡고 있다. 목초지 위로는 걷기가 쉽다. 곳곳에 이끼들이 자라고 있다. 축축하고 잎이 기다란 이끼 속으로 마치 커다랗고 탄력 있는 쿠션을 찌르듯 지팡이를 깊게 찔러넣는다. 이미 오래전에 시들어버린 수선화 줄기들이 여기저기 서 있다. 독을 품어 창백한, 부러지고 사악한 줄기들의 시체이다. 나는 가축들 때문에 목초지 여기저기를 가로지르고 있는 단순한 형태의 울타리들 위로 기어올라간다. 그리고 그중 한 울타리 위에 잠시 앉아 있다. 두 손으로는 세로로 갈라진 나무를 꼭 붙든 채 다리 하나는 흔들거리고 또다른 다리는 가운데쯤의 막대기를 밟고 버티면서 주위의 아침 풍경을 둘러본다. 저 위쪽의 숲 가장자리에는 제화공 발데마르가 서 있다. 그도—아마도 내가 뭘 하는지를 보기 위해—나와 마찬가지로 목초지로 나와 있다. 내가 자신을 올려다보는 것을 깨닫자 그는 몸을 깊숙이 숙여 절을 하는데, 바로 그 동작 때문에 사람들은 그를 조롱하곤 한다. 그는 버섯 보따리를 든 손을 들어올려 인사한다. 그 주위로 산들이 있고, 멀리서 커다랗고 평평한 쿠션으로 변하는 숲이 있다. 또한 그곳에는 풀을 베어낸 목초지와 연한 녹색의 곡물용 밭, 거의 검은빛인 클로버가 있다. 그리고 그 빛깔이 더욱 진해진 귀리가 있다. 반면에 내 앞에는 마을이 있다. 나의 바로 앞쪽에 성당과 묘지가 있고, 거의 밭 안으로 들어오듯이 학교가 지어져 있다. 이것이 바로 마리우스를 재워주고 있는 마을이다. 이제 나는 울타리에서 미끄러져내려와 아래쪽으로 걸어간다.

나는 우연히도 슈트룀네 집 뒤편에 도착한다. 하얀빛과 분홍빛 봄의 달콤한 슬픔이 이미 꽃으로 다 져버리고 치워져버린 정원들은 성장해 있으며, 그 어깨와 팔에는 이파리가 한가득 매달려 있다.

그 발치에서는 풀이 자라나고, 그 머리는 여러 모양을 한 새들의 외침이 들린다. 건너편 학교의 열려진 창문에서는 단체로 시를 낭송하는 소리가 들려온다.

물론 나는 아가테와 그녀가 정원에서 하던 바느질을 떠올린다. 하지만 그녀는 그곳에 앉아 있지 않다. 나는 대신 아버지 슈트룀이 손수레에 흙을 싣고 마당 가장자리의 야채 묘상 쪽으로 나르고 있는 것을 본다. 내가 부르자 그가 가까이 다가온다.

"잘 지내죠, 슈트룀?"

"네" 하고 대답하며 그는 가볍게 솟은 배 위의 푸른색 앞치마를 반듯하게 매만져 좀더 단정해 보이도록 한다. "네, 우리는 잘 지내고 있답니다. 아가테와 저 말이죠."

"물론이죠, 슈트룀네는 언제나 잘 지내니까요."

그가 웃었다. "특히 그가 할아버지가 된다면 말이죠."

그것은 좀 새로운 소식이었다. "아니 그런 놀랄 일이, 슈트룀…… 그런데 그걸 내가 이제서야 알게 되다니요……"

그가 환한 표정을 지었다. "사내아이였으면 좋겠어요."

"이런, 이거 내가 그쪽으로 건너가서 악수를 해야 할 일인데요……"

그러고 나서 우린 악수를 나누었다.

"언제가 예정일인가요?"

"지금 삼개월째랍니다."

"페터의 아이인가요?"

"물론이죠."

"결혼을 하기엔 두 사람이 아직 너무 어린데요."

"게다가 아가테는 그 녀석을 더이상 좋아하지 않아요."

"정말인가요……? 그래도 나중에 혹시…… 딸아이의 삶이 보장 받을 수도 있다는 점을 생각해봐요. 여관 겸 주점의 여주인으로 벌써부터 안성맞춤인데……"

"그 사람들은 소작인의 딸을 원하지 않아요. 더 높이 올라가려고 하죠."

"그건 바뀔 수도 있어요."

"아닙니다." 슈트룀이 이렇게 말하고는 여성스러운 몸짓으로 두 손을 앞치마 아래로 집어넣었다. "지금은 우리가 원하지 않는답니다."

정원은 더이상 육주 전처럼 환하지 않다. 나뭇잎 덮개와 풀 담요가 빽빽한데, 그 사이에 여름의 서늘함이 사로잡혀 있다.

"게다가" 하고 그가 말한다. "페터가 미쳐버렸어요."

"신경 쓰지 말아요, 슈트룀…… 마리우스와의 일 역시 지나가게 될 거예요. 그럼 페터는 다시 착하고 분별 있어질 거예요."

"우리는 페터가 필요 없습니다."

"말도 안 되는 소리, 모든 처녀는 다 남편이 필요한 법이오…… 그리고 그 남편이 아이의 아버지이면 더욱 좋은 법이고."

슈트룀은 생각에 잠겼고 나는 밭을 내다보았다. 아침에는 여전히 비를 머금어 무겁던 이삭들이 이제는 똑바로 서서 가볍고 뜨겁게 전율하고 있었다.

그가 말했다. "아녜요, 우린 남편이 필요 없어요."

"당신이야 필요 없겠죠, 슈트룀…… 그건 나도 그렇게 생각합니다."

그 말과 함께 우리는 집으로 건너갔다.

우리는 화덕 앞에 선 아가테를 만났다.

"새로운 소식이로구나, 아가테…… 아마 이보다도 더 일찍 시작하기는 어려웠을 것 같다."

그녀는 내 말의 의미를 이해하지 못한 듯 그저 미소 짓고는 "네" 하고 답했다.

슈트림은 즐거워하며 말했다. "그렇죠, 이 애가 아주 빨랐죠."

이상한 일이다. 그는 딸아이를 위한 남편을 필요로 하지도 원하지도 않았다. 그러면서도 이미 일어난 일은 인정했고, 좋게 받아들였다. 이 통통한 어린아이의 몸이 달콤한 강요에 휩쓸려 페터를 자기 안에 받아들였다는 것, 거대하고 슬프고 부드러운 강요가 그 위를 지배하고 있었다는 것, 그 두 사람이 자신들의 눈을 감기고 경계를 넘어 자신들을 들어올렸던 어떤 손에 굴복했다는 것, 슈트림은 마치 장래의 아이만을 생각하는 여성처럼 그 사실을 다 받아들였다. 그리하여 이제 우리 앞에 서 있는 이 아이 안에서 또 하나의 새로운 아이가 자라고 있다는 것이었다. 이 몸 안에 새로운 몸이, 이 뼈대가 굵은 골반 안에 새로운 뼈가 자라고 있다. 그것이 존재의 즐거움이다.

"이제 아기가 태어나게 되면 그렇게 조그마한 생명체를 데리고 뭘 어떻게 할 거냐, 아가테……?"

아가테의 둥글고 아이 같은 얼굴은 두껍고 거의 움직임이 없는 젊음을 한겹 덮어쓰고 있는 것처럼 보였고, 그 얼굴이 나중에 인간의 수많은 층들 중 또다른 층을 보여줄 수 있을지는 알 수 없다—그것에 성공하는 얼굴은 많지 않다. 그녀가 빼닮은 그녀 아버지의 얼굴 역시 단 하나의 층만을 갖고 있다고 볼 수 있었다—그녀의 얼굴은 내면으로부터 가볍게 빛나고 격앙된 상태였다. 그녀가 말했다.

"전 정원의 나무 아래에 아기와 함께 앉아 있을 거예요."

"그래." 내가 말했다. "그렇겠구나, 분명히 그럴 거야. 넌 지금도 벌써 그렇게 하고 있잖아."

나는 어쩌면 태내의 아기가 벌써 나무들이 살랑거리는 소리와 여름 바람 소리를 듣고 있고, 그 아기가 태어나기 전에 내내 미리 들었던 이런 살랑거리는 소리를 영원한 향수로 간직하게 될지도 모른다는 생각을 하지 않을 수 없었다.

"하지만 제가 아이를 낳을 때는 십일월이 되어 있을 거예요."

"그렇구나." 내가 말했다. "맞아, 그때쯤이면 나무들은 앙상해지겠구나. 그럼 너는 아기가 젖지 않게 방 안에 잘 눕혀놓아야 할 거다."

슈트룀이 즐거워하며 끼어들었다. "그거 재미있겠는데."

하지만 자신의 몸 안에 인간의 씨앗이 싹튼 소녀는 이렇게 말했다.

"우리는 따뜻한 방을 갖게 될 거예요. 전 밤에도 오랫동안 불을 켜놓을 생각이에요. 그리고 제 침대 옆 그늘 속에 요람이 놓여 있어야 해요⋯⋯" 그러고는 그녀가 덧붙였다. "아마도 저는 가끔씩 울기도 할 거예요."

"요람은 아몬드나무로 만들어야지." 내가 말한다. 내가 왜 하필 아몬드나무를 떠올렸는지 알다가도 모를 일이다.

"우리에겐 요람이 있어요." 슈트룀이 말했다. "아가테도 그 안에 누워 있었지요."

갑자기 나는 내게 아이가 없다는 사실에 가슴이 아팠고 내 나이를 떠올렸다. 그래서 그냥 이렇게 물었다.

"오늘은 뭘 요리하는 거냐, 아가테?"

"면이랍니다." 슈트륌이 말하며 자신의 입술을 핥았다.

하지만 임신한 소녀는 요람 이야기를 멈추지 않았다. "제가 그 위로 몸을 숙이면 아기는 내 가슴을 잡을 거예요. 그러면 저는 저의 셔츠를 풀겠죠…… 아기는 젖을 다 먹고 나면 주먹을 쥐고 다시 잠이 들 거예요." 그녀가 얘기하는 동안 그녀의 온몸이 가볍게 흔들거렸다.

슈트륌은 넋을 잃고 그 이야기를 듣고 있었다. 열려 있는 부엌문을 통해 여름의 소음이 들려왔고 축사의 냄새도 났다. 그리고 어디서인지는 알 수 없지만 누군가가 마치 일요일인 듯 하모니카를 불고 있었다.

"그래요." 그녀가 말했다. "그렇게 될 거예요."

"물론이지." 내가 맞장구를 쳤다. "당연히 그렇게 될 거다…… 먹고 잠자고, 아기들은 모두 그렇게 하지…… 우리도 그렇게 할 수 있다면 참 좋을 텐데…… 안 그런가요, 슈트륌?"

아가테의 환한 두 눈은 나를 지나 다른 곳을 보고 있었다. 아마도 정원과 나무들을 보는 듯했다. 내년에 그 나무 아래에 아이를 눕힌 광주리가 놓이게 될 것이고, 아이는 잠자고 있지 않을 때면 그 나무들을 올려다보게 될 것이다. 하지만 어쩌면 그녀는 손자와 손자의 손자까지 이르는 훨씬 더 먼 곳을 보고 있었을지도 모른다. 그 아이들은 나무와 밭 사이에서 무한으로부터 온, 무한으로부터 받아들여진 생명의 흐름을 언제나 완전한 미래의 영원함에 이를 때까지 계속해서 이어나갈 것이다. 눈은 위쪽과 아래쪽의 현실에 대한 비유를 인간의 이성보다 더 잘 이해할 수 있다. 또한 눈은 계속해서 비유를 찾는다. 왜냐하면 눈은 텅 빈 공간 속에서 안정을 갈망하기 때문이다 — 농가 정원의 나무들 속에도 비유가 깃들어 있다.

그리고 그것이 사실이라는 것이 확인되었다. 아가테가 마치 아직 있지도 않은 자기 가슴의 젖을 담으려는 듯, 아니면 다른 뭔가 중요하고도 의미 있는 것을 앞쪽으로 나르려는 듯 두 손을 대접 모양으로 만들었던 것이다. 그러면서 그녀가 말했다.

"제가 어렸을 적에 전 증조할머니를 뵐 수 있었죠. 이젠 제가 저의 증손자들을 보게 될 거예요."

전부 일곱세대이다. 굉장한 일이다. 열여섯살에 어머니가 된다면 가능할 수도 있다.

일요일 같은 느낌을 불러일으키는 하모니카 소리가 여전히 들렸다. 나는 예전에 진료 중일 때 이 쇳소리의 맥없는 음악 때문에 페터에게 여러번 짜증을 냈던 것이 기억났다. 하지만 이 음악이 아가테에게는 아무런 기억도 불러일으키지 않는 듯했다.

나는 그녀의 턱을 들어올렸다. "우리는 해낼 거야, 아가테."

내가 슈트룀과 함께 다시 마당으로 나왔을 때 아침의 기운은 대기로부터 사라져버린 후였다. 태양이 떠오르면서 하늘은 더 하얗고 두터워졌다. 창공에 그려진 길들은 마치 우유로 만든 둥근 모자 같아서, 사람들이 그 모자를 현세의 어두운 목초지 바닥에 씌워둔 것만 같았다.

"사실 자베스트네에 이 일을 알려야 해요." 내가 말했다. "결혼은 하지 않는다 해도, 아이가 자신이 누구한테서 나왔는지는 알아야 하니까요. 세상도 역시 그에 대해 알아야 하구요……"

슈트룀은 자신의 둥근 머리통을 긁적거렸다. "그렇죠, 그래야 하는 거겠죠……"

"그리고 결정적으로, 당신한테 돈이 그렇게 많지도 않잖아요…… 아마 양육비가 굉장히 도움이 될 겁니다…… 아가테와 아이 때문에라도 그것을 반드시 요구해야 합니다……"

"의사 선생님, 그러고 싶지 않습니다……"

"도대체 왜 싫다는 거죠?"

슈트룀은 잠시 머뭇거렸다. "그렇잖아도 페터는 이 사실을 알고 있습니다."

"그래서 어쨌다는 겁니까?"

"네, 그리고 최근에 내가 벤첼을 만났거든요……"

"그 사람이 이 일과 무슨 상관이죠?"

"그 사람의 농담 중 하나일 수도 있습니다만, 그가 그러더군요. 이제부터 양육비를 요구하는 여자애들은 찾아가 창문을 부숴버릴 거라구요……"

"그런 얘기를 진지하게 받아들이지 마세요…… 그 벤첼이란 사람은 내가 한번 제대로 만나보고 싶군요!"

"아직은 시간이 있으니까요"라며 그가 웃었다. "육개월 남았어요……"

"벤첼의 농담이 정말 기분 나쁜데요." 나는 작별하며 그렇게 말했다.

가방 속에 편지들이 들어 있었기 때문에 나는 일단 먼저 성당 골목이 막 끝나는 곳에 자리 잡고 있는 우체국으로 갔다.

우체국은 창문이 하나 나 있고 방처럼 생긴 작은 공간으로, 벽에는 관청의 공지사항들이 붙어 있어서 자주 바뀌지 않는 일기예보 외에도 뻬르남부꾸[19]와의 전화 개통에 대해 읽어볼 수 있었다. 그

---

19 브라질의 북동부 대서양 연안에 위치한 주.

안에서 늘 그렇듯 따분해하던 발단 양은 예상치 못한 고객이 들어서자 기뻐했다.

"조용한 시간이네요, 발단 양……"

그녀는 내가 진료를 통해 잘 알고 있는 길고 불규칙한 이를 보이며 미소 지었다. "곧 할 일이 많아질 거예요…… 어쩌면 보조가 필요할 수도 있어요."

"설마, 그럴 리가요……"

"맞아요. 락스 씨가 말하길 이제 그들이 금을 발견하게 되면 왕래가 엄청나게 많아지고 외부인도 많이 올 거라고……" 그녀는 자랑스러워하며 이 말을 했는데, 그 자랑스러움이 바쁜 업무에 해당되는 것인지 아니면 락스와의 관계에 해당되는 것인지 정확히 알수 없었다. 그들의 관계는 상당히 다정한 것이라고 사람들은 말했는데, 그녀는 자신들의 관계를 즐겨 드러내곤 했다. 그녀는 내 편지들 위로 몸을 숙였다. 숱이 적은 검은 머리는 금속핀으로 고정되어 있고, 야윈 목덜미는 노란빛을 띠고 있다.

밖으로 나오자 건너편 대장간 처마 아래에 요한니가 말 한마리와 함께 서 있는 것이 보인다. 어차피 다시 한번 대장장이에게 가볼 생각이었기 때문에 나는 하얗게 먼지로 뒤덮인 거리를 건넌 다음, 대장간 앞에서 바퀴나 바퀴축을 갈기 위해 기다리고 있는 농가의 마차들 사이를 비집고 가서 두 사람에게 인사한다.

대장장이는 마침 동물의 목 부분을 살펴보는 중이어서, 두개의 부드러운 힘줄에 손을 미끄러뜨려보고 있었다. 요한니는 그 옆에서 근심스러운 표정을 짓고 있다.

"아무 문제도 없어." 대장장이가 말했다.

"아냐." 요한니가 말했다. "말 목에 문제가 있어…… 가루약을 좀 줘."

대장장이는 고개를 흔들었다. "말에게는 문제가 없어…… 하지만 자네가 꼭 원한다면……"

나는 말에 대해 좀 아는 편인데, 그 동물에게서는 아무런 문제도 찾을 수 없었다. 하지만 이마의 땀을 닦아내고 있는 요한니는 평소의 소 같은 고집에 더해 완고한 두려움까지 얻은 것 같았다. 정오의 선량한 빛도, 우리의 위로도, 대장간의 어둠속에서 타오르는 불도, 직인 루트비히가 모루 위의 낫날을 벼리는 경쾌한 망치질도 그의 내면에 깃든 두려움을 몰아낼 수 없었다. 그는 반복해서 말했다. "말에게 가루약을 좀 줘."

"좋아……" 대장장이가 가루약을 가지고 왔다. 나는 그가 고통스럽게 웃고 있는 주둥이에 가루약을 불어넣기 위해 말의 콧구멍을 붙잡는 것을 도와주었다.

요한니가 자신의 말을 데리고 떠나자 나는 대장장이와 농가의 마차들 중 하나에 앉았다. 우리는 둘 다 파이프에 불을 붙였다.

"그런데 말일세, 대장장이." 내가 말했다. "자넨 어떻게 생각하나?"

우리는 말 옆에서 묵직한 소걸음으로 멀어져가는 요한니의 뒷모습을 보고 있었다. 말은 꼬리로 넓적다리의 파리를 때렸다.

대장장이는 진지한 표정을 지었다. "몇번 더 저러면 문제가 생기겠지. 그렇게 되면 저 동물은 정말로 아프게 될 거야."

"마리우스 말일세." 내가 말했다.

"난 그저 대장장이일 뿐이야." 그가 말했다. "가축들에 대해서만 잘 알지. 자네는 의사잖아. 사람들은 의사가 건강하게 만들어야지."

처마 아래에 놓인 쟁기들이 번쩍였다. 어떤 것들은 아직도 푸르스름했다. 벽에는 낫들이 나란히 세워져 있었다. 나는 대장장이의 눈을 바라보았다. 그의 눈은 갈색이었는데 광택을 낸 나무처럼 금빛으로 빛나고 있었다.

내가 말했다. "세상을 구원하고자 하는 사람이 오면, 의사는 아무것도 할 수가 없다네."

"그렇군." 그가 말했다. "하지만 요한니 같은 사람들은 세상이 구원된다고 믿지 않고, 그 사람이 마술을 부릴 수 있다고 믿지."

"그 사람이 정말 그렇게 하는 것을 보고 있지 않은가. 그자가 사람들에게 마법을 걸고 있어."

대장간 직인 루트비히가 작업을 마친 낫날을 손에 든 채 우리 쪽으로 걸어왔다. 그가 웃으며 큰 목소리로 말했다. "그 사람은 아무에게도 마법을 걸지 않아요…… 사람들은 우리가 가지고 내려오게 될 금에 대해 두려움을 갖고 있는 것뿐입니다."

"자네, 입 다물게." 대장장이가 명령했다. "가서 자네 일이나 해."

대장간 직인은 계속해서 웃었다. 그는 건장한 사내였는데, 셔츠 대신 깊이 파인 소매 없는 웃옷을 입어 단단한 어깨를 드러내고 있었다. 그의 가슴에는 진한 금빛의 털이 무성했다.

내가 말했다. "마리우스는 금을 가져오지 않을걸. 적어도 그 사람이 밀란트네에서 일하고 있는 동안은 말일세."

"하지만 벤첼은 크리무스네에서 일하고 있는걸요." 그가 즐거운 어조로 대답했다. "그렇게 되면 상황이 달라지죠."

대장장이가 말했다. "벤첼은 그냥 익살꾼이야."

"어쩌면 마리우스도 마찬가지일걸." 내가 말했다.

"아냐." 대장장이가 말했다. "그 사람은 진지해."

"벤첼도 진지해질 겁니다." 직인의 얼굴이 환하게 빛났다.

그러자 대장장이도 크게 웃음을 터뜨렸다. 그것은 따뜻한 나무처럼 단단하면서도 선량한 현세의 웃음이었다. "여태껏 농담을 해대면서 진지해졌던 사람은 없어. 진지한 것은 쇠야."

　　"마리우스는 쇠가 아니야." 내가 말했다.

　　"우리에겐 쇠가 있어요." 직인이 말했다.

　　처마 아래에 커다란 저울이 단단한 사슬에 매달려 있었다. 각각 세개의 좀 덜 두꺼운 사슬에 커다란 쇠접시가 달려 있고, 그 위엔 꽉 찬 곡물 자루가 놓여 있었다. 여기서 농부들은 곡물의 무게를 재곤 한다.

　　"자네는 무엇을 원하나?" 나는 대장장이에게 물었다. "그리고 자넨 무엇을 원하나?" 나는 직인에게 물었다.

　　"금도 웃는답니다." 직인이 먼저 대꾸했다. "우리는 이곳에서 금의 무게를 재게 될 겁니다."

　　"죽음도 웃지." 대장장이가 대꾸했다. "그것은 마치 말처럼 웃는다네. 하지만 죽음은 진지하고 선량할 수도 있어."

　　그들은 무엇에 염증을 느꼈던 것일까? 그들에겐 모루가 있고, 공기를 불로 바꿔주는 풀무가 있었다. 그들에겐 지식이 있었다. 그들은 더 많은 지식을 갖기를 원했던 것일까? 그들에게는 질서가 있었다. 그들은 또다른 질서를 원했던 것일까? "자네들은 같은 것을 원하는구먼." 나는 그렇게 말하고 나의 일을 하러 갔다.

　　여관 마당의 밤나무는 뒤늦은 봄의 화려함으로 뒤덮여 있었다. 이곳의 밤나무는 이 지역의 다른 모든 나무들보다 늦게 꽃을 피웠다. 촛불 모양의 분홍빛 꽃들이 나무의 커다랗고 부드러운 몸을 둘러싸고 촘촘하게 배열되어 있었다. 그 나무의 봄은 내가 염증을 느꼈던, 내가 이미 오래전에 도망쳐나와 잊어버렸음에도 여전히 염증을 느끼고 있는 도시의 봄이다.

저녁 여섯시경 베취가 우리 집으로 걸어올라왔다.

"막시가 열이 납니다."

"어린아이들은 쉽게 열이 나죠, 베취 씨…… 그외에 다른 증상이 있나요? 목이 붉어졌다든지? 소화에 문제가 있다든지?"

그는 대답을 하지 못했다. 너무 당황했던 것이다. 그리고 우리가 그의 집으로 향하는 짧은 길을 걷는 동안 그는 두서없이 이런저런 이야기들을 늘어놓았다. 사방에 온통 불운하고 불쾌한 일만 있다고 했다. 보잘것없는 생계를 이어가는 것조차도 이미 충분히 힘겹다고 했다. 그런데 일이 없다는 것이다. 언급할 만한 일거리가 거의 없다고 했다. 도대체 아이들은 무엇으로 먹여 살려야 한단 말인가? 지금 마을에서는 웬 바보가 라디오를 반대하는 선동을 하고 있다고 했다. 하지만 그건 정말 최상급의 기기들이라는 것이다.

"흠."

그는 벤첼이라는 이름의 사내라고 했다. 얼마 전에 그자가 거리에서 자신의 뒤를 따라오며 계속해서 "무선 인간"이라고 소리를 질러댔다는 것이다. 그런데 젊은이들과 남자애들이 거기 서서 자신들의 허벅지를 치며 재밌어했다고 했다.

그는 굉장히 분개하며 말을 맺었다. "그런데 그 인간은 심지어 나보다도 작단 말입니다."

그렇다. 그것은 벤첼이었다. 그런데 베취 역시 키나 체격이나 그다지 내세울 것은 없는 이였다. 나는 웃지 않을 수 없었다. "그래요, 그 어릿광대 녀석도 당신의 시끄러운 소리상자를 견딜 수가 없는 모양이군요……"

그는 불쾌해했다. "이런 사업을 일궈내려면 아주 힘이 듭니다, 의사 선생님. 그리고 무너져내리기도 쉽죠…… 정말 그래요."

그사이에 우리는 그의 집에 도착했다. 그의 집은 우리 집과 정말이지 비슷하게 지어졌다. 하지만 이곳에는 물 외에도 여러가지 설비가 부족했다. 나는 우리 집에 그것들을 직접 설치했었다.

환자의 방은 어두웠다. 침대 옆에 앉아 있던 왜소한 베취 부인이 일어섰다. 처음에는 그녀가 두 팔을 들어올려 작고 감동적인 몸짓을 하는 것만 겨우 볼 수 있었다. 그와 비슷한 동작을 어두운 성당 안에서 무릎 꿇고 있는 여성들에게서 가끔 본 적이 있다.

"안녕하세요, 베취 부인…… 빛을 조금 들어오게 하는 건 어떨까요?"

"네?" 주저하고 두려워하는 듯한 목소리였다.

블라인드가 없어서 그녀는 창문 앞에 커다란 이불을 걸어놓았는데, 나는 그것을 그냥 끌어내려버렸다.

"하지만 그러면 아이 눈이 아플 텐데요."

키 작은 사내는 의심스럽고 두려운 눈초리로 나를 올려다보았다.

이 가정 안의 모든 것에는 두려움의 색조가 깃들어 있었다. 그것은 미미하고도 미약한 온기로 그들을 끌어당기는 사랑 안에도 담겨 있었다. 자신의 식솔들을 호령하는 왜소한 아버지 베취의 가부장적인 보호자의 어조 속에 담긴 두려움도 그보다 적지는 않았다.

그는 내 주위에서 불안하게 움직이며 내 길을 가로막았다. "심각한 건가요, 의사 선생님?"

"이봐요, 베취. 우선 내가 아이를 좀 볼 수 있도록 해줘요…… 그리고 숟가락을 하나 가져오세요."

"숟가락 가져와." 그는 부인에게 명령했다.

아이는 차가운 숟가락을 혀 위에 놓도록 참을성 있게 가만히 있었는데 몸은 열이 나서 뜨거웠다. 홍역인가? 주변을 살펴봐도 홍역 사례는 없었다. 하지만 두려움은 질병을 유인하는 법이다. 이곳 산골의 이 깨끗한 공기에서조차도 두려움은 병균을 끌어들인다.

"심각한 건가요, 의사 선생님?"

"글쎄, 어쩌면 홍역일 수도 있어요."

"홍…… 하느님 맙소사!"

"하지만 부인, 우리 중에 홍역 한번 안 치른 사람이 누가 있습니까…… 빠를수록 좋은 법입니다."

그녀는 의심스러운 듯이 나를 바라봤지만 차마 반박은 하지 못하고 있었다. 아니, 그녀는 심지어 아이의 손을 잡으며 가볍게 미소를 짓기까지 했다. 아이는 작고 늙은 사내처럼 베개 속에 묻혀 있었다.

진료를 마친 뒤 나는 부엌에서 손을 씻었다. 물론 집에 가서 손을 씻을 수도 있었지만, 교육적인 이유로 모든 환자의 집에서 그렇게 하는 것을 습관화했다. 베취는 새 수건을 팔 위에 건 채 마치 나의 씻는 행동에 아이의 건강과 생명이 달려 있기라도 한 듯 집중해서 나를 바라보고 있었다.

부엌 창문 옆에는 베취의 두 아이 중 큰아이가 앉아 있었다. 다섯살짜리 여자아이였는데, 조용히 아동용 책상에 앉아 색종이를 잘게 자르고 있었다.

"그런데 말이오, 베취 씨. 사실 딸아이를 친척에게 좀 보내두는 게 좋을 텐데요…… 전염 때문에 말입니다."

그는 당황한 표정으로 나를 바라보았다. 거기까지는 생각을 못한 것이다.

하지만 나는 그사이에 이미 그에 대한 생각을 해둔 참이었다.

어쩌면 여자애도 이미 전염됐을 수 있었다. 그럴 경우엔 일이 더 복잡해질 것이다. 그래서 나는 그에게 제안했다. "아니면 차라리 격리 기간 동안 아이를 건너편 우리 집으로 보내는 것이 좋겠네요…… 우리 집 노파 카롤리네는 어차피 할 일도 없으니까요…… 그러다가 혹시 딸아이에게 무슨 증상이 보일 경우엔 다시 보내도록 할게요."

베취는 자신의 아내가 있는 방으로 들어가보려는 듯한 몸짓을 했다. 하지만 다시 생각에 잠겼다. 어쩌면 두 다리가 말을 안 들었던 것인지도 모른다. 그는 윗입술을 닦았다. 입술 위엔 짧고 붉은 빛을 띤 판매대리인풍의 콧수염이 나 있었다. 그다음에 그는 드문드문 붉은 머리카락이 나 있는 자신의 대머리를 훔쳤다. 갑자기 땀이 나자 그는 힘을 잃었고 말이 없어졌다.

나는 조용한 인내자, 이곳까지 흘러들어온 이 도시인을 지켜보았다. 이런 남자가 자신의 소박한 인생의 의미를 지키고 그것을 포기하지 않기 위해 유지하는 불안함 속에 인생사에 대한 더 많은 통찰이 들어 있을 수도 있다. 이런 인간에 대해 그저 비웃듯이 어깨를 으쓱하고 조롱할 뿐인 청년과 농부 들의 태도 속에 들어 있는 것보다는 말이다. 그럼에도 나는 그의 위축된 태도에 화가 났다. 나는 어린 로자를 향해 몸을 돌렸다. "자, 애야, 우리 집에 가서 살래? 트랍이랑 같이?"

아이는 진지하게 고개를 흔들고는 계속해서 색종이를 잘게 잘랐다.

베취는 이제 결정이 났다는 듯한 몸짓을 했다.

그러니까 거절하겠다는 것이다.

나는 로자에게 가까이 다가가 그 아이가 뭘 하고 있는지 살펴보왔다. 베취가 돌로 된 부엌 바닥에서 올라오는 냉기 때문에 아내와 아이가 감기에 걸리지 않도록 책상 아래에 깔아둔 마루 판자를 내가 딛자 — 화덕 앞에도 그렇게 생긴 것이 하나 더 놓여 있었다 — 판자들이 나의 무거운 몸무게 때문에 풀쩍 위로 치솟았다.

"한번 더 해줘요." 아이가 놀라울 정도로 활기차게 외쳤다.

베취 역시 순박하게 웃었다. "한번 더 해주세요." 그 역시 외쳤다. 그는 홍역과 나의 제안을 다 잊은 것 같았다.

좋아, 나는 갑자기 재미있는 장난이 되어버린 행동을 반복했다. 다시 한번 판자가 진동할 정도로 있는 힘껏 그것을 밟았다. 이번에도 아버지와 딸에게서 똑같이 성공적인 반응이 나왔다.

두 사람은 아마도 계속해주길 바라는 것 같았지만 나는 이 바보 같은 놀이를 영원히 하고 싶은 마음이 없었기 때문에 이렇게 말했다. "베취 씨, 이제 가서 부인과 상의를 좀 해봐요."

재미있어서 아직도 두 손을 비비고 있던 참인 베취는 실망한 듯한 표정을 짓더니 몸을 움직였다. 하지만 문가에서 아쉽다는 듯이 한번 더 뒤를 돌아보았다. 그때 내가 다시 한번 판자 위를 쾅 하며 밟았고, 로자가 환호성을 지르며 작은 두 팔을 번쩍 들어올리고 즐거워했기 때문이다.

그가 나가고 나자 아이가 갑자기 이렇게 말했다. "내가 아저씨네 집에 가면 나랑 그 놀이하면서 놀 거예요?"

"물론이지." 나는 이제 내가 그렇게 생긴 판자를 마련해야 한다는 것까지는 미처 생각을 못하고 경솔하게 말했다. 그러자 운명이 나에게 경고를 하거나 위협이라도 하려는 것처럼 아이가 곧바로 "한번 더 해줘요" 하고 소리를 질렀다. 그 순간 베취와 그의 아내가 들어섰다. 그는 안정을 찾아 더이상 땀을 흘리지 않았고 두 손도 차분해져 있었다.

"자, 어떻게 결정을 내렸는지요?" 나는 내가 특별히 용기를 북돋우듯이 말하지는 않았다고 생각한다.

아이를 보자 두 사람은 다시 갈팡질팡했다. 베취 부인은 그것을 예의범절로 포장했다. 자신들은 절대 내게 불편을 끼칠 수 없다는 것이었다. 어차피 그들에게 이미 불행이 찾아온 바에야, 자신들끼리만 그 불행을 견뎌내야 하고, 결단코 뻔뻔해져서는 안 된다는 것을 잘 알고 있다고 말했다.

공허한 이야기를 견디지 못하고 내가 호통치듯 그녀에게 말했다. "그러니까 로자가 홍역에 걸려도 괜찮다는 거지요."

그녀의 두 눈에 눈물이 고였다. "아뇨…… 아니에요." 그녀는 거부하듯, 간청하듯 두 손을 들어올렸다.

"아니, 친애하는 부인, 나쁜 의도로 한 말은 아닙니다…… 하지만 그래야만 할 때는, 그냥 그렇게 해버려요…… 그리고 차라리 웃어요. 그게 부인에게 훨씬 더 잘 어울려요."

그녀는 즉시 고분고분하게 미소를 지어보려고 했다. "알겠습니다…… 하지만 이런 옷차림으로는……" 그러면서 그녀는 아이 쪽으로 가려고 했다. 우리 집에 보내기 위해 아이를 단장시키려는 게 분명해 보였다.

"아무것도 하지 마세요." 내가 명령을 내렸다. "환자의 방에서 나온 사람은 더이상 이 아이를 만져서는 안 됩니다…… 우리가 필요하다고 생각되는 게 있으면 그때마다 카롤리네가 가지러 오면 됩니다."

"아이한테서 떨어져." 베취가 내 말을 거들며 엄격하게 부인을 바라보았다. 그러고 나서 그가 요청했다. "하지만 제가 데리고 가는 건 괜찮겠죠? 손을 씻겠습니다."

그렇게 우리는 길을 나섰다. 베취는 자신의 서류가방에 아이의 물건 몇가지와 속옷을 가득 채워 들고 있었고, 로자는 종이 자르기 도구가 담긴 마분지 상자와 인형을 들고 있었다. 나는 카롤리네가 이 모든 것을 보고 뭐라 말할지 궁금했다. 태양은 막 쿠프론산 뒤로 사라진 참이었다. 바위에서 불어 내려오는 저녁 바람이 거세졌다. 베취는 감기에 걸리지 않기 위해 서류가방을 가슴에 꼭 누르고 있었다. 나는 뒤를 돌아보았다. 베취 부인이 문 앞에 선 채 손을 흔들었다. 빛바랜 담청색 앞치마 아래로 그녀의 배가 불룩 솟아 있었다. 구월이면 그녀는 또다시 출산을 하게 될 것이다. 그러면 또 한명의 구루병 체질을 지닌 불그스름한 작은 베취가 존재하게 될 것이다.

우리 오른쪽에서 나무줄기들 사이로 저녁 무렵의 바위들이 회색으로 조용하고 단단하게 빛나고 있었고, 그 위로 바람이 미끄러지듯 불어왔다. 숲은 저녁 한숨을 쉬며 그 바람을 받아들였다. 그때 나는 동생의 병이 지속되는 동안 내 집에 있게 될 여자아이를 마치 내가 영원히 양녀로 받아들이기라도 하는 것 같은 생각이 들었다. 단순히 바보 같은 작별의 손짓 때문에 들게 되었을 그런 생각이 말도 안 된다는 걸 분명히 알았지만, 기이하게도 그것이 불쾌하게 여겨지지는 않았다. 물론 진짜 농부의 딸이나 벌목꾼의 딸이었으면 더 좋았을 것이다. 로자 같은 이상한 이름을 가지지 않은 아이였다면 더 좋았을 것이다. 나는 퇴로의 가능성을 알아보려는 듯 다시한번 뒤를 돌아보았다. 베취 부인이 그곳에 선 채 여전히 손을 흔들고 있었다. 나도 손을 흔들면서 아이도 손을 흔들게 하려 해보았다. 하지만 아이는 관심이 없었다. 아이는 품에 꼭 안은 인형과 얘기를 나누느라 뒤를 돌아보지 않았다.

8

    세상이 잘 정돈된 방같이 느껴지는 날들이 있다. 그런 날의 하늘은 쾌적하게 칠해진 천장이고, 산은 밝은 녹색의 벽지가 된다. 인생의 화려한 양탄자 위에는 온갖 장난감이 굴러다니며 유치하고도 사랑스러운 음악을 만들어낸다. 그런 날들과 함께 봄은 가끔씩 여름 깊은 곳까지 가 닿곤 한다. 아니, 심지어는 가을까지 가 닿는다. 그럴 때면 그런 날들은 노년 속의 유년의 날이 된다. 유년의 날처럼 감동적이고, 모든 어린애 장난 뒤에, 마지막 평화 속에 놓여 있는 그 무언가를 떠올리게 한다.

    때는 칠월이었다. 그때 나는 그런 날이 밝았다고 생각했다. 독특한 부드러움이 세상을 휘감아왔기 때문이다. 그것은 투명한 부드러움의 덩어리였는데 잘 구부러지고 연기를 피워올리면서도 마치 맑은 수면처럼 경직되어 있어서 재미있어질지 슬퍼질지 아직은 알 수 없었다. 아침 식사용 그릇이 달그락거리는 소리가 평소와는 다르게 들렸다. 밖에서는 귀뚜라미들이 엄청난 소음을 만들어냈다. 로자는 카롤리네와 커피를 마시고 있었다. 쉰살과 다섯살인 두 사람은 비슷하게 늙었고 비슷하게 젊었다. 그들은 느릿느릿한 대화의 부스러기를 찻잔 속에서 휘젓고 있었다. 그들이 나누는 대화는 아마도 카롤리네의 혼외 자식들에 대한 것일 터였다.

　그런데 밖으로 나가자 그날이 더이상 내 맘에 들지 않았다. 분명히 모든 것이 밝았고, 고요했다. 정말이지 이 고요함 속에서 모든 것들은 필요한 만큼 활동적이기까지 했다. 또한 장난감의 평화로움과 함께 인간 존재의 소시민적인 온순함이 산허리에 자리 잡고 있었다. 하지만 평소에는 마치 측량할 길 없는 가벼운 대기에 빨려들기라도 한 듯 굉장히 자유롭고 유동적으로 올라오던 골짜기의 소리들이 이때는 다른 색채, 다른 속도를 갖고 있었다. 그 소리들은 그저 머뭇거리며, 그저 습관에 따라 올라오고 있는 것 같았다. 이러한 부드러운 지연 속에는 기이하게 곰팡내를 풍기는 고립이 담겨 있었다. 아침 하늘의 푸름이 무한을 향해 열려 있지 않았기 때문이다. 그 푸름은 차라리 차단 같았다. 산꼭대기에서 산꼭대기로 팽팽히 당겨진 빽빽한 셀론[20] 방울 같았다. 그곳을 향해 밀고 올라간 소리 하나하나가 관통할 수 없는 푸름을 더욱 팽팽하게 당기고 있는 듯했다. 나는 귀 기울였다. 모든 소리들이 아래에서 오고 있었다. 위에서는 아무것도 오지 않았다. 새소리도 전혀 들리지 않았다.

　그 푸른색 셀론 방울은 오전 내내 터지지 않았다. 터지기는커녕 정오가 되자 푸른색 칠을 한 납으로 이루어진 단단하고 둥근 지붕이 되었다.

---

20 아세트산 섬유를 원료로 하여 얻은 유리 모양의 소성체.

나는 동쪽 방향으로 큰 곡선을 그리며 골짜기 바닥 위를 굽이굽이 흘러가는 펜텐 시내를 따라 마을 쪽으로 갔다. 밭은 무르익었고 풀들은 두번째 건초 수확을 할 만큼 자라 있었다. 이 시기에 시골에 사는 모든 남자는 수확자의 걸음걸이를 하고 있다. 설혹 그가 나처럼 손에 그저 왕진가방을 들고 있을 뿐이더라도 그의 두 팔은 언제든지 낫질을 위해 쳐들 준비가 되어 있다. 더이상 무한을 향해 위로 자라나지 않고 다가오는 겨울의 휴식을 위해 무한을 다시 자신에게로 가지고 내려오는, 자신 안으로 데리고 들어오는, 자신 안으로 빨아들이는 대지에 이끌려, 그의 인생은 머리에서 두 팔과 두 다리로 흐르기 시작한다. 수확기가 시작되면 인간은 더이상 자신의 생각을 이야기하지 않는다. 그에게는 자신의 생각이란 게 없기 때문이다. 그는 성큼성큼 몸을 흔들며 걷는 수확자의 걸음걸이로 대지 위를 걸어간다. 그는 모두가 똑같은 것을 생각해야만 하는 수많은 수확 노동자들 중의 한명이다. 그리고 그들이 생각하는 것은 오직 대지의 둔중하고도 빨아들이는 힘뿐이다. 나는 들길의 부서지기 쉬운 지면 위를 걸으며 하늘을 올려다본다. 그리고 납으로 만든 둥근 지붕이 기다리는 대지의 힘에 빨려들어 아래로 가라앉게 되기를 기다린다. 주위는 아침보다 더욱 고요해졌다. 시내가 낮은 층으로 경사를 이루며 흐르는 곳에서는 물이 찰방거리는 소리가 났다. 저 위 산간 목초지가 이미 숲속까지 가 닿은 곳에서 가끔씩 누군가가 자신의 낫을 갈았다. 저 위쪽에서 풀을 매고 있는 사람들의 형상은 작고 검었다. 가끔은 낫이 번쩍하고 빛나기도 했고, 때로는 셔츠의 하얀색이 보이기도 했다.
　　시냇가의 덤불과 길 사이엔 좁은 띠 모양으로 습지 초지가 형성되어 독미나리와 동의나물이 자라고 있었다. 몇몇 곳에는 제대로 된 갈대섬도 있었다. 갈대 줄기들은 이미 빳빳하게 높이 자라 있었다. 낫으로 서걱서걱 베어내는 소리, 한무더기의 갈대가 날카롭게 버스럭거리며 쓰러지는 소리가 들려왔다. 길 가장자리의 뚜껑 달린 바구니 옆에는 기워진 푸른색 셔츠가 놓여 있었다.

소리의 주인공은 축사용 짚으로 쓸 갈대를 베고 있는 벤첼이었다.

"안녕하세요, 의사 선생님." 그가 외쳤다.

"안녕하세요."

옷을 벗은 그의 상체는 나무랄 데 없이 잘 다듬어져 있었다. 갈색 피부엔 털이 없었지만 우람하고 원숭이처럼 긴 두 팔에는 털이 빽빽하게 나 있었다. 그는 자신보다도 훨씬 큰 낫을 옆에 세우고는, 그 손잡이에 가볍게 기대 있었다. 배에는 낫날갈이용 돌이 담긴 가죽 주머니가 매달려 있었다.

"일하는 데 너무 덥네요." 그가 말했다.

"그렇겠는데요."

"선생님도 셔츠를 벗으셔야겠는걸요, 의사 선생님."

그는 나의 등장이 기쁘다는 듯 온 얼굴로 웃음을 지었다. 그는 굉장히 붙임성 있게 굴었지만, 그것은 언제든지 적대감으로 뒤집힐 수도 있다는 것을 느끼게 하는 붙임성이었다. 그는 장난꾸러기인 동시에 사형집행인의 하인이었다. 익살꾼인 동시에 알 수 없는 땅에서 온 교살자였다. 그는 온갖 일에 재능이 있다고 여겨지는, 어쩌면 오래된 광산을 다시 가동시킬 수도 있겠다고 여겨지는 사내였다. 하지만 왜소하고 방어력도 없는 라디오 판매대리인을 무자비하게 괴롭힐 수 있는 사내인 것도 분명했다. 그는 웃으면서 윗입술의 땀을 핥았다. 그가 이런 방식으로 나와 마주쳤기 때문에 나는 주저하지 말고 해치우는 게 낫겠다는 생각이 들었다. "마침 잘 만났네요, 벤첼…… 도대체 왜 베취를 싫어하는 겁니까?"

그는 신발 뒷굽으로 두더지가 파서 쌓아놓은 흙더미를 짓이겼다. 그 흙더미는 건조해서 연한 색의 성긴 모래 더미가 되어 있던 참이었다. 그는 한숨을 쉬었다.

"왜죠?"

"글쎄요, 그 녀석하고 대체 무슨 일을 같이 할 수 있겠습니까, 의사 선생님?" 그는 반쯤은 장난스럽게, 반쯤은 솔직한 절망을 담아 대답했다.

그가 의도했던 일이 일어났다. 내가 웃을 수밖에 없었던 것이다.

"그런데 이제는 그자가 선생님과 친인척 관계까지 되었잖아요."

— ? —

"그러니까, 선생님이 그의 딸을 받아들였다면서요."

"맞아요."

"다른 애는 홍역이라구요?"

"네."

"안됐네요." 그는 불쌍하다는 듯이 말했다.

"그러니까 그 사람을 그냥 좀 내버려둬요."

"그런 존재가 계속 번식을 하려고 하다니……"

"그건 상당히 널리 퍼져 있는 관습이죠."

"그런 것이 세상에 아예 나타나지 않는다면 더 좋겠죠."

"당신이 그 사람을 괴롭힌다고 해서 그걸 중단시키지는 못할 겁니다."

그는 부루퉁해져서 말했다. "하지만 그 사람도 보험과 라디오를 가지고 모든 사람들을 괴롭히고 있다고요……"

"그게 당신과 무슨 상관이 있죠, 벤첼?"

"저하고요……? 아무 상관없죠……"

"하지만 당신은 당신과 상관없는 일들에 너무 많이 개입하고 있잖아요."

그는 손을 내저었다. "의사 선생님, 전 아무것도 아닌 사람입니다…… 사람들이 그저 베취를 못 견디는 것뿐이에요……"

"좋아요, 하지만 그는 이제까지 조용히 살아왔어요…… 그러다가 당신이 오고 나서야……"

"제가요……? 아닙니다, 의사 선생님!"

"아니, 그럼 달리 누구란 말입니까? 마리우스인가요?"

그는 머리를 긁적거렸다. "마리우스라면 문제가 좀 될 수도 있죠……"

"그래요." 내가 말했다. "만일 당신이 그의 명령에 따라 젊은이들을 폭력적으로 만들 경우엔 문제가 좀 될 거요."

"마리우스는 아무것도 명령하지 않습니다." 그가 거의 경멸조로 말했다.

"그럼 그가 하는 건 뭐요?"

이제 그는 진지하게 생각에 잠겼다. 그러고는 이렇게 말했다. "마리우스는 다른 사람들이 생각하고 있는 것을 말하는 것뿐입니다."

"그래요? 그러니까 사람들이 금처럼 말도 안 되는 것을 계속 생각하고 있었다는 거요?"

"계속 생각하고 있었죠, 의사 선생님, 계속요." 그의 얼굴에는 또다시 평소의 장난스러움이 비쳤다. 하지만 그는 진심으로 그렇게 말하고 있음이 분명했다.

나는 돌로 된 배 안에 황금을 품고 거기 서 있는 쿠프론산을 올려다봤다. 산은 납으로 된 하늘의 무게를 지탱하고 있었다. 대지의 일부인 산은, 어쩌면 자신의 뜻과는 달리 대지에 의해 위로 던져졌는지도 모른다. 대지의 빨아들이는 힘 속으로 떨어져내리지 않도록 하늘을 향해 위로 던져졌는지도 모른다. 그것이 남자 거인인지 여자 거인인지는 알 수 없었다. 그런데 내 앞에는 낫을 든 장난꾸러기 난쟁이가 서 있다. 그 또한 대지에서 위로 던져져 갈대를 베고 있다.

"그래요." 그가 말했다. "사람들은 자신이 생각하고 있는 것을 실행해야 해요."

"마리우스가 생각하고 있는 거겠죠……"

"그거나 그거나 같은 거죠."

트랍은 혀를 늘어뜨린 채 뜨거운 대지 위에 누워 있었다. 개가 나지막하게 으르렁댔다. 마치 대지 안쪽을 향해 으르렁거리는 것 같았다.

내가 말했다. "당신들이 생각하고 있는 것을 실행하게 되면, 경찰과 상대하게 될 거요…… 내가 아는 한 자신의 생각을 즉시 실행에 옮겼던 사람들 중 많은 이들이 이미 그런 일을 겪었다오."

"경찰들도 똑같은 생각을 하고 있답니다." 그는 나를 향해 교활한 표정을 지으며 눈을 찡긋거렸다. "그것은 선생님의 생각과도 똑같은 것이랍니다, 의사 선생님."

"당신의 농담에서 나는 빼주길 바라오, 벤첼." 내가 말했다. "당신이 베취를 겨냥해서 계획하고 있는 것은 정말로 야비한 일이오. 그리고 당신의 금광사업도 하지 않는 게 좋겠다는 말밖에 할 수 없구려."

물론 나는 그 말을 할 수밖에 없었다. 하지만 차라리 그의 낫을 빼앗아 직접 갈대를 베는 게 더 나았을 것이다. 기이하게 납 기운을 띤 대기는 내 폐 안에서 뜨거운 숨결이 되었다. 내가 인간의 신체 구조에 대해 잘 알고 있음에도, 내 안의 호흡이 어둡고 근원을 알 수 없는 것처럼 느껴졌다.

그는 또다시 신발 뒷굽으로 두더지가 쌓아놓은 모래 더미를 짓이기면서 미소 짓더니 결국엔 이렇게 말하는 것이었다. "인간은 언제나 새로운 것을 원합니다. 그 재미 또한 누릴 수 있도록 내버려둬야 하는 겁니다."

"그리고 그게 바로 당신들이 세계 구원이라고 부르는 거지요?"

"전 아닙니다만……"

"그렇다면 마리우스 말이오."

그는 또다시 조롱하고 비웃는 듯한 동작을 취했다. "아마도요."

"그러니까 당신은 거기서 그저 재미를 느끼고 싶다는 거군요…… 그건 악한 재미입니다, 벤첼."

"세상은 전진해야 합니다, 의사 선생님."

쿠프론산이 태고의 모습, 압도적인 모습으로 위협했다. 납으로 된 푸른빛 속에 쌓아올려진 바위산이 위협했다. 산은 거대하고도 거대한 생명에 뒤덮여 있었다. 숲, 덤불, 풀의 수백만 줄기의 생명으로 뒤덮여 있었다. 그런데 그것이 갑자기 노인의 조소 어린 위협이 되었다. 그는 소리 없이 생명의 얇은 옷을 벗어버리고, 두 팔을 들고 선 채 돌연 공포에 차서 자신의 벌거벗은 몸을 방어하고 있다.

"세상은 전진해야 합니다." 낫을 든 난쟁이가 반복해서 말했다.

그렇다. 세상은 전진해야만 한다. 벌거벗은 노인의 우세함에 맞서 계속 경쟁해야만 한다. 빛나는 사랑스러움 한가운데에서 매번 새롭게 적나라한 죽음의 공포를 드러내는 그에 맞서야만 한다. 세상은 그에 맞서야 하고 그의 기운을 약화시키기 위해 노력해야 한다. 그에게서 황금의 비밀을 빼앗아 그가 실패하고 하늘이 대지의 빨아들이는 호흡 속으로 돌아갈 수 있도록 해야 한다.

"그렇죠." 내가 말했다. "세상은 전진해야만 합니다. 하지만 아마도 당신이 생각하는 방식대로는 아닐 겁니다."

"전진만 한다면야 어떻든 상관없습니다." 그가 웃었다. "보여드릴 게 있습니다, 의사 선생님."

그는 길 가장자리에 놓인 바구니 쪽으로 가더니 뚜껑을 열었다. 그가 채워넣은 풀과 나뭇잎들 속에서 흑녹색의 게 여러마리가 우글거리며 집게를 움직이고 있었다.

"저기 시냇물에서 잡았습니다." 그가 설명했다. "크리무스에게 줄 겁니다. 그 사람은 게를 즐겨 먹거든요. 그 사람 자체가 게나 마찬가지죠."

트랍은 바구니에 코를 대고 킁킁거리며 냄새를 맡았다.

벤첼은 개 주둥이 앞에 생선 한마리를 갖다 댔다. "이것은 개복치랍니다."

"이런." 내가 말했다. "당신은 금보다는 게를 잡는 게 더 좋겠어요. 그게 더 영리한 행동입니다."

그가 또다시 빙글대며 웃었다. "게들도 마찬가지로 돌 아래에 있지요."

"그래요." 내가 말했다. "하지만 게를 잡는 건 덜 위험하죠…… 적어도 그 일로 해를 끼치게 되지는 않으니까요…… 잘 가요. 그리고 제발 베취는 그냥 내버려둬요."

그 말을 남기고 나는 떠났다.

"명령대로 합죠, 의사 선생님." 그가 내 뒤에 대고 외쳤다. 그 말에 뒤돌아보니 그는 꼭 보초처럼 거기 선 채 낫을 들고 있었다. 번득이는 휘어진 날이 달린 낫은 너무 길게 자란 하얀색 달처럼 푸른 하늘을 향해 빛을 발하고 있었다.

나는 마을에서 멀지 않은 곳에 있는 건너편 산비탈의 밀란트네 초지에 마리우스가 있는 것을 보았다. 그와 농부 그리고 하인 안드레아스는 똑같은 간격으로 대형을 이룬 채 걷고 있었다. 그들은 똑같은 박자로 낫을 휘둘렀다. 그들 뒤에서는 농부의 아내와 이름가르트가 기다란 갈퀴를 좀더 작고 불규칙하게 움직이며 따라갔고 그와 함께 풀이 베어진 농지가 더 넓어져갔다. 멀리서 보니 농부와 마리우스는 거의 구분이 안 될 정도였다. 이름가르트가 내게 손짓했고 나도 마주 손짓을 해주었다. 그녀는 내게 뭐라고 소리도 지른 것 같았지만 날이 미동도 없이 경직된 나머지 대기는 너무나 굼떠져 소리를 더 멀리 날라다줄 수조차 없는 것처럼 보였다. 소리 또한 대지로 가라앉았다. 그리하여 대지에 의해 흡수되었다.

마을은 휑했다. 밤과 같은 정오라고 말할 수 있을 정도로 구름 한점 없는 빛은 어두웠다. 빛은 소리 없는 굉음을 내는 북의 진동과 함께 한 물결씩 아래로 내려왔다. 주점의 좁은 벽 그림자 속에 플루토가 머리를 앞발 사이에 깊게 묻은 채 누워 있었다. 그 역시 대지를 향해 으르렁거리는 것 같았다. 그는 나에게 슬퍼 보이는 시선을 던졌지만 일어서지는 않았다. 트랍을 환영하기 위해 일어서지도 않았다. 오늘 그들은 서로 나눌 이야기가 없었다. 왜냐하면 어쩌면 그들이 함께 나눌 수도 있었을 이야기는 그들이 그 안을 향해 으르렁거렸던 땅속의 너무나 깊은 곳에 여전히 숨겨져 있었기 때문이다. 자베스트 부인 역시 할 말이 거의 없었다. 그녀는 주점 안에 앉은 채 멍하니 앞을 응시하고 있었다.

"오늘은 진료를 받으러 오는 사람이 거의 없겠죠?" 마침내 내가 물었다.

"네." 그녀가 말했다.

"나도 그냥 맥주 운반차나 기다리고 싶네요. 날 윗마을로 태워다 줄 수 있도록 말입니다."

"네." 그녀가 답했다.

하지만 잠시 후 그녀는 이렇게 말했다. "이제 페터는 정육점에서 일해요."

"그거 새로운 소식이로군요." 내가 말했다. "그애가 갑자기 피를 볼 수 있게 된 건가요?"

"벤첼이 그애에게 명령했어요."

"그래서 그애는 이제 더이상 상인이 되고 싶지 않다는 건가요?"

"마리우스가 말하기를, 잡화상들은 문을 닫아야 한다는 거예요…… 그건 그저 여자들을 위한 것이라면서요."

"나 참, 그래서 두분 생각은 어떤가요?"

"남편은 좋아하죠."

"잡화상에 대해서도 말입니까?"

그녀는 미소 지었다. "우선은 주점이 매일 저녁 사람들로 가득 차니까요. 농부들이 벤첼 때문에 웃을 수 있어서 온답니다. 하지만 벌써부터 가끔은 험악한 싸움이 벌어지기도 해요."

"지난 일요일에 나도 느꼈습니다."

잠시 후 자베스트가 들어섰다. 그는 핏자국이 묻은 도축용 앞치마를 입고 있었고, 기다란 직선 모양의 해체용 칼이 마치 단검처럼 그의 옆구리에 매달려 있었다. 그는 자신의 부인 곁에 앉더니 붉은 손으로 그녀의 부드러운 겨드랑이를 잡아 그녀를 웃지 않을 수 없게 만들었다. 이 공기가 미동도 않는 날에 그 소리는 기이하게 울렸다.

"그러니까 가게는 잘되는군요, 자베스트."

"네." 그가 말했다. "마리우스는 대단한 사내입니다. 이제 새로운 시대가 시작되고 있어요."

"하지만 그 사람이 직접 주점에 모습을 드러내는 일은 없지 않소."

"그 장난꾸러기 벤첼이 혼자서 다 처리하고 있죠…… 그가 크리무스까지도 구슬렸다니까요."

"그러니까, 크리무스가 그자에게 만족한다는 겁니까……?"

"그런 것 같아요. 그자는 정말이지 말처럼 일합니다…… 게다가 그가 금을 가져올 테니까요."

"그게 그렇게 쉬운 일은 아닐 텐데요."

"다른 사람들 같으면 포기할 겁니다. 저 윗마을 사람들 말입니다…… 그 사람들은 여자 같다니까요. 그저 겁을 먹을 뿐이죠."

"글쎄요, 난 그렇게 생각하지 않는걸요."

그는 자신의 칼을 가지고 장난을 했다. "만일 그자들이 포기하지 않으면, 피가 흐를 수밖에 없게 되겠죠…… 어쨌든 때가 된 겁니다."

"전쟁을 벌써 잊은 겁니까, 자베스트?"

그는 두툼한 아랫입술을 내밀어 깊은 생각에 빠진 듯한 미소를 지으면서 손으로는 다시 부인의 팔을 더듬었다. "전쟁요? 아뇨, 잊지 않았죠……"

"그래서요?"

그는 계속해서 말을 이어갔다. "제 말뜻은 말입니다, 의사 선생님, 거의 다 잊었다는 거죠…… 모든 것을…… 다만 한가지는 기억에 남아 있는데요. 네, 그 남아 있는 것이 뭐냐면, 항상 여자 냄새가 났다는 겁니다."

그는 말을 멈추고 코로 크게 숨을 들이쉬었다.

"이제 세상은 다시 여자 냄새가 나야 합니다…… 그러기 위해서 피가 필요한 거죠…… 송아지와 돼지 들의 피만 필요한 게 아닙니다…… 도축장에 서 있을 때면 그게 느껴집니다, 의사 선생님. 대지가 무엇을 원하는지를 발밑에서 느낄 수 있습니다…… 만일 대지에게 그것을 주지 않으면, 대지도 우리에게 더이상 힘을 주지 않을 겁니다…… 그러면 우리는 여자들 앞에서 더이상 아무 가치도 없게 되죠. 쓸모없는 인간들이 되는 겁니다. 그렇게 되면 우리의 모든 것은 아래를 향해 축 늘어져 있게 될 겁니다……"

그는 웃으려고 애를 썼지만 웃지 못했다. 얼굴에는 엄청난 당혹감이 담겨 있었다. 부인을 붙잡은 손은 이제 움켜잡았다기보다는 오히려 뭔가 잡을 곳을 찾는 것 같았다.

"저 아래에서 빨아들이고 있어요." 그가 잠긴 목소리로 말하며 바닥을 가리켰다.

주점 여주인의 얼굴에서도 미소가 사라졌다. 그녀는 남편의 손을 자신의 팔에서 떼어내어 자신의 가슴 위에 얹었다. 그러고는 자신의 두 손으로 그의 손을 덮었다.

"그럼 마리우스가 당신의 힘을 지켜줄 거라는 거요?" 마침내 내가 물었다.

그는 한참 동안 대답하지 않았다. 그러더니 말했다. "반드시 일어나야 할 일은 일어나게 되어 있어요…… 누군가가 해야만 하는 일입니다."

얼마 후에 —나는 진료실로 올라가 있었다— 맥주 운반차가 왔다. 멀리서부터 경적 소리가 들려왔다. 내가 창문을 통해 밖을 내다보니 차는 마을대로의 초입으로 막 들어서는 참이었다. 차는 쉭쉭 소리를 내며 덜컹거렸고 한쪽으로 약간 기울어진 상태였다. 길이 그곳에서 급경사를 이루고 있기 때문이었다. 차에는 전조등과 방향지시등이 달려 있고, 번호판과 함께 깃발도 하나 달려 있었다. 그것은 인간의 배를 채우기 위한 음료로 가득 찬 대지 위의 괴물이었다. 차는 나의 창문 앞에서 멈췄다. 자베스트의 축축하게 잠긴 목소리가 들렸고, 그다음엔 진입로에 통들이 굴려 내려졌다. 그때 나는 나갈 준비를 마쳤고, 우리는 곧 출발하여 마을을 떠났다. 굉음을 내는 괴물 위에는 세 인간이 타고 있었다. 세 인간의 몸 구석구석에는 땀이 들러붙어 있었고, 우리가 올라탄 자동차는 기름땀을 흘리며 기름 냄새를 풍겼다. 기름과 지방과 휘발유의 냄새를 풍겼다. 우리 인간들은 그렇게 인간의 작품을 타고 오후의 정지 상태 속에서 들판 한가운데를 달렸다. 들판은 건초 수확을 해달라고 외치고 있었고, 조용하고 뜨거운 대기를 천천히 자신 안으로 빨아들이고 있었다. 아직 빨려들어가지 않은 것은 표면의 투명한 광채가 되어 떨며 기다리고 있었다. 우리 뒤에서는 텅 빈 통들이 춤을 추며 자신들을 휘감고 있는 사슬과 함께 덜그럭거렸다.

세번째 예배당을 지난 후 나는 차에서 내렸다. 트랍은 나를 따라서 느리고 거의 볼품없는 자세로 뛰어내렸다. 우리는 숲으로 가는 짧은 들길로 접어들었다. 나는 쿠프론 절벽을 올려다보았다. 광채의 보이지 않는 떨림은 그 절벽으로부터 시작된 것만 같았다. 절벽 또한 떨고 있었기 때문이다. 절벽은 무거운 짐을 지고 있으면서 그것을 들키지 않으려는 사람처럼 떨고 있었다. 가문비나무 줄기들 사이에서도 대기는 떨고 있었고, 모기떼는 거의 아무런 움직임이 없었다.

나는 카롤리네 그리고 로자와 함께 저녁 식사를 했다.

아이가 말했다. "얘기 들려주세요."

그러자 카롤리네가 이야기를 했다. "몇백년 전에는 하늘이 땅 위에 놓여 있었단다……"

"왜요?" 아이가 물었다.

"그냥." 카롤리네가 말했다. "그냥, 원래 그랬으니까……"

"그러니까, 왜 그랬어요?" 아이가 물었다.

"왜냐하면 그건 천국이었기 때문이야." 내가 말했다. "하늘이 땅 위에 놓여 있으면, 그것은 언제나 천국이야. 그러면 사람들은 하늘에서 산책을 하지."

"그렇지 않단다." 카롤리네가 말했다. "그때는 아직 인간들이 존재하지 않았지…… 먼저 거인들이 땅으로부터 기어나왔지."

"하늘이 땅 위에 놓여 있었기 때문에요?" 아이가 물었다.

"그래, 아마 그 때문일 거야." 카롤리네가 대답하고는 생각에 잠겼다. 아마도 그때 만들어진 거인들이 이 세상 최초의 하녀들이었는가 하는 문제에 대해 생각했을 것이다.

"계속 얘기해주세요."

"그래, 그 거인들은 하늘이 땅 위에 놓여 있도록 내버려두지 않았단다. 거인들은 악하고 질투심이 많아서 땅을 자기들이 갖기를 원했던 거지. 자기들만 말이야……"

"그래서 어떻게 됐어요?"

"그래서 거인들이 나와서는 돌을 가져다가 그것을 높이 쌓았단다. 돌로 온 하늘을 받쳐 땅으로부터 완전히 떨어뜨릴 때까지 말이야."

"정말요? 그래서 하늘은 더이상 땅 위에 놓여 있지 않은 거네요."

"그래서 하늘은 더이상 땅 위에 놓여 있지 않은 거지."

"그래서 하늘은 슬퍼했어요?"

이 질문은 카롤리네를 언짢게 만들었다. "아마…… 그래, 아마 슬퍼했을 거야…… 그래서 거인들은 돌로 쿠프론산을 만들었지."

"그리고 다른 산들도 만들었단다." 내가 덧붙였다.

"그럼 이제 하늘은 다시는 아래로 내려올 수 없어요?"

"그럼, 이젠 더이상 내려올 수 없지."

아이는 곰곰이 생각했다. "어쩌면 하늘은 밤에 내려올지도 몰라요. 아무도 보지 못할 때 말예요."

"아니야." 카롤리네가 재빨리 말했다. 왜냐하면 그녀는 사람은 미국에서조차 돌아오려 하지 않는다는 것을 알고 있기 때문이었다.

"가끔은 그런 일이 일어날 수도 있지." 내가 말했다.

카롤리네는 비난하듯이 날 바라봤다.

"가끔은." 아이는 그것을 기억하려는 듯이 말했다.

저녁 식사 후 나는 정원으로 갔다. 어둠이 깃들고 있었지만, 평소와 같은 저녁 바람은 불어오지 않았다. 건조하고 무더운 대기는 미동도 하지 않고 있었다. 갑자기 마리우스가 울타리 곁에 선 채 인사를 했다.

"마리우스? 우리 집에 온 건가요?"

그가 고개를 끄덕였다.

"누가 아픈가요?"

"아뇨, 의사 선생님."

"그런데 날 보러 왔다구요?"

"네, 선생님도 뵈러 왔죠…… 오늘 벤첼과 얘기를 하셨다구요."

"아하, 그 때문이로군요."

"그것 때문만은 아닙니다…… 산에 올라가보려구요. 산이 신호를 보냈거든요."

"산이 무엇을 하던가요?"

"아직은 아무것도 안 했죠…… 하지만 날 여기로 올라오도록 만들었어요."

"그래, 좋아요. 그럼 일단 앉아요."

"고맙습니다, 의사 선생님."

그는 정원 의자에 앉았고, 나는 또다른 의자에 앉았다. 나는 그에게 시가를 권했다. 그는 괜찮다고, 자신은 비흡연자라고 했다.

"벤첼에게 제가 뭔가 나쁜 일을 꾸미고 있다고 하셨다면서요." 그는 가볍고 정중하게 비난을 시작했다.

"당신이 실제로 뭘 계획하고 있는지는 나도 몰라요. 하지만 만일 벤첼이 당신의 행동 조직이라면, 그게 특별히 내 맘에 들지는 않는군요."

"벤첼은 말입니다." 그가 생각에 잠겨 말했다. "벤첼은 익살꾼이죠. 하지만 자신이 무슨 일을 하고 있는지는 알지요."

"그가 하는 일이 뭔데요?"

"사람들이 원하는 일이죠."

"그 사람도 내게 그런 식으로 꾸며대려고 했어요. 하지만 그가 하는 일은 당신이 원하는 일이지요, 마리우스."

"농부 어른이 금과 관련된 일을 원하지 않으셔서 전 그 일을 포기했습니다."

"그럼 당신이 원하는 건 도대체 뭐요……? 당신은 그저 구경꾼일 뿐이라고 나를 설득할 생각은 아니겠지요……"

"전 정의를 원합니다, 의사 선생님."

"베취를 괴롭히도록 선동하는 일도 아마 그 정의에 속하는 거겠죠?"

"그 일과 저는 아무런 상관이 없습니다…… 그건 그저 민중의 목소리일 뿐이죠. 하지만 민중은 언제나 정의로운 법이니까요."

"이봐요, 마리우스. 난 정의의 개념에 대해 당신과는 생각이 달라요."

"모두가 고통당하는 것보다는 한 사람이 고통당하는 것이 낫습니다."

"마리우스." 내가 말했다. "정의는 무한으로부터 오는 겁니다."

"그렇지 않습니다." 그가 말하고는 땅을 가리켰다. "정의는 저곳에서부터 옵니다. 마치 금이나 물을 찾을 때와 마찬가지로 점막대를 가지고 찾을 수 있어요…… 왜냐하면 모든 것은 다 똑같으니까요…… 하지만 결국엔 그것 또한 무한이죠…… 산들은 무한히 높고 크고, 대지는 무한히 넓고 깊죠. 사람들이 그 속 깊은 곳까지 들어본다면 무한을 듣게 될 겁니다……"

"사람은 이 속을 귀 기울여 들어야 해요." 나는 그렇게 말하며 가슴을 가리켰다.

"심장 또한 땅으로부터 오는 겁니다." 그가 단정 짓듯 말했다. "심장이 땅속에서 박동하고 있기 때문에 사람들은 다른 것도 모두 땅으로부터 듣게 됩니다…… 모두가, 여기 있는 모두가요." 그가 계속해서 말했다. "모두가 땅속 깊이 귀 기울여 듣습니다…… 오직 베취만 그렇게 하지 않습니다…… 보십시오, 의사 선생님, 이것이 정의입니다."

이제 그가 일어서서 온몸을 반듯하게 세웠다. 두 다리 위에 구성된 사내, 두 다리 사이에는 성性이 자리 잡고 있다. 흉곽으로 이루어진 사내, 흉곽에는 뭔가를 잡기 위해, 땅을 붙잡기 위해, 점막대를 붙들기 위해 두 팔이 달려 있다. 경추로 구성된 사내, 경추 위에는 머리가 자리 잡고 있다. 머리의 뚫린 곳으로부터 정의에 대한 말이 흘러나왔다. 그리고 사내는 그것을 믿고 있었다.

마리우스는 느릿느릿하고 좌우로 몸을 흔드는 걸음걸이로 왔다 갔다 했다. 그 걸음걸이에는 아직도 낮의 움직임이 숨겨져 있었다. 자갈이 가볍게 달그락거렸고, 귀뚜라미들이 찌륵찌륵 울었다. 그밖에는 아무 소리도 들리지 않았다.

그가 다시 말을 이었다. "모두 함께 그 안의 소리에 귀 기울여야 합니다. 그러면 정의가 존재하게 됩니다…… 만일 그들이 이런 유대를 원하지 않는다면, 그것을 원하도록 강요해야 합니다."

"당신은 권력을 원하는 거로군요, 마리우스."

"그렇죠, 정의를 위해서입니다."

가볍게라도 바람이 불었더라면 아마 나는 그가 더이상 말하지 못하도록 했을 것이다. 그의 수다 속에는 사악하고 어리석은 비교秘教가 들어 있었다. 우리가 처음 만났을 때도 그랬지만 나에게는 그것이 느껴졌다. 하지만 나는 기이하게 마비되어 있었다. 그날의 그 저녁도 마비되어 있었고, 그 사내의 말도 마치 마비된 입에서 나오는 소리 같았다. 정말이지 그의 말은 발바닥에서 출발하여 온몸을 뚫고 올라온 것만 같았다. 그러고는 아무런 의지 없이 그저 위로 흘러나가버리는 것 같았다.

그럼에도 불구하고 나는 물었다. "그 유대란 건 어떤 것을 말하는 겁니까? 공동의 황금원정대라도 되는 겁니까?"

그는 내 말을 듣지 않았고 이렇게 말했다. "진리는……"

"뭐라고요?"

"진리는 계속해서 땅속으로 가라앉습니다. 계속해서 진리를 삼키는 것은 여자들입니다……"

그러고는 침묵했다.

"그 여자들은 땅속에 있나요, 마리우스?"

"그렇습니다…… 하지만 그들은 자신들이 삼켰던 지식을 다시 돌려주지 않습니다. 그저 자식만을 넘겨줄 뿐이지요…… 그들로부터 지식을 빼앗아야 합니다…… 그들은 삼킵니다. 계속해서 삼키고 빨아들입니다…… 하지만 그들의 시간은 끝나갑니다. 그들 자신이 땅속에 있기 때문에 땅속을 귀 기울여 들을 수 없지요…… 그들의 시간은 끝났습니다. 그들의 권력은 끝났어요. 대지는 더이상 원하지 않아요."

나는 이해할 수 없는 말들을 계속 들었을 뿐이었다. 그리고 우리 아래에 있는 땅이 가라앉는 것만 같았다. 땅이 마치 그 적막한 부동자세 상태로 더 깊이 가라앉는 듯했다. 모든 척도를 넘어 더 깊이, 무한의 바다 아래로 가라앉는 것 같았다. 밤의 파도는 천천히, 소리 없이 산의 높이까지 밀려오고 있었다. 하지만 위쪽에서는, 하늘의 돌로 된 둥근 천장 위로 첫번째 별들이 창백하게 모습을 드러냈다. 그들 역시 움직임이 없었다.

"산이 부릅니다." 마리우스가 말했다.

그러고 그는 갑자기 사라져버렸다.

나는 계속해서 앉아 있었다. 어둠이 바위에서 흘러내렸다. 하지만 그것은 흘러내린다기보다는 아무 움직임 없이 넓어지고 펼쳐지는 것이었다. 그것은 산으로부터 자라나 공간을 가득 채우는 짙고 은빛이 나는 검은 수염이었다. 수염이 너무나 빽빽한 나머지 별들은 그 수가 점점 늘어나는데도 깜빡임도 없이 희미해진 채 거의 보이지 않았다. 나는 마리우스를 불러냈던 산의 음성을 듣기 위해 귀 기울였다. 구원을 알리는 아버지의 음성을 듣기 위해 귀 기울였다. 하지만 어둠이 아무 움직임 없이 침묵하며 중얼거리는 소리를 들었을 뿐이다. 수염이 부드럽게 뻗어가는 소리를 들었을 뿐이다. 가문비나무와 전나무 가지 위로 검은 게들이 움직여 와 마치 거미줄처럼 빙 둘러치는 바람에 가지들은 꽁꽁 묶인 채 굳어져 도망칠 수 없었다. 가느다랗고 길고 흐린 낫 모양의 달이 나무 꼭대기 위로 솟아올랐다. 정지한 채 풀을 벨 준비가 된 모습이었다. 나 역시 정지해 있었다. 위를 바라보고, 무한의 갱도 안을 바라보았다. 위를 보는지 아래를 보는지 아니면 더이상 아무것도 보고 있지 않은지 나는 이제 알 수 없었다. 왜냐하면 저기 저곳에 있는 최후의 바닥은 움직임도 없고 방향도 없고 이동할 수도 없기 때문이었다. 더이상 남자도 아니고 여자도 아니고, 마지막 공통분모로서 그저 지식만이 남아 있었다. 그것은 모든 인간의 지식에 고유한 것이지만 그를 통해 파악되지는 않는 것이었다.

나는 깊어져가는 밤의 부동성不動性 속에 늦도록 그렇게 앉아 있었다. 낫 모양의 달은 다시 경직된 나무들 뒤로 사라졌다. 천둥이 쳤을 때 달은 이미 사라진 지 오래였다. 멀리서 기이하게 작은 소리로 천둥이 쳤다. 천둥 소리는 쿠프론산 쪽에서 건너왔는데, 꿈결에 들리는 듯한 것이었는데도 나를 꿈에서 끄집어냈다. 나는 다가오는 구름을 살펴보기 위해 일어섰다. 하루 종일 풀을 벤 사람처럼 뻣뻣한 자세를 한 채 나는 넓은 터로 이어지는 길로 걸어나갔다.

하지만 어디에서도 구름은 보이지 않았다. 분명히 뇌우가 쿠프론 산 뒤에 위치하고 있다고 생각했지만 곧 생각이 바뀌었다. 우르릉 거리는 소리가 다시 한번 났는데, 그것이 산 뒤가 아니라 산에서부터 직접 울려나왔다는 것을 알 수 있었기 때문이다. 가슴을 압박하는 듯한, 기이하게 맥빠진 소리가 가볍게 솟아올라 거칠게 증폭되었다가는 급하게 다시 중단되었다. 다음 순간 우리 집 지붕에서 기와들이 떨어져내렸다. 온 숲이 무너지기라도 하듯 한숨 쉬며 부러지는 소리가 난무했다. 그다음에 나는 내 발밑의 땅이 갑자기 흔들리는 것을 느꼈다. 그러자 다른 어떤 자연의 위력보다 지진 앞에서 더 크게 느껴지는 무력감이 나를 엄습했다.

나는 집 안으로 달려들어가 아이와 함께 자고 있는 카롤리네의 방으로 갔다. 나는 불을 켜고 노파에게 소리를 질렀다. "지진이에요, 카롤리네. 정원으로 가요!" 불이 켜진 램프는 더욱 거세게 이리저리 흔들렸고, 천장에서 석회 부스러기들이 떨어져내렸다. 나는 아이를 안고 밖으로 나가려 했다. 하지만 현관에 닿기도 전에 다시 한번 진동이 일어났다. 집의 나무 골조들이 삐걱거렸고, 문 하나가 갑자기 열렸다. 벽난로에서는 뭔가가 우수수 떨어지는 소리가 났다. 나는 밖에서 또다시 지붕의 기와들이 떨어져내리는 소리를 들었다. 현관문은 끼어서 열리지 않았고, 나는 그 문을 열기 위해 있는 힘을 다해야 했다. 그리하여 아이와 함께 밖에 나가게 되었을 때 나는 기쁨을 느꼈다. 하지만 그러고 나서는 더이상 아무 일도 일어나지 않았다.

갑작스럽게 잠에서 깨어 놀란 로자는 내 품 안에서 흐느껴 울었다. 나는 이제 어떻게 해야 할지 곰곰이 생각했다. 카롤리네는 지진에 대한 경외감으로 나들이옷을 차려입고 있는 게 분명했다. 왜냐하면 그녀의 모습이 보이지 않았기 때문이다. 나는 또다시 아이를 데리고 안으로 들어가고 싶지 않았다. 하지만 울고 있는 아이를 혼자 밖에 내버려둘 수도 없었다. 그래서 나는 "카롤리네!" 하고 몇 번을 불렀다. 물론 대답은 없었다. 온 사방이 고요했다. 숲에서는 여전히 뭔가가 부러지는 듯한 소리가 났다. 숲이 마비된 사지를 펼치며 몸을 뻗는 것 같았다. 그렇다. 정말이지 이제는 세상의 정지 상태가 끝나고, 세상이 악몽에서 깨어난 것만 같았다. 멀리서부터 대기의 움직임이 느껴졌다.

내가 여전히 어찌할 바를 모른 채 이런저런 고민을 하고 있는 사이에 베취가 달려왔다.

"무슨 일이 있었던 겁니까, 의사 선생님?" 그는 온몸을 떨고 있었다.

"지진이었던 것 같아요…… 집에는 별일 없었나요?"

그렇다고, 별일 없었다고 했다. 그는 내게 케이블카에서 나는 엄청난 굉음은 듣지 못했느냐고 물었다.

그제야 나는 숲에서 뭔가가 부러지는 소리가 날 때 섞여서 들려왔던 날카로운 휘파람 소리와 끼익거리던 소리가 기억났다. 왜 나의 의식에서 그 소리가 지워져버렸는지 이해가 되질 않았다. 하지만 베취가 말하기 전까지 그 소리는 정말 기억이 나질 않았다.

"얘기 좀 해봐요, 베취. 아이도 밖으로 데리고 나왔나요?"

"네. 아내가 아이와 함께 집 앞에 앉아 있습니다."

"몸은 잘 감싸고 있나요?"

"아주 꽁꽁 싸맸습니다…… 집 안으로 들어가도 괜찮을까요?"

"그런 것 같아요…… 하지만 잠시 로자를 좀 돌보도록 해요…… 아닙니다. 아이를 만지지는 말아요. 그랬다가는 우리의 이 모든 격리 조치가 물거품이 되고 마니까요…… 그냥 아이 옆에 좀 앉아 있어줘요."

나는 아이를 벤치에 내려놓고는 집 안으로 들어갔다. 어쩌면 너무 큰 충격 때문에 노쇠한 카롤리네에게 뇌졸중이 찾아온 것일 수도 있었다.

뇌졸중은 오지 않았다. 그녀는 침대에서 평안하게 자고 있었다. 미리 전등 스위치까지 돌려서 꺼놓은 상태였다. 그녀는 무슨 일이 있었는지 전혀 모르는 것 같았다. 그것은 이런 상황에서 선택할 수 있는 가장 영리한 태도일 것이었다. 그렇지만 나는 로자를 다시 안으로 데리고 들어올 생각은 하지 못했다.

다시 밖으로 나왔을 때 나는 베쵀에게 이렇게 말했다. "여기 좀 더 머물러 있어요. 나는 건너편으로 가서 당신 부인을 진정시킨 후 마을에 가서 상황을 좀 살펴볼까 해요…… 마을 사람들은 여기서 이미 이런 일을 겪은 적이 있으니까요."

나는 먼저 베쵀 부인을 찾아갔다. 그녀는 아이를 품에 안은 채 앉아 있었다. 아이는 몸을 잘 감싸고 있었다. 온화한 밤에는 걱정할 필요가 전혀 없었다. 나는 곧 마을로 건너갔다.

여러 집에 불이 켜져 있었다. 대체로 옷을 대충 걸친 사람들 몇몇이 골목에서 서성이고 있었다. 그들은 특별히 흥분해 있지는 않았다. 맞아, 가끔씩 이런 일들이 있었잖아. 오늘은 평소보다 조금 더 심했을 뿐이야. 하지만 밤에는 낮보다 더 무시무시하잖아. 직접 볼 수 없으니까. 내 기억엔 사년 전 가을이었던 것 같은데. 그래, 기억이 나. 하지만 난 그때 아랫마을에 있었어. 거기서는 거의 아무것도 느껴지지 않았어. 지진이 더 일어날까? 아냐, 그럴 것 같지는 않은데. 물론 산은 자기가 하고 싶은 대로 하지만 사람이 그걸 느낄 수는 있지.

나도 그것을 느낄 수 있었다. 이제 가볍고 따뜻한 공기가 골짜기로부터 불어 올라왔다. 하늘에는 온통 여름 별이 반짝이고 있었다. 아름답고 평화로운 밤이었다.

위쪽의 산골농장에도 마찬가지로 불 켜진 창문들이 있었다. 나는 잠깐 어머니 기손을 만날 생각이었는데, 그 집 문 앞에 마리우스가 있는 것을 보고 적잖이 놀랐다. 그는 산마티아스와 함께 거기서 있었는데, 대화를 나누고 있는 것처럼 보였다. 물론 신중한 마티아스보다는 그가 더 열성적으로 대화를 이끌어가고 있었다.

"산마티아스." 그가 말하는 소리가 들렸다. "산이 말했어, 때가 무르익었다고."

"그래." 마티아스가 대답했다. "산이 말하긴 했지. 하지만 자네에게 산을 조용히 내버려둬야 한다고 말해주라는군."

마리우스는 상당한 흥분 상태에 빠져 있는 것이 분명했다. 그는 이딸리아인들이 절망에 사로잡혔을 때 흔히 그러는 것처럼 곱슬머리를 마구 헝클었다. "케이블카가 끊어졌다고." 그가 소리 질렀다. "이래도 충분한 표시가 아니란 말야!?"

"그래요? 케이블카가 끊어졌다고요?" 나는 이렇게 말하며 그들 곁으로 다가갔다. "당신이 그곳에 있었나요, 마리우스?"

"내 눈앞에서 끊어졌어요. 눈앞에서 차량이 아래로 떨어졌다고요." 그의 두 눈은 불안하게 번들거렸다.

그랬다. 그는 케이블카가 있는 쪽으로 사라졌다. 나는 바로 그 이유 때문에 그것이 붕괴되는 소리를 듣지 않으려고 했던 것일까?

"산은 본래 케이블카가 맘에 들지 않았어." 마티아스가 차분하게 말했다. "그 문제로 산이 자네를 필요로 한 건 아니야."

마리우스는 흥분해서 식식거렸다. "산은 당신들에게 경고한 거야……"

"그래." 마티아스가 단호한 어조로 답했다. "저 아래에 사는 당신들에게 산이 경고한 거지…… 산은 그냥 조용히 지내기를 원해…… 저 아랫마을 사람들에게도 그 얘기를 전해주게나."

어머니 기손이 창가에 나타나 덩굴 카네이션의 꽃줄기 위로 몸을 숙이고는 밖을 향해 친절하게 미소 지었다.

"자네도 와 있었군, 의사 선생." 그녀가 말했다. "산이 뭐라고 얘길 좀 했기 때문인가?"

마리우스가 그녀를 노려봤다. "산이 내게 말했습니다. 산이 위협했습니다. 모든 산이 위협했습니다. 땅이 위협했습니다. 땅은 이미 너무 오랫동안 불화하며 지냈습니다…… 여자들의 시대는 끝났습니다."

"그래." 어머니 기손이 친절하게 말했다. "자네 말이 맞을 수도 있지…… 좋지 않은 시대가 올 거야."

마리우스가 하얀 이를 드러내며 웃었다. "창문을 닫으시죠, 어머니…… 이제 새로운 시대가 올 테니까요. 이제 우리의 지식이 올 겁니다."

"그래." 창문 안쪽에서 노인이 말했다. "안타까운 일이지."

"가서 자게나, 마리우스." 산마티아스가 말했다.

"싫어." 마리우스가 말했다. "노래하게, 산마티아스, 나와 함께 노래하자고……"

그러고는 그가 노래를 시작했다.

"케이블카는 끊어졌네,

이제 새로운 시대가 온다네……"

"안 해?" 마티아스가 함께 노래할 기색을 보이지 않자 그가 물었다.

"자네 취했어." 산마티아스가 말했다.

마리우스는 갑자기 진지해졌다. "그럴지도 모르지." 그는 그렇게 말하고는 인사도 없이 돌아서서 갔다.

하지만 몇걸음 가지 않아 그는 다시 노래를 불렀다. "케이블카는 끊어졌네, 이제 새로운 시대가 온다네……"

아직도 거리에 서 있던 몇몇 사람이 깜짝 놀라 그의 뒷모습을 바라보았다.

마티아스 기손이 웃었다. "저런 빌어먹을 바보 같으니라고."

"그래." 어머니 기손이 창문 안쪽에서 말했다. "저자는 바보야. 하지만 이제 그의 시대가 올 거다."

"그럴 리가 있나요, 어머니." 내가 말했다. "저 아랫마을에서 몇사람이 저자에게 속아넘어간다고 해서 말입니까?"

산마티아스가 말했다. "산은 그에게 속지 않을 겁니다."

"산은 속지 않지. 하지만 인간이 속겠지." 어머니가 말했다.

"그리고 베취만 그 책임을 떠안게 되겠죠." 내가 말했다.

"저자와 베취 사이에는 별로 큰 차이가 없어." 그녀가 말했다. "그래서 저자가 베취도 싫어하는 거야."

나는 그녀의 말을 이해할 수 없었다.

"베취도 나를 무서워하지." 그녀가 말했다.

"그 사람은 쉽게 겁을 먹어요…… 지금 그는 우리 집에 아이와 함께 앉아 있답니다…… 그를 집으로 돌려보내도 될까요, 어머니?"

"그래, 안심하고 사람들을 잠자리로 돌려보내도 돼. 오늘은 더이상 아무 일도 없을 거야."

"고맙습니다, 어머니. 그걸 좀 알고 싶었거든요."

그러고 나서 나는 집으로 돌아와 베취를 집으로 보내고 로자를 침대에 눕힌 후 잠자리에 들었다.

다음날 카롤리네는 내가 지난밤 일어났던 일들에 대해 이야기해주자 굉장히 놀랐고 단 한마디도 믿으려 들지 않았다. 굴러떨어진 지붕의 기왓장들을 보고서도 완전히 믿지를 못했다. 물론 너무나 아름다운 아침이었기 때문에 무시무시한 일에 대해 상상하는 것조차 어렵기는 했다. 북쪽에서 신선한 바람이 불어왔다. 멋진 날씨가 한동안 계속될 것을 짐작할 수 있었다. 풍성한 수확이 예상되었다.

9

풀을 베는 대천사의 활기찬 몸짓과 함께 팔월이 대지 위로 찾아왔다. 주크의 부인 안나는 땅이 빨아들이는 힘에 더이상 저항하지 못했다. 그녀는 첫번째 이삭을 벨 때 죽었다. 우리는 땅속에 여섯 걸음 정도의 깊이로 무한까지 가 닿는 구멍을 파고 그녀를 묻었다. 안나 주크의 마지막 가는 길을 배웅하고 무덤이 그녀를 삼키는 모습을 지켜보기 위해 추수 작업을 중단하고 찾아온 사람은 많지 않았다. 그동안 점점 화사해져가는 태양의 뜨거운 광채가 그 위에서 떨고 있었다. 사실 사람들은 더이상 제대로 지켜보지 않고 멀리 땅을 바라보았다. 곡물들이 달콤하게 마른 채 자신들을 거둬주길 기다리고 있는 밭을 바라보았다. 그리하여 안나 주크는 다른 계절에 비해 더 빠르게 잊혔다.

왜냐하면 노동의 주기는 인간을 완전히 지배하기 때문이다. 그것은 인간들로부터 선택권과 자유를 앗아버리기 때문에 인간들은 그런 것을 누릴 수 없다. 아, 그들은 정말이지 더이상 결정할 시간 조차 없다. 삶은 그들에게서 점점 더 빠르게 사라져간다. 이러한 조급한 사라짐으로 인해 사람들은 마비된다. 나 자신도 조급함으로 종종 마비되곤 하지 않던가? 내가, 바로 내가 말이다. 다른 사람들의 지상에서의 삶을 임시변통으로나마 수선해줄 임무를 맡고 있는 내가 말이다. 나는 그 삶이 한동안은 더 지탱되고, 그들이 이 짧은 기간 동안 다시 일터로 돌아가서 그 주기에 적응할 수 있도록 해줘야 한다. 이 흐름의 힘이, 밭을 갈고 씨 뿌리고 추수하는 이 영원히 지속되는 파도가 그들로 하여금 인간적 고뇌를 넘게 하고 죽음의 공포 위로 건네줄 거라는 희망에 가득 찰 수 있게 해줘야 한다. 죽음의 공포는 너무나 빠르고 강하게 증가하기에 그것을 극복하기엔 어떤 인간의 시간도 너무 짧다. 그들은 똑같이 밭을 가는 하인이다. 그들은 순종적인 하인이다. 사람들은 그들에게 다음 밭이랑을 맡긴다. 많아봐야 그다음 밭이랑까지를 맡긴다. 그들은 자신들에게 이런 식으로 소리치는 목소리를 그리워한다. 충성해라, 맡은 일을 해라, 견뎌내라, 이번 수확이 빈약하다고 할지라도 버텨내라, 너의 곡식을 타작마당으로 날라라, 다시 한번 경작해라, 충실한 하인이 되어라, 안드레아스를 보고 배워라, 죽을 때까지 몇해 남지도 않았는데 충실하게 일해내는 그를 본받아라, 너의 무한을 위해 그렇게 해라, 왜냐하면 너의 의무의 목소리인 내가 네 결정과 네 양심의 짐을 부담했기 때문이다. 나는 네 양심의 목소리이고 너를 이끈다. 나는 네 인생의 변하지 않는 의미이다. 이것이 인간이 동경하는 목소리이다. 그것이 자신을 구원해줄 수 있도록 그리워하는 목소리이다. 바로 이 목소리 때문에 인간은 아버지의 손에서 쟁기를 받아 든다. 그 때문에 인간은 아들에게 쟁기를 넘겨준다. 끝없이 넘김으로써 무한을 극복한다. 어제와 내일 속에 놓여 있고, 현재의 파악할 길 없는 순간 속에서 잡을 수 없는 생명의 의미는 추수에서 추수로, 아버지로부터 아들에게로, 다시 손자에게로, 밭고랑에서 밭고랑으로 힘겹게 계속해서 전해진다. 그것은 부서지기 쉽지만 무거운 짐이다. 하지만 쟁기질하던 자가 밭고랑 끄트머리에서 자신이 이미 많은 밭고랑을 냈음에도 불구하고, 앞으로 내게 될 수많은 밭고랑에도 불구하고 결코 밭의 가장자리까지는 가 닿지 못하리라는 사실에 사뭇 절망하면서 돌아설 때, 바로 그때 어쩌면 그 절망하던 자가 자신의 머리 위로 자기 자신의 의미의 숨결을 느끼게되는 일이 일어날지도 모른다. 그 숨결은 보이지 않고 들리지 않는 것의 조용한 날갯짓과 함께 천공의 가장 높은 곳을 지나갈 것이다. 그것은 마치 하늘 그 자체처럼 너무나 크고도 가볍고 또 무거울 것이다. 물론 하늘처럼 잡을 수 없기도 할 것이고 너무나 잽싼 힘이어서 쟁기질하던 자가 그 알아볼 수 없는 것을 알아보기 위해 얼굴을 들어도 사라진 호흡 말고는 아무것도 듣지 못할 것이다. 그 호흡은 과거에 어느 입으로부터 뿜어져나왔을 것이다. 언젠가 존재했던 단어 혹은 그저 과거의 새소리일 수도 있다. 메아리의 메아리여서 오직 한가지 명령만을 전달하는 것일 수도 있다. 다시 시작해라, 처음부터 다시 시작해라. 왜냐하면 넌 무한의 출발점에 다시 서있기 때문이다.

추수가 한창이던 때였다. 어느날 오후 나는 진찰을 마치고 나왔다가 마을대로에 살고 있는 락스가 마침 자신의 가벼운 마차를 문밖으로 몰고 나오는 것을 보고 깜짝 놀랐다. 마부석 옆자리에는 그의 아들이 앉아 있었다. 그는 내게 손짓하고는 마차를 멈췄다.

"윗마을에 함께 가시겠어요, 의사 선생님?"

당연히 같이 가겠다고 했다. 나는 그에게 지금 추수가 한창인데 윗마을에 무슨 볼일이 있느냐고 물었다.

"물레방앗간에 가는 길입니다."

락스는 고개에서 멀지 않은 곳에 작은 물레방아 제재소를 하나 소유하고 있다. 조그만 숲의 호수에서 흘러나오는 물을 공급받는 낡은 시설로, 과거에는 아마도 광산업과 연관이 있었을 것이다. 많은 농부들이 으레 그렇듯 그는 저 확장의 열망에 휩싸여 별 값어치 없는 게 분명한 이 토지를 구입했다. 그후 그는 나무 판자가 몇장 필요할 때면 가끔씩 제재소를 가동하곤 한다.

"그래, 물레방앗간에 간다구요? 그렇다면 말이죠, 락스, 노부부 미티스 씨 집에 내가 잠깐 재방문을 할 수 있겠는데요. 잠깐만 기다려준다면 미티스 씨에게 줄 약 하나만 가지고 나올게요."

"네, 네, 의사 선생님, 서두르실 거 없습니다."

나이 많은 미티스와 그의 아내는 소위 '산오솔길'이라고 불리는 소규모 광부 주거지에 살고 있다. 이 마을은 고개에 이르기 전 숲 가운데에 있는 목장 형태의 초원에 자리 잡고 있다. 미티스는 담석 증에 시달리고 있었고 그의 아내는 수종을 앓고 있었다. 나는 약뿐만 아니라 가게에서 약간의 담배와 설탕도 ― 이것이 더 중요한 것이었다 ― 가지고 간다.

그러고 나서 우리는 출발했다. 아들 락스는 체구가 단단한 청년으로 아버지를 닮아 밀렵꾼의 날카로운 눈매를 갖고 있다. 그가 뒷자리로 가서 앉았고, 나는 마부석의 아버지 옆자리에 앉았다. 삐걱이는 소리, 날카로운 쳇소리, 잘그랑거리는 소리가 뒤섞인 가운데 우리는 천천히 전진해갔다. 농가의 말들은 이 말들처럼 아주 훌륭한 말이라고 할지라도 빠르게 걷는 데는 익숙하지 않기 때문이다. 말들은 놋쇠를 박아넣은 커다란 말목걸이를 하고 있었는데, 그 측면에는 둥근 놋쇠 원반과 놋쇠로 만든 달이 가느다란 고리에 매달려 햇빛 속에서 반짝였다. 황회색 비단 같은 넓은 궁둥이가 우리 앞에서 느린 박자로 움직였다. 때때로 둘 중 하나가 꼬리를 들어 위로 젖히고는 똥을 몇덩어리 떨어뜨리거나 가스를 뿜었다.

"다른 동물들은 저러기 위해서는 서 있거나 앉아야 하죠." 락스가 말했다. "오직 말만은 저러면서 움직여야 합니다…… 우리 같은 사람들도 한번 시험해보면 좋을 텐데…… 워워."

하지만 산을 올라가는 데는 워워 소리가 필요 없었다. 두 짐승은 자신들의 속도대로 가고 있었다. 느리고 힘찬 걸음걸이였는데, 그 걸음걸이에서 마차의 무게는 아무런 문제가 되지 않는다는 것을 알 수 있었다. 예배당 근처에 이르면 락스는 관습대로 성호를 그었다. 때때로 그는 밭에 있는 사람들을 향해 채찍으로 장난스럽게 인사를 하기도 했다. 사람들은 마주 손을 흔들어주면서 우리를 지켜봤다. 사실 우리는 가장 바쁜 평일 중간에 결혼식에라도 가는 듯한 모습이었기 때문이다.

"사람들이 놀라는데요." 락스가 말했다.

하지만 그는 더이상의 얘기는 하지 않았다. 나도 그가 왜 나무판자도 실을 수 없을 가벼운 마차를 몰고 물레방앗간으로 가는 건지 묻지 않았다. 아들은 트랍과 함께 조용히 뒤에 앉아 있었다.

밭에는 이미 곳곳에 곡식단이 세워져 있었다. 여기저기서 여전히 곡식을 베는 중이었지만, 제일 먼저 시작했던 곳에서는 수확물을 타작마당으로 가져가기 위해 이미 실어둔 상태였다. 타작기계는 아직 소방대 차고를 확장해서 지은 창고 안에 놓여 있지만, 내가 얼마 전에 그곳을 ─ 대장간 뒤 ─ 지나갈 때 창고의 문이 열려 있었는데, 이미 사용 가능한 상태로 깨끗이 청소되어 있었다.

"수동타작 건은 어떻게 되고 있나요, 락스?"

"수 뭐요?"

"아니, 마리우스는 기계타작을 없애고 싶어하잖소……"

그가 웃었다. "아, 예, 몇몇 사람들은 거기에 찬성하고 있죠……
그게 그 사람들에게 즐거움이 된다면 그렇게들 하라죠…… 워워."

길가에 선 몇그루 안 되는 나무들과 관목들은 모두 추수의 먼지
를 뒤집어쓰고 있었다. 그 잎들, 무엇보다도 그 가지들은 시들은 것
처럼 약간 땅을 향해 매달린 채 마치 막 노동을 마치기라도 한 듯
피곤함에 떨고 있었다. 저 위쪽 숲 가장자리에서 들비둘기 한무리
가 우리의 삐걱대는 소리와 잘그랑거리는 소리에 소스라치게 놀라
한꺼번에 날아올랐다. 빛나는 대기 속에서 그들의 날개가 빛났다.

내가 물었다. "그들은 도대체 왜 그 생각에 찬성할까요?"

락스는 어깨를 으쓱해 보였다. "모를 일이죠…… 마리우스가 기
계 때문에 너무나 많은 사람들이 일자리를 잃었고 그것 때문에 곡
물가격이 떨어진 거라고 사람들을 구슬리고 있긴 합니다."

"흠, 그게 소위 세계 개혁자 사상인데, 그 사람이 어디선가 읽은
모양이군요…… 당신 생각은 어떤가요, 락스?"

그는 또다시 웃었다. "다른 사람들이나 그렇게 해보라죠. 난 가
격이 오르기만 한다면 다 좋습니다. 그런데 모든 것을 직접 다하는
소작인은 손으로 타작하는 것이 쉽겠지만, 난 타작하는 사람을 고
용해야 해요. 그렇게 되면 비용이 너무 많이 들 겁니다."

"하지만 마리우스의 황금 찾기에 대해서는 찬성하고 있지 않습
니까?"

"그건 다른 문제입니다." 그가 짧게 말했다.

우리는 윗마을을 지났다. 그곳에서는 적막의 냄새와 텅 빈 축사의 냄새가 났다. 우리가 내는 소음에 이끌려 몇몇 아이들이 밖으로 나왔다. 산골농장에는 아무도 없었다. 어머니 기손 역시 창가에 나타나지 않았다.

우리가 마을을 다 지나고 주크의 집이 시야에 들어오자, 나는 잠시 멈춰서 홀아비를 방문해보는 건 어떻겠느냐고 말했다.

"그러죠." 락스가 말하고는 아들에게 고삐를 넘기고 바퀴 위쪽으로 뛰어내렸다. "그래요, 시간 여유가 있으니까요."

우리는 주크의 목조가옥이 서 있는 작은 언덕으로 올라갔다. 그는 우리가 오는 것을 알아채고는 집 바로 옆에 있는 작은 축사에서 걸어나와 우리를 맞이했다.

선원풍의 수염 한가운데에 자리한 둥근 얼굴은 그 붉은 기를 약간 잃었고, 광대뼈 아래의 두 뺨은 조금 홀쭉했다. 그가 죽은 사람 때문에 슬픔에 빠져 있다는 것을 알 수 있었다.

"이보게, 지낼 만하신가, 주크?"

"그저 그렇죠, 그럭저럭 지냅니다…… 애가 한무더기 딸린 홀아비인데요."

"꼭 재혼을 해야 해, 주크." 락스가 말했다.

"아마 필요해지겠지." 홀아비가 말했다.

락스는 두 손으로 허공에서 양쪽 가슴을 쥐는 동작을 했다. "이게 좀 되는 여자 하나 잡아버리라고…… 이것도 중요한 거야." 그가 웃었다. "적어도 시작을 위해서는 말이지."

주크는 한숨을 내쉬었다. 그가 한숨을 쉴 만도 했다. 한때는 그에게 "우리가 처음으로 함께 춤췄던 거 기억하지"라고 말할 수 있는 여자가 있었다. 침대에 누우면 기억하게 된다. 그런데 그 여자는 이제 그를 떠나 부패해버렸고 결국엔 악취를 풍기게 되었다. 이제 앞으로 오게 될 여자에게는 "기억하지" 같은 게 존재하지 않을 것이다. 이제 오는 여자는 아이들 핑계를 대거나 밭일 핑계를 댄다고 할지라도 결국엔 인간 내부의 성性이 결코 잠잠해지지 않기 때문에, 남자와 여자는 반복해서 결합하게 되어 있기에 오는 것일 뿐이다. 그가 새로 올 여자와 아이까지 낳게 된다고 해도 그 일은 과거에 대한 기억도, 영원함에 대한 생각도 없이 일어날 것이다. 그것은 그냥 순간을 위한 것이 될 것이다. 그런데 순간이란 존재하지 않는다.

"그래." 락스가 말했다. "재산이 좀 있는 여자를 얻을 수도 있지…… 그럼 아주 쓰임새가 많을 거야."

주크는 고개를 끄덕였다. 그러고는 물었다. "어디 가는 길인가?"

"물레방앗간에 가네."

주크는 나보다 덜 조심스러웠다. "그런데 가벼운 마차를 몰고 가는군."

"응." 락스가 주저하며 말했다. "우린 저 위에서 뭘 좀 정리할 게 있거든."

"아하." 주크가 말했다. 그러고는 한순간 그의 얼굴 위로 평소의 장난기가 휙 스쳐지나갔다.

"'아하'라고 할 만한 일은 없네." 락스가 화를 냈다.

"글쎄, 난 그저 자네가 지금은 나무가 필요 없어서 저 위에 그냥 내버려둘 생각인가보다 한 것뿐인데."

"난 나무를 자르려는 게 아니야. 난 톱들을 정리해둘 거라고."

"알겠어. 하지만 자네가 정말로 나무를 자르게 되더라도 말야, 그러니까 예를 들어 광산에 필요한 말뚝 같은 거 말야, 그렇더라도

벤첼의 말을 다 믿어서는 안 되네…… 그자도 모든 것을 다 아는
건 아니니까."

이제 주크는 또다시 감추어져 있던 평소의 빙글대는 표정을 드
러내며 미소 지었다. 나는 웃지 않을 수 없었다.

락스는 모욕당한 사람처럼 굴었다. "홀아비라고 일부러 방문해
줬더니, 여전히 예전 버릇대로 멍청한 농담이나 해대고 있군."

그러고는 육중한 배를 돌려 떠날 기색을 보였다.

"함께 가시나요, 의사 선생님?" 주크가 물었다.

"응, 미티스 씨 집에 올라가는 길이요."

그러자 그가 내게 속삭였다. "예배당을 지나서 댁으로 가실 건
가요?"

나는 말없이 고개를 끄덕였다. 예배당과 광부길을 거쳐서 가는
길이 국도보다 약간 더 짧기도 했고 어쨌든 더 멋졌다.

"어쩌면 거기서 절 만나게 되실지도 몰라요." 주크가 속삭였다.

락스가 뒤를 돌아보았다. "잘 있게나, 주크." 그는 그렇게 말하고
는 그의 어깨를 두드렸다. "어서 결혼해."

하지만 마차를 타고 가는 동안 그는 우울해지더니 생각에 잠겼
다. 잠시 시간이 흐른 후 마침내 그가 입을 열었다. "산과의 비밀이
니 뭐니 하는 바보 같은 소리에 속아넘어가서는 안 되겠죠…… 안
그렇습니까, 의사 선생님?"

"글쎄요." 내가 말했다. "마리우스보다 비밀이 더 많은 사람은
아마 없을 텐데요."

그는 내 말을 듣고 불편한 표정을 지었다. "전 비밀 같은 게 필요
없습니다…… 상황이 어떤지 벤첼이 다 얘기해주니까요. 그 사람
은 비밀 같은 걸 만들지 않죠."

이제 우리는 가문비나무 숲의 꼬불꼬불한 길을 천천히 가고 있었다. 길 가장자리에는 가끔씩 활엽수, 풀, 초롱꽃 들이 보였다. 숲속 깊은 곳에서 나무 베는 소리가 부드럽게 쿵쿵거렸다. 몇마리의 새들이 지저귀고 있었는데, 우리가 가까이 다가가자 소리를 멈췄다. 위에서는 추수기의 하늘이 빛났고, 우리가 있는 아래쪽은 공기가 선선했다. 하지만 말들의 옆구리에는 여전히 가느다랗고 검게 번득이는 땀줄기가 흐르고 있었다.

자그마한 숲속 공터의 모퉁이에 십자가상이 세워져 있었다. 락스는 다시 성호를 그었다. "어쩌면 이게 더 옳은 것인지도 모르잖습니까." 그가 나중에 해명하듯 말했다.

"무엇보다 더 옳다는 말인가요?"

그는 대답하지 않았다.

우리는 갈림길에 도착했다. 오른쪽으로 올라가면 물레방앗간과 그륀 호수로 이어지는 길이었다. 나는 그곳에서 내린 후 말했다. "정말 고마워요."

"고맙긴요, 의사 선생님. 천만의 말씀입니다. 다시 내려가실 때도 타고 가시려면 여기서 만나면 됩니다."

"고맙지만 괜찮아요, 락스 씨. 나는 저녁 산책 삼아 저 윗길로 집에 갈 겁니다."

그는 채찍을 들어 인사하고는 숲길 쪽으로 마차를 몰았다.

나는 국도를 따라 계속 걸었다. 먼지가 비교적 덜한 가장자리로 걸으면서 주크에 대해 생각하고, 그가 말한 산골예배당 근처에서의 기이한 만남에 대해 생각했다. 이십분이 채 안 되어 나는 고개 위에 자리한 광부 주거지에 도착했다.

이곳 위쪽 주민들은 적막한 삶을 살았다. 그들은 과거의 광부지역과도, 아랫마을과도 공유하는 것이 별로 없었다. 최근에 자동차들이 자주 산길을 지나다니고 그 때문에 맥주 판매를 위한 가건물까지 지어졌는데, 만일 그마저 없었다면 이곳의 모든 것은 오백년 전과 다름이 없었을 것이다.

미티스 노부부가 살고 있는 집은 보기에도 몇백년은 되어 보인다. 그 집은 고산목장의 초원 한가운데에 암갈색 이끼로 잔뜩 뒤덮인 채, 아직은 흰색인 가건물로부터 멀지 않은 곳에 위치해 있다. 그 옆으로는 비슷하게 오래된 돼지우리, 염소우리, 장작저장소 등의 부속 건물들이 자리 잡고 있다.

집에 들어가보니 미티스 노인이 부엌에 앉아 있다. 그의 얼굴은 마치 주름이 많이 잡힌 가죽 같다. 그 얼굴 속에 자리 잡은 도자기 같은 두 눈은 더이상 외부를 향해 시선을 보내지 않는다. 내가 들어서자 몇개의 주름이 새로 잡히는데 그것이 기쁨의 미소임을 알 수 있다.

"자, 미티스 어르신, 여전하신 모습이네요…… 몸은 좀 나아지셨어요?"

그는 즉시 울먹이는 듯한 목소리를 낸다. "담배가 없어……"

항상 해오던 방식이었다. 나는 가져온 담배와 설탕을 끄집어낸다.

"담배를 너무 많이 피우시면 안 돼요, 미티스 어르신. 건강에 좋지 않아요."

그는 자신의 차갑게 식은 파이프를 급히 채우며 아무 소리도 못 듣는 체한다.

"담배를 너무 많이 태우시면 안……"

"여편네가 먹을 것도 하나도 안 줘……"

그 말은 막 안으로 들어서는 아내를 향한 것이었는데, 그것 역시 새로울 것 없는 일이었고 익숙한 타령이었다. 그렇다고 해서 이 두 노인의 삶이 그렇게나 열악한 상황에 놓여 있는 것은 전혀 아니었다. 결혼하지 않은 딸 마리가 그들 소유의 소 몇마리를 돌보고, 어디선가 국유림에 고용되어 있는 아들도 가끔씩 약간의 돈을 보내준다.

"거짓말이에요." 늙은 부인이 말했다. 이번에는 역으로 그녀 쪽에서 항상 해오던 하소연을 한다. "저 사람이 나를 때린다오."

밀렵꾼이자 나무꾼이었던 노인이 실제로 그녀를 때렸을지도 모르는 시기가 있었을 것이다. 그녀에게 그 일은 어제의 일이고 오늘의 일이었다. 인간은 죽음에 더 가까워질수록 과거의 삶을 점점 더 많이 자신에게로 끌어당긴다. 기억의 끈들은 점점 더 짧아지고, 점점 더 서로 엉켜서 풀기 어려운 현재가 된다. 그래서 두 사람은 그런 식으로 수십년 묵은 싸움을 오늘도 여전히 하고 있었다. 그럴 때면 그들이 굉장히 노쇠하다는 점을 감안할 때 놀라울 정도의 활력을 보이곤 했다.

"오늘 식사로는 무엇을 드시나요?"

"크뇌델[21]하고 우유 수프라오."

일상적인 식단이었다. "보세요, 미티스 어르신." 내가 말했다. "저기 맛있는 식사가 준비되어 있는데요."

그는 내 말을 듣고 있지 않았다. 아무리 많은 식료품이나 어떤 종류의 요리도 그의 상상력을 만족시킬 수 없는 것이 분명했다. 그의 상상은 어디를 향해 가고 있는가? 어떤 만족을 향하고 있는가?

---

21 감자, 고기, 밀가루, 빵 따위의 재료를 둥글게 빚어서 끓는 물에 넣어 익힌 음식.

갑자기 그가 말했다. "이제 밀렵을 허용해야 해."

"무슨 말씀이세요, 미티스 어르신. 이렇게 연세가 드셨는데 또다시 엽총을 꺼내오실 생각이라니요!"

"내 남편은 그런 짓을 한 적이 없어요." 늙은 부인이 끼어들어 말했다. 그녀의 기억 속에서 그 일은 여전히 뭔가 숨겨야 할 일로 남아 있었던 것이다.

반발에 부딪히자 화가 난 그가 이제 고집을 부렸다. "내가 총으로 많이 쏴 잡았지."

"사실이 아니잖아요……"

그것이 수수께끼의 답이었다. 자신이 밀렵꾼으로 잘나가던 때에 집에 가져다주었던 노루와 영양 구이에 대한 기억 때문에 지금 다른 모든 것들은 그저 제대로 된 음식이 아닌 듯 보이는 것이었다.

"어르신, 더이상 이가 없을 땐 우유 수프가 더 낫습니다……"

그랬다. 내 짐작이 맞았다. 무언가를 찾고 있던 그의 상상은 이제 자신이 무엇을 원하는지를 알게 되었다. 그의 얼굴에 주름이 더 많아지더니 노회한 표정으로 혀를 차며 그가 말했다. "우유 수프? 아 싫어……"

"진찰을 좀 해보는 게 좋겠어요, 어르신. 웃옷을 벗어보세요."

"노루 넓적다리 고기 말야…… 요즘 젊은 것들은 전혀 사냥을 할 줄 몰라……"

"아니, 셔츠도 벗으셔야죠…… 그렇죠, 어르신……" 나는 간 주위의 종양을 손으로 더듬어보려고 애썼다. "…… 아프세요?"

"아니…… 이제 밀렵이 허용되면……"

나는 동작을 멈췄다. "도대체 누가 그런 이야기를 하던가요?"

"마리가 그랬어……"

"하지만 사실이 아니야……" 노파의 목소리가 다시 화덕 쪽에서 들려왔다.

미티스가 조용히 말했다. "그 얘긴 사실이야."

"마리는 그 얘길 어디서 들은 거죠?"

"그애가 아랫마을에 갔었거든."

뭔가 근거가 있는 이야기임이 분명했다. 이제 이 마을에서 돌고 있는 소문들은 벤첼이 장난스럽게 영향력을 발휘하는 한 전부 다 가능성이 있는 얘기처럼 들렸다.

늙은 미티스는 자신의 생각을 계속 이어갔다. "그렇게 되면 모든 사냥꾼들은 총을 맞고 죽게 될 거야……"

"정말로 그러실 수도 있겠는데요. 어르신께선 정말이지 점점 더 건강해지고 계시니까요." 나의 진찰은 끝났다. 기이하게도 상태에 는 전혀 변화가 없었다.

물론 그다음엔 부인을 진찰해봐야 했다. 나는 청진기를 꺼냈다.

"사냥꾼 무르너가 나를 쏘았지…… 이제 그놈 차례야." 그가 웃 었다.

그 일은 아마 육십년 전의 일일 것이다. 하지만 증오에는 시간이 존재하지 않는다.

"용서해주시면 안 되나요, 미티스 어르신?"

그는 이해할 수 없다는 듯이 나를 바라보았다. "사냥꾼을 전부 다 쏴 죽일 사람이 하나 와야 해…… 전부 다…… 물론 요즘 젊은 사람들은…… 하지만 이제 그 사람이 올 거야……"

그사이에 나는 늙은 부인을 진찰하기 시작했다. 최근 몇년 동안 이 몸들, 그러니까 그녀의 몸과 그녀 남편의 몸은 물에 닿은 적이 없었을 것이다. 하지만 시골 의사는 그런 일에 익숙하다. 또한 시골 의사는 그들에게서 그런 위생적인 행동에 대한 무시를 배우게 될 뿐만 아니라, 인간 정신에 대한 약간의 존중도 배우게 된다. 정신을 보며 몸이라고 불리는 놀라운 작품, 정신의 불완전한 그릇인 몸을 씻었든 씻지 않았든 그것이 얼마나 무의미한 일인지를 배우게 된다. 정신이라는 놀라운 작품의 완벽함을 보며 그것을 배우게 되는 것이다. 정신은 읽을 줄도 쓸 줄도 모르는 이 두 노인의 경우처럼 그렇게 거칠고 완성되지 않았다 할지라도 그 자체로 여전히 완벽하다.

"저 사람이 여기를 때렸어." 쭈글쭈글하게 주름진 노인은 그렇게 말하며 어깨를 가리켰다.

"아직도 아프세요?"

"응, 굉장히 아파."

그것은 너무나 긴 인생의 타고 남은 재 속에서 여전히 홀로 이글거리는 증오만큼이나 질긴 통증이다. 한때는 쾌락이기도 했던 공동의 삶이 너무나 오래 지속되면서 남은 수확은 무엇인가? 저 안쪽 방에 그 당시와 마찬가지로 놓여 있는 두개의 좁고 환기되지 않은 침대 위쪽 벽에 유일한 장식으로 걸려 있는 결혼 사진을 제외하고는 아무것도 남은 것이 없다. 증오 말고는 남은 것이 아무것도 없다. 하지만 증오라는 놀라운 작품은 인간 정신의 최초의 사악한 번갯불로서 그 최초의 흉측함 속에서 이미 구원자를 갈망하고 있었다. 그 구원자란 게 그저 모든 사냥꾼을 쏴 죽일 한사람일 뿐이지만 말이다.

"여기 약이 있어요, 어머니 미티스⋯⋯ 설탕도 조금 가져왔구요."

물론 그녀는 탁자 위에 놓인 설탕을 이미 한참 전에 보았다. 그럼에도 그녀는 지금에야 재빨리 몇방울의 눈물을 훔친다. 왜냐하면 그게 자연스럽고, 또 그것이 감사의 표현이 되기 때문이다.

"약은 꼭 드시구요. 차도 마찬가지구요……"

"응."

"그런데 마리는 어디 있어요?"

그녀는 문 쪽을 가리켜 보였다.

"아하, 어쩌면 마리를 만날 수도 있겠네요…… 안녕히 계세요. 어르신들."

사실 마리를 만나 다시 한번 약 복용에 대해 엄격하게 일러주고 싶은 마음도 굴뚝 같았다. 하지만 결국엔 별 의미가 없는 일이었다. 어쨌든 약보다 더 중요한 것은 설탕이었다.

산골예배당으로 가는 길은 고개에서 차도로 연결되었다. 하지만 나는 그곳까지 갈 필요는 없었고, 곧장 길 오른편에 있는 돌투성이 산비탈을 타고 올라가면 되었다. 그다음엔 침엽이 쌓여 있는 바닥에서 미끄러지지 않기 위해 바깥쪽으로 발을 디뎌가며 가문비나무 숲 사이를 어느정도 걷고 나면 저 위쪽 길에 이르게 되는데, 아래쪽으로부터 쿠프론 절벽을 따라 난쟁이갱과 예배당으로 거의 곧바로 이어지는 그 길은 옛 광부길이 연장된 것이다. 아마도 그 길은 차도보다 더 오래되었을 것이고, 선사시대에 산길로 연결되는 유일한 길이었을 것이다.

저녁 여섯시쯤 되었는데 숲은 이미 부드러워졌다. 길게 뻗어 있는 고산목장으로 나오자 왼쪽에 쿠프론 절벽이 거칠 것 없이 다 드러나 보였는데, 절벽 역시도 이미 부드럽게 회색빛이 되어 있었다. 다만 절벽 가장 높은 꼭대기에만 해가 비쳤다. 초원 위에는 몇채의 건초 헛간이 흩어져 있었다. 저녁 초원에서는 고요한 숲과 풀의 냄새가 났고, 위쪽으로 아주 가벼운 경사를 이루면서 연한 빛깔의 소나무들이 자라고 있는 곳으로 이어졌다. 저 위쪽의 고산목장으로 부터 쩔렁이는 소리가 들려왔다. 낮의 덮개가 벗겨지고 점점 깊어 져가는 하늘에는 사나운 새 한마리가 소리 없이 날고 있었다.

그런데 아래쪽 숲에서 물레방아 소리, 톱니바퀴가 천천히 도는 소리, 그리고 톱이 여러번에 걸쳐 나직하게 끽끽거리는 소리가 점 점 더 가까이 들려오는 것이었다. 락스가 톱질을 하고 있었다. 아 마도 그는 광산용 목재를 자르고 있는 것 같았다. 신중하고 이윤에 목매는 사내인 그가 규모도 제대로 알지 못한 상태에서, 그것이 정 말로 필요할지조차 모르는 상태에서 예비용 목재를 자르고 있었 다. 그는 자기 영혼 속에 깊이 숨겨진 이유 때문에 그 일을 하고 있 는 것이었다. 아마도 그는 새 나무를 톱 위에 놓을 때마다 자신의 살집 좋고 떡 벌어진 가슴 위로 성호를 그었을 것이다. 내가 아래 쪽 그뢴 호수로 이어지는 곁길 가까이 다가갈수록 그 소리는 점점 더 분명하게 들려왔다. 그러더니 소리가 멈췄다.

그뢴 호수로 가는 곁길은 원래는 시내 바닥이다. 저 아래쪽에 마 치 전나무가 자라는 물가의 눈꺼풀 사이 고요한 눈망울처럼 열려 있는 호수는 비슷한 형태의 여러 산속 시내들로부터 물을 공급받 는다. 그런데 그 시내의 근원이 여기에 있는 것이다. 작은 바위들과 계피나무들 사이로 가느다란 시냇물이 꾸불꾸불 흘러간다. 산비탈 에 도달할 때까지 거의 움직임이 없다. 그 원천은 작고 질척한 한 고산초지에서 스며나오는 물이다. 그곳엔 부패해가는 식물의 떫으 면서도 달콤한 냄새 속에 현삼, 독미나리, 초롱꽃, 동이나물이 자 라고 있다. 저 서늘하고도 상쾌한 곰팡이 냄새는 내리쬐는 태양 아 래서조차 산속 샘물 위로 진동하고, 그럼에도 그 태양의 기운을 저 녁까지, 밤까지도 간직한다. 마치 은빛으로 메아리치는, 절대 사라지지 않는 트럼펫 소리이기라도 한 것처럼. 초원 분지에 고인 물은 특별하게 맑았고, 바닥의 뿌리들이 다 들여다보였다. 고산목장의 소들이 싸놓은 똥이 다량으로 널려 있었고, 여기저기의 수많은 자갈들은 갓 돋은 연녹색의 이끼로 뒤덮여 있었다. 이곳으로 고급 사냥감들이 물을 마시러 오곤 한다. 트랩 역시 거기서 한참 동안 힘차게 혀를 놀리며 물을 마셨다. 암벽들은 어두워졌고, 더 느리게 빛을 발했다. 위쪽 가장자리에 가늘게 걸쳐 있던 햇살은 사라져버렸다.

이제 길은 관목숲 사이를 지나 아래쪽으로 가볍게 경사를 이루고 있었는데, 온통 거미줄이 쳐져 있는 환한 덤불 속과 저녁이 되어 온갖 곤충들이 윙윙거리고 있는 그 길에 햇살은 여전히 남아 생기를 발하고 있었다. 그러더니 다시 숲이 가깝게 다가와 갈색 밤의 기운으로 길의 양쪽에 늘어섰다. 하지만 내가 숲 밖으로 나서자 환한 저녁이 산골예배당 위로, 전체 골짜기 위로 펼쳐져 있었다. 골짜기의 맞은편은 여전히 해가 가득 비치고 있었지만, 이쪽 골짜기 자체도 이삭이 여문 밭의 황금빛 광채 속에서 스스로의 햇빛으로 가득 차 있었다. 밭에는 볏단들이 길게 줄지어 세워져 있었다. 하지만 왼쪽에는 난쟁이갱 위쪽으로 암석 뱀 대가리가 달려 있었다.

예배당 계단 위에는 주크뿐만 아니라 산마티아스도 앉아 있었다.

그리고 그들은 다리 사이에 엽총을 놓고 있었다.

그것을 보고 내가 말했다. "맙소사."

홀아비까지, 두 사람 모두가 웃었다.

"자, 무슨 일이지?"

"곧 보시게 될 거예요." 산마티아스가 말했다.

"나중에요." 주크가 말했다.

그들은 일어섰다. "함께 가시죠, 의사 선생님. 딱 시간 맞춰 오셨네요."

우리는 난쟁이갱도로 올라갔다. 두 사람은 침묵한 채 비밀스럽게 행동했는데, 그들의 얼굴에는 여전히 웃음기가 남아 있었다.

"자네들 혹시 밀렵을 하러 가면서 거기에 의사까지 데려가려는 건가?"

"그럴지도 모르죠."

담장으로 막혀 있는 난쟁이갱 입구 앞에 서자 두 사람은 약간 주춤거리면서 주위를 둘러보았고 주크는 머리를 긁적였다.

갱도 입구로부터 멀지 않은 오른쪽 방향에 절벽에서 부서져나온 바윗덩어리들이 옮겨져 있었다.

"저기 위쪽으로." 산마티아스가 말했다.

뒤쪽의 자갈 비탈을 통하면 아주 쉽게 위로 올라갈 수 있다. 그곳은 거대한 설교단 같다. 주크가 마지막으로 턱걸이를 하며 작고 평평한 바위 위로 올라오려 한다.

"잠깐." 산마티아스가 말하더니 지팡이 손잡이로 바위를 두들긴다.

아직도 따끈한 돌 위에 누워 있던 작고 검은 뱀이 아래로 떨어진다. 트랍이 그 뱀을 물려고 덤벼들지만, 뱀은 이미 조용하고도 빠르게 움직여 사라져버렸다.

마티아스는 지팡이로 다시 평평한 바위 위를 전체적으로 정돈한다. 그다음에 우리는 그 위로 오른다. 트랍은 아래쪽에 계속 누워 있다.

우리는 이제 실제로 설교단이나 망대 위에 앉은 것처럼 앉아서

갱도 입구와 숲을 내려다보았다. 그들은 자신들의 엽총을 앞에 내려놓았다.

"여기 아주 편한데." 이렇게 말하며 주크는 자신의 등 뒤로 약간 튀어나와 있는 바위에 몸을 기댔다.

"이게 다 무슨 일인지 이제는 좀 말해주겠나?"

"우리는 사냥감을 기다리고 있는 겁니다." 마티아스가 말했다.

나는 주크를 바라보았다. 방금 전까지만 해도 웃음을 터뜨릴 것 같았던 그의 온화하고 평화로운 얼굴 위로, 사랑이 그를 떠나 썩고, 악취를 풍기고, 부패해버리는 바람에 근심에 시달려 두개의 부드러운 구멍이 파였던 그 얼굴 위로, 끔찍하게도 증오가 스쳐지나갔다. 그리고 방금도 빙글대며 웃었던 입은 이렇게 말했다. "벤첼 말입니다."

"벤첼이라고? 그자가 여기에 올라온다고?"

"네, 갱도로요."

"자네들 그자를 죽일 셈인가?"

침묵이 흘렀다.

주크는 웃음을 터뜨렸다. 악의가 담긴 웃음이었다. "그러면 제일 좋겠죠."

"아닙니다." 산마티아스가 말했다. "하지만 그자가 갱도를 건드려서는 안 됩니다."

"그가 혼자 오는 건가?"

"아마 아닐 겁니다. 함께 다니는 청년들이 있으니까요."

"그의 근위병들 말이로군요." 내가 말했다.

그러자 그들이 다시 웃었다. 그 단어가 맘에 들었기 때문이다.

"제일 못된 게 그 두명의 락스입니다." 주크가 말했다. "아비와

아들이 똑같아요."

"난 크리무스가 그렇다고 생각했는데."

"크리무스는 오히려 낫습니다. 그자는 그저 구두쇠일 뿐이죠. 그는 돈을 원할 뿐이고, 누구도 그 돈을 상속받지 못하도록 죽지 않기를 바라는 것뿐입니다……"

"락스는 어떤가?"

"사실은 그가 이 모든 일을 벌였습니다…… 그는 채굴권을 이용해야 한다고 마을공동체를 회유하고 있어요……"

"하지만 그러기 위해서는 광산청도 필요하고 그밖에도 뭐 이것저것 필요한 게 많을 텐데…… 그리고 무엇보다도 돈이 필요하지…… 그건 락스도 잘 알고 있을 거야. 그렇기 때문에 난 그냥 이 모든 이야기를 믿지 않는다네."

"그에게는 그런 게 전혀 문제가 되지 않아요."

"그렇다면 그가 원하는 게 뭐지?"

"처먹고, 처먹고 또 처먹는 거죠…… 아마 그는 크리무스도 먹어 치우려고 할 겁니다. 지금이 그럴 수 있는 기회가 될 테니까요…… 정말이지 락스는 총으로 쏴서 죽여야 합니다."

또다시 악의에 찬 표정이 그의 얼굴을 스쳐지나갔다.

"이런, 주크, 오늘도 자네들은 서로 아주 친근하게 대화를 나눴잖아."

"그자는 나까지 설득하고 싶어서 왔던 것뿐입니다. 그는 이 사람 저 사람 찾아다니며 비위를 맞추고 있지요."

주위가 어두워지기 시작했다.

내가 말했다. "자네들 이제 곧 밀렵이 허용될 거라는 얘기 들은 적 있나?"

"그 얘기도 아마 락스에게서 나온 걸 겁니다. 아들 락스 말입니다." 이제까지 잠잠하게 앉아 있던 마티아스가 말했다.

"이봐요, 주크." 내가 말했다. "만약 밀렵 관련법이 갑자기 변경된다면 그건 의미 있는 일일 걸세. 그렇다면 락스도 뭔가 좋은 역할을 한 셈이 되는 거지."

"락스가 뭔가 좋은 일을 한다고 해도, 난 반대할 겁니다." 주크가 거칠게 대꾸했다. 하지만 그는 자신의 난폭함에 스스로 웃지 않을 수 없었다. "나쁜 놈들에게는 언제나 반대해야 하는 겁니다."

"휴우, 하마터면 당신한테 겁을 집어먹을 뻔했잖아요, 주크."

"게다가 곳곳에서 배후에 마리우스가 존재하고 있단 말입니다." 그가 대꾸했다.

"그러니까 그자 역시 나쁜 놈들에 속하는 거로군……"

"더 나쁘죠." 산마티아스가 말했다. "그자는 이제부터 비로소 나빠질 겁니다."

저녁 바람이 우리 위로 스쳐지나갔다. 우리는 침묵했다. 마티아스와 주크는 사냥꾼의 눈으로 천천히 어둠이 깃들고 있는 숲속을 바라보고 있었다.

"이제 그자들이 오는군요." 산마티아스가 말했다.

처음에 난 아무 소리도 듣지 못했다. 하지만 트랍이 낮게 으르렁거리는 소리가 들렸다.

"조용히 해, 트랍." 내가 말했다.

몇분의 시간이 흘렀다. 그러자 내게도 노랫소리와 여러 사람이 숲속에서 규칙적으로 걷는 소리가 들려왔다.

그러더니 그들이 숲속 공터로 모습을 드러냈다.

맨 앞에서는 난쟁이 벤첼이 장군 역할을 하고 있었고, 그 뒤로는 청년들이 두줄로 서 있었다. 세어보니 열네명쯤 되는 듯했다.

그들은 이상한 행진가를 부르고 있었는데, 훗날 나는 그 노래를 종종 듣게 되었다.

"우리는 사나이다. 소년이 아니다.
우리의 땅을 타인이 가져서는 안 된다.
우리는 상인과 판매대리인을 저주한다.
그들이 우리의 땅을 욕보인다.
우리 젊은이들은 미래를 손에 쥐고 있다.
조상들을 존경하고 늙은이들을 증오한다.
용감하고 충성되게, 정결하고 순수하게
햇빛 속에서도 달빛 속에서도 언제나."

"정지." 장군 벤첼이 명령을 내렸다.

"두번째 줄 앞으로."

각 두번째 줄이 앞으로 나왔다. 그러자 그들은 이제 네명씩 세줄로 서게 됐고, 그들 뒤에는 마지막 두 사람이 약간은 하사관 같은 자세로 서 있었다. 그들은 페터와 대장간 직인 루트비히였다.

"첫번째 줄과 세번째 줄은 방진方陣대형으로."

첫번째 줄은 왼쪽으로, 세번째 줄은 오른쪽으로 이동했다. 이제 그들은 정방형의 말굽쇠 형태를 이루었고, 말굽이 열린 쪽에는 명령을 내리는 벤첼이 서 있었다.

"뒤에 선 사람 앞으로."

페터와 대장간 직인이 세걸음 앞으로 걸어나왔다.

나는 늙은 군인이다. 그들의 훈련은 아주 멋지게 착착 잘 맞아떨어졌다. 주크가 재미있다는 듯 팔꿈치로 나를 툭 건드렸다.

"좁은 간격으로 나란히…… 차렷."

그들은 지시대로 움직였고 직립 부동자세를 취했다.

"쉬어."

오른쪽 발들이 앞으로 나갔다. 그들은 규정에 맞게 편안하게 서 있었다. 그들이 이것을 처음 해보는 게 아니라는 건 너무나 분명했다. 이미 자주 훈련을 했던 것이다.

벤첼은 일부러 잠시 침묵했다. 어두워져가는 나무 꼭대기 너머로 추수 중인 밭의 냄새가 아주 가볍게 실려왔다. 숲에서는 마지막 새 한마리가 지저귀고 있었다.

그때 벤첼이 말하기 시작했다.

"동지들, 난 동지들이 규율을 엄수할 줄 안다는 것을 잘 안다. 물론 동지들 중 한두명 정도는 지금도 어딘가에서 동지들 없이는 어떤 일도 제대로 시작할 수 없는 계집애 하나가 건초 속에 누워 기다리고 있겠지만 말이다……"

웃음이 터졌다. 그는 자신의 사람들을 어떻게 사로잡아야 하는지를 알고 있었다.

"조용히."

웃음이 갑자기 멈췄다.

"……그리고 난 동지들이 계속해서 규율을 지킬 것이라고 확신한다. 동지들이 서약을 맺었다는 것을 잊지 말도록. 신성하고 자발적인 서약 말이다. 그리고 서약을 위반하는 사람은 누구든 돼지라는 사실, 도살해버릴 돼지와도 같다는 사실을 잊지 말아라. 유감스럽게도 그 돼지로는 소시지도 만들 수 없다……"

또다시 웃음이 터졌다. 나는 계속해서 무슨 얘기가 나올지 궁금

했다. 그는 자신의 병사들에게 훈계하는 카이사르의 모습이었다.

"행동의 시간이 다가오고 있다. 인과응보의 날. 복수의 날이 오고 있다. 우리의 적들은 재앙을 당할 것이다. 물론 동지들이 비겁한 돼지가 되고 싶다면 곧바로 집으로 돌아가는 게 나을 것이다. 누구든 자신의 서약으로부터 해방된다. 자신의 의무를 다하는 것보다는 이 여자 저 여자랑 뒹구는 게 더 편한 일이다. 여자랑 그짓 하는 게 더 좋은 사람은 당장 손을 드는 게 좋을 거다. 우리는 아무런 아쉬움 없이 그를 보내줄 것이다."

그는 의도적으로 침묵한다.

"좋다. 아무도 손을 들지 않았다. 마리우스가 여기 있지 않은 게 안타깝다. 그가 있었다면 동지들로 인해 기뻐했을 거다."

그러니까 역시나 마리우스가 개입되어 있는 것이다. 그는 여기서도 배후에 존재하고 있다.

벤첼이 명령을 내렸다.

"집중…… 차렷."

모두들 그대로 했다.

"왼쪽과 오른쪽 날개 흩어져 방어."

말발굽의 양쪽 진영이 흩어져 달리더니 숲속 공터를 빙 둘러서 경비병 자세로 섰다. 두명의 하사관이 뒤를 따랐다.

"가운데 줄, 공구."

나는 제자리에 머물러 있던 가운데 줄 사람들이 배낭을 메고 있다는 것을 그제야 알아챘다. 그 안에는 삽, 곡괭이 그리고 그와 비슷한 도구들이 들어 있었다. 이제 그들은 도구들을 끄집어냈다. 그러자 벤첼은 재킷을 벗더니 곡괭이 하나를 집어들었다.

"재킷 벗고. 작업 시작."

난쟁이는 성큼성큼 난쟁이갱 쪽으로 걸어갔다. 벽으로 막혀 있는 입구 앞에서 그는 큰 몸짓으로 곡괭이를 들어올리더니 돌이 맞닿은 곳을 향해 세차게 내리쳤다. 우지끈하고 부서지는 소리가 났다. 자갈과 모래가 흘러내리는 소리가 들려왔다. 부서지는 소리가 메아리 속으로 흩어지며 울렸다.

그는 다시 한번 내리쳤다.

그때 산마티아스가 포효하듯 외쳤다. "산을 내버려둬!"

벤첼은 동작을 멈췄고, 숲속 공터의 가장자리에 흩어져 서 있던 그의 무리들이 급히 달려내려왔다. 그들은 우리 쪽을 뚫어지게 쳐다봤지만 우리를 볼 수는 없었다. 잠시 정적이 흘렀다.

그때 벤첼이 웃음을 터뜨렸다. "거기 위쪽 조용히 해." 그러더니 세번째로 내리쳤다.

그와 거의 동시에 내 옆에서 천둥 치듯 총이 발사되었다. 그 소리는 한참 동안 메아리치며 울렸다. 그것은 주크였다. 그의 총이 향하고 있는 방향을 보니 그가 공중에 대고 총을 쏘았음을 알 수 있었다.

"반역이다!" 그러자 아래쪽에서 누군가가 소리쳤다. "반역이다!"

"반역이다!" 다른 이들도 따라 외쳤다. 큰 소란이 일어났다. 이미 칼이 번득이는 것까지 볼 수 있었다. 내 옆에 앉은 주크와 마티아스는 재미있어서 숨을 헐떡였다.

"조용히, 젠장, 조용히 해!" 이제 벤첼이 소리를 질렀다. "질서를 지켜……"

하지만 지금은 질서고 뭐고 없었다. 다시 잠잠해질 때까지 상당한 시간이 걸렸다.

"거기 위에 있는 사람들 누구야?"

내가 대답을 하는 게 좋을 것 같았다. "나, 의사요."

벤첼은 금세 정중해졌다. "안녕하십니까, 의사 선생님…… 선생님이 총을 쏘신 겁니까?"

"내가 아니고, 다른 이들이 쏘았소."

"그러다가 안 좋은 일이 생길 수도 있습니다." 그가 비난하듯 말했다.

"벤첼." 내가 말했다. "농담으로는 해결이 안 될 거요. 지금 진지한 상황이오."

그가 생각에 잠겼다. 그러더니 그가 물었다. "도대체 그 위쪽에 몇명이 있는 겁니까, 의사 선생님?"

"너희들 모두를 차례차례 쏘아 죽일 수 있을 만큼 충분하게 있다." 나 대신 주크가 대답했다.

"주크다." 청년 중의 몇명이 말했다.

"그래, 주크다." 주크가 확인을 해주더니, 아래쪽 사람들이 그를 볼 수 없는데도 자신을 가리켜 보였다.

그러자 벤첼이 말했다. "의사 선생님, 잠시만 내려와주실 수 있겠습니까?"

"우리가 서로 할 얘기가 많다고는 생각하지 않는데……"

"의사 선생님, 중요한 문제는……"

"그냥 자네의 돼지 무리들을 이끌고 계속 가보시는 게 나을 텐데!" 산마티아스가 아래를 향해 외친다.

"네가 돼지다. 더러운 녀석!" 청년들 중의 하나가 되받아 소리친다. "자신 있으면 내려와봐!"

산마티아스가 쩌렁쩌렁한 소리로 웃는다. "자신 있냐고? 너희들 전부 다 끝장을 내주지. 너희들 모두와 함께 너희들의 주머니칼까지 끝장을 내주겠다. 어린 놈들…… 그리고 한마디 하겠는데, 산에서 꺼져. 안 그러면 내가 너희들을 쫓아낼 테니까."

벤첼이 끼어든다. "산마티아스, 자네가 마치 산을 임대하기라도 한 것처럼 말하는데…… 산은 공동체에 속한 거야, 전체 공동체에. 그리고 우리는, 우리는 공동체를 위해 일하는 거야."

산마티아스가 일어서더니 엽총을 바위에 기대놓고는 아래로 내려갈 채비를 한다.

그때 내가 말한다. "마티아스, 차라리 내가 저 사람들과 얘기를 하게 해주게."

"전 전혀 얘기할 생각이 없는데요, 의사 선생님. 저자들은 아주 다른 종류의 것을 듣게 될 겁니다." 그가 웃는다. 하지만 그의 붉은 수염은 곤두서 있다. 그리고 그의 손은 바지 솔기의 옆주머니에 꽂혀 있는 자루 달린 칼을 쥐고 있다.

"안 돼, 마티아스. 그럴 필요 없어요. 그런 일은 트랍 혼자서도 충분히 잘 처리할 수 있다고…… 도대체 무슨 생각을 하고 있는 거요……?"

그는 투덜거리지만, 눌러앉는다.

내가 외친다. "벤첼, 내게 할 얘기가 뭐요?"

"죄송합니다만, 의사 선생님, 둘이서만 좀더 은밀하게 얘기를 나누면 안 될까요……? 중요한 문제입니다."

"그럼 이쪽으로 오시오."

나는 바위 연단에서 미끄러져 내려간다. 그러자 곧바로 벤첼이 자갈길에서 더듬거리며 걸어오는 소리가 들린다. 나는 그를 향해 손전등을 비춰주었다.

"원하는 게 뭐요?"

그는 진심 어린 표정으로 아래쪽에서 나를 바라보았다. "의사 선생님, 훈련 조금 했다고 이 난리를 피우다니요…… 우리가 산에 해를 끼친 게 뭐가 있습니까?"

"아무것도 모르는 것처럼 굴지 말아요, 벤첼…… 당신은 뭐가 문제인지 정확하게 알고 있잖아요."

그는 즉시 돌변하여 뻣뻣하게 말했다. "맞습니다, 의사 선생님."

"그러니까 말해봐요."

"의사 선생님, 저는 명예로운 후퇴를 요구하는 바입니다."

"그건 또 무슨 웃기는 얘기요?"

"아닙니다, 의사 선생님, 농담이 아니에요. 우리가 그냥 이렇게 쫓겨날 수는 없습니다. 청년들은 받아들이지 못할 겁니다……"

"그게 그들에게 유익한 일일 텐데."

"예를 들어 의사 선생님께서 우리와 함께 출발해주신다면 문제가 훨씬 쉬워질 것 같습니다만."

"어림도 없는 소리요. 난 당연히 주크, 기손과 함께 내려갈 거요."

절망적인 미소를 지으며 그가 위를 올려다보았다. "쓸데없이 다른 사람들에게 굴욕감을 주고 분노하게 해서는 안 되는 겁니다, 의사 선생님. 증오의 씨를 뿌려서는 안 됩니다."

"그래요? 그렇다면 배취 문제는 어떻게 된 거죠? 당신들의 병정놀이에 대한 소소한 모욕 행위는 아주 적절한 거요."

"알겠습니다. 하지만 청년들이 당신들을 증오하게 될 겁니다. 선생님과 주크와 기손을 말입니다." 그러더니 그는 매우 진심 어린 어조로 덧붙였다. "전 그 일을 피하고 싶은 겁니다."

"우린 그 증오를 감수할 각오가 되어 있소."

난쟁이는 조금 더 작아졌다. "오늘은 당신들이 이겼습니다. 하지만……"

"잠깐만, 솔직하게 말해봐요, 벤첼. 마리우스가 언제 어디서 승리할 생각인 거죠?"

"아니, 의사 선생님, 마리우스라뇨…… 무슨 생각을 하시는 겁니까……?"

"이 모든 병정놀이의 출발점이 마리우스가 아니라고 내게 말하려는 건 아니겠죠."

솔직함과 교활함이 기이하게 뒤섞인 특유의 방식으로 그가 말했다. "마리우스에 대해 말씀드리자면…… 그에게서 벗어나기는 어렵습니다…… 하지만 그가 직접 하는 일은 없습니다. 그저 생각만이 존재할 뿐이고 실제로 일어나는 일은 전혀 없죠…… 그러면 사람들은 그 일을 스스로 행해야만 하는 겁니다."

"당신은 교활한 악당이구려, 벤첼. 당신은 그런 인간이야."

"네, 의사 선생님, 그럴지도 모릅니다…… 하지만 마리우스는 좋은 사람입니다. 그러니 그에게 어떤 짓도 하면 안 됩니다……"

"제발 이제 당신의 무리들과 함께 떠나주시오……"

"선생님께서 명령하신다면야…… 하지만 마리우스와 관련한 얘기는 진지하게 말씀드린 겁니다……" 그는 다시 한번 군대식으로 경례를 하고는 떠났다.

하지만 두걸음 걸은 후 그는 또다시 몸을 돌렸다. "저의 군사훈련에 대해서 어떻게 생각하십니까, 의사 선생님? 착착 잘 맞아떨어지는 게 선생님 보시기에도 괜찮죠?" 그러고는 그는 어둠속으로 완전히 사라져버렸다.

나는 내 자리로 돌아왔다.

아래쪽에서 벤첼이 이렇게 말하는 소리가 들려왔다. "대열 정비…… 의사 선생님의 특별한 요청에 의해 오늘 훈련은 중단한다…… 두줄로 선다……"

"벤첼." 주크가 아래를 향해 외쳤다. "자네 정말로 출발하는 건가?"

"그래."

"내가 미리 말해두겠는데…… 우리도 계속 여기 위에 있지는 않을 걸세…… 하지만 자네들 중 누군가가 길에서 매복하고 우리를 기다릴 경우, 총을 발사하겠네……"

"내 사람들에 대해서는 내가 책임지겠네." 벤첼이 거들먹거리며 말했다. "우리는 군인이야."

"그럼, 잘됐군." 내가 말했다. "별일 없겠지."

"차렷, 동보同步 행진한다. 행진……" 하는 소리가 아래쪽에서 들려왔다. 그리고 정말로 그들은 행군하여 떠났다.

주크와 마티아스는 조금 실망한 상태였다. 그들이 보기엔 일이 너무 간단하고 평화적으로 끝났던 것이다. "그놈들이 다시는 일어서지 못하도록 뺨을 몇대씩 갈겼어야 마땅한데 말이죠." 마티아스가 그의 느린 광부 언어로 말했다.

"유감스러운 일이지만 앞으로 또 그럴 기회가 생길 걸세." 내가 말했다.

우리가 광부길에 들어서자 아래쪽에서 무리가 행진가를 부르는 소리가 들렸다. 여전히 같은 생각을 하고 있던 산마티아스가 반복해서 말했다. "그놈들의 뺨을 몇대씩 갈겼어야 하는데. 그랬으면 완전히 조용해졌을 텐데."

"마리우스가 마을에 있는 한 그렇게 되지 않았을 걸." 주크가 말했다.

숲은 칠흑처럼 깜깜했다. 여기저기 반딧불이가 보였다. 마을 쪽
으로부터 여덟시를 알리는 종소리가 들렸다. 낮이 짧아졌다. 나무
들 사이로 팔월 하늘의 별들이 반짝였다. 우리가 더 깊이 안으로
들어갈수록 공기의 냄새도 짙어졌고, 들판의 수확물들의 냄새도
더 짙게 숲으로 파고들었다. 수확물을 안고 있는 대지로부터 솟아
올라 인간의 고유한 삶을 지워 없애버리고, 인간으로 하여금 더 많
이 사랑하거나 더 많이 증오할 수밖에 없게 만드는, 그리하여 종
종 자신이 더이상 이웃을 사랑하는지 아니면 증오하는지조차 제대
로 모르게 만드는 그 어두운 연대감 속에서 세 사람, 산을 내려가
고 있던 우리는 마리우스와 락스 그리고 벤첼과 그의 무리를 증오
했다. 우리는 마치 우리의 연기로 증오를 마비시킬 수 있기라도 한
듯 파이프에 불을 붙였다.

윗마을의 첫번째 밭들이 있는 곳에 이르자 주크가 우리와 작별
한 후 자신의 집 쪽으로 난 길로 들어섰다. 나는 마티아스와 함께
어머니 기손에게 갔다.

우리는 그녀의 집에 있는 이름가르트와 아가테를 만났다. 두 소
녀는 막 떠나려던 참이었다.

"너희들은 추수가 한창인데 산책을 하는 거냐?"

"내가 두 아이를 이리로 올라오라고 불렀어요." 어머니 기손이
이름가르트 대신 대답했다.

"추수가 끝나면 전 완전히 윗마을로 이사하게 돼요." 이름가르
트가 말한다.

그러자 아가테가 어머니 기손을 바라보며 이렇게 말한다. "이름
가르트는 좋겠어요."

"네 상황이 더 좋아." 어머니 기손이 말한다. "넌 아이를 낳게 되

잖아."

부엌의 창문들은 다 열려 있었다. 밖에서는 저녁과 밤이 서로 교대하기 전에 마지막으로 무한히 부드러운 악수를 교환하고 있었다. 또다시 인생의 하루를 보냈고 이제 곧 잠자리에 들고자 하는 이들의 목소리가 온 거리에 울렸다. 여자들의 목소리, 아이들의 목소리 그리고 가끔은 남자의 굵은 목소리가 들렸다.

그때 아가테가 다시 자리에 앉으며 웃는다. "저도 여기로 와서 제 아기를 기다릴래요, 어머니 기손…… 저도 받아주세요."

"저애들을 내쫓아버려라, 마티아스." 어머니 기손이 말한다.

그러자 방문의 기둥에 기댄 채 이름가르트가 말한다. "한번 해 보세요……"

"내가 너희 두 강아지의 가죽을 붙잡아 밖으로 데리고 나갈 테다." 마티아스의 수염에서 그런 소리가 나온다. 그러더니 그는 정말로 아가테의 목덜미를 잡는다. 이름가르트도 마찬가지다. 그러고 나서 그는 두 사람을 밖으로 쫓아낸다. 아니 적어도 문간까지는 몰아낸다. 왜냐하면 거기서 그들은 마치 자신들이 던져질, 부드러운 검은 벨벳으로 가득 찬 바구니 같은 밤 속으로 내보내지지 않기 위해 웃음을 터뜨리며 다시 한번 반항하기 때문이다. 하지만 어떤 짓도 소용이 없다. 그녀들은 밖으로 내쫓긴다. 그러자 그 때문에 밤의 모든 주름들이 뒤흔들려 부드러워지기라도 한 듯 열려 있는 문으로 나방과 모기떼가 밀려들어와 전구 주위를 춤추며 맴돈다.

"안녕히 주무세요." 밖에서 어둠의 부드러운 온기로부터 여전히 목소리가 들려온다. 그다음엔 더 멀리서, 더 작은 소리로 "안녕히 주무세요, 어머니" 하는 소리가 들린다.

그러자 마티아스가 돌아와 말한다. "그래요, 이름가르트는 이곳에 속한 애예요……" 그리고 잠시 후 그가 말한다. "밀란트가 자신의 집에 마리우스를 데리고 있는 한, 아이들도 모두 빼앗아와야 해요."

전깃불 조명 아래 부엌은 감춰진 것 없이 견고한 모습을 드러내고 있다. 그때 어머니 기손이 말한다. "위험한 건 이름가르트뿐이야."

그리고 잠시 후 그녀가 덧붙인다. "위험은 그애 안에 있어, 마리우스 안에 있는 게 아니고…… 만일 그애가 아가테 같다면 위험도 없을 텐데……"

"페터는요?" 나는 용기를 내어 끼어든다.

"그것은 사랑이었지." 그녀가 말하고는 잠시 말을 멈췄다가 다시 시작한다. "거기엔 증오가 개입되어 있지 않았어……"

"맞아요." 마티아스가 말한다. "증오는……"

그러고 나서 우리는 그녀에게 난쟁이갱에서 어떤 일이 있었는지 이야기해주었다.

마티아스는 이렇게 이야기를 끝맺었다. "이제 우리와 그들 사이에 증오가 생겨났어요…… 곧바로 벤첼을 총으로 쏴버렸더라면 좋았을 거예요……"

"아니다." 어머니 기손이 말했다. "증오는 지식에 대항하는 거다."

"마리우스가 요청했을 때 어머니가 그를 이 집에 받아주었더라면 더 나았을지도 모르겠네요." 내가 대꾸했다.

그녀가 고개를 흔들었다. "그 사람 스스로 다시 떠났을 거야……"

"하지만 그자가 두분에게 지식을 요청했었잖아요."

"그는 그것을 원하지 않았어. 그는 그것을 원할 수가 없었지. 왜냐하면 그는 지식으로부터 와서 그 지식을 잃어버리는 그런 자이 니까. 그런 사람은 자신이 원한다고 해도 지식으로 돌아가는 길을 결코 찾을 수 없지…… 하지만 그는 원할 수도 없어."

그러더니 그녀가 말했다. "그는 방랑을 하지."

"방랑은 우리 모두가 하는 거잖아요, 어머니 기손."

"자네가 그렇게 말하는 건 말이지, 의사 선생, 그건 자네가 남자이기 때문이야…… 오직 남자들만이 방랑을 하지…… 여자들은 머물러 있으면서 지식을 갖고 있지……"

"그건 가혹해요, 어머니. 우리도 지식을 가졌으면 좋겠어요."

"자네가 갖고 있는 것에 만족하게."

"아뇨, 그건 싫은데요."

"의사 선생." 그녀가 거의 위엄 있는 어조로 말했다. "지식을 원하는 것 이상을 할 수 있는 남자가 존재한다고 믿는 건가? 그게 바로 그의 지식인 거라네! 그렇기 때문에 그 지식이 자랄 수 있는 거지…… 우리 여자들의 경우는 달라. 우리는 우리의 지식을 갖고 있지. 그것은 작을 수도 있고 클 수도 있어. 심지어 그것은 더 아름다워질 수조차 있지. 하지만 그것은 자라지는 못한다네…… 우리는 지식을 증가시킬 수 없고 그냥 보존할 수 있을 뿐이야. 그냥 보존해야만 하지. 그것이 우리의 사랑이라네…… 하지만 자네들의 사랑이란, 사실 그 때문에 우리 바보 같은 여자들이 자네들을 사랑하는 것이지만, 바로 알고 싶어하는 것이지."

"그렇다면 마리우스는요?"

"그자는 자신이 알고 있다고 믿고 있지…… 그가 그렇게 믿는 이유는 자신이 점막대를 사용할 줄 알고, 누군가의 어깨가 결리면 그것을 알아채기 때문이야…… 마치 여자처럼 자신의 지식 위에 앉아 있어…… 바로 그렇기 때문에 그는 결코 알고자 하지 않는 것이고, 바로 그렇기 때문에 그에게는 사랑이 없는 거야…… 그는 마술사일 뿐 다른 아무것도 아냐."

"그렇군요."

"자기 자신의 지식을 넘어서고자 하는 여자에게는 사랑이 없고 증오가 있지. 그리고 자신의 지식 위에 멈춰서 쉬고 있는 남자 역시 증오라네."

"어머니 기손, 방랑하는 자라면 쉬지 않잖아요."

"방랑은 말이지," 그녀가 말했다. "방랑은, 그래…… 그들은 방랑하기를 좋아하지. 마술사, 집시…… 그들은 두 발로 방랑함으로써 자신들의 증오를 없앨 수 있다고 믿지…… 만일 그들이 방랑하지 않는다면 자신들의 무지에 대해 알게 될 텐데…… 증오하는 자는 하찮은 악마야. 그리고 그는 또한 자신이 증오할 수 있는 악마를 항상 필요로 하지……"

"그런데 그자는 그것을 정의라고 하더군요."

그녀는 나를 바라보았다. "그것은 정말이지……" 그러더니 그녀는 자신의 빈손을 펼치고 손가락을 약간 벌렸다. 손톱들은 이미 노쇠하여 푸르스름하게 물들어 있었다. 그녀의 동작은 꼭 그녀가 손가락 사이로 적나라한 무無가 흘러서 빠져나가게 하는 것처럼 보였다. "이렇다네." 그녀가 두 팔을 내리며 말했다.

우리가 찾고 있고, 마리우스는 더이상 찾지 않는 그 지식은 어디에 있단 말인가? 신비롭게도 도달할 수 없는 그 지식은? 나는 그것이 인간의 심장에 대한 단순하고 냉철한 지식이며, 모든 존재했던 것, 모든 존재하는 것, 모든 미래의 것들이 다 그러한 지식의 내부에 담겨 있음을 예감했다. 왜냐하면 지금 일어나는 모든 일, 과거에 일어났고, 앞으로 일어나게 될 모든 일들은 인간의 심장을 비추는 것들이기 때문이다. 그러므로 심장에 대해 알고 있는 사람은 아주 오래된 일, 아주 새로운 일에 대해 아는 것이다. 그는 더이상 마술사가 아니라 깨달은 자이고 예견하는 자이다. 그의 단순한 일상언어는 너무나 강력해서 언제든 그 완전한 본질을 펼칠 수 있을 정도이다. 나는 내 앞에 마주 앉아 나를 향해 미소 짓고 있는 늙은 여인의 얼굴 앞에서 그것을 예감했다.

"그렇지만 어머니, 그의 시간이 왔다고 말씀하셨잖아요."

"그래." 그녀가 말했다. "증오가 더이상 빠져나갈 곳이 없기 때문에 그들은 증오하는 자, 자신이 갖고 있지 않은 지식을 주겠다고 약속하는 자의 뒤를 따를 수밖에 없는 거지."

"금 때문이죠." 내가 말했다.

"아랫마을 사람들만 그렇죠." 산마티아스가 말했다.

"마술을 부리는 자는 사람들을 유혹하지." 어머니 기손이 말하고는 가볍게 웃었다. "유혹하는 자는 마술을 부리지."

"밀란트도 아랫마을 사람이죠." 내가 말했다. "그리고 그도 역시 유혹당했어요. 그는 지식을 원하고 금을 원하지 않는데도 말입니다."

"밀란트는 말야." 어머니 기손이 말했다. "밀란트는 그가 필요로 했던 사랑을 받지 못했지. 이제 그는 형제를 찾고 있기에 증오를 볼 수 없는 거야."

"그럼 이름가르트는요?"

어머니 기손은 한숨을 쉬었다. "그애는 자기 아버지를 사랑하지. 그애는 올바른 애일 거야. 하지만 그가 아버지이니……"

내가 말했다. "아마 그애는 마리우스를 사랑할 겁니다. 최고의 여인이 사기꾼과 사랑에 빠질 수도 있는 거니까요. 그 사기꾼이 유혹자라면 말입니다……"

그러자 어머니 기손이 또다시 웃었다. "하지만 그자가 남자가 아니라면 그럴 수 없지…… 그자는 남자가 아니라고 내가 벌써 자네에게 말하지 않았나……"

"정말입니까? 그렇게나 심하게요? 전혀, 정말 전혀 아니라는 말입니까?"

"그의 자부심, 그의 여성적 자부심은 당연히 그렇게나 심하다네…… 어떤 여자든 아무 걱정 없이 그자와 한 침대에 누워도 돼……"

"또는 그럴 수 있는 여자가 아무도 없겠죠." 내가 말했다.

"그렇지, 전혀 없지…… 그렇기 때문에 그자가 그렇게나 무자비한 증오를 품고 있는 거지. 어떤 여성보다도 더 무자비하게……"

자신의 마지막 침몰을 추구하는 것은 인간의 특권이다. 그에게 사랑한다는 것은 운명을 떠안는다는 의미이다. 그에게 사랑한다는 것은 가장 내밀한 것을 알아채는 것을 의미한다. 그것은 알아챌 수 없는 미래, 망각으로 가라앉은 과거의 내밀한 것들을 다 받아들이는 것을 의미한다. 그에게 사랑하는 진정한 존재란, 그 스스로가 자신의 망각된 과거와 어두운 미래로 자기 안에 품고 있는 모든 내밀한 것들을 감싼 껍질에 다름 아니다. 그 역시 그 내밀한 것들에 닿을 수 없음에도 모든 인간 존재는 사랑에 참여하기 위해 그것을 밝히고 싶어한다. 그들은 자신의 가장 내적인, 가장 깊은 골짜기에 가라앉아 있는 자아의 본질을 드러내면서 사랑하고 또한 사랑받을 준비가 되어 있다. 하지만 그런 식의 사랑이 가장 내적인 것을 탐색하려 제시하는 데 반해, 증오는 내밀한 것 그리고 존재의 본질에 대해 전혀 관심 갖지 않는다. 과거에 대해서도, 미래에 대해서도, 운명의 내밀한 것들에 대해서도 관심 갖지 않고, 오히려 증오는 실재하는 것, 표면적인 것, 가시적으로 존재하는 것을 증오한다. 또한 사랑이 지치지 않고 계속해서 가장 내적인 것을 향해 나아가는 데 반해, 증오는 언제나 가장 외적인 것만을 본다. 그런데 그것이 너무 절대적인 나머지, 굉장히 무시무시하고 끔찍함에도 불구하고 증오하는 악마는 어느정도 우스꽝스럽고 어설픈 효과를 결코 피할 수 없다. 증오하는 자는 확대경을 든 자이다. 그가 누군가를 증오하면 그는 자신이 증오하는 자의 신발 속 발뒤꿈치부터 시작해서 머리 위 바람결에 나부끼는 머리카락까지 그의 외관에 대해 정확하게 알고 있다. 정보가 필요하면 증오하는 사람에게 물어보면 된다. 하지만 진리를 알고 싶다면 사랑하는 사람에게 물어보는 것이 나을 것이다.

그때 산마티아스가 말했다. "그자는 점막대를 들고 산속을 여기저기 기어오르고 산을 잘 알고 있으면서도 산을 증오하지요."

그러자 어머니 기손이 말했다. "그가 남자라면, 내가 이름가르트에 대해 걱정을 덜 할 텐데…… 여자애들이라면 누구든 남자하고 끝장을 볼 테니까…… 하지만 그의 강점은 무無이니……"

"어머니 기손." 내가 말했다. "하지만 어머니는 무보다 강하시잖아요."

그녀가 말했다. "내 두려움은 그의 두려움보다 크다네."

"그래요, 어머니. 하지만 어머니의 두려움은 이름가르트 때문인 거지, 어머니 자신 때문은 아니잖아요."

"두려움은 두려움이야." 그녀가 말했다.

그때 내가 말했다. "세상의 구원자 역할을 연기하려고 할 뿐 세상의 구원자가 아닌 자가 어머니에게 해를 끼칠 수는 없을 겁니다."

그러자 그녀가 말했다. "진정한 구원자는 항상 잘못된 구원자를 먼저 보내는 법이지. 사람들이 그를 위해 깨끗이 정리를 하도록 말이지…… 먼저 증오가 두려움과 함께 와야만 해. 그다음에 사랑이 오는 거야."

"참 나, 어머니, 이젠 또 구원자 얘기시로군요…… 사람들은 이성적으로 행동해야 합니다. 그러면 구원자가 전혀 필요하지 않을 테니까요. 또한 그들은 이미 사랑을 소유하고 있을 겁니다…… 그럼 그들은 어머니의 얘기에 귀를 좀 기울이기만 하면 되는 거죠."

그녀는 평온하고 안정된 모습으로 미소 지었다. "세계를 구원하는 일…… 그래, 언제나 그게 중요한 문제지…… 남자들이 지식을 갖기를 원할 때, 여자들이 지식을 갖고 그것을 보존할 때, 어쨌든 의사 선생, 언제나 중요한 건 잘 죽는 거라네…… 그런데 지식 속으로 들어가고 지식을 너무나 원하는 나머지 그것을 보여줄 수 있고 그 안에서 죽을 수도 있는 한 사람이 오게 되면…… 그때는 지식과 사랑이 하나가 되는 거야…… 여자들은 그저 여기에 있을 뿐이고, 마리우스 또한 그저 여기에 있을 뿐이야. 그리고 남자들이 도대체 어디에 숨어 있는지 그들 스스로도 아마 모를 거야…… 안 그런가, 의사 선생?"

"그렇죠, 우리는 모릅니다."

"하지만 이곳과 저곳에 동시에 존재하는, 살아 있으면서 죽어 있는 한 사람, 동시에 두가지에 해당되는 한 사람이 오게 되면……" 그녀는 내게 고개를 끄덕여 보였다. "의사 선생, 그러면 구원, 뭐 그런 것이 존재할 수 있을 거야…… 그렇지 않은가?"

"그렇죠, 다 좋은 말씀입니다, 어머니. 하지만 그게 어머니가 마리우스에게 굴복할 이유가 되지는 못합니다."

그녀는 여전히 미소 짓고 있었다. "우리는 때가 닥치면 굴복한다네. 때가 무르익었다면 어떤 일이 일어나는 것도 좋지…… 다만 때가 무르익었어야 해." 그러더니 조용히 미소 짓던 그녀가 물었다. "슈납스 한잔하지 않겠나, 의사 선생?" 아마도 그녀는 더이상 마리우스에 대해 그리고 두려움에 대해 얘기하고 싶지 않은 듯했다.

"좋죠." 내가 말했다. "당연히 슈납스 한잔하고 싶습니다. 하지만 그렇다고 해도 어머니가 마리우스에게 굴복해서는 안 되는 겁니다…… 그리고 저는 집에 가야 합니다. 카롤리네가 저녁 식사를 차려놓고 저를 기다리고 있거든요."

그리하여 나는 슈납스 한잔을 얻어 마시고 집으로 갔다. 약간은 마음이 불편하기도 했고, 아홉시가 되었기 때문에 몹시 배가 고프기도 했다. 내 오른편의 골짜기는 노동으로부터 벗어나 쉬고 있었다. 대지의 결실 속에서 쉬고 있었다. 잠들기 위해 포개어지기 전에 이미 스스로 되돌아온 세상 속에서 쉬고 있었다. 깊이 숨을 들이마시면 저 아래 농부들의 정원에서 사과가 익어가는 것이 느껴지는 듯했다. 나 자신이 지식 속으로 간 것일까? 저녁 식사를 마치고 아직 읽지 않은 의학주간지의 기사들을 검토해보기 위해 서재로 왔을 때 한순간 내가 나에게 맡겨진 지식을 피했던 것 같다는 생각이 들었다. 그것 또한 의학 연구 업무에 대한 무시가 아니었던가. 연구실 업무의 조용하고 사소한 성공들에 대한 무시가 아니었던가. 사람들이 학문적 진보라고 말하는 것에 대한 무시가 아니었던가. 내가 도시를 떠나는 데 일정 정도 기여한 것은 바로 그런 무시가 아니었던가? 나는 그저 거만하고 조급할 뿐이었던 게 아닌가? 의사가 이런 약을 처방하든 저런 약을 처방하든, 아니면 제일 좋기로는 아예 아무런 약도 처방하지 않든 상관없이, 단지 의사의 단호함과 내적인 의지만이 병상에서 중요한 것이라고 믿으면서, 모든 것을 방치해도 된다고 생각했던 것은 거만했던 것이 아닌가? 지식을 통해 사랑으로 가려 하지 않고 사랑을 직접 실행하면서, 병상에서 병상으로 다니는 사랑, 단지 증오가 의사의 직업에 속하지 않기 때문에 증오가 아닐 뿐인, 어떤 의미에서는 의무적인 사랑을 하면서 가려고 했기 때문에, 그런 직업적인 사랑을 통해 새롭고 최종적인 지식이 습득될 것을 희망했기에 조급했던 것이 아닌가? 그렇지 않았던가? 나 역시 그저 자신의 하찮은 마술에 만족하는 작은 구원자가 아니었던가? 나 역시 내게 주어진 인생에 대해 결정할 수 있는 자유를 잘못 사용하지 않았던가? 나는 지금 또 어떤 지식을 향해 나아가고 있는가? 하지만 내가 모기떼가 몰려든 전등 곁에 앉아 책을 읽고 있으면서도 더이상은 거의 읽지 못한 채, 베퀴에게 찾아가 건강해질 기미가 보이지 않는 아이를 살펴봐야 하는 게 아닌지 고민하고 있는 동안, 지상의 존재가 내는 목소리가 들렸다. 견뎌라. 이번 추수기도 견뎌라. 수확이 빈약하다 할지라도 한번 더 밭을 갈아라. 충실한 하인이 되어라. 다시 한번 시작해라. 처음부터 시작해라. 왜냐하면 너는 매번 다시 무한의, 지식의, 사랑의 출발점에 서 있기 때문이다.

258

10

팔월이 끝나가고 있었다. 추수한 곡물은 저장되었고, 이제 이름 가르트는 산골농장의 할머니 집에 와 있었다. 아직 과일 수확이 끝나지 않았지만, 아랫마을에서는 그 일에 더이상 그녀를 필요로 하지 않는다. 추수기 동안 계속 좋은 날씨가 지속되었다. 낮은 뜨거웠고 별똥별이 가득한 밤은 밝고 광대했다. 이제는 비가 와도 아무 상관이 없을 터였다. 하지만 여전히 좋은 날씨가 계속됐다.

나는 저녁이 깃든 정원에 주크와 함께 앉아 있었다. 그의 아들들이 로자에게 놀러와 있었는데, 그가 숲에서 일을 마치고 집으로 가는 길에 아이들을 데려가려고 온 것이었다.

로자는 주크의 큰아들인 알베르트와 함께 잔디밭에 앉아 풀잎 관을 만들고 있었다. 로자가 가는 곳마다 졸졸 따라다니는 막내에게는 굉장히 가슴 아픈 일이었지만, 로자는 나머지 두 동생에게는 관심을 기울이지 않았다.

주크는 또다시 자신이 가장 좋아하는 주제에 대해 얘기하고 있었다. "선생님은 우리가 총을 쏘도록 내버려두셨어야 해요, 의사 선생님."

"하지만 주크, 이 코미디는 결국엔 흐지부지 끝날 일이잖소……"

그는 굉장히 지혜로운 표정을 지었다. "의사 선생님, 누군가가 선생님을 향해 도끼를 쳐들면, 그때도 가만히 계시면 안 됩니다……" 그것을 실연해 보이기 위해 그는 자기 옆에 놓여 있던 수목용 도끼를 들어올렸다.

"알았어요, 주크. 하지만 벤첼의 도끼 역시 이 도끼와 마찬가지로 공격에 나설 일이 거의 없을 거요……"

"그건 아무도 모르는 일입니다…… 먼저 공격한 사람이 이기는 겁니다…… 그리고 나쁜 녀석은 해롭지 않게 만들어둬야 하는 겁니다."

그는 자리에서 일어섰는데, 자신의 말을 강조하기 위해서이기도 했지만, 거친 분노가 올라와서이기도 했다. 하지만 동시에 그는 스스로의 분노에 대해 웃음을 터뜨릴 수밖에 없었다.

"저 두 나쁜 녀석들이 벌써 아랫마을 사람 전부를 선동했어요……"

"마리우스도 그렇게 나쁜가요?"

"더 나쁘죠…… 그자는 이제부터 비로소 나빠질 겁니다. 그자는 계속해서 나빠질 거예요……"

어머니 기손이 그에 대해 뭔가 비슷한 이야기를 했던 것이 떠올랐다. 하지만 나는 그저 어깨를 으쓱해 보였다. "세상에, 바보 하나가 여러 명의 바보를 찾아내는 법이죠……"

"어머니 기손이 이름가르트를 올라와서 지내도록 한 것은 옳은 일이었어요." 기이하게도 그 역시 그녀를 떠올리고 있었다.

"물론이죠."

그는 영웅적인 기분에 사로잡혀 도끼를 흔들며 이리저리 움직인다. "어머니 기손은 자기 행동의 이유를 잘 알고 계시죠. 이름가르트는 우리에게 속한 아이니까요."

그러고는 그는 명령을 내렸다. "얘들아, 집으로 가자!"

호령에 놀란 로자는 도끼를 휘두르는 남자를 보고 두려워하며 큰 소리로 울기 시작했다. 주크는 곧바로 도끼를 내려놓고 우는 아이를 안아 코끝에 뽀뽀를 해주었다. 하지만 그래도 아무 소용이 없자 그는 네 발로 엎드리고 아이를 등에 앉혔다. 그렇게 풀밭을 몇 바퀴 돈 후 그는 제자리에 멈춰 서서 조심스럽게 기수를 내려놓았다. 당장 내가 예상했던 일이 벌어졌다. 로자가 "한번 더 해줘요"라고 말하고 다시 그의 등 위로 기어올라갔던 것이다. 그리하여 영웅적인 주크는 처음부터 다시 한번 시작해야 했다. 결국 내가 그를 해방시켜주고 로자를 다시 풀잎관 만들던 자리에 앉혔다.

"예쁜 아이는 아니네요." 내게로 돌아오면서 그가 말했다. "하지만 아이는 아이니까요."

그때 베취가 나타났다. 그는 로자를 보자마자 벌써 당황스러운 눈빛이 되었다. "얘야, 당장 이리 와. 잔디가 젖었잖아, 감기 걸리겠다……" 하지만 곧이어 그는 자신이 나의 의료적인 관리에 개입했다는 사실에 깜짝 놀라 입을 다물었다. 그러더니 그가 더듬거리며 말하기 시작했다. "……그렇지 않은가요, 의사 선생님…… 그러니까 이제 추워질 거라는 거죠…… 그러니까 정말 추워지면……"

"아뇨, 베취. 난 전혀 그렇게 생각하지 않아요."

"그렇군요……" 그는 낙심했고 미안해했다.

"에이, 속상해하지 말아요, 베취…… 아이는 어떤가요?"

"혹시 한번 더 건너와주실 수 있을까 해서요, 의사 선생님……"

"무슨 일 있어요?" 나는 약간 걱정이 되었다. 아이가 바로 낫지 않았기 때문이다. 지금은 신장에 문제가 있었다. 바로 그 이유 때문에 내가 여자애를 내 집에 맡아두고 있는 것이었다. 저 윗집의 가여운 작은 부인은 그렇잖아도 너무 많은 부담을 지고 있었다. 모든 불운한 사람들이 으레 상황에 잘 적응하듯이, 그 두 사람은 이제 더이상 딸의 부재를 거의 느끼지 못하고 있었다.

"열이 다시 올랐어요……"

"그런데 지금은 저녁인데…… 하지만 한번 더 가보기로 하지요."

주크가 동정하듯 말했다. "그래요, 아이들 문제니까요."

내가 말했다. "이봐, 주크, 자네는 불평하지 말게나. 자네의 개구쟁이들은 의사에게 돈 벌 거리를 주지 않잖아. 그 점에서는 아버지를 닮은 거지……"

"그 점은 닮을 만하지요"라고 말하며 주크가 웃었다.

"훌륭한 아들들이지, 훌륭한 아들들이야." 베취의 말소리가 들렸다.

"입 다물어, 베취." 주크가 이 말과 함께 그의 어깨를 턱 소리가 나도록 한대 때렸는데, 솔직한 심정을 말하자면 난 조금은 만족스럽기도 했다.

"나쁜 아저씨." 우리 옆에 있던 로자의 앳된 목소리가 울리는 바람에 우리는 모두 깜짝 놀랐다. 아이는 아버지가 옆에 있어서 용감해졌고, 자기 아버지의 편을 들며 자신의 작고 검은 손가락으로 주크를 가리켰다.

"당장 조용히 해라." 베취가 불안해하며 꾸짖었다. "이 아저씨는

착한 사람이야, 아주 착한 사람." 좀더 정확하게 말하자면 그는 '차칸'이라 발음하지 않고 '차간'이라 발음했다.

"맞아." 주크가 달래듯이 말했다 "난, 차간 사람이야."

"너무 잘난 체하지 말게, 주크! 베취는 지금 어깨가 화끈거릴 텐데."

"맞아요." 베취가 내 말에 용기를 얻어 그렇게 말하고는 자기 어깨를 문질렀다. 하지만 그러면서 친근하게 미소 지었다. "모두들 날 함부로 대하죠…… 당신까지도, 주크 씨……"

주크는 진지해졌다. "너무 많이 참지는 말게나…… 그들에게 한 번쯤은 본때를 보여줘. 그럼 잠잠해질 걸세."

"그게 다 무슨 소용이 있겠어요." 판매대리인은 하소연했다. "그 사람들이 날 집에서 쫓아내게 되면, 그게 다 무슨 소용이 있겠냐고요……"

"우리가 자네를 쫓아내지 못하도록 할 거야." 주크가 단언했다. "사실상 우리도 공동체에 속한 사람들이니까 말야……"

"하지만 벤첼 씨가……"

"내게 벤첼 이야기는 하지 마." 주크가 거칠게 말했다.

"벤첼이 뭐라 하던가?" 내가 묻는다.

왜소한 판매대리인은 애써 분을 삭이며 말한다. "그가 말하기를…… 그가 말하기를 나를 쫓아내지 않으면 다시 한번 지진이 일어날 것이고 온 마을 사람들이 쫓겨날 거랍니다."

"정말 바보 같은 소리야." 내가 판결을 내렸다. "갑시다, 베취. 환자나 살펴보는 게 더 좋을 것 같소……"

나는 그에게 먼저 가보라고 했다. 왜냐하면 주크가 내 팔소매를 잡아당겼기 때문이다.

주위가 어두워졌다. 집 안에서는 부엌 창문 뒤로 전등 불빛이 타오르고 있다. 자갈 위로 노란색 사각형이 드리워진다. 그러더니 거기 그림자가 나타나는데, 그것은 카롤리네이다. 그녀는 창문 밖으로 몸을 굽히고 "로자" 하고 부른다.

"자 보세요." 주크가 말했다. "원흉은 벤첼이 아닙니다…… 마리우스죠…… 하지만 그자는 조심해야 할 겁니다. 산이 그자 역시 가만두지 않을 테니까요."

그가 이 말을 너무 진지하게 하는 바람에 나는 지역 정치와 산의 마법이 결합되는 것은 매우 우스운 일이라고 생각하고 있었음에도 굉장히 섬뜩한 느낌이 들었다.

"글쎄." 내가 말했다. "산은 빼고 얘기하기로 하지."

주크가 다시 웃었다. "좋습니다, 의사 선생님."

이제는 거의 완전하게 깜깜해졌다. 풀과 나뭇잎 들은 서늘한 검은빛 바람으로 인해 흔들렸다가 다시 잠잠해지고, 그러다가 또다시 흔들렸다. 우리는 둘 다 귀를 기울였다. 그러고는 주크는 자신의 아들들을 데리고 갔고, 나는 베취의 집으로 갔다.

베취는 이미 현관에 나와 나를 기다리고 있었다.

그곳의 상황은 정말 좋지 않았다. 신장의 염증은 나아진 것처럼 보였지만, 이제 아이는 자신의 귀와 머리를 붙잡고 있었다. 실제로 한쪽 중이에 의심할 바 없이 염증이 발생해 있었다. 벤첼이 이런 애는 아예 태어나지 말아야 한다고 말했던 것이 옳은 얘기는 아닐까? 순전히 염려로 인해 나는 거의 화가 날 지경이었다. 무슨 일이 있어도 이 아이를 낫게 하겠다는 열의 때문에 화가 날 것만 같았다. 사실 지금까지 소홀히 한 부분은 전혀 없었다. 그래도 베취와 같은 불운한 사람의 경우엔 모든 상황에 대비를 해야 했다. 하지만 곧바로 결정할 수 있는 것은 아무것도 없었고, 몇시간 혹은 하루를 더 기다려야 할 수도 있었다. 지금 필요한 건 그저 따뜻하게 해주고 열이 내리도록 약간의 조치를 해주는 것뿐이었다. 그 작은 아이는 거기 무감각하게 누운 채 가끔씩 신음 소리를 냈다. 어쨌든 내가 나중에 한번 더 들여다볼 필요가 있었다. "약을 한가지 더 가지고 올게요." 나는 그렇게 말하고 집으로 왔다.

나는 여유를 두고 기다렸다. 좀더 정원에 앉아 있었다. 바로 다음날 아침에 구급차를 불러야 할지 고민했다. 군병원까지는 차로 세시간을 가야 했다. 물론 내가 직접 고막을 절개할 수도 있었다. 하지만 두부 절개가 필요할 수도 있다는 점을 고려해야 했다. 숲은 고요했다. 이곳저곳에 흩어져 있는 몇몇 덤불 위에서 반딧불이 반짝였다. 베취의 집에서는 통에 물을 붓고 있었다. 그러더니 그 집의 창문 하나가 열렸다. 유리가 가볍게 떨리는 소리가 들렸고 그다음엔 창문 고리를 거는 소리가 들렸다. 별똥별 하나가 떨어져 가문비나무들 뒤로 사라졌다. 그때 나는 마침내 일어섰다. 시간은 대략 열시쯤 된 듯했다. 나는 파이프를 털어내고 윗집으로 건너갔다.

환자가 있는 방의 불빛은 낮추어져 있었고, 공기는 시큼한 냄새를 풍겼다. 나는 의자 하나를 침대 곁으로 끌어다놓고 앉아 기다렸다. 베취 부인은 지친 모습으로 창가에 앉아 두려움에 가득 찬 간절한 눈빛으로 나를 관찰하고 있었다. 베취는 이미 잠자리에 들었다. 그는 전날 밤을 꼬박 새웠던 것이다. 그들은 그렇게 서로 교대를 했다.

"내가 여기 있을 테니 좀 쉬는 게 어떻겠어요?" 내가 묻는다.

"아이고 아닙니다." 우울한 대답이 들려왔다.

그렇게 우리는 그곳에 앉아 있었다. 나는 내가 늙었다고 느꼈다.

사실 나는 내가 있음으로써 그렇잖아도 좋지 않은 상황이 실제보다 더 안 좋은 듯한 느낌을 주는 것을 막기 위해 그 자리를 떠났어야 마땅했다. 하지만 내가 참고 견디기만 하면 모든 일을 좋은 쪽으로 돌이킬 수 있을 거라는 기이한 감정이 나를 붙잡아두고 있었다. 늙어가는, 게다가 약간 살까지 찐 사내인 내가 나의 의지로 이 아이의 몸이 변화를 보이도록 도울 수 있을 것만 같았다. 아이의 몸이 절박한 상황까지 나아갔다가 그곳으로부터 승리하여 솟아오를 수 있도록 내가 도울 수 있을 것 같았다. 나를 이곳에 붙잡아두고 나로 하여금 간병인의 임무를 하도록 만든 것은 선의가 아니었다. 그것은 사랑이 아니었다. 정말이지, 그것은 의사로서의 명예심조차 아니었다. 그것은 일종의 전투의지 같은 것에 훨씬 더 가까웠다. 물론 약간의 졸림이 동반된 전투의지이긴 했다. 그러나 가장 끈질긴 종류의 의지이기도 했다. 왜냐하면 나는 결국 선잠에 빠져들었는데, 피로에 찌든 선잠 상태에서의 자동반응은 나의 의식을 약간 풀어놓기도 했지만, 동시에 에너지를 불러일으켜 낮에는 볼 수 없는 일종의 몽환적인 자체 생명력을 부여했기 때문이다.

내가 트랩이 건너편에서 짖는 소리를 들은 것은 새벽 네시경이었다. 의식이 축소된 상태로 있었던 나는 개가 친절하게도 이제는 제발 잠자리에 들라고 재촉하는 것 같은 느낌을 받았다. 사실 개가 옳았다. 아이가 결정적으로 위험한 상태에 이를 때까지 얼마나 더 걸릴지는 예측할 수 없었다. 내가 할 수 있는 일은 다 한 상태였다. 영원히 그곳에 앉아 있을 수는 없었다. 나는 몸을 일으켰다.

계속해서 나를 관찰하고 있던 베취 부인이 물었다. "상태가 나아졌나요?"

"그러길 바랍니다, 부인. 보시다시피 아이는 자고 있어요. 아이를 깨우지 마세요."

그러고 나서 나는 떠났다.

아직도 어두웠다. 숲은 여전히 밤의 기운 속에 경직되어 있었다. 하지만 내가 현관문을 나서자 맞은편에서 두명의 여자 형체가 나타났다. 그러니까 트랍은 이것을 알린 것이었다. 나는 손전등을 켰다. 그들은 어머니 기손과 이름가르트였다. 나는 그들이 약초를 캐러 가는 길이라는 것을 즉시 알아챘다.

"안녕하세요, 어머니. 제가 내년에 마실 슈납스를 마련하러 가시는 거군요…… 두분 훌륭하십니다."

"맞아." 그녀는 유쾌하게 말했다. "이제는 이름가르트가 배워야 하니까…… 내가 더이상 이곳에 없게 되면……"

"말도 안 돼요, 어머니."

"남들 잠잘 시간에 나랑 싸우지 말자고…… 그런데 여기서 뭐하는 건가? 아이 상태가 그렇게 안 좋은가?"

"그렇게까지 심한 건 아닙니다…… 사실 어머니가 한번 살펴보실 수도 있을 텐데요."

그녀는 약간 이상하게 불편한 표정을 지었다. 사실 내가 그녀에게서 본 적이 없는 표정이었다. "난 그 사람들을 그렇게 좋아하지는 않아." 그래도 그녀는 이렇게 덧붙였다. "하지만 결국 아이는 아이니까."

어른들의 얼굴에 새겨지고 굳어진 어리석음을 생각해본다면 아이들은 정말이지 가장 견딜 만한 존재들이다.

"맞아요." 내가 말했다. "한번 들여다보세요, 어머니…… 그런데 산속으로 가지고 가시는 그건 뭔가요?" 나는 이름가르트가 손에 들고 있던 상당히 무거워 보이는 보따리를 가리켰다.

어머니 기손은 보따리를 잡더니 무언가를 꺼내서 내게 내밀었다.

나는 손전등으로 그것을 비췄다. 곡식 낟알이었는데, 바로 위에서 비추는 불빛 속에서 기이한 황갈색을 띤 채 축축하게 빛나고 있었다.

"새로 수확한 곡물이로군요." 나는 그렇게 말했지만 거기에 어떤 사정이 있는지는 알아채지 못했다.

"산이 우리에게 약초를 준다면, 산 역시 그 보답으로 무언가를 받아야지…… 이번에는 이름가르트가 산에게 이것을 주게 될 거야."

"그렇군요."

"이 아이가 산신부였으니까."

"그 일은 언제나 산신부가 하는 건가요?"

"산신부가 약초를 캘 경우라면 당연하지."

"그럼 산이 그 곡물을 받나요?"

"자네가 약초를 찾게 되거든, 곡물 하나를 그곳에 놓아둬야 해. 그게 당연한 일이야…… 그리고 물에도 하나를 줘야 해…… 인간이 고마움을 몰라서는 안 돼." 어머니 기손은 나지막하게 웃었다.

"그리고 그걸로 제 슈납스가 만들어지는 거죠?"

"그렇지, 자네의 슈납스도 만들지."

"행운을 빕니다, 어머니 기손. 행운을 빈다, 이름가르트."

그들은 가던 길을 계속 갔고 나는 잠자리로 향했다.

여덟시경이 되어 내가 막 일어났을 때 전화벨이 울렸다. 베취가 아랫마을로 내려오도록 건너편 집에 전갈을 좀 전해달라는 내용이었다. 타작기계에 뭔가 문제가 생겼다는 것이었다. 베취는 타작기계의 판매대리인이기도 하기 때문이다.

나는 카롤리네를 건너편으로 보내면서 동시에 아이 상태는 어떤지도 물어보도록 했다.

몇분 후 베취가 왔다.

"아이는 어떤가요?"

"애는 자고 있어요, 의사 선생님…… 그럼 괜찮은 건가요?"

"그런 것 같군요."

"그럼 안심하고 갈 수 있겠네요…… 아니면 그냥 전화 통화만 하는 게 더 나을까요?"

"안심하고 내려가봐도 돼요."

"이제는 아랫마을에서 저를 부르는군요." 그가 모욕을 당한 듯한 어조로 이야기했다. "이제 저는 다시 '베취 씨'가 되겠지요. 하지만 그들은 다른 땐 길에서 제 등에 대고 '무선 인간'이라고 욕을 하죠…… 공개적으로 말입니다……"

"너무 신경 쓰지 말아요, 베취……"

"어쩌면 제가 차라리 그냥……"

"아녜요, 내려가보도록 하세요……"

그는 사라졌다.

기이한 일이지만 나 역시도 사실은 이 성실하고 부지런하고 왜소한 사내를 좋아하지 않았다. 어쩌면 그것은 그가 하고 있는 일의 방식과 관련이 있는 것인지도 몰랐다. 거기엔 기계 판매대리인, 보험 외판원, 라디오 판매상, 그리고 뭔지는 몰라도 그가 생계를 유지하기 위해 하고 있는 다른 모든 일까지 해서 온갖 직업과 업무가 다양하게 섞여 있었는데, 그럼에도 불구하고 그것은 어떤 완성된 형태를 이루지 못했고, 신에게서 부여받은 노동의 리듬에 들어맞는 하나의 직업이 되지 못했다. 물론 나의 노동 또한 우연에 맡겨진 것이긴 하다. 한번은 이쪽 병상으로 갔다가, 다음엔 저쪽 병상으로 향한다. 나의 노동은 시골 의사의 상황이 으레 그렇듯 치과 업무와 조산 업무 그리고 외과 수술 집도로 이루어져 있다. 나의 노동엔 대지의 삶과 농부의 삶을 결정짓는 밀물과 썰물의 균형이 주어져 있지 않다. 하지만 그 배경에는 출생과 죽음의 거대한 리듬이 존재한다. 나는 단순히 치과용 충전재를 만들 때조차도 그 리듬에 복종한다. 또한 나는 그 리듬으로부터 내 창조 작업의 품위를 얻기 때문에, 그것은 의미 없이 대지 위로 흘러가지 않는다.

그런데 그날은 좋은 확신이 드는 날이었다. 그것은 어쩌면 어머니 기손이 산속에 곡물을 뿌렸기 때문일 수도 있고, 내가 밤샘 간호를 한 것이 성과가 없지는 않은 듯했기 때문일 수도 있다. 나는 뭔가 좋은 것을 기다리고 있는 사람처럼 여유를 부렸다. 내가 아이를 살펴보기 위해 윗집으로 건너간 것은 이미 오전이 환하게 밝은 후였다. 그런데 정말로 상황이 나아져 있었다. 아이는 환한 눈빛으로 침대에 누워 있었다. 열은 내렸고 통증도 없었다. 사람의 상황이 그렇고 보니, 나는 이제 열려 있는 창문을 통해 밀려들어오는 바람도 느낄 수 있었다. 벌써부터 가을의 느낌이 드는 친근하고 신선한 바람이었다.

"좋아요." 내가 말했다. "좋습니다, 친애하는 부인."

그녀는 울기 시작했다. 밤을 꼬박 새우고 난 사람은 왈칵 눈물을 쏟기 쉽다. 즐거운 것과 언짢은 것이 눈 속으로 들어오고, 코를 풀지 않을 수 없게 되는 것이다.

내가 그 집을 떠나려는 순간 베취가 마을에서 막 돌아왔다.

나는 그에게 큰 소리로 말했다. "아이 상태가 좋아졌어요."

그는 그 자리에 멈춰 선 후 두 손을 경건하게 깍지 꼈다. "사랑의, 사랑의 하느님, 그리고 모든 성인들이시여, 사랑의 하느님 당신께 감사드립니다."

"자, 이리로 좀 와봐요, 베취." 나는 감동했다.

하지만 그는 이미 소스라치게 놀란 상태였다. 자신이 사랑의 하느님과 모든 성인들을 나보다 우선시하고 그들에게 먼저 감사를 표했기 때문이다. "기분 나빠하지 마세요, 의사 선생님…… 정말 감사드려요, 정말 감사하죠……" 그리고 우리는 악수를 했다.

"그래, 아랫마을에서 무슨 일이 일어난 거요?"

그는 너무 멍한 상태여서 내게 상황을 조리 있게 설명하지 못했다. 그러니까 밤사이에 타작기계 창고가 열렸고 어떤 개구쟁이 한 명이 엔진의 접속 부분에 쇠막대기를 꽂아놓았다는 것이다. 그래서 오늘 사람들이 타작을 하기 위해 엔진을 가동시키려고 했을 때 예기치 않은 사건이 벌어졌다. 누전이 되면서 엔진을 둘러 감고 있던 전선이 모두 타버렸다고 했다.

"그런 사고가 나다니…… 그렇다면 이제는 손으로 타작할 수밖에 없겠군요?"

"에이 아닙니다…… 그것 때문에 사람들이 저를 아랫마을로 부른 거죠…… 제가 클레이톤사의 판매대리인이니까요……"

"정말요? 당신이 엔진을 고칠 줄 안다고요……? 당신이 그런 걸 할 수 있으리라고는 전혀 생각하지 못했는데."

"아뇨, 전 그런 건 못합니다…… 전 그저 대리인일 뿐인걸요…… 하지만 제가 전보를 쳤습니다. 상세한 전보를 보냈죠. 이제 엔진을 완전히 새로 둘러 감아야 합니다…… 아니, 그들이 대체 엔진을 새로 보내야 하는 거죠, 차로 말입니다. 내일이면 도착할 겁니다."

"아니, 그럼 손으로 타작하는 게 별 의미가 없겠군요."

"그렇죠, 전혀 의미가 없죠."

"그 일로 당신이 돈을 좀 벌 수 있으면 좋겠군요."

"아뇨, 아뇨, 저도 불행한 사고로 돈을 벌고 싶지는 않습니다."

"누구 의심 가는 사람이 있나요?"

베취는 범죄자를 찾으려는 어떤 노력도 희망이 없다는 의미의 몸짓을 했다.

그러고는 그가 말했다. "사실 누가 그랬는지는 아무도 관심이 없어요…… 타작공동조합은 파손에 대한 보험을 들어놓았으니 수리는 보험사가 떠맡을 겁니다…… 그리고 만일 보험회사가 고발을 한다 해도, 이곳에는 그들을 도와줄 만한 사람이 전혀 없을 겁니다…… 그저 모든 이들이 보험회사가 한번 거액을 지불해야만 한다는 사실에 즐거워할 뿐이죠. 경찰도 그 사실을 알고 있고요."

"그건 물론 다른 문제죠."

"사실 제가 이 기계들에 대한 보험 계약을 체결했죠." 그가 약간은 자랑스러워하며 말했다.

"그렇다면 불평할 것도 없겠군요."

"그렇죠." 그가 겸손하게 말했다.

"하지만 그래도 의심이 가는 사람이 있나요……?"

"그 일에 연루되고 싶지 않습니다." 그는 소심하게 거부했다. 하지만 그가 갑자기 물빛처럼 푸른 두 눈을 굴렸다. "그런데 길에서 자베스트네 페터가 혀를 내밀며 '무선 인간' 하고 소리 질렀어요……"

그래, 그래, 페터구나!

"어떻게 생각해요, 베취. 페터일 수도 있지 않을까요……?"

"아뇨, 아뇨, 전 아무런 생각도 들지 않습니다. 전 차라리 아무것도 모르고 싶습니다……"

"그럼 벤첼은 어떻게 행동하던가요?"

"벤첼요……? 예, 그 사람은 거기 서서 웃고 있었어요……"

"그럴 테죠." 내가 말했다. "자, 베취, 아들에게 들어가보는 게 좋겠어요……"

그가 깜짝 놀랐다. "어떻게 잊어버릴 수가 있지!" 그러고는 그는 집 안으로 달려들어갔다.

안나 주크의 죽음으로 인한 고통을 겪었을 때, 그리고 베취의 아들을 구해낸 기쁨을 느꼈을 때, 나는 고통과 기쁨 이 두 감정이 내가 약 십오년 전에 겪었던 하나의 체험 속에 깊숙이 자리 잡고 있었다는 것을 알아채지 못했다. 그 여인의 이미지는 내 기억 속에 너무나 깊이 흡입되어 있어서, 기억이 그로부터 새로운 토양을 얻어올 정도였고, 잊을 수 없는, 지울 수 없는 것이 되었다. 내가 그것을 지우려고 아무리 노력해도 이 이미지는 다시 현재가 되었다. 그것은 희미해져가는 배경으로서뿐만 아니라, 단단하고 구체적인 모습으로 기억의 공간 속에 자리 잡고 있다.

나는 그 여인이 내가 그녀를 처음 보았던 그 모습대로, 병원의 본부 건물에서 나와 성큼성큼, 약간 흔들거리는 듯한 여성답지 않은 걸음걸이로, 가볍고 조금은 낡은 손가방을 들고, 어느 모로 보나 시민적인 인상을 풍기면서도 시민성을 뛰어넘는 어떤 분위기에 둘러싸인 채, 병원의 정원을 가로질러 소아과 병동을 향해 걸어와서는, 손가방이 걸리적거려 그렇잖아도 잠금장치 때문에 곧바로 열리지 않는 육중한 병동의 문을 힘겹게 여는 모습을 본다. 그날은 무거운 잿빛 겨울이 지나고 찾아온 초봄의 어느날이었다. 그녀가 조용히 닫히다가 마침내 가벼운 찰칵 소리와 함께 잠겨버린 문 뒤

로 사라졌을 때, 정원에는 라일락과 밤나무의 연한 녹색이 남아 있
었다. 나는 오늘도 그때의 그녀 모습을 눈앞에서 본다.

그 당시 나는 그녀가 자녀들을 만나러 온 어머니들 중의 하나라
고 생각했다. 물론 그녀가 새로 고용된 의사라는 사실을 금세 알게
되긴 했다.

수석의사가 휴가를 떠나고 관례에 따라 내가 차석의사로서 그
의 업무를 대신 맡게 되면서 나는 업무적으로 그녀와 더 가까워졌
다. 의사로서 그녀의 능력은 뛰어났다. 지식이 풍부하고, 결단력 있
고, 거의 분노에 가까운 권위를 갖춘 그녀는 가장 나이 어린 전공
의임에도 아무도 눈치채지 못하는 사이에 과의 지휘권을 장악해
갔다 ─ 그녀의 두 동료는 사실상 존재감이 별로 없었고, 과장인
M 교수는 이미 너무 연로해서 회진 후에 곧바로 귀가할 수 있게
된 것을 좋아하지 않을 이유가 없었다 ─ 간호사와 직원 들은 그녀
가 시키는 대로 따랐다. 하지만 이 모든 것보다 더 결정적인 요소
는 그녀가 굉장히 독특한 유형의 타고난 의사라는 사실이었다. 그
녀는 진단을 할 때 투시라도 하듯이 확신에 차 있었고, 아마도 그
런 직관 덕분인지 처음부터 환자와 친밀한 관계를 형성하고 그의
내적인 동맹자가 되었다. 이러한 성향이 매우 강했기 때문에 아이
들조차도 그런 분위기에 사로잡혔고, 그래서 일반적으로 병원에서
아이들을 장난스럽게 다루는 것과 달리 그녀가 금방이라도 화를
낼 것 같은 표정으로 계속해서 이마를 찡그린 채 침대맡에 앉기만
해도 어린 환자는 편안해하고 행복해했다. 그녀가 무언가를 살피
면서 이마를 찡그린 채 병실을 가로질러 가면 수많은 눈이 기대에
차서 그녀의 뒤를 좇곤 했다.

그녀는 아이들에게 자신을 바르바라 선생님이라 부르게 했고,

이 명칭은 간병인들을 통해 병원 전체에 통용되게 되었다.

내가 병원 관리를 맡고 있는 기간 동안 가끔씩 그녀의 제어되지 않는 권위욕으로 인해 작은 의견 충돌이 있긴 했지만, 전반적으로 나는 그녀와 아주 좋은 관계를 유지했다. 왜냐하면 내가 그녀의 능력과 지식을 존중한다는 것을 그녀가 알아차렸기 때문이다. 우리는 훌륭한 남성적, 아니 좀더 정확하게 말하자면 성별과 무관한 업무적 연대를 이루었다. 하지만 만일 내가 한번이라도 그 문제에 대해 생각해봤더라면 기본적으로 나는 이마를 찡그린 채 생각에 잠겨 있고, 열정적이고, 하얀 가운을 입은 채 애교도 없이 사무적으로 민첩하게 일하는 이 여성을 남성적 유형으로 분류했을 것이다. 그런 관계는 나의 마지막 회진 때까지 지속되었다. 수석의사의 휴가가 끝났고 이제 내가 휴가를 떠날 차례였다. 우리는 다시 한번 어느 환자의 수술 가능성 여부를 놓고 토론을 벌이게 됐다 — 왜냐하면 나는 외과 수술이 불필요했던 경우를 너무 자주 보아왔기 때문이다 — 이번에는 그녀가 순응했고 경과를 지켜보자는 데 동의했다. 나는 그녀와 작별했다. "이봐요, 바르바라 선생. 우린 작별인사를 할 필요가 없어요. 당신이 실험실로 날 자주 방문할 테니 말이오."—"그럴 기회가 있겠죠." 그녀가 대답했다. 자신이 굴복했다는 사실 때문에 언짢은 말투였는데, 그러면서 수수하게 가르마를 탄 머리를 쓰다듬어 단정하게 정돈했다. 내가 왜 그 순간에 그 손이 여성적인 손이란 걸 보게 된 건지, 왜 그 손이 오직 여성의 손만이 가질 수 있는 여성성을 갖고 있다는 걸 깨닫게 되었는지 그 이유는 내게 영원히 해명되지 않은 채 남게 될 것이다. 나의 어머니가 내 머리를 쓰다듬어주셨던 후로 그것은 내가 다시 보게 된 최초의 진정한 여성적 손이었다. 그날 이후로 이 인상은 계속해서 남아 있었다. 나는 이렇게 말했다. "당신은 뛰어난 의사예요, 바르바라 선생. 하지만 당신은 어머니로서 훨씬 더 뛰어날 것 같아요."— "첫번째 말씀은 전문가로서의 평가니까 기분이 좋은데요." 그녀는 그렇게 말하며 웃고는 가버렸다.

당시는 초여름이었다. 병원의 정원에 서 있는 밤나무들은 여전히 꽃을 피우고 있었지만, 그 화려함은 이미 조금 지쳐 있었고 어서 소나기가 쏟아져 자신들을 완전히 파괴해주기를 기다리고 있었다. 그날 저녁 내가 병원 실험실 위의 숙소에서 창가에 기댄 채 나무들을 내려다보고 그 나무들 너머로 지친 잿빛을 띤 도시의 지붕들의 바다가 저녁 속에 서서히 녹아드는 것을 내려다보고 있을 때, 지평선 가장자리의 머나먼 높이까지 어스름해지면서 어떤 얼굴이 그 저녁을 가득 채웠다. 그 얼굴은 상앗빛이었다. 타르처럼 시커먼 적갈색 머리카락 아래 상앗빛 갈색 얼굴에서 흐릿하면서 금방이라도 화를 낼 듯한 두 눈이 빛나고 있었다. 그리고 그 저녁은 세계의 가르마 위에 놓인 무한히 부드럽고, 무한히 여성적인 손 같았다.

그것은 환영이 아니라 갑작스럽게 가시적인 세계로 들어선 제2의 현실이었다. 그것이 아름다웠고, 이마를 찡그리고 있었고, 또한 도무지 물리쳐지질 않았기 때문에 난 다음날 휴가를 떠날 수 있다는 사실이 기뻤다. 나는 마흔두살이고 그녀는 스물여덟살이다, 라고 나는 생각했다. 그녀에게 나는 너무 늙었다. 그녀는 나와 마찬가지로 의사이다. 환상이 없다. 의사의 업은 운명이지 직업이 아니다. 의사의 관념세계는 운명적으로 하나의 다른 세계이다. 그 관념세계로 인해 직업은 운명이 된다. 우리는 죽음에 대한 경외심과 생명에 대한 경외심에 사로잡혀 있다. 우리가 서로를 만나고 다른 인간을 만나는 것은 언제나 인간이 성性을 영원히 벗어버리고 풍경이 존재하지 않는 땅으로 건너가는 그런 순간에 놓여 있을 때이다. 그녀는 바르바라 선생이고, 그녀를 여자로 보았던 것은 착각이었다. 그녀가 나를 남자로 보는 일은 거의 있을 수 없다. 휴가가 끝나고 나면 상황은 달라질 것이다. 왜냐하면 그때는 제2의 현실이 더이상 존재하지 않을 것이기 때문이다.

  제2의 현실은 휴가 중에도 세상으로부터 사라지지 않았다. 반대로 제1의 현실, 사십이년 동안 내가 만들고 작업해왔던 나의 현실은 저 제2의 현실에 의해 점점 더 밀려나버렸다. 그리고 제2의 현실은 자라났다. 제2의 인생이 갖는 온갖 고통과 함께 자라났다. 분노의 불꽃을 튀기며, 증오에 가득 차서, 그럼에도 대천사와도 같은 아름다움으로 그것은 제1의 인생 곁에서 그것을 이겨내려 힘을 내고 있었다. 만일 내가 산속에 있었더라면, 만일 내가 내 영혼을 나의 육체로부터 기어나오게 했더라면, 만일 내가 빙하의 숨결 속에서 제정신을 찾았더라면 아마도 그렇게 되지 않았을 것이다. 하지만 나는 남쪽 바다에, 젊지 않고 남성적이지 않은 풍경 속에 있었다. 그럼에도 불구하고 그것은 청춘의 풍경이고 거친 풍경이다. 그것은 비탈에서 자라는 올리브나무처럼 잿빛이고, 포도밭처럼 뜨겁고, 떡갈나무 언덕처럼 어둡고 서늘하며, 도자기 모양 구름처럼 상앗빛을 띠고 있다. 그 구름 아래서는 별과 같은 눈빛의, 별처럼 빛나는 바다, 남쪽 바다, 지중해가 일렁이고 있다 ── 그리고 잿빛 눈을 가진, 화가 나 있는, 구름을 일그러뜨리고, 환한 빛을 발하고, 깊은 생각에 잠긴, 내가 과거에 겪어냈지만 이제는 더이상 내가 속해 있지 않은 청춘의 온갖 고통과 함께, 나이와 상관없는, 과거에도 미래에도 속하지 않은 새로운 현실, 삶의 중심이 위대함 속에서 굳어지면서 모습을 드러낸다. 그것을 저 여성에 대한 열망이라고 보기는 어려웠다. 왜냐하면 그것은 그녀의 실제 형상보다 더 다채로웠고, 더 무조건적이었고, 더 특별한 모습으로 존재했기 때문이다. 자연이 너무나 강렬하게 그녀에 대한 비유로 변모했던 것이다. 하지만 그녀 또한 자연의 비유가 되어, 비유의 비유가 되었고, 그리하여 그 여성에 대한 열망과 그 통일성과 단순함의 비유 속으로 들어가고자 하는 열망이 내 유일한 열망이 되었다. 우리는 서로 편지를 교환한 적도 없었고, 안부 엽서 한장 보내지 않았다. 하지만 집으로 돌아오면서 나는 그녀를 사랑하기로, 그녀와 결혼하기로, 그녀의 품속으로 도망치기로 굳게 결심했다. 그 정도로 내게는 그녀가 운명적으로 정해진 존재처럼 보였고, 그녀의 사랑에 대해서도 나는 거의 확신하고 있었다.

아마도 궁극적으로 도달할 수 있는 사랑의 본질은 다른 존재를 철저하게 그리고 운명적으로 이성으로 느껴야만 한다는 데 있을 것이다. 아마도 그것은 동성애에서조차 다르지 않을 것이다. 평생 다른 현실 속에서 자신의 상상의 궤도를 달려왔던 사람은 아마도 두배의 격렬함으로 그에 사로잡혀 이제는 저 두번째 현실, 어쩌면 더 진실된 현실 속으로 갑작스럽게 방향을 전환할 것이다. 하지만 바로 그 이유 때문에 나는 가끔씩 불안감을 느끼며 복귀를 기다렸다. 기다림과 함께 바르바라 선생이라고 불리는 현실을 바라보는 순간 저 새로운 현실이 다시 상상할 수 없는 것으로 가라앉아버릴 수도 있다는 두려움을 느꼈다. 그런 일은 일어나지 않았다. 모든 것이 내가 떠날 때의 모습 그대로였다. 병원은 여전히 순조롭게 운영되고 있었고, 내가 고향의 정든 장소라도 되는 듯 반가워한 실험실도 마찬가지였다. 나의 방 두개도 내가 떠날 때 그대로였다. 정원의 라일락과 밤나무는 모두 꽃이 졌고 한여름의 지친 기색을 띠고 있었다. 하지만 이 모든 익숙하고 눈에 보이는 것들은 저기 다른 쪽에서 일하고 있는 저 여성의 존재를 알고 있었다. 그리고 내가 그녀를 실제로 보았을 때 난 그녀의 손을 볼 필요조차 없었다. 나는 우리 존재의 고통스러운 적나라함을 알고 있었고 그것을 비밀스럽고 은밀하게 감추고 있음도 알고 있었다. 나는 우리가 우리의 영혼 속에 너무나 깊이 갇혀 있다는 것을, 그리고 우리가 서로 너무나 다름에도 불구하고 우리의 합일에 대한 비유가 두 존재의 결합이라는 그림 속에서 평화롭게 비유적으로 탄생한다는 것을 알고 있었다. 또한 우리가 서로를 찾는 과정에서 우리 자신의 순전한 무한성을 예감하고 있다는 것을 알고 있었다. 어쩌면 그녀 역시 이것을 느끼고 있었을지도 모른다. 어쩌면 그녀는 내내 나의 생각을 알아채고 있었을지도 모른다. 비록 그녀가 "다시 오셔서 반가워요"라고 말한 것이 공허한 인사치레에 지나지 않는다고 해도, 또한 그 말 속에 과거의 투지가 냉정하면서도 약간 언짢은 투로 울리고 있었다고는 해도, 나는 그와 동시에 일종의 위로와 친근함 같은 것을 함께 들을 수 있는 것만 같았다. 그래서 내가 물었다. "왜죠? 무슨 일이 있었나요? 내 도움이 필요했어요?"—"아닙니다." 그녀가 말했다. "꼭 그런 건 아니구요."—"그게 아니면 다시 한번 싸우고 싶어지기라도 한 건가요?"—그녀가 웃었다. "그럴지도 모르죠…… 전 항상 그런 상태니까요."—"그렇다면 날 한번 당신 방으로 초대해봐요. 내가 다시 병원 감독을 맡게 될 때까지는 시간이 한참 걸릴 테니까요."—그녀는 약간 놀란 듯이 나를 바라봤다. 그러고는 이렇게 말했다. "좋아요…… 괜찮으시다면 내일 저녁으로 하죠." 그것이 우리의 재회였다.

다음날 저녁 나는 그녀에게 사로잡혀 있다고, 그것도 아주 운명적인 방식으로 사로잡혀 있다고 그녀에게 짧고 간결하게 말했다. 그 감정은 그녀의 의사로서의, 인간으로서의, 여성으로서의 자질에 대한 존중을 훨씬 넘어서는 것이고, 모든 운명이 그렇듯이 그것은 설명하기가 완전히 불가능하다고, 아니 설명하기가 어렵다고 말했다. "네" 하고 그녀가 이마를 찡그리며 말했다. "알고 있어요."—"당연히 알고 있어야죠" 하고 내가 말했다. "왜냐하면 첫째로 여자들은 모두 그런 일을 잘 아는 법이니까요. 둘째로 일방적인 감정이 이렇게 강렬할 수는 없다고 생각해요…… 그렇다면 무언가가 진행되고 있다는 거죠. 그건 개인적인 것이 아니거나 개인을 넘어서는 일이에요. 그리고 이런 확신은 남자의 허영심에서 나온 것이 절대 아니지요……" 그녀는 한참 동안 뚫어지게 나를 바라보더니 건조한 어조로 말했다. "아마 그 말씀이 맞을 거예요……" 이 말은 명백하고도 뚜렷한 고백이었음에도, 그것이 너무 분명하기 때문이었는지 기이하게도 거절하는 듯한 느낌을 주었다. 나는 행복하다기보다는 불안해졌다. 실제로 그녀는 이렇게 말을 이어갔다. "하지만 그 말이 맞든 안 맞든, 지금 이 순간 제게는 그게 별로 중요하지 않아요. 전 선생님의 아내가 될 수 없어요." "왜죠?"라는 어리석은 질문이 입 밖으로 튀어나올 것 같았지만 나는 그 말을 참았다. 우리가 함께 앉아 있는 곳은 평범한 병원의 의사 집무실이었다. 벽과 가구들은 흰색 에나멜칠이 되어 있었고 내 집무실과 거의 구분되지 않았다. 그럼에도 불구하고 이 방 역시 또다른 존재, 내 마음에 들어오는 것을 허락한 저 존재에 의해 물들어 있었다. 열려 있는 창문 앞에서 칠월에 잠긴 채, 밤에 잠긴 채, 대도시의 잦아들어가는 소음에 잠긴 채 대기가 시들고 있었다. 그녀가 계속해서 말했다. "전 그저 사랑만을 원하지는 않아요. 아이를 갖고 싶어요. 전

스물여덟살이에요. 아이를 가질 때가 됐죠. 아이가 없이는 사랑할 수 없을 거예요. 그런데 정작 아이를 생각해서는 안 되는 상황이에요. 안 되겠어요." 그녀는 두 손을, 그 말할 수 없이 여성스러운 두 손을 무릎 위로 깍지 낀 채 회색빛 두 눈을 크게 뜨고 조용히 바라보고 있었다. 눈썹의 어두운 가장자리는 가늘고 여성스럽게 그려져 있었고, 짙은 갈색인 머릿결의 광채도 여성스러웠으며, 얼굴은 상앗빛을 띠고 있었다. "안 돼요." 그녀가 반복해서 말했다. "안 되겠어요…… 직업과 병행할 수 없는 일이에요." 나는 반박해보았지만 소용없는 짓임이 분명했다. "결혼하고 일하는 여의사들도 많아요. 직업으로 인해 아이들이 해를 입지는 않아요…… 그리고 더 중요한 일이 생기면 직업을 포기할 수도 있는 거구요." 그러자 그녀는 미소를 지었다. 한겨울의 봄날처럼 형언할 길 없이 사랑스러운 그 미소 속에서 나는 그녀의 입술 아래 치아들조차, 그렇게나 무성적인 뼈 구조물조차 그녀의 것이면 여성스럽다는 것을 알게 되었다. "어쩔 수 없는 경우엔 하나의 직업과 육아를 병행하는 것이 가능할 수도 있겠죠." 그녀가 말했다. "하지만 직업이 두개면…… 아니, 그렇게까지 놀라서 바라보실 건 없어요…… 어쨌든 선생님께 이 이야기는 꼭 해드려야 할 것 같아요. 제가 공산당 행동대원이라는 걸 선생님이 모르고 계신 게 분명하니까요." 당시 나는 이 말의 정치적 파급력에 대해 별 생각을 하지 않았다. 내게는 다른 문제가 더 중요했다. 나는 이렇게 말했다. "두개의 직업도 포기하면 돼요."—"아녜요." 그녀가 대답했다. "전 그렇게 할 수 없어요…… 이렇게 사는 것이 뭔가 부자연스럽다는 것도 알고 있긴 해요. 제가 정말 소망하는 건 사랑하는 남편과 함께 아이를 대여섯명쯤 낳고, 가족들과 시골 어딘가에 자리 잡고 사는 것이긴 해요. 하지만, 하지

만, 하지만…… 그래요, 때로는 병원에 오는 아이들을 미워할 때가 있기도 해요. 그 아이들 때문에 내 아이를 갖지 못하니까요. 그리고 내가 자유롭게 인간적으로 살 수 있는 마지막 가능성마저 빼앗기 때문에 이 모든 정치적 행위 역시 싫어해요. 그렇긴 하지만 난 다른 방식으로 살겠다고 요구할 권리가 없다고 느껴져요. 아마도 이렇게 살아야 할 것 같아요……"—"바르바라." 내가 말했다. "우리 모두 인생은 단 한번뿐이에요. 그리고 그 인생은 짧아요…… 그런데 우리는 언제든 그것을 낭비해버리려고 하죠……"—"이것 또한 저의 인생이에요. 제가 지금 하는 일을 어떤 의협심 때문에 하는 건 아니에요. 그에 대한 환상은 없답니다…… 그저 다른 방식으로 살 수 없을 뿐이에요. 전 이 일에 미쳐 있어요…… 사람들이 정의라고 부르기도 하는 그 어떤 일에 미쳐 있죠. 아마 제가 이미 끔찍한 일들을 너무 많이 보고 겪어서 그런 것 같기도 해요……" 그녀는 잠시 말을 멈추고 기계적으로 담배에 불을 붙였다. 그러고는 계속해서 말을 이어갔다. "왜 이런 상황이 되었는지 그 이유를 알아내기는 어려워요. 그 이유를 찾고 싶은 생각도 없구요…… 어쩌면 제가 사랑 없는 결혼의 결과로 태어난 아이였기 때문에 이렇게 된 걸 수도 있어요…… 엄마는 재혼을 했는데 이번에는 사랑해서 한 결혼이었어요. 좀 우둔하고 질투가 매우 심한 남자였는데, 그는 엄마의 첫번째 결혼에 대한 분노를 끝까지 극복하지 못했고 결국엔 그 감정을 엄마에게까지 전염시켰죠…… 나는 이후에 태어난 애들과 비교할 때 완전한 의붓자식이었어요. 전 아이만이 느낄 수 있는 온갖 부당한 대우들을 다 겪어내야 했죠…… 그러다가 청소년기가 되었을 때 그냥 가출해버렸고, 비참한 삶의 한가운데로 뛰어들었죠. 육체적으로, 정신적으로 비참한 삶이었어요. 난 내가 사랑하지도 않는 남자들과 관계를 가졌어요. 그리고 온갖 일을 겪었지만, 사실 학업을 마치겠다는 생각에 사로잡혀 있었을 뿐이에요. 소아과 의사가 되어 내가 겪었던 온갖 부당한 일들을 다른 아이들에게 보상해주겠다는, 세상의 불의를 없애겠다는 생각이었죠." 그녀는 이야기를 멈췄다. 약간 화가 난 듯한 그녀의 회색빛 시선이 나의 두 눈을 들여다보았는데, 그녀의 눈은 한없이 멀리 있으면서도 한없이 가까이 있는 것처럼 느껴졌다. 그러더니 그녀가 말을 이어갔다. "……물론 그러면서도 전 항상 알고 있었어요. 이것이 그저 상상 속의 존재에 지나지 않는다는 걸 말예요. 이것은 무한히 지속될 인류의 목표라는 걸, 나 자신은 눈곱만큼도 직접 보지 못할 목표라는 걸 알고 있었어요. 그래도 우리는 바로 이런 불확실한 인류의 미래를 위해 살고 있는 거고, 인간이 언젠가는 정의를 실현할 수 있도록 하기 위해 살고 있는 거잖아요…… 이 모든 일들을 겪고 제가 공산주의에 빠져들게 된 건 사실 전혀 놀랄 일도 아니에요…… 난 공산주의에 너무나 미쳐 있어서, 나 자신뿐만 아니라 온 인류가 정의의 길로 들어서지 않을 경우, 그들로부터 모든 개인적인 행복의 가능성을 박탈하고 빼앗고 싶을 정도예요…… 자, 이제 선생님도 절 이해하시겠지요. 남자로서 선생님 역시 약간은 질투심 같은 게 있으실 거라고 생각해요. 그러니까 이 이야기를 해드린 건 선생님이 혹시라도 결혼 의사를 갖고 계실 경우 그 생각을 누그러뜨리는 데 도움이 될 것 같아서예요……" 그녀의 목소리가 점점 더 단호해지더니 이제 그녀는 침묵하며 입술을 가늘게 다물고 담배를 빨아들였다. "차 한잔 더 하시겠어요?"—"당신을 사랑하오." 내가 말했다. 그러자 그녀가 울기 시작했다. "어서 가세요." 그녀가 화를 내며 말했다. 나는 그녀의 손을 잡았다. 그녀는 손을 빼내더니 내 머릿결을 쓰다듬었다. 삼십년 전 이후로는 더이상 느껴보지 못했던 가볍고 부드러운 손길이었다. "가세요." 그녀가 부드러운 어조로 간청하듯 말했다. "그만 가세요."

내가 마치 꿈이라도 꾸는 듯 그녀를 떠나왔다고 말한다면, 그건 당시의 상황을 제대로 묘사하지 못한 것이다. 왜냐하면 당시 나는 떠났지만 거기 머무른 거나 마찬가지였기 때문이다. 그녀가 내게 열어 보인 삶은 무한이었다. 무한으로부터 그 삶이 왔고 그것은 또한 내 삶의 일부가 되었으며 나 자신의 무한성의 일부가 되었다. 거기 열심히 노력도 하고 방황도 하며 살아온 한 사람이 있었다. 나는 그녀가 걸어온 길들을 꿈속에서처럼 또렷하게 보았다. 설혹 그 노정이 어떤 직업에 도달하기 위한 것이었을 뿐이라 할지라도──물론 이 여성에게 이것은 직업이라기보다는 소명이라고 하는 것이 훨씬 더 어울렸지만──그녀의 노력이든 방황이든, 그것은 깊은 의미가 있는 일이었다. 그것은 자기 자신에게로 이르는 길을 지상의 방식으로 구체화시킨 것이었다. 그것은 삶의 기반과 삶의 나락에 대한 거울이고 메아리였다. 이 길들은 지상에서의 행위라는 비유를 통해 자기 자신에 도달하기 위해, 그리고 이 자아를 무한한 어둠으로부터 해방시켜 의식을 가진 존재로 구원하기 위해 이 인간이 걸어왔던 길들이었지만, 그럼에도 불구하고 그가 이제는 떠나고 싶어하는 길들이기도 했다. 왜냐하면 두번째의, 그러면서도 더 절실한 구원 행위를 통해 익명의 자연적인 존재로 돌아가고 싶다는 소망, 아이를 갖기 위해 지금까지 노력해서 이룬 자아의 많은 부분을 다시 지워 없애고 싶다는 소망이 너무 커졌기 때문이다. 그늘진 모습으로, 비유와도 같고 꿈속에서와도 같은 모습으로 이 인생이 내 앞에 모습을 드러냈다. 나는 꿈을 꾸듯이 그의 꿈속으로 끌려들어가는 듯한 느낌이었다. 그것은 꿈속의 꿈이었고, 나는 꿈꾸며 꿈속의 대상이 되어 있었다. 나는 아이를 갖고 싶다는 이 소망에 함께 연루되었고, 나 역시 내 자아의 일부를 그 아이를 위해 포기할 준비가 되어 있었다. 나는 이제 이 타자의 자기구원에 연루되어 있었고, 그의 무한에 참여하고 있었다. 또한 내 안에서는 오직 꿈에서나 가능한 희망에 찬 열정을 갖고 그녀와 함께 지내고, 이를 통해 서로를 구원하리라는 약속이 싹텄다. 그것은 너무나 강렬하고 피할 수 없는 것이었기 때문에, 나는 그때까지만 해도 내가 유일하게 갖고 있던 확신, 즉 "내가 존재한다"는 확신과 함께 처음으로 "네가 존재한다"는 확신을 품게 되었다. 그것은 자아에 도달하게 될 것을 예감하는 지식의 확신이다. 왜냐하면 이제 자아가 너의 메아리에 귀 기울이며, 자기 자신의 메아리를 들으며 너를 향할 수 있게 되었기 때문이다. 그 존재는 자신을 포기할 수 있음으로써 인간에 대한 비유가 되는 인간이다. 그는 자연으로, 그리고 자연의 위대한 비유 속으로 돌아간다. 그의 존재는 비록 풍경이 존재하지 않는 무한으로부터 온 것이긴 하지만, 자기 존재의 창조적인 생물성 속에서 그 자신이 자연이 된다. 너에 대한 이러한 확신 속에서 나는 내가 나 자신의 자아를 기다려야만 했고 나 자신의 무한을 기다려야만 했던 것과 마찬가지로 너를 기다려야만 한다는 것을 알고 있었다. 왜냐하면 이것이 공동의 무한이 되었기 때문이다. 나의 자아가 존재하고 있는 깊이 숨겨진 근원적 영역에서는 시간에 얽매이지 않기 때문에, 기다림은 더이상 시간적인 기다림이 아니라 시간을 초월한 성숙이다. 나는 이렇듯 시간을 초월한 확신 속에서, 꿈처럼 시간으로부터 자유롭고, 꿈처럼 확실하고, 그러면서도 그 어떤 꿈보다도 현실적인 느낌으로 그녀를 떠났다. 그러면서도 그녀를 떠나지 않았다. 하지만 아무리 이 행동이 옳았다고 해도, 만일 내가 당시에 그냥 떠나지 않고 그녀가 자신의 감정에 저항하는 것을 막아냈더라면 그 행동이 유치하고 잘못된 것이 되었을 거라고 해도, 만일 내가 당시에 내 나이가 마흔두살이라는 사실을 잊어버리고 그냥 사랑에 빠진 사람이 으레 하듯 행동했더라면 많은 일들이 달라지고 더 쉬워졌을 것이다. 지금도 나는 그때의 일에 대해 가슴 아프도록 나 자신을 책망한다. 고통스러운 순간에는 내가 그녀의 삶에 대한 이야기를 듣고 질투에 사로잡혀 그 자리를 떠났던 것처럼 생각되기도 한다.

하지만 그녀는 나의 행동이 옳다고 생각했던 것이 틀림없다. 그 후 몇주 동안 우리의 신뢰가 깊어질 수 있었던 것은 내가 그날 단념했기 때문임이 분명했다. 그러던 어느날 그녀가 밀봉된 커다란 상자를 들고 내게 왔다. "제가 선생님께 부당한 일을 하려고 해요. 선생님은 제 부탁을 거절하지 않으실 테니까 부당한 거죠…… 혹시 금지된 문서들을 보관하실 용기가 있으신가요? 누구도 선생님 방에서 이런 것을 찾을 생각은 못 할 거예요." 그녀가 내게 호감을 보였던 것이 나로 하여금 자신의 정치적 행위를 돕도록 만들려는 작전이었을 수도 있다는 의심이 들면서 잠깐 동안 내 가슴은 칼로 저미는 듯 쓰라렸다. 하지만 그녀의 눈을 들여다보고, 분노와 용기를 담고 있으면서도 담담한 모습을 확인하자 그녀의 진심을 알 수 있었다. "당신은 부당하지 않아요." 내가 말했다. "아니면 혹시 지금 내가 정치적인 도움을 주는 데 대한 보상으로 공정함을 유지하기 위해 당신 몸을 바치기라도 하겠다는 건가요…… 으레 그렇게들 하잖아요, 바르바라 선생." 그녀는 화를 내며 웃었다. "정치에 대해서든, 사랑에 대해서든 이 일에 대해서는 농담하지 말아주세요…… 정말이지 전 이 두가지 모두에 대해 죽을 만큼 진지하거든요…… 아 맙소사……” 그러더니 그녀는 침묵했다. “아니, 아 맙소사라니?” —“저의 무례한 행동 때문에요…… 하지만 예의 바르게 행동해서는 혁명을 이룰 수 없는 거니까요…… 이런 것이 우리의 방법이랍니다……” —“무엇보다도 당신은 자기 자신에 대해 무례하고 부당하게 행동하고 있어요, 바르바라. 안 좋은 결과가 따르게 될까봐 걱정이 되는구려.” —“맞아요.” 그녀가 대답했다. “안 좋은 결과가 따르겠죠. 하지만 선생님이 생각하시는 것과는 다른 방식일 거예요…… 전 이미 제대로 된 공산주의자가 아니에요…… 아마 의사로서도 마찬가지일 거예요.” —“난 그렇게 보지 않아요, 바르바라.” —“아뇨, 사실이에요.” 그녀가 말했다. 나는 상자를 치워두었다. 열려 있는 창틀에 반짝이는 팔월의 아침이 움직임 없이 떨며 작열하고 있었다.

허영심이 없는 남자는 없다. 바로 그해에 내게 찾아온 직장에서의 성공을 통해 나는 나의 명예욕을 충족시켰을 뿐만 아니라, 그에 더해 사랑하는 여인 앞에서의 묘한 자부심 또한 느낄 수 있었다. 마찬가지로 의학학술대회 측으로부터 나의 연구 결과에 대한 강연을 부탁받았을 때도 나는 만족스러웠다. 학회를 위해 떠나는 날, 나는 이미 전날 그녀와 작별을 했기 때문에 그녀가 플랫폼에 나타난 것을 보고 약간 놀랐다. “누구 마중하러 왔어요?” —“아뇨, 누굴 배웅하러 나왔어요.” 그러면서 그녀는 웃었다. 그 누구가 바로 나라는 것을 내가 알아채지 못했기 때문이다. 마침내 말뜻을 알아들은 내가 행복한 표정을 짓자 그녀는 또 웃었다. 하지만 기차가 역에서 출발하자 더이상 웃지 않았다. 그녀는 진지한 표정으로 가볍게 손을 들어올린 채 흔들지는 않고 그곳에 서 있었다. 나는 그녀의 그 모습을 간직한 채 떠났다. 강연을 마친 후 나는 그녀에게 편지를 썼다. 내가 느끼게 된 신뢰와 편안함, 존재에 대한 확신, 그리고 그녀를 받아들일 준비가 되었던 마음이 그 기간 동안 가을의 빛을 받으며 그리움으로 변했기 때문이다.

다시 복귀한 날 오후에 나는 업무적인 핑계를 대고 즉시 소아과 병동으로 향했다. 그녀는 이층 중앙병실에서 어린 소녀의 침대맡에 앉아 있었는데, 평소의 차분한 모습과 달리 매우 흥분한 모습이었다. 특별히 위급한 상황도 아니었기에 그녀의 흥분 상태가 과하다고 느껴질 정도였다. 그 아이는 전날 교통사고를 당한 후 뇌진탕 증세를 보여 입원했는데, 맥박이 약하고 불규칙하게 뛰고, 체온이 떨어지고 호흡이 얕았으며 의식이 혼미한 상태로 전형적인 뇌진탕 증세들을 보였다. 비록 그런 증상이 스물네시간 넘게 지속되고 있기는 했지만 특별히 문제가 될 만한 상태는 아니었다. 피를 뽑고 난 다음에는 상태가 비교적 호전되기까지 했다. 요컨대 모든 상황이 명백했다. 그런데도 그녀는 이 아이가 뇌압박증을 앓고 있는지도 모른다고 굳게 믿고 있었다. 그런 손상을 입었을 경우에는 천공술이나 요추천자와 같은 위험한 수술을 통해서만 치료가 가능했다. 내가 아이를 살피고 있는 동안 그녀는 절망에 가득 차 암울한 어조로 말했다. "결정을 못 내리겠어요……"—"다른 의사들 의견은 어떤가요?" 그녀는 어깨를 으쓱해 보였다. "뇌진탕이라고요…… 하지만 전 선생님을 기다리고 있었어요……" 그녀의 의심에 나도 약간은 동요가 되었다. "이것 봐요, 난 당신이 진단을 내릴 때 보여주는 직관을 신뢰해요…… 하지만 나 역시 뇌진탕이라고밖에는 달리 생각되지 않아요…… 아니면 혹시 다른 근거들을 갖고 있나요?" 그녀의 목소리가 더욱 절망적으로 바뀌었다. "제 자신을 믿을 수 없게 되었어요…… 이제 더이상 판단력은 없고 그저 예감만이 남았어요. 정확히 말하면 두려움만 남았어요……"—"그렇게 중대한 수술을 하려면 그런 생각만으로 충분치 않다는 걸 잘 알잖아요."—"네, 그것만으로는 충분치 않죠…… 바로 그게 문제예요…… 전 이제 더이상 의사 노릇을 할 수가 없어요." 분명 그녀는 지나치게 신경이 곤두서 있었고 과도한 업무로 지쳐 있는 상태였다. 전날 밤 한숨도 자지 못한 게 분명했다. "바르바라." 내가 말했다. "당신은 지금 불필요한 걱정을 하고 있어요…… 이건 아주 단순한 경우예요. 당신과 내가 그동안 수없이 다루어왔던 아주 단순한 경우라고요…… 꼭 필요한 조치는 다 취했잖아요. 모르핀만 약간 투여하면 반드시 회복될 겁니다…… 당신도, 나도 수술에 대한 책임을 질 수는 없어요…… 진정해요……" 그녀는 자신의 두 손을, 그 강하고 여성적인 두 손을 가슴에 갖다 댔다. "어쩌면 선생님 말씀이 옳을지도 몰라요." 그녀가 말했다. "그렇다면 이제 몇시간이라도 잠을 좀 자는 게 어떨까요…… 그동안 내가 당신 업무를 대신 맡고 있을게요……" 그녀는 그러겠다고 고개를 끄덕였다.

저녁에 나는 다시 병실에 올라가봤다. 물론 그녀는 잠을 자지 않고 계속해서 아이 곁에 앉아 있었다. 어쩌면 다시 돌아와 앉아 있는 것인지도 몰랐다. 아이는 내가 떠날 때와 마찬가지로 얼음주머니를 얹은 채 누워 있었고 여전히 의식불명 상태였다. 그럼에도 불구하고 나는 상태가 호전되었다는 느낌을 받았다. 심장이 규칙적으로 박동하고 있었고, 밀랍처럼 창백하던 얼굴에도 약간의 핏기가 돌아왔으며 호흡도 깊어졌던 것이다. "이제 됐어요." 내가 말했다. "상태가 정상으로 돌아왔어요……"—"요추천자를 시행하려면 지금 해야만 해요." 그녀가 기이할 정도로 완강한 어조로 대답했다. "안 그러면 너무 늦게 돼요." ─ "그런데 도대체 왜 그렇게 생각하는 거죠? 마비의 징후라도 보이던가요?" ─ "아뇨." 이제 그녀가 아이를 바라보는 모습은 더이상 의사의 태도가 아니었다. 호의가 사라지고, 거의 증오에 찬 듯한 분노와 두려움이 그녀의 눈 속에 담겨 있었다. 그러더니 그녀가 힘없이 말했다. "저도 이젠 더이상 모르겠어요……" ─ "그러니까 이제 신선한 공기를 좀 쐬도록 해요. 당신은 지금 모든 판단 기준을 잃은 상태예요…… 그럴 때도 있는 법이지…… 이 건은 내일 다른 의사에게 넘기도록 해요. 이젠 갑시다……" 그녀는 순순히 내 말에 따라 자리에서 일어났다. "좋아요, 가죠."

밤나무 아래는 습하고 무더웠다. 우리는 정원의 가장자리까지 걸어올라갔다. 길의 왼쪽과 오른쪽으로는 튀어나온 건물 벽들이 달도 뜨지 않은 어둠속에서 희부옇게 빛을 발하고 있었다. 우리는 상당히 규모가 큰 전망대에 도착했다. 그곳엔 신전에서 볼 수 있는 반원형 아치가 깔끔한 부조로 장식된 채 둥근 석재 벤치 주위를 둘러싸고 있었다. 그곳 전망대에 올라 시내를 내려다보니 가을 하늘이 밝은 조명을 받으며 도시 위로 드리워져 있었다. 둥근 하늘 천장엔 불그스름한 연무만 가득해서 별들이 보이지 않았고, 그 아래쪽에선 별빛을 감춘 채 인간의 집들이 자리 잡고 있었다. 그때 갑자기 내가 진즉 떠올렸어야 할 질문이 생각났다. "그런데 바르바라, 어제 이후로 뭐라도 좀 먹었어요?" 그 질문으로 내가 어색한 침묵을 깨뜨린 것 때문인지, 아니면 진부한 일상으로의 복귀가 재밌게 여겨졌기 때문인지, 아무튼 그녀가 가볍게 웃었다. "선생님이 제 입장이었다면 식사를 하셨겠어요?" ─ "그렇다면 돌아갑시다…… 내 방에서든 당신 방에서든 차라도 한잔 마시도록 해요."

그녀는 잠깐 생각에 잠겼다. 그녀의 얼굴에서 특유의 화난 듯한 표정이 다시 떠오르는 것을 보고 나는 기뻤다. "전 아이에게 다시 가봐야겠어요." 그녀가 말했다. "그다음에…… 그래요, 그러고 나서 뭘 하든지 하기로 해요……" —"당신이 원한다면 나도 한번 더 그 아이를 살펴볼 수 있어요." —"아녜요, 그냥 숙소로 가세요. 제가 전화해서 아이 상태가 어떤지 말씀드릴게요." —"그렇다면 난 그동안에 차라도 준비하겠소." —"그게 낫겠어요." 그녀는 그렇게 말하고 자리를 떠났다.

시간이 한참 지난 후에야 그녀가 전화를 했다. 그사이에 나는 차를 끓였고, 독신자의 살림 중에서 먹을 것이란 먹을 것은 다 찾아놓았다. "아이는 어때요?" 내가 물었다. "큰 변화는 없어요. 어쩌면 조금 나아진 것 같기도 하고요…… 제가 선생님께 갈게요." 그녀가 그렇게 대답했다. "좋아요, 차는 다 준비됐어요." 내가 말했지만 그녀는 그 말을 듣지 못했다. 이미 전화를 끊어버렸던 것이다. 그럼에도 불구하고 그녀는 곧바로 오지 않았다. 또다시 무슨 사고가 난 건지도 모른다는 불안감에, 나도 아이에게 가봐야겠다는 생각까지 하고 있는 참에 마침내 그녀의 급한 발걸음 소리가 복도에 울렸다. 그녀는 방 안에 들어서서 내가 준비해놓은 것들을 보자 그 자리에 선 채로 미소 지었다. 내가 그녀에게 다가가자 그녀는 문 옆의 전등 스위치를 내렸다. 그녀가 두 팔로 나의 목덜미를 감싸 안는 촉감과 함께 말로 표현할 길 없는 모성애적인 평온함이 내게 흘러들었다. 그것은 깊이 감추어져 있고, 이제는 무르익어 수확을 기다리고 있는, 커다란 추억이 담긴 평온함이었다.

그것을 행복이라고 말할 수 있는 것인지 나는 모르겠다. 내가 그날 경험한 것은 내적인 충만함 그 자체였다. 어둠속에서 나는 눈을 감은 채 그녀의 모습을 보았다. 그 모습은 형용할 수 없을 만큼 깊은 곳으로부터 소리 없이 솟아올랐다. 그것은 풍경이 존재하지 않는 곳에 등장한 영혼의 풍경이었다. 밤의 어둠속에서 보이는 것, 느껴지는 모든 것들이 충만해졌다. 호흡 하나하나, 그녀 육체의 힘줄 하나하나까지, 심지어는 골격과 팔의 뼈, 손가락 마디까지, 그리고 그녀의 치아마저도 모든 것이 여성성으로 충만해졌다. 무한히 꿈꾸는 듯한 여성성이 내게 깊이 스며들었다. 그것은 행복이 아니었다. 침묵하며 경탄하고 서로를 바라보았던 이 최후의 세계 안에서 나 자신이 얼마나 커다란 행복을 느꼈는지, 내가 이미 또다른 자아로 얼마나 많이 변모했는지를 제대로 알려면 아마 새로운 눈, 더 심오한 눈이 필요했을 것이다. 그 다른 자아는 자신의 신비로운 무한성 속으로 나를 받아들여주었다. 행복하거나 불행할 수 있으려면 자신의 자아 속에 머물러 있어야 하는 법이다. 그렇기 때문에 나는 다음날 아침, 햇살과 함께 나의 자아가 다시 내게 스며들어오고 난 다음에야 비로소 진정한 행복감을 느낄 수 있었다. 그러나 실제로 그러한 감정을 제대로 느낀 것은 내가 여러 병실들을 지나 마침내 그 아이의 침대맡에 가 섰을 때였다. 아이는 혼수상태에서 깨어나 미소 짓고 있었다. 그 아이의 눈은 행복해 보이기까지 했다.

"의사 선생님은 어디 계시죠?" 나는 간호사에게 물었다 ─ "오늘 비번이신데요, 선생님." ─ "그래도 전화 한번 해봐요, 기뻐할 거예요."

잠시 후 그녀가 왔다. 하얀 가운을 입은 그녀는 진지하고 사무적인 태도로 두 눈썹을 찡그린 채 나란히 놓여 있는 병상들 사이로 걸어왔다. 아이들의 기대에 찬 눈길이 그녀의 뒤를 좇았다. 그녀는 내게 인사 대신 사무적으로 "아이가 언제 깨어났나요?" 하고 물을 뿐이었다 —"어젯밤에 벌써 깨어났어요, 선생님." 나 대신 간호사가 대답했다. 그녀는 꼼꼼하게 진찰을 했고 심장과 호흡을 살폈다. 하지만 그녀의 표정에는 뭔가 근심스럽게 살피는 듯한 기색이 남아 있었다. "고비를 넘긴 것 같긴 해요." 마침내 그녀가 입을 열었다. "그러기를 바랄 뿐이에요."—"당연히 고비를 넘겼죠." 내가 말했다. 그러고는 괜한 말을 덧붙이고 말았다. "난 정말 행복해요." 그녀는 내 말을 무시하고는 그저 조용히 이렇게 말할 뿐이었다. "이게 일시적인 호전 증세가 아니어야 할 텐데요." 그녀가 너무나 진지했기 때문에 나는 아이의 운명뿐만 아니라 나의 운명까지도 위험에 처해 있는 것만 같았다. 뭔가 불안한 징조가 느껴졌다. "아니요." 내가 말했다. "아닐 거요…… 이제 모든 게 다 잘될 겁니다."—"어쨌든 계속해서 얼음주머니를 올려놔줘요, 간호사 선생님." 그녀가 말했다. "그리고 조금이라도 변화가 있거든 내게 전화해줘요." 그리고 그녀는 다시 떠났다.

오후가 되자 그녀가 내게 전화해서 자신에게 좀 와달라고 했다. "미안해요." 그녀가 말했다. 나는 조금 어리둥절했다. "도대체 무슨 소리요? 뭐가 미안하다는 거지?"—"나와의 관계가 앞으로도 쉽지 않을 거예요…… 나 자신도 너무 힘들어요." 나는 그녀를 안아주었고 그녀의 두 손을 잡아 내 머리에 가져다 댔다.

그것이 목요일의 일이었다. 토요일이 되자 아이에게서 마비 증상이 나타났고, 아이는 일요일 밤늦게 숨을 거두었다. 그녀가 진단했던 대로 뇌압박증과 일시적 호전 증세가 진행되었던 것이다.

아마도 그 순간 이후로 나는 실수에 실수를 거듭했던 것 같다. 나는 나와 그녀 그리고 우리의 미래에 대한 생각에 골몰하느라 아이의 죽음을 그냥 다른 환자들 중 한명이 죽었을 때와 다를 바 없이 받아들였다. 그녀는 그렇지 못하다는 것을 알았지만 그녀가 억척스럽게 다시 일에 몰두했기 때문에 나는 상황을 제대로 파악하지 못했다. 사실 난 그녀가 일의 힘을 빌려 이 비극적인 사건을 곧 극복해낼 것이라고 생각했다. 아니 좀더 정확히 말하자면 난 그녀가 사랑의 힘으로 이 상황을 극복해내기를 바라고 있었다. 그러다가 삼주쯤 후에 그녀가 내 손을 잡더니 조용하고도 담담한 어조로 자신이 그토록 원했던 아이를 갖게 된 것 같다고 이야기했다. 내가 미래에 대해 갖고 있던 확신은 이 순간 커다란 위로가 되어 활짝 꽃을 피웠다. 나는 우리의 짧은 삶 속에 깃든 풍경과 비유와 죽음을 보았고 또한 현세에 존재하는 영원을 보았다. 우리 주위의 세상은 가라앉았고, 우리의 내면에 들어와 완전함을 이루었다. 하지만 그녀는 병원 업무를 그만두고 가능한 한 빨리 결혼한 후 시골로 이사하자는 나의 제안을 거절했다. "나중에요." 그녀는 그렇게 말할 뿐이었다. "나중에…… 그렇게 할 수도 있겠죠." 그러고는 그녀는 두배로 더 열심히 일했다. 평소의 업무 외에 나의 실험실에서 혈청 연구를 시작했을 뿐만 아니라 정치적인 일에도 새로운 열정을 불사르며 뛰어들었다. 근무가 없는 저녁마다 그녀는 외부에서 일을 보았다. 이 모든 것들이 일종의 자기 마취 상태에서 진행되고 있다는 걸 난 알지 못했다. 오히려 나는 속으로 이러한 상황에 동조하고 있었다. 그녀가 실험실에서 일하는 것에 대해서는 그녀가 나와 비슷한 업무를 하고 싶어하는 것이라고 짐작하며 행복해했고, 그녀가 자신이 거둔 정치적 성공에 대해 스스럼없이 이야기해주면 함께 기뻐했다. 비록 나 스스로는 모든 정치적 사건에 대해 강한 반감을 느끼고 있었음에도 불구하고, 나는 그녀가 전혀 여성스럽지 않은 방식으로 드러내는 확신에 함께 휩쓸려들어가지 않을 도리가 없었다. 결국 나는 그녀가 병원 내에서 진행하고 있던 공산당 세포 조직이 하나하나 늘어날 때마다 함께 기뻐하기까지 했다. 그녀와의 이러한 관계가 계속된 결과 내가 큰 관심을 갖고 그녀가 하는 모든 일을 함께했음에도 불구하고 근본적으로 나는 그녀의 내면에 대해 전혀 알지 못하는 지경에 이르렀다. 그동안 우리의 아이에 대해서는 거의 한마디도 언급되지 않았고, 이와 함께 우리의 관계 역시 완전히 다른 차원에 접어들었던 것이다. 딱 한번 내가 기이한 느낌을 받았던 적이 있었다. 실험실 책상 위로 몸을 숙인 채 손에 시험관을 들고 있던 그녀가 거의 감정이 느껴지지 않는 목소리로 지나가듯 이런 말을 던졌던 것이다. "내 아이 때문에 다른 아이가 죽어야만 했어요." 하지만 난 이 일을 다시 잊어버렸다.

시월에 그녀는 사흘간 휴가를 냈다. 친척들과의 재산 문제를 정리한다는 이유였는데, 그것은 우리의 결혼 계획이 점점 구체화되고 있기 때문이었다. 그녀가 굉장히 갑작스럽게 여행을 떠났는데도 나는 여전히 이상한 점을 발견하지 못했고, 완벽하게 안전하다고만 느끼고 있었다. 우리는 평범하게 작별인사를 나누었다. 당시 신문에서는 공산당의 쿠데타 기도가 실패로 돌아갔고 장관에 대한 암살 시도가 무위로 돌아갔음을 암시하는 기사가 보도되었다. 하지만 나는 신문을 대충 읽었기 때문에 그러한 기사에는 주의를 기울이지 않았다. 게다가 당시 병원 일이 굉장히 바빴는데, 나는 그녀가 그리웠고 그녀가 어서 돌아오기를 고대하고 있었기 때문에 바쁜 것이 오히려 다행스러웠다. 여러날이 지났지만 그녀는 돌아오지 않았다. 대신 그녀가 어느 호텔방에서 음독했다는 소식이 날아들었다. 그녀가 사용한 청산가리는 실험실에서 가져간 것이었다.

그 일 이후 몇달 동안 무슨 일이 있었는지 이제는 기억나지 않는다. 한참의 시간이 흐른 후 나는 우연히 그녀가 전에 내게 맡겼던 봉인된 상자를 발견했다. 처음에는 그것을 열기를 망설였다. 하지만 마침내 열고 보니 맨 위에 한통의 편지가 놓여 있었다. 그 안에는 단 한줄의 글이 쓰여 있었다. "당신을 사랑했어요." 상자 안에 든 나머지 물건들은 상세한 쿠데타 계획과 쿠데타가 성공했을 경우를 대비한 조직 규정들이었다. 나는 그 모든 것들을 불태워버렸다.

마리우스가 윗마을에서 일한다는 것이 사실로 드러났다. 집에서 나오다가 윗마을을 향해 가는 중인 그를 만났던 것이다.

"여기 위에서 뭘 하는 겁니까, 마리우스?"

"이곳에서는 손으로 타작을 하니까요." 그가 대답했는데, 마치 그것이 자신의 공로이기라도 한 듯 의미심장한 표정을 지어 보였다.

"그래, 그게 무슨 특별한 일이던가요? 여기 윗마을의 소농들은 항상 그렇게 해왔고 아마 앞으로도 계속 그럴 텐데요. 그 사람들에게는 그게 더 유용하니까요."

그는 내게 반박을 하려 했다. "하지만 그다음엔 곡물을 아랫마을 방앗간으로 날라야 하죠."

"포대를 싣는 건 볏단을 쌓는 것보다 쉬운 일이죠. 하지만 짚은 여기서 쓸 테니까요."

"그렇죠." 그가 말했다. 나의 반박이 그를 불쾌하게 만들었다. 그는 가던 길을 계속해서 가려고 했다.

"이봐요, 마리우스, 엔진에 대한 얘기는 뭔가요?"

"케이블카도 끊어졌잖아요." 그는 그렇게 말하고는 우리가 같은 방향으로 가는 중임에도 불구하고 나를 그 자리에 세워둔 채 휙 가버렸다.

나는 그다지 불쾌하지 않았다. 오히려 그가 급하게 몸을 휘저으면서 절뚝이며 앞서가고 나는 천천히 그 뒤를 따라가는 것이 재미있었다. 나는 기분이 굉장히 좋았기 때문에 그가 내 기분을 망치지는 못했다. 나는 베취의 아들과 함께 승리를 거두었기 때문에 기분이 좋았다. 나는 저 앞에서 가고 있는 마리우스가 남자가 아니라는 점, 그가 이름가르트에게 어떤 해도 끼칠 수 없다는 점 때문에 기분이 좋았다. 나는 바람이 너무나 시원하게 불고 있어서 기분이 좋았다.

가을이 밀어 보낸 북동풍은 며칠 전부터 가볍게 전조를 보이기 시작하더니 이제 제대로 강력한 폭풍으로 자라나 있었다. 하늘은 청명해서 폭풍이 함께 장난치거나 자신의 가는 길에 몰고 다닐 만한 구름 한점 없었다. 그것은 투명한 빛의 폭풍이었다. 그 속에서 전체 골짜기가, 저 위편의 구릉이 온통 부드럽고 서늘한 흔들림에 요동하는 것처럼 보였다. 나의 뒤편과 쿠프론 절벽 오른쪽의 숲에서는 가문비나무 우듬지가 몸을 숙이고 있었다. 나무들이 바스락거리며 구부러지는 소리가 들려왔다. 폭풍에 나의 재킷과 셔츠가 날렸고, 나의 얇은 여름 재킷은 차가운 거품처럼 부풀어올랐다. 하지만 추위가 느껴지지는 않았다. 한쪽 손에는 지팡이와 왕진가방을 들고, 다른 손은 바지 호주머니에 넣은 채 나는 여유롭게 마을을 향해 걸어갔다. 내 앞에서 트랍이 바람을 쫓아 달리고 있었고, 그보다 좀더 앞쪽에는 마리우스가 있었다. 바람은 넓적한 면도날처럼 풍경 위를 내달리는데, 마치 자신도 풀을 베려고 하는 것 같다. 마치 여전히 그 자리에 남아 있는 까칠까칠한 잔수염을 면도로 밀어버리려는 것만 같다. 정말 그렇기라도 한 듯 바람은 쉿소리와 고집스러움이 뒤섞인 소리를 낸다. 대지 위엔 여름이 남겨놓은 부드러운 벨벳 같은 기운이 여전히 존재했고 그것들이 그루터기 사이사이 숨어 있었는데, 이 무지막지한 바람의 손길은 그것을 찾아내 내던지고 지워버린다. 바람에게 붙잡힌 것은 여름의 부드러움만이 아니다. 그 벨벳 아래 깊이 파묻혀 있던 한여름의 건조하고 날카로운 기운도, 밭에 남아 있던 추수 후의 날카롭고 각진 먼지도 붙잡힌다. 아래쪽에 있는 사문암으로부터 비스듬하게 올라와서 비탈 위에 켜켜이 쌓이고 자리를 넓혀가던 거리의 날카롭고 따끔한 먼지도 붙잡힌다. 성급한 바람의 칼날은 이렇게 날카로운 건조함을 만나자 무뎌지고 거칠어졌고, 그 위로 여러가지를 묻히게 되었다. 보이지 않는 투명한 폭풍 덩어리 속에서 여러가지 보이지 않는 실들이 펄럭인다. 여러가지 냄새들이 펄럭이는데, 그것은 추수를 끝낸 밭의 냄새이다. 그것은 볏짚과 달구지국화 줄기의 냄새이다. 폭풍과 함께 시냇가의 축축한 초지에서 박하향의 실들이 펄럭인다. 어느 정원 구석엔가 모여 있는 햇빛 머금은 꽃향기의 실들이 펄럭인다. 축사 냄새의 실들이 펄럭인다. 폭풍이 그 틈새로 휘몰고 지나갔던 돼지우리의 실들이, 외양간과 두엄 구덩이의 실들이 펄럭인다. 이 모든 냄새는 바람에 흩날리고 함께 흐르면서 서로 섞이고 옅어진다. 점점 더 옅어지다가 마침내는 거의 실체를 알아챌 수 없는 것이 되고 만다. 이렇게 펄럭이면서 펼쳐지는 냄새의 실들은 쿠프론산의 암벽으로 옮겨져 그 안에서 서로 엉키며 한동안 더 냄새를 풍긴다. 산비탈의 자갈들은 폭풍이 굴려보내자마자 산산이 해체되어버린다. 오직 살아 있는 생물만이 폭풍의 뜻에 순종한다. 자신의 목숨을 걸고 폭풍과 경주했던 토끼가 길을 가로지르다 트랩이 있는 것을 알아채고는 갑자기 방향을 바꿔 달아나다가 또다른 상대를 만났다. 내가 맞은편에서 나타났던 것이다. 나는 토끼를 때려잡을 수라도 있다는 듯이 우스꽝스러운 사냥꾼의 자세로 지팡이를 쳐들었다. 그렇지만 나뿐만 아니라 토끼도 즐거워하고 있었다. 트랍도 마찬가지여서 사냥꾼의 본분을 잊고 즐겁게 짖어대며 토끼의 뒤를 따라 내달렸다. 갑작스러운 바람 때문에 서늘해지고 분주해진 이 여름날은 거의 억제할 길 없는 흥겨움으로 가득 차 있었다. 그것은 거의 무자비한 흥겨움에 가까워서 사람들로 하여금 흥겨움에 취하도록 강요까지 해대고 있었다. 그것은 외부로부터 침투한 즐거움이라고 할 수 있었다. 이 즐거움은 폭풍과 함께 와서 지방과 살과 근육으로 밀고 들어왔지만 정작 폭풍보다 한 발 더 나아가 뼛속까지 파고들었다. 그리하여 지방과 살과 근육에 싸인 채 그 모든 것 속에 숨어 있는 해골 형상의 사신死神은 스스로가 바위이기라도 한 듯 폭풍이 자신에게 해를 끼치지 못하고, 전혀 추위를 느끼지도 않아서 기뻐하고 있었다.

하지만 베취의 아들이 건강을 되찾지 못했더라면 상황은 달랐을 것이다.

마리우스는 이제 마을 초입의 집들 사이로 사라졌다. 나는 그를 따라갈 마음이 전혀 없었다. 나는 멀리 시선을 돌려 바람 부는 오후의 풍경을 보고 골짜기를 내려다보며 여유를 부렸다. 근처에 까페가 있었더라면 아마도 그곳으로 가서 자리를 잡고 앉았을 것이다. 왜냐하면 기뻐하는 사람에겐 시간 여유가 있는 법이기 때문이다. 그는 측량할 수 없을 정도로 긴 인생이 남아 있다고 느낀다. 남은 인생이 너무나 길어서 환상으로 가득 채울 수도 있을 정도이다. 모든 영역들이 확장되고 느리게 진행된다. 그는 아이와 마찬가지이다. 그래서 그는 이렇게 말한다. "내가 어른이 되면……" 내가 마침내 다 성장하게 되면 그땐 정말로 뭘 하고 싶을까? 아마도 다시 시골 의사가 되고 싶을 것이다.

나는 그렇게 느릿느릿 어슬렁거리며 마을길을 걸어올라갔다. 산골농장 근처에 다다랐을 때쯤, 그곳에서 막 흥겹고도 둔탁한 박자에 맞춰 도리깨질이 시작되었다. 이즈음 그것은 날마다 들려오는 오후의 음악이었다. 자신의 집에서 타작하지 않는 사람은 오랜 관습에 따라 산골농장의 타작장에서 타작을 하기 때문이다.

시간이 넉넉했던 나는 그 박자의 유혹을 받아 타작 작업을 직접 보려고 했다. 사실 최근 몇주 동안 손으로 하는 타작에 대한 이야기를 굉장히 많이 들었기 때문이기도 했을 것이다. 나는 석재 대문을 이루고 있는 고딕식 첨두아치를 지나 넓은 마당으로 들어섰다. 물론 그곳은 이미 오래전부터 전통적인 의미의 마당은 아니었다. 여러개의 울타리를 통해 작은 필지들과 채소밭으로 나뉘어져 있었기 때문이다. 마당은 산 쪽을 향해 툭 트여 있었다. 그쪽에는 길쭉한 형태의 타작장만이 자리 잡고 있었는데, 그곳에서 타작하는 소리가 울려오고 있었다. 그것은 이층짜리 건축물로, 나무로 지은 위층은 산으로 바로 이어지게 되어 있었다. 반면에 마당에서는 비스듬한 경사면을 통해 그곳으로 올라가게 되어 있었다. 그래서 건초와 곡식단을 실은 마차들은 길을 돌지 않고 건물을 통과해 다른 쪽 방향으로 나갈 수 있었다. 그 경사면은 마당에 나 있는 차도와 일직선으로 이어졌는데, 그 길은 정원 울타리들 사이를 통과해서 고딕식 대문까지 곧바로 연결되었다. 나는 이 길을 통해 타작장으로 가려고 했다. 바람이 잔잔한 물결을 그리며 산골농장의 여러 지붕 위를 건너오더니 갑자기 나의 등 뒤로 강하게 불어닥치는 바람에 나는 조금씩 앞으로 떠밀리면서 걸어갔다. 하지만 경사면 위쪽의 헛간 입구가 그 바람 때문에 잠겨 있어서 나는 아래층의 작은 입구를 사용해야만 했다. 입구 근처에서는 작은 나귀 한마리가 연자방아를 돌리고 있었다. 바퀴는 삐그덕거리며 신음 소리를 냈고, 마을 아이들은 그 주위에 빙 둘러선 채 나귀를 구경하고 있었다.

석조 건물인 아래층은 절반 정도는 산속에 지어진 천장이 낮은 공간인데, 마당 쪽으로 몇개의 작은 창문이 나 있긴 하지만 전체적으로 어두운 분위기를 몰아내지는 못한다. 위층에서는 도리깨질 소리가 쿵쿵 울려왔고 여기서는 곡물 선별기가 천천히 돌고 있었다. 이 기계를 돌리기 위해 밖에서 작은 나귀가 방아를 돌리고 있는 것이었다. 한무리의 소녀들이 나무관을 통해 타작장 바닥으로부터 흘러내려오는 재료들을 선별기로 옮기고 거기서 정제된 곡물을 삽으로 퍼서 여러개의 칸 속에 집어넣는 일에 몰두하고 있었다. 그 방의 뒤쪽 벽을 다 차지하고 있는 그 칸들은 칸막이를 통해 서로 분리되어 있었다. 그곳은 귀가 먹먹할 정도의 소음으로 가득 차 있었다. 나는 한참이 지난 후에야 굉음이 진동하는 그 어둠속에서 소녀들의 면면을 구분할 수 있었다. 그들 중에 이름가르트가 있었다.

갓 정제된 곡물의 달콤한 향이 먼지로 가득 찬 공기 속을 진하게 떠다녔다.

"잘 지냈니?" 내가 말을 건넸지만 무의미한 짓이었다. 왜냐하면 한마디도 알아들을 수 없었기 때문이다. "잘 지냈니, 이름가르트?"

나를 알아본 소녀 몇명이 내게 고개를 끄덕여 인사했다. 나는 여전히 나를 보지 못한 이름가르트 쪽으로 다가갔다. "잘 지냈어, 이름가르트?" 나는 목청 높여 소리를 질렀다.

그녀는 일을 하다 말고 잠깐 위를 쳐다보더니 내가 와 있는 것을 보고 기뻐하는 듯했다.

"약초는 많이 찾았어?" 나는 또다시 크게 외쳤다.

그녀는 좀더 편하게 대화를 계속하기 위해 함께 밖으로 나가자는 신호를 보냈다. 우리가 맞서 불어오는 바람에 저항하며 힘겹게 문을 열자 잽싸게 회오리바람이 휘몰아쳐 들어오는 바람에 곡물들이 뒤섞였고 소녀들은 기침을 해댔다. 그리고서 바람은 위층으로 빠져나갔다.

아이들이 여기저기 서 있었고, 바람은 새된 비명 소리를 냈으며, 나귀 새끼는 원을 그리며 돌고 있었다. 이곳에 계속 있을 수는 없었다. 건물의 기다란 쪽 측면에 바람으로부터 보호되는 좁은 공간이 있었다. 그곳은 다듬지 않은 돌로 쌓아올린 벽 옆의 잔디 비탈이었는데 우리는 그곳에 가서 앉았다. 옆쪽에서 타작하며 나는 소음이 그곳까지 아주 크게 들려왔지만, 그래도 서로의 말을 알아들을 수는 있었다.

"그래, 약초 찾는 일은 어땠어?" 나는 질문을 반복했다.

"괜찮았어요." 그녀가 말했다.

"그럼 할머니도 나쁘지 않게 수확을 거두셨겠군?"

"네, 할머니도 수확이 아주 좋았죠."

나는 그녀가 뭔가 중요한 얘기를 내게 하고 싶으면서도, 그 얘기를 차마 밖으로 끄집어내지 못하고 담아 두고 있다는 느낌을 강하게 받았다.

나는 단도직입적으로 그녀에게 물었다. "무슨 일이 있는 거냐, 이름가르트?"

그녀는 호박색을 띤 두 눈으로 나를 바라보며 한동안 침묵했다. 그러더니 그녀가 말했다. "마리우스가 떠났으면 좋겠어요."

물론 그녀의 말은 약간 놀라웠다. 왜냐하면 그녀가 그런 소망을 가질 것이라고는 거의 예상하지 못했기 때문이다.

"흠."

"네, 그 사람은 떠나야 해요."

"할머니 때문에 그런 거냐?"

그녀는 굉장히 놀란 듯한 표정을 지었다. 어머니 기손의 불길한 예언에 대해 그녀는 아직까지는 전혀 모르고 있는 것 같았다.

"사실 난 네가 마리우스를 사랑하고 있다고 생각했다."

"맞아요." 잠시 후 그녀가 그렇게 말했다.

"그런데도 그가 떠났으면 좋겠다는 거냐."

"전 아이를 갖고 싶어요."

"그건 현명한 말이로구나. 하지만 네가 빠져든 사람은 물론 적절치 못한 상대이지……"

그녀는 어두운 표정으로 침묵했다.

"그렇다면 우리가 어떻게 해야 될까, 이름가르트……? 그자는 그저 호언장담이나 할 줄 아는 자이고. 그렇다고 네가 나를 원하지는 않을 테고."

그 말에 그녀가 미소로 반응했다.

"그 작자가 대체 네게 뭘 원하는 거냐? 그자는 왜 널 따라다니는 거지……? 그는 널 사랑하지도 않잖아."

그녀가 거칠게 반박했다. "그 사람은 절 사랑해요."

"그래……? 그렇다면 그자가 네게서 원하는 건 뭐지?"

"절 죽이는 거요."

"그렇지." 내가 분노해서 말했다. "공허하고 쓸데없는 얘기들, 그걸로 벌써 여러 사람이 처녀애를 죽이기도 했지."

그녀의 얼굴 위로 미소가 스쳤다. 나의 분노가 재밌게 여겨진 것이 분명했다. 그녀는 턱을 가슴 쪽으로 끌어당기고 두 팔로 다리를 휘감아 강풍에 치마가 휘날리지 않도록 하고 있었다. 그녀는 어머니 기손으로부터 물려받았을 명랑하고도 확신에 찬 태도로 이렇게 말했다. "그게 아니구요, 그 사람은 절 정말로 죽일 거예요."

"말도 안 되는 소리를 하는구나, 이 아가씨야, 늙은 의사 선생님을 그런 식으로 놀리면 안 된다."

하지만 그다음에 난 이렇게 말했다. "그자가 두려운 거냐, 이름가르트?"

그녀는 약간 비웃는 듯한 표정으로 날 바라보았다. "두렵냐구요? 아니에요."

"좋다. 그렇다면 넌 왜 그 떠벌이, 그 순회설교가를 그냥 떠나보내지 못하는 거냐…… 그를 떠나게 해!"

"전 못해요." 그녀가 짧게 대답했다.

"그렇게나 그 사람을 사랑하는 거냐?"

"아버지 때문에요……" 그녀가 망설이며 대답했다.

"아버지 때문이라니 무슨 말이지, 이름가르트?"

"마리우스는 아주 먼 곳에서 왔어요……"

"그렇지." 내가 말했다. "그리고 이젠 다시 아주 먼 곳으로, 그것도 가능하면 빨리 가버렸으면 좋겠구나."

"그래요." 그녀가 말했다.

"그렇다면 말이다…… 네가 그것을 위해 어떤 행동을 취하면 그자가 사라질 텐데……"

"전 못해요."

"얘야, 이름가르트, 넌 처음에는 그렇게 현명하게 얘기하고 아이들을 갖고 싶다고 하더니, 이젠 전 못해요라고 하는 거냐…… 네가 어리석은 도시 여자애라면 이해할 수도 있겠다. 그애들은 아이를 원하지 않으니까 말이다…… 그런데 도대체 네 아버지가 이 모든 일들과 무슨 상관이 있다는 거지……?"

그녀는 생각에 잠겼다.

"아버지도 죽이겠다고 하기라도 한 거냐……? 만일 그런 식으로 계속 가면 마리우스가 온 가족을 다 몰살시키게 되겠구나……"

마침내 그녀가 자신의 생각을 정리할 수 있게 된 모양이었다. "어머니는 강해요……"

"그런 면이 있지."

"그러니까 전 아버지 곁에 머물러야 해요. 그렇지 않으면……"

"그렇지 않으면 어떻다는 거냐?"

"아버지는 마리우스가 떠나온 곳, 그리고 그가 다시 가게 될 그곳에 이미 가 있는 셈이에요…… 그는 아버지를 데리고 어디로든 갈 거예요." 이제서야 그녀는 자신이 하고 싶었던 말을 털어놓을 수 있게 되었다. "……아버지 때문에 두려워요…… 그래요."

"흠…… 그러니까 마리우스를 떠나보내도록 내가 도움을 줬으면 한다는 얘기인 거냐……?"

그녀는 밝게 긍정하며 고개를 끄덕였다. "네…… 아버지는 선생님 얘기는 들으시잖아요, 의사 선생님……"

"이건 어려운 문제다, 이름가르트…… 아버지만 관련된 문제가 아니라 온 동네가 다 관여되어 있단다……"

실망한 듯 그녀가 말했다. "알고 있어요……"

"도대체 어디 있는 거냐, 너의 그 별난 애인은?"

그녀는 타작하는 소리가 쿵쿵거리며 들려오는 옆쪽의 헛간을 가리켜 보였다.

"좋다." 내가 말했다. "지금은 내가 할 일이 좀 있단다. 하지만 일이 끝나고 나면 다시 한번 들르도록 하마…… 그때 더 얘기하자 꾸나…… 어차피 이곳에서 그렇게 빨리 일을 끝내지도 않을 테니 까……"

때때로 그들은 밤늦게까지 타작을 계속했다. 그것은 꼭 햇빛이 있어야만 할 수 있는 일은 아니었기 때문이다.

"알겠어요, 의사 선생님." 그녀는 고분고분하게 말하고는 다시 일하러 가기 위해 몸을 일으켰다.

나는 경사진 초지를 힘겹게 걸어올라갔다. 이렇게 하면 마을 외곽을 통해서도 위쪽에 있는 집들 쪽에 다다를 수 있기 때문이었다. 위쪽에 도착하니 헛간의 뒷문이 활짝 열려 있는 게 보였다. 저절로 그 안의 광경에 시선이 갔다. 짚단 주위에 타작하는 사람들이 둘러서 있었는데, 그들은 한쪽 발을 살짝 구부려 뒤로 뺐다가 박자에 맞춰 다시 바짝 당기는 동작을 활기차게 반복하고 있었다. 그들의 도리깨는 쉭쉭거리는 소리를 냈고, 낟알들은 곡식 더미로부터 마치 금빛 물방울처럼 튀어올라 사방으로 흩어졌다. 마리우스는 문을 등지고 서 있었다. 가끔씩 그의 뻔뻔스러운 옆모습을 볼 수 있었는데, 이 작업에 열광적으로 빠져 있는 그의 모습은 밀란트의 모습과도 비슷해 보였다.

나는 휘파람을 불어 마당 어딘가의 울타리 곁에서 바쁘게 움직이고 있던 트랍을 불러냈다. 그리고 그곳을 떠나 좁은 인도에 다다랐는데, 그 길은 위쪽으로 통하고 마을 끝부분에서 큰 길과 만나도록 되어 있었다. 나는 한기를 떨쳐내기 위해 성큼성큼 걸어야만 했다. 바람은 점점 더 날카로워졌고, 또한 너무 차가워지는 바람에 그 안에 담긴 냄새들도 다 얼어버려서 더이상 아무것도 느낄 수 없을 정도였다. 나는 이름가르트의 이야기를 제대로 이해하지 못했다. 기본적으로 확인된 것은 그녀가 이 사내와 불행한 사랑에 빠져 있다는 사실과 그녀가 나에게 내가 줄 수 없는 어떤 모호한 도움을 원하고 있다는 사실뿐이었다. 이런 상황에는 어머니 기손이 더 적임자였을 것이다. 그래서 나는 어떤 방식으로든 그녀에게 도움을 청하기로 결심했다. 이 가련한 소녀가 계속 혼란에 빠져 있도록 내버려둘 수는 없었기 때문이다. 물론 사람은 다른 누구의 운명에 대해 결정할 수 없다. 더구나 애초부터 서툴기 짝이 없는 나 같은 사내에게는 절대 불가능한 일이다. 하지만 난 어머니 기손은 할 수 있을 거라고 믿었다.

오후가 지났다. 내가 회진을 다 마치고 산골농장으로 향하는 길을 걸어내려올 때쯤엔 이미 날이 어두워졌다. 밤기운을 머금은 폭풍이 여전히 강하게 불어대고 있었다. 하지만 더이상 낮의 폭풍처럼 건조하지는 않았고, 그 안에는 이미 부드럽고 축축한 기운이 담겨 있었다. 하늘의 북쪽 가장자리에는 검은 구름 덩어리들이 차례를 기다리고 있었다. 몇몇 집의 유리창에는 불이 켜져 있었다. 어머니 기손의 부엌 창문으로부터도 노란빛의 사각형이 거리에 드리워져 있었다. 나는 창문 안을 들여다보았다. 어머니 기손과 마티아스가 앉아서 저녁 수프를 먹고 있었는데, 이름가르트는 거기 없었다. 타작 소리는 더이상 들리지 않았지만 그녀는 아직도 타작장에 있는 것이 분명했다. 물론 나는 집 안에서 그녀를 기다릴 수도 있었다. 하지만 내 안의 무엇인가가 그녀를 데리러 가는 것이 더 옳다고 말하고 있었다.

첨두아치 대문 뒤의 담장 모퉁이에서는 백열등 하나가 폭풍 속에서 이리저리 흔들리고 있었다. 마당은 어둡고 고요했다. 마당 주위에 각 집으로 들어가는 현관들이 있었고, 저 위쪽으로는 타작장의 검은 윤곽이 두드러졌다. 그중 한 집에서 현관문이 왈칵 열리며 빛이 쏟아졌다. 그러고는 누군가가 양동이의 구정물을 마당으로 쏟아부었다. 나는 다시 정원을 가로질렀다. 바람은 작은 과일나무들을 흔들어댔고 이파리들은 바스락대며 펄럭였다. 나는 타작장 앞의 공터에 다다랐다. 그곳은 텅 비어 있었고, 나귀 새끼도 더이상 일하지 않았다. 아래층의 작은 창문들로부터 희미한 불빛이 새어나왔다.

아래층엔 아무도 없었다. 두껍게 때가 낀 두개의 천장 조명등이 빛을 발하고 있었는데, 그 주위에선 마치 느슨한 모기떼처럼 먼지가 나풀거렸다. 하지만 이제 그곳의 공기는 숨 쉴 만했고 매우 조용했다. 농기구들이 여기저기 놓여 있었고, 선별기 옆에는 나무로 만든 삽 두개가 기대어져 있었다. 다가오는 겨울의 평화로움이 칸막이 구석마다 그리고 보이지 않는 공간의 깊이 속에 켜켜이 깃들어 있었다. 그런데 위층에서 사람 목소리가 들려왔다. "거기 있는 거냐, 이름가르트?" 내가 위를 향해 외쳤지만 아무도 대답하지 않았다. 나는 무거운 걸음으로 계단을 올랐고 내가 밟을 때마다 계단에서는 삐걱대는 소리가 크게 울려퍼졌다.

내가 계단의 마지막 칸에 이르러 위쪽 공간을 볼 수 있게 되자 깨끗하게 청소된 타작장의 한가운데에 이름가르트와 마리우스가 서 있는 것이 보였다. 그들은 서로의 눈을 마주 보면서 미동도 하지 않았다.

"안녕하세요." 내가 말했지만 물론 대답은 듣지 못했다. 두 사람 중 어느 누구도 고개조차 돌리지 않았던 것이다. 내가 다시 한번 인사를 했을 때도 마찬가지였다. 그들은 서로에게서 약 일 미터쯤

거리를 둔 채 서 있었다. 마리우스는 살짝 몸을 앞으로 기울이고 마치 어떤 동작을 하다가 갑자기 멈추기라도 한 것처럼 팔을 약간 들어올린 채였다. 이름가르트는 날렵하고도 반듯한 자세로 서 있었다. 서로에게 최면이라도 건 것일까? 이제는 나 역시 그 자리에 가만히 선 채로 기다렸다.

그때 사내가 말했다. "당신의 희생이 클 거야."

그 공간은 넓고 어두웠다. 단 하나의 전구가 천장에 매달려 있었는데, 그것은 그 두 사람의 머리 바로 위쪽에 있었다. 뒤쪽의 헛간 문은 지금은 잠겨 있었지만, 판자벽의 넓은 틈새 사이로 날카로운 소리와 함께 바람이 불어 들어왔다. 그 바람 속에서 한쪽에 쌓아둔 곡식단의 풀줄기들이 계속해서 서로 할퀴며 바스락거리는 소리를 내고 움직여댔다. 그밖에 다른 소리는 전혀 들리지 않았다.

마리우스가 다시 한번 말했다. "당신의 희생이 커, 당신을 사랑해."

마침내 그녀 또한 입을 열었다. 그녀의 목소리가 평소보다 약간 굳어 있긴 했지만 그래도 평상시의 톤을 유지하고 있어서 나는 기뻤다. "그래요, 이건 큰 희생이죠. 당신에겐 생식력이 없으니까요, 당신은 키스를 하지 않으니까요, 그리고 난 아이를 갖지 못하게 될 거니까요."

반면에 그는 설교자 톤으로 얘기했다. "당신은 아이를 낳는 일 이상의 것을 얻게 될 거야. 임신하는 일 이상의 것을 얻게 될 거라고…… 당신의 희생에 대한 댓가로 당신을 위한 희생이 바쳐지게 될 거야."

이 상황은 무시무시한 동시에 기괴했다. 이자가 정신병을 앓고 있다는 사실은 의심할 바가 없었다. 하지만 이름가르트는 비록 예민하게 변질된 농부 집안의 피를 받기는 했을망정 정신병자는 아니었다. 그녀는 절대 정신병자가 아니었다. 나는 그녀를 불렀다.
"이름가르트."

"네, 나도 당신을 사랑해요." 마치 그가 자신의 이름을 부르기라
도 한 것처럼 그녀가 그렇게 대답했다.

마리우스는 몸을 앞으로 숙인 채로 움직이지 않았다. "빛은 처녀
의 몸으로 하늘과 땅을 낳지…… 서로 휘감겨 있는 남매를 낳는 거
야. 날마다 새롭게 태양 아래서 태어나……"

날카로운 소리와 함께 어둠을 뚫고 지나가는 바람결에 이름가
르트의 머리카락이 가볍게 흔들렸다. 그녀의 이마 위에 머리카락
이 흘러내려와 있었지만 그녀는 그것을 쓸어올리지 않았다. 그녀
는 마치 꿈을 꾸고 있거나 무엇을 마시려는 듯이 젖은 입술을 벌린
채 사랑에 빠진 여자의 철석같은 기대로 호흡하고 있었다. 자기 자
신을 열고 자신의 존재를 호흡하고 있었다.

그는 고상한 어구와 성직자 같은 어조를 사용하며 이야기했다.
"포옹하는 처녀의 핏속에서 하늘과 땅은 다시 키스하게 될 것이고
그들의 갈망은 충족될 거야."

"네." 소녀가 말했다.

최면 상태에 빠진 사람들이 그렇게 허황된 수다를 떤다는 사실
은 매번 기이하고도 미심쩍은 느낌을 주곤 했다. 그리고 내가 아
는 한 마리우스가 미친 인간인 동시에 코미디까지 벌이는 그런 종
류의 바보일 거라는 사실도 완전히 배제하기는 어려웠다. 그가 이
름가르트와 내 앞에서 벌이고 있는 짓이 코미디일 가능성도 있었
다—하지만 무슨 목적으로 그러는 걸까? 자신이 남자로서 무능
하다는 사실을 감추기 위한 것일까?—그럼에도 불구하고 그러한
정신병자들의 화려한 언변을 볼 때마다 난 온몸에 오싹한 냉기를

느끼곤 한다. 저런 정신병자의 언어를 통해 모든 인간 존재의 천재적인 근원이 폭발적으로 표현되고 있는 것은 아닐까? 그것이 지식의 갱도 제일 깊은 바닥에 놓여 있는 그 무엇은 아닐까? 그것이 우리 모두의 내면에 존재하고 있고 우리를 매우 동질적인 존재로 연결해주는 바로 그 무엇이 아닐까? 그것이 더이상은 파악하기도 어려운 사고와 언어의 바보스러운 근원, 우리를 모든 수확의 어두운 뿌리를 향해 끌어내리는, 현세의 빨아들이는 힘이 아닐까?

이제 두 사람 모두 아무 말이 없었다. 그들 머리 위에 매달린 전구는 이리저리 조용히 흔들리고 있었고, 전구의 빛은 두 사람 뒤쪽에 높이 쌓여 있는 거대한 곡물 더미 위를 비추고 있었다. 곡물 더미는 다음날 넓적한 깔때기를 통해 아래층의 선별기로 보내질 수 있도록 준비를 해둔 상태였다. 곡식들이 쌓여 이룬 부드러운 파도는 마치 젖어 있는 것처럼 빛 속에서 반짝였다. 반면에 그 파도들 사이의 고랑은 짙은 어둠에 잠겨 있었다. 나는 환한 빛 속에 서 있었는데도 눈에 띄지 않았고, 무언가에 사로잡혀 굳어 있었다. 어둠이 나를 붙잡고 있었다.

그때 사내가 다시 목소리를 높였다. "산이 말했지. 그들이 다시 땅을 향해 몸을 구부리고 싶어하는 하늘의 무게 아래 떨고 있다고. 그리고 땅은 진동하며 하늘에게 자신의 몸을 열 거라고……"

"당신은 누구죠?" 소녀가 물었다.

그는 동요하지 않고 계속 말을 이어갔다. "땅은 해마다 수확물을 생산하지. 그런데도 땅은 처녀야. 하늘이 땅에 그림자를 드리우게 되면……"

"당신이 하늘인가요?" 소녀가 물었다.

"나는 사자獅子야." 놀랍게도 그가 자신을 소개했다. 나는 여전히 그 자리에 붙잡혀 뿌리박힌 듯 서 있으면서도 마침내 내 목소리를 되찾아 이렇게 외쳤다.

"이름가르트."

"누가 당신을 부르는군." 그가 시선도 돌리지 않은 채 말했다.

"듣고 싶지 않아요."

"가도 좋아."

"당신이 나를 불렀어요, 다른 누구도 아니에요."

"난 당신을 희생제물로 부른 거야."

"그래요, 당신이 아버지예요."

"아직은 아니지."

"언제 당신이 아버지가 되는 거죠?"

"당신의 피가 다시 땅으로 흘러 되돌아가게 될 때, 당신의 희생 속에서 어머니가 아버지와 다시 결합하게 될 때, 땅이 하늘과 결합하고, 매일매일 남매들이……"

"하지만 당신이 하늘이잖아요."

"나는 아버지로서 당신을 죽이고, 하늘이 되어 당신에게 돌아갈 거야. 땅이 된 당신의 남편이 되어 돌아갈 거야."

"알겠어요"라고 소녀가 속삭였는데, 그 순간 어둠속에서 밤의 꽃들이 피어나는 것 같았다.

그러고는 그녀가 말했다. "그렇게 해요."

"아직은 아니야." 그가 대답했다.

"언제 그 일을 할 거죠?"

그가 마침내 몸을 움직이며 그녀의 눈으로부터 시선을 거두고는 똑바로 섰다. 그는 마치 자신의 옆에서 크게 입을 벌리고 있는 거대한 목재 깔때기를 향해 말하는 것처럼 기이한 가락을 읊기 시작했다. 나는 그가 그 가락을 읊는 것을 전에 들어본 적이 있었다. "케이블카는 끊어졌네, 이제 새로운 시대가 온다네, 땅이 기다리네, 벌써 산들이 진동하네, 벌써 전쟁이 울부짖네. 땅은 피를 빨아들이네, 그래도 충분하지 않네, 구원받지 못했네, 죄로 더럽혀진 피가 그 안에 스며들기 때문이네, 죄로 더럽혀진 피가 땅에 끼얹어지네, 땅은 그 피를 좋아하지 않네. 해로운 거름, 새로운 악덕을 위한, 새로운 욕정을 위한, 새로운 신성모독을 위한 거름……"

그는 다변증[22]을 앓고 있는 것이 틀림없었다.

"……마침내 아버지로부터 보내진, 죄 없는 자가 일어설 때까지, 그는 희생제사를 성취하는 아버지 자신이기도 하네. 자발적이고 정결한 희생제물은, 처녀의 핏속에서 순결하다. 그 희생은 목말라 하는 땅에 의해 받아들여질 것이다. 그렇게 되면 처녀는 다시 땅의 품이 될 것이고, 어머니는 딸이 될 것이다. 산들이 단단하게 설 때 고통과 악은 사라질 것이다. 정결함이 초원으로부터 넘치도록 흘러내릴 것이다. 바다는 황금의 수확물을 태양에게 실어나를 것이며, 인간의 빵 속, 어머니의 태양의 축복 속에 담겨 있는 사자의 황금 발자국, 태양의 씨앗, 땅의 가슴에 놓인 아버지의 열매……"

그의 노래는 점점 숨이 가빠졌고, 비통해하는 환호성처럼 들렸다. 그 노랫소리 사이로 날카로운 바람 소리가 섞였다. 하지만 그가 갑자기 다시 한번 호흡을 가다듬더니 이렇게 외치는 것이었다. "그것은 곡식 낟알 속에서 하늘과 땅이 다시 하나가 되기 때문이네."

"맞아요." 이름가르트가 말했다.

"오, 어머니여." 그가 소리 질렀다.

....
22 병적으로 말을 몹시 많이 하는 증상.

그러더니 그는 나무막대처럼 뻣뻣하게 깔때기 옆의 곡물 더미 속으로 쓰러졌다. 마치 자신의 온 존재, 자신의 온몸으로 곡물 더미와 한 몸이 되기라도 하려는 듯 두 손과 얼굴을 곡물 속에 파묻었다.

그는 그렇게 쓰러진 채 더이상 꿈쩍도 하지 않았다.

그녀는 아까부터 서 있던 자세 그대로 그곳에 있었다. 그녀는 먼 곳을 향해 시선을 고정한 상태였는데, 그사이 마리우스가 했던 말과 행동에 대해 아무것도 알지 못하는 것 같았다.

그 장면은 그렇게 정지된 채로 머물렀다.

만일 그때 갑자기 비가 쏟아지지 않았더라면, 가볍게 후두둑거리며 헛간의 나무벽과 지붕 위로 북 치는 듯한 빗소리가 들려오지 않았더라면 나 역시 나를 내리누르고 있던 그 마비 상태로부터 그렇게 금세 빠져나올 수 없었을 것이다. 이제 실내에 부는 바람은 축축하고 느슨했다. 날카롭던 바람 소리는 좀더 둥글고 깊은 소리로 변했다. 나는 마치 바닥이 흔들리기라도 하는 듯 불안정한 발걸음으로 그녀를 향해 천천히 다가갔다. 나는 조심스럽게 그녀의 팔을 부축했다.

"언제요?" 그녀가 여전히 꿈을 꾸는 상태에서 질문했다.

"가자." 나는 그렇게 말하고 그녀를 이끌어 계단을 내려왔다.

아래층의 문을 열자 우리를 향해 비가 세차게 몰아쳤다. 거기 온몸의 털이 흠뻑 젖은 채로 트랍이 꼬리를 흔들고 있었다. 오래 기다린 보람이 있다는 듯 즐겁게 미소 짓고 있었다. 트랍이 두 발로 서더니 이름가르트의 어깨에 앞발을 얹었다. 그러고는 내가 막을 틈도 없이 기다란 혀로 잠자고 있던 소녀의 얼굴을 마구 핥아댔다.

"동물." 그녀가 말했다.

"맞아." 내가 대답했다. "얘는 그냥 트랍이란다."

비가 오니 좋았다. 정원의 나뭇가지들은 이제 더 무겁게 버스럭거렸고, 울타리들은 습기를 머금은 채 반짝였으며, 발아래 밟히는 자갈들은 비에 젖어 달그락거렸다. 이름가르트는 이제 깨어나기는 했지만, 여전히 두 눈을 감은 채 아무런 의지도 없이 내게 이끌려가고 있을 뿐이었다. 그런데 그녀가 손을 들어 이마의 빗방울을 씻어냈다.

"이름가르트." 내가 말했다.

그러자 그녀가 말했다. "네."

"아직도 두려운 거냐, 아이야?"

두 눈을 감은 채 그녀는 머리를 내저었다.

"이 희생제물 이야기는 완전히 끝을 내도록 하자……"

그녀는 꿈을 기억해내려고 애쓰는 사람처럼 굉장히 고통스러운 표정을 지었다.

그러더니 그녀가 말했다. "비가 오네요."

"그래, 이름가르트, 비가 오는구나…… 내가 누구인지는 알겠어?"

그녀는 여전히 두 눈을 감고 있었다. "의사 선생님이시잖아요."

"그래." 내가 말했다.

하지만 그녀는 여전히 그녀의 꿈을 기억하려 하고 있었다. "이것은 아버지의 비예요, 그리고 땅은 그것을 마시죠."

"적절한 때에 비가 오는구나." 내가 말했다. "만약 팔일 전에 비가 왔다면 추수는 엉망이 되었겠지."

"맞아요." 그녀가 말했다. "추수를 했죠."

이제 그녀가 두 눈을 떴다.

우리는 마당 쪽의 입구를 통해 거실로 들어간 후 어두운 구석방을 지나 환한 부엌으로 들어섰다. 마티아스는 여전히 창가 자리에 앉아 있었지만, 어머니 기손은 벽 앞에 놓인 두개의 낡은 궤 중 하나에 자리를 잡고 있었다. 트랍은 온몸을 부르르 떨고는 곧장 화덕 쪽으로 가서 그 앞에 몸을 동그랗게 말고 누웠다.

어머니 기손이 미소 지었다. "자네들 두 사람 때문에 걱정을 할 뻔했어."

"네." 내가 말했다. "정말 지독한 날씨네요."

"두 사람 모두 흠뻑 젖었겠는데요." 창 쪽에서 마티아스의 말소리가 들려왔다.

이름가르트는 젖은 옷을 입은 채 부엌 한가운데에 서 있었다. 그녀는 미소 지으며 두 눈을 비볐다.

"이리 와라, 아가야." 어머니 기손이 말했다. 키 큰 소녀가 그녀 앞에 가 서자 그녀는 소녀를 자기 쪽으로 끌어당겨 무릎 위에 앉히고 사랑스러운 아기를 다루듯 쓰다듬어주었다.

11

카운터에는 키가 작고 살집이 좋은 한 남자가 기대어 서 있었다.
그의 옆 의자 위엔 서류가방처럼 생긴 가방이 놓여 있었는데, 병목
몇 개가 가방 밖으로 비어져나와 있었다.

"자베스트." 그가 말했다. "라벨 위에 자네 이름을 박아넣으라니
까."

자베스트는 입술에 담배를 문 채 아무런 대꾸도 하지 않았다.

그 리큐어 외판원이 말을 이어갔다. "그 위에 테오도어 자베스
트, 쿠프론 호텔 및 상점, 그렇게 인쇄를 해."

자베스트는 꿈쩍도 하지 않았다.

그 외판원은 이제 가방을 뒤적여 샘플용 병과 리큐어 잔 하나를
끄집어내더니 이렇게 말했다. "자네의 행복을 위해 마시겠네, 자베
스트……"

"그래." 그때 주점 주인이 입을 열었다. "하지만 아직도 작년에

만든 병들이 남아 있어…… 농부들은 자신들이 마실 슈납스를 직접 증류한단 말야."

외판원은 동요하지 않았다. "그렇다면 새로운 라벨을 붙이면 되지…… 그냥 쿠프론이라고 하는 것보다는 하부-쿠프론이라고 하는 게 더 그럴듯해 보이잖아."

"그런 이유 때문에 농부들이 그걸 구입하지는 않을 걸세."

"자네 고객들 중엔 고상한 분들도 계시잖나." 외판원은 곁눈질로 나를 살피며 그렇게 말했다. "지금 당장 들여놓을 필요도 없어. 성탄절 전이면 돼. 성탄절 선물로 말이야. 은으로 된 가지를 두르면 정말 멋져 보일걸……"

"성탄절까지." 자베스트는 여전히 생각에 잠긴 채로 말했다. "성탄절까지……"

"사주 지불기한이야." 외판원이 말했다. "아니 육주로 하지. 그러면 자넨 그걸 이월에나 갚아도 되는 거야……"

자베스트는 짧게 웃음을 터뜨렸다. "그때까지 누가 살아남아 있을지 알 수 없는 일이지."

"살아남은 사람들은 슈납스가 필요할 거야." 외판원이 말했다.

"열병으로 적어둬." 주점 주인이 그렇게 말했다.

나는 인사를 건네고 그 자리를 떠났다. 내가 거기서 보고 들었던 것은 아주 일상적인 장면이었다. 하지만 마리우스와 이름가르트의 일이 너무나 생생하게 기억에 남아 있었기 때문에 그때부터 내겐 모든 일들이, 그러니까 바로 이 장면 역시도, 뭔가 최면 상태와 같은 느낌을 주었다. 어쩌면 그런 느낌이 옳은 것이었을 수도 있다. 심지어 몇가지 정황은 잘 맞아떨어지기조차 했다. 하지만 내가 사물들을 그런 식으로 바라보게 된 것은 바로 나 자신의 상태 때문이었을 수도 있다. 왜냐하면 나와 같이 외로운 인간, 나처럼 삶의 여러 관계들로부터 단절된 사람은 사소한 계기 하나만으로도 아주 낯선 곳으로 쫓겨나버릴 수 있기 때문이다. 그 어떤 낯선 곳보다도 더 먼 곳, 그 어떤 고향보다도 더 먼 곳, 오직 죽음의 공기만이 서늘하게 불어대고 있는 그런 낯선 곳으로 쫓겨나버릴 수 있는 것이다. 그렇다. 그런 일은 충분히 가능한 것이었다. 비록 나의 사고방식을 보거나, 질병의 어둠과 싸우며 환자의 두려움을 지식의 환한 빛으로 달래주는 나의 직업 활동을 봤을 때, 스스로의 눈에 내가 냉철하고 이성적이라 생각되었음에도 불구하고 말이다. 그렇다. 그럼에도 불구하고 그런 일은 충분히 일어날 수 있었다. 때때로 나는 내가 단지 고독 속에 새로운 유대관계를 형성하기 위해 어린 로자를 우리 집으로 데려왔었던 것 같다는 생각이 들기도 했다.

하지만 근본적으로 이것은 그다지 중요한 사안이 아니다. 또한 그에 대해 깊이 생각하는 것이 거의 부적절한 일처럼 생각되기도 한다. 그것은 내가 꿈과 현실 사이의 차이를 부인하고, 누군가가 꿈속에서 세상을 걷든 깨어나서 걷든 그다지 중요하지 않다고 생각하기 때문이 아니다. 우리의 본질적 지식이라는 것이 이 모든 일과 아무런 관련이 없기 때문이고, 또한 우리가 처하게 되었거나 스스로 선택해서 들어간 이러저러한 상황들과 완전히 무관하기 때문이다. 우리의 인생은 꿈인 동시에 깨어 있음이기도 하다. 가끔씩 우리가 현실이라고 부르는 세계 속으로 꿈의 서늘한 바람이 불어올 때—그런 일은 우리가 짐작하는 것보다 더 자주 일어난다—이를 통해 현실 세계는 종종 기이한 빛 속에 들어서게 되고 심층적인 조명을 받게 된다. 마치 서늘한 비가 내린 후의 풍경처럼, 혹은 어디선가 추상적으로 일어나는 일들에 대해 더이상 단순한 단어들을 나열하여 얘기하는 게 아니라 갑자기 더 높은 차원의 현실로부터 온 숨결을 받아 사물들에 대해 그 모습 그대로 생생하고 따뜻하게 묘사할 수 있게 된 연설처럼 말이다. 하지만 그 두 영역은 우리의 예감과 지식이기도 한 영역, 측량 불가능한 우리 마음과 영혼 속에 깊이 가라앉아 있는 그 영역으로부터 빛을 받지 않는다면 결코 그 정도로 서로의 안으로 파고들어 열매 맺을 수 없을 것이다.

거리로 나왔는데도 여전히 리큐어 외판원의 목소리가 들려왔다.

"테오도어 자베스트라고 다 쓸까, 아니면 그냥 Th. 자베스트라고만 쓸까?"

"줄이지 말고 다 써." 주점 주인의 목소리가 답했다.

아침과 저녁의 선선함 사이에 파묻힌 환하고 따뜻한 구월의 오후였다. 이 시기의 선선함은 건조한 기운을 띠고 있었다. 팔월 말에 줄곧 내렸던 비가 금세 다시 잦아들면서 희뿌연 안개만을 남겨놓았기 때문이다. 대낮에 기온이 올라 따뜻해지면 안개가 피어올라 온 산의 초목을 덮어버려 햇빛이 비치는 암벽만이 겨우 드러나 보였다. 안개는 높이 솟은 구름에까지 가 닿았고, 분지 주위에 원형의 커튼 모양으로 둘러쳐져 그곳을 나머지 세상으로부터 분리시켜버렸다. 다른 세상은 더이상 존재하지도 않는다고, 어쩌면 아예 존재했던 적조차 없다고 말할 수 있을 정도였다. 때는 가을이었다. 가을의 선선함과 가을의 따뜻함이 존재했다. 가을의 건조함과 가을의 부드러움, 그리고 가을의 빛이 존재했다.

벌써부터 밭에서는 쟁기질이 시작되었다.

세상 어딘가에 최면에 걸린 듯한 상태와 꿈을 꾸는 듯한 상태에 대한 객관적인 기준이 존재한다면, 아마도 그것은 인간이 찾고 있는 사물들이 그를 향해 스스로 달려오는 그 신속함에 있을 것이다.

이름가르트와의 대화 이후 나는 그녀의 아버지를 만나봐야겠다고 마음먹고 있었는데, 마침 그가 대장간에 있는 것을 보게 되었던 것이다. 그는 자신의 마차에 막 쟁기를 싣고 있는 참이었다.

그와 대장장이는 내가 자신들에게 다가오는 것을 보았다. 그들이 농기구를 올리자 마차에서 덜컹 하는 소리가 났다. 그리고 나서 그들은 인사 나눌 채비를 하고 나를 기다렸다.

나는 사실 이름가르트가 느끼고 있는 두려움과 지금 그녀가 처해 있는 위험을 밀란트에게 어떤 형식으로 전달할 것인지 제대로 준비가 안 된 상태였다. 대장장이 앞에서는 더욱 하기 어려운 일이었다. 하지만 나는 거의 즉시 마음에 걸리는 주제에 대해 말하기 시작했다. "벌써 쟁기질을 시작했군요." 내가 말했다. "윗마을에서는 아직도 타작을 하고 있는 중인데 말이죠."

"그렇죠." 밀란트가 말했다. "윗마을 사람들은 항상 늦잖아요."

"마리우스는 여전히 윗마을에 있더군요."

"그 사람은 쟁기질 때문에 곧 내려올 겁니다."

"당신이 아직 쟁기질용 기계를 소유하고 있지 않아서 다행입니다."

대장장이가 웃었다. 하지만 밀란트는 여전히 진지했다. "그가 그렇게 틀린 건 아닙니다." 그가 말했다.

"뭐가 틀리지 않다는 말이죠?" 나는 그가 어떤 말을 하려는 것인지 알고 있었음에도 그렇게 물었다.

"기계 작업에 대한 생각 말입니다."

의심할 바 없이 그는 이미 마리우스에게 깊이 물들어 있었다. 나는 근심스럽게 그를 바라보았다. "그런 말 말아요, 밀란트, 그럼 당신도 축사의 수도시설을 폐쇄해버리고 다시 양동이로 물을 길어

날라야 할 거요."

"그럴지도 모르죠." 그가 말했다.

하지만 잠시 후 그는 자신이 그렇게 생각하는 근거를 이야기했다. "기계 작업 때문에 너무 많은 사람이 직업을 잃었잖아요."

이러한 생각 역시 마리우스가 순회설교가로서 설파하는 주장들 중의 하나이며, 어쩌면 마리우스 자신조차 믿지 않을 유치한 주장에 속한다는 것을 나는 알고 있었다. 그는 인간이 스스로의 발명 능력으로 생산해낸 결과물들을 거부할 수 없다는 것을 알고 있을 것이다. 그런데 어떻게 밀란트와 같이 신중한 사내가 저런 발언을 할 수 있는 것일까? 그런 말을 할 때 그는 어떤 힘의 지배를 받고 있는 것일까? 그의 혀는 어떤 힘에 복종하고 있는 것일까?

"밀란트." 내가 말했다. "평소에 당신은 무계획적으로 일하는 사람이 아니잖아요."

그가 미소 지었다. "가끔은 계산적인 사고를 내려놓아야 할 때도 있는 법이죠, 의사 선생님."

대장장이가 말했다. "아냐…… 어차피 공장 제품들을 거부할 수는 없어…… 조만간 대장장이도 쓸모없는 존재가 될 거야."

하지만 마리우스의 경제학은 그의 의견도 막아냈다. 밀란트가 이렇게 말했던 것이다. "구매력이 감소한다면, 세상의 물건들이 점점 더 싸게 생산되어봐야 무슨 소용이 있겠어…… 달라져야 해. 사람들의 생각이 바뀌어야 해……"

"그래서 하필 쿠프론 지역에서 기계들을 없애야 한다는 건가, 밀란트?"

"아니지." 그가 아주 이성적으로 대답했다. "그 일은 여러 장소에서 진행되어야 해. 어쩌면 전세계에서 동시에 진행될 수도 있겠지. 단 한곳에서만 해봐야 아무런 영향력이 없을 거야. 다만……"

"다만?"

"다만 진리는 오직 단 한곳으로부터만 출발할 수 있어. 왜냐하면 진리를 선포하는 입은 언제나 단 하나뿐이니까. 올바른 신념이 지배하는 지점이 세상에 단 한곳만 있으면……"

"소돔[23]의 의인 한 사람이로군요." 내가 끼어들었다.

"하지만 그렇다고 해서 그곳에 진리가 있다고 할 수는 없지." 대장장이가 말했다.

"그렇지." 밀란트가 순순히 인정했다. "그것은 진리의 결과일 뿐이야. 신념이 중요해. 그다음엔 저절로 올바른 일들이 일어나게 되지."

나는 그가 말하는 진리라는 게 이름가르트와 관련이 있고 희생 제물에 대한 헛소리와 관련이 있음을 예감했다. 하지만 난 그저 이렇게 말했다. "글쎄요, 황금을 찾겠다는 난리법석도 진실한 일은 아니죠."

밀란트는 또다시 뭔가에 홀린 듯한 미소를 지었다. "진리는 산속에 있지 않고 영혼 안에 있는 거죠."

"그래요." 나는 거의 화를 내듯 말했다. "그런데 지금 아랫마을 전체가 산에서 그 진리를 찾겠다며 나서려 하고 있지 않은가요…… 당신들의 마리우스가 굉장히 모순되게 행동하고 있다는 것을 간과하는 것 같군요…… 그자에겐 두개의 진리가 있지요. 하나

---

23 고모라와 함께 악과 타락을 상징하는 도시로, 구약 성경 「창세기」에 등장한다. 성적 문란 및 도덕적 퇴폐로 하느님의 노여움을 사서 불과 유황의 비가 내려 멸망했다. 이스라엘의 지도자 아브라함이 천사에게 소돔에 의인 열명만 있으면 벌하지 않겠다는 승낙을 받아내지만 결국 의인 열명이 없어 소돔은 멸망하고 만다.

는 락스를 위한 것이고 또 하나는 당신 무리들을 위한 것이죠……"

대장장이가 웃음을 터뜨렸다. "젊은 애들은 그냥 금이나 찾으라고 해."

"이봐, 대장장이." 내가 말했다. "자네도 벌써 락스당에 속한 건가?"

그는 내 어깨에 손을 얹었다. "금은 불이라네, 의사 선생. 사람들이 금에 대해 또는 진리에 대해 얘기할 때, 그들은 땅속에 있는 불을 말하고 있는 거야…… 그들은 그 사실을 다시 알게 되어야만 하지…… 마리우스도 그걸 알아야 한다고……"

"그래, 그래." 밀란트가 말했다. "그걸 불이라고 말해도 좋아, 대장장이. 그것은 금보다 조금 더 깊은 땅속에……"

"제일 깊은 곳에 있지." 대장장이가 말했다. "그들이 파내오려 하는 금, 분쟁의 원인이 되고 있는 그 금 역시 불일 뿐이야…… 작은 입자의 금 하나하나가 거대한 불에서 나오는 불꽃인 거지……"

"어쨌든 자네는 자네의 불을 갖고 있지 않은가, 대장장이." 나는 그렇게 말하며 어둑한 그의 대장간을 가리켰다. 그곳의 화덕 위에서는 불꽃이 이글거리고 있었다.

"물론이야, 난 불을 가지고 있지." 그가 말했다. "하지만 인간들은 매번 거대한 불로 돌아가려고 하지. 그래서 그들이 금을 찾는 거야……"

밀란트가 생각에 잠긴 채 말했다. "대장장이도 세상이 구원되기를 바라는데……"

"글쎄." 대장장이가 말했다.

"그럼 자네는 진리가 세상에 오는 것을 원하지 않는다는 건가?" 밀란트가 예의 부드러운 어조로 물었다.

"진리라." 대장장이는 이렇게 말하고는 반들반들 윤이 나는 나뭇결처럼 선량한 웃음을 터뜨렸다. "그래, 진리란 건 말야……"

태양은 점점 산을 향해 다가왔다. 햇빛의 기울어진 각도가 변하자 지금까지 선명하게 보이던 쿠프론산의 절벽이 평평해지면서 배경이 되어 물러났다. 절벽은 거대한 잿빛 종이를 잘라놓은 모양이 되었다. 구름에 살짝 달라붙은 채 안개 속에서 윤기 없는 은색 종이가 되어 있었다.

대장장이가 말을 이었다. "진리가 뭐냐면, 바로 모든 것이……" 그러면서 그는 밀란트의 마차 위에 올려놨던 자신의 망치를 들어 산 쪽을 가리켜 보였다. "……모든 것이 저 아래 있는 불에서부터 나오는 연기라는 사실이지…… 그것은 단단한 형태를 갖춘 그을음이야. 그리고 불꽃들은 여전히 그 안에 담겨 있는데, 바로 그것이 황금인 거지……"

"이보게 대장장이." 내가 말했다. "그런 식의 진리는 크게 도움이 되질 않아. 맞는 말일 수는 있지. 하지만 그게 인간에게 어떤 도움이 될까?"

"인간들은 그것을 존중해야 하는 거야." 그가 말했다. 그러고는 그가 웃었다. "중요한 것은 신념이지!"

그가 자신의 망치를 든 채 건너편의 쿠프론산을 올려다보고 있는 모습을 보고 있자니, 그가 암벽 모양으로 굳어진 연기를 망치로 두드려 평평하게 만들려고 하는 것만 같은 느낌이 들었다.

밀란트는 말고삐를 붙잡아 마을을 향해 내려가도록 마차의 방향을 돌렸다. 그러고는 자신의 가슴을 두드리며 이렇게 말했다. "진리는 이 안에 들어 있다네, 대장장이."

"하지만 불도 들어 있지." 대장장이가 대답했다. "그럼 잘들 가시게, 두 사람 모두." 그러고 나서 그는 자신의 화덕으로 돌아갔다.

"자네도 잘 있게나, 대장장이." 우리는 말했다.

나는 밀란트와 함께 가기로 했다. 그는 고삐를 마차의 이음쇠 부분에 둘둘 감고는 내 옆에서 걸었다. 성당 골목 입구에서 말들이 약간 멈칫거리며 그 길로 들어가려고 했지만 밀란트가 소리치자 가던 길을 계속해서 갔다. 이제 겨우 네시 반쯤 되었기 때문에 일곱시까지는 밭일을 충분히 할 수 있었다. 그때까지는 여전히 날이 환했다.

"그런데 말이죠." 내가 말했다. "계속해서 얘기하고 있는 그 진리란 대체 어떤 것일까요?"

그는 생각에 잠겼고 한참 후에야 대답했다. "저 아래에서 타오르고 있는 불은 중요한 것이 아닙니다…… 그건 그저 대장장이의 진리일 뿐이죠."

"그래요, 밀란트. 하지만 당신이 계속해서 말하는 그 진리 말입니다…… 그렇다면 그건 무슨 의미인가요?"

그는 또다시 생각에 잠겼고 한참이나 대답을 기다려야 했다. 마침내 그가 말했다. "선생님은 부인이 없으시잖아요, 의사 선생님. 저 윗마을에서 완전히 혼자 살고 계시죠……"

"다행스럽게도 그렇지요." 내가 말했다.

그는 옆쪽에서 나를 바라보더니 미소 지었다. "네, 선생님이 그에 대해 즐겨 농담하시는 걸 알고 있어요…… 하지만 결국은 베취의 못생긴 딸아이를 댁으로 받아들이셨잖아요."

"그래요, 사실입니다…… 하지만 그게 진리와 무슨 상관이 있다는 건지 이해를 못하겠는데요."

"저와 얘기하려면 인내심을 좀 가지셔야 해요, 의사 선생님. 전 그저 단순하고 무식한 농부일 뿐이니까요. 우리 농부들은 생각할 때 시간이 오래 걸려요…… 사실 누구도 이것이 가장 중요한 바로 그 진리라고 말할 수는 없을 거예요…… 대장장이는 자기 나름의 진리를 갖고 있죠. 두 눈과 손가락들도 나름의 진리를 갖고 있죠. 대장장이에게는 땅속의 불이 진리이고, 두 눈에게는 초록색 나무가 그렇겠죠. 손가락에게는 뜨겁거나 차갑거나 뭐 그런 것들이겠죠…… 사람들은 그저 이것이 사실이라거나 사실이 아니다, 또는 옳다거나 옳지 않다고 말할 수 있을 뿐이에요. 하지만 진리나 정의 그 자체는 존재하지 않아요."

"그래요." 나는 그렇게 말하고 그가 계속 얘기하기를 기다렸다.

우리 곁에서 마차는 계속 삐걱거렸고, 마차 위의 쟁기는 덜컹거리다가 가끔 쇠가 부딪히는 소리를 내기도 했다. 덩치 큰 두마리의 말은 숨 쉬는 끌기용 기계가 되어 마차 앞에서 조용히 걸어가고 있었다. 이제 우리는 마을을 벗어나려 하고 있었다.

그때 밀란트가 말했다. "외롭게 사는 인간은 진리를 잃게 되는 법입니다."

"어떤 진리 말이죠?" 내가 물었다. "두 눈의 진리? 아니면 손가락의 진리?"

"어쩌면 그것들도 잃겠죠." 밀란트가 말했다. "하지만 가장 중요한 건 그가 심장의 진리를 잃게 된다는 거죠."

나는 정곡을 찔린 듯한 느낌이었다. 당연했다. 하지만 그가 나의 외로움을 거론해서만은 아니었다. 나는 이렇게 말했다. "지금 내 얘기를 하는 건가요, 밀란트?"

"아녜요, 제 얘기를 하는 겁니다…… 그게 아니면 그냥 우리 모두라고 해도 상관없어요. 이곳에 오가는 사람들 모두 아마도 외롭게 살고 있을 것이고 심장의 진리를 잃어버린 사람들일 테니까요."

"밀란트, 하지만 당신에게는 가족이 있잖습니까, 아이들이 있잖아요."

그는 멈춰 서더니 허리띠 아래에 끼워서 갖고 다니는 커다랗고 쪼글쪼글한 담배주머니를 끄집어냈다. 토끼 방광으로 만든 그 주머니는 누런색이었는데 오랜 기간 사용해 부분부분 검게 변색되어 있었다. 그는 내게도 담배를 권한 뒤 자신의 파이프를 채웠다. "호오" 하고 그가 말들을 향해 외치자 규칙적으로 계속해서 걷고 있던 말들이 그 소리에 따라 바로 멈춰 섰다.

바람이 잠잠할 때조차 모든 흡연자들이 으레 그렇게 하듯, 우리는 손을 들어 가린 채 파이프에 불을 붙였다. 우묵하게 구부린 손바닥 안에서 타오르던 성냥의 삶은 짧았다. 나는 그것을 보고 말했다. "불은 생명이에요, 밀란트. 대장장이 말이 맞아요. 이것이 유일한 진리로군요."

우리 앞쪽엔 오른쪽으로 좀더 부드러운 경사를 이루며 언덕이 펼쳐져 있었다. 언덕의 경사는 완만하게 숲으로 이어지고 있었는데, 저 위쪽은 이미 가을의 옅은 안개에 뒤덮여 있었다. 사방이 고요했다. 가을의 고요함이었다. 텁텁하고도 온화한 공기가 감돌며, 이제 내려야 할 비를 기다리고 있었다. 산꼭대기를 둘러싸고 있는 안개마저도 건조해 보였다. 안개는 건조한 연기처럼 가만히 멈춰선 채 다가올 일을 기다리고 있었다. 우리의 파이프에서 가느다란 잿빛 연기 기둥이 솟아올라 그 고요 속에 뒤섞였다.

이때 밀란트가 얘기를 계속하지 않았다면 나도 더이상 질문을 던지지 않았을 것이다. 너무나 평화로운 분위기였다. 세상은 구원을 필요로 하지 않는 것처럼 보였다. 이 세상 속에서 인간은 외로웠다. 하지만 평화가 사방을 둘러싸고 있었다. 마침내 그가 조심스럽게 파이프 담배를 빨면서 이야기를 시작했는데, 그 소리 역시 평화롭게 들렸다. 그는 이렇게 말했다. "사람이 한 손은 부모님께 드리고, 다른 한 손은 자식들에게 주고 있으면, 그는 외롭지 않다고들 생각하겠죠." "그렇죠." 내가 말했다. "완전히 외로운 사람은 있을 수 없지요. 누구에게든 부모님은 있을 테니까요. 설혹 부모님이 누구인지 모른다고 해도 말이죠."

"하지만 그건 모두 허상이죠." 그가 말을 이었다.

"그런가요?" 나는 그의 말에 내심 동의하고 있었다.

우리는 우리를 기다리고 있던 말들 곁에 도착했다. 우리의 발소리가 가까워지자 말들은 신호를 기다릴 것도 없이 곧장 다시 걷기 시작했다. 이곳에서 길은 커다란 곡선을 그리며 북쪽으로 구부러졌고 이어서 골짜기가 끝나는 곳까지 내리막길이 되었다. 급경사의 절벽 사이를 흐르는 쿠프론 시냇물이 골짜기의 경계를 이루고 있었다. "호오" 하고 밀란트가 여기서 또다시 소리를 질렀다. 그러자 말들은 방향을 바꿔 오른쪽에 난 들길로 접어들었다. 그 길은 언덕에 있는 밀란트의 밭으로 이어지는 길이었다.

내가 말했다. "어쨌든 한 손은 부모님께, 다른 한 손은 자식들에게, 세번째 손은 함께 자식을 만든 부인에게 주는 것, 어쨌든 그것이 의미 있는 일이고 어쩌면 그것이 심장의 진리일 수도 있지요."

우리는 초원의 길 가장자리를 따라 걷고 있었다. 짧게 깎인 풀밭에 첫번째 콜키쿰[24]이 자라 있었다. 그 꽃들은 피어나기 위해 그저 마지막 건초 수확만을 기다리고 있었던 것이다. 꽃들은 이제 안개

---

24 구월에 잎 없이 꽃이 피고, 시월경에 잎이 나온다.

를 기다리고 있었다. 그 안개 속에서 꽃들은 해체될 것이었다. 그들은 이미 안개의 빛깔을 띠고 있었다. 꽃들은 환한 오후의 햇살 아래 지쳐 있었다. 태양은 헤엄치는 듯 가벼운 빛으로 그 위를 쓰다듬고 언덕을 올라 저 위쪽의 듬성듬성한 자작나무 숲으로 건너갔다. 초지에 조성된 그 숲은 더이상 초지는 아니지만 아직은 제대로 된 숲도 아닌 상태였다. 그 환한 녹색은 환한 태양빛 속에서 더 두드러져 보이는 것 같았고, 마치 우주 속에서 잦아들어가는 소리처럼 나부끼고 있었다.

밀란트는 차분하게 말을 이어갔다. "시작도 없고, 끝도 없어요. 그저 우리가 살고 있는 동안에만 우리 안에 시작과 끝이 있을 뿐이죠…… 아브라함은 아들 이삭을 희생제물로 바칠 각오가 되어 있었어요. 아마도 그는 살아 있는 아들보다 죽은 아들을 더 사랑했겠죠. 우리가 죽은 자들과 대화할 수 있게 될 때에만 시작과 끝을 뛰어넘게 되는 겁니다. 살아 있는 것은 우리를 외로움 속에 있게 하죠……"

나는 주의해서 귀를 기울였다. 왜냐하면 희생제물이라는 단어가 그에게서도 흘러나왔기 때문이다.

그가 나를 향해 고개를 끄덕였다. "우리는 오직 죽은 자들에게만 진정으로 손을 내밀 수 있는 겁니다."

"그렇다면, 그런 이유 때문에 당신의 아이들을 전부 다 죽이기라도 하겠다는 말인가요? 대체 당신이 말하는 심장의 진리라는 건 어디에 있는 건가요, 밀란트?"

그는 나의 반박에 동요되기라도 한 듯 잠시 침묵했다. 하지만 곧 고개를 흔들었다. "제 말을 잘못 이해하신 겁니다, 의사 선생님…… 우리는 살아 있는 존재로부터는 어떤 것도 기대할 수 없습니다. 그것은 우리를 외로움 속에 내버려두니까요……"

"마리우스도 살아 있잖아요." 내 말투가 거의 딱딱해졌다. "당신이 그에게 손을 내밀고 있잖습니까. 당신은 뭔가 착각하고 있어요, 밀란트."

"아닙니다." 그는 여전히 차분하고 확신에 찬 어조로 말을 이었다. "그의 삶은 우리 모두의 것보다 적은 분량입니다. 저의 것보다 훨씬 더 적지요…… 그는 외로움으로부터 왔고 비록 지금 이곳에 머물고 있지만 다시 외로움으로 돌아갈 겁니다. 그는 방랑자이니까요……" 그러고 나서 그가 덧붙였다. "……그 사람은 다른 모든 이들보다 더 외로운 존재이기 때문에, 다른 사람들의 경우와는 달리 살아 있는 존재가 더이상 그를 묶어두지 않기 때문에, 그는 다른 사람들을 외로움으로부터 이끌어내어 심장의 진리 안으로 인도할 수 있는 겁니다…… 사람들은 그것을 느끼기 때문에 그의 뒤를 따르는 겁니다……"

"결국 세상의 구원에 관한 이야기로군요." 내가 말했다.

"그렇습니다." 그가 말했다. "인간들이 자신들의 눈의 진리와 손가락의 진리 속에서 서로 동의하는 것만으로는 충분하지 않습니다. 한 사람이 녹색이라고 말하는데 다른 사람은 뜨겁다고 말하면서, 또는 이 곱하기 이는 사라는 사실을 갖고 서로 소통하는 것으로는 충분치 않습니다. 만일 그들이 다시 심장의 진리 속에서 서로를 이해하는 것이 아니라면 그들은 상대방을 잃게 될 테니까요…… 그렇게 되면 한 사람의 눈의 진리가 다른 사람의 눈의 진리와 같아지는 것조차 불가능해질 테니까요……"

"너무 쉽게 생각하는군요, 밀란트." 내가 말했다.

그는 다시 생각에 잠겼다가 이렇게 말하기 시작했다. "전 항상 찾고 있었습니다, 의사 선생님. 이미 아주 젊을 때부터요. 그러다가 저는 윗마을 기손가의 에르네스티네를 데리고 내려왔죠……"(이 말을 할 때 그의 목소리에서는 약간의 자부심이 느껴졌다) "…… 그래요. 어쩌면 전 그녀가 자신의 어머니를 빼닮았기 때문에 그녀를 아내로 맞았던 건지도 모릅니다. 그것이 실수였던 것 같습니다…… 제가 만약 그냥 그녀에게 반해 결혼을 하고 그녀가 어머니와 닮았느니 어쩌느니 하는 생각 같은 걸 아예 안 했더라면 아마도 그녀는 자신의 어머니와 더 비슷한 모습이었을 겁니다……"

나는 그의 말을 이해했다. 그리고 이렇게 말했다. "당신은 무엇을 기대했었나요, 밀란트?"

"함께하기를 원했습니다." 그가 말했다. "사랑만을 원했던 건 아닙니다."

그러고는 그가 계속해서 말을 이었다. "그런데 그렇게 되지 못했죠…… 그건 비밀도 아닙니다. 그렇게 되지 못했다는 걸 직접 보고 계시지 않습니까…… 우리의 사고방식이 서로 달라서일 수도 있습니다. 우리 아랫마을 사람들과 저 윗마을 사람들 간의 사고방식 말입니다. 하지만 그게 이유의 전부는 아니죠…… 우리는 각자 일을 합니다. 저는 저의 일을 하고 아내는 아내의 일을 하죠…… 그런데 말입니다, 의사 선생님. 제가 아버지 대로부터 물려받은 일들을 손에 익을 정도로 배워놓지 않았더라면 아침에 밭으로 나가거나 축사로 갈 힘조차 없었을 겁니다…… 그 정도로 우리는 외로운 존재가 되었지요. 우리 손으로 어떤 일을 해야 할지조차 모를 정도로 말입니다……"

"그랬군요." 내가 말했다.

"그런데 그가 왔습니다…… 저와 다르지 않은 사람, 저의 형제일 수도 있는 사람, 더이상 자신의 발로 일하러 갈 생각이 없기 때문에 그 두 발로 정처 없이 걷는 사람 말입니다…… 그가 방랑자로 이곳에 온 겁니다…… 그런데 바로 그가 그것을 말로 표현한 겁니다. 저, 저로서는 그런 건 감히 생각조차 할 수 없었습니다……"

"어느 쪽을 바라봐도 모두가 똑같습니다…… 인간들은 노동을 하죠. 그래요. 그들은 노동을 합니다. 하지만 그들은 그저 외로움 때문에 그 일을 하는 겁니다. 그들은 스스로의 외로움 때문에 서로를 증오하죠…… 그들은 더이상 서로 마주 보고 싶어하지도 않아요. 그들은 그저 계속해서 증오할 수 있을 뿐입니다……"

"밀란트." 내가 말했다. "당신은 경건하게 살고 싶어하는 겁니다…… 바로 그겁니다."

그는 나를 바라보았다. "네…… 그렇게 생각하셔도 좋습니다, 의사 선생님. 그렇다고 하죠."

"그리고 당신이 이야기하는 내용은 기독교의 이웃 사랑과 굉장히 비슷하게 들리는군요."

"그건 사랑 그 이상의 것입니다. 그건 유대감입니다."

"하지만 당신은 매주 일요일마다 성당에 가지 않습니까……"

"그렇죠. 전 성당에 갑니다. 제 아내도 마찬가지로 성당에 가지요…… 모두들 그렇게 합니다…… 하지만 그게 우리에겐 전혀 도움이 안 됩니다. 우리가 그걸 이해하고 싶어한다 해도 이해하지 못할 겁니다. 왜냐하면 신이 우리에게 그것을 허용해서는 안 됐을 테니까요. 신은 우리의 외로움과 우리의 증오를 허용해서는 안 됐을 겁니다…… 신부님은 우리가 신을 배반하고 타락했다고 설교하는데, 그렇다면 신은 왜 배반을 허용한 걸까요? 우리는 아무 일도 하지 않았어요. 우리는 성실하게 우리의 의무를 다하고, 경건하게 살고자 합니다…… 그런데 신이 그런 삶을 허용하지 않는다는 건가요? 만일 신이 정말 존재한다면, 신은 우리를 데리고 장난을 하고 있는 것이고, 우리의 고통을 재미있어하는 겁니다…… 하지만 신이 그럴 수는 없을 테니 결국 신은 존재하지 않는 거지요……"

"그런데 마리우스가 구원을 가져올 거라는 건가요……? 잘 좀 생각해봐요, 밀란트. 한쪽에는 위대한 전통을 가진 성당이 있고, 다른 한쪽에는 보잘것없는 마리우스가 있어요……"

"마리우스는 우리와 같은 인간입니다, 의사 선생님. 그도 우리와 마찬가지로 외롭고 우리와 똑같은 증오를 마음속에 품고 있지요. 그는 우리와 완전히 똑같습니다. 그는 우리가 생각하고 있는 것을 말하는 것뿐입니다. 그런 그를 우리는 이해할 수 있는 거구요…… 우리는 아무리 기독교적인 사랑을 이해하고 싶어도 더이상은 이해하지 못합니다. 하지만 우리는 윗마을과 아랫마을이 오른쪽과 왼쪽으로 서로 반대 방향을 향해 잡아당길 것이 아니라 같은 목표를 추구해야 한다는 것을 이해합니다. 또한 기계는 나쁜 것이고 땅은 선하다는 것을 이해합니다……"

나 또한 스스로의 외로움에 잠긴 채 그의 곁에서 걷고 있었다. 나 역시 내 꿈의 외로움에 잠겨 있었다. 나 또한 길을 잃고 어디론가 가고 있었다. 그 길에 대해서 우리가 알고 있는 건 그 길이 자궁의 어둠으로부터 시작되어 땅의 어둠속으로 돌아가게 되어 있다는 것뿐이다. 나 역시 자유의지를 가진 자의 외로움에 잠겨 있었다. 자유의지는 우리가 걷고 있는 현세의 길을 표시해주는 유일한 특징일 것이다. 혹시 우리가 이전에는 더 큰 자유를 가졌던 것일까? 우리는 더 큰 자유 안으로 들어서고 있는 것일까? 하지만 내 자유의 외로움 속에도, 이 꿈꾸는 듯한 자유 속에도 선함과 악함이 뒤섞여 있었다. 또한 나는 마리우스가 사람들을 제대로 이끌게 될지 아니면 잘못된 길로 인도하게 될지 더이상 알 수가 없었다.

그때 밀란트가 말했다. "인간은 길을 잃게 되었을 때, 자신을 이끌어줄 손을 필요로 합니다. 한발 한발 돌 위를 건널 수 있도록 이끌어주는 손 말입니다. 현세에서의 형제가 필요한 거죠……"

하지만 나는 이렇게 말하지 않을 수 없었다. "어쩌면 너무 현세적인 건 아닐까요."

그가 잠시 걸음을 멈추었다. "왜요?"

"밀란트." 내가 말했다. "당신이 대장장이의 진리는 정의로운 일을 이루는 데 전혀 도움이 되지 않을 거라고 했지요…… 당신 말이 맞아요. 왜냐하면 그것은 다른 수많은 진리들과 마찬가지로 현세의 진리이기 때문이죠…… 마리우스의 진리 역시 현세의 진리 중 하나인데, 그는 그걸 가지고 너무 많은 일을 시작하려 하고 있어요…… 그자는 현세의 것, 땅으로부터 온 것을 가지고 신성한 것을 만들려 한단 말입니다."

우리는 그의 밭에 거의 다다랐다. 그런데 그가 화가 나기라도 한 듯 다시 한번 말들을 멈춰 세웠다. 먼저 이 이야기를 마무리하는 것이 그에게 중요하다는 걸 느낄 수 있었다.

"의사 선생님." 그가 말했다. "사람들은 평생 동안 우리로 하여금 신을 사랑하도록 가르치려 했습니다. 우리는 노력했지만 결국 성공하지 못했죠. 신이 그 일을 너무 어렵게 만들어버렸습니다…… 그렇다면 우리는 그 대신에 땅을 사랑해야 하지 않을까요……? 사람들은 우리로 하여금 성인들의 기적을 숭배하도록 가르쳤습니다…… 차라리 이제는 해마다 수확과 함께 존재하는 기적을 숭배하는 것이 낫지 않을까요……? 신이 수확의 기적을 가능케 하셨다고 말해주는 게 우리에게 무슨 의미가 있겠습니까! 어쩌면 우리 스스로 이 기적을 진정으로 이해하고 숭배하게 될 때에야 비로소 우리는 사람들이 우리에게 신이라고 가르쳐준 그러한 존재를 다시 이해할 수 있게 될지도 모릅니다……" 그는 보일 듯 말 듯한 미소를 짓더니 이렇게 덧붙였다. "하나씩 하나씩 차례대로 말입니다."

"마리우스가 그렇게 말하고 다니나요?"

"아뇨, 그 사람은 아무 말도 하지 않아요. 그는 행동을 하죠."

그의 확신은 거의 전염성까지 띠고 있었다.

그럼에도 불구하고 나는 이렇게 말했다. "뭔가 앞뒤가 맞질 않아요, 밀란트. 당신은 신을 거부하면서, 마리우스는 신이 보낸 자라고 하고 있잖아요."

그는 내 어깨 위에 손을 얹었다. 가늘면서도 거친 농부의 손이었다. "그를 정말로 신이 보냈는지는 저도 정확히 말할 수 없어요. 신이 수확을 가능하게 했다는 말이 맞는지 알 수 없는 것처럼요…… 어쩌면 땅이 수확물을 내보내듯 그를 보낸 건지도 몰라요…… 하지만 아무 이유 없이 그가 오지는 않았을 겁니다…… 신이란 건 그냥 덧붙인 이름일 뿐이구요……"

"운명 같은 걸 말하는 건가요?"

"어쩌면 운명일 수도 있겠네요…… 모든 것이 그저 우연일 뿐이라면 정말 절망적일 테니까요."

"운명 역시 그저 이름에 지나지 않아요, 밀란트…… 특히 그 운명의 이름이 마리우스라면 말이죠."

그는 고개를 저었다. "우연이든 운명이든 상관없어요, 의사 선생님…… 만일 우연이 인간의 형상을 하고 우리에게 다가온다면 그것은 더이상 우연이 아닌 겁니다…… 그 사람의 이름이 무엇인가는 우연일 수도 있습니다. 하지만 그가 이곳에 있다는 사실, 그가 특정한 시간에 이곳에 왔다는 사실은 우연과 단순한 이름의 차원을 넘어서는 겁니다…… 그건 바로 운명인 거죠."

이름가르트는 자신의 아버지를 염려했다. 그는 이 모든 일을 이성적으로 바라보고 있음에도, 기이할 정도로 느슨하면서도 분리할 수 없는 방식으로 그 안에 깊이 연루되어 있었다. 이름가르트가 말했던 것이 이런 심각한 연루 상태였던 것일까? 하지만 그녀 자신이 훨씬 더 긴밀하게 이 모든 일에 연루되어 있었다! 그녀는 그들이 계속해서 지껄여댔던 그 희생제의라는 것을 통해 아버지를 구원하려는 것일까? 내게는 마치 세상이 모든 잠자고 있는 자, 모든 살아 있는 자들이 공동으로 꾸고 있는 거대한 꿈처럼 여겨졌다. 삶에 대한 망상에 빠져 있는 모든 잠자는 자들 주위로 엄청나게 촘촘하게 가지를 쳐서 에워싸고 있는 꿈, 그럼에도 불구하고 그 안에 이미 죽은 이들, 그리고 그보다도 훨씬 더 오래전에 죽은 이들의 모든 꿈들까지 엮여 있는 그런 꿈처럼 여겨졌다. 한 사람이 다른 사람에게 꿈의 실을 던져서 그것을 받도록 한다. 그렇게 해서 삶의 직물이 만들어진다. 이것이 우리가 그 안에서 잠자고 있는 신의 꿈이란 말인가?

"미리 정해진 것이 존재하지 않는다면, 나의 아이들 역시 그저 우연일 뿐일 테죠." 그가 말했다. 그에게 달리 대꾸할 말이 없었던 나는 의도치 않게 이런 질문을 던졌다.

"그렇다면 이름가르트는 어떻게 되는 건가요?"

그는 놀란 듯이 나를 바라보더니 느릿느릿하게 말했다. "이름가르트는 저의 아이입니다."

"그래요, 밀란트. 그런데 그 아이가 마리우스를 따라다닌다면,

그애가 위험해질 수도 있어요…… 그자를 운명이 보냈다고 했죠…… 운명이 보낸 바보들도 있는 법이거든요."

그는 어깨를 으쓱해 보였다. "바보이든, 망상이든 상관없습니다…… 만약 모든 사람들이 망상을 믿게 된다면 그 망상이 곧 이성이 되는 거니까요…… 하지만 오래된 이성은 더이상 통하질 않습니다…… 우리 안의 무언가가 긍정의 대답을 해야만 합니다. 그러면 그것은 자동적으로 이성적인 것이 되는 겁니다."

그 모든 얘기엔 뭔가 위험한 요소가 숨겨져 있었다. 하지만 맞는 부분도 있었다. 자신의 이성에 의해 잘못된 길로 인도되어 엄청난 궁지에 몰리게 되었지만, 새로운 이성을 찾기 위해 모색하는 인간의 본능에 대한 신뢰가 그 안에 숨겨져 있었던 것이다. 나를 학문적인 직장으로부터 몰아내어 외로움 속에 들어서게 했고, 이제는 나로 하여금 불안한 지식에 대해 귀 기울이게 하고 기다리도록 하는 것 역시 바로 그와 같은 동기가 아니었던가?

"위험하든 위험하지 않든 상관없습니다." 그가 말했다. "세상에 우연이란 것이 없다면, 그것이 이미 예전부터 결정되어 있었고 그에 따라 그애가 내 딸이 된 거라면, 그애의 길 또한 나의 길과 똑같을 테니까요. 그럼 우리는 서로 만나게 될 테니까요. 그리고……" 그가 멈칫했다. "……그리고 내가 과거에 소망했던 일이 이루어지게 될 겁니다……"

이제 상황이 이해가 되었다. "당신이 기대했던 역할을 어머니가 완수하지 못했다고 해서 이제 딸이 그 역할을 떠맡아야 한다는 말인가요? 그러니까 당신이 말하는 그 길이란 건 마리우스를 지나 결국 어머니 기손에게로 돌아가야 한다는 건가요?"

그는 파이프 담배를 빨아들였다. "선생님께서 하시는 얘기가 제

338

겐 너무 복잡하네요, 의사 선생님. 제 머리는 그런 얘길 이해할 준비가 되어 있질 않답니다…… 하지만 아까 선생님께서 제가 경건하게 살고 싶어하는 거라고 말씀하셨잖아요. 맞아요, 그게 저의 의도입니다. 만약 이름가르트 역시 경건해지면, 우리 사이에 유대가 생기게 되는 거죠……"

"당신이 주장했던 것처럼 우리가 오직 죽은 자들과만 유대하게 되는 것이 아니라는 전제하에 그런 거겠죠……"

"아직은 여전히 그런 상태입니다. 하지만 다시 거듭난 후에는 살아 있는 사람들 사이에 유대가 존재하게 될 겁니다."

"그 거듭남이란 건……" 하고 내가 말을 시작했다. 나는 인류가 창조해낸 모든 단어들 중에서 가장 불가사의한 이 단어로 인해 기이한 감동을 받은 상태였다.

그는 마치 그저 겨울 경작에 대해 얘기했을 뿐이라는 듯, 계속해서 자신의 파이프 담배를 빨고 있을 뿐이었다. 하지만 그의 두 눈에선 어두운 불꽃이 이글거리고 있었다.

나는 주저하며 말했다. "그 거듭남이란 건 아마도 희생제사를 말하는 거겠지요?"

"네." 그가 차분하게, 하지만 이글거리는 눈길로 나를 바라보면서 말했다. "우리가 아무런 희생도 하지 않고 거듭남을 얻을 거라고는 생각할 수 없으니까요."

이 거듭남에 나도 참여하고 싶다는, 미처 예기치 못했던 욕구가 내 안에서 솟아올랐다. 나는 이 거듭남이란 걸 믿지 않았고, 그저 허무맹랑하고 위험해 보일 뿐이었는데도 그랬다. 우리를 둘러싸고 있던 적막이 침묵하는 천둥 소리와 함께 햇살 가득한 뇌우로 완전히 변해버리기라도 한 것 같았다. 나는 이렇게 말했다. "거듭남은 곧 죽음이죠."

"그렇죠." 그가 말했다. "그다음엔 죽음이 거듭남입니다. 싹이든 수확한 곡식이든 두가지 다 죽음이고 두가지 다 삶입니다."

나는 그에게 이런저런 대꾸를 할 수도 있었을 것이다. 비유가 곧 인식은 아니라고 말할 수도 있었을 것이다. 우리의 죽음은 그 어떤 비유보다도 강하며, 우리의 지식은 비유를 능가해야만 하고, 비유 아래로 파고들어야만 한다고 말할 수도 있었을 것이다. 그렇게 해서 우리의 죽음이 실제 그렇듯이 현실이 되도록, 우리의 죽음이 우리가 추구하고, 우리가 소망하는 진정한 죽음이 되도록 해야 한다고 말이다. 나는 이 모든 말을 할 수 있었을 테고 그보다 더 많은 이야기를 할 수도 있었을 것이다. 하지만 그런 나의 생각보다는 거듭남이라는 어두운 문으로의 이끌림이 더 강력했다. 그것은 현세의 거듭남 속에 존재하는 현세의 죽음에 대한 이끌림이기도 했다. 만일 지금 대지의 품이 열려서 내가 불 혹은 금이 존재하는 어둠속으로 내려갈 수 있다면, 내가 그 어둠을 통과하여 죽음으로 가거나 아니면 부활하여 다시 태어난 빛으로 갈 수 있다면 나는 그렇게 했을 것이다. 내가 조금은 당황한 채로 그런 생각에 사로잡혀 있는데 갑작스럽게 그가 질문을 던졌다. "신을 믿으시나요, 의사 선생님?"

"나도 잘 모르겠어요……" 내가 말했다. "이제는 나도 알 수가 없어요."

"아니죠." 그가 말했다. "선생님은 알고 계십니다."

"나는 그저 내가 내 외로움의 기적을 믿는다는 것만 알고 있어요. 그것은 나의 내면 깊은 곳에 가라앉아 있고 나로 하여금 바라볼 수 있게 하고 깨닫도록 해주는 그런 기적이죠…… 하지만 누가 그것을 나의 내면에 가라앉혔는지는 짐작도 할 수 없어요. 난 그저 그것이 내 속에 있다는 것, 영혼이라고 불리는 것이든 다른 무엇이든 간에 그것이 거기 존재한다는 것, 그것이 응시할 때의 기적적인 능력은 응시되는 모든 대상들보다 강력하다는 것, 그 능력이 지상에서의 성숙과 수확보다 더 강력하다는 것, 그리고 내가 태어났을 때 내 안에 가라앉은 그것이 다시 떠올라 그것이 왔던 곳으로 되돌아갈 수도 있다는 것을 알고 있을 뿐입니다…… 그곳이 어디인지는 나도 모릅니다……" "그래요." 그가 흡족한 듯 말했다. "종자는 땅속에 파묻혔다가, 여물면서 거듭남을 위해 일어서게 되죠…… 그것과 똑같네요." 그러고는 흡족한 듯 자신의 말들을 향해 "휘이" 하고 외쳤다. 마차는 덜거덕거리고 삐걱거리는 소리를 냈다. 우리는 그 뒤를 잠잠히 따라갔다. 몇분 뒤 우리는 그의 밭에 도착했다.

　나는 즉시 돌아설 수도 있었을 것이다. 하지만 이왕 그곳에 간 김에 농부의 아내에게도 인사를 하는 게 좋을 것 같았다. 아마도 그녀는 새참을 만들어두고 농부가 오기만을 기다리고 있었던 모양이다. 우리가 도착하자마자 그들은 작업을 중단하고—아직도 차 한대분의 귀리를 더 실어야 했다—좁다란 초원의 경사면에 자리를 잡고 앉았던 것이다. 경사진 언덕의 가장자리엔 빽빽한 관목이 일렬로 늘어서서 밭과 경계를 이루고 있었다. 그 자리엔 농부의 아내와 일꾼 안드레아스 그리고 아이들 중에서 큰아들과 체칠리에가 있었다.

　내가 농부의 아내와 인사를 나누고 그녀 옆에 자리를 잡고 앉는 동안 농부는 일꾼의 도움을 받아 쟁기를 마차에서 꺼내놓고, 그다음엔 가로지른 형태의 끌채를 갈고리와 분리시켰다. 그는 마구를 벗기지 않은 채 말들을 쟁기 앞으로 몰고 가서 쟁기 받침대에 끌채를 다시 끼웠다. 이 모든 일을 마친 후에야 두 사람은 우리 쪽으로 와서 자신들의 새참을 받아 들었다.

밀란트 부인은 두 다리를 쭉 뻗고 약간 벌린 채 마치 남자 같은 자세로 앉아 있었다. 파란색 면직 작업복은 두 다리 사이로 축 늘어져 있었고, 징 박힌 투박한 검정색 신발바닥이 드러나 보였다. 정확하게 직각으로 앉은 그녀는 뻣뻣한 자세를 유지하고 있었다. 뼈대가 굵은 그녀의 뻣뻣한 몸짓은 그 무엇으로도 순화되어 보이지 않았다. 일을 하느라 블라우스 앞깃이 약간 벌어졌지만 그 느낌은 전혀 바뀌지 않았다. 이 여인은 항상 자신의 남편에 대한 반항심으로 일부러 최대한 여성적이지 않은 모습을 보이려는 듯한 인상을 주었다. 어머니 기손을 놀랄 만큼 빼닮은 그녀의 단단하고 아름다운 치아 중 하나가 상했을 때 나는 그 이를 치료하고 금으로 크라운²⁵을 씌우도록 설득하느라 굉장히 애를 먹었다. 그녀는 무조건 내가 그 이를 뽑기를 바랐다. 이 빠진 자국이 남는 것 정도는 아무 상관없다고 했다.

밀란트는 여느 때와 마찬가지로 체칠리에를 붙들고 있었다. 그는 우리 앞쪽에 서 있었는데 아이를 꼭 껴안고 아이와 함께 자신의 새참용 빵을 나눠 먹었다. 일꾼 안드레아스는 우리 옆에 웅크리고 앉은 채 무릎 사이로 빵을 자르고 있었다.

그러더니 일꾼 안드레아스가 이렇게 말했다. "의사 선생님, 저 윗마을에 사는 선생님의 이웃 베춰 있잖습니까. 이제 집 계약이 해지될 거라고 하던데요."

그것은 처음 듣는 소식이었다. "난 전혀 모르고 있었는데요." 내가 말했다. "이건 또 대체 무슨 얘기인가요?" 나는 질문하듯 밀란

---

25 치과에서 이를 덮는 '금속관'을 이르는 말.

트를 바라보았다. "계약 해지는 공동체에서만 할 수 있는 거잖습니까. 내가 아는 바로는 아직까지 공동체위원회에 그런 신청이 들어온 적이 없는데요."

밀란트는 눈에 띄게 불편한 기색이었다. "네, 크리무스가 곧 그런 신청서를 제출할 거라고들 합니다만…… 그건 벤첼이 자꾸 권유해서 그런 거죠. 진심이라고 생각되지는 않아요."

내가 비난하듯 말했다. "그 뒤에 마리우스가 있는 거잖아요."

밀란트는 고개를 저었다. "그 사람은 선생님과 저 그리고 윗마을 전체가 그 건에 반대할 거라는 걸 정확하게 알고 있어요. 남은 건 락스와 크리무스, 젤반더뿐이죠. 시장까지 찬성한다고 해도 그 건이 통과되지는 않을 겁니다."

물론 나는 반대표를 던질 것이었다. 밀란트도 마찬가지였다. 하지만 갑자기 나는 내가 정말로 그렇게 하게 될 것인지 스스로 질문을 던져보지 않을 수 없었다. 분명히 그것은 황당한 질문이었다. 그 생각을 억누르기 위해 나는 이렇게 말했다. "이것이 윗마을과 아랫마을을 다시 화해시킬 심장의 진리인가요?"

밀란트는 내 생각을 알아챈 것처럼 보였고, 그게 아니라면 그저 나와 같은 생각을 갖고 있었던 듯 어깨를 으쓱했다. "사실 그런 판매대리인이 시골 마을에서 할 일이 뭐가 있겠습니까."

농부들은 모두 생산에 직접 참여하지 않는 그 판매대리인을 경멸했다. 하지만 이제 그런 생각을 이렇게 분명하게 말로 표현하게 된 것은 마리우스 때문이었다. 그가 천하고 비생산적인 노동에 대한 증오를 앞장서서 퍼뜨리는 공산주의 선동가일 수도 있겠다는 나의 추측이 다시 한번 확인된 셈이었다. 다만 놀라웠던 것은 나 역시 이러한 경멸의 감정을 갖기 시작했다는 사실이었다. 하지만 나는 그러한 사실을 인정하고 싶지 않았기 때문에 이렇게 말했다. "어쨌든 그 사람은 마을 구석구석에서 유용하게 도움을 주고 있어요."

"그가 공짜로 그런 일을 하던가요?" 밀란트의 아내가 평소의 매력 없는 말투로 물었다.

나는 화가 치밀었다. "그 사람은 그냥 공짜로 일해줘야 하나요, 부인? 그가 댁에 라디오를 설치해줬을 때 사람들 모두 굉장히 흡족해했었죠. 부인도 마찬가지구요."

"거기에도 만만치 않은 돈이 들었답니다."

하지만 아이를 바싹 끌어안고 있던 밀란트는 내가 어린 소녀 로자를 우리 집에 데리고 있다는 것을 생각해냈던지 달래듯이 이렇게 말했다. "기본적으로 그는 아주 성실한 사람이지요."

"기가 막힌 일이로군요. 그렇다면 왜 당신의 마리우스는 벤첼이 온 마을 사람들을 선동해 저 위에 살고 있는 가련한 사내를 공격하도록 내버려두고 있는 거죠……? 뭔가 대책을 세워봐요!"

"그런 소동이 일어나게 된 것은 이미 그럴 만한 이유가 존재하고 있었기 때문인 거지요." 밀란트는 굉장히 확신에 찬 어조로 말했다. 그러고는 내 앞으로 다가와 섰다. "의사 선생님, 솔직히 말씀해보세요…… 선생님은 베취를 사랑하시나요?" "지금 그게 중요한 게 아니잖아요…… 하지만 그의 아내가 그를 사랑하고, 그가 아내와 아이들을 사랑한다는 건 중요한 사실이죠…… 또한 그게 누구든 간에 다른 이의 삶 자체가 이미 힘겨운 상태인데 쓸데없이 그걸 더 힘겹게 만들어서는 안 된다는 사실이 중요한 거겠죠…… 혹시 당신은 당신이 사랑하지 않는 사람들 모두에게 복수하고 싶은 건가요?"

그는 또다시 내 팔 위에 자신의 손을 얹었다. "선생님은 베취를 사랑하지 않으시는데도 그의 딸을 집에 받아주셨죠, 의사 선생님. 만일 그런 상황이 온다면 저도 아마 똑같이 행동할 겁니다…… 하지만 만일 그의 아들이 죽게 된다면 선생님도 그걸 막으실 수는 없을 겁니다…… 사람은 이웃을 도와줄 수는 있지만 그의 운명까지 떠맡을 수는 없는 거니까요……"

"이젠 벤첼까지도 운명이라는 건가요, 밀란트? 내가 비록 베취를 사랑하지 않는다고 해도, 벤첼은 그보다 훨씬 덜 사랑합니다……" 나는 웃을 수밖에 없었다.

"그렇지 않죠." 그가 더 잘 알고 있다는 듯 단언했는데, 나는 그의 말을 인정하지 않을 수 없었다. "사실상 선생님은 벤첼을 더 사랑하시잖아요."

그때 안드레아스가 끼어들었다. "사실 잘 살펴보면 그런 건 노동이라고 할 수가 없죠. 판매대리인은 여기저기 돌아다니면서 사람들을 설득해 물건을 팔아넘기는 거니까요."

정말이지 상황을 변화시키기는 어려워 보였다. 게임의 판은 이미 너무나 견고하게 짜여 있었다. 나이 많은 안드레아스까지 게임 규칙에 사로잡혀 있었고, 젊은 청년들은 벤첼의 명령에 따라 움직였다. 그렇다면 나는 어떠했던가? 나 역시 이미 게임에 사로잡혀 있지 않았던가? 나 역시 이미 이 꿈에 휩쓸려들어가 있지 않았던가? 이 지역의 작은 세계가 들어선 것은 분명 또 하나의 새로운 수면 상태일 뿐이었다. 하지만 대부분의 혁명이란 것이 결국은 잠자고 있던 인간이 오른쪽에서 왼쪽으로, 혹은 그 반대로 몸을 굴리는 일이 아니던가. 그가 두세번 크게 숨을 내쉬거나 한숨을 쉬고 나서는 잠에서 깨는 꿈을 계속해서 꾸는 일이 아니던가? 꿈이라는 것을 아는 것 역시 꿈이고 잠이다. 그 꿈의 처음과 끝에는 지식이 존재하지만, 그 꿈 자체에는 시작과 끝이 없다.

안드레아스는 노인다운 심술과 불평을 담아 이렇게 말했다. "그 사람한테 계약 해지를 통보하는 건 정의로운 일이죠."

밀란트 부인이 웃었다. 그런 계기에 그녀는 웃을 수 있었던 것이다. 그러면서 나의 작품, 즉 그녀 입속에 금으로 씌운 크라운이 보인 건 내게도 즐거운 일이긴 했지만 그래도 이건 웃을 만한 상황은 아니었다. 인간들이 어떤 인식에 도달하기 위해 이토록 무의미한 노력을 기울이고 있다는 사실, 인간들이 어떤 하나의 생각에 사로잡혀 그것에서 벗어나지 못하고 그로 인해 서로 갈라질 수도 있다는 사실, 결국엔 무능과 절망에 빠져, 잠에 취한 상태에서 서로에게 해를 가하게 될 거라는 사실, 선량한 노인 안드레아스마저도 그런 식으로 한순간에 자신에게 아무 잘못도 한 적이 없는 개인인 판매대리인 베취의 적이 되어버렸다는 사실, 그것이 이 여인을 웃도록 자극했던 것이다. 사실 그녀는 많은 것을 꿰뚫어 볼 줄 아는 영리한 여자였다. 하지만 이제 그녀는 완고해졌다. 자신의 완고함에 깊이 파묻혀 있었다. 완고한 사람들은 언제나 다른 사람들의 서툴고 무능한 모습을 보며 즐거워하는 법이다. 그렇게 해서 자신의 완고함을 정당화할 수 있기 때문이다.

"글쎄요, 난 정의에 대해 다른 견해를 갖고 있어요." 나는 그렇게 말하고 일어섰다. 어차피 새참 시간도 끝이 난 터였다.

"유대가 없는 상태에서 우리가 과연 정의로워질 수 있을까요?" 여전히 아이를 붙든 채 우리 앞에 서 있던 밀란트가 말했다. "정의가 없는 상태에서 우리가 과연 경건해질 수 있을까요?" 내가 반문했다. 그가 미소 지었다. "믿음은 정의를 필요로 하죠. 하지만 믿음 자체는 가끔은 부당한 행동을 해야만 할 때도 있답니다."

이것은 맞는 말일까? 틀린 말일까? 나는 더이상 알 수 없었다. 하지만 난 이렇게 말했다. "이봐요, 밀란트. 그건 불쌍한 베취에 대한 야비한 행동들을 덮어보려는 기이한 궤변이로군요."

그는 내게 손을 내밀었다. "아닙니다, 의사 선생님…… 제가 어떤 뜻으로 말한 건지 잘 아시지 않습니까." 그러고는 그는 쟁기가 있는 쪽으로 갔다.

내가 그들로부터 등을 돌려 길을 나섰을 때, 늦은 태양빛이 감싼 고요 속에서 체칠리에가 맑고 깨끗한 어린아이의 목소리로 부르는 노랫소리가 들려왔다.

> "……
>
> 우리는 소매상인과 판매대리인을 저주한다.
> 그들이 우리의 대지를 욕보이기 때문이다.
> 우리 청년들이 미래를 쥐고 있다.
>
> ……"

뒤에서 들려오던 아이의 노랫소리가 멈췄다. 밀란트가 말들을 향해 외치는 소리가 들렸고 뭔가 목재가 덜거덕거리는 소리도 들렸다. 그리고 나를 둘러싼 고요 속에서 아주 또렷하게 신이라는 단어가 들렸다. 어쩌면 그것은 '신이시여'라고 가볍게 내쉬는 한숨 같은 소리일 뿐이었는지도 모른다. 그것은 귀에 들릴 만큼 단단해진 숨결이었을 것이다. 외로움으로 인한 혼란이 찾아오는 바람에 위로를 갈구하는 내면의 목소리가 귀에 들릴 만큼 단단해졌을 것이다. 어쩌면 그것은 이 단어가 내 속에 불러일으킨 거듭남이라는 단어에 대한 생각이었는지도 모른다. 내가 도시로부터 탈출했던 일도 모두 그런 거듭남을 위한 시도가 아니었던가? 인생의 전체성을 알고자 했던 나의 갈망, 그 최후의 경계선을 내 발로 측정해보고 싶었던 나의 갈망, 이 모든 것이 그러한 시도가 아니었던가? 지상의 시간과 지상의 깊이에 대한 어머니 기손의 지식은 엄청나며, 인간 영혼의 최후의 심연 또한 파악이 불가능할 만큼 깊다. 하지만 시간과 사물의 강력한 힘은 여전히 무한하다. 영혼의 심연은 여전히 무한하다. 계속해서 확장되고 확장될 뿐인 그 무한성, 측정할 수 없는 것, 생각할 수 없는 것이 존재한다. 그것을 포함하면서 전체성을 형성하는 어떤 것, 무한을 초월하고 파악 불가능함을 넘어서는 신적인 것이 존재하지 않는 한, 파악할 수 있는 전체성은 존재하지 않으며 그것은 파악 불가능한 것으로 남아 있다. 개별 인간의 사고로는 무한을 초월하는 것에 대해 생각할 수 없었고 지금도 생각하지 못한다. 하지만 비록 인간의 생각이 결코 무한에 도달하지 못한다고 해도, 수백만년이 흐르면서, 세대와 세대가 지나면서 인간의 예지력이 자라날 수밖에 없었다. 지극히 현세적이고 매우 어설픈 탐색과 방황을 통해 먼 곳을 향한 그림이 생겨날 수밖에 없었다. 그것은 계속해서 변모하면서 점점 더 완전해지긴 하지만, 사실은 인간이 스스로를 인간이라 느끼고 자신의 특징적인 형상을 부여받았던 최초의 순간부터 존재하고 있었다. 그것은 인간의 갈망과 기억이다. 수백만년의 세월로부터 나온 기억, 수백만세대의 기억이다. 그것은 여전히 파악 불가능하며, 어쩌면 그저 그에게 다가가기 위해 애쓰는 지속적인 거듭남, 꿈의 찰나적인 기억 이미지를 고정시키려고 애쓰는, 그것을 의식과 행위를 통해 붙잡아두고, 생각할 수 없는 것, 발설할 수 없는 것, 바로 신을 말할 수 있기 위해 애쓰는 거듭남, 그것으로부터 자라난 심장의 예감일 뿐인지도 모른다. 신을 현세로 끌어내고 파악 가능한 존재로 격하하는 일, 그를 땅의 형태 속으로 불러들이는 일, 땅 자체를 그의 존재로 격상시키고, 눈과 손가락이 파악하는 진리를 그의 현실로 이해하고 싶은 유혹은 얼마나 강력한가! 나의 지식이 너무 보잘것없어지고, 나의 기억이 너무 희미하고, 나의 갈망이 너무 인간적이어서 신이라는 단어를 감히 발언할 수 없는 나, 나를 둘러싼 퇴보를 느끼고, 모든 인간들 내면에 깃들어 있는 퇴보에 대해 두려움을 느꼈던 나는 나를 둘러싸고 있는 외로움과 적막 속에서 마치 심장이 내는 목소리처럼 울려왔던 저 탄식 소리 말고는 다른 탈출구를 찾을 수 없었던 것이다.

돌아가는 길에 내가 성당 골목을 통과한 것은 단순한 우연이 아니었을 수도 있다.

사제관의 작은 앞뜰엔 달리아가 한창이어서 울타리를 따라 온갖 색깔로 꽃이 활짝 피어 있었다. 하지만 신부님은 정원 한가운데의 원형 화단에는 장미꽃을 가꿔서 자신이 담장 가에 놓인 벤치에 앉았을 때 바로 눈앞에서 장미를 보며 제대로 관찰할 수 있도록 해두었다. 그는 마침 장미꽃에 물을 주고 있는 중이었다. 나는 울타리 입구에 멈춰 선 채 그에게 인사를 건넸다.

그는 내게 고개만 끄덕여 보였다. 무거운 물뿌리개를 내려놨다가 그것을 다시 들어올려야만 하는 상황을 피하고 싶었던 것이다. 물뿌리개에서는 물이 가볍게 요동치며 부드럽고 평화롭게 흘러나왔다. 장미나무 주변의 흙은 짙은 색으로 물들면서 가벼운 호흡을 통해 젖은 향기를 뿜어올렸고, 그 숨결은 저녁 대기의 고요한 건조함 속에 뒤섞였다. 장미나무 한그루엔 노란색 꽃들이 활짝 펴 있었고, 다른 나무들엔 작고 붉은 꽃들이 펴 있었는데, 장미의 노랑과 빨강은 저녁 황금빛과 부드럽게 어우러져 화음을 이루었다.

이제 그는 물뿌리개를 기울여 남은 물을 서둘러 비웠다. 물은 섬세한 아치를 그리며 떨어져 땅 위에서 평평한 작은 시내를 이루었다. 그 시내는 흙덩이들 사이로 잠깐 작은 웅덩이를 만들었다가 땅속으로 스며들어버렸다. 마지막 한방울까지 다 비운 후 그는 가벼워진 물뿌리개를 내려놓고 내게로 왔다.

"장미꽃들이 예쁜데요, 신부님."

그의 굳은 얼굴 위로 미소가 번졌다. "하지만 달리아도 예쁘답니다, 의사 선생님." 그는 공정한 사람이었다.

겨울엔 그의 얼굴이 언제나 두꺼운 목도리 위에 놓여 있곤 해서 그를 보면 사람들은 자기도 모르게 그 목도리부터 찾게 된다. 다른 옷차림을 한 그를 전혀 상상할 수 없다. 심지어는 그가 지금처럼 셔츠만 입고 있고, 벌어진 조끼 안쪽에서 검정 호박단의 낡은 가슴받이 천이 밖으로 비어져나와 있을 때도 마찬가지이다.

나는 그의 장미가 굉장히 부럽다고, 우리 집엔 장미나무가 없다고 그에게 말했다. 그는 저녁 시간에 장미 향기가 가장 강렬하다면서 내게 향기를 맡아보라고 권했다. 그래서 나는 정원 안으로 들어섰다. 장미나무들을 에워싼 친근하고 자그마한 구역이 향기로 가득했다. 그것은 달콤하고 규모가 작은 거룩한 삶이었다. 신부님의 믿음 역시 이 영역 이상은 넘어서지 못하는 것 같다는 생각이 또다시 들었다.

그는 기워 입은 셔츠의 과하게 짧은 소매 밖으로 뻗어나온 가는 팔을 문지르고 있었다. 물뿌리개가 무거웠던 것이다.

"그래요, 꽃들을 좀 봐요." 그는 그렇게 말했는데, 연약한 내면의 빛으로 표정이 환해졌다.

하지만 그는 물 주는 일이 아직 다 끝나지 않았다고 말했다. 그래서 다시 한번 물을 채워 오기 위해 다녀와야 한다고 했다. 나는 도울 수 있게 해달라 청했고, 결국 우리는 각자 물뿌리개를 하나씩 들고 마당의 펌프가 있는 곳으로 갔는데, 물통의 거친 안쪽 공간으로부터 시원한 냉기가 느껴졌다. 나는 여러 사람들의 손길로 반들반들하게 윤이 나는 나무 손잡이에 몸을 기댔다. 신부님은 아래쪽을 받쳤다. 몇번 펌프질을 하고 나자 왈칵하고 첫번째 물줄기가 올라오더니 함석통 속으로 시끄럽게 쏟아져내렸다. 나는 균형을 유지해야 하기 때문이라고 고집을 부려 두개의 물뿌리개를 정원으로 날랐다. 그러고 나서 물 주는 것을 도울 수 있었다. 신부님은 내가 그 일도 제대로 하는지 유심히 살펴보고 있었다.

우리가 그 일을 다 끝내고 나자 그가 한숨을 쉬었다.

"무슨 일이시죠, 신부님? 또 성당 수리 문제인가요?"

내가 자신의 생각을 이해했기 때문에 그는 반색하며 고개를 끄덕였다.

"의사 선생님, 공동체위원회에서 이 일에 대해 언급 좀 해주세요. 혼자서는 해낼 수가 없네요…… 특히 락스하고는 전혀 소통이 안 된답니다."

"글쎄요, 신부님. 만약 윗마을 사람들이 우리를 지지해준다면 가능할지도 모르겠네요…… 하지만 그들이 이 일에 대해서는 예외적으로 락스 의견에 동의하리란 걸 아시잖아요. 왜냐하면 어차피 자신들의 성당도 아닌데다 여기까지 먼 길을 걸어와야 하니까요."

"항상 분열되어 있죠. 아마 이번에는 좀 달라질 겁니다. 별일 없다면 말입니다."

이번에 뭐가 달라질 수 있다는 걸까? 그는 무엇을 희망하는 걸까?

그는 걱정스러운 표정으로 건너편의 성당을 올려다봤다. 바닥에서 올라오는 습기로 인해 회벽이 성인의 키 높이 정도까지 전부 떨어져나간 상태였다. 하지만 놀랍게도 탑에서 성당 입구까지는 회벽 수리가 다 되어 있었다.

"저것 말이죠……? 저건 요한니가 수리를 해주었답니다. 그가 친절을 베풀었죠."

"보세요, 신부님. 착한 양들도 있지 않습니까."

그는 또다시 익살스럽게 곤충 소리 같은 웃음소리를 내며 키득거렸다. "하지만 물론 댓가는 있었죠."

"그게 뭐였는데요?"

"그의 놋쇠 달 문양에 축복을 해줬죠…… 가축을 위해서 말입니다."

아하, 그것은 이 지역에서 개목걸이처럼 방울과 함께 소의 목에 달곤 하는 것으로서, 마구의 장식품으로도 사용되는 그 놋쇠 달 문양을 말하는 것이었다.

"그런데 그 댓가가 성당 입구까지만 해당되는 겁니까……?"

"네, 유감스럽게도 그렇답니다……"

자신이 소유한 몇그루의 장미나무 바깥에서 벌어지는 모든 일들이 그에게는 옹색하고도 습관적인 근심을 안겨줄 수밖에 없는 것처럼 보였다. 그의 세계에는 아주 작고 생명력 있는 핵심이 들어 있었다. 핵심을 둘러싸고 있는 것은 약간의 혼란뿐이었다. 빈약하고, 무미건조하고, 초라했다. 하지만 그 세계 속에 인간의 영혼 전부가 담겨야만 했다. 이교도부터 시작해서 신앙인과 성직자에게까지 해당되는 온갖 긴장도 함께 담겨야 했다. 룸볼트 신부님은 자신의 내면에 빈약하나마 굉장히 복잡한 살림을 꾸리고 있는 것처럼 보였다. 하지만 어쩌면 우리 모두가 그런 건지도 모른다.

"그런데 말입니다, 신부님. 축복해줘야 할 달 문양이 계속 있으면 문제가 좀더 쉬워질 텐데요…… 농부들은 일요일의 설교에 대해서는 댓가를 잘 지불하려고 하지 않잖아요. 그들에겐 명쾌하게 이해되는 거래가 아니니까요."

"어쩌면 이젠 좀 상황이 나아질 수도 있어요."

또다시 이런 유의 기이한 희망이 등장했다.

"그럴까요?"

"네. 마리우스라는 이름을 가진 사람이 있는데 말입니다…… 이제 다시 더 많은 달 문양이 생기게 될 겁니다."

의아해하는 내 얼굴 표정이 그에게도 읽힌 모양이었다. "성당의 평안을 위해 사소한 미신은 받아들일 수도 있는 법이지요. 경건한 미신이니까요."

나는 웃지 않을 수 없었다. "글쎄요. 제겐 이 미신이 그렇게 절대적으로 경건해 보이지는 않는데요."

그는 겁을 먹었다. "정말로 그렇게 불순한 걸까요, 의사 선생님……? 전 그 말을 믿고 싶지는 않았거든요……"

"생각하기 나름이겠죠, 신부님…… 저야 사람들이 신부님께 뭐라고 전했는지도 모르니까요……"

"그들이 말입니다. 신께서 저의 죄를 용서하시길, 땅속에서 악마에게 기도를 하려 한다고 했어요."

"글쎄요, 악마에게 직접은 아닐 겁니다. 하지만 아마 땅이나 그 비슷한 대상이겠죠……"

"맙소사, 그건 명백히 정신 나간 짓입니다. 그건 이성을 비웃는 행동이에요…… 정말 미치광이로군요!"

기이하게도 나는 마리우스를 보호해야만 할 것 같은 느낌이 들었다. "만일 그 일을 단 한 사람만이 한다면, 신부님, 그건 미친 짓이겠지요. 하지만 모두가 그 일을 한다면 그것은 이성입니다. 반대도 마찬가지이구요. 세상이 그런 겁니다."

"아녜요, 아닙니다." 그가 거부했다. "의사 선생님, 그런 모독은 하지 마세요. 모든 사람이 영원한 진리에 반대한다고 해도 진리는 거룩하고 영원할 겁니다."

"네, 신부님. 물론 맞는 말씀입니다…… 하지만 세상엔 매번 광기가 횡행하곤 했고, 그를 통해 세상은 이성의 문제에서 조금씩 더 전진할 수 있는 거지요…… 전쟁의 광기가 발발했을 때 이성은 어디에 있었나요? 그때는 우리가 참전하는 것이 이성적인 행동으로 보였지요…… 세상은 이성에 질려 있기 때문에 또다시 비이성적인 것을 붙잡는 겁니다……"

그는 넋이 나간 듯한 표정으로 나를 바라보았다. "하지만 의사 선생님, 그건 그저 인간들이 영원한 진리를 알고자 하지 않았기 때문에 일어난 일일 뿐입니다…… 너의 이웃을 사랑하라는 계명을 지켰더라면 모든 재앙을 막을 수 있었을 겁니다……"

정말로 나는 그를 괴롭힐 생각은 없었다. 하지만 솔직히 난 이성에 대한 반감으로 분노에 차 있었다. 아랍인들이 알렉산드리아의 도서관을 불태웠고 그다음엔 그리스 문화로 회귀했다는 사실을 나도 알고는 있었다. 서양의 기사들이 무어인의 대학들을 폐허로 만들었지만 그럼에도 온 유럽이 그로부터 영향을 받게 되는 것까지 막을 수는 없었다는 사실도 알고 있었다. 또한 나는 '이 곱하기 이는 사'처럼 명백한 진리가 존재한다는 것도 알고 있었다. 그럼에도 불구하고 나는 이렇게 말했다. "환자들 중에는 본능적으로 올바른 행동을 하는 사람들이 있습니다. 그들은 자신에게 필요한 것이 무엇인지를 느끼는 거지요. 반면에 그와 정반대의 행동을 하는 사람들이 있습니다. 그런데 스스로를 죽음에 몰아넣으면서도 자신이 스스로를 위해 올바른 행동을 했다고 생각하지 않는 사람은 없습니다…… 인류 역시 마찬가지입니다. 그들은 매번 비이성적인 행위에 빠져들곤 합니다. 가끔은 그것이 스스로를 위한 올바른 행동일 때조차 있었습니다. 적어도 인류는 아직까지 스스로를 살해하지는 않았으니까요……"

"하지만 거의 그러려는 참이지요." 왜소한 정원사가 용감하게 선언했다. "그래요, 만약 그들이 계속해서 신의 계시라는 약을 무시한다면 그건 스스로를 죽이는 행위입니다. 우리의 주이신 예수 그리스도를 통해 그들에겐 의사가 생긴 겁니다. 사람들이 그의 손을 붙잡는다면 그들은 더이상 비이성적인 행위에 빠질 필요가 없습니다."

"신부님." 나는 진지해졌다. "어쩌면 그의 가르침이 인간들에게는 너무 위대한 것이 아닌가 싶네요. 인간의 이성은 처음 생겨났을 때부터 너무 많은 이음새와 균열을 갖고 있었죠. 기회가 될 때마다 메우고 수리를 했어도 여전히 많이 남아 있어서 언제든 다시 벌어지고 어리석은 모습을 드러낼 수 있지요…… 이 모든 광기의 틈새들이 다 사라지려면 앞으로도 한참의 시간이 더 걸릴 겁니다…… 생각해보세요, 인간은 외로운 존재입니다. 외로운 사람들은 쉽게 미치는 법이지요."

그는 비스듬히 기울어진 자신의 머리를 그대로 숙이더니 생각에 잠겼다. 그러더니 그가 말했다. "아녜요. 가르침을 받아들인다면 인간은 외로울 필요가 없습니다. 그리고 그 가르침은 인간이 받아들이기에 너무 위대한 것도 아닙니다. 갈릴리의 어부들도 그걸 이해했으니까요…… 하지만 그 가르침은 인간에게 너무 부드러운 것 같기는 합니다. 지금까지도 인간이 스스로의 난폭함을 제어할 수 없었던 걸 보면 말입니다."

"맞아요, 신부님." 나는 웃으며 말했다. "그건 신부님 말씀이 맞네요. 일단 모든 사람들에게 꽃을 사랑하고 가꾸는 법을 가르쳐야 할 것 같아요."

"네, 그렇죠?" 그가 기뻐하며 대답했다. 그러고는 이렇게 말했다. "이번 마리우스라는 사람의 일 또한 선생님이 말했던 것 같은 우회로의 역할만 하게 되길 바랍니다."

"어떤 우회로를 말씀하시는 건가요, 신부님?"

"그러니까 결국에는 구원으로 이끄는 그런 길 말입니다."

"네. 그렇게 되기를 바랍니다, 신부님." 나는 그렇게 말하고 작별을 위해 그에게 손을 내밀었다.

"신의 가호가 있기를." 그가 말했다.

나는 천천히 산을 내려왔다. 태양은 산악지대의 평평한 무대 뒤로 막 사라지려 하고 있었다. 하루 종일 절벽 앞에 드리워져 있던 투명한 연기가 이제는 골짜기 쪽으로 흐르기라도 한 듯 온 골짜기가 투명한 회색빛이 되었다. 그렇게 해서 이곳에서도 풍경을 이루고 있는 모든 형태들이 평평해지고 무색이 되게 하려는 것 같았다. 언덕과 초원들은 서로를 향해 미끄러져내렸고, 지표를 이루는 굴곡들은 평평해졌다. 숲과 암벽 사이의 경계는 더이상 알아볼 수 없었다. 오직 내 바로 앞쪽에서만 초원과 나무들이 여전히 녹색을 유지하며 가장자리가 희미한 녹색의 섬을 이루고 있었다. 나는 그섬 가운데를 걸었고, 그 섬은 나와 함께 걸었다. 하지만 태양이 완전히 가라앉아버리고 하늘 위에 연하게 남아 있던 콜키쿰 줄무늬마저 작별을 알리고 나자, 사방에서 황혼의 새로운 그림자가 등장해 자연의 온갖 형태를 새롭게 이루었다. 암벽 사이사이 갈라지고쪼개진 곳들이 다시 드러나며 두배의 깊이로 더 깊어졌다. 산속의도랑과 협곡들이 다시 열렸다. 산비탈에선 숲속으로 이어지는 초원들이 다시 눈에 보였다. 숲의 거대한 지붕은 전나무의 원뿔형 문양으로 온통 뒤덮여 있었는데, 나무 한그루 한그루가 각각 원뿔형의 모양을 드러내 보였다. 숲은 녹색 안에 검은빛을 띠고 있었고, 점점 더 어두워지면서 더욱 검은색으로 변해가고 있었다.

내가 들어선 숲은 신부님의 환한 정원보다 더 거칠고 묵직했다. 송진과 이끼와 진흙 냄새는 장미의 화사한 향기보다 더 거칠었다. 나는 이름가르트 때문에 염려가 되었다. 우리가 묶여 있는 외로움의 꿈은 내 위에 덮인 숲의 지붕에 매달린 거의 끝없는 가지들처럼 피할 길이 없는 것이다. 그 숲의 지붕을 뚫고 환한 저녁 하늘이내가 가는 길의 어둠을 여전히 들여다보고 있었다. 내 앞에서 야생닭 한마리가 무거운 날갯짓을 하며 날아올랐다. 내가 지름길로 가기 위해 숲속 공터를 가로지르자 그쪽에서 숫노루 한마리와 암고양이 두마리가 소리도 없이 뛰쳐나왔다. 그다음엔 사방이 점점 더고요해졌다. 나는 신을 불러보려고 시도해봤다. 그것도 상당히 큰목소리로. 하지만 숲은 대답하지 않았다.

12

마을 위에 드리워져 있던 기이한 긴장 상태가 연례 헌당축제에서 폭발해버렸다 해도 난 놀라지 않았을 것이다. 어쩌면 헌당축제에서 제대로 된 싸움이 났더라면 공기를 정화시켰을지도 모른다. 하지만 예고되었던 혁명은 일어나지 않는다. 날씨가 나쁜 상황에서는 더더욱 어렵다. 아침에 보았을 땐 비 때문에 헌당축제를 완전히 망치겠구나 하는 생각이 들었다. 그 정도로 강력한 빗줄기가 구월의 세상을 장악했다. 우리 집을 둘러싸고 있는 숲은 비에 젖은 베일처럼 풀어헤쳐져 있었다. 빗물이 나무들을 감싸며 아래로 흘러내렸고 그 속에서 나무는 지쳐 보였으며 곧 썩어들어갈 것만 같았다. 나뭇가지 위의 하얀 이끼는 안개와 하나가 되었다. 점점 짙어지며 아래로 내려오고 있는 안개는 하얀 이끼 같았고, 아직 진짜 눈이 되지 못했으면서도 벌써 굳어진 채 녹아내리는 눈 같았다. 집으로 이어지는 전선 위에는 빗물이 방울방울 맺혀 있었는데, 가끔씩 맺혀 있던 물방울 전체가 흔들리면서 전선이 기울어진 방향대로 흘러내려가 다음 전봇대에 가 닿기도 했다. 내가 나중에 집 밖으로 나가 숲을 벗어나보니 윗마을 초입에 자리 잡은 집들조차 보이질 않았다. 모든 것이 회색빛에 감싸여 있었다. 측면으로 초지 언덕이 약간 보일 뿐이었고 그 가장자리에 연한 녹색의 자작나무 한 그루가 하얀 안개에 감싸인 채 서 있는 것이 보였다.

트랍은 안개 속으로 사라졌다가 다시 나타났다가 한다. 안개의 끄트머리까지 뛰어가면 트랍의 다리가 보이질 않는다. 트랍은 멀리 미끄러져가는, 헤엄쳐가는, 기이하게도 생명을 가진 작은 배이다. 안개는 슬픔으로 가득 차 있다.

하지만 비는 서서히 잦아들다가 마침내 그쳤다. 구름은 마치 헌당축제를 준비한 사람들이 조금은 자유롭게 움직일 수 있도록 해주려는 듯 약간 높이 올라갔다. 내가 아랫마을에 도착했을 때 ─ 이미 미사는 끝난 후였다 ─ 헌당축제는 한창 활기를 띠고 있는 중이었다. 성당 골목 어귀와 여관 사이의 길 양쪽으로 포장이 드리워진 노점들이 늘어서서 저렴한 물건들을 팔고 있었다. 그 물건들은 저렴하지만 터무니없이 비싸기도 했다. 왜냐하면 농부는 이 가격을 다른 가격과 비교할 기회가 없기 때문이다. 윗마을 사람들은 한 명도 빠짐없이 참여했다. 주크는 자신의 아들들과 함께 와 있었다. 그런가 하면 눈을 커다랗게 뜨고 렙쿠헨[26] 판매대에 걸린 하트 모양 과자를 보며 감탄하고 있는 이름가르트의 모습이 잠깐 보이기도 했다. 하지만 마리우스의 모습은 찾을 수 없었다. 아이들의 트럼펫 소리가 들렸고 무리가 신발을 끌며 걸어다니는 소리도 들렸다. 사

─────────────────

26 견과류와 향신료를 넣고 반죽하여 구운 독일식 쿠키.

람들은 얼룩으로 뒤덮인 장화를 신고 있었고 흙탕물이 튄 바지와 양말을 착용하고 있었다. 그들은 여유롭게 노점들을 따라 앞으로 걸어가고 있었는데, 웅덩이에는 거의 신경 쓰지 않았고 즐거운 시간을 보내겠다는 묵직한 의지로 가득 차 있었다.

그곳엔 벤첼도 있었다. 주위엔 젊은 청년들이 모여 있었다. 그는 나를 보자 웃음을 지으며 군대식 경례를 했다. "부대원, 집중!" 하고 그가 호령했다.

몇몇이 뒤꿈치를 맞부딪치며 부동자세를 하는 바람에 길가 웅덩이에서 물이 세차게 튀어올랐다. 나머지 사람들이 웃음을 터뜨렸다.

벤첼은 크고 울림이 좋은 목소리로 호통을 쳤다. "지금 웃을 일이 아니잖아…… 집중하라고 내가 말했지."

그들은 히죽거리며 웃었지만, 그래도 대부분은 직립 부동자세를 취했다.

그때 약간 기이한 일이 일어났다. 늙은 군인인 나 역시 군대식 경례를 한 것이다.

"맘에 드시죠, 의사 선생님?" 그가 솔직한 어조로 물었다. 난쟁이갱에서의 사건은 다 잊은 듯 보였다. 하지만 나 역시 그 일은 거의 다 잊은 상태였다.

나는 그를 바라보았다. 그의 키는 자신이 거느리는 보병들의 가슴께에 겨우 미치는 정도였다. 하지만 우스꽝스러운 행동거지와 그에게 너무 큰 운동복 바지에도 이 왜소한 사내는 정말이지 무시무시한 인상을 주었다. 그럼에도 나는 제정신을 유지했다. "자네들 정신이 나갔나. 지금 성당 열병식이라도 하려는 건가?" 내가 물었다.

그의 대답은 예상 외의 것이었다. "의사 선생님, 아마 몇 사람은 위생병 근무를 위한 교육을 받게 될 겁니다."

크리무스가 건너편의 나이 든 농부들 무리에서 나와 이렇게 말했다. "오늘 내가 자네들에게 맥주를 대접하도록 하지……"

"후원자님." 대장이 구호를 선창했다.

"만세." 그의 무리들이 응했다.

"만세, 만세." 벤첼이 크게 외쳤다.

"만세 만세 만세!" 무리가 답했다.

크리무스는 가능한 한 기분 좋은 듯한 표정을 짓는다. 하지만 사실은 속이 쓰리다. 왜냐하면 그는 인색한 사람이라 한통의 맥주값을 내는 건 가슴 아픈 일이기 때문이다. 나는 그것을 알았다. 하지만 내 머릿속 어디에선가 나는 그의 행동 방식에 동의하고 있었다. 어쩌면 그 이유는 단지 그가 그만큼이라도 자신의 인색함을 극복해냈기 때문이었을 것이다.

우리가 서 있는 곳으로부터 멀지 않은 곳에 온갖 직물 제품을 파는 가판대가 있었다. 나는 그곳에 있는 아가테를 보았다. 그녀는 아마포 길이를 재보는 중이었다. 내 주의를 끌던 것은 그녀가 거기서 벤첼의 구령에 따라 군인처럼 행동하는 페터에게 단 한번도 시선을 주지 않았다는 사실이었다. 한때 이 두 사람을 하나로 결합시켰던 그 친밀함은 어디에 있는 것일까? 두 사람 사이 어딘가의 공기 중에 여전히 떠 있는 걸까? 아예 멀리 날아가버린 것일까? 무한으로부터 와서 무한을 향하는 동경, 인간들을 엄습하여 그들이 계속 살 수 있도록 해주는 그 동경은 다시 무한 속으로 사라져버린 것일까?

내 옆에 있던 크리무스가 말했다. "씩씩한 청년들이죠."

나는 다시 정신을 차렸다. "아마도 생일인 모양이죠, 크리무스.

축하해요……"

그는 근엄한 모습으로 나와 함께 자신의 숭배자들 사이를 걸었다. "청년들에게 뭔가를 제공해야죠…… 이제 그들이 무료로 갱도에서 일을 하겠다고 나서는데 말입니다……"

그의 시곗줄에는 농부가 만든 작고 오래된 은제 반달이 달려 있었다. 마을 외곽에 설치된 사격장에서는 총 소리가 울리기 시작했다.

"그렇죠." 나는 약간 기계적으로 대답한다. "그 난쟁이갱 말이죠."

그는 심술궂은 표정으로 나를 바라보았다. "저도 알고 있습니다…… 의사 선생님이 아니었다면 일이 다르게 진행되었을 겁니다. 어쩌면 우린 벌써 그걸 얻었을 텐데요……"

"뭘 말입니까?"

"황금 말이죠…… 선생님은 왜 윗마을 사람들 편을 드는 겁니까?"

나는 대답하지 않았다. 어머니 기손을 떠올리지 않을 수 없었지만, 그것이 대답이 될 수는 없었을 것이다.

그는 말을 이었다. "여기 있는 우리도 바보는 아닙니다…… 저기 산에 있는 자들이 오히려 바보겠죠…… 마을공동체는 채굴권을 소유하고 있고 이제 그것을 사용해야 합니다……"

"마리우스는 말이죠"라고 말하면서 나는 바보 마리우스를 근거 삼아 말하고 있는 자신을 발견한다. "마리우스 역시 금 찾는 일 같은 건 반대하고 있지요……"

락스가 우리가 있는 쪽으로 왔다. 키가 크고 뚱뚱하고 건강한 치아를 가진 사람이다. 그가 웃는다. "마리우스요……? 그 사람은 우리가 충분히 설득시킬 수 있어요……"

"저 작은 녀석이 마리우스보다 낫다니까요." 크리무스가 흥분해서 말하고는 벤첼의 근력을 암시하기 위해 주먹을 쥔 채 팔을 구부려 보인다. "마리우스는 밀란트에게 어울리죠……"

"그래요." 락스가 말한다. "그렇죠, 밀란트 말입니다…… 그 사람만 아니었으면 우리는 벌써 공동체위원회에서 다수를 확보했을 텐데…… 그런데 그가 윗마을 출신 여자와 결혼한데다 자기 의지를 가질 줄 모르는 바람에 마을공동체에선 채굴권을 썩혀야 하게 된 거죠……"

나는 나의 친구를 변호해야만 했다. "밀란트는 자신이 무엇을 원하는지 잘 알고 있어요……"

"그는 시장이 되고 싶어하죠." 락스가 말했다. "그게 전부입니다. 그 사람이 우리와 함께 간다면 시장이 될 수도 있을 겁니다…… 상관없어요, 안 될 이유가 뭡니까…… 하지만 이런 식이라면 다른 사람이 공동체위원회에 들어가야 할 테고, 그렇게 되면 나도 그를 도울 수 없게 되는 거죠……"

크리무스는 신경질적으로 자신의 시곗줄을 만지작거렸다. "우리가 가져오지 않으면 다른 사람이 가져갈 겁니다…… 우리가 죽을 때 그자는 우리를 비웃겠죠……"

락스가 커다란 손으로 그의 어깨를 때렸다. "크리무스가 금을 갖게 되면 결코 죽지 않을 겁니다…… 그런 사람이에요!"

크리무스는 거의 고마워하는 듯한 미소를 지었다. 그러고는 확신에 찬 어조로 말했다. "맞아."

현세에서 이미 내세를 소유한 사람은 당연히 죽을 필요가 없는 것이다.

"잘 생각해보면 말입니다." 락스가 자신의 생각을 이어나갔다. "사람이라면 누구나 죽음을 막아줄 수 있는 무언가가 있는 법이지요…… 크리무스에겐 금을 구해주면 됩니다. 제겐 침대에 아가씨

한명 넣어주십시오, 의사 선생님. 언젠가 제가 죽음 앞에 놓이는 때가 오게 되면 말이죠…… 제가 죽지 않도록 잘 처방해주세요…… 의사 선생님의 약보다 그 방법이 나을 겁니다."

이 난폭한 사람도 죽음에 대한 생각을 하고 있었다. 하지만 그다음에 그는 이렇게 말했다. "사격왕 선발하는데 같이 가보시겠어요, 의사 선생님? 바로 그곳으로 갈까 하는데요……"

우리는 주점 근처에 도착해 있었다.

"아뇨." 내가 말했다. "사격에서 난 당신과 상대가 되질 않아요, 락스. 하지만 오늘 내가 사망자를 돌보는 일이 생기지는 않도록 해줘요…… 당신의 금 이야기로 오늘 엄청난 싸움판이 벌어질 수도 있을 테니까요."

"그건 염려 안 하셔도 됩니다." 그가 대답했다. "지금 청년들은 기강을 유지하고 있으니까요."

하지만 크리무스는 이렇게 말했다. "그들은 오늘 산속으로 들어가야 하기 때문에 맥주를 제공받는 겁니다…… 저기 죽음이 자리 잡고 있으니 용기가 필요한 거죠……"

"그래요?" 내가 말했다. "그곳에 죽음이 자리 잡고 있는 걸 직접 봤나요?"

"네." 그가 대답했다. "어린아이일 때 그 안에 들어가봤죠. 거기서 죽음을 봤습니다."

그것을 파악할 수 있으려면 인간은 인생 속으로 얼마나 깊이 가라앉아야만 하는 것일까! 이 인생은 얼마나 깊은 망각의 바닥 위에 놓여 있는가! 또한 기억은 얼마나 먼 곳까지 되돌아가야만 하는 것인가! 하지만 그럼에도 인생은 하나의 통일체이다. 탄생과 죽음은 아주 가까이에 함께 있는 것이어서 죽어가는 사람은 단 한번의 호흡으로 온 인생을 통찰하기도 하는 것이다! 크리무스는 거의 자기 자신을 통찰할 경지에 이르러 있었다. 그의 내면에 있는 모든 것들이 처음과 끝을 연결하도록 그를 내몰고 있었다. 그가 말했다. "그곳에 제가 앉아 있게 될 겁니다."

"주점에 자리 잡고 앉을 수도 있지." 락스가 이렇게 말하고는 그를 문 안으로 밀어넣었다.

하지만 나는 나의 진료실로 갔다.

헌당축제는 꽤 먼 곳의 농장에서 온 사람들이 온갖 장을 볼 뿐만 아니라 병원 치료받는 일도 처리하는 축제이다. 그렇기 때문에 그날은 진료가 평소보다 더 오래 걸렸고, 내가 마침내 진료실을 떠날 수 있게 되었을 때는 이미 상당히 늦은 시간이었다. 내가 복도로 나오는 순간 마침 "대열 정비"라는 호령이 온 건물에 울렸고 아래층의 주점에서 그 호령이 반복되는 소리가 뚜렷하게 들려왔다.

나는 마당을 둘러보았다. 밤나무의 잎들은 이미 가을을 맞아 생기를 잃고 축 늘어져 있었는데, 그 나무 아래에서 벤첼이 의자 위에 올라선 채 구령을 외치고 있었다. 청년들이 모여들었다. 그들은 주점에서 나오기도 했고, 마당에 있는 화장실에서 급히 볼일을 마치고 나오기도 했는데 벌써부터 비틀거리는 사람도 여럿 되었다. 그들은 맥주 냄새를 풍기며 천천히 걸어왔다. 몇몇은 나무에서 떨어진 채 벌어져 있는 밤으로 축구를 하려고 하기도 했다. 하지만 결국엔 모두가 대오를 맞춰 섰다.

"전진, 전진." 그들의 대장이 늦게 오는 사람들을 재촉했다.

준비가 완료되자 구령이 떨어졌다. "차렷…… 간격 좁혀…… 정렬."

그들은 이제 더이상 지난번 난쟁이갱 사건 때처럼 열네명이 아니었다. 그들의 수는 삼십여 명으로 증가해 있었다. 게다가 놀랍게도 그중에는 윗마을 청년들도 있었다. 마당 쪽을 향해 난 유리 베란다의 문 쪽에 구경꾼들이 서 있었는데, 그들 중에는 후원자인 크리무스도 있었다. 락스는 없었는데 아마도 이미 사격장에 가 있는 듯했다. 하지만 자베스트와 그의 부인은 거기 있었다. 자베스트는 아내의 어깨에 팔을 두른 채 페터가 중대 안에서 그렇게 반듯한 자세로 행동하고 있는 것을 대견해하는 모습이었다.

의자 위에 선 대장은 교활한 표정을 엄격하고 무게감 있는 표정으로 바꾸고 자신의 충실한 대원들을 꼼꼼하게 살펴본다. 그러다가 갑자기 아래로 뛰어내리더니 병사 한명에게 달려가서 뺨을 제대로 한대 올려붙인다—그는 팔을 위로 한껏 뻗어야만 했다—"근무를 하러 올 때는 일단 바지부터 제대로 잠그라고." 그가 병사를 향해 고함을 지른다.

구경꾼들이 웃었다. 나는 그 건장한 사내가 화를 내며 이 난쟁이를 쓰러뜨릴 거라고 예상했다. 하지만 그런 기미는 전혀 없었다. 그는 자신의 바지 단추를 채웠고, 벤첼은 다시 의자 위로 올라갔다.

그가 말했다. "자, 이제 우리는 사격장을 향해 행진할 것이고, 이 지역 전체 주민들 앞에서 체면을 세워야 한다는 것을 동지들도 알고 있을 것이다…… 명심하도록…… 사열종대로 정렬……"

그들은 명령대로 움직였다. 이제 그들에겐 고수도 있었다. 그는 규정대로 세번째 줄의 오른쪽 측면에 자리를 잡고 있었다. 나도 그들과 함께 행진하고 싶다는 기이한 욕구가 엄습해왔다. 절도 있는 동보행진이 인간을 무력한 꿈에서 깨울 수 있을 것 같지 않은가?

그러고 나서 벤첼은 마침내 의자에서 내려와 부대의 맨 앞에 서더니 행진을 시작했다. 그들은 마당 밖으로 나섰고 동시에 노래를 시작했다.

"우리는 사나이다. 소년이 아니다.

……"

내가 주점 안으로 들어가는 순간, 구경꾼들도 다시 주점 안으로 쏟아져들어왔다. 이제는 사람들이 많이 남아 있지 않았다. 대부분의 사람들은 마을 밖의 사격장에 있었다. 실내는 뿌옇고 시큼한 땀내와 맥주향으로 가득했으며 공기 중엔 담배 연기가 둥둥 떠 있었다. 레온베르거 종인 플루토는 부드러운 동작으로 유유히 몸을 일으키더니 자신의 옆구리를 내 다리에 비비면서 쓰다듬어주는 내 손 아래로 머리를 들이밀었다.

자베스트는 항상 그렇듯이 담배를 입에 문 채로 이렇게 말했다. "정말이지 멋진 가을입니다, 의사 선생님."

"아니, 내 생각은 좀 다른데요." 창문 밖으로 시선을 던지며 나는 그렇게 말했다.

그는 익숙한 손짓으로 기다란 칼날을 엄지손가락 위에 갖다 대고 살폈다. "날씨를 말하는 게 아닙니다, 의사 선생님. 그게 아니고, 이제 일어날 일을 말하는 겁니다……"

"안녕하십니까, 의사 선생님." 담배 연기를 뚫고 어느 테이블에서 목소리가 울려왔다. 그것은 산마티아스의 느릿한 목소리였다.

"이런? 산마티아스, 당신이 이곳에 있다니요? 사격왕 선발대회는 어떻게 하고요?"

그가 웃었다. "오늘은 안 됩니다…… 제 총알이 잘못 나갈 수도 있어요…… 지난번에 선생님이 쏘지 못하게 했던 그 총알이 나갈 수도 있다는 거죠, 의사 선생님…… 전 집에 갈 겁니다."

"그때 총을 쐈으면 퍽이나 보람이 있었겠구려."

"당연히 보람이 있었겠죠…… 그러면 지금은 조용했을 거구요."

"그래요, 그것도 좋았겠죠…… 아무튼 지금 집에 갈 거라면 같이 가면 되겠구려."

밖으로 나오니 연례 장터는 사람들로 완전히 북적이고 있었다. 우리는 어머니 기손에게 무엇을 가지고 가야 할지 고민했다. 비록 나이가 많아도 그녀는 여자였기에, 그것도 몸단장에 신경을 많이 쓰는 여자였기에 나는 예쁜 은제 브로치를 샀다. 반면에 산마티아스는 커피잔을 사는 걸로 만족했다. 하지만 그 잔에는 멋진 시구가 쓰여 있었다. "커피보다 더 달콤한, 내 사랑의 고통보다 더 뜨거운."

산에 사는 주민들 특유의, 몸을 굽힌 채 여유롭고 유유자적하게 걷는 걸음걸이로 우리는 일정한 속도를 유지하며 말없이 길을 걸어올라갔다. 다시 비가 오기 시작했다. 숲이 연기를 내뿜었고 남아 있던 하얀 안개가 언덕 주변을 스치며 지나갔다. 하지만 비는 다시 가늘어졌고, 하늘을 뒤덮고 있던 구름장의 높이가 높아졌다. 소나무와 자작나무들이 비에 젖은 채 환한 빛을 발했다. 심지어는 갑작스럽게 구름 사이가 갈라지는 바람에 빗줄기가 마치 햇빛 속에서 노래하는 황금 망사처럼 보이기까지 했다. 물론 그것은 한순간의 일이었다. 왜냐하면 누군가의 잽싼 손길이 몇조각의 구름을 급히 틈새에 채워넣어 적어도 저녁까지는 다시 열릴 수 없도록 했기 때문이다. 이제 산들은 보이지 않게 되었다.

그때 마티아스가 말했다. "이젠 그자가 공동체위원회에까지 들어갈 거라고 하는군요……"

나는 멈춰 섰다. "누구 말인가요? 설마 마리우스를 말하는 거요?

대체 그는 그걸 어떤 식으로 하려는 걸까요?"

"아마 그 사람은 그럴 마음이 전혀 없을 겁니다…… 락스가 그걸 원하는 거죠…… 마리우스가 선출될 수 있도록 공동체위원 중 한 사람이 물러날 거라고 하는군요……"

"말도 안 되는 일이에요."

"왜죠? 아주 정상적인 일인걸요."

"산마티아스, 내가 보기에 당신은 술을 너무 많이 마신 것 같군요."

"그럴지도 모릅니다. 하지만 그 사람이 천천히 윗마을의 지지를 얻어가고 있는 지금, 그가 공동체위원회에 진출하게 되는 건 아주 정상적인 일일 뿐입니다…… 누군가가 사퇴하도록 락스가 분명 매수를 할 겁니다…… 물론 밀란트가 사퇴해준다면 그에게야 더할 나위 없이 좋은 일일 테지만요……"

산마티아스가 한꺼번에 그렇게 오랫동안 말을 한 것은 정말 오랜만이었다. 그가 가볍게 취한 것일 수도 있었다. 하지만 그가 말한 것들은 실제로 가능한 영역의 일이었다.

내가 물었다. "그럼 산은 어떻게 되죠?"

"인간들이 산을 보호하지 않으면 산은 스스로를 보호하게 되겠죠." 그가 확신에 찬 어조로 이야기했다.

그러고 나서 우리는 더이상 얘기를 나누지 않았다. 하늘엔 다시 두터운 구름이 깔렸다. 아직 일몰 때가 아니었는데도 이미 일몰이 시작되었다. 눈에 잘 띄지는 않았지만 분명히 그곳에 존재했다. 그 것은 마치 너무 일찍 도착한 바람에 구석에 서서 기다리고 있는 손님 같은 모습이었다. 그때 하늘 위에서 마치 손으로 아무렇게나 쥐어뜯기라도 한 것처럼 구름들이 조각조각 흩어진다. 구름 조각들은 어머니의 무리로부터 떨어져나와 무언가를 찾아 이리저리 헤매며 날아다닌다. 길 위의 자갈은 축축한 저녁 빛깔을 띠고 있다. 대양이 숨을 내쉬면 그것은 비록 아직 눈에 보이지 않을지라도 굉장히 먼 곳에 있는 산꼭대기에까지 가 닿는다. 아직 일어나지 않은 일들이 이미 존재하고 있다.

"커피보다 더 달콤한, 내 사랑의 고통보다 더 뜨거운." 집에 도착한 우리는 선물을 가지고 어머니 기손에게로 갔고, 그녀는 크게 감탄하며 산마티아스의 찻잔에 쓰인 글귀를 소리 내어 읽었다. 비록 그만큼은 아니었지만 나의 브로치에 대해서도 칭송했다. 나는 우리의 우정이 깨지지 않도록 그 브로치로 내 손가락을 찔러 한방울의 피를 내야 했다.

"그런데 왜 헌당축제를 보러 내려오지 않으셨어요, 어머니 기손?" 내가 물었다. "오셨더라면 춤을 추기 위해 제가 아랫마을에 남아 있었을 텐데요."

"저 아랫마을에서는 사람들이 날 필요로 하지 않아."

"천만에요, 전 그렇지 않은데요…… 저와 춤을 추시기로 이미 오래전에 약속하셨잖아요."

그녀는 생각에 잠긴 채 허공을 바라보았다. "산골 헌당축제에는 아마 가게 될 거야." 그녀가 말했다. "그럴 필요가 있을 것 같아……"

"확실한가요?"

"물론이지. 이름가르트가 산신부이니까."

산골 헌당축제는 원래의 헌당축제에 딸린 일종의 부속 행사이다. 더 정확하게 말하자면 헌당축제의 원조가 된 행사이다. 이 축제가 헌당축제보다 훨씬 더 오래전에 시작된 것이 분명하기 때문이다. 그 근거로는 이 행사가 암석축성과 마찬가지로 초승달이 뜨는 날, 진짜 헌당축제가 열린 후 첫번째 초승달이 뜨는 날에 열린다는 점, 그리고 전반적으로 이 행사와 암석축성 사이에 일정한 연관 관계가 존재하고 있다는 점을 들 수 있다. 왜냐하면 암석축성 때 바쳐진 신부가 이 행사에서도 중심적인 역할을 하기 때문이다. 하지만 이 축제는 산골예배당에서 열리지 않고 칼트 바위 언덕에서 열린다. 게다가 암석축성보다도 훨씬 더 조출하게 치러진다. 와인과 안주를 판매하는 간이주점이 몇곳 설치되고 야외에서 춤을 춘다. 과거에는 분명히 더 크고 중요한 의식이었을 텐데 현재 남은 것은 이것이 전부이다. 그리고 간소한 가장무도회를 하는데 이것도 날씨가 좋을 경우에만 진행된다.

"그러면 우리는 거기서 함께 춤을 추는 겁니다……"

"그래, 그래." 그녀는 여전히 약간 꿈을 꾸는 듯한 어조로 말했다. "그렇게 할 거야."

그다음 금요일에 — 나는 이날이 초승달이 뜨는 날이고 산골 헌당축제가 열리는 날이라는 걸 이미 까먹은 지 오래였다 — 나는 음악 소리에 이끌려 창가로 다가갔다. 오후 네시경이었는데, 적어도 우리 집에서 내다볼 수 있는 하늘에는 구름 한점 보이지 않았다. 전나무들은 푸른 하늘을 향해 어둡고 뾰족한 노래를 부르고 있었다. 하지만 그 노랫소리가 상당히 잘 들릴 법했음에도 불구하고 내가 실제로 들었던 것은 그 소리가 아닌, 우리 집 정원 울타리 앞에서 멈춰 선 아코디언의 선율이었다. 그것은 산골 헌당축제를 향해 칼트 바위 언덕으로 이동하는 산신부 행렬이었다. 그들이 우리 집 울타리 앞에 서 있고, 음악 담당인 크리스티안이 아코디언을 연주하고 있는 모습은 흡사 그들이 나를 향해 세레나데를 바치고 있는 것만 같았다. 산신부인 이름가르트를 둘러싸고 꽤 많은 수의 청년 들과 아가씨들이 서 있었다. 나는 그들 사이에서 벤첼의 모습까지 확인했다. 그는 오락거리가 있는 곳이라면 어디든 꼭 와 있어야만 하는 게 분명했다. 그다음에 나는 제일 멋진 축제 의상을 갖춰 입 은 어머니 기손의 모습 또한 발견했고 그제야 그녀가 내게 원하는 게 뭔지를 깨달았다.

"금방 갈게요." 나는 아래를 향해 소리쳤다.

"괜찮아" 하고 대답한 어머니 기손이 다른 사람들에게는 계속 가라고 한 후 우리 집 정원으로 들어섰다.

나는 급히 단장을 마치고 아래로 내려갔다. 어린 소녀 로자는 모 래 더미 속에서 놀고 있었는데, 어머니 기손은 그 아이를 살펴보고 있었다.

"자네 이제는 이 아이를 완전히 맡은 건가?"

"베취를 적대시하는 저 어리석은 선동질이 계속되는 한 반드시 그렇게 할 겁니다…… 그 패거리들이 한 사람은 그를 지지하고 있 다는 것을 알아야 합니다."

그녀는 동의한다는 듯이 고개를 끄덕였다. 하지만 호의적인 시 선으로 아이를 바라보지는 않았다. 우리가 밖으로 나가기 위해 몸 을 돌렸을 때 그녀는 이렇게 말했다. "아이가 예쁘진 않아."

나는 그녀가 보여준 명백한 거부감에 약간 당황하면서도, 그와 동시에 이렇게 못생긴 아이를 세상에 태어나게 한 베취에게 책임 을 전가하고 싶은 마음이 다시 들었다. 또한 인간이란 거부감과 맞 닥뜨리게 되면 값싼 지혜를 발설하기 마련이라 나는 이렇게 말했 다. "세상에, 어머니, 그 마을 아이들도 모두 천사처럼 예쁘게 생긴 건 아니잖아요……"

"맞아." 그녀가 말했다. "다 예쁘진 않지…… 하지만 자네가 데리고 있는 저 아이는 다른 애들보다도 더 초라해. 보기에 안됐어."

"바로 그 때문에 제가 저 아이를 도우려는 겁니다." 내가 말했다.

"자네는 그럴 수 없게 될 거야."

베취의 집 앞에 왜소한 부인이 서서 열심히 인사를 보냈다. 어머니 기손은 고개를 끄덕여 답했다.

그러고는 그녀가 말했다. "자네는 돕기 위해 있는 사람이지. 그건 옳아…… 하지만 도움을 너무 적게 주지는 마. 사람들은 도움을 기다리고 있으니까……"

내가 말했다. "그 사람들은 마리우스의 도움을 받는 걸 더 좋아할걸요."

"바로 그렇기 때문에 자네가 자네 자리에 똑바로 서 있어야만 한다는 말일세."

우리는 케이블카가 시작되는 숲속 공터 근처에 도착했다. 하늘엔 강철 같은 비단이 깔려 있었고, 별들이 그 위를 미끄러지며 지나갔다. 하지만 그 위로 남서쪽 하늘에는 부드럽고 하얀 구름이 하늘에 바싹 달라붙어 있었다. 포근하고 부드러운 구름이 층층이 이어져 라우펜텐산 꼭대기까지 닿아 있었다.

"오늘 또 뭔가가 내리겠는데요." 내가 말했다. "그렇게 되면 춤추는 건 어려워지겠어요."

"그전에 춤은 추게 될 거야." 그녀가 대답했다.

골짜기는 구월의 기운으로 가득 차 있었다. 이미 오후의 그림자가 내려앉은 플롬벤트산은 더 어두워졌고, 쿠프론산엔 햇빛이 더 환해졌다. 그런데 두 산은 평소보다 조금씩 더 위로 솟아 있었다.

마치 대지 위에 둥둥 떠 있는 듯한 모습이었다. 밭은 이미 추수가 끝난 상태였고, 초원들 사이로는 이미 갈색 농토들이 여러군데 드러나 있었다. 옥수수만이 여전히 노란 빛깔로 서 있긴 했지만, 더이상은 뿌리를 내리지 않은 채 가을의 명랑함에 휩쓸리고 있었다. 하지만 숲속 공터에서 약 이백 미터 아래쪽에 있는 케이블카 지지대에는 온갖 전선들이 뒤엉킨 가운데 추락한 광석 운반용 쇠바구니가 놓여 있었고, 이미 우후죽순으로 자라난 풀과 잡초들이 우거져 있었다.

타닥타닥 소리를 내며 타오르는 올해가 아직 최후의 불꽃의상을 입지는 않았지만, 이미 세상은 알록달록 단풍이 들기 시작했다. 어머니 기손이 말했다. "세상이 춤을 추는군."

대기는 마치 직접 샘물을 머금은 것처럼 숲길 쪽에서 우리를 향해 세차게 몰려왔다. 이제 우리는 케이블카를 오른쪽에 둔 채 그 숲길로 접어들었다. 하늘의 푸르름이 우리를 뒤따라왔다. 하지만 축축한 숲길의 무거운 숨결이 발 빠르게 우리를 향해 다가왔다. 그것은 서늘한 어둠의 존재였고, 그 어둠속에서 바윗덩어리 위로 졸졸 물이 흐르고 양치식물들이 자라고 있었다. 그때 내가 말했다. "제 자신이 도움을 구하고 있고 도움을 얻지 못한 상황인데 제가 어떻게 도울 수 있을까요, 어머니?"

그러자 그녀가 대답했다. "현혹되지 말도록 해. 그러면 자네가 도울 수 있을 거야."

하지만 난 이렇게 말했다. "우리를 현혹시키는 일이 언제 일어날지 알 수나 있을까요? 우리는 그걸 막아낼 수 없을 텐데요."

"그렇게 되면 자네도 그 일을 겪어내야 하는 거지." 그녀가 대답했다.

그러고는 이렇게 덧붙였다. "나무들이 춤을 추면, 자네도 그렇게 해도 돼."

우리가 걷고 있는 숲속의 길은 거의 평평했는데 가끔씩 작은 공터들이 나타나 끊어졌다 다시 이어지곤 했다. 숲은 축축한 헛간 같은 곳이어서 그 안의 풀들은 땅으로부터 양분을 배불리 빨아들였고 서늘한 공기는 조개껍질 속에서처럼 노래를 불렀다. 하지만 바다가 우리 머리 위까지 펼쳐져 있었고 우리를 향해 빛을 발했다. 그때 그녀가 말했다. "아무것도 잃지 않을 거야. 그러니 사람들은 아이들을 사랑해야 하는 거지. 왜냐하면 우리 앞에서 가라앉는 것들을 그 아이들이 다시 찾아낼 테니 말이야."

"네." 내가 말했다. 그리고는 내게는 아이가 없고 그렇게나 못생긴 어린 로자만 있을 뿐이라는 것을 떠올렸다.

내 옆의 노파는 사내아이처럼 가벼운 걸음걸이로 걷고 있었다. 그녀의 존재 역시 그녀 자신보다 살짝 들어올려진 것만 같았다. 그녀는 자신의 영혼 속에 가볍게 떠 있는 것 같았고, 그 수면 위로 쾌활하게 거의 미끄러지듯 흘러가는 것만 같았다. 우리 주위에서는 우리가 나무라고 부르는 크고 오래된 식물들이 숨을 쉬고 있었다. 모든 식물, 풀과 이끼, 이미 부패한 것과 부패 중인 것, 자라고 있는 것과 이제야 싹 트고 있는 것, 이 모든 것들이 숨을 쉬고 있었다. 이 성장의 통합체는 자신들의 생기와 잃어버릴 수 없는 요소를 쾌활하게 호흡하고 있었다.

아무것도 잃지 않을 것이다. 자기 존재의 서늘한 갱도 속으로 가라앉는 영혼, 자신의 꿈의 서늘한 우물 속, 그 바닥에서 뱀이 쉬고 있고 달의 모습이 비치고 있는 우물 속으로 가라앉는 영혼, 그 영혼은 조개껍데기 속에서 자녀로부터 그다음 자녀 세대로 계속 이어가며 영원한 노래를 부를 것이다.

그사이에 우리는 축포를 쏘는 곳 근처에 도달했다. 축포 소리는 떨고 있는 나뭇잎들 사이로 넓은 반경을 그리며 강력하게 으르렁댔다. 그 잔향에 매번 새들의 날아오르는 소리가 뒤섞이곤 했다.

그곳에서 조금 더 가자 점점 드문드문해진, 점점 더 성기어져가는 숲이 아래쪽으로 펼쳐졌다. 이곳에는 수목들 사이로 이미 풀밭이 비집고 들어와 있었고, 한때 이끼들이 차지했던 에리카 관목 자리에는 다시 짧고 연한 풀들이 자라나고 있었다. 길은 경쾌하게 풀밭 속으로 이어지고, 시야는 더욱 자유롭고 가벼워진다. 낙엽송들은 연초록색으로 드문드문 서 있고, 그 가지들은 손가락 끝을 통해서만 겨우 서로에게 닿아 있다. 점점 더 많은 자작나무들이 그 사이에 섞여 있다. 몇걸음 더 걸어가면 우리 앞으로 숲속 공터가 펼쳐지는데, 저 위쪽 칼트 바위 언덕에서 시작된 작은 시냇물이 공터 가장자리를 두르며 녹 빛깔의 풀밭 사이로 바쁘게 흘러들어왔다가 케이블카 도로 쪽으로 굽어져 흘러간다. 자작나무들이 부드럽게 에워싸고 있는 숲속 공터는 산의 절벽 앞에 적당하게 패여 있는 테라스이다. 칼트 바위 언덕이 위치한 위쪽 가장자리는 숲이 좀더 우거져서 왕관 같은 장식을 해주고 있다. 이 정원에는 이미 저녁이 내려앉은 듯 우람한 청회색의 쿠프론 절벽이 우뚝 솟아 있다. 하지만 절벽의 그림자는 아주 조심스럽게 정원에 들어서고 있어서 아직은 위쪽 경사면에만 닿아 있다. 여전히 마지막 오후의 햇살이 축제가 열리고 있는 초원 위를 환히 비추고 있다. 금빛 햇살 속에서 나뭇가지로 장식된 간이주점의 유리잔들이 반짝거린다. 렙쿠헨 판매대의 아마포 장막은 마치 멈춰 있는 듯 같다. 소시지를 굽는 곳에서는 연기가 구불구불 피어오른다. 황금빛 햇살과 사람들의 목소리가 어른어른한 광채를 이루며 장터 위에 매달려 있는데, 그 광채가 가장 집중적으로 모여 있는 곳은 공터 한가운데에 설치된 사각의 무도장이다. 장화 신은 발을 질질 끌고 굴러대는 소리가 뒤섞이고, 대기 속에 어린 미소와 꽃향기가 뒤섞여 그곳의 광채는 콧노래를 흥얼거리고 있다. 음악 담당 크리스티안의 아코디언은 하늘을 향해 그림자와 황금빛 햇살을 노래하고 있었다. 광장 한가운데에서는 산신부가 입장하면서부터 춤판이 벌어져 있었다. 반면 위쪽의 숲 가장자리, 오래된 켈트족의 제단 옆에서는 그곳에 묻혀 있었던 최후의 화승총들이 지금 막 불태워지고 있는 참이었다. 하지만 칼트 바위 자체에 관심을 기울이는 사람은 아무도 없었다. 그것은 거기 절반쯤 내려앉은 받침대 위에 얹힌 채 차가운 모습으로 누구의 관심도 받지 못한 채 조용히 쉬고 있다. 이 축제에서 칼트 바위가 맡았던 역할은 이제 끝이 났다.

어머니 기손과 나는 시냇물 위의 작은 다리를 건넜다. 그러자 우리는 곧 북새통에 빠져들었다. 어떤 이들은 우리에게 인사를 건네기도 했다. 하지만 대부분의 사람들은 우리를 아예 보지도 않았다. 그만큼 사람들은 쾌락과 생기에 사로잡혀 있었다. 그들은 쾌락을 직접 누리고 싶어했고, 내면으로부터 생기를 느끼고 싶어했다.

"자, 이제 춤을 추게 해줘." 어머니 기손이 말했다.

음악 담당 크리스티안이 연주를 시작했다.

나는 그녀와 첫번째 춤을 추기 시작했다. 우리는 굉장히 점잖게 춤을 추었지만 우리를 둘러싼 사람들은 거칠게 발을 굴러댔다. 그들의 머리와 온몸은 보이지는 않지만 맹렬하게 밀려들어온 물결에 휩쓸리기라도 한 듯 위아래로 흔들렸다. 그 순간 무도장은 부글부글 끓어오르는 냄비였다. 그곳은 인간들의 육신으로 끓어 넘쳤다.

열기와 악취로 가득해진 황금빛 광채가 전율하며 그 위를 떠돌았다. 무한한 떨림이었다. 우리 두 사람, 늙어가는 남자인 나 그리고 첫번째 춤을 추기 위해 내 품에 안겨 있는 나이 든 여인, 우리 두 사람은 그 광채를 느끼며, 가끔은 그것 때문에 서로를 향해 미소 지으며 춤을 췄다. 물론 더이상은 함께 춤을 추고 있는 것이 아니었다. 우리는 각자 자기 나름의 불가해함을 춤추었다. 아직은 존재하고 있는, 아직은 사그라지지 않은, 여전히 고동치고 있는 근원, 바로 자기 존재의 심장박동을 춤추었다. 그러면서 우리 주위에서 춤추고 있는 거대한 심장박동 속으로 섞여들어가 그 안에서 공감하고 그 안에서 호흡했다. 자기 피의 쿵쾅거리는 소리에 복종하는 사람이 여전히 자신이 함께 춤출 사람을 선택하게 될까? 실제로는 선택권이 없다고 할 수 있는 그런 선택에서 호감이라는 게 의미가 있을까? 우정이 영향을 미칠까? 사랑은 영향을 미칠까? 다른 춤꾼이 다가오더니 내게서 어머니 기손을 데려갔다. 나 역시 파트너를 바꿨다. 그다음에도 여러번 파트너를 바꿨지만 내가 누구와 춤을 췄는지는 거의 알지 못했다. 아니 내 주위에서 무슨 일이 일어나고 있는지조차 알지 못했다. 몇번인가 나는 이름가르트와 원을 그리며 돌았다. 신부 장식을 한 그녀는 예뻤고 진지했다. 그다음엔 다시 누군가가 그녀를 빼앗아갔다. 나중엔 락스와 함께 있는 모습까지도 보였다. 그는 육체의 황홀경에 빠진 듯 만면에 미소를 띠고 있었다. 갈색 수염의 대장장이는 혼자만의 생각에 잠겨 펄쩍펄쩍 뛰고 있었다. 한순간 악동 벤첼의 쥐새끼 같은 간교한 미소가 보이기도 했는데, 그는 어느 키가 크고 뚱뚱한 하녀의 가슴에 바싹 달라붙은 채였다. 하지만 모든 파도가 점점 더 희미해졌고, 나의 의식도 점점 더 흐릿해졌다. 나는 어머니 기손이 진즉 무도장을 떠났다는 것을 알아채지 못했고, 나 자신이 탈진했다는 것도 깨닫지 못했다. 그래서 누군가가 나를 부르는 소리를 들었으면서도, 그 의미를 이해할 때까지 시간이 한참 걸렸다.

"의사 선생, 이제 제발 좀 나오게!"

그것은 어머니 기손이었다. 그녀는 무도장의 경계를 둘러친 밧줄 바깥쪽의 구경꾼들 한가운데에 서 있었다. 그녀의 목소리는 장난스럽지 않았고 오히려 경고처럼 들렸다. 그런데도 나는 곧장 빠져나올 수 없었다. 마침내 그곳을 벗어난 후에도 나는 한동안 구경꾼들 사이에 선 채 육체들이 벌이는 짓을 바라보고 있었다. 육체들은 쉼 없이, 지치지도 않고 움직였다. 그들은 무언가에 사로잡힌 사람들이 보이는 분노에 찬 집요함으로 쾌락을 쟁취하고자 애쓰고 있었다. 그들의 끈질긴 열정은 일반적인 사육제의 오락과는 이미 아무런 상관이 없는 것이었다. 그들은 불가사의한 파도에 휘말린 상태였다. 거부할 길 없이 거세게 몰아쳐 휩쓸고 가버리는 그 파도는 인간의 새벽녘에 출발하여 별들의 여명을 향해 상승해가는 중이었고, 아코디언 연주가 그 길에 함께했다. 정말이지, 오늘 중에 별에 가 닿고자 한다면 서둘러야만 했다. 오, 난 하마터면 소리를 지르고 박수를 치며 그들을 응원할 뻔했다. 그들은 중단해서는 안 되었다. 그리고 그들은 중단하지 않았다. 심지어 맥주를 마시기 위한 휴식조차 갖지 않았다. 그들은 건너편의 자베스트를 향해 맥주를 가지고 오라고 소리 질렀고, 자베스트는 왜 그래야만 하는지를 이해한 듯 이쪽저쪽으로 뛰어다녔다.

만일 아가테가 내게 말을 걸면서 어머니 기손을 찾지 않았더라면 나는 또다시 그 무리 속으로 뛰어들었을지도 모른다. 난 그녀의 질문은 이해했지만, 대답을 할 수 있는 상황은 아니었다. 난 춤에 사로잡혀 있었고 내 피에 사로잡혀 있었다. 난 내 피 안에서 탄생과 죽음이 마치 하나인 듯 서로 가까이 붙어 있는 것을 느꼈고 아가테 역시 그와 똑같은 어둠으로의 길을 가고 있음을 알 수 있었다. 그 순간 나의 의식이 겨우 떠올릴 수 있었던 것은 그녀가 춤을 추며 자기 몸속의 아이를 끄집어내고 싶어한다는 상상이었다. "너무 많이 춤추지 말아라, 아가테." 내가 말했다. "네, 네" 하며 그녀가 웃었다. "저도 알아요."

그러더니 그녀는 다시 한번 어머니 기손을 찾았다.

나는 처음으로 위를 올려다보았다. 그리고 저녁의 모습을 바라보았다. 하지만 나는 마치 무더운 방 안의 창가에 서서 경치를 바라보면서도 그 경치에 가 닿을 수는 없는 사람 같았다. 그사이 쿠프론산의 그림자가 숲속 공터를 전부 뒤덮었다. 낮과 저녁 사이의 서늘한 평화가 내려앉아 주변 공기 그리고 나무들과 함께 나지막한 대화를 나눴다.

"함께 찾아보자." 내가 말했다.

구경꾼들이 열 지어 늘어선 뒤쪽의 잔디밭에서는 체칠리에가 두 눈을 꼭 감은 채 혼자서 춤을 추며 아코디언의 선율에 맞춰 자기 삶에 관한 가사를 읊조리고 있었다. 회색빛 냉기에 감싸인 채 아이는 이쪽저쪽으로 미끄러지듯 움직였다. 그러다 가끔은 마치 물결을 거스르는 송어처럼 신중하게 멈춰 서서는 냉기와 음악이 자신을 스치고 지나가도록 했다. 그러고는 다시 노래를 부르며 높이 뛰어올랐다. 저녁을 향해, 저녁이 노래하듯 나누는 대화를 향해.

거기서 우리는 어머니 기손을 만났다. 그녀는 체칠리에를 위해 반달 모양의 렙쿠헨을 하나 사고는 아이를 불렀다. 하지만 내게는 이렇게 말했다. "춤은 이제 그만 추는 건가? 잘했네. 정신 똑바로 차리고 있어야지."

"네, 어머니." 내가 말했다. 하지만 초저녁의 냉기는 춤에 취해 있었고, 내부로 밀려올라오는 리듬의 진동에 맞춰 휘어졌다.

체칠리에가 여전히 춤을 추는 동작으로 다가와서는 렙쿠헨을 두 손에 들고 아가테에게 그 위에 쓰여 있는 글씨를 읽어달라고 했다. 거기엔 이렇게 쓰여 있었다. "하늘에는 달과 별이 있고, 어머니는 아이에 대한 꿈을 꾼다."

"그건 사실이야." 아가테가 말했다. "정말 멋진 글이야."

"아니야." 체칠리에가 말했다. "'아버지는 아이에 대한 꿈을 꾼다'라고 해야 해."

"계속 춤추거라." 할머니가 말했다. "아이들은 춤을 더 춰도 된다."

"아이들만요?" 내가 물었다.

"그렇네." 어머니 기손이 대답했다. "자네는 밀란트 좀 살펴보게." 그녀는 아가테의 팔을 붙잡더니 그녀를 데리고 떠났다.

밀란트는 자베스트의 주점 앞에 앉아 있었다. 나는 그의 곁으로 가서 앉았다. 우리의 맥주잔은 우리 두 사람 사이, 새로 만든 벤치의 하얗고 거친 목재 위에 놓여 있었다. 탁자가 없었기 때문이다. 우리는 술은 마시지 않으면서 손가락은 잔의 손잡이에 갖다 댄 채 둘 다 침묵했다. 그런 상태로 우리 두 사람은 어둑한 대기가 이제는 담청색과 분홍색으로 변해가는 중인 저녁 풍경을 바라보았다. 주변이 담청색과 분홍색으로 물드는 만큼 건너편 가게에 줄줄이 진열되어 있는 렙쿠헨은 점점 더 흐릿해 보였다. 주위는 썰렁한 냉기로 가득 차 있으면서도 무도장의 광란적인 소음으로 인해 이상하리만치 가열되어 있었고 뜨겁게 요동치고 있었다. 밀란트의 생각도 저기 건너편에 가 있었던 걸까? 아니면 그것을 비난하고 있었던 걸까? 그 자신도 신부 옷을 차려입은 딸과 함께 춤을 추며 돌고 싶었을까? 우리는 침묵했다. 우리 주위에서는 웃음소리 말고는 아무 소리도 들리지 않았다. 누군가가 움직일 때마다 대패질이 되지 않은 벤치 판자의 가시가 바지와 작업복을 뚫고 찔러댔기 때문에 더욱 그랬다. 판매대 뒤에 선 자베스트는 물 만난 고기 같았다. 그는 셔츠 소매를 걷어올려 가늘고 힘줄이 두드러진 도축업자의 팔뚝을 드러낸 채 술을 따르고 잔들을 씻었다. 그가 술잔으로 음악의 장단을 맞췄기 때문에 요란한 소리가 났다. 자신의 주점 칸막이 밖으로 나오면 그는 아무 아가씨에게나 덤벼들어 비명을 지르는 아가씨를 붙들어서는 자신의 가게로 끌고 갔다.

"자네 부인이 이 모습을 봐야 하는데 말야, 자베스트!" 누군가가 소리쳤다.

"아내가 자랑스러워할걸."

공터 위로 드리운 안개구름에 이끌려 근처의 온갖 모기들이 우리 주위로 몰려들었다. 그것들이 내는 날카롭고 가느다란 합창 소리가 마치 엉터리 가성으로 노래하는 소프라노처럼 음악에 어우러졌다. 그 음악은 단 하나의 줄이 끊어질 듯 팽팽하게 조여져 있는 신비로운 바이올린에 의해 연주되고 있었다. 장화를 신은 채 널빤지 마루 위에서 발을 굴러대는 소리가 조금도 줄어들지 않고 계속해서 울려왔다. 내가 느끼기엔 이전보다 박자는 오히려 점점 더 빨라지고, 기이하도록 기계적인 침묵이 점점 더 주도하는 것 같았다. 한번씩 큰 소리가 들리기도 했지만, 그것은 외로운 환호성이었고, 스스로가 부끄럽다는 듯이 곧바로 다시 잦아들곤 했다.

"이것은 옳지 않아요." 마침내 내 옆에서 밀란트가 말했다. "자유가 없이 진행되고 있어요."

내가 그의 말을 제대로 알아들었던 것일까? 이 춤은 개개인의 의지로부터 벗어난 것이라고 그가 말했던 것일까? 춤이 개인의 의지보다 더 강했다는 것일까?

나는 그에게 질문했다. 그런데 내가 아직 질문을 하는 동안 위쪽 칼트 바위 쪽에서 어스름한 안개 속으로 어떤 형상이 보였다. 그 형상은 그곳에서 점잖은 몸짓으로 왔다 갔다 하더니 암석 위에 걸터앉았다.

"저 사람 마리우스 같은데요."

사냥꾼의 날카로운 시선으로 밀란트가 그곳을 바라보았다. "그렇네요, 그 사람 맞아요."

"도대체 저자가 저기서 뭘 하려는 걸까요?"

"흠." 밀란트 역시 이유를 알지 못했다. 하지만 우리 두 사람 모두 그가 나타난 것에 대해 놀라지는 않았다. 아니, 오히려 그가 보이지 않아서 아쉬웠는지도 모른다.

"저기 저렇게 계속해서 앉아 있지는 않을 겁니다." 내가 확언했다. "곧 아래로 내려올 겁니다."

일단 그는 내려오지 않았다. 그 대신 이제 숲 가장자리에 또다른 형상들이 나타났다. 하지만 그들은 다시 어둠속으로 사라졌다. 마리우스의 검은 윤곽만이 암석 위에서 움직이지 않고 있었다. 나는 긴장한 채 오랫동안 그곳을 바라보았다. 너무 오랫동안 바라봤더니, 밤의 외투 속에 감싸인 채 점점 더 크고 더 검게 자라나고 있던 쿠프론산이 직접 쿵쿵거리며 춤을 추기 위해 아래로 내려오고 있다는 생각이 들 지경이었다. 인간들의 광란보다는 신중했지만, 그럼에도 산 역시 피의 박동에 맞춰, 느릿한 대지의 박동, 무한한 불의 밀물과 썰물에 맞춰 움직이고 있었다. 내가 실제로 그렇게 믿었던 것은 아니었다. 하지만 내 두 눈은 그것을 믿었다. 측량할 길 없이 거대한 무용수가 위협적으로 다가오는 모습을 보고 있는 것이 두려워서 나의 두 눈이 흐릿해졌고, 그래서 난 측량 가능한 인간세계를 향해 다시 눈길을 돌리지 않을 수 없었다.

그때 대장장이가 지나가면서 웃었다. "이제 불꽃이 타오르는군, 의사 선생. 자네도 그걸 막을 순 없을 거네."

나는 숲 가장자리를 가리켜 보였다. "저기서 무슨 일이 벌어지고 있는 건가, 대장장이?"

그는 마치 손에 망치를 들고 있기라도 한 것처럼 원을 그리는 동작을 해 보였다. "이제 사방에서 시작될 걸세."

그랬다. 무엇인가가 시작되고 있었다. 위험하면서도 유혹적인 무엇인가가 진행 중이었다. 대장장이는 재미있어했지만 난 불안을 느꼈다. 확인을 해보아야만 했다. 나는 곧장 칼트 바위 쪽으로 올라가보기 위해 몸을 일으켰다. 하지만 몇걸음 가지 않아 기이한 두려움에 휩싸여 멈춰 섰다. 정보를 얻고 싶어서 벤첼이 있는지 주위를 둘러보았지만 난쟁이의 모습은 보이지 않았다.

그리하여 나는 어찌할 바를 모른 채, 음악과 발 구르는 소리가 한순간도 멈추지 않고 있는 무도장 주위를 맴돌았다. 이제 주위는 완전히 어두워졌다. 사람들은 양철 주전자처럼 보이는 단순한 모양의 아세틸렌 등에 불을 붙였다. 몇개는 가판대에 걸고, 네개는 무도장 주위의 긴 막대에 걸었다. 불꽃의 하얀 광선은 심술궂도록 날카롭게 윙윙대며 대기 속으로, 노래하는 모기떼 속으로 스며들었다. 이제 불빛이 닿지 않는 곳의 사물은 더욱 알아볼 수 없게 되었다.

그때 마침내 나는 어머니 기손을 다시 찾았다. 내가 더 일찍 그녀를 찾지 못했던 것이 오히려 이상한 일이었다. 왜냐하면 그녀는 그곳에 무심히 선 채로 체칠리에를 보살피고 있었기 때문이다.

나는 그녀에게 다가갔다. "어머니." 내가 거의 두려움에 휩싸여 물었다. "이제 무슨 일이 벌어지게 될까요?"

"묻지 말게." 그녀가 대답했다. "그것이 부르면 따라야만 해. 그렇지 않으면 버림받게 되지."

"누가 부른다는 말씀인가요, 어머니?"

"모든 것이지!"

"저기 바깥에서도 그런 건가요? 저곳에서 무슨 일이 일어나는 겁니까?"

그녀는 멀리 어둠속을 바라보았다. 그러고는 이렇게 말했다. "정령들이 올 거야."

"누가 온다고요? 그건 또 처음 듣는 이야기인데요!"

"전혀 새로운 게 아냐…… 그저 오랫동안 그들이 여기 있지 않았던 것뿐이지."

그런데 사실이었다. 이젠 나 역시 숲으로부터 형체를 알 수 없는 사악한 기운의 존재들이 길게 열을 지어 무도장을 향해 내려오고 있다는 것을 알아챌 수 있었다. 그들은 전혀 소리를 내지 않고 다가왔기 때문에 누구에게도 들키지 않고 기습하듯 불빛 조명 안으로 들어설 수 있었다. 오로지 춤추는 데만 열중하고 있던 무리들은 그때까지 여전히 아무것도 알아채지 못할 정도였다. 몇몇 아가씨들이 찢어질 듯 비명을 지르자 그제야 음악이 멈추고 무리들은 그 자리에 얼어붙은 듯 멈춰 섰다. 아마도 충격 때문에 굳어버린 듯한 그들은 자신들과 마찬가지로 부동자세로 서 있는 정령 그룹과 마주 보며 대치한 채 서 있었다.

실제로 정령들은 시각적으로도 충격을 줄 만했다. 얼굴은 두건과 가면, 수염으로 가려졌고, 몸에는 짚으로 엮은 망토를 두르고 있어서 움직이는 아프리카 초막 같은 모습이었다. 또한 그들은 마치 악마처럼 쇠스랑을 들고, 머리엔 염소뿔과 쇠뿔로 무장을 하고 있었는데, 어떤 이들은 뿔과 뿔 사이에 금종이로 만든 달이나 해를 달고 있기도 했다. 그들은 그런 모습으로 그 자리에 버티고 선 채 위협하듯 그저 자신들의 무기만 조용히 흔들고 있었다.

그렇게 몇초의 시간이 흘렀다. 그러더니 예상대로 가면들이 굉장히 무시무시한 소음을 내기 시작했다. 그들은 쇠사슬을 덜그럭거리고 소방울을 울려댔다. 그들은 자신들의 무기와 도구들을 서로 부딪쳤다. 또한 유치하면서도 섬뜩한 자세로 펄쩍펄쩍 뛰면서 무도장 주위를 둘러쌌다. 무도장 안에는 사람들이 여전히 침묵하며 무리를 이루고 있었고, 여전히 꼼짝 않고 선 채 두려움 속에서 기다리고 있었다. 그때 정령의 우두머리들 중 하나가 소리쳤다.

"음악 담당 크리스티안, 계속 연주하게."

실제로 아코디언이 민속 춤곡을 다시 연주하기 시작했다. 그런데 매우 기이하게도 이번엔 두대의 바이올린 연주가 더해졌다. 심하게 불협화음을 내는, 그런데도 구슬프게 들리는 두대의 바이올린 연주였는데, 그 연주자들은 정령들과 함께 온 것이 틀림없었다. 그러자 곧바로 사람들은 또다시 고집스럽게 발을 구르며 바닥을 차기 시작했다. 그동안 정령들은 서로 손에 손을 잡고 껑충껑충 뛰면서 무도장 주위로 커다란 원을 그리며 돌았다. 마녀 가면을 쓰고 여자 옷을 입은 한 청년은 빗자루를 타고 있었다. 하얀 수염을 달고 주교의 예모 비슷한 모자를 쓴 또다른 청년은 일종의 대주교 역을 하고 있는 것이 분명했다. 가면 뒤에 누군가가 숨어 있다는 것을 알면서도 나는 나이 든 대주교가 그렇게 함께 껑충거리는 것은 점잖지 못하다고 느꼈다.

덩치가 작은 악마들 중의 하나가 원에서 빠져나오더니 우리를 향해 절뚝이며 다가와 호통을 쳤다. "함께 춤추지 않는 사람은 지옥에 떨어져 꼬챙이에 꿰일 것이다."

"이봐요, 벤첼." 내가 말했다. 그가 누구인지 너무 분명해 보였기 때문이다. "이젠 당신의 진짜 모습을 보여줘야죠."

"제일 먼저 너부터 데려가겠다." 악마가 대답하더니 내 얼굴 앞에서 쇠스랑을 이리저리 휘둘러댔다. 그러고는 다시 원 안으로 뛰어들어갔다.

춤은 계속되었다. 그 춤은 벌써 두시간이 넘도록 변함없이 지치지 않는 강렬함으로 지속되고 있었는데, 정령들의 윤무만 제외하고 보면 일반적으로 헌당축제 때 추는 춤이라고 부를 수 있는 것이었다. 정령들의 춤이라는 것도 결국은 전부 농가의 젊은이들이 추고 있는 것일 뿐이었다. 나는 스스로에게 그렇게 말했다. 반복해서 그렇게 말해보았다. 하지만 벤첼의 요구에 묻어나왔던 우스꽝스러움, 정말이지 누군가를 함께 행동하도록 유혹하기엔 적절치 않았던 그 우스꽝스러움에도 불구하고 나는 발을 구르며 열기를 내뿜어대는 그 난리법석 속으로 또다시 뛰어들지 않기 위해 스스로 자제해야만 했다.

나는 어머니 기손 쪽을 바라보았다. 그녀는 몸을 반듯하게 한 채우아하고 고요하게 서 있었다. 나는 그녀 역시 또다시 춤을 시작할 기색을 보이지 않고 있다는 것이 기뻤다.

"이름가르트를 불러내고 싶지는 않으세요, 어머니?" 밀란트가 물었다.

"내버려둬." 할머니가 대답했다.

밤은 거대해졌다. 쿠프론산으로부터 두려움의 바람이 불어 내려와 아세틸렌 등의 불꽃을 흔들며 놀았다. 그 바람은 춤추는 이들의 하얀 이마를 식혀주었는데, 그들은 상쾌함을 느끼기보다는 두려움의 숨결만을 느꼈다. 그들은 두려움 속에서 자신들이 찾던 쾌락을 발견했을까? 아니면 여전히 그것을 찾고 있는 것일까? 가스등의 날카로운 불빛으로 인해 검은 그림자가 진하게 드리워지고 높고 낮음이 명백하게 나뉜 그들의 얼굴은 거의 땀 한방울 나지 않은 채 자정의 기운 속에 굳어져 있었다. 그래서 그들의 얼굴은 더이상 사람의 얼굴처럼 보이지 않았고, 바깥에 원을 그리고 선 종이 가면들과도 거의 구분되지 않을 정도였다. 등에서 나는 코를 찌를 듯한 가스 냄새가 맥주향과 뒤섞였다. 근원으로부터 올라온 삶의 광란은 이제 보이지 않는 별들의 서걱거림과도 같은, 삶을 초월하는 무언가로 굳어졌다. 인간의 눈이 지켜보지 않을 때면 산들은 혜성들의 빛 속에서 그렇게 춤을 춘다. 아코디언은 밤을 노래했고, 바이올린들은 하얀 빛을 연주했다. 그 악기들은 사람의 손이 연주하는 것 같지 않았다. 등불에 둘러싸인 채 자신의 점포 안에 서 있던 자베스트 역시 기계처럼 보였다. 손에 빈 맥주잔을 든 채 그는 테이블을 두드려 장단을 맞췄다. 그때 우리 앞에 락스가 등장했다. 그의 창백한 살갗 위에 자정이 그어놓은 주름들 사이로 콧수염이 검게 자리 잡고 있었다. 하얀 이를 드러내며 그는 우리를 향해 으르렁거렸다. "으으" 하고 그가 내뱉자 체칠리에는 울음을 터뜨렸다. "으으." 그러더니 그는 다시 북새통 속으로 휩쓸려들어갔다.

이 소동이 얼마나 더 오랫동안 계속될 수 있을 것인가? 이게 정말로 오락인지는 알 수 없지만, 어쨌든 농부들이 오락을 즐길 때 보여주는 끈기를 고려한다 해도 언젠가는 끝이 나야만 했다. 마무리가 지어져야만 했다. 나만 그렇게 느끼고 있는 것이 아니라, 그곳에 서 있는 사람들 모두가 마무리를 기다리고 있는 것이 분명했다. 아니, 심지어 춤추는 사람들조차도 그럴 것이었다. 마리우스는 여전히 저 위의 암석에 앉아 있는 것일까? 그는 구원이 될 수 있도록, 스스로를 뛰어넘어 견디기 어려울 정도의 초월적 존재로 굳어져버린 존재로부터의 구원이 될 수 있도록 이미 오래전에 여기 와 있어야 하는 게 아니었을까?! 체칠리에는 조용해졌다. 아이는 한 손으로는 할머니의 치맛자락을 붙잡고, 다른 한 손으로는 아버지가 언제나 그랬듯이 자신을 안아줄 것을 기대하며 아버지의 팔을 더듬었다. 하지만 밀란트는 아이를 돌아보지 않았다. 그는 마치 선물을 받을 준비가 되어 있다는 듯이 두 팔을 앞으로 내밀고 있었다. 그의 시선은 춤추는 이들에게 향해 있으면서도 그들을 넘어 훨씬 더 먼 곳을 바라보고 있었다. 그것은 두려움에 가득 찬 채 무언가를 기다리는 표정이었다. 이름가르트를 찾고 있는 것일까? 그녀는 보이지 않았다. 신부의 화관만이 보였는데, 이제 그 관은 이동하지 않고 무도장의 한가운데에 고정되어 있었다. 인간들의 육체와 가면들이 그것을 둘러싸고 있었다.

갑자기 아세틸렌 등 중 하나가 그 안에서 함께 춤을 췄다. 등을 단 막대기가 비스듬하게 기울어진 채 흔들리고 있었다. 누군가가 땅에서 막대기를 뽑아 악마와 정령 들의 머리 위로 흔들어대고 있는 게 분명했다. 그리하여 하얀 불꽃이 한번은 이쪽으로 쉭쉭거리다가 그다음엔 저쪽으로 쉭쉭거렸다. 마치 독을 내뿜는 파충류 같았다.

"멈춰!" 내가 소리를 지르고 그쪽으로 뛰어가려 했다. 왜냐하면 볏짚 망토는 굉장히 쉽게 불이 붙을 수 있기 때문이었다. 하지만 가면을 쓴 자들이 곧바로 내 주위를 에워싸고 나의 손과 팔을 붙잡더니 무리 속으로 끌어들였다. 그동안 다른 등들도 움직이기 시작하여 소란 속에 끼어들었다.

모두에게 광증이 시작되었던 것일까? 나 역시 광기에 사로잡혔던 것일까? 분명 난 달리 어떻게 할 수가 없었다. 사람들이 나를 끌고 들어갔기 때문에 함께 움직여야만 했다. 하지만 난 그 이상의 행동을 했다. 나는 그냥 끌려다니기만 했던 것이 아니고, 어느정도는 자유의지에 의해 두 다리가 함께 뛰고 있었던 것이다. 난 제대로 춤을 추고 있었다. 내가 내뱉으려 했던 욕설은 입속에서 굳어져버렸고, 얼굴과 혀는 마비되었다. 심지어는 누군가가 내 등을 심하게 가격했는데도 나는 비명도 내지르지 못했다. 반복해서 그 짓을 했던 것은 벤첼이었다고 짐작된다. 무도장 주위에 둘러쳐져 있던 밧줄들이 다 풀어진 것이 보였다. 그다음엔 원을 이루고 있던 우리의 움직임이 일직선으로 바뀌었다는 것도 깨닫게 됐다. 춤추는 무리들은 서로서로 꼭 붙어 선 채 마치 다리가 여러개 달린 동물 같은 모습으로 아코디언과 바이올린 연주에 맞춰 앞으로 이동했다. 흔들리는 등불이 그 모습을 눈이 부시도록 환히 비춰주고 있었다. 나의 악마들은 내게 달라붙어 있었다. 하지만 그들이 나를 놓아줬다고 해도 나는 더이상 도망치지 않았을 것이다. 계속해서 그들과 함께 뛰었을 것이다.

그때 음악이 멈췄고, 한순간에 우리는 모두 멈춰 섰다. 나의 두 손이 자유로워졌고, 내 주위를 단단하게 둘러싸고 있던 무리들은 흩어졌다. 정령들도 사라졌다. 우리가 칼트 바위에서 아주 가까운 곳에 멈춰 섰다는 것이 분명해졌다. 그러니까 정령들이 우리를 몰고 왔던 목적지가 그곳이었다는 사실이 분명해졌던 것이다. 암석 위는 텅 비어 있었고, 마리우스는 더이상 거기 앉아 있지는 않았다. 그럼에도 사람들은 그 주위의 사방 바닥에 등이 걸려 있는 막대기를 박아 세웠다. 그리하여 이제 암석은 홀로 빛 가운데에 놓여 있었다. 반면에 기대에 차서 얼굴을 높이 든 채 산허리를 가득 채우고 선 무리들은 반사된 빛을 받고 있을 뿐이었다.

암석 뒤의 덤불과 나무의 녹색은 아세틸렌 등의 빠르게 흔들리는 하얀 불빛 아래 눈이 부시도록 환하게 빛났다. 나뭇잎은 조용히 떨고 있었고 그 뒤의 숲은 더욱 검었다. 등불이 지지직거리며 타오르는 소리와 기다리느라 숨이 멎을 듯한 적막 외에는 아무것도 들리지 않았다.

그게 마리우스인지, 벤첼인지는 모르겠지만 만일 이 행사의 진행자가 있다면, 그는 아주 유능하게 자신의 역할을 하고 있는 셈이었다. 왜냐하면 이 의도적인 침묵이 견딜 수 있는 한계의 끝까지 유지되고 있었기 때문이다. 그 침묵이 너무 긴 나머지 우리가 탈진해버릴 것이고, 이제까지 일어났던 일들이 모두 일상으로 복귀하게 될 거라고 믿을 뻔했다. 정말이지 거의 그 정도 상황까지 이르렀다. 하지만 그런 일이 일어나기 바로 직전에 숲에서 뭔가가 부러지는 소리가 났기 때문에 모든 이의 관심이 그쪽으로 향했다. 그러고 나서 다시 몇초가 흐르고 난 뒤에야 가면을 쓴 자들이 길게 줄을 이루어 덤불 사이에서 나타났다. 그들은 칼트 바위의 둥근 불빛 안으로 들어섰다.

그럼에도 불구하고 특별한 일이 일어나지는 않는다. 비록 일상으로의 복귀가 저지되기는 했지만, 그다음에 일어난 일은 일상의 경계를 아주 살짝 넘는 일일 뿐이다. 그 괴물들이 헌당축제 때마다 으레 그렇게 하듯 그저 네줄짜리 노래를 부르기 시작했기 때문이다. 비록 이번엔 그 내용이 이전의 가사와 다르긴 하지만 말이다.

"신부님은 용을 원하시네.
용이 소리치네. 이렇게 끔찍할 수가.
용을 원하거든
여자 요리사네 집에 머무르시오."

그들이 박수를 친다.

"용은 처녀를 가졌고,
처녀는 용을 가졌네.
용이 처녀를 바라보면,
기운이 쫙 빠진다네."

다시 박수를 친다.

몇몇 사람들이 웃기 시작한다. 가면을 쓴 자들은 즉시 박수를 멈추고 다시 주위가 조용해질 때까지 미동도 없이 서 있다.

"대지는 하늘을 가졌고
하늘은 대지를 가졌네.
그들이 헤어지면
불과 칼이 등장하지."

그들이 박수를 친다. 무리 중에 서 있는 젊은이들이 함께 박수를
친다.

"하늘은 아버지라네.
자신의 신부를 축복하네.
그러나 아내를 빼앗으면
비를 내릴 수 없다네."

물론 또다시 몇사람이 웃는다. 그러자 그 즉시 노래하는 이들이
다시 노래를 중단한다. 사람들이 웃음을 그치면 노래는 계속된다.

"아버지가 비를 내리지 못하면
세상에는
전쟁과 흉작뿐이네.
가축들은 말라 죽네."

"거인들과 용과
밤의 사람들이
그에게서 신부를 빼앗아
갱도에 묻었다네."

이제 더이상 아무도 웃지 않는다. 규정대로 박수를 친 후 정령들
은 계속해서 노래를 한다.

"사악한 어머니들과

흉측한 마녀들이
처녀를 판다네.
뱀과 도마뱀에게."

그때 마녀가 등장하더니 칼트 바위 위에 앉았다. 마녀는 오른손
에는 마치 왕홀처럼 빗자루를 들고 있었고, 왼손에는 사과를 한개
들고 있었다. 그것은 제국의 사과이거나 세계의 사과일 것이었다.
혹은 이브의 사과일 수도 있었다.

"사악한 어머니가
세상을 지배하려 한다면,
남자들은 그녀를
내보내버려야 하네."

이제 사람들은 더이상 웃음을 참을 수 없는 지경이 되었다. 왜냐
하면 그 순간 모든 선한 정령들이 마녀에게 달려들어 옥좌에서 끌
어내리려 했고, 반면에 악마들은 쇠스랑을 흔들어 방어하면서, 공
격자들을 빗자루로 거칠게 두들겨 패고 있는 대장 마녀의 주위로
몰려들었기 때문이다. 헌당축제에서 으레 벌어지곤 하는 드잡이
때와 크게 다를 바 없는 일반적인 포효 속에서 악의 세력이 거의
승리를 거둘 뻔했다. 그러나 대다수의 구경꾼들이 선한 충동에 휩
싸여 악마들의 팔을 붙잡고 막는 바람에 악마들은 무기를 빼앗긴
채 무방비 상태가 되었고, 마녀가 제일 강력한 정령들에게 제압당
하고 빗자루도 없이, 사과도 잃은 채 자신이 앉았던 옥좌 앞에 설
수밖에 없게 된 모습을 지켜봐야만 했다. 주교의 예모를 쓰고 지팡

이를 든 하얀 수염의 정령이 옥좌 위로 올라가 거구의 몸을 반듯하게 세웠다.

주교는 의미심장하게 고개를 끄덕이더니 이렇게 말했다. "그러니까 네가 마녀로구나."

"알로이스잖아." 어느 익살꾼이 소리친다.

"아냐." 다른 이들이 외친다. "이건 마녀야, 천박한 계집이지."

"너는 알로이스냐, 아니면 마녀냐?"

"마녀다." 회한에 찬 목소리로 마녀가 대답한다.

"너는 많은 죄를 저질렀다." 주교가 말한다.

"마녀가 용에게 산신부를 팔아넘겼다." 무리 중에서 누군가가 소리친다.

"천박한 년!"

그러자 주교가 말한다. "산신부를 어디에 두었지?"

마녀는 아주 불쌍한 어조로 이렇게 말한다. "용에게 납치당해, 뱀에게 먹히고, 산속에 묻혔다."

나는 이 주교 뒤에 누가 숨어 있을지 생각해봤다. 그는 음성을 변조하여 굉장히 점잖은 목소리를 내고 있어서 누구인지 알아채기가 매우 어려웠다. 하지만 난 순간 깨달았다. 주교 분장을 한 사람은 기도 인도자 그로네, 그러니까 윗마을 사람이었다. 어쨌든 그는 주교 역할에 적합한 인물이긴 했다.

주교가 말했다. "그러니까 너의 죄를 인정하는 거냐?"

"그렇다." 마녀가 흐느끼듯 말했다.

"네가 누구 때문에 고소를 당했는지 알긴 아느냐?"

"처녀 때문이지……"

주교가 손짓하자 누군가가 그에게 아무런 글씨도 쓰여 있지 않은 두루마리 종이를 건넸고, 주교는 우레와 같이 크고 탁한 목소리로 고소장을 낭독했다.

"고소장." 그가 읽었다. "쿠프론산의 마녀에 대한 고소장."

그는 잠시 멈췄다가 다시 시작했다. "마녀야, 너는 세상을 사악하게 다스렸다……"

"빌어먹을." 무리가 소리 질렀다.

"우, 우, 우." 마녀가 한탄하듯 신음했다. "단 한번도 때린 적은……"

"입 다물어라, 마녀야…… 그리고 나와 얘기할 때는 무릎을 꿇어라."

마녀는 무릎을 꿇었고 고소장 낭독은 계속되었다.

"너는 세상을 사악하게 다스렸다. 너는 골짜기와 산과 모든 남자들을 다스렸다. 남자들은 무기도 없이 너의 발 앞에 몸을 숙였다."

"마녀를 끌어내려라." 무리가 소리 질렀다.

"조용히." 벤첼의 목소리를 가진 작은 악마가 명령했다.

"하지만 너는 골짜기가 빈곤해지도록 만들었고 산이 불모지가 되도록 했다. 넌 거인들과 용들 그리고 어둠의 악마들과 동맹을 맺었다."

"우, 우, 우……" 주위에 둘러서 있던 악마들이 모두 함께 울부짖기 시작했고 마녀도 함께 소리를 질렀다.

"너는 처녀를 용에게 공물로 바쳤다. 그리고 너는 거인들이 하늘을 대지로부터 떼어내는 것을 허락함으로써 대지가 메마르게 했다. 너는 그릇된 비가 내리도록 했다. 그것은 독풀이 자라나게 하는 용의 비였다. 하늘은 점점 더 높아져 우리로부터 멀어졌고, 땅은 점점 더 깊어졌다. 이제 우리는 하늘과 땅, 둘 다 거의 볼 수 없게 되었다. 너에게 저주가 내리기를!"

"저주를, 저주를!" 무리들도 하소연하듯 목소리를 높였다.

"인간은 그저 어둠의 바다에 떠 있는 하나의 섬과 같은 존재이다. 네가 과거에 인간에게 가져다주던 빛을 너는 다시 빼앗아갔다. 창조되었던 것이 다시 창조되지 못한 것으로 가라앉는다. 식물들은 다시 대양의 추위 속으로 거꾸로 자란다. 아아, 동물들은 한때 존재했던 것의 진흙으로 퇴화해버린다. 그리고 바다는 어둠의 성이다."

"오, 오……"

누가 호소를 하고 있는가? 가면을 쓴 이들이었나? 정령들이었나? 악마들이었나? 숲이었나? 산이 호소를 했던 것인가?

"어머니 기손." 내가 속삭이듯 말했다. "어머니……" 하지만 그녀는 내 말을 듣고 있지 않았다. 그녀는 내 옆에 있지 않았다. 그녀의 모습을 찾을 수 없었다.

"하찮은 우리들, 우리 영혼의 발치에 열린 무로부터 들려오는 소리, 용이 쉬고 있는 무시무시한 심연의 소리에 귀 기울이고 있는 우리들, 오, 우리는 버림받은 자들, 두번 세번 버림받은 자들이다. 왜냐하면 우리는 어머니를 믿었지만, 어머니는 우리를 떠나버렸기 때문이다. 그녀는 더이상 우리를 이끌 수 없다."

"어머니." 이제 많은 이들이 흐느꼈다. "어머니."

"마녀를 때려 죽여라, 마녀를 때려 죽여라!" 유희의 진행이 충분히 강력하지 않다고 여긴 다른 이들이 그렇게 응답했다.

"오, 마녀여, 거대한 어머니의 딸, 그녀로부터 솟아오른 자, 이곳에 그녀의 제국을 건설하기 위해 그녀로부터 솟아오른 자여, 버림받은 자들의 원성을 들어보라. 그런데도 우리는 당신을 처벌할 수 없다. 우리는 당신에게 손을 대서는 안 된다. 왜냐하면 누구도 어머니에게 저항할 수 없기 때문이다. 당신은 우리를 떠났고, 우리를 창조되지 못한 자들, 창조되지 못한 사탄들에게 떠맡겼다. 떠나라, 마녀여. 떠나라, 어머니여. 거대한 어머니의 딸이여, 우리는 당신을 섬겼다. 우리는 더이상 당신을 섬기지 않을 것이다."

무시무시한 적막이 펼쳐졌다. 저 위쪽의 쿠프론 절벽에서 돌 하나가 굴러떨어졌다. 그 돌은 몇번을 부딪히며 떨어졌다.

무릎을 꿇고 있던 마녀가 천천히 몸을 일으켰다. 마녀는 빗자루를 집고, 마치 구걸하는 여자처럼 수건을 머리 위에 두르고 그 자리를 떠났다. 악마의 무리가 쇠스랑을 늘어뜨린 채 그녀의 뒤를 따랐다. 한무리의 초라한 추방자들이었다.

유희는 이렇게 끝이 난 것인가? 나는 그걸 바라면서도, 정말 그럴까봐 두려워하는 마음이 더 크기도 했다. 해결은 어디에 있는가? 구원은 어디에 있단 말인가?

주민들 역시 실망했다. "마녀는 회개하라!" 그들은 그렇게 외치며 도망치는 악마 무리를 숲 가장자리까지 쫓아가려고 했다. "천박한 계집을 때려 죽여라!"

그런데 그때 락스의 목소리가 들렸다. "앞으로 전진, 청년들이여, 마녀를 때려 죽여라!"

"속죄제물! 속죄제물……"

바로 그 순간, 마치 유희의 일부이기라도 한 것처럼 산신부가 화려하게 치장한 모습 그대로 갑작스럽게 칼트 바위 옆에 서 있었다. 그리하여 모든 사람들의 눈이 그녀에게로 향했다. 그런데 몇초 지나지 않아 그녀와 거의 동시에 마리우스가 어디서부터인가 등장했다. 그는 암석 위로 뛰어오르더니 백발의 사제를 그곳으로부터 우악스럽게 밀어내버렸다. 이제 그는 두 발을 벌린 채 그곳에 서 있었다. 카바이드 불빛 속에서 그가 또다시 면도를 하지 않은 상태인 것을 볼 수 있었다. 그는 이름가르트를 내려다보았고, 그녀는 사랑스럽게 미소 지으며 그의 두 눈을 바라보았다. 타작마당에서의 그날 저녁과 똑같은 상황이었다.

이 상황이 너무 갑작스러웠기 때문에 소음과 혼란은 마치 스펀지로 닦아내기라도 한 듯 깨끗이 사라졌다. 사방이 완전히 고요해졌다. 하지만 그것은 조금 전의 경직된 고요함과는 달리, 마치 여름비가 내린 직후 같은 느낌이었다.

"속죄제물?" 이제 마리우스가 묻는다. 그의 목소리는 크지는 않았지만 온 공터에 울려퍼졌다. "속죄제물이라고? 죄가 있는 제물은 속죄제물이 아니지, 희생제물은 죄가 없어야 해."

그들은 서로의 두 눈을 응시하고 있었다. 또다시 침묵과 적막이 찾아왔다. 그런데 그때 정령들의 무리 가운데서 어떤 목소리가 울려나왔다. 젊은 테너의 목소리로 아까 불렀던 것과 같은 네줄짜리 노래가 아닌, 내가 전혀 들어본 적 없는 오래된 광부의 노래가 깊은 밤에 울려퍼졌다. 그는 강세가 있는 모음들을 기이할 정도로 늘여서 노래를 불렀는데, 고풍스럽고 알아듣기 어려운 발성이었다. 그러면서도 그것은 원시적인 조사弔詞이자 주문처럼 들렸다.

"태양이 산속으로 추락한다 리오
오, 소녀여
은빛 난쟁이가 기다린다 리오
금빛 뱀의 밤에
오, 은빛 왕이 웃는구나."

그다음엔 정령의 합창대가 모두 함께 당김음 리듬의 후렴구를
부르기 시작했다.

"영웅을, 아들을 산으로 보내지 말아다오.
오, 소녀여
은빛 난쟁이가 그를 죽일 테니."

그것은 바다에서 닻줄과 활대로부터 비가 흘러내리기 전, 돛이
다가올 일을 꿈꾸며 부드러운 바람 속에 무겁게 매달리기 전, 밤중
에 선원들이 갑판 위에서 노래할 때의 모습과 같다.

"영웅이 산으로 올라간다 리오
오, 소녀여
위대한 일을 행하기 위해 리오
그는 재빨리 돌화살을 꺼내었네.
왕이 처녀를 내놓게 하려고."

"영웅을, 아들을 산으로 보내지 말아다오.
오, 소녀여
은빛 난쟁이가 그를 죽일 테니."

바이올린 한대만이 마치 기타처럼 현을 뜯어가며 노래의 반주
를 했다. 하지만 그때 두번째 바이올린이 합류하면서 속도가 별밤
의 세레나데처럼 빨라졌다. 그리하여 돛대가 다시 잎을 달고 바다

에 그림자를 드리우도록 했다.

"처녀가 돌아왔다 리오
하지만 대지는 행복하지 않네 리오
모든 시냇물이 멈춰버렸네
과일과 동물 들이 많이 죽었다네."

"영웅을, 아들을 산으로 보내지 말아다오
오, 소녀여
은빛 난쟁이가 그를 죽일 테니."

"난쟁이가 광석을 가져왔다네 리오
오, 소녀여
금빛 산, 황금빛 장관 리오
홀의 입구는 금으로 둘러막았네.
영웅이 절대 빠져나가지 못하도록."

"영웅을, 아들을 산으로 보내지 말아다오
오, 소녀여
은빛 난쟁이가 그를 죽일 테니."

"왕의 반지를 처녀가 가져갔네 리오
오 소녀여
별들의 외투는 굉장히 파랗다네 리오
그런데도 그녀는 왕의 옷을 입고 얼어붙었네

그녀의 제국은 차갑게 눈 속에 파묻혔네."

"영웅을, 아들을 산으로 보내지 말아다오
오, 소녀여
은빛 난쟁이가 그를 죽일 테니."

"오두막에 지친 곰이 들어섰네 리오
오, 소녀여
늑대는 너무나 배가 고팠네 리오
그들은 원기를 회복해야만 했네.
지상에 머물러 있기 위해."

이제 노래는 더 나지막해지고, 느려지고, 애통한 어조를 띠었다. 더 나지막하게 밤의 나룻배가 그곳으로 노 저어왔다. 돌 옆의 카바이드 등 하나가 꺼졌다. 바람이 애도를 시작했고, 돛은 화환의 리본이었다.

"그때 여왕이 세상을 향해 말한다 리오
오 소녀여
원한다면 나를 죽여라 리오
영웅이, 아들이 구원받도록,
그가 나와 함께 옥좌에 앉을 수 있도록."

"영웅을, 아들을 산으로 보내지 말아다오
오, 소녀여

은빛 난쟁이가 그를 죽일 테니."

"돌화살이 그녀의 심장을 찔렀네 리오
오, 소녀여
그때 난쟁이도 끔찍한 죽음을 맞이했네 리오
영웅은 황금길을 걸어올라와
태양에게 불타는 바퀴를 주었네."

모든 정령들이 마지막 연을 조용히 함께 노래했다. 두번째 등이
꺼졌고, 기다리고 있는 무리들의 얼굴이 더 어두워졌다. 그림자들
이 대기 중에 휘날렸고, 그와 함께 숲 향기도 흩날렸다. 마리우스와
이름가르트는 여전히 미동도 하지 않고 서 있었다.

"희생제물이 될 준비가 되었나?" 그가 그녀에게 물었다.

"네, 준비됐어요." 그녀가 대답했다.

"너의 신혼 침대는 암석이야." 그가 말했다. "너의 핏속에서 아
버지의 비가 다시 흘러내리게 될 거고, 세상이 다시 번식하도록 화
해시킬 거야."

이름가르트는 그저 고개를 끄덕일 뿐이었다. 마리우스는 서 있
던 곳에서 다시 아래로 기어내려오더니 옆쪽에 서 있던 백발의 주
교에게 손짓을 해 유희가 계속 진행되도록 했다.

백발의 주교는 앞으로 나서더니 이번에는 자신이 직접 물었다.
"희생제물이 될 준비가 되었는가, 산신부여?"

"네." 산신부가 대답했다.

그러자 양털 수염을 단 그가 축복을 위해 두 손을 들더니 기도
인도자의 탁한 목소리로 암송을 시작했다.

"이제 상처를 입히는 태양의 축복을 내려라.

더이상은 신성한 보호자의 계급 낮은 악마들이 지배하는

소름 끼치는 밤의 품이 다스리지 않을 것이다.

이후로는 아버지의 풍요로운 불길이 명령할 것이다.

그것은 따뜻한 파도로부터 자라난다.

굴러가는 바퀴의 불빛이 달그락거린다.

인생의 사자獅子가 명령할 것이다.

그는 물러나는 여자의 의지를 지배한다.

엄격하게 왕이 다스리실 것이다."

그러고는 그는 쿠프론산을 향해 몸을 돌리더니 수염이 땅바닥에 닿도록 몸을 세번 숙였다가 다시 일으킨 후 두 팔을 높이 들고 이렇게 외쳤다.

"아버지여, 들으소서!"

정령들은 제단 주위로 더 가깝게 모여들었다. 그들도 여러가지 방법으로 쿠프론산을 향해 절을 했다. 산의 어두운 몸체는 밤 가운데에서 그 위용을 자랑하고 있었다. 하지만 그 몸체가 눈에 보이지는 않았고, 그 품에서 타오르고 있는 불길도 알아볼 수 없었다. 사람들은 그저 그것을 느끼고 있었다. 그리고 가면들은 그 앞에 절을 했다.

그런데 마리우스가 기이하게도 직접 유희에 참여하여 이렇게 말하는 것이었다. "수확을 거두는 어머니가 딸을 보내어 지배하고 스스로 희생제물이 되도록 했다. 비를 내리는 아버지가 아들을 보내어 희생제사를 완수하고 그를 다시 아버지로 만들 것이다. 아버지를 부르라, 신부가 된 딸이여."

산신부가 대답했다. "당신이 아버지입니다."

"아직 아니다."

"당신은 언제 아버지가 되는 건가요?"

"너의 피가 땅으로 다시 흘러들어가게 될 때, 너의 희생제물 속에서 어머니가 다시 아버지와 결합하게 될 때, 대지가 하늘과 결합하고, 각각의 날들의 형제자매들이 다시 결합하게 될 때이다."

"하지만 당신은 하늘이잖아요."

마리우스는 한 손으로 암석을 만지고, 다른 한 손은 마치 선서라도 하려는 것처럼 들어올리며 이렇게 말했다.

"대지의 사자獅子여, 높은 곳의 번개여,

아버지가 되어 너를 살해하며,

하늘인 나는 너에게로,

대지가 된 그대여,

너의 신랑으로 되돌아온다."

"그래요." 소녀가 속삭이듯 말했다. 그 모습은 마치 어둠속에서 밤의 꽃이 피어나는 것 같았다.

그러더니 그녀가 말했다. "실행해요."

"아버지를 부르라."

그러자 이름가르트가 외쳤다. "아버지…… 아버지…… 아버지!" 그녀가 세번째로 불렀을 때 밀란트가 그녀의 옆에 서 있었다.

그는 매우 창백했고 두 눈을 감고 있었다.

백발의 주교가 다시 앞으로 나서더니 이렇게 물었다. "네가 하늘인가?"

두 눈을 꼭 감은 채로 밀란트가 말했다. "나도 모르겠소."

"너는 네가 하늘이기를 원하는가?"

"그렇다면 그에 꼭 필요한 일을 하라."

그러더니 그는 손잡이가 굽은 자신의 지팡이를 들어올리고 기도를 했다.

"아버지여 행복한 희생제사를 이루어주소서.

처녀를 해방시키소서, 빛나는 사자여

그녀의 피가 흘러 어머니에게 되돌아가게 하소서."

그리고 마리우스가 외쳤다.

"신부여, 너는 준비가 되었는가?"

"네." 이름가르트가 여전히 미소를 지은 채로 말했다. 그러고는 무릎을 꿇으며 머리와 두 팔을 제단 위에 얹었다.

"희생제물, 희생제물!" 무리가 소리쳤다. 어쩌면 나 역시 함께 소리를 질렀는지도 모르겠다.

이제 정령들은 또다시 미친 듯이 춤을 추기 시작했다. 그들은 소리를 지르며 두 팔을 높이 들어올렸고 자신들이 가진 도구를 두드려 엄청난 소음을 만들어냈다. 온 주민들이 다 따라 했다. 어쩌면 나 역시도 거기에 동참했던 것 같다. 더이상은 기억이 나지 않는다. 하지만 갑자기 사방이 조용해진다. 그러고는 무리 사이로 경외심에 가득 찬 속삭임이 퍼져나간다. "칼이다……"

마리우스가 기괴한 도구를 높이 치켜들어 모두가 그것을 볼 수 있게 한다. 길이가 짧고 내부가 갈라진 나뭇조각인데, 그 갈라진 부분엔 돌이 고정되어 있었다. 나는 그것이 그가 전에 어머니 기손에게 가져왔던 부싯돌칼인 것을 알아볼 수 있었다. 그런 허름한 도구를 가지고 심장을 찌르려는 것일까? 그걸로 목을 절개하는 게 가능할까? 돌이 달린 그 짧은 막대기에 대해 엄청난 실망감이 몰려왔다. 그것은 이 모든 행사의 목표이자 절정이 되어야 했던 것이다. 그런데 그때 갑자기 누군가가 외치는 소리가 들렸다. "그것으로는 불가능해…… 이게 나을 거야."

목소리의 주인은 자베스트였는데, 그는 양 팔꿈치로 사방을 밀쳐대며 빽빽이 몰려서 있는 무리 사이로 길을 터서 제단 쪽으로 나오고 있는 중이다. 걸어오는 도중에 그는 이미 자신의 긴 도축용 칼을 허리띠에서 풀고, 앞쪽에 도달하자 그것을 내밀며 다시 한번 외친다. "이게 나아…… 이걸로 해."

"아닙니다." 마리우스가 말한다.

"이걸로 하라니까." 자베스트는 고집을 부리며 마치 면도를 하려는 사람처럼 엄지손가락 아랫부분에 칼날을 대고 살펴본다. "얼마나 날카로운지 좀 보라고!"

"그 칼은 신성하지 않아요." 마리우스가 거부한다.

"뭐라고? 신성하지 않다고?" 자베스트는 칼을 쥐고 있는 주먹을 위협하듯 흔든다. "내 칼은 너의 칼과 똑같이 신성해, 이 재수 없는 자식아…… 뜨거운 핏속에 잠겼던 것은 신성해…… 어쩌면 이게 더 나을지도 몰라!"

마리우스는 그저 점잖게 거부하는 몸짓을 하고는, 미동도 없이 그 자리에 서 있는 밀란트의 손에 석재도구를 쥐어준다. 그사이에 마치 꿈속에서인 듯 무언가를 잡으려고 하지만 닿지 못하는 사람처럼 계속해서 자신의 칼을 허공에 휘두르던 자베스트는 정령들에 의해 다시 끌려나간다.

"실행하라, 실행하라!" 또다시 소란스러워진 무리가 외쳐댄다.

"실행하라, 실행하라!" 락스가 포효하듯 외치며 웃는다.

암석 위에 두 팔을 펼치고 있던 이름가르트가 환희에 찬 눈빛으로 하늘을 올려다본다. 하지만 아세틸렌 등의 하얀 불빛 때문에 하늘은 보이지 않았다.

"실행하라, 실행하라!"

먼 곳에서, 아래편 길 쪽에서 자동차가 경적을 울린다. 그러자 나의 내면에서 대답이 울려나온다. "실행하라!" 재봉틀로 박음질한 양복을 입은, 기계직기에 의해 직조된 천을 휘감은 나, 주조된 금속화폐와 '졸링엔'[27]이란 글자가 새겨진 칼을 바지주머니에 넣은 채 그곳에 서 있던 나의 내면에서 대답이 울려나온다. 그렇다. 나의 영혼에서 "실행하라!"라고 큰 소리가 울려나왔다. 세상에서는 철도와 자동차들이 운행을 하고, 천공은 전파로 가득하고, 내 머릿속엔 수백년 동안의 의학 지식이 뒤죽박죽으로 들어차 있지만, 나의 내면에서 외치는 소리는 "실행하라!"였다. 그러면서도 나는 이제 덤불에서 희생제물을 대신할 숫양이 나타나리라는 생각을 하기 시작했다. 먼 곳으로부터 두레우물[28]의 사슬이 덜그럭거리는 소리가 나고, 통상로에서 짐 나르는 낙타들의 울음소리가 들려올 때 아브라함에게도 숫양이 나타나지 않았던가? 그를 둘러싼 인간성이 살아났기에 비로소 그가, 인류의 조상이자 아버지의 근원인 그가 살생에 의한 유혈적인 중보[29] 없이, 이교도적 전통의 개입 없이 아버

---

27 독일 서부의 도시로, 오래전부터 철강 산업이 발달해 특히 칼 제품들이 유명하다.
28 두레박으로 물을 긷는 깊은 우물.

지를 알아보았던 것이 아니던가?

"실행하라!" 삶이 울부짖었다. 이교도성이 울부짖었다.

하지만 내가 거의 고대하는 심정이었던 숫양은 덤불 속에서 나타나지 않았고, 대신 어머니 기손의 음성이 들려왔다. "조심들 해. 조심해, 마리우스!"

그녀 역시 유희에 참여한 것인가? 그녀의 거친 춤사위 또한 유희에 참여하기 위한 도입부였단 말인가?

벤첼이 현장으로부터 약간 떨어져 있던 그녀에게로 뛰어가더니 투덜거렸다. "신성한 행위를 방해하지 마시라고요." 그에 대한 대답으로 그는 평생 잊지 못할 만큼 세게 뺨을 얻어맞았다. 그런데도 사람들은 웃지 않았다.

어머니 기손이 다시 한번 말했다. "조심들 하게. 조심해 마리우스. 아직도 사방에 어머니가 존재하네. 매일 밤 어머니는 하늘을 받아들이네. 그의 지식을 받아들인다네. 대지는 여전히 귀를 기울이고 있네. 자네들이 대지를 피로 적시려 하지만 대지는 그 피를 원하지 않아."

사방이 너무나 조용해진 나머지 저 위쪽에서 졸졸거리는 물소리를 들을 수 있을 정도였다.

마침내 마리우스가 입을 열었다. "당신은 더이상 대지가 아닙니다. 어머니, 당신은 과거에 대지였었죠."

그러자 누군가가 외쳤다. "어머니는 용과 뱀들을 몸 안에 받아들였잖아요."

---

29 구약시대에 희생제물을 바침으로써 속죄받던 종교적 의식을 의미하며, 신약시대에는 예수가 희생제물이 되어 십자가에 못 박혀 죽음으로써 그 피로 인류의 죄를 대신 씻어 구원하게 된다.

그 말에 어머니가 대답했다. "자네들이 반항했기 때문에 자네들의 두려움이 뱀이 되었던 걸세."

그러고는 그녀는 밀란트를 향해 몸을 돌렸다. "자네는 누구에게 순종해서 자네의 자식을 죽이려 하는 건가? 자네의 두려움에 순종하는 건가?"

"예." 밀란트가 대답했다. "우리의 두려움은 이제 너무나 거대해졌습니다. 세상이 구원자를 부르고 있어요."

그러나 마리우스는 그녀를 바라보지 않고 주민들을 향해, 골짜기를 향해, 수확을 가져올 수확물을 향해 이렇게 말했다. "대지여, 당신은 기계들이 당신의 땅 위로 오르는 것을 허락했습니다. 당신의 열매가 판매대리인에 의해 헐값에 팔리는 것을, 타작마당이 침묵하는 것을 허락했습니다. 당신은 너무나 많은 이방인들을 먹여 살렸고 보호했습니다. 당신 자녀의 피로써 비로소 당신을, 오 대지여, 다시 깨끗하게 할 수 있게 될 것입니다."

"어떤 피로도 나를 구원할 수는 없다"라고 대지가 대답했다. "아버지의 비가 내릴 것이다. 세상을 씻어주고 식혀주며 거듭 비가 내릴 것이다. 비는 나의 산들을 물로 적셔줄 것이다. 오오, 들어라, 아버지는 피를 흘리지 않는다. 그의 지식은 핏속에 있지 않다. 그의 지식은 그의 호흡의 비구름이다. 그러나 핏속에는 너희의 두려움이 들어 있다."

머리 위로 두려움의 어두운 연기가 드리워져 있는 무리의 한가운데에서 한 아이가 울기 시작했다.

락스가 소리쳤다. "입 다물어요, 노인네. 우린 두려워하는 게 아니라구요."

그러자 마리우스가 웃음을 터뜨렸다. "번개가 없다면 비구름이 무슨 의미가 있을까요! 내가 번개입니다. 난 살생으로 비구름을 흩어버리기 위해 보내졌소."

정말로 창공에 번개가 치면서 그의 말에 답했다. 그러자 여전히 정령들의 손에 붙잡혀 있던 자베스트가 소리쳤다. "이거 놔…… 내가 할 줄 안다고…… 내가, 내가 할 거야!"

"앞으로 와, 자베스트." 락스가 그를 응원했다.

하지만 무리는 침묵했고, 오직 아이만이 계속 울고 있었다. 또다시 번개가 번쩍하자 아이는 가느다란 목소리로 "엄마" 하고 외쳤는데, 진동하는 빛살처럼 공터의 침묵 사이를 뚫고 지나간 그 목소리는 번개 불빛보다도 더 두드러졌다.

"두려워 말거라." 어머니 기손이 아이에게 대답했다.

"두려워하시오." 마리우스가 소리 질렀다.

그런데 그때 여전히 암석 앞에 무릎을 꿇고 있던 이름가르트가 마치 용서라도 구하는 것처럼 이렇게 말했다. "저의 열매는 달아요, 어머니. 심연으로부터 올라오는 제 꿈의 고독처럼 달아요. 내 안에 들어 있는 심연, 그 안을 들여다보며 비춰 보는 내게 사랑하는 이의 모습을 보여주는 심연의 거울처럼 달아요. 오오, 비춰 보여주는 심연 속을 떠다니는 것은 달콤한 일이에요. 나 자신을 향해 날아오르지만 결국엔 아버지에게로 향하게 되죠."

밀란트는 꿈에 에워싸인 채 여전히 말없이 거기 서 있었다. 그는 마치 칼의 날카로움을 시험해보기라도 하려는 듯 손가락으로 돌칼의 뾰족한 끝을 만지작거리고 있었다. 그러더니 그가 말했다. "우리에게서 흘러나간 것은 다시 우리에게로 돌아오게 됩니다. 자녀와 그 자손, 삶의 좁은 시냇물은 죽음의 기슭에 파묻혀 있죠. 조상에게서 조상으로, 손자에게서 손자로 이어져서 말입니다. 강어귀가 다시 근원이 될 때 비로소 두려움은 사라질 겁니다."

"어머니." 무리 중의 몇몇 남자들이 외쳤다. "어머니."

이젠 제단 곁의 등 하나만이 불을 밝히고 있었다.

자베스트는 여전히 자신을 붙들고 있는 정령들과 몸싸움하며 그들에게서 벗어나려 애쓰는 중이었는데, 그가 헐떡이며 말했다. "근원과 어귀…… 그래, 피의 근원과 어귀는 대지야…… 내가 도살을 할 때 모두 내게로 와, 내가 도살을 할 때 바닥을 봐, 피가 뚝뚝 떨어지는 내 손을 보라구……"

"오오 어머니여, 어머니여." 한탄하는 소리가 자베스트의 말을 가로막았다.

자베스트는 숨을 헐떡이는 채로 침묵했다. 몇몇 사람들이 한숨을 내쉬었다. 아이의 울음소리는 더이상 들리지 않았다. 그 대신 한 여인이 훌쩍이고 있었다. 불안과 초조, 기다림의 공포가 너무 커진 끝에 갈라지고 메마른 훌쩍임이 들려왔다. 나는 신발 밑창 아래로 부드러운 대지 속으로 가볍고도 깊이 눌려 박히는 조약돌들을 느꼈다. 그곳은 전혀 피에 굶주려 있지 않은 평범한 숲속 초지의 땅이었다. 그런데 나는 이미 한참 전부터 비가 내리기 시작했다는 것을 전혀 알아채지 못하고 있었다. 그렇게나 집중해서 온 감각을 마리우스에게로 향하고 있었던 것이다. 어둡고 온화한 밤에 어둡고 온화하게 이슬비가 내렸다. 나는 나의 어깨를 만져봤다. 이미 완전히 젖어 있었다.

그때 또다시 어머니 기손의 음성이 들렸는데 거의 환호하는 듯한 목소리였다. "빗소리가 들리나? 선한 빗소리 말이야?"

번개는 이미 그쳐 있었다. 앞쪽에 서 있는 가면 쓴 사람들의 볏짚 망토에서 빗방울들이 불빛을 받아 번쩍거렸다.

"빗소리에 귀 기울여봐." 어머니 기손이 말을 이었다. "대지로부터 올라오는 지식을 함께 호흡해보라고. 그것은 별들로 가득 찬 지식이야. 그 지식을 향해 자네들의 심장과 얼굴을 열게나."

"어머니, 우리를 떠나지 마세요!" 그렇게 간청한 것은 아가테였다. 나는 목소리를 듣고 그녀임을 알아챘다.

"어머니, 우리를 떠나지 마세요!" 여기저기서 사람들이 그 말을 반복했다.

거의 눈에 띄지는 않지만 제지할 수도 없는 어떤 움직임이 무리 중에서 일어났다. 그 움직임은 어머니 기손을 향해 몰려갔다. 마치 근심스럽게 그녀 주위에 모여들려는 것 같았다. 그렇게 하기 위해 마지막 두려움만 극복하면 될 것 같았다. 그 안에 담겨 있는 것은 심한 무력감이었지만, 다른 한편 반항이기도 했다. 그건 마리우스에 대한 반항이었다. 이미 이렇게 크게 외치는 소리가 들려왔기 때문이다. "저 사람을 보내버려요, 어머니…… 저 사람을 보내버려요!"

"안 돼요." 락스의 목소리가 들렸다. "그는 이곳에 있을 거요!"

"연주를 시작해! 음악!" 벤첼이 쩌렁거리며 지시를 내리는 소리가 다른 모든 것들을 덮어버렸다.

그러자 정말로 아코디언이 애처로운 민속 춤곡 연주를 시작했다. 연주자는 '칼트 바위' 뒤편의 삼각형 모양으로 구부러진 나지막한 나뭇가지에 걸터앉아 있었다. 그의 두 팔이 이리저리 움직였고, 악기의 건반이 마지막으로 타고 있는 등불 속에서 하얗게 빛났다. 그 옆에서는 벤첼이 공터에서 펄쩍펄쩍 뛰며 장단을 맞췄다. 가면을 쓴 사람들은 벤첼의 지시에 따라 다시 춤추기 시작했는데, 그들은 잔디 바닥 위로 애처롭게 발을 끌며 움직였다. 하지만 희미한 리듬은 둘러선 무리들 또한 좀더 빠르게 움직이도록 이끌었고, 그들은 발작적으로 앞쪽으로 몰려갔다. 어쩌면 어머니 기손에게서 피난처를 구하기 위해 그녀에게 가려는 것일 수도 있었고, 어쩌면 마리우스를 몰아내기 위해 그를 향하는 것일 수도 있었다. 나는 그것을 원하는 마음이 거의 없었지만, 동시에 그것을 원하기도 하면서 양 팔꿈치까지 사용하여 한창 춤을 추고 있는 정령들의 행렬이 있는 곳까지 나아갔다. 그들은 뒤에서 밀고 들어오는 무리들을 버텨내지 못하고, 무리 사이로 갈라지면서 흩어져버렸다. 발을 질질 끌며 달려가던 구름이 더 큰 구름 덩어리 속에서 흩어지는 것과 같은 모양이었다. 이 모든 일이 몇분 만에 벌어졌고, 그 순간 마지막 등도 꺼져버렸다.

"두려워하시오." 마리우스가 어둠속을 향해 외쳤다. 그가 등을 꺼버렸던 것인지도 모른다.

락스의 웃음소리가 그에게 답했다. "여편네들은 이제 두려워해야지."

어둠이 밀려오자 무리 지은 사람들은 자신들도 모르게 움직임을 멈췄고, 정령들 역시 춤을 중단했다. 하지만 아코디언은 연주를 계속했다. 벤첼이 그에 맞춰 펄쩍펄쩍 뛰면서 장단을 맞추는 소리가 들렸다.

만일 내가 나에게 손전등이 있다는 것을 기억하고 그것을 켰더라면, 어쩌면 모든 일이 완전히 다르게 진행되었을지도 모른다. 하지만 나는 그 순간 손전등에 대해서는 전혀 생각도 하지 못했다. 그것을 기억해서는 안 되었고, 어쩌면 내가 그것을 기억하지 않으려고 했는지도 모른다. 나는 그저 귀를 쫑긋 세운 채, 아직 그곳에 들리지는 않지만, 마치 소리보다 먼저 성급히 울리는 메아리처럼 이미 진동하고 있던 비명 소리에 귀를 기울이고 있을 뿐이었다. 난 숨도 쉬지 않았다. 우리 중 그때 숨을 쉬었던 사람은 몇명 되지 않았을 것이다. 오직 자베스트가 헐떡거리는 소리만 들렸다. 그는 자신을 지키던 사람들로부터 빠져나와 사람들 사이를 뚫고 칼트 바위 가까이까지 도달한 것이 분명해 보였다. 왜냐하면 그쪽에서 거칠고 쉰 목소리가 들려왔기 때문이다. "이제…… 이제 내가 하겠어!" 그러고 나서 곧바로 이름가르트의 입에서 거의 황홀한 듯한 "아아" 소리가 들려왔다. 그다음엔 잠잠해졌고, 마치 동물이 숲속을 빠른 속도로 달려갈 때처럼 덤불 속에서 급하게 우지끈하는 소리가 났을 뿐이었다.

음악가는 다시 민속 춤곡을 연주하기 시작했고 벤첼은 장단을 맞췄다.

완벽한 침묵과 어둠속에서 몇초가 지났던 것인지, 몇분이 지났던 것인지 당시로서는 정확히 말할 수 없었을 것이고, 지금도 알 수가 없다. 나의 의식이 아주 천천히 돌아왔다. 제일 먼저 마비 상태를 깨운 사람이 어머니 기손이란 것을 의식하면서였다. 밤 깊은 곳으로부터 짙은 슬픔에 감싸인 그녀의 목소리가 밤보다 더 음울하게 어둠속으로 울려퍼졌다. 그 소리는 어둠보다 더 어두웠다.

"결국 일이 벌어지고 말았어."

그때 내가 소리 질렀다. 내가 이렇게 소리 질렀다. "멈춰…… 불을 켜!"

그때까지도 길게 끌어 빼는 듯한 아코디언 소리가 들리고 있었지만 곧 멈췄다. 하지만 나는 이미 손전등을 손에 들고 있으면서도 여전히 그것을 찾고 있었다. 그랬다. 나는 깜짝 놀란 채 손전등을 손에 쥐고 있었고, 나의 손가락들이 거의 저절로 불을 켜는 바람에 불빛은 이리저리 흔들리며 그곳에 미동도 없이 서 있는 육체들의 얼굴 위로 떨어졌다. 그 형상들은 가끔씩 눈이 부신 듯 두 눈을 감기도 했지만 그럼에도 빛을 의식하지 못하고 있었다. 그들은 둔한 몸짓으로 비켜섰다. 나는 느릿느릿 그들을 밀쳤다. 그렇게 나는 별다른 노력 없이 천천히 탐색하듯 걸으며 제단으로 향하는 길을 확보할 수 있었다. 제단은 아직 내 눈에 보이지 않았지만, 제단 위로는 마리우스의 형상이 다른 모든 사람들보다 높이 솟아 있었다. 이제 완전히 전등의 스포트라이트 속에 들어온 그는 가볍고 편안한 자세로 서 있었고, 면도를 하지 않은 모습으로 입술 주위엔 경직된 미소를 띠고 있었다. "마리우스." 내가 불렀지만 그는 움직이지 않았다. 그와 마찬가지로 부동자세로 서서 여전히 석재 도구를 손에 쥔 채 물끄러미 마리우스를 올려다보고 있는 밀란트를 향해 불빛을 비추다가, 그제야 나는 두 사람 사이에 죽은 여인이 누워 있음을 알아챘다.

그랬다. 그녀가 그곳에 누워 있었다. 선명하게 그려진 동그란 전등 불빛 속에, 안으로 수그러져 마치 꽃봉오리가 시든 듯한 모습이었지만, 그럼에도 불구하고 활짝 피어 있었다. 두 팔은 양쪽으로 펼치고 머리는 암석 위에 수그린 채였다. 그녀가 입고 있는 드레스의 비단 빛깔이 그 위에 비춰진 불빛 속에서 화려하게 빛을 발했고, 신부의 화관 아래 뒷목에 드리워진 머릿결은 금빛으로 빛났다. 한순간 나는 움직임을 멈췄고, 그 순간엔 아직은 의사가 아니었다. 곧나는 다시 의사가 되어 죽음의 업무가 아닌 삶의 업무를 처리해야만 했다. 하지만 나는 한순간 이름가르트와 함께 피안에 가 있었다. 그곳에서는 희생제물이 의미 있게 보였다. 그것은 추수감사제물이자 화환이었고, 사람들은 그로 인해 춤을 췄다. 이제 이름가르트가 거하며 속하게 된 피안에 참여한 그 순간 동안 나는 마리우스에 대해 증오를 느끼지 않았다. 한순간 이제 세상에 도래할 것이라 했던 그 미친 구원을 맛보았다. 심장이 한번 뛸 만큼의 짧은 순간이었다. 하지만 그때 어머니 기손이 암석으로 다가와 무릎을 꿇고는 펼쳐져 있던 손녀의 한 손을 붙잡았다. 슬픔이 솟아오르는 것을 느끼며 나는 마리우스를 향해 소리쳤다. "불을 켜요."

밀란트는 돌칼을 떨어뜨렸다.

사람들과 정령들은 마치 접근 불가의 원 밖에 머물러 있어야 한다는 듯 두려워하며 꼼짝하지 않고 둘러서 있었고 가까이 다가올 엄두를 내지 못했다.

"불을 켜." 내가 외쳤다. "빌어먹을, 불 좀 켜란 말야!"

"그녀는 죽었어요." 마리우스가 부드럽게 말했다. 그러면서 그는 가볍고 경쾌하게 앞으로 나서더니 거의 우아할 정도의 몸짓으로 생명이 없는 육체에 손을 가져다 댔다.

"그래, 죽었네." 내 옆에 서 있던 어머니 기손이 말했다. "그녀에게 손대지 말게, 마리우스. 자네는 그럴 자격이 없네."

나는 손전등을 암석 위에 세워둔 채 이름가르트의 비단 드레스를 찢었다. 벗겨낸 속옷은 피로 흥건했다. 왼쪽 견갑골 아래의 상처에서 새어나온 피였다. 자베스트는 멋지게 실력 발휘를 한 셈이었다. 아직도 따뜻한 피가 내 손 위로 흘렀고 규칙적으로 계속해서 대지 위로 방울져 떨어졌다. 의사가 할 수 있는 일은 아무것도 없었다.

"대지가 마시고 있다." 내 위쪽에서 마리우스가 말했다.

갑자기 벤첼이 물이 담긴 맥주잔을 양손에 든 채 다가왔다. "물이 필요하실 것 같아서요, 의사 선생님…… 다행히도 아주 가까이에 샘이 있으니까요……"

마리우스가 기이한 어조로 읊어댔다. "대지가 피를 마신다. 이제 그 근원은 다시 정결하다…… 대지로부터 힘과 정의가 다시 흘러나오는도다……"

나는 말없이 물을 받아서 상처를 씻었다. 하지만 피는 계속해서 흘렀다.

"인간이란 이렇게도 빨리 죽는 거군요." 벤첼은 나를 바라보며 수다스럽게 말했다. 그러면서 악마로서 뒤꽁무니에 매달고 있던 소꼬리의 술을 만지작거렸다. "불을 켜드릴게요, 의사 선생님." 그는 등이 달린 기둥 하나를 집어들었다. 그가 통 안의 카바이드를 덜그럭거리며 움직이는 소리가 들렸다.

그런데 그때 밀란트가 마치 꿈속에 있는 것처럼 천천히 말했다. "마리우스, 내가 그 아이를 죽인 건가?"

"아녜요." 내가 말했다. "자베스트가 그랬어요."

하지만 마리우스는 이렇게 말했다. "당신이 희생제사를 완성했습니다. 그리고 믿음은 순수함으로부터 나오는 겁니다."

암석 위에 놓인 나의 손전등 불빛이 점점 노란색을 띠어갔다. 배터리가 충분치 않았던 것이다. 그리하여 주위가 점점 어두워졌다.

"마리우스." 밀란트가 물었다. "우리 주위에 사람들이 있나?"

"네." 마리우스가 말했다.

"그 사람들도 우리의 유대에 함께하고 있는 건가?"

"네." 마리우스가 말했다. "그 사람들은 그녀의 새로운 제국에 들어섰어요. 이제 그들은 죽음에 대해 상세히 알고 있습니다."

어둠속에서 어머니 기혼이 미소를 지은 것 같지 않았던가? 이곳에서 유일하게 죽음에 대해 잘 알고 있는 그녀가? 믿음, 순수함, 정의 같은 말들이 그녀에게 어떤 의미를 가질 수 있을까? 그녀의 믿음은 항상 측량할 수 없을 정도로 구체적이고 강한 삶이었는데 말이다. 그것은 잔혹하지만 공허한 단어 하나로 인해 잔혹하지 않은 삶, 시작도 없고 끝도 없는 삶이었다. 또한 죽음에 대한 그녀의 지식은 삶에 대한 지식이다. 그것은 볼 수 있고 느낄 수 있는 존재에 대한 지식이지, 저 인간 같지도 않은 존재가 남자다운 믿음이라며 설교하고 약속하고 있는 실체 없는 애매함에 대한 지식이 아닌 것이다. 그녀가 큰 슬픔 속에서 미소를 지었던 것은 아닐까? 그때 그녀가 이렇게 말했다. "아이가 우리를 떠났네. 생명의 저편으로 건너갔어. 아이는 바위 사이를 걸어가고 있어. 숲의 나무줄기들은 그 아이의 흩날리는 머리카락과도 같지."

하지만 마리우스는 바보가 되어가는 사내의 고집스러움으로 같은 말을 반복했다. "최고의 지식은 죽음에 대한 지식입니다. 거기서 힘이 나오는 겁니다."

내 손전등의 불빛이 더 작아졌다. 이제 곧 노란색 점밖에 남지 않게 될 것이었다. 하지만 내겐 더이상의 빛이 필요하지 않았다. 이곳에서 내가 할 일은 다 끝났던 것이다. 모든 수확물은 바보에게로 돌아갔다. 우리는 바보를 따라 춤추었다. 우리는 우리 삶의 가장 짙은 어둠의 충동에 이끌려 그를 둘러싸고 춤추었다. 우리는 머리가 여럿 달린, 어미 없는 짐승이었다. 나는 그중의 일부였고, 지금도 그중의 일부이다. 우리 모두는, 살아 있고 춤추고 있는 우리 모두는 그중의 일부이다. 남자든 여자든, 지도자든 추종자든, 현자든 바보든, 모두가 밤짐승의 일부인 것이다.

그때 벤첼이 자신의 존재를 알리기 위해 통을 흔들어 경쾌하게 달그락거리며 새 카바이드를 가지고 왔다. 그가 물을 부은 후 첫번째 등이 다시 숫숫거리며 밤의 어둠속으로 타오르자, 마침내 우리 주위에 몰려서 있던 사람들의 마비 상태도 풀렸다. 사람들이 말하기 시작했고, 시체 주변으로 몰려와 조심조심 움직이다가 의미 없이 이리저리로 뛰어다녔다. 몇몇 정령들은 가면을 벗어 던졌고, 또다른 이들은 자신들이 아직도 가장을 하고 있는 상태라는 걸 잊고 있었다. 반쯤 뜯어진 채 뺨 주위로 지저분하게 매달려 있는 가짜 수염 사이로 질문들이 뒤죽박죽 쏟아져나왔다. 하지만 제일 먼저 제단에 도착한 사람들 중에는 락스도 있었다. 내가 계속해서 그녀의 옷매무새를 바로잡느라 애쓰는 동안, 그는 잠시 그녀의 시체를 살펴보았다. 그의 얼굴에는 육체의 진지함이 다시 돌아와 있었다. 침울한 태도로 두 발을 무겁게 디딘 채 부쩍 늙은 모습이었다. 하지만 그는 또한 격식을 중시하는 사람이었기에 먼저 어머니 기손을 향해 검은 털이 수북한 손을 내밀었다. "애도를 표합니다." 그는 그렇게 말했지만 대답을 듣지는 못했다. 그다음엔 밀란트에게 그 행동을 반복했는데, 밀란트는 아무런 의지 없이 손을 내밀어 악수를 받아들였다.

그러고 나서 그는 내게로 몸을 돌렸다. "흠, 의사 선생님, 사실상 이건 살인이잖아요…… 그렇지 않은가요?" 그는 다시 한번 뚫어질 듯 시체를 살펴보았다.

"행위의 순간에 지각의 혼란을 겪었을 경우엔 형 면제사유가 되지요." 암석 옆에서 두번째 등에 불을 붙이고 난 벤첼이 끼어들었다.

그렇다. 자베스트, 살인자, 나는 그를 잊고 있었다. 왜냐하면 내게 범죄자는 마리우스였지, 산으로 도망간 그자가 아니었기 때문이다. 그래서 나는 이렇게 말했다. "자베스트……? 그렇군."

하지만 난 공연히 마리우스에게 야단치듯 물었다. "마리우스, 자베스트는 어디 있죠?"

그는 두 눈을 감고 머리를 가슴 쪽으로 떨어뜨렸다. 그러더니 잠시 후 그가 말했다. "죽었어요."

"아니, 그게 무슨 소린가." 락스가 반박했다. 그는 그런 말을 듣고 싶지 않았던 것이다. "청년들에게 그를 찾아보라고 하게."

"쓸데없는 일입니다." 마리우스가 말했다.

락스는 생각에 잠겼다. "관청에는 설명을 잘해야겠지…… 미친 녀석 같으니라구, 자베스트 녀석!"

"그 일은 제가 기꺼이 맡아서 하겠습니다." 벤첼이 열의를 보이며 자청하고 나서더니, 엉덩이에서 소꼬리를 뜯어내고는 곧바로 사라져버렸다.

그가 그렇게 사라져버린 것은 아마도 다른 이유 때문이었을 것이다. 어머니 기손이 몸을 일으키더니 앞으로 한걸음 나섰는데, 그녀가 풍기는 음산함은 무시무시할 정도였다. 사람들은 그녀를 바라보고는 천천히 그녀의 시선으로부터 물러났다. 심지어 마리우스조차도 자신을 바라보는 시선을, 그 무게를 견디지 못했다. 그는 분주하게 두개의 등을 손본 후, 마치 그쪽도 이상이 없는지 살펴볼 게 있다는 듯 숲 가장자리 쪽으로 갔다. 거기서 그는 아코디언 연주자가 음악을 연주했던 나뭇가지 위에 자리를 잡았다. 그는 다리를 꼰 채 머리를 괴고 생각하는 사람의 자세로 앉아 있었다.

"아이를 혼자 있게 하고 뭘 좀 덮어주게." 어머니 기손이 둘러선 무리에게 명령하듯 말했다.

가면을 쓴 사람들 중 하나가 앞으로 나섰는데, 그는 대장간 직인 루트비히였다. 그는 자신의 어깨에서 볏짚 망토를 풀어 시체 위에 덮었다. 그러고는 물러가는 사람들의 물결 속으로 다시 사라졌다.

그들이 물러난 것은 죽음을 존중하기 때문이었을까? 그들은 고통을 존중한 것일까? 슬픔을 존중한 것일까? 아니면 그들은 단지 몽환적인 상태, 더이상 그들에게 속하지 않는 그것, 늙은 여인에게서 뿜어져나오는 그것을 두려워했던 것일까? 군중 쪽에서 거의 도전적인 반항과도 같은 기운이 전해져왔다. 난 그게 거의 납득이 되었다. 그들은, 아니 우리들은 하늘이 대지에게로 내려오도록 하기 위해 광기 어린 행위를 통해 희생제물을 바치며 춤을 춘 것이 아니었던가? 대지가 하늘을 향해 떠올라 가도록 하기 위한 것이 아니었던가? 이제 이름가르트는 문이 열린 황금의 홀에 받아들여져, 열려 있는 산속으로 들어가야만 했던 것이 아닌가? 어머니 기손이 고요한 손길로 행복한 고인, 저 환히 빛나는 희생제물을 데리고 가서 더이상 접근이 불가능한 풍경의 보호 아래 둠으로써 모든 것이 수포로 돌아가지 않았던가? 그곳에서 기다리고 있던 모든 이들이 일상 속으로 돌려보내지지 않았던가? 마리우스가 그들을 데리고 나왔던 그 일상 속으로 말이다! 그들의 두려움은 컸다. 그 두려움은 거의 견딜 수 없을 지경으로까지 상승했다. 이제 그 두려움에 구원이 찾아왔어야 할 바로 그 순간에 그들은 배반당했다. 그들은 이전의 상태 속으로 떠밀렸다. 그곳은 두려움이 다시 싹트는 곳, 침묵하는 밤의 두려움이 다시 싹트는 곳이다! 그들은 투덜대지 않고 침묵하며 물러났다. 오직 아이의 울음소리만이 들렸는데, 그것은 무리 한가운데에서 헤매고 있는 체칠리에의 목소리였다.

어머니 기손이 나를 보더니 낮은 목소리로 말했다. "아이를 아빠에게 데려다주게."

정말이지, 그것이 두 사람을 위해 할 수 있는 최선의 일이었다.

나는 아이를 아버지에게 데려다줬다. 아이를 알아보자 그의 꿈의 한조각이 떨어졌다. 그는 아이를 받기 위해 무릎을 꿇었다. 아이가 그에게 달려가자 그는 아이를 자기 옆의 풀밭에 앉혔는데, 그 순간엔 약간 미소를 짓기까지 했다. 나 역시 그들 곁 풀밭에 앉아 체칠리에를 바라보았다. 아이는 땅에서 발견한 돌칼을 가지고 놀고 있었다.

그렇게 우리는 기다렸다. 산마티아스가 왔다. 그는 누구도 쳐다보지 않고 곧바로 자신의 어머니에게 갔다. 이제 그녀는 제단 위 고인의 머리 쪽에 앉아 있었다. 그녀의 손은 내가 신부의 화관을 벗겨냈던 금발의 정수리 위에 놓여 있었다. 덥수룩한 수염의 산마티아스는 침묵하며 음울하게 그 곁에 서 있었다.

그렇게 우리는 기다렸다. 젊은이 몇명이 자베스트를 찾으러 나섰다. 절벽 쪽에서 가끔씩 "자베스트…… 자베스트"하고 외치는 소리가 들려왔고, 한밤에 울리는 메아리는 점점 더 멀리서 대답했다. 사람들은 죽은 이를 부르고 있었다. 자기 이름을 불러도 더이상 듣지 못하는 사람, 이젠 어쩌면 희생자가 냈던 "아아" 소리의 여운만을 듣고 있을지도 모르는 사람. 그 여운은 살인자의 절망 속으로, 모든 죽음 속으로 울린다. 그것은 절망에 빠진 삶에 여운으로 울리는 깨달음이다. 사람들은 그를 죽음의 절망으로부터 돌아오게 할 수 있기라도 한 것처럼 그를 불러댄다. 아아, 하지만 그 절망이 무엇을 의미하는지 아무도 짐작할 수 없다. 눈앞에 죽음 외에는 아무것도 보이지 않는 인간의 내면에서 어떤 일이 벌어지는지 아무도 짐작할 수 없다. 그들은 그를 불렀다. 그들의 외침이 점점 작아졌다.

그렇게 우리는 기다리고 있었다. 그런데 축제 마당은 또다시 군중들이 모여 있다는 것을 알리는 여유로운 흥얼거림으로 가득했다. 노점에는 등불이 다시 켜졌고, 사람들은 이리저리 돌아다니거나 풀밭 위에 앉아 있었다. 심지어 주점엔 사람들이 몰려들어 혼잡하기까지 했다. 주인이 사라져버린 바람에, 절벽들 사이로 사라져버린 바람에 맥주가 공짜였기 때문이다. 사람들이 춤을 추지 않는 것은 그저 음악이 잠시 쉬고 있기 때문이라는 생각이 들 정도였다.

그렇게 우리는 기다리고 있었다. 약 한시간쯤 지나자 마침내 아래쪽 초원 가장자리로부터 등불과 몇개의 횃불이 나타나 자작나무 숲의 가벼운 나뭇잎들 사이에서 흔들거렸다. 벤첼의 안내를 받아 시장과 마을경찰 그리고 지방경찰 한명이 나타났고, 그들과 함께 공포와 호기심에 사로잡힌 아랫마을 사람도 몇명 나타났다. 그들은 젖은 신발로 초원을 가로질러 왔다. 초원에 있던 마을 사람들도 거기 합류했다.

그러고는 의례적인 절차가 진행되었다. 그곳에 있던 사람들은 해명을 해야 했는데, 주로 락스가 열변을 토했다. 모든 절차가 굉장히 간단했고 아주 매끄럽게 진행되었다. 다만 밀란트를 심문할 때 잠시 지체가 되었다. 그는 횡설수설하면서 자신이 딸을 죽였다고 자책했다. 그러자 락스가 웃기 시작했다. "도대체 뭘 가지고 그랬다고 주장할 참인가?" 한참이 흐른 후에야 밀란트는 자신 없는 몸짓으로 체칠리에가 여전히 손에 들고 놀고 있던 부싯돌칼을 가리켜 보였다. 그러자 모두가 웃음을 터뜨렸다. 그들은 자신들 앞에 누워 있는 죽은 이는 잊어버렸다. 왜냐하면 락스가 이렇게 대꾸했기 때문이다. "아 그래…… 차라리 바지단추로 하는 게 훨씬 더 나았겠다." 내가 보건소 의사의 소견서에도 그 상처는 의심할 바 없이 도축용 칼에 의해 생긴 것이라고 기록할 수 있었기 때문에, 밀란트의 발언에 대해서는 더이상 아무도 관심을 갖지 않았다. 이제 관리들은 직무상 행위가 종결됨으로써 필요 없게 된 대상, 즉 이름가르트의 몸에 대해 갑작스러운 혐오감을 드러내며 돌아섰다. 그러고는 법률상 끝까지 추적해봐야 하는 자베스트의 운명에 대해 논의하기 시작했다. 이름가르트의 육체는 자유로워졌다. 자유로이 애도할 수 있게 되었고, 골짜기로 옮길 수 있게 되었다.

렙쿠헨 노점의 아마포 지붕을 재료 삼아 만든 들것이 이용되었다. 공터의 등불은 다 꺼졌고, 밤은 들리지 않게 한숨을 내쉬었다. 행렬이 움직이기 시작했을 때 나는 어머니 기손도 함께 서 있는 것을 보았다. 나는 급히 그녀에게로 갔다. "어머니, 정말로 이렇게 먼 길을 또 가시려고요. 제가 댁에 모셔다드리는 게 나을 것 같아요."

"아니야." 그녀는 그저 그렇게 말할 뿐이었다.

"그럼 저도 함께 가겠습니다, 어머니."

"자네는 여기 위쪽에 남아 있게." 그녀가 결정을 내렸다. "자네는 아직 여기서 할 일이 있을 거야."

"자베스트 말씀이세요?"

그녀는 고개를 내저었다. "아니야…… 하지만 자네가 필요하게 될 거야."

좌우에 횃불이 늘어선 채로 행렬은 사라졌다. 마리우스가 그 행렬을 따라가는 것을 볼 수 있었다. 공터는 조용해졌고 인적도 보이지 않았다. 구름 사이로 별들이 나타났다. 서서히 멀어져가는 부드러운 구름산맥 사이에서 별숲이 하나씩 하나씩 드러났다. 초원에서는 자작나무 가지들이 하얗게 빛을 발하기 시작했다.

나는 천천히 축제 마당을 가로질렀다. 술 취한 사람들 몇명이 여전히 비틀대며 걷고 있었고, 몇명은 주점 근처에서 코를 골며 자고 있었다. 또한 나는 이런 곳에서 으레 볼 수 있듯 서로 부둥켜안은 채 자작나무 아래의 부드러운 비탈을 향해 가고 있는 커플과도 두번 마주쳤다. 그들에게는 오늘이 하늘과 땅이 합일하는 날이었다. 하지만 그걸 위해 이름가르트의 희생이 필요하지는 않았을 것이다.

더이상 손전등을 갖고 있지 않았기 때문에 나는 숲속 오솔길이 아닌 큰길을 선택해서 케이블카 근처 숲길로 내려갔다. 그다음엔 그 숲길을 따라 천천히 위쪽으로 향했다. 숲속 공터를 지나 위편에 있는 집에 가기 위해서였다. 나는 기이한 무념무상의 상태에 빠져들었다. 후덥지근한 구월의 바람이 내 머리 위에서 밧줄을 희롱하고 있었다. 가끔씩 절벽 쪽에서 여전히 자베스트를 부르는 외침이 들려오기도 했다. 하지만 난 자베스트나 이름가르트 혹은 지금 들것을 따라 골짜기로 가고 있는 어머니 기손에 대해 생각할 수 없었다. 나는 그저 내가 걷고 있는 길에 대해서만, 그 길 위의 자갈과 나무뿌리에만 신경 썼다. 내게는 그저 다음 한걸음만이 중요했다. 나는 내가 지금 집으로 가고 있다는 사실조차도 잊고 있었다. 마치 멀리서 외치는 소리처럼 페터에 대한 생각이 갑자기 떠올랐다. 관청 사람들이 축제 마당에서 그를 찾았지만 찾지 못했다. 지금 그는 분명 절벽 사이를 헤매고 다니며 다른 사람들과 함께 아버지를 찾고 있을 터였다. 그런데 나는 사람들이 그것을 때려 부수고 나면 새로운 시대가 도래할 거라고 했던 케이블카, 그 케이블카가 추락해 있는 곳에 도착하자 갑자기 온 힘이 다 빠져버렸다. 내가 알아채지 못한 사이에 엄청난 피로와 실망이 나를 엄습했던 것이다. 어쩌면 무리했기 때문일 수도, 배고픔 때문일 수도, 아니면 슬픔 때문일 수도 있었다. 하지만 그보다는 어떤 유령 같은 꿈의 희망에 빠져 광기의 의미를 파악하지 못한 채 오히려 그 광기에 직접 동참하고 만 나의 무기력과 무능 때문일 가능성이 더 컸다. 나는 아무것도 할 수 없었다. 더이상 산길을 올라갈 수도 없었고, 무언가를 원하는 것도 불가능했다. 나는 잡초들이 무성하게 에워싸고 있는 케이블 기둥의 콘크리트 받침대에 몸을 기댔다. 내 앞엔 끊어진 철사와 밧줄들이 케이블카 지지대에 엉켜 있었다. 그것은 우뚝 솟은 인간의 작품이었지만, 섬뜩하게도 자연의 근원 상태로 돌아가버렸고, 그 쓸모없음으로 인해 야만적이고 이교도적인 것이 되었다. 그것은 마치 인간 이성의 마지막 작품들이 인간의 피와 인간의 육체적 존재의 근원들만큼이나 스스로의 인간성으로부터 멀어졌다는 것을 보여주려는 것 같았다. 그 피와 육체적 존재는 둘 다 금지된 영역으로서 현기증을 일으키며, 거짓된 것으로 이끄는 것들이다. 그것들은 가장 신성하지 못한 것 속에서 서로 맞닿으며, 피의 이교도성으로 인하여 살인하고, 기술의 이교도성으로 인해 살인한다. 그것은 동일한 것이다. 왜냐하면 이교도적인 것은 지속적으로 존재할 수 있기 위해 살인을 필요로 하기 때문이다. 오직 우리 존재의 중심에만 신성한 것이 존재한다. 그토록 짧고, 매일 밤 더욱더 짧아져가는 우리 삶의 바로 그 신성함이 그곳에 존재한다. 삶은 환각이 아니며 기계도 아니다. 그것은 꽃이 피어나는, 개화하는, 어둠에서 어둠으로의 성장이다. 태어나지 못함에서 태어나지 못함으로의 성장, 자기 자신의 거듭남이다. 우리 존재의 중심에 하늘의 애무 아래 나무들이 서 있다. 그곳에 시간이 바람결에 실려온다. 그것은 영원함 사이로 부드럽게 불어오는 바람 전령이다. 시간은 그 영원함으로부터 온 것이며, 그곳을 향해 흘러간다. 마치 가을 나뭇잎이기라도 한 듯 잠시 우리를 태우고 가기도 하는데, 그것은 우리로 하여금 우리가 어디로부터 깨어났으며 어디로 들어서게 될지 예감하게 하려는 것이다. 그것은 우리 자신의 전령이다. 오직 우리 존재의 중심에만 지식이 존재한다. 인간이기 위해 인간에게 필요한 것은 무엇인가에 대한 지식이 그곳에 존재한다. 인간성과 인간 문화에 대한 지식, 경건한 지식이 그곳에 존재한다. 그것은 문화의 지식이며 어머니 기촌 역시 그 지식에 속한다. 그것은 피의 지식도, 기술의 지식도 아니며, 인간의 자기 자신에 대한 지식이다. 그것은 우리 존재의 중심에, 오직 그 중심에만 존재하며, 그 경계의 어두운 환각 속에 존재하지 않는다. 근원성의 환각 속에도, 기술성의 환각 속에도 존재하지 않는다. 우리 안의 신성은 스스로의 존재 안에 거하고 있다. 현세의 밤에 부는 바람 속에서 가문비나무의 가지들이 조용조용 움직이고 있었다. 활엽수에서 가끔씩 나뭇잎이 떨어져내렸다. 마치 그들의 혼란상을 예술적으로 축소시켜놓기라도 한 것처럼 전선들 사이에 매달려 있던 거미줄이 내 얼굴에 달라붙었다. 하지만 내 두 손엔 여전히 아까 흘러내렸던 피의 흔적이 남아 있었다. 별무리가 나지막이 흥얼거리는 가운데 하늘이 더 깊이 내려앉았고, 밤의 노래를 부르며 숲은 하늘을 향해 더 높이 떠올라갔다. 대지가 부유했다. 난 아직 살아 있었다. 이렇게 무한성이 하나 되는 곳, 이곳 중심에 존재하는 것이 아직은 내게 허락되었던 것이다. 그러고 나서 난 위쪽을 향해 걸었다. 다시 걷기 시작하여 내가 같은 곳에 다시 왔다는 것도 제대로 깨닫지 못한 채 숲속 공터 쪽에 다다랐다. 거기서 내 아래로 펼쳐진 골짜기의 별들을 보았고, 구월의 투명한 안개로 가득 찬 창공의 골짜기를 보았다. 그 안에서 비폭력성 앞의 폭력성을 드러내며 땅과 하늘이 서로 맞닿았다. 내가 그것을 보는 동안 숲이 다시 한번 나를 받아들였다.

그것은 행복한 상태였던가? 분명 그렇지 않았다. 하지만 확신의 상태이기는 했다. 그럼에도 불구하고 그 확신의 상태는 또 한번의 시험을 거쳐야 했다.

왜냐하면 베취의 집으로부터 멀지 않은 곳에서 나를 잡아끄는 것이 있어 깜짝 놀라 멈춰 서야 했기 때문이다. 음악 소리와 왁자지껄한 소리가 들렸는데, 박수 소리에 맞춰 정통 민속 춤곡을 연주하고 있었다. 분명하게 하모니카 소리가 들렸고, 두대의 바이올린 소리도 뚜렷하게 들려왔다. 심장의 고통으로 인해 잉태한 밤을 향해 바이올린 소리가 울려퍼지고 있었다. 깜짝 놀란 마음을 진정시키고, 피곤함을 잊은 채 나는 달리기 시작했다. 몇분 후 나무들 사이에서 횃불들이 환하게 빛나고 있는 것을 보았을 땐 더욱 빠르게 달렸다. 곧 나는 전체 상황을 볼 수 있었다. 정령과 악마의 무리, 물론 그들은 더이상 정령과 악마가 아니라 평범하게 땀 흘리고 있는 가면을 쓴 사람들일 뿐이었지만, 아무튼 선술집에서 공짜 맥주를 마시고 만취한 이 무리들은 횃불 불빛 속에서 나무 한그루를 둘러싼 채 모여 있었다. 그들은 그 나무에 한 남자를 묶어놓고 있었는데, 나는 그를 알아보지 못했지만 그가 베취일 거란 걸 예측할 수 있었다. 볏짚 망토를 입은 사람 하나가 그 앞에서 음악 소리에 맞춰 이리저리 춤을 추고 있었고, 다른 사람들은 손뼉을 치고 허벅지를 두드렸다. 가끔씩 한 사람이 앞으로 나서서 베취의 뺨을 때렸다. 술 취한 사람들의 고집스러움으로 그들은 계속해서 민속 춤곡을 노래했다.

"누가 너를 불렀는가
바보 같은 판매대리인아.

네가 우리 돈을 훔쳤다만

이젠 그것도 끝장이다."

벤첼이 그들 가운데 있었다. 그들은 흥에 겨워 있었다. 그 집엔
온전한 유리창이 더이상 남아 있지 않았다. 그런데도 흥을 돋우기
위해 가끔씩 돌멩이가 날아갔다. 한마디로 역겨운 상황이었다.

내겐 그들이 비록 취하긴 했어도 날 어쩌지는 못할 거라는 확신
이 어느정도 있었다. 심지어 벤첼과의 사이에도 일종의 신뢰관계
같은 게 형성되어 있었다. 그럼에도 불구하고 만약의 경우를 대비
해 난 건너편 정원에서 내 소리를 듣고 있을 게 분명한 트랍을 향
해 휘파람을 불었다.

날카로운 휘파람 소리에 사람들의 주의가 환기되었다. 축제가
중단되었다.

"풀어줘." 나는 그들을 향해 소리 질렀다. "당장 풀어주라고!"

벤첼이 비틀거리며 다가왔다. "의사 선생님, 소소하고 건전한 재
밋거리입니다."

"천박한 자식." 내가 말했다. 나는 돌진해오는 트랍에게 그를 물
라고 하고 싶은 마음이 굴뚝같았다.

"의사 선생님." 그가 기이할 정도로 이성적이고 진지해지더니
이렇게 말했다. "꼭 필요한 일이었어요."

꼭 필요했다고? 그의 진지함이 기이하게도 내 마음을 움직였고,
내가 베취에 대해, 이 사건을 꼭 필요한 일이 되도록 만들었을 이
불운아에 대해 갖고 있던 해묵은 거부감을 또다시 불러일으켰음에
도 불구하고 난 토론을 벌일 시간이 없었다. 나는 말없이 베취에게
로 다가가 나의 칼을 꺼내서는 그를 풀어줬다. 그는 나의 품 안으

로 맥없이 쓰러졌다.

"이봐요, 베춰." 내가 말했다. "힘을 내요. 잘될 거예요…… 코피 조금 난 것 정도는 금세 처치할 수 있을 겁니다……"

"제 아내에게는 이 일에 대해 말씀하지 말아주세요, 의사 선생님. 너무 놀랄 겁니다." 작은 영웅은 그렇게 중얼거렸다. 그러고는 곧 의식을 잃었다.

그 무리는 나를 둘러싸고 서 있었는데, 몇몇은 그저 멍하게 앞을 바라봤고, 몇몇은 황홀경에 빠져 미소 지었다. 나는 그들을 자세히 살펴보았는데, 놀랍게도 그중에는 착실한 청년 루트비히도 있었다. 그러니까 그들 모두가 나쁜 사람은 아니었고, 그저 엉망으로 취했을 뿐이었다.

"루트비히." 내가 말했다. "날 좀 도와주게."

그가 약간 망설이며 왔고 또다른 사람 하나가 나섰다. 우리는 베춰를 일으켜 세웠다. 하지만 현관문은 닫혀 있었다. 나는 베춰 부인을 불렀다. 아무런 기척도 없었다. 어쩌면 그녀는 의식을 잃은 채 마룻바닥 위에 쓰러져 있는 건지도 몰랐다.

나는 집 안으로 들어가야 했다. 한 사람이 문을 부수자고 제안했다. 하지만 나는 그렇게 하고 싶지 않았다. 나는 사람들에게 나를 부서진 부엌 창문 높이까지 들어올리도록 한 후, 안으로 손을 집어넣어 잠금장치를 열고 집으로 들어갔다. 부엌에서 나는 베춰가 돌바닥 위에 꼼꼼하게 깔아둔 나무 판자에 걸려 비틀거렸다. 그다음에 난 불을 켰다. 나는 이 방 저 방으로 가면서 계속 소리쳤다. "납니다, 베춰 부인. 의사입니다." 하지만 아무런 기척도 나지 않았다. 그들은 도피한 것일까? 나는 더이상 찾는 것을 포기했다. 부상당한 이를 계속 기다리게 할 수는 없었기 때문이다. 나는 계단을 내려가 현관문을 열었다. 우리는 여전히 의식을 잃은 상태인 그를 침실로 데리고 올라갔다. 트랍이 따라왔다. 난 사람들을 내보낸 후, 세면대 대야에 물을 채우고는 그 사내를 위해 내가 의사로서 할 수 있는 조치를 취했다.

내가 한창 작업 중인데 옆에서 개가 으르렁댔다. 나는 귀를 기울였다. 멈칫거리며 조용히 발을 끄는 듯한 소리가 들리다가 다시 멈추곤 했다. "들어오세요." 내가 소리쳤다. 하지만 아무런 반응이 없었다. "들어오세요." 내가 다시 한번 소리쳤다. "접니다, 의사입니다!" 대답이 없었다. 난 방문들을 열어봤다. 아무것도 없었다. 하지만 작은 곁방을 가로지르던 나는 계단에 앉아 있는 부인을 봤다. 그녀는 계단 맨 위 칸에 앉아 이를 덜덜 떨고 있었다.

맙소사, 설마 지금 그녀가 놀라서 갑자기 진통을 하는 건 아니겠지! 또다시 이 죄 없는 사람들에 대한 불쾌감이 나를 엄습했다. "대체 어디에 숨어 있었던 겁니까, 베취 부인?"

그녀의 입이 빠르게 움직였지만 그녀는 대답을 할 수 없었다. 그것도 그렇지만 그녀가 실신한 남편을 보지 않는 것이 더 나았다. 그래서 난 그녀가 그곳에 앉아 있도록 내버려뒀다.

나는 베취를 진찰했다. 일단 이 하나가 빠진 것을 확인했다. 그밖에 어디를 다쳤는지는 그가 다시 깨어나봐야 알 수 있었다. 두 팔과 다리는 무사했다. 난 가랑이 부분을 살펴보았다. 당연하게도 누군가가 그의 그곳을 걷어찼다. 농촌 청년들은 이 인기 있는 행동을 빼먹는 법이 거의 없었다. 아마 그가 기절한 이유도 그 짓 때문이었을 것이다. 난 가장 심한 부분을 씻어내고 그 위에 찜질 주머니를 얹어두었다. 그러고는 달려나와 그의 부인 곁을 지나 우리 집으로 갔다. 그에게 첫번째 고통이 몰려오기 전에 모르핀 주사를 가져오기 위해서였다.

베취에게 주사를 놓은 후 나는 여전히 그곳에 앉아 있던 부인에게로 갔다. 나는 계속해서 그녀의 내면에서 덜덜 떨며 소용돌이치고 있는 공포로부터 그녀를 끄집어내야만 했다. "베취 부인, 아이는 어디 있나요?"

그 말이 효과가 있었다. 그때 그녀가 정신을 차렸던 것이다. "지하실에 있어요." 그녀가 소리를 냈다.

"아이를 데려오세요."

나는 그녀가 후들거리는 다리로 똑바로 설 수 있도록 도와줬다. 똑바로 서고 나자 그녀의 말문이 트인 것 같았다. "그들은 갔나요?" 그녀가 물었다.

그녀는 습관적으로 두 손을 배 위에서 깍지 끼고 있었는데 진통을 호소하지는 않았다. 나는 그것만으로도 선물 같다고 생각했다.

"네, 베취 부인. 그들은 갔습니다. 무사히 끝이 났어요…… 내가 함께 아이를 데리러 가도록 하죠." 나는 그녀가 아이를 떨어뜨릴까봐 두려웠다.

그후 우리는 환자 곁에 앉았다. 이제 그는 모르핀에 취해 잠들어 있었고 평화로워 보였다. 나도 의자에 앉은 채 잠이 들었는데, 불안한 잠이었고 환자를 살피기 위해 자주 깨어났다. 하지만 나중엔 깊이 잠이 들어버린 바람에 그가 깨어난 것도 모르고 자고 있었다. 눈을 뜨자 베취 부인이 침대 위 남편 곁에 앉아 있는 모습이 보였다. 두 사람은 서로의 손을 잡은 채 내가 잠에서 깰까봐 서로 얘기도 나누지 못하고 있었다. 그저 서로의 피곤한 두 눈을 들여다보고 있을 뿐이었다.

"아픈가요, 베취?"

그는 고개를 젓고는 미소 지었다.

"그래도 우린 위자료를 청구할 겁니다. 손해배상이랑 수익손실에 대해서…… 그 패거리가 이 문제를 그렇게 가볍게 끝내지는 못하게 할 거예요."

또다시 그는 고개를 가로저었다. "아아 아닙니다, 의사 선생님. 별 의미 없는 일입니다……"

"그래, 그 얘긴 나중에 하기로 합시다……"

"아녜요, 의사 선생님. 우린 가능한 한 빨리 떠날 겁니다. 그게 전부입니다……"

"그럼 그다음엔 어떻게 할 건가요?"

그는 확신에 차서 미소 지었다. "전 어떻게든 제 가족을 먹여 살릴 겁니다……"

"맞아요." 그의 부인이 말했다. "이 사람은 하려고 맘만 먹으면 뭐든지 할 수 있어요."

그러자 침대 위의 작고 초라한 헤라클레스가 말했다. "나쁜 사람들을 떠나는 건 쉬운 일입니다. 하지만 좋은 사람들을 떠나는 건 쉽지 않죠…… 선생님은 저희에게 너무나 잘해주셨어요, 의사 선생님."

두 사람 모두 눈에 눈물이 맺혔다. 아마 나도 그랬던 것 같다. 하지만 두 사람은 한탄을 하지는 않았다. 더이상의 감동이 몰려오는 걸 막기 위해 나는 재빨리 그의 몸을 살펴보았는데, 갈비뼈도 하나 부러졌다는 것을 알게 되었다.

내가 집으로 온 것은 새벽 다섯시경이었던 것 같다. 나무들은 이미 환해지기 시작한 하늘을 향해 검은 모습으로 서 있었다. 하늘엔 더이상 구름이 보이지 않았다. 별들은 이미 아침 기운을 받아 하늘의 반구로부터 떨어져나왔다. 더 작아지고, 생기 없이 빛나는 점이 된 별들은 녹색으로 물들어가는 천공을 떠돌다가 곧 그 안에서 소멸했다. 세상은 그 아래 의미 없이 놓여 있었지만 그 잔인함과 선함만은 의미가 충만했다. 세상의 몇몇 곳은 이미 색을 입기 시작했다.

13

대도시의 오물이 강으로 흘러들어 다시 깨끗해진 후 바다로 실려가듯, 모든 비참한 것들이 투명해지고 깨끗해져서 다시 삶으로 되돌아온다. 본래 있던 곳으로, 과거에 존재했고 지금 존재하는 곳으로, 앞으로도 계속 존재하게 될 곳으로 되돌아온다. 그 삶은 전체의 일부로서, 전체 속에서 잘 구별되지 않는다. 전체에 의해 흡수되어, 전체 안에 속해 잘 드러나지 않으며 불변하는 것 속에 가라앉아 있다. 정말이지 수치심조차도, 인간이 가끔씩 인정하고자 하는 것보다 그의 내면 더 깊은 곳까지 닿아 있는 이 거룩한 선善, 고통보다 더 오래 지속되고자 했던 수치심조차도 다시 투명해져서 알아볼 수 없는 삶이 된다. 석양을 이루는 선線이 된다. 나비 날개 위의 가루막이 된다. 관념화된 것들의 바닷속에서 하나의 사상이 된다. 저 끔찍한 밤의 재난이 격렬한 물결 속에서 아직도 여운을 남기며 흔들렸다. 그러면서도 그 흔들림은 이미 끝이 났다. 이름가르트는 매장되었고, 자베스트는 두개골이 파열된 채 바위들 사이에서 발견되었다. 베취는 망가지도록 두들겨 맞고 자리보전 중이었다. 이얼마나 비참한 상황인가! 그럼에도 그것은 이미 질서 속에 편입되어 투명해졌고 눈에 보이지 않게 되었다. 그것은 기억과 망각의 바닷속에서 잔물결이 되었다. 그런 모습은 락스가 자신의 목재들을 난쟁이갱 쪽으로 실어나르고, 벤첼이 마치 그 끔찍한 사건이 일어난 적 없다는 듯 아주 거리낌 없는 모습으로 청년들과 함께 마을을 행진하고 우쭐거리며 다니는 데서만 볼 수 있는 게 아니었다. 직접적인 피해자들에게도 일상으로의 복귀가 시작되었다. 주점이 이틀 동안 문을 닫았고, 페터가 견습 수업을 받거나 학교를 다니기 위해 도시로 나가야 하게 되었음에도, 또한 베취가 이사 일정에 대해 얘기하고 있어도, 사람들은 이 모든 일 뒤에 여전히 숨겨져 있는 음울한 원인에 대해서는 거의 언급하지 않았다. 사람들은 이미 마음속에서 그 원인이 된 사건을 서서히 소화해냈고, 그 긍정적인 면과 부정적인 면에 대해 신중하게 따져보았다. 그리고 밀란트는 안드레아스와 마리우스의 도움을 받아 옥수수를 수확했다. 골짜기의 밭들은 변함없이 그 자리에 있었기 때문이다. 쟁기가 그 위를 지나갔고, 밭은 한칸씩 한칸씩 거무스름해지며 적갈색으로 변했다. 언덕 위쪽에서는 더이상 익으려 하지 않던 마지막 귀리가 수확되어 마차에 실렸다. 곧 감자를 캐게 될 것이었다. 어머니 기손의 삶 역시 변함없는 것처럼 보였다. 변함없이 그대로 유지되고 싶어하는 것처럼 보였다. 그녀는 조용히 집 안을 돌아다녔다. 심지어 해마다 담그던 슈납스까지 다시 제조했다. 나는 한번은 아가테가 그녀와 함께 있는 것을 우연히 보았고, 또 한번은 집에 가던 길에 두 사람이 함께 숲에서 나오는 것을 보았다. 그때 나이 든 여인과 임신 중

인 여인, 그 두 여인은 경사진 초원과 호수가 만나는 물가에 선 채
가을 햇살이 빛나는 골짜기를 내려다보고 있었다.

살인자 자베스트의 부인이 여관 겸 주점을 황급히 팔아치우지
않고 당분간만이라도 계속 운영하기로 한 것은, 부분적으로는 그
녀와 그녀 아들의 운명에 대해 내가 그녀와 함께 나눴던 긴 대화의
결과이기도 했다. 그런데 그녀와 대화를 나누는 동안 그녀가 아가
테를 미래의 며느리로 생각하고 있다는 게 드러났다. 그것은 아마
도 그녀가 이제 자신이 늙는다는 것을 더 실감하게 되었기 때문이
거나, 아니면 여성으로서 그녀가 느끼는 연대감 때문이었을 것이
다. 페터가 그렇게 음란한 짓을 저지르고 그 소녀를 버릴 수 있었
다는 사실이 계속해서 그녀의 마음을 짓눌러왔다고 했다. 그리고
이제 그 모든 끔찍한 일을 겪었으니 그 아이도 이성적이고 진지해
질 것이고, 자신의 잘못을 바로잡으려 할 거라는 생각이었다. 그녀
는 그냥 한번 아가테와 이야기를 나눠보라는 나의 충고를 따랐다.
하지만 별 소득은 얻지 못했다. 아가테가 긍정도 부정도 하지 않은
채, 페터가 떠나기 전에 만나보라는 청을 그냥 거부했기 때문이다.

나는 그 문제에 대해 어머니 기손에게 이야기했다.

"그 아이 생각이 옳아." 그녀가 말했다. "페터는 결코 그애에게
어울리는 남자가 되지 못할 거야."

"하지만 벌써부터 그렇게 얘기할 수는 없는 거잖습니까, 어머니.
두 아이는 아직 새파랗게 젊은걸요…… 그리고 한때의 사랑으로부
터 언제든 제대로 된 것이 자라날 수도 있는 거죠."

나는 부엌의 그녀 곁에 앉아 있었다. 햇빛이 내리쬐는 창문턱에
는 새로 담근 슈납스가 목 부분이 끈으로 단단하게 묶인 병에 담겨
있었다.

"아가테는 자신이 있어야 할 곳에 있는 거야." 그녀가 대답했다. "하지만 그 사내애는 부모들의 탐욕을 타고났지······"

"모든 인간은 변할 수 있어요. 변화를 받아들이고요····· 게다가 페터는 지금 충격적인 일을 당했잖아요."

"아냐, 그러기엔 그애는 아직 너무 젊어····· 그애가 어둠으로부터 빠져나오려면 아직도 수많은 어두운 탐욕 사이를 통과해야만 할 거야····· 정말로 빠져나오게 될지 어떨지도 모르는 일이고."

"한번 사생아가 되면 영원히 사생아인 겁니다." 내가 말했다. "아가테가 운이 나빴던 거죠."

"아가테에게 그건 불행이 아니었어. 그애에게 그 일은 멋지고 올바른 일이었지····· 이름가르트도 그렇게 되었어야 했는데····· 나는 그저 그애 곁에 조금 더 머물 수 있기를 바랐던 것뿐이야·····" 그녀에게서 익숙히 보아왔던 저 망연한 표정이 또다시 그녀의 얼굴에 떠올랐다. 그러고서 그녀는 미소 지었다. "·····하지만 이름가르트가 아가테보다 날 더 절실하게 필요로 할지도 몰라·····"

그녀는 미소를 지었지만 난 그 말이 진지하다는 걸 느꼈다. 그래서 일상적인 반박의 말조차 차마 꺼낼 수 없었다.

"그래." 그녀가 말을 이었다. "그건 그렇고 자네도 한번쯤 아가테와 직접 이야기를 나눠보는 게 어떨까····· 어차피 그애를 좀 돌봐줘야 할 텐데 말야····· 그건 좀 나중 일이지만·····"

밖에서는 태양이 비치고 있었고, 바람을 머금은 구름은 넓은 띠 모양을 이루어 멀리 흘러가고 있었다. 어머니 기손은 건강하고 강인한 모습으로, 어쩌면 조금은 피곤한 상태로 거기 앉아 있었다. 내년을 위한 슈납스는 마련되어 있었다. 그녀가 그런 식으로 말하는 건 사실 그날 밤의 후유증일 따름인지도 몰랐다. 그렇지만 어머니 기손은 변덕스러운 인물은 아니었다.

며칠 후 어느 오전에 난 아가테를 찾아갔다.

날씨가 갑작스럽게 바뀌어 있었다. 위쪽의 산중에서는 눈이 내렸음이 분명했다. 앞이 보이지 않을 정도로 내리는 빗줄기 사이로 안개 뒤에 숨겨져 있는 눈의 맛이 느껴졌다. 안개는 마치 뻣뻣하고 낡은 아마포처럼 산 여기저기에 걸쳐져 있었다. 그 뒤에는 겨울의 작업장이 있었다. 트랍은 나를 앞서서 달려가고 있었는데, 깃을 높이 세워 입은 나의 모직 외투를 부러워했다. 하지만 아랫마을의 날씨는 좀더 온화했다.

슈트륌은 헛간 처마 아래서 장작을 패고 있었다. 이미 겨울용 땔감이 옅은 황색의 절단면을 내보이며 헛간 담벼락을 따라 질서정연하게 잔뜩 쌓여 있었다.

"항상 부지런하군요, 슈트륌. 땔감을 엄청나게 마련했네요."

그가 환한 표정을 지었다. "당연한 일 아닙니까, 의사 선생님? 아기에겐 따뜻한 방이 필요할 테니 말이죠. 지금이 시월인데, 내일이라도 겨울이 시작될 수 있잖아요."

축사 문을 열고 아가테가 나왔다. 손에는 땔감용 양동이를 들고 있었다. 이제 그녀의 임신 사실은 뚜렷하게 표시가 났다. 작고 둥근 배가 앞으로 볼록 솟았고, 얼굴은 갸름해져서 나이 든 표시가 났다. 하지만 그 얼굴이 천진난만하게 환해졌다. "손님이 또 오셨네요…… 의사 선생님이 오셨네."

"그래, 의사 선생님이다. 그런데 이렇게 비가 오는데 계속 여기 있을 수는 없을 것 같구나." 그러고는 나는 집 안으로 들어가서 외투를 벗은 후 화덕 쪽에 앉았다.

그녀는 내 뒤를 따라 들어오더니 방 쪽을 가리켰다.

"아니다, 아니야. 난 여기 있겠다. 여기가 더 따뜻해…… 아니면 안쪽에 누가 있는 거냐? 손님이 또 오셨다고 말했잖아……"

"아뇨." 그녀가 행복한 미소를 지어 보였다. "어머니 기손께서 오늘 벌써 다녀가셨어요."

"이럴 수가!" 나는 어머니 기손이 이렇게 굳은 날씨에 아랫마을까지 왔다는 사실에 정말로 놀랐다.

"주크 아저씨의 마차를 타고 함께 내려오셨어요." 아가테가 계속해서 설명했다.

"아하." 어쨌든 어머니 기손으로 하여금 특별히 마차를 동원하도록 한 일이라면 뭔가 중요한 일임에 틀림없었다.

"그리고 지금은 건너편 밀란트네에 가 계세요. 그다음엔 자베스트 부인에게 가실 거구요."

이제 난 상황을 이해할 수 있었다. "그러니까 자베스트 부인에게 가신다는 건…… 아마 너와 페터 때문이겠구나?"

내가 상황을 알고 있다는 것을 그녀 또한 알고 있는 게 분명했다. 그녀가 순순히 내 말을 인정했던 것이다. "네…… 그리고 자베스트 부인이 저의 거절 이유가 자베스트 씨가 이름…… 자베스트 씨가 그짓을 했기 때문이라고 생각하지 않도록 하기 위해서죠. 그 때문에 부인이 가슴앓이하지 않도록 하기 위해서구요. 그래서 어머니 기손이 오늘 부인에게 가시려는 거예요."

"정말이지 그건 진짜 이유가 될 수 없는 거다, 아가테. 자베스트가 한 짓에 대해서는 속죄가 이루어진 거니까. 사람들도 곧 그 일을 잊게 될 거다…… 하지만 페터 자베스트의 사생아는 그렇게 쉽게 잊을 수 없을 거다. 그 아이는 계속 존재할 테니……"

아가테의 얼굴이 행복해졌다. "맞아요, 그 아이는 계속 존재할 거예요…… 그리고 사람들은 날 건드리지 못할 거예요. 나와 아이를 건드리지 못할 거예요……"

"아가테." 내가 말했다. "아이는 아직 태어나지 않았단다, 일단 태어나게 되면……"

"금방 태어나요."

"그래, 곧, 육주 후면 태어나겠지…… 일단 아이가 태어나게 되면, 어쩌면 넌 네가 사랑했던 그 사람 역시 다시 원하게 될지도 모른단다. 아이를 위해서는 아빠로서……"

그러자 그녀의 표정이 변했다. 어린아이 같은 기색이 한순간에 사라졌고, 성숙하고 여성스러운 모습이 되었다. 그녀가 천천히 말했다. "전 기뻐요."

밖에서 내리는 빗줄기는 더 거세지고, 규칙적으로 변했고, 아무런 기쁨도 없는 듯했다. 그런데 이곳에서는 한 인간이 또 하나의 인간을 품고 있다는 이유로 기뻐하고 있었다. 그녀는 기쁨으로 충만한 별들의 비를 맞고 있었다. 내가 말했다. "그래, 아가테, 넌 기뻐하고 있구나."

잠시 후 그녀가 말했다. "한때 존재했던 것, 그러니까 저와 페터의 일은 아름다운 어둠이었어요. 어둠속에는 기쁨이 존재하지 않죠…… 하지만 제겐 빛과 기쁨이 와야만 했어요…… 이제 절대 제 위로 다시 어둠이 닥쳐서는 안 돼요. 만일 그렇게 되면 전 아이 앞에서 수치스러워질 거예요……"

어머니 기손의 생각이 옳았다. 아가테의 생각을 바꾸려는 것은 괜한 짓이었던 것이다. 그럼에도 나는 이렇게 덧붙였다. "가끔은 어둠속에서 보이지 않는 빛이 타오르기도 하지. 그걸 부채질해서 피워내기만 하면 돼. 그럼 사랑이 되는 거야……"

그녀가 미소 지었다. "페터가 저와 함께 그 빛을 피워냈던 건 아닐 거예요."

"어쩌면 네가 그애에게 그걸 지금 가르쳐줘야 하는 건지도 몰라."

그녀가 단호하게 말했다. "그에게 그걸 가르쳐주고 싶지 않아요. 그리고 그도 그걸 배우고 싶어하지 않을 거예요. 그는 오직 어둠을 원할 수 있을 뿐이에요. 그렇기 때문에 그는 벤첼도 따라야만 했던 거구요……"

"아가테." 내가 말했다. "어쩌면 넌 그저 용서할 수 없는 건지도 모르겠다."

그녀는 생각에 잠긴 채, 임산부들이 으레 그렇게 하듯 배 위에 깍지 끼고 있는 자신의 두 손을 바라보았다. "아녜요……" 그녀가 말했다. "아녜요…… 하지만 기쁨이 너무 커서 용서에 대해 생각할 필요가 없을 정도예요…… 기쁨이 너무 커서 만일 내가 이미 죽어버렸다고 해도 기쁨은 그 자리에 그대로 남아 있을 정도예요. 만일 그렇게 된다고 해도 그 기쁨은 여전히 저의 기쁨일 거예요…… 제 생각에 그 기쁨은 이미 제가 세상에 태어나기도 전부터, 이 세상이 존재했던 이래로 항상 그곳에 있었던 것 같아요. 그리고 그 기쁨이 마치 제가 아기이기라도 한 듯 저를 받아들였어요…… 그런 일은 있을 수가 없는 걸까요, 의사 선생님?"

"아니다, 아가테." 내가 말했다. "어쩌면 그럴 수도 있을 것 같구나."

슈트룀이 들어왔다. 그는 마치 자신이 임산부이기라도 한 듯 앞치마가 돌돌 말려올라간 도톰한 배 위로 두 손을 깍지 끼고 있었다.

"슈트룀." 내가 물었다. "여자아이면 좋겠어요, 사내아이면 좋겠어요?"

"쌍둥이요." 아가테가 외쳤다.

"좋아, 하지만 둘 다 딸이어야 해요." 슈트룀이 말했다. "사내아이들은 모두 바보가 될 테니까요."

"벌써 그렇게들 되고 있죠." 내가 말했다.

"얼마나 바보들 같은지." 슈트룀이 말했다. "오늘, 이런 날씨에 산을 열겠다고 올라갔답니다."

"그래요?" 순간 산마티아스와 주크가 이 기회를 이용해 산 위쪽에서 무시무시한 총질을 벌일 수도 있다는 생각이 뇌리를 스쳤다. 다행히도 주크는 아랫마을에 와 있었다. 하지만 내가 볼 때 그것은 마티아스 혼자서도 충분히 할 수 있는 일이었다. 게다가 지금 그는 이름가르트에 대한 피의 복수를 생각하고 있을 테니 더욱 그러했다.

"마리우스도 함께 올라간 것 같아요." 슈트룀이 계속해서 설명했다.

어머니 기손이 이미 이 일에 대해 알고 있었음이 분명하다는 생각이 들었다. 그렇다. 그녀가 아랫마을로 내려온 것도 그와 관련이 있을 것이다. 그녀와 이야기를 해봐야만 했다.

"어머니 기손이 떠나기 전에 밀란트네로 가봐야겠어요." 난 그렇게 말하고 일어섰다.

"의사 선생님." 아가테가 주저하듯 말을 꺼냈다. "여쭤보고 싶은 게 있는데요……"

"그래, 얘야…… 어디 아프기라도 한 거냐?"

"아뇨…… 의사 선생님. 하지만 두려워요…… 어머니 기손이 아프신 건가요?"

"의사에게 그런 건 절대 물어봐서는 안 되는 법이란다. 첫째, 그가 그걸 알 리 없기 때문이고, 둘째, 그가 그걸 대답해서는 안 되기 때문이지…… 하지만 어머니 기손은 내 환자가 아니니까, 그래서 네게 말해줄 수 있는 건데, 난 그분이 우리 세 사람 모두만큼이나 건강하시다고 생각한다……"

"네, 하지만 그분이 죽음에 대해 얘기하셔서요……"

"어머니는 이제 나이가 많으신 분이다, 아가테…… 나이 든 사람들은 때때로 죽음에 대해 얘기하곤 하지."

그녀는 눈에 띄게 안심하는 모습이었다. "어머니는 저와 함께 약초를 찾으러 가겠다고 약속도 하셨어요."

"거 봐, 그렇잖아."

나는 급히 젖은 외투를 걸치고 밀란트네 집으로 건너갔다. 비는 더욱 거세졌고, 하늘과 땅은 함께 어울려 시월과 추위와 절망으로 만든 죽 같은 형상을 이루고 있었다.

어머니 기손은 정말로 아직 그곳에 있었다. 그녀는 딸과 함께 커다란 부엌 식탁에 앉아 있었다. 농부의 아내는 종이 한장을 앞에 두고 있었고, 뭉툭하게 깎은 연필로 그 위에 숫자들을 쓰고 있었다.

"자네가 왔군그래." 어머니 기손이 나를 반겼다. "우린 자네를 데려오려고 했었네. 주크와 나 말이야. 그런데 자넨 이미 없더군."

내가 밀란트 부인을 방해한 꼴이 되었다. 그녀는 그저 글씨를 쓰느라 정신이 없었다. "이십육일과 절반." 그녀가 말했다.

"무슨 일인가요?"

"아아, 이름가르트의 하숙비를 계산하겠다고 저러는군." 어머니 기손이 대답했다.

뭔가 섬뜩했다. 왜냐하면 그 마지막 결산일은 결국 살인의 날이었기 때문이다.

"그냥 둬." 어머니 기손이 말했다. "어차피 그애는 일을 해서 갚
았어."

"그애가 일을 해서 갚은 건 하나도 없어요." 밀란트 부인은 아주
고집스러운 어조로 대답했다. "이름가르트는 아무것도 거저 받아
서는 안 돼요." 그러더니 그녀는 부엌장이 있는 곳으로 가서 자신
의 금고인 작은 사기 그릇을 꺼냈다.

"그런데 난 돈 때문에 너희에게 온 게 아니란다."

"난 정리가 되었으면 좋겠어요."

계산의 마지막에 살인의 날이 자리 잡고 있음에도 어머니 기손
의 대답에는 조롱과 흥거움의 어조가 섞여 있었다. "어떤 정리를
원한다는 거냐? 제대로 정리하기 위해서 돈만 지불하면 된다고 생
각하는 거냐?"

부엌장 쪽에서 소리가 들려왔다. "이름가르트는 빚진 것 없이 잠
들어야 해요."

내 눈엔 밀란트 부인이 가능한 한 이름가르트의 죽음을 철회 불
가능하게 만들려는 의도를 가진 것처럼 보였다. 할머니에게조차
빚진 게 남아 있어서는 안 된다는 거였다. 그래서 내가 말했다. "밀
란트 부인, 이름가르트는 어떤 일이 있더라도 편안히 잠들 겁니다."

그제야 어머니 기손이 엷은 미소를 지었다. "돈을 다오. 그 아이
를 위해 보관해두마."

밀란트 부인이 자신의 돈통을 들고 식탁으로 오더니 그것을 비
웠다. "죽은 자들은 다시 돌아오는 법이 없어요." 돈을 세면서 그녀
가 말했다.

"어떤 이들은 불러야 하고, 어떤 이들은 돌려보내야 하지…… 그

래……" 어머니 기손의 목소리 역시 비웃는 듯 비밀스럽게 멀어졌다. "그래, 또 어떤 이들은 아직 우리와 함께 있기도 하지. 사람들은 그걸 알아채지 못해……"

그 얘긴 그녀 자신을 의미하는 걸까? 이름가르트를 말하는 걸까?

"어머니." 다시 자리에 앉아 힘없이 상판을 바라보고 있던 밀란트 부인이 말했다. "어머니, 그런 얘기하시면 안 돼요."

바깥 세상을 가득 채우고 있던 음침하고 목이 쉰 소리를 내는 공기 덩어리가 이곳 실내에도 존재했다. 그것은 부엌의 그늘, 사람 사는 곳에서 항상 나는 냄새, 그리고 화덕 위의 냄비가 조용히 쉿쉿거리는 소리와 뒤섞여 있었다. 그때 내가 말했다. "이름가르트는 혼자 있게 두세요, 어머니. 영혼들은 기다리는 걸 좋아해요."

"자넨 이해하지 못해, 의사 선생." 그렇게 난 책망을 들었다.

그러더니 그녀는 돈을 크고 검은 지갑 속에 집어넣었는데, 그러면서 그녀가 대충 돈을 세어보는 걸 알 수 있었다. "그래." 그녀가 말했다. "여행을 하려면 돈이 필요하지…… 많이 필요하지는 않지만, 약간은 필요해…… 게다가 두명이니까."

농부의 아내는 틈이 갈라진 부엌 식탁으로부터 시선을 들어올리지 않았다. "죽음 속에서도 그 아이를 내게서 빼앗아가려는 건가요, 어머니?"

어머니 기손은 고개를 흔들었다. "빼앗다니, 아니야…… 하지만 아이가 숲에서 길을 잃었다면, 누군가가 가서 찾아야지."

하지만 농부의 아내는 그녀의 말을 듣고 있지 않았다. "난 항상 돈을 지불했지만, 그럼에도 불구하고 사람들은 내게서 모든 것을 빼앗아갔어요. 내겐 아무것도 남지 않았어요. 난 산에서 흘러내려오는 물과 같아요. 난 아무것도 소유하지 않고, 어떤 것도 간직해서는 안 되는, 심지어 물가조차도 소유할 수 없는 물과 같아요. 난 물과 같이 벌거벗었고, 수치심도 없는 존재예요. 내 손엔 아무것도 없어요. 난 무無를 향해 달려가요."

이 사람이 이름가르트의 장례식 때 아무 말없이, 거의 무심하게, 눈물 한방울 흘리지 않고 서 있었던 바로 그 여인과 같은 사람이란 말인가?

그런데 그녀가 거칠게, 거의 남자 같은 몸짓으로 나를 향해 몸을 돌렸다. "날 좀 보세요, 의사 선생님…… 네, 날 보시라구요. 난 수치심이 없어졌어요. 마치 여자가 아닌 것처럼 수치심이 없어요. 진정한 외로움 때문에 수치심이 없다구요. 난 남자 같았어요. 아이를 낳는 남자 말예요. 남자보다 못한 존재죠. 그리고 밀란트 역시 무가치한 존재가 되어버렸죠. 남자도 아니고 여자도 아닌 존재 말예요. 그렇게 우린 아이들을 낳았어요. 우린 두명의 하인이었어요."

어머니 기손은 나 대신 대답하지 않았다. 난 인간이 외로워지면 사랑을 잃고 증오에 빠지며 수치심을 잃게 된다는 것, 그리고 외로움을 쟁취하고 그 안에서 사랑과 거룩한 수치심을 유지할 수 있는 건 성자뿐이라는 것을 알고 있었다. 그럼에도 불구하고 난 달래듯이 이렇게 말했다. "말도 안 되는 얘기예요, 아주머니. 두 사람은 서로 사랑하고 사랑받았잖아요."

자신의 말에 반박이 있을 거라고, 더군다나 그런 식의 반박이 있을 거라고 예상치 못했던 그녀는 하마터면 주먹으로 식탁을 내리칠 뻔했다. 그녀는 화가 난 시선으로 나를 바라보았다. "아버지가 없는 사람은 여자가 아녜요. 그리고 여자를 얻지 못한 사람은 자기 안의 남성을 잃게 돼요…… 우린 허공 위에 서 있었던 거죠. 우리 자신이 더이상 아무것도 가지고 있지 않았기 때문에 이방인을 받아들일 수밖에 없었어요. 그래요, 의사 선생님…… 그리고 이름가르트는 바로 그 때문에 망가진 거예요."

그러자 마침내 어머니 기손이 입을 열었다. "딸아." 그녀가 말했다. "넌 이름가르트 때문에 한탄하는 거냐? 아버지 때문에 한탄하는 거냐? 너 자신 때문에 한탄하는 거냐? 묻고 싶구나. 누구 때문에 한탄하는 거냐?!"

한참 후 나지막한 대답이 들렸다. "어머니 때문에 한탄하는 거예요, 어머니…… 아버지는 총에 맞아 돌아가셨어요. 그런데 어쩌면 아버지가 직접 쏘셨던 걸지도 몰라요……"

"아니다." 어머니가 말했다. "그건 모략이다."

"설혹 밀렵꾼이 그랬다고 해도 말이에요." 딸은 원한에 사무친 듯 쉰 목소리로 말을 이어나갔다. "그건 아버지가 원하셨던 일이에요. 난 알고 있어요. 아버지는 그렇게 되기를 원할 수밖에 없었어요. 왜냐하면 어머니가 아버지보다 강했으니까요…… 어머니는 모두에게서 힘을 빼앗았어요. 어머니 주위의 모든 사람에게서요. 어머니는 아버지에게서 힘을 빼앗았어요…… 그리고 내게서도 빼앗았어요."

"딸아." 어머니 기손이 나지막이 말했다. "네 아버지가 나에게 힘을 주셨던 거란다. 난 내 심장의 힘을 다해 그걸 다시 돌려주었고…… 그렇게 우린 오늘까지 유지해왔다. 그리고 그렇게 영원까지 유지해갈 거다."

농부의 아내는 또다시 힘없이 웅크리고 있었다. 그녀는 틈이 갈라진 식탁 상판을 바라보며 그 홈을 따라 손톱을 대고 움직이고 있었다. 마침내 그녀가 말했다. "그 말을 믿을 수 없어요…… 일단 이방인이, 완전한 이방인이 와야만 했어요. 어머니는 그 사람은 전혀 건드릴 수 없었죠. 어머니보다 강한 사람이었으니까요⋯⋯"

"그래." 어머니가 말했다. "나의 시간은 지나갔지만, 그 시간엔 끝이 없단다⋯⋯ 하지만 이방인은 계속해서 방랑하게 될 거고 사라질 거다⋯⋯ 그때가 되면 너도 더이상은 증오를 믿지 않게 될 거다⋯⋯"

"난 어머니를 믿지 않아요, 어머니. 어머니를 믿을 수 없다고요." 농부의 아내는 다시 한번 한탄을 늘어놓았다. "만일 어머니가 얘기하는 게 맞다고 해도 어머닌 혼자서 아버지를 차지한 거예요. 어머니는 내가 끼어들 여지를 남기지 않았어요. 아버지는 그저 총에 맞은 채 숲속에 누워 계셨어요. 그런데 어머니는 날 외로움 속으로 쫓아냈어요. 증오 속으로, 아버지도 없이, 아이도 없이, 빼앗기고, 쫓겨나고, 상속권을 박탈당하고, 아버지도 없는 하녀⋯⋯ 그게 나라구요."

기이한 정적이 흘렀다. 이제 밖에서 비가 좀더 조용히 내리거나 천천히 멈추는 중이어서 그럴 수도 있었다. 하지만 그 정적은 어머니 기손에게서 나오는 것일 수도 있었다. 왜냐하면 그녀가 얘기하는 게 아니라 정적이 얘기하는 것 같았기 때문이다. "외로움이란 말을 입에 달고 있다만 너희가 외로움에 대해 뭘 알겠냐⋯⋯ 그래, 그때, 내가 숲에서 대지 위에 누워 있었을 때, 그곳, 그의 피가 흘렀던 그곳에서 난 외로웠다. 딸아! 그때 그곳에서 나 역시 비탄과 원망으로 가득 찼었다⋯⋯ 내 손으로, 이 두 손으로 땅을 팠다. 왜 내게, 젊은 여자인 내게 외로움이 닥쳤는지 땅이 내게 대답해주기를 바랐기 때문이다. 그리고 난 하늘을 향해 소리를 질렀어⋯⋯ 수치심도 없이 난 소리를 질렀다. 딸아. 나 역시 수치심이 없었단다. 나의 비명엔 수치심이 없었어. 나의 한탄도 그러했지. 나의 외로움도 그러했다……"

그녀의 목소리가 더욱 나지막해졌다. "하늘은 대답하지 않았어. 땅도 대답하지 않았지…… 그것이 잘못된 외로움이란 걸 내가 배우게 될 때까지 그랬다. 그 외로움은 끔찍한 것이었지만 잘못된 것이기도 했다. 나는 어둠속에 홀로 남겨진 채 소리 질러대는 어린아이와 다를 바 없었지. 두려움과 원망에 가득 차서 부끄러움을 모르는 어린아이 말이다…… 그러고 나서야 진정한 외로움이 나를 엄습했어. 그것은 담장 안에 갇힌 잘못된 외로움이 아니었어. 담장 안에는 어둠이 존재하고 담장 밖에는 그보다도 훨씬 더 시커먼 어둠이 존재하는 그런 종류의 외로움이 아닌, 울타리가 없는 정원처럼 환한 빛의 위대한 외로움이 찾아왔지…… 그리고 난 대답은 외부로부터 오는 것이 아니란 걸 배웠다. 땅으로부터 오는 것도, 하늘로부터 오는 것도, 죽음으로부터 오는 것도 아니란 걸. 어떤 것도 담장을 넘어서 오거나 뚫고 오지 않는다. 나는 하늘과 땅과 죽음이 우리의 중심에 속하게 될 때야 그것들이 우리의 환한 정원의 중심에 속하게 될 때야 비로소 대답이 온다는 것을 배웠다. 우리는 그 안에 앉아 정원을 돌보곤 하지…… 우리의 심장과 수치심 말이다."

정적은 무언의 노래로 침묵했다. 두 여인의 생각은 그 남자에게 가 있는 것일까. 한 사람에게는 그로부터 빛이 흘러나왔고, 또다른 사람에게는 모든 어둠이 흘러나왔던 그 남자에게? 지금은 조금 낯설어 보이긴 했지만, 어머니 기손의 주름살 많은 선량한 얼굴은 평화로웠다. 그럼에도 불구하고 항상 보일 듯 말 듯 비웃는 듯한 미소를 짓곤 하던 버릇은 잃지 않았다. 밀란트 부인은 여전히 움직임 없는 어둠속에 잠긴 채, 그 파여진 홈을 따라 자신의 손가락을 움직이고 있던 식탁 상판의 틈을 뚫어지게 바라보고 있었다. 하지만 정적의 노래가 그 공간을 가득 채우고 있어서 그곳은 이제 나지막이 성스러운 종소리를 내며 함께 진동했다. 노래는 퍼져나갔다. 노래가 공간을 다 차지했기 때문에 이제 노래와 공간이 하나가 되었다. 그것은 풍경이 되었고, 정원이 되었다. 환한 자작나무 정원이 되었다. 그 가장자리 제일 먼 곳에서, 노래가 멈추고 죽음의 숲으로 건너가게 되는 그곳에서 가슴을 난사당한 한 남자가 사냥용 재킷의 앞깃을 편히 풀어헤친 채 저녁 파이프 담배를 피우고 있었다. 그렇다. 바로 그렇게, 다른 어떤 방식도 아닌 바로 그런 방식으로 정적의 노래는 나지막한 신성神性 속에서 울렸을 것이다. 그런 의미를 담고 있었을 것이다. 왜냐하면 들리지 않을 정도로 먼 곳에서 종이 울리는 가운데 어머니 기손이 자신도 먼 곳에서 들리는 듯한 나지막한 소리로 이렇게 말했기 때문이다. "딸아, 죽음을 둘러싸고 있는 것들은 아름답단다."

딸은 시선을 들지 않았고, 그녀의 표정엔 전혀 동요가 없었다. 그런데 이유를 알 수는 없었지만, 어린아이 같은 부드러운 기운이 그녀 위로, 그녀의 얼굴 위로, 웅크리고 앉은 온몸 위로 펼쳐졌다. 상판 위의 손가락조차도 장난치는 어린아이의 손가락이 되었다. 하지만 그 부드러움은 어린아이의 고집으로 바뀌었다. 방 쪽으로 연결된 문이 살짝 열려 있었는데, 그때 그 문을 통해 체칠리에가 부엌으로 들어왔기 때문이다. 밀란트 부인은 이렇게 말했다. "내겐 아이가 없어요."

자신의 할머니와 내가 부엌에 있을 거라고 예상치 못했던 체칠리에는 처음엔 우물쭈물하며 제자리에 서 있었다. 그러더니 작은 나막신을 달그락거리며 식탁 쪽으로 왔다. 그러고는 우물쭈물하며 할머니를 바라보았다. 친근하면서도 다시 도망칠 준비가 되어 있는 모습이었다. 하지만 할머니는 아이를 밀란트 부인 쪽으로 밀어보냈다. "네 아이를 받으렴."

밀란트 부인과 아이 사이에는 한순간 어찌할 바 모르는 긴장이 감돌았다. 그리고 아이를 받아 안으려던 손이 기운 없이 다시 식탁으로 떨어져내렸다. 약간의 반감을 드러내며 일그러진 아이의 입술 사이로 이런 질문이 새어나왔기 때문이다. "아빠는 여기 없어요?"

그런데 체칠리에가 거기 나타난 것은 아버지의 존재를 이미 느꼈기 때문이었음이 분명했다. 왜냐하면 정말로 몇초 뒤 밀란트가 완전히 젖은 상태로 그곳에 들어섰기 때문이다. 하지만 젖은 옷을 입고 있는 그는 그림자처럼 맥빠진 기계나 마찬가지 상태였다. 그의 두 발이 우연히도 익숙한 길을 따라 집으로 찾아온 것뿐이었다. 그는 기계적으로 젖은 상의를 벗고 셔츠 바람으로 화덕 쪽에 몸을 기댔다.

"이름가르트는 죽었어. 그리고 난 여기 있어"라고 아이가 자신의 존재를 알렸다. 마치 그렇게 해야만, 오직 그런 방법으로만 아버지를 사로잡고 그의 관심을 끌 수 있다는 것을 알고 있기라도 한 것 같았다.

"아무것도 죽지 않았어." 할머니가 대답했다. "아무것도. 이름가르트도 죽지 않았다…… 아이들이 그런 당치도 않은 소리를 해서는 안 되지."

밀란트는 놀라서 그녀를 바라보았다. "장모님…… 이름가르트는 죽었어요…… 저도 마찬가지입니다……" 그의 목소리가 멈췄다.

"그래." 어머니 기손이 말했다. "상관없네, 자네는…… 하지만 체칠리에는 이름가르트가 숲속에서 길을 잃었다는 걸 알아야만 해. 자작나무와 낙엽송과 샘물, 이끼로 뒤덮인 바위가 있는 숲속에서 말일세. 그리고 할머니가 가서 그 아이를 찾게 될 거라는 걸 말일세."

화덕 곁의 사내는 미동도 하지 않았다. 그는 거기 서 있었다. 노동의 체취가 그를 둘러싸고 있었다. 가죽과 담배, 대지와 피로의 냄새였다. 그는 스스로가 길을 잃어버린 사람이 되어 거기 서 있었다. 마침내 그가 말했다. "길을 잃었죠."

"마리우스는 어딨어요?" 식탁으로부터 눈길을 들지 않은 채 농부의 아내가 물었다.

그는 애매한 몸짓을 했다. "들판에 있어. 안드레아스와 함께."

그녀는 지금도 여전히 그를 데려오고 싶은 걸까. 그녀의 증오의 대상인 그를? 자신의 어머니보다 더 강한 이방인이라는 그를? 그녀는 그가 다시 한번 어머니와 대립하기를 원하는 걸까? 나는 거의 무의식적으로 이렇게 말했다. "그 사람을 해고해요, 농부 양반."

"그건 안 됩니다…… 난 그렇게 할 수 없어요." 그는 기계처럼 빠르게 말했다. 그리고 잠시 멈추었다가 울적하게, 그럼에도 좀더 자연스러운 어조로 이렇게 덧붙였다. "겨울 작물 파종 작업을 위해 그의 손이 필요해요."

그렇다. 그의 외로움이 부인의 외로움보다 작지 않음에도 불구하고 그는 증오의 손길이 아닌 그의 손길을 필요로 했다. 하지만 어쩌면 그는 알곡을 흩뿌리는 축복의 힘으로 땅에 파종하며 그에게 여전히 심장의 진리, 그리고 진리를 부여하는 존재의 진리를 밝혀줄 형제의 손길을 원하고 있는 건지도 몰랐다. 나는 농부의 상황이 그러하다는 것을 알고 있었고, 그런 이유로 그가 여전히 마리우스에게 매달린다는 것을 알았음에도 나의 의견을 고집할 수밖에 없었다. "밀란트, 그자를 계속 데리고 있어서는 안 돼요."

그런데 평소 남편과 같은 생각인 적이 거의 없었던 농부의 아내에게 갑자기 남편에 대한 이해심이 생겨난 것 같았다. 그리고 그녀의 남편에 대해 내가 알고 있는 것을 그녀 또한 알게 된 것만 같았다. 아니, 더 나아가 그녀는 내게 부탁하는 듯했다. 자기 어머니에게 부탁하는 듯했다. 그를 보호해달라고, 그에게서 마지막 지지대를 빼앗지 말아달라고. 왜냐하면 갑작스레 그에 대한 동정심에 사로잡혀 그녀가 그의 의견에 동조했던 것이다. 내게 반대하기 위한 것은 결코 아니었다. "안 돼요, 의사 선생님. 그렇게 할 수 없어요."

어머니 기손은 자신을 향해 묻는 듯, 간청하는 듯 바라보고 있는 딸의 시선을 마주 바라보았다. 그런데 그녀의 표정은 마치 중요한 문제에 골몰하고 있어서 하찮은 일로 방해받고 싶지 않은 사람과도 같은 거부감을 드러내고 있었다. "이보게." 그녀가 말했다. "자네는 그 사람을 해고할 필요가 없네. 그 이방인은 자신이 왔던 것과 같은 방식으로 떠날 걸세."

밀란트가 기대고 있던 화덕 근처의 어둡게 그늘진 구석으로부터 소스라치게 놀란 것 같은 목소리가 들려왔다. "장모님…… 장모님…… 그런 말씀 마세요…… 그래서는 안 됩니다."

"사실이 그렇네."

"장모님, 그럼 모든 게 물거품이 됩니다…… 이름가르트도요……"

"이름가르트는 죽었어." 체칠리에가 말했다. 아이는 사납고 탐욕스럽게 그 단어를 기다리고 있었던 것이다.

밀란트는 어둠에 둘러싸인 채 계속해서 충격에 빠져들었다. "그가 더이상 씨를 뿌리지 못하게 되면, 씨가 더이상 싹을 틔우지 못하게 되면 전 외로워집니다. 땅도 외로워집니다. 그럼 제 아이와의 유대감도 더이상 존재하지 않게 됩니다……"

"그자는 더이상 자넬 위해 씨를 뿌리지 않을 걸세."

"장모님, 그럼 그 희생제물은 그냥 우연한 사건에 지나지 않게 됩니다…… 장모님, 그건 쓸데없는 일이었던 게 됩니다."

"그렇지." 어머니 기손이 말했다. "그건 쓸데없는 일이었어."

사내는 침묵했고, 그를 감싸고 있던 그늘은 회한과 수치심으로 인해 더욱 짙어져갔다.

그러나 어머니 기손은 그에 개의치 않았다. "그 이방인이 자네를 위해 씨를 뿌려야 하는 밭이 어디인가, 밀란트?" 그녀가 물었다.

"지금은 모르겠습니다, 장모님. 어떤 밭인지 이젠 더이상 모르겠어요…… 그가 밭에 씨를 뿌리고 난 후에야 전 그 밭을 다시 알아볼 수 있을 겁니다."

"자넨 밭에서 왔어, 밀란트. 그런데 자넨 점점 더 어둠만을 보는군."

"제 주위엔 어둠밖에 없어요, 장모님. 그리고 전 어둠속으로 가게 될 겁니다."

"그래." 어머니 기손이 말했다. "남자는 그렇지. 그는 어둠으로부터 와서 어둠속으로 가게 되지. 그가 태어난 곳인 피는 어둡고, 그를 기다리고 있는 죽음도 어둡지. 그 두 어둠 사이에 갇혀 있는 거야…… 그렇지 않은가요, 의사 선생?" 그녀의 두 눈에 또다시 비웃음이 비쳤다. 그녀는 나의 동의를 전혀 기다리지 않고 곧바로 말을 이었다. "그렇기 때문에, 그리고 남자가 죽음의 어둠에 대한 공포로 가득 차 있기 때문에, 남자는 그저 어두운 시작을 죽음까지 끌고 가야만 한다고 생각하지. 그렇게 해야 죽음 역시 시작에 속한 것이나 마찬가지가 된다고, 그렇게 해야 죽음 역시 탄생이 되고 피의 어둠이 된다고 생각하지. 그런 남자는 자신의 어둠으로부터 절대 나오려고 하지 않아. 그는 환한 삶 전부를 어둠에 빠뜨려 죽이려고 하지. 시작이 끝이 될 수 있도록 말이야. 그래, 의사 선생, 그런 거라네. 혹시 자네가 모르고 있었다면 말이지."

"아마도 그럴 겁니다. 어머니." 내가 말했다.

그녀는 다시 진지해졌다. "그의 시작의 어둠과 끝의 어둠, 그는 그 두가지를 가운데로 끌고 오지. 그것이 그가 취하는 환각이지. 그것이 그가 뜀뛰는 춤이고, 그것이 그가 지르는 비명이야. 그리고 그것이 그가 도살하는 희생제물들이고, 그가 자기 어둠의 잘못된 외로움 속에서 찾는 공동체지. 시작의 공동체, 자신의 어두운 피의 공동체를 그는 최후의 종말까지 갖고 있으려 하는 거야. 공동체를 위해 그는 희생제물의 피를 보내지. 그 안에서 그는 중심을 물에 빠뜨려 죽이려고 해. 하지만 그가 뛰는 마지막 뜀뛰기, 그가 지르는 마지막 비명, 그는 그것을 결코 느끼지 못하고, 결코 듣지 못할 거야. 그의 주변에는 아무것도 없고 어둠만이 점점 더 많아지겠지. 희생제물의 피는 쓸데없는 것이었네."

침묵이 들어섰다. 나는 밀란트 부인이 울 수 있다는 것을 처음으로 목격했다. 눈물 두방울이 식탁 위로 떨어져 갈라진 틈 속에 두개의 젖은 얼룩을 만들었다. "이름가르트." 그녀가 나지막이 말하고는 코를 풀었다.

하지만 어머니 기손이 다시 말을 시작했다. 그것은 아주 조용하고 자연스럽게, 일상적인 농가 부엌의 한가운데서 일어난 일이었다. 부엌 바닥에는 반짝반짝 윤이 나는 라디오가 놓여 있었고 화덕 위에서는 수프가 보글거리며 끓고 있었다. 아주 평범한 시월의 정오였다. 그럼에도 불구하고 어머니 기손의 모습은 그녀 안의 늙은 여인, 그녀 안의 늙은 인간, 그러니까 굉장히 늙고 영원한, 영원하면서도 젊은 영혼이 그보다 더 오래된 기억의 그늘을 향해 가라앉고 있는 것 같았다. 그런 모습으로 그녀가 말했다.

"나는 짐승 떼를 보았어. 숫양과 새끼 양 그리고 많은 소 들을 보았지. 그것들은 모든 나라와 산의 경계까지 왔지. 짐승의 수가 많았고 그 수는 점점 더 많아졌어. 울어대거나 포효하지도 않고 조용했지. 그 짐승들은 목이 절단되었기 때문에 울거나 포효하려 하지 않았던 거야. 그렇게 짐승들은 한무리 한무리씩 쿵쿵거리는 발소리를 내며 왔지. 그리고 그 뒤엔 인간들이 비명을 지르며, 막대와 피묻은 칼을 들고 왔지. 인간들은 어두운 두려움과 어두운 분노에 가득 차 있었고 피에 취해 있었어. 그들은 짐승들이 그들을 위해 경계를 돌파하고 길을 열어줄 수 있도록 짐승들을 앞세워 몰고 왔지. 경계 지역엔 울타리가 없었어. 짐승들이 건너와 초원과 정원의 숲으로 흩어졌지. 그것들은 편안하게 지냈어. 풀을 뜯고 되새김질을 위해 편히 자리를 잡고 누웠으니까. 하지만 그 뒤에 따라온 인간들, 남자들과 여자들은 경계를 넘어오지 않았지. 그 경계는 마치 보이지 않는 장벽 같았거든. 소의 등에 올라타고 왔거나 소의 뿔을 움켜잡고 있던 사람들은 소의 몸부림에 떨려났지. 심지어는 양들조차 인간들보다 더 강했어. 인간들은 모두 장벽에 의해 거부당했지. 장벽의 저편에 있는 것들과 그곳에서 일어나는 일들, 초원과 정원과 그곳에서 풀을 뜯는 짐승들, 그 모든 것을 그들은 볼 수 없었고 그것은 무無와 같았어. 그들은 검은 어둠속을 바라보았지. 오직 짐승 떼의 냄새, 그들의 피와 그들의 분뇨와 그들의 온기만이 아직 대기 중에 남아 있었어. 나는 그런 모습을 보았어. 그리고 그것들이 바로 희생제물들이었지."

지금 그녀의 기억으로부터 등장한 것들은 꿈이었을 수도 있다. 하지만 현실의 그림자가 그 위에 드리워져 있었다. 그것은 머나먼 숲으로부터 들려오는 음성은 아니었을까. 꿈에 대해 들려주는, 모든 나라와 산의 경계로부터의 목소리! 왜냐하면 인간의 눈앞에 그림자들이 층층이 놓여 있기 때문이다. 하지만 그의 눈 뒤에도 그림자들이 층층이 놓여 있다. 벽들이 겹겹이 서 있다. 그리고 영혼의 가장 안쪽에 자리한 벽으로부터 비어져나오는 음성은 눈에 보이지 않게 되는데, 그 음성이 들려주는 것은 오로지 진실이다.

이곳에서 그 음성을 듣게 된 우리는 다시 찾아든 정적을 감히 깰 생각을 하지 못했다. 하지만 마치 그 이야기가 다른 사람들보다 내게 더 많이 해당된다는 듯이 그녀가 나를 택해서 말을 걸었다. "그래, 의사 선생, 이건 오래전 이야기라오. 당신이 생각할 수 있는 것보다 훨씬 더 오래전이지. 훨씬 더…… 그리고 난 인간의 수치심을 보았다오. 인간이 경계로부터 거부당해 더이상 무지와 무 그리고 무용함 외에는 아무것도 볼 수 없게 되었을 때 그가 수치스러워하는 것을 보았지……"

"네." 밀란트가 화덕 근처의 어둠속에서 말했다.

점점 어두워져가는 죽음의 그림자 숲으로부터 목소리가 들려오는 동안 그녀는 현세에서 딸을 향해 친근하게 말했다.

"어둠의 길을 가고 있는 남자들을 따라가는 여인들, 남자들과 함께 죽음을 삶 속으로 끌어오려고 하는 여인들은 수치심을 잃게 되는 거란다. 남자가 눈을 뜨게 되면서 수치심에 억눌리는 만큼 여인들은 수치심을 잃게 된단다. 잘못된 외로움이 여인들을 둘러싸고 잘못된 공동체가 생겨나지. 남자는 더이상 남자가 아니고, 여자도 더이상 여자가 아니야. 그러면 그들은 그들의 어둠을 말로 표현하고 그들을 신성하게 해줄 구원자를 부르게 되지. 그들이 부르는 자는 삶과 심장의 중심보다 더 강력해야 하지. 그들은 어둠으로부터 온 이방인을 부르지. 그가 자신들로 하여금 춤추며 죽음 속으로 들어가도록 인도하게 말이야."

그러자 농부 밀란트의 부인이 마치 흘쩍이느라 말을 잇지 못하는 어린 소녀처럼 탄식을 늘어놓았다. "내가 춤을 췄나요, 어머니? 내가 춤을 춘 적이 있어요? 다른 사람들이 무도장에 있는 동안 난 내가 친해질 기회조차 없었던 아버지를 생각했어요……"

어머니 기손은 그녀에게 곧바로 대답하지 않았다. 하지만 그녀가 대답을 시작했을 땐 어둠속과 멀리서 들려오는 목소리 속에 미소가 떠돌고 있었다.

"넌 이방인이 어둠으로부터 왔기 때문에 그 이방인이 너의 아버지를 데려올 것이라고 기대했어. 그게 너의 무도장이었지."

그리고 나서 그녀는 말했다.

"내가 배운 게 있다. 우리는 죽음을 통해 우리의 죽음 속으로 건너갈 필요가 없고, 살아 있는 동안에 죽음 속으로 건너갈 수 있다는 거다. 그리고 그런 죽음이 무가치하거나 쓸모없는 것이 아니라, 그를 통해 비통한 죽음도 살아나게 된다는 거다. 그리고 살아 있는 것은 언제나 쓸모가 있다는 거지. 또 내가 배운 것은 내가 종말을 보고자 한다면 종말 쪽을 바라보아서는 안 되고 중심을 보아야 한다는 거다. 그런데 그 중심은 심장이 있는 곳에 있지…… 그래, 그 중심은 너무나 강력해서 시작과 종말을 넘어설 정도지. 그 중심은 어두운 것, 인간들이 거기서 무와 어둠밖에 볼 수 없어 두려워하는 것의 내부까지 닿을 정도야…… 하지만 중심이 그렇게까지 자라나면 그것의 빛은 가장자리들과 가장 먼 경계까지 비치게 되지. 그럼 이미 지나간 일과 앞으로 오게 될 일 사이에 더이상 차이가 없게 된단다. 우리는 죽은 이들 쪽을 바라볼 수 있고 그들과 이야기를 나눠도 돼. 그들은 우리와 함께 살고 있는 거야."

그녀는 밀란트 부부에게 얘기한 걸까? 내게 얘기한 걸까? 아니면 투명한 등을 자작나무 줄기에 기댄 채 놀라 입을 벌리고 죽음에까지 가 닿는 삶에 관한 보고를 듣느라 숲에서 귀 기울이며 쉬고 있는 죽은 이들의 무리를 향해 얘기한 걸까? 그녀는 살아 있는 자들과 죽은 자들 모두를 위해 이야기했다. 왜냐하면 그녀에게 그들은 모두 한가지였기 때문이다. 밀란트 부인은 또다시 고개를 숙였는데, 더이상 아무것도 보지 않고, 아무것도 듣지 않는 것처럼 생기 없는 표정이었다. 하지만 밀란트는 이제 앞쪽으로 걸어나와 있었다. 한 손은 식탁 위에 기댄 채, 다른 손으로는 기계적으로 체칠리에를 붙잡고 있었다. 그러고는 마치 짙은 안개 속에서 키를 잡고 있는 사람처럼 긴장한 채 귀를 기울이고 있었다.

다시 한번 죽은 이들의 숲으로부터 음성이 울려왔다. "내가 사랑했던 사람이 숲에서 총에 맞아 죽었을 때 난 그것을 배웠다. 그리고 그 이후로 난 죽음 속에서 살고 있지만, 그곳은 삶의 한가운데이기도 하지. 또한 나의 외로움은 더이상 외로움이 아니야…… 공허한 말들만이 죽는 거란다. 그것들은 죽음으로 인도하지. 그 죽음은 무이고 어둠이야. 하지만 진정으로 이곳에서 일어난 일은 죽음을 넘어서는 일이고 죽음을 살아 있게 만드는 일이야. 사랑 속에서 만들어지고 태어나는 모든 아이, 경작되는 모든 밭, 재배되는 모든 꽃. 그 아이는 지식이고, 그 밭은 지식이고, 그 꽃은 지식이야. 지식은 사라지지 않아. 그것은 시간보다 더 커지고 더 강해지지. 그리고 그것은 다시 태어나기 위해 희생제물을 필요로 하지 않고, 죽음의 가장자리에 무도장을 가질 필요도 없는 즐거움이지. 그 즐거움은 영원에서 영원까지 언제나 그곳에 있고 절대 사라지지 않아. 왜냐하면 진정으로 일어난 일은 절대 사라질 수 없는 법이거든……"

어머니 기손은 잠시 말을 멈추고는 가벼운 웃음을 지었다. 그러고는 선하고 따뜻한 이승의 목소리로 말했다. "하지만 이 일을 경험해보지 않은 사람에게는 이것 또한 공허한 말들이겠지. 그렇기 때문에 나 역시 이런 얘기를 절대 해서는 안 되는 거지…… 네가 친해질 기회가 없었던 너의 아버지를 밖에서 찾는 한, 넌 그를 찾지 못할 거다. 네가 죽음을 발견할 수 없고 그의 살아 있는 거듭남도, 심장의 진리도 발견할 수 없는 한 말이다…… 너희들 스스로가 우선 중심의 진리를 살거라. 일단 너희들의 밭에 스스로 씨를 뿌리거라. 일단 너희들의 정원을 가꾸거라…… 너희들은 둘이 아니냐? 둘인 것이 분명하기 때문에 너희에게 아이들이 있는 게 아니냐?"

밀란트는 긴장된 자세를 유지한 채 완강하게 고개를 저었다. "제가 아이를 희생시켰는데 어떻게 우리가 둘일 수 있겠습니까? 거듭남이 어둠이 되었고 부끄러움이 되었는데 무엇이 다시 태어날 수 있을까요? 어떻게 공동체가 존재할 수 있을까요. 제가 제 자식과도 진리를 찾을 수 없었는데, 어떻게 지금 진리가 존재할 수 있겠습니까? 이제 더이상 심장의 진리가 보이지 않습니다. 이제 전 수치심만을 봅니다……" 그러더니 그는 거의 열정적인 자세로 나의 동의를 구했다. "제가 이름가르트를 희생시킨 게 아니었던가요, 의사 선생님? 제가, 제 손으로 말입니다?!"

어머니 기손이 일어섰다. 그러고는 밀란트의 손을 잡았다. "밀란트." 그녀가 말했다. "자네가 지금 그 아이를 놓아주지 않는 것이 자네의 외로움에 도움이 될 거라고 생각하는 건가? 자네는 이름가르트 역시 그렇게나 끔찍이 아끼지 않았는가? 자네는 잘못된 외로움 속에 있네. 어둠속에 있어. 그 어둠은 처음에 있었고 거기서부터 환각이 오는 거야. 그렇기 때문에 자네는 자네의 피붙이를 놓아주지 못하는 걸세. 자넨 그 아이와 함께 환각을 원하지 진리와 공동체를 원하는 게 아니야. 자네는 그 아이와 함께 아무것도 존재하지 않는 그곳으로 가려 하고 있네. 밀란트! 그래서 이름가르트도 그곳에 빠져들게 된 거야."

밀란트는 마치 그녀의 손길 아래서 천천히 완고함을 잃어가는 것처럼 보였다. 아이를 껴안고 있던 팔이 느슨해지더니 아래로 툭 떨어졌다. 그의 목소리는 불안해졌고 부드러워졌고 질문을 담고 있었다. "장모님, 수치심을 내면에 품고 있는 자를 위한 길이 아직도 있을까요?"

그런데 그때 농부의 아내가 여전히 눈물로 가득한 눈길을 들어 올렸다. 자기 어머니와 이름가르트의 이목구비가 새겨져 있는 얼굴을 들어올렸다. 그러고는 늙은 부인 대신 그녀가 대답했다. "내게 아이를 줘요, 여보…… 그리고 내게로 와요."

남편은 미동도 하지 않았다. 마치 이성을 잃은 사람처럼 그는 아내의 두 눈을 들여다봤다. 기억하며, 여전히 기억을 찾고 있는 남자, 자신의 기억의 바다가 갑자기 눈앞에 놓여 있는 것을 보고 있는 남자. 아침의 부드러운 물결이 흐르고, 과거의 것과 미래의 것이 살랑거리며 흘러가는 것을 보고 있다. 그는 그 사실을 믿지 못하는 사람처럼 미동도 하지 않았다.

그때 어머니 기손이 잽싸게 체칠리에를 붙잡아 농부의 아내의 무릎 위에 앉혔다.

"이렇게 하는게 옳은 거지?" 그녀가 물었다.

그러자 밀란트가 말했다. "네."

바닥엔 라디오가 놓여 있었고, 화덕 위의 냄비에선 나지막이 쉿쉿 소리가 나고 있었다. 벽에 걸린 그릇들은 이 공간에 깃든 가을 그림자를 뚫고 하얗게 빛났다. 한순간 나는 이 부부의 심장을 다시 가장다운 것으로, 주부다운 것으로 되돌리기 위해 죽은 이들의 도움이 요청되었다는 사실에 실망했다. 하지만 그와 동시에 나는 나의 그런 생각에 대해 부끄러움을 느꼈다. 라디오를 바라보면서 떠올렸던 그 생각은 이미 일어난 일에 적합하지 않은 것이었다. 왜냐하면 살아 있는 자들의 대화는 죽은 자들의 대화 못지않은 기적이기 때문이다. 또한 우리 삶과 우리 지식의 중심은 소박함이기 때문이다. 그 안에는 오직 심장의 호흡만이 존재한다. 심장의 대화와 심장의 진리가 유한이 내쉬는 단 한번의 호흡 속에서 무한을 끝맺는다. 나 역시 그 안에서 하나의 마력이 사라져감을 알리는 그러한 호흡을 느꼈다.

어머니 기손은 그 자리에 선 채로 검은 모직 윗옷을 입었다. "이제 가야겠다." 어느정도 진행을 서두르기 위해서인 듯 그녀가 그렇게 말했다. 그리고는 옷을 다 입고 나서 다시 한번 말했다. "이 사람아, 난 이제 가네. 주크가 주점에서 마차와 함께 날 기다리고 있어."

밀란트는 생각에 잠긴 채 미소를 지었을 뿐 자세를 바꾸지 않았다. "제가 직접 씨를 뿌릴 겁니다……"

"아버지." 어머니의 무릎 위가 편하지 않아 그에게 가고 싶어진 체칠리에가 징징댔다.

그러자 밀란트가 말했다. "어머니 곁에 있어라." 그리고는 두 사람 쪽으로 가서 자기 아내에게 손을 내밀었다.

어머니 기손은 우산을 집어들었다. "그래야지." 그녀는 그렇게 말하고는 조용히 빠져나가려고 했다.

"잠깐만요." 내가 외쳤다. "잠깐만요, 어머니. 저도 함께 가겠어요."

"그럼 빨리 준비하게." 그녀의 서두름 속에는 그녀가 아주 쉽게 떠나는 건 아니란 걸 추측케 하는 무언가가 있었다.

하지만 농부의 아내는 우리에게 주의를 기울이지 않았다. 그녀는 남편의 손을 감싸고 있었다. 그녀가 자신의 마지막 눈물 방울을 닦아내면서 이렇게 물었다. "배고프지 않아요? 밥 먹자고 아이들 불러요."

그때 어머니 기손은 문을 나서고 있는 참이었고, 나는 내 외투를 걸쳐 입을 시간조차 없었다. 그녀를 따라잡기 위해 나는 그렇게 서둘러 뒤따라가야만 했다.

그녀는 길 위에 선 채로 커다란 무명 우산을 매만지고 있었다. 이제야 그녀가 모직 윗옷 아래 멋진 드레스를 입고 있는 게 눈에 띄었다. 마치 그 옷을 입고 공식적인 고별방문이라도 하려는 것 같았다.

"그래, 의사 선생, 이제 왔군…… 우리가 나와야 할 때였어." 그녀는 진지하게 나를 바라보았다. "그래도 그게 아무 쓸모없는 일은 아니었어…… 그렇지 않나?"

"그래요. 하지만 그건 어머니 덕입니다…… 마리우스가 한 일이 아니고요……"

"하지만 그자 역시 그 일을 위해 와야만 했던 거지."

비는 아주 약하게 내리고 있었다. 그런데도 어머니 기손은 나에게도 우산을 씌워주었다. 내가 두툼한 모직 외투를 입고 있어서 우산이 전혀 필요하지 않았는데도 말이다. 트랍은 꼬리를 살짝 말아

감은 채, 지나가는 농가의 대문마다 코를 박고 킁킁대며 생명체의 흔적은 없는지 냄새를 맡았다. 하지만 농가들은 황량하게 비에 젖은 모습이었다. 퇴비 더미에서 갈색 빗물이 흘러내렸고 닭들은 비를 피하고 있었다.

"어머니 기손." 내가 말했다. "이곳은 어머니가 정상적인 상태로 만드셨어요. 그런데 마리우스 문제를 끝내는 것도 염두에 두고 계시잖아요…… 그자가 오늘 갱도에서 그 어리석은 짓을 시작할 거라고 하던데요."

"그가 하는 건 아니지. 그자는 조심스럽거든. 벤첼이 청년들과 함께하겠지."

"오, 그렇다면 윗동네 사람들과 제대로 싸움이 날 수도 있겠는데요. 사실상 제가 올라가봐야만 할 때인 것 같아요……"

"싸움은 없을 거야…… 주크는 내가 데리고 내려왔잖아. 그리고 나머지 사람들은 마티아스가 말릴 걸세……"

"흠, 어쨌든 그건 반가운 일이네요. 하지만 어머니가 그 인간이 더이상은 그런 짓을 하지 못하도록 하는 게 더 좋을 겁니다…… 그건 사실 어머니의 의무이기도 할 겁니다."

"의무라고? 오히려 그 반대야. 난 그자 앞에서 철수했어. 갱도에서도 그렇고 모든 곳에서 다…… 밀란트의 경우엔 달랐지. 하지만 그렇지 않았다고 해도 더이상 난 아무 상관이 없다네……"

"사람들은 마리우스보다는 어머니를 더 절실히 필요로 하고 있어요. 훨씬 더 절실하게요!"

"그렇지 않아. 그 사람들은 날 필요로 하지 않아…… 마리우스가 그들에게 제공하는 것을 난 무엇으로도 대신해줄 수 없어…… 내 시간은 끝났다네. 내가 지금 이렇게 돌아다니고 있는 것을 자네가 보고 있긴 하지만 말야, 의사 선생…… 그냥 그렇게 보일 뿐이라네……" 그러고는 어머니 기손은 조금은 낯설고 조금은 신비롭게 웃었다.

우리는 성당 골목의 모퉁이에 와 있었다. 가벼운 동풍이 마을대로를 통과하고 있었다. 바람은 그 뒤에 쿠프론산과 펜텐산을 숨기고 있는 짙은 안개 쪽으로 불어가서는, 그 안개를 갉아대고 떨어져 내리는 하얀 조각들을 먹어치웠다. 어머니 기손은 우산을 비스듬히 든 채로 이렇게 말했다. "비는 곧 그칠 거야. 하지만 우리가 저 위에 도착할 때쯤이면 또 눈이 올 수도 있어…… 우리와 함께 가겠나, 의사 선생?"

"네, 만일 제가 진료를 다 끝낼 때까지 기다려주신다면요…… 그런데 어머니, 자꾸 어머니의 시간이 끝났다고 말씀하시면 안 됩니다. 설령 어머니가 이미 우리와는 다른 어딘가에 계신다고 할지라도, 바로 그 이유 때문에 어머니는 이곳에 필요한 분입니다. 아직도 한참은요…… 다른 누구도 어머니를 그렇게 쉽게 대신할 수는 없어요."

"어쩌면 아가테가 그 역할을 하게 될지도 몰라. 한 삼십년쯤 후엔…… 하지만 자넨 그걸 이해하지 못할 거야." 나의 말은 거부당했다.

"아하, 아가테…… 그러니까 그 아이 때문에 자베스트네에 가시는 거군요……"

그녀가 고개를 끄덕였다. "그래, 그 일 때문이기도 하지. 두 아이의 짐을 덜어줘야 해."

우리는 여관에 도착했다. "그러니까 오늘 저 위에선 아무 일도 일어나지 않을 거란 말이시죠, 어머니 기손?"

"안심해도 되네. 절대 아무 일도 안 일어나네."

"그렇다면 금은 어떻게 될 거 같으세요?"

"산은 아무것도 내어주지 않을 거야."

"아, 그렇다면 마리우스는 어쨌든 끝이 나게 되겠군요."

"그런 일 때문에? 이봐요, 의사 선생! 어떻게 그런 생각을 할 수가 있나…… 사람들에게 무엇인가를 약속한다는 것이 중요할 뿐이지, 그것을 지키는 것이 중요한 게 아냐…… 사람들은 그저 희망에 의존해서 살아왔을 뿐이야."

그 말을 하며 우리는 안으로 들어섰다.

주점 내부에는 주크가 앉아서 글뤼바인[30]을 마시고 있었다. 우리를 보자 그는 조심스럽게 잔을 내려놓았다.

"가시죠, 어머니 기손. 마구간에 말이 있습니다."

"아냐, 아냐. 앉아 있게. 일단 자베스트 민나에게 가봐야 해. 그리고 어쩌면 의사 선생님도 우리와 함께 가게 될지도 몰라."

"시간은 넉넉합니다." 주크는 만족스럽다는 듯이 말했다.

어머니 기손은 부엌의 여주인에게로 갔다. 나는 아직 환자가 와 있지 않은 것을 확인한 후 잠시 주크 곁에 자리를 잡고 앉았다.

"선생님도 글뤼바인 한잔하시죠, 의사 선생님. 몸을 따뜻하게 해줍니다."

그 말에 나도 한잔을 주문했다.

주크는 흡족한 듯한 표정을 지었다. 부인의 죽음으로 인한 고통 때문에 홀쭉하게 패였던 그의 볼은 다시 팽팽해졌다.

"그런데 말이오, 주크. 그자들이 결국 그 일을 밀어붙였어요. 지

---

30 포도주에 향신료를 더해 따뜻하게 데운 술.

금 그들이 정말로 저 위 갱도에 있답니다……"

주크는 부엌 쪽을 가리켰다. "저분이 중간에 나서지 않았다면, 그들은 갱도까지 가지도 못했을 겁니다…… 아마 잘 아실 겁니다. 의사 선생님…… 하지만 어머니 기손이 뭔가를 명령하시면 어떤 일도 일어날 수가 없습니다…… 무조건 복종할 수밖에요……"

"흠, 그렇죠."

"지난 팔월에 선생님께서는 우리가 총을 쏘도록 내버려두셨어야 해요, 의사 선생님…… 지금은 너무 늦었어요."

"오로지 어머니 기손이 그것을 금지했다는 이유 때문인가요?"

"그것 때문만은 아닙니다…… 하지만 그분은 자신이 하고 있는 일의 의미를 잘 알고 계시죠…… 윗마을 사람들은 더이상 믿을 수 없게 되었어요. 청년들은 모두 벤첼 쪽으로 돌아섰어요…… 그리고 칼트 바위 언덕에서의 사건 이후 그들은 완전히 미쳐버렸어요. 그런 일이 맘에 들었던 겁니다."

"조심해요, 주크. 결국 그들은 금까지 캐내게 될 거고, 그럼 우리는 곤경에 처하게 될 거요……"

주크는 교활한 미소를 지어 보였다. "산이 알아서 방어를 할 겁니다."

"혹시 또다시 지진이 일어날 거라는 말인가요?" 하지만 난 여전히 이런 식의 산 신비설神秘說이 완전히 이해되지는 않았다.

"어쩌면요. 안 될 이유도 없죠…… 하지만 산에겐 다른 방법들도 있지요."

정말로 산에겐 다른 방법들이 더 있었다. 그것은 바로 그날 중에 드러나게 될 일이었다.

내가 주문한 와인이 와 있었다. 주크 역시 망설이다가 두번째 잔을 받아 들었다. 어쩌면 세번째 잔인지도 몰랐다. 그리고 나는 진료실로 올라갔다. 그사이에 환자 한명이 치과 치료를 받으러 왔기 때문이다. 진료를 마치자마자 나는 전화를 받으러 부엌으로 오라는 전갈을 받았다. 나는 약간의 불안감을 안고 서둘러 아래로 내려갔다. 심각한 이유가 아니라면 카롤리네가 전화를 거는 법은 거의 없었기 때문이다. 그녀에게 전화기는 볼 때마다 매번 끔찍한 대상이었던 것이다.

카롤리네의 목소리가 들렸다. "의사 선생님 좀 바꿔주십시오……"

"네, 나예요…… 무슨 일인가요, 카롤리네?"

"여보세요."

그녀는 '여보세요'라고 말하는 법을 배웠었다.

"네, 무슨 일이죠?"

"의사 선생님……? 의사 선생님, 루트비히가 와 있는데요……"

"어떤 루트비히를 말하는 건가요?"

"루트비히가 와 있는데요……"

"대장간 직인 말인가요?"

"네, 그 루트비히요."

"참 나, 말 좀 제대로 해봐요, 카롤리네…… 그 사람이 왜 왔는데요?"

침묵이 흘렀다. 그녀가 루트비히와 소곤거리는 소리가 들렸다. 그러더니 이렇게 말했다. "팔을 삐었다고 하네요……"

"이런…… 그 사람 좀 바꿔줘요. 직접 얘기해봐야겠어요……"

또다시 소곤거리며 대화가 오갔다. 이번에는 카롤리네가 유쾌하게 웃음을 터뜨렸다. "이 사람이 한번도 전화 통화를 안 해봤대요. 그래서 자신이 없대요…… 갱도 쪽으로 좀 올라와주셨으면 한대요. 거기서 사고가 났답니다……"

"맙소사…… 무슨 일이 일어난 거죠? 그 사람한테 좀 물어봐
요……"

전화기에는 뭉툭한 연필이 달린 줄 하나가 매달려 대롱거리고
있었는데, 나는 그것을 잡아 끊어버렸다. 루트비히가 전화에 겁먹
은 것 때문에 키득거리는 소리가 여전히 뒤섞인 가운데 마침내 대
답이 들려왔다. "뭔가가 무너져내렸답니다…… 어쩌면 누군가가
죽었을지도 모른대요."

"루트비히더러 날 기다리라고 하세요…… 내가 갈게요."

"여보세요."

"그래요. 끊읍시다. 일단 내가 집으로 가겠습니다. 그 사람한테
기다리라고 하세요."

나는 주점 안으로 황급히 달려갔다. "주크! 거기서 고약한 일이
생겼어요……"

그는 여유롭게 고개를 끄덕였다. "아하…… 산에서 말이죠."

"당연하죠, 어디겠어요……? 말을 매요, 주크. 그동안 난 대장간
에 급히 가봐야겠어요…… 이런 고약한 일이 생기다니!"

"염려 마세요, 의사 선생님." 편안하고 만족스러운 모습으로 그
가 몸을 일으켰다.

"대장장이가 거기 있어야 할 텐데."

내 뒤에서 계속해서 주크의 목소리가 들려왔다. "당연히 있겠죠,
그 사람이 달리 어디에 가 있겠어요!" 그때 나는 대장장이와 그의
소방대에게 급히 소식을 알리기 위해 이미 문을 나서고 있는 참이
었다.

대장장이는 거기 있었다. 그는 긴 목공용 끌을 제작하는 중이

었다.

"이보게 대장장이, 산에서 심각한 문제가 발생했네…… 나팔을 불어 자네의 동료들을 모아보게나……"

"제기랄……"

"그래. 자네 대장간의 직인도 사고를 당했다네. 그런데 사망자도 있다는군…… 양심이 사라진 결과지……"

그는 자신의 수염을 쓰다듬었다. "그래, 맞아…… 젊은이들은 어리석어…… 하지만 그래도 난 그들을 이해하네…… 저 위에서 필요한 게 뭘까?"

"사다리나 몇 개 있으면 되겠지. 손도끼하고…… 그리고 무엇보다도 구급물품들이 필요해……"

"그래, 알겠네……"

우리 두 사람은 어느덧 다시 거리로 나와 있었다. 그는 나팔수를 찾으러 가고, 나는 주점으로 돌아왔다.

마당에서는 주크가 이미 마구를 얹은 말을 수레의 채에 매려는 참이었다. 마차의 지붕 안으로 바람이 불어들어오자 가벼운 마구 전체가 요동쳤다. 축축해진 지면에는 벌써 가을빛으로 노랗게 물든 밤나무의 낙엽들이 달라붙어 있었다.

"어머니 기손에게 소식을 전해드렸나요, 주크?"

"아직 안 전했어요."

"그럼 내가 직접 다 전해야겠군요."

계단을 달려올라가 자베스트의 집 안으로 급히 들어간 나는 향긋한 커피 향으로 가득 찬 방에서 두 여인을 만났다. 두 사람이 대화에 너무나 열중해 있었던 나머지, 자베스트 부인은 내가 그들에게 황급히 전달한 소식을 처음엔 전혀 이해하지 못했다. 하지만 곧

472

두 손으로 관자놀이를 짚었다가 다시 깍지를 끼었다가 하는 동작을 반복하며 그녀가 이렇게 말했다. "천만다행으로 페터는 이제 더 이상 그곳에 없네요."

어머니 기손은 기이하게도 아무런 반응도 보이지 않았다. "빠른 걸." 그녀는 그렇게만 말하고는 계속해서 커피를 마셨다. "주크가 준비를 마치거든 떠납시다."

"준비가 끝났습니다."

"좋아요." 그녀는 급하게 다 마신 잔을 내려놓고 일어섰다. 하지만 윗옷을 입다가 그녀는 다시 여주인을 향해 돌아섰다. "이젠 자네 인생이 끝났다고 말하지 말게, 민나. 오히려 모든 것이 예전 모습 그대로 머물러 있었다면, 정말로 끝이 났을 거야."

자베스트 부인은 한숨을 내쉬었다. "그래도 힘들어요."

"그래." 어머니 기손은 이렇게 말하고는 문을 열었다.

하지만 그녀는 계단에서 다시 한번 생각에 잠겼다. 그녀는 그 자리에 선 채 자신을 뒤따라오던 민나 자베스트 부인을 향해 몸을 돌렸다. "그래, 그건 힘든 일이야. 앞으로도 힘들겠지. 자네에게도 그럴 거야, 민나. 하지만 인생은 결코 끝나지 않았어. 계속해서 처음부터 다시 시작된다네……"

그러고는 그녀는 계속 길을 갔다.

우리는 마당에 서 있었다.

"이보게, 주크." 어머니 기손이 말했다. "내가 마차에 올라갈 수 있게 좀 도와주게…… 자 그럼, 맛있는 커피 정말로 고마웠네, 민나. 이제 우린 가겠네."

"위로해주신 거랑 이렇게 와주신 것, 저도 정말로 감사해요." 자베스트 부인이 예의를 갖춰 말했다. 검은 상복을 입고 있는 그녀의 금발이 빛났다.

거리 쪽에서 소방대원들을 소집하는 첫번째 신호가 울려왔다.

"고마워할 거 없네, 민나." 어머니 기손이 마차에 앉은 채 말했다. "그럴 필요 없어."

나 역시 마차에 올랐다. 그러자 주크가 고삐를 당겼다. 레온베르거 종인 플루토가 다가왔다. 주인 없는 개의 표정은 평상시보다 훨씬 더 슬퍼 보였다. 개는 슬픈 모습으로 우리를 지켜보면서, 마부석의 주크 옆자리에 앉아도 되는 트랍을 부러워하고 있었다.

거리에는 이미 사람들이 모여들고 있었다. 대장간 앞에는 머리에 대장 모자를 쓰고 허리띠에 손도끼를 매단 장인이 서 있었다. 나팔수는 이제 성당 골목에 가 있었다.

대장장이가 우리에게 손짓을 했고 우리는 잠시 마차를 세웠다.

"우리와 함께 가지 않겠나, 의사 선생?"

"아냐, 난 일단 집으로 가서 루트비히에게 붕대를 감아줘야 해…… 그가 거기서 기다리고 있거든…… 그다음에 곧 따라가겠네."

우리는 다시 출발했다.

마차는 바퀴가 높고 거친 아마포 쿠션이 놓여 있었는데 평소에는 주임 신부님을 태우고 다니던 것이었다. 나는 어머니 기손과 함께 뒤쪽의 젖혀진 지붕 아래 앉아 있었다. 때 묻은 노란색 내부에는 예전에 묻었던 빗줄기 자국과 새로 묻은 자국이 드러나 보였다. 하지만 이제는 비가 멈추었고, 우리가 마을을 빠져나갈 즈음에는 산비탈 위의 숲들이 벌써 시야에 들어왔다.

"빨리 좀 가줘요, 주크." 내가 독촉했다.

주크는 우리 바로 앞쪽의 낮은 마부석에 앉아 있었기 때문에 우린 그의 머리 위로 먼 곳을 바라볼 수 있었다. 그는 나의 말에도 전혀 동요하지 않았다. "말을 죽도록 혹사시킬 수는 없지요." 그럼에도 불구하고 그는 말을 향해 "츳, 츳" 하고 소리를 냈다. 물론 그렇게 해서 느리게 걷고 있는 말의 속도를 빠르게 할 수는 없었다.

우리 뒤쪽에서는 점점 멀어져가며 여전히 나팔 신호음이 들려왔는데, 불안과 흥분을 느끼게 하는 소리였다. "정말 모르겠어. 저 위에서 대체 몇명이나 죽었을까요, 주크!"

"너무 적게 죽었겠죠." 그가 대답했다.

"주크." 내가 말했다. "아마도 탄광이 무너져내린 것 같아요……생매장되고, 질식사하고, 그건 끔찍한 일이죠."

"네, 네." 그가 말했다. "온 지면이 비 때문에 물러졌으니까요…… 그건 인간을 진짜로 강력하게 찍어 누를 수 있거든요. 정말로 무거울 겁니다…… 물러진 땅은 쉽게 미끄러져내리죠…… 네, 네, 사람들이 자신이 잘 알지도 못하는 일에 덤벼들 경우엔 말입니다."

"그래도 그 일이 정당하지 않은 방식으로 진행되었을 수도 있어, 주크." 어머니 기손이 말했다. 그녀의 목소리에 온갖 불신이 담겨 있는 것 같은 느낌이 들었다.

"다 정당한 방법입니다." 주크는 아주 만족스러운 어조로 대답했다.

바람이 뒤쪽에서 몰아쳐들어왔다. 마차 지붕이 마치 느슨해진 북처럼 둔중하게 출렁였다. 축이 가느다란 바퀴들은 날카로운 소리를 내며 삐걱거렸다. 우리의 왼쪽과 오른쪽에서는 추위가 평평하고 굳어진, 그러면서도 약간은 축축한 손길로 들판과 언덕을 쓰다듬고 있었다. 그동안 위쪽 산에서는 안개가 점점 걷히면서 벌써 전나무 꼭대기에 쌓인 첫번째 겨울 눈송이들이 보이기 시작했다. 우리는 침묵했다. 심지어 날씨 얘기조차 하지 않았다.

나의 집을 향해 갈라지는 길목에 도착해 내가 마차에서 내렸을 때는 두시경이었다.

"자넨 오늘 고된 일을 더 하게 될 걸세." 어머니 기손이 그렇게 말하며 내게 손을 내밀었다.

"네, 어머니, 아마도 그럴 것 같네요."

"그럼 저도 탄광으로 갈게요." 주크는 나를 향해 그렇게 외치고는 말을 다시 출발시켰다.

나는 상당히 헐떡이며 집에 도착했다. 팔을 뺀 사람을 기다리게 해서는 안 되기 때문이다. 루트비히는 이미 충분히 오랫동안 기다린 상태였다. 실제로 팔 상태는 좋지 않았다. 그냥 삐기만 한 게 아니라 부러지기까지 했던 것이다. 아주 복잡한 상황이었다. 골절 때문에 팔꺾기요법을 시행하기는커녕 제대로 만질 수조차 없었다. 처음에 난 그를 큰 병원으로 보낼 수밖에 없겠다고 생각했다. 하지만 일단 골절 부위에 부목을 대고 난 후엔 결국 직접 해낼 수 있었다. 우리 두 사람 모두 진땀을 뺐다. 환자는 고통과 긴장 때문이었고, 나는 있는 힘을 다 쏟아부어야만 했기 때문이었다. 하지만 우리 둘 다 뿌듯함을 느꼈다. 청년은 자신의 용감함에 대해, 난 나의 근력에 대해 자부심을 느꼈다. 내가 치료를 거의 마치고 깁스를 제작할 때까지도 우린 서로를 열심히 칭찬했다. 그다음에 우리가 꼬냑을 한잔 마실 때쯤에야 내가 치료에 집중하느라 원래의 사고를 까맣게 잊고 있었다는 것이 떠올랐다.

"그래, 이제 자네들이 저지른 그 분탕질에 대해 얘기 좀 해보게…… 난 이제 바로 올라가봐야 해……"

"제가 함께 가겠습니다, 의사 선생님."

"자네 제정신인가? 그 상태로 여기까지 내려왔다는 것 자체가 기적이야. 그런데 지금 또다시 올라가보겠다는 건가."

그가 웃었다. "그런데요, 의사 선생님, 그런 건 참아내야만 하는 겁니다. 그 정도는 아무것도 아니에요."

그는 뜻을 꺾지 않았다. 나는 보관하고 있던 붕대 전부와 그밖에 필요할지도 모르는 물품들을 급하게 챙겨서 나의 배낭에 채워넣었다. 우리는 길을 나섰다. 그는 나와 함께 걸으면서 사건의 경과를 설명했다.

사실상 설명할 만한 것이 거의 없다고 했다. 그들은 어제부터 탄광 채굴 작업을 했는데, 처음 백 미터는 아주 쉬운 작업이었다고 했다. 그들은 퍼낸 흙을 그냥 밖으로 실어나르며 노래를 불렀다. 그러면서 자신들이 얻고 싶은 금에 대해 생각하기는 했지만 사실상 그렇게 많이 생각했던 것은 아니었다. 왜냐하면 산속 깊이 파고 들어가, 그 안에서 계속 노래하고 싶다는 소망이 점점 더 커졌기 때문이라는 것이다. 그 소망이 너무 커서 나중에는 다른 것에 대해서는 전혀 생각하지 않았다고 했다.

"있잖아요, 의사 선생님." 그가 말했다. "탄광 안에서 노래를 부르면 메아리가 없어요. 하지만 산의 한가운데, 순수한 광석이 존재하는 그곳에 도달하면, 그곳에 사람들이 밖에서 듣는 메아리의 근원이 틀림없이 있을 거예요…… 그래서 우린 그곳에 가고 싶었어요."

"흠, 이제는 벤첼도 금 대신 메아리를 원한다는 건가? 난 그 말을 믿지 않네…… 자네의 팔을 삐게 한 건 절대 메아리가 아냐."

"벤첼요? 그도 함께 노래했어요…… 그 사람은 아마도 점점 더 깊이 들어가는 데에만 신경을 썼던 것 같아요. 계속해서 우리를 몰아댔으니까요…… 네, 하지만 백오십 미터에서 이백 미터쯤 지나자 물이 나왔어요. 오묘하게 빛나는 뱀의 눈 같은 물방울이었어요…… 그 물은 바위에서 스며나왔어요. 그 물은 오래된 갱목의 썩은 나무 부분에 고여 있었어요. 그런데 한구간 더 내려간 곳에서는 물이 더이상 보이지 않았죠. 그곳엔 물 대신 흙이 있었어요. 마치 사방에서 갑자기 밀려드는 늪과 같은 흙이었어요, 의사 선생님. 부드러운 거품으로 가득한 흙 말이에요……”

“그러니까 거기서 사건이 일어난 건가?”

그랬다. 거기서 일이 벌어졌다고 했다. 목수이기도 한 벤첼이 그곳에 목재 구조물을 설치해서 막아야 한다는 명령을 내렸다고 했다. 그래서 그들은 락스가 가져다둔 목재를 안으로 들여와 지지대를 설치하고, 기둥을 세우고, 두꺼운 널빤지를 끼웠다. 다섯명이 이 작업을 했다. 벤첼은 지시를 내렸고 그들은 망치질을 할 때마다 노래를 불렀다고 했다…… 그런데 갑자기 땅속에서 메아리가 들려왔다는 것이다. 기이한 메아리 소리는 차라리 목울림 소리 같았다. 하지만 그들이 그 아래서 부른 노랫소리도 아마 목울림 소리처럼 들렸을 것이라고 했다. 그때 이미 지지대가 약해졌다는 것이다. 그는 또 하나의 천장 널빤지를 받치려던 참이었는데, 그때 그의 팔이 돌아가버렸다. 그들 중 세 사람은 제때 안전한 곳으로 피할 수 있었다. 하지만 레온하르트와 벤첼은 미처 빠져나오지 못했다.

“이게 전부입니다, 의사 선생님.”

“그래, 그것이 전부란 말이지…… 그럼 벤첼과 레온하르트는 어떻게 되었나?”

“그건 저도 모릅니다…… 저 자신이 어떻게 빠져나왔는지도 말할 수 없는걸요…… 전 저와 다른 두 사람에게 흙이 무너져내렸다는 것, 그리고 그들이 거기 갇혔을 거라는 것만 알고 있을 뿐입니다…… 어쩌면 그들이 살아서 구조되었을 수도 있습니다…… 전 달려 내려왔거든요. 누군가는 그 일을 해야 했으니까요. 그리고 어차피 제가 도울 수도 없었구요. 그리고 전 이 망할 놈의 팔을 빨리 고치는 게 낫다는 생각도 했죠……"

"그 망할 놈의 팔은 지금 아픈가?"

"글쎄요, 견딜 만합니다…… 슈납스 한잔 더 마시면 괜찮을 텐데."

"자네들의 후원자는 저 위에 있나? 크리무스 말이야."

우리는 마을대로로 접어들지 않고 산비탈을 따라 이어지는 지름길인 오솔길을 택했다. 그리고 광부길에 다다랐다. 나무에서는 빗방울이 떨어졌고, 숲의 바닥엔 눈송이들이 점점 더 많아지더니, 함께 모여 계속해서 거대해지는 섬으로 자라났다. 물론 그 사이사이로 풀밭과 녹색 에리카 관목들이 여전히 모습을 드러내곤 했다. 가끔씩 눈 덩어리가 나뭇가지에서 무겁게, 젖은 모습으로 떨어져 내렸다. 뒤이어 나뭇가지가 천천히 진동했다. 숲의 공기는 저 위쪽 높은 곳의 나무 꼭대기 위와 그 사이에서 다시 깜빡이며 빛나는 음침한 투명함에 의해 단단하고 하얀 회색빛으로 응축되어 있었다. 루트비히가 부상을 입었음에도 우리가 빠르게 걸어갔기 때문에 우리는 꽤 많은 사람들을 따라잡았다. 그들은 사고 소식을 듣고 곡괭이와 삽으로 무장한 채 우리와 마찬가지로 구조작업을 위해 난쟁이갱을 향해 가고 있었다. 그렇게 우리는 여유 있는 모습으로 위쪽을 향해 가고 있는 주크 역시 따라잡았다. 그리하여 숲에서 빠져나와 예배당 근처 초원에 도착했을 때 우리는 벌써 상당한 규모의 무리를 이루었고, 그곳에 이미 축축한 낟알 모양으로 쌓여 있는 새로 내린 눈 사이로 발이 여럿 달린 동물처럼 열심히 전진했다.

아직도 이파리가 달려 있는 나무딸기 관목들은 하얀빛이었다. 꺾이고 시든 양치류 식물들은 겨울 평야 위에 갈색으로 자리 잡고 있었다. 우리 앞에는 산골예배당이 고요히, 누구의 관심도 받지 못한 채, 쓰임새도 없이 서 있었다. 봉헌된 돌들을 안에 감춘 채 그렇게 서 있었다. 지붕 한쪽에서 녹은 눈이 방울지며 떨어져내렸다. 우리 뒤쪽에는 쿠프론 절벽이 거대하고 차가운 모습으로 가까이 서 있었다. 갱도 입구 위쪽의 뱀 머리는 역시 작은 눈모자를 둘러쓰고 있었다. 하지만 이 모든 것 안에서, 이 투명하게 음침한 공기의 거대한 선명함 속에서, 산들은 눈빛으로 매끈한 하늘을 향해 거칠게 일으켜 세워져 있었다. 산꼭대기와 바위들은 거친 윤곽을 드러내고 있었고, 산은 숲의 가장자리 아래까지 깊숙하게 하얀빛으로 덮여 있었으며, 남쪽 비탈은 그 빛이 조금 더 깊이 내려가 녹색 안쪽으로까지 닿아 있었다. 환한 빛이 비치는 곳에서는 암석들이 여기저기 눈 사이로 비집고 나오거나 눈을 털어버리고 모습을 드러냈는데, 그 암석들은 노란빛이 감도는 검은 어둠의 빛을 띠고 있었다. 거대하고 안정적인 냉기가 그 안정감으로 인해 온 사방에 유쾌하게 펼쳐져 있었다. 겨울의 관冠은 아직도 그 안에서 가을이 부드럽게 쉬고 있는 녹색과 갈색의 골짜기를 그렇게 장식하고 있었다.

난쟁이갱이 있는 방향에서는 가끔씩 외치는 소리가 들려오기도 했고, 가끔은 도끼질 소리가 들리기도 했다. 메아리의 부서지기 쉬운 부드러움에 실려 그 울림은 계속 이어졌다. 반사하고 되받아 반사하는 가운데 겨울은 가을에게, 가을은 겨울에게 서로 노래하며, 대답과 그 대답에 대한 대답을 주고받았다.

그 안에서 메아리가 울리고 있는 높은 땅, 존재의 중심을 감싸고 있는 반사하는 정원! 내 안에서 밖으로 뚫고 나가는 시선, 존재하는 것을 감싸며 나를 그에게 데려다주는 그 시선을 찾아헤매며 나역시 자신의 메아리의 근원을 찾고 있지 않았던가? 나 역시 가라 앉는 꿈에 파묻히고, 늪에서 숨이 막혀 죽을 위험에 처해 있지 않았던가? 오, 대지의 거룩한 유쾌함이여, 중심의 유쾌한 거룩함이여, 가을의 사랑스러운 부끄러움이여, 내리는 눈에 의해 밝혀지고 감춰지는구나! 우리는 저 흔들리는 높은 중심, 그 안에서 파악하는 것과 파악된 것이 하나가 되는 그 중심까지밖에 도달할 수 없다. 인식 그 자체인 메아리의 근원과 메아리의 메아리의 근원, 그것은 신적인 동시에 세속적이다. 그것은 피안의 것을 현세에서 열어젖힌다. 그곳은 인간의 삶을 살면서도 신적인 삶을 향하는 성인들이 거하는 곳이다. 그들의 시선이 어디를 향하든 대지는 그들에게 높고 장엄하다. 그들이 어디를 향하여 귀를 기울이든 그들에겐 메아리를 비추는 노래가 들려온다. 왜냐하면 가까움을 꿰뚫고 먼 곳을 보면서 그들의 삶은 사랑하는 인식이 되었고, 동시에 거룩한 것이 되었기 때문이다. 그들은 불충분함으로 인해 수치스러워하고 매우 겸손한 자세로 불멸의 것을 드러내고 감추었다. 그들이 스스로의 고독 속으로 더욱더 깊이 잠길수록, 그들이 명명할 수 없는 것의 높이를 향해 더욱더 높이 솟구쳐갈수록—사실 어디가 위쪽이고 어디가 아래쪽인지 말할 수 있는 사람이 어디 있겠는가!—중심이 머물고 있는 지상의 거주지는 지평선의 안정감으로 가득 채워진 채 더 흔들리고, 더 빛나며, 더욱더 유쾌해진다.

우리는 그렇게 고상한 거주지 사이를 지나 위로 올라갔다. 물론 우리가 그러한 거주지를 알아챘다거나 알아내고자 했던 것은 아니었다. 사람들은 좀더 수월하게 위로 올라갈 수 있도록 자신들의 삽을 등산용 지팡이처럼 눈 속에 꽂았다. 연장들은 날카롭게, 질질 끌리며 부드러운 덩어리 속을 파고들었다. 그렇게 우리는 상당히 시끄러운 소음을 내면서 예배당에 도착했다. 대부분의 사람들이 새삼 열을 내어 금 채굴사업에 대해 욕을 하고 있었고 몇몇 사람만이 그것을 변호했는데, 그것은 조금도 놀랄 일이 아니었다. 하지만 그들이 그렇게 욕을 하고, 심지어 그들 중 많은 이들이 이 일은 산이 복수한 것이라고 주장하긴 했어도, 그들은 이름가르트 살해에 대해서는 거의 수치심을 느끼지 않고 있었다. 또다시 벌어진 이 우울한 사건도 그들에겐 수치심을 느끼게 할 만한 계기가 되지 못했다. 그럼에도 그들에게 엄습한 공포는 분명히 수치심으로 인한 것은 아니었으며, 오히려 기대에 찬 공포로서, 대형사고의 희생자들을 수색할 준비가 완전히 끝난 상태였다.

예배당과 갱도 사이의 짧은 숲 구간은 하얀 눈으로 인해 거의 성탄절 분위기였다. 하지만 그곳의 길은 여러명의 발길과 락스의 목재 수송 덕분에 충분히 걸어다닐 수 있게 되어 있었다. 우리는 곧 우리의 목적지인 난쟁이갱 앞의 숲속 공터에 도착했다. 그곳에서는 고요한 엄숙함 속에서 성탄 나무들이 품위 있게 둘러싸고 있는 가운데, 사람들이 흥분해서 경박하고 시끄럽게 이리저리 돌아다니고 있었다. 열려 있는 수직갱도의 검게 벌어진 입구 앞에서 사람들은 벌 떼처럼 움직였다. 눈 덮인 바닥은 검게 짓밟혔고 그 사이사이로 시든 풀 덤불이 드러나 보였다. 한가운데에는 건축용 목재들이 대충 쌓아올려져 있었다. 한편 우리의 오른편에는 숲 경사면 위에 단순한 형태의 공구용 움막이 지어져 있었는데, 좀더 정확히 말하자면 세개의 보호벽을 갖춘 일종의 간이지붕이라 할 수 있었고,

부분적으로는 나무줄기에 고정되어 있었다. 옆에는 취사를 위한 것이 분명한 모닥불이 피워져 있어서 그 매캐하면서도 부드러운 연기를 냇기 속으로, 그리고 우리 쪽을 향해 피워올리고 있었다. 그곳엔 락스도 서 있었다. 그의 우렁찬 목소리가 공터에 울려퍼졌고, 그 소리는 이곳에서 벌어지고 있는 난리법석에 어떤 의미와 방향성을 부여해주려는 것처럼 보였다. 물론 그것은 불필요한 일이었다. 그곳엔 너무나 많은 사람들이 있었기 때문이다. 좁은 갱도 안에서는 겨우 몇명만 일할 수 있을 뿐이었다.

우리를 보자 그도 곧바로 소리치던 것을 멈추고 우리를 향해 다가왔다. 몇몇 다른 이들도 그와 함께 있었다. 나는 몇명의 소방대원들도 발견했는데, 그들은 기어이 제복까지 착용한 상태였다.

"어이없는 사고네요." 락스가 그렇게 말했는데, 그는 자신이 그 어이없는 사고에 공동 책임이 있다는 것을 전혀 느끼지 못한 것 같았다.

"그렇군요, 정말…… 내가 할 일이 뭐가 있나요?"

그런데 그는 약간 당황한 상태였다. "다행히도 저희가 벤첼은 밖으로 끌어냈습니다…… 그 사람은 별 탈 없이 마무리된 것 같아요…… 하지만 레온하르트는…… 그러니까……" 그는 몸을 돌렸다. "……네, 별 희망이 없습니다."

"벤첼은 어디 있죠?"

그는 공구용 움막 쪽을 가리켰다.

벤첼은 간이지붕 아래의 바닥에 사지를 뻗고 누워 있었다. 두개의 외투로 몸을 덮고, 윗옷 하나를 말아서 머리 아래 괴고 있었으며, 주름 가득한 교활한 얼굴은 눈처럼 창백했고, 두 눈을 꼭 감은 채였다.

나는 그의 옆에 무릎을 꿇고 앉았다. "벤첼."

그는 천천히 한쪽 눈을 뜨고는 실눈으로 비스듬히 나를 바라보았다.

"의사 선생님."

"그래요, 벤첼."

"말을 못하겠어요." 그는 힘겹게 말했다.

지금 그의 상황은 별 탈 없는 상태가 절대 아니었다.

"이런, 가능할지도 몰라요…… 대체 어디가 아픈 건가요?"

익숙한 빈정거림의 기색이 얼핏 얼굴에 스쳤다. "차라리 어디가 안 아픈지를 물어봐주세요."

"흠."

"추워요, 의사 선생님." 그가 나지막하게 말했다.

"그래, 당신을 이곳에서 옮길 수 있을지 시도해봐야겠어요…… 움직일 수 있겠어요?"

웃어보려는 그의 노력은 노쇠한 미소로 끝나버렸다. "안 움직이는 게 나을 것 같아요, 의사 선생님."

잠시 후 그가 말했다. "못 움직이겠어요."

움직여보려는 노력이 그에게 끔찍한 고통을 가져왔음을 알 수 있었다. 그 고통이 지나간 후 그가 말했다. "의사 선생님, 전 이제…… 절 그냥 뒈지게 내버려두세요…… 재수가 없었던 거죠…… 사소한 업무상 재해라고나 할까요……"

"뒈질 때까지는 아직 시간이 많이 남아 있어요, 벤첼."

그는 그저 끙끙거릴 뿐이었다.

척추가 골절되었을지도 모른다는 의심이 들었다. 척수 손상은 분명해 보였다. 전체적으로 이 남자의 어디가 부러졌고, 어디가 우

그러졌는지는 이 자리에서 전혀 확인할 길이 없었다. 그를 다른 방향으로 눕히는 것조차 불가능했던 것이다. 진찰은 말할 것도 없었다. 하지만 허접한 소방대 들것으로 그를 실어나르는 일 역시 해결하기 쉽지 않은 문젯거리였다.

나는 크게 절망한 채 그의 옆 땅바닥에 웅크리고 앉아 있었다. 움막 앞에서는 사람들이 굉장히 긴장한 채로 서서 나를 지켜보았다. 가끔씩 모닥불에서 나는 연기가 움막 안으로 들어왔다.

마침내 무슨 일이라도 진행시키기 위해 나는 둘러서 있는 사람들을 향해 크게 소리쳤다. "들것 좀 가져다줘요."

그러자 벤첼이 두 눈을 떴다. "쓸데없이 절 고통스럽게 하지 말아주세요, 의사 선생님."

대장장이가 왔다. "상태가 어때?"

"상당히 심각한 부상을 당했어…… 하지만 더 안 좋은 상태일 수도 있네."

벤첼은 거의 웃는 것처럼 보였다. 그는 낮게 휘파람을 불었다. 그러더니 이렇게 말하는 것이었다. "이봐, 대장장이. 목재에 톱질이 되어 있었어."

"뭐라고?"

그가 힘겹게 반복했다. "지지대용 기둥에 톱질이 되어 있었다고…… 그래서 이렇게 된 거야…… 내가 그런 문제는 잘 아는데……"

"지금 자네는 건강을 되찾는 문제에 대해 잘 알아야 해." 대장장이가 말했다. "그런 일 더이상 생각하지 말고."

이전엔 장난꾸러기 같았던 표정이 증오로 뒤덮였다. "뒈질 것 같아…… 개자식들……"

나는 대장장이를 바라보았다. 그는 벤첼의 추측이 신빙성이 있다는 듯 나를 향해 고개를 끄덕였다. 톱질이 되어 있었다고? 주크가 그랬을까? 마티아스의 짓일까?

　벤첼이 훨씬 더 힘 빠진 목소리로 말을 이었다. "마리우스 말입니다……"

　"응? 내가 뭐 전해줄 이야기라도 있나요?"

　"그는 이번 일과 아무런 상관이 없습니다…… 제가 한 일…… 저 혼자서 벌인 일입니다…… 의사 선생님…… 저 혼자서요……" 그는 탈진한 듯 그르렁거리는 소리를 냈다.

　"알겠어요, 벤첼. 걱정하지 말아요."

　그는 내가 한 말을 들었는지 못 들었는지 반응을 하지 않았고, 또다시 혼수상태에 빠져들었다.

　아무리 불가능해 보이더라도 그를 병원으로 옮기려는 시도를 해보지 않을 수 없었다. 그래서 나는 대장장이에게 물었다. "자네 대원들 중에 전화할 수 있는 사람이 있나?"

　그는 생각에 잠겼다. "응, 젊은 락스가 할 수 있을 거야."

　"그렇다면 그를 내려보내서 병원에 전화하도록 하게…… 지금이 네시이니, 아홉시까지는 구급차가 우리 집으로 올 수 있겠지……"

　하지만 당장은 뭘 하지? 가장 바람직한 건 아직 해가 있을 때 그를 곧바로 아랫마을로 옮기는 것이었다. 그들은 수직갱도에서 아직도 몇시간은 더 작업할 게 분명했다. 그들이 레온하르트를 발견할 때쯤이면 난 이미 이곳에 다시 올라와 있을 것이었다.

　나는 외투 몇벌을 더 건네받은 후 그것으로 벤첼을 꼭꼭 쌌다. "이보게, 대장장이." 내가 말했다. "광갱 쪽을 좀 보세."

　"난 어차피 다시 들어가봐야 해. 이제 작업을 교대할 시간이거든."

"얼마나 자주 교대하나?"

"한시간마다. 여섯명이 땅을 파고 목조 작업을 하고, 네명이 재료들을 운반하네."

공터 위에는 기다림으로 인한 건강하지 못한 긴장감이 서려 있었다. 그것은 결국에는 농담이나 싸움을 통해서만 해소될 수 있는 종류의 긴장감이었다. 사람들은 구조를 위해 왔다. 그들은 기꺼이 작업에 참여하고 싶었다. 하지만 몇시간 후에나 작업조에 배치될 수 있었다. 그들은 하는 일 없이 돌아다니기도 하고 서성거리기도 했다. 한 그룹에서는 벌써 거친 고함 소리가 터져나왔다.

마침 광갱의 입구 앞에서는 락스가 다음 작업조의 수를 세고 있는 참이었다.

대장장이가 싸움이라도 걸듯 그를 중단시켰다. "이 사람들이 다 필요하지는 않아……"

"아하, 소방대 대장님."

"그래, 지금은 내가 명령권을 갖고 있고 책임도 지게 돼."

산마티아스가 광갱에서 걸어나왔는데, 그의 겉옷은 땅껍질 같았고, 그의 붉은 수염도 땅껍질 같았으며, 두 손에는 손도끼를 들고 있었다. 그가 웃었다. "절대 아랫마을 사람이 여기서 명령을 할 수는 없어. 왜냐하면 자네들은 모두 산에 대해 아무것도 모르니까."

나는 작업이 어느정도 진척되었는지를 물었다.

"천천히, 천천히 진행되고 있어요…… 오십 센티미터마다 새로 지지대를 설치하고 있습니다."

입구 옆에는 이미 밖으로 옮겨놓은 엄청난 양의 흙이 쌓여 있었다. 완전히 진한 갈색의, 자갈이 많이 섞여 있는 축축한 흙에서 살인의 흔적은 보이지 않았다. 때때로 안쪽에서 누군가가 손수레를 밀고 나오기도 했다. 손수레를 비운 사람은 뛰어서 다시 광갱 안으로 들어갔다.

그때 우리도 안으로 들어섰다. 퀴퀴하고 후덥지근한 바람과 함께 멀리서 망치질 소리와 둔탁하게 울리는 삽질 소리가 들려왔다. 여러겹으로 쌓아둔 내벽에는 횃불과 횃불용 관솔개비 들이 오래된 받침대에 여러개 꽂혀 있었다. 길은 부드러운 경사를 이루며 위쪽으로 향했다. 사람들이 벤첼을 차가운 겨울 공기 속에 두지 말고 이곳에 눕혀두었더라면 더 나았을 것이다.

그런데 그다음 부분에서 길이 굽어졌고, 상당히 가파르게 아래쪽으로 내려가 루트비히가 말했던 습기 찬 지역으로 연결되었다. 오래된 광갱 내 갱목들은 점점 더 부서지고 곰팡이가 슨 모습이었고, 오늘 하얀 목재를 덧대어 보수한 자국들이 점점 더 많이 드러났다. 물방울이 뚝뚝 떨어지고 졸졸 흘렀다. 미지근한 지하의 공기는 방금 파낸 흙의 자극적인 냄새로 가득했다. 우리가 만났던 손수레를 끄는 남자들은 이곳을 올라올 때 정말 힘겹게 애를 써야 했을 것이다. 작업하는 소리가 점점 더 가깝게 들려왔다. 길은 다시 한번 가볍게 굽어진 후 넓어졌다. 그러자 우리는 넓은 방 안으로 들어온 것 같은 느낌이었다. 그 방은 정면 쪽이 흙으로 막혀 있기는 했지만 여기저기 새 나무로 버팀목을 만들어 받치고 판자를 덧댄 상태였다. 몇개의 램프를 달아 환하게 밝혀둔 이 따뜻하고 소박한 공간이 바로 사고 현장이었다.

목공들이 덧댄 판자에 망치질을 하고 있었다. 흙으로 막힌 벽 쪽에서는 네명이 삽으로 흙을 퍼내어 손수레를 채웠다.

루트비히는 그 옆에 서 있었다. "절대 멀지 않은 곳이에요……

제가 사고당한 곳이 저기거든요." 그는 뒤쪽을 가리켜 보였다. "그리고 레온하르트는 제게서 그렇게 멀리 떨어지지 않은 곳에 있었어요. 우리는 서로 이야기까지 나눴으니까요."

나는 거리에 대한 감각을 완전히 잃었다. 분명히 우리는 겨우 몇 분을 걸어왔을 뿐이었다. 하지만 난 그것조차도 정확히 말할 수 없었다. 우리가 지금 삼백 미터를 들어왔는지, 육백 미터인지, 아니면 그보다 더 많이 안쪽으로 들어온 것인지, 뭐라고 하든 난 다 믿었을 것이다. "얼마나 더 깊이 내려갈 수 있을까요?" 내가 물었다.

"깊이, 아주 깊이 갈 수 있죠." 산마티아스가 대답했다. "하지만 아마도 거긴 다 물속에 잠겨 있을 겁니다." 그는 마치 나에게 보여주려는 듯 천장에 맺힌 물방울을 가볍게 문질렀다. "그륀 호수의 물과 같은 물이죠."

그 중심으로부터 메아리의 근원이 솟아오르는 지하 호수의 상像, 모든 사고와 기억과 사고 가능한 것들의 바다로부터 동경을 품고 스스로 솟아오르는 상, 이 상이 메아리가 통과하게 될 고도高度의 상과 합쳐졌다. 눈밭의 가장자리 사이로 자신의 토지 위에 여전히 가을을 감추어두고 있는 저 천공天空 호수의 상과 기이하게 하나로 합쳐졌다. 그리고 그것은 마치 마지막 유혹 같았다.

내 뒤에서는 청년들이 기둥 하나를 때려 박으면서 노래를 부르고 있었다. 그들은 죽음과 대면한 채 예부터 전해내려오는 기둥 박는 자들의 외설적인 노래를 부르고 있었다.

"어여쁜 마리들, 지금 우리가 그를 박아넣는다.

우리가 그를 박아넣는다.

자 하나는 위로 (품)

자 둘은 깊이 (품)

자 셋은 위로 (품)

자 넷은 깊이 (품)

어여쁜 마리들, 지금 우리가 그를 박아넣는다. (품)

어여쁜 마리들 지금 네 안에 그가 있구나."

"아휴, 어쩌면 그는 아직 살아 있을 수도 있어!"

"그렇다면 우리의 목소리를 듣고 그가 기뻐하겠지." 기둥 박는 자들 중 한명이 그렇게 말했다.

"그는 죽었어." 산마티아스가 말했다.

"어여쁜 마리들, 지금 우리가 그를 박아넣는다.

......"

그것은 그들이 죽은 이에게 불러주는 죽음의 노래였을까? 대지의 품속으로 빠져들어가버린 그 남자에게? 그것은 작고, 정말로 두드러지지 않는 조사弔詞였다. 마치 측량 불가능한 것이 대지의 품속에 있을 때 작으면서도 측량 불가능하듯이 그렇게 작았다. 시간적 차이도, 공간적 거리감도 없었다. 그럼에도 마치 씨앗 속처럼 여전히 측량 불가능하게 모든 것을 자신 안에 품고 있었다. 그런데 나는 레온하르트가 살아 있었을 때의 키가 어느정도였는지를 알고 있는데도, 내가 죽은 레온하르트를 겨우 난쟁이 벤첼 정도의 키로 상상했다는 사실을 갑자기 깨달았다. 아니 벤첼보다 더 작게 생각되었다. 또한 저 아래 은빛 호수의 심층에 다다르기 위해서는 죽어서 파묻혀 있는 이 난쟁이를 넘어가기만 하면 된다는 생각이 강하

490

게 들었다.

"……

자 여섯은 깊이 (품)

어여쁜 마리들, 지금……"

"저기 있다!" 땅을 파던 사람들 중 하나가 소리쳤다.

그러자 노랫소리가 그쳤다.

사람 키의 약 절반쯤 되는 높이에 흙덩어리로부터 신발 하나가
튀어나와 있었는데, 징이 박힌 신발바닥은 천장을 가리키며 솟아
있었다.

이제 모두가 침묵했다. 산마티아스는 윗옷을 벗고 이어서 셔츠
도 벗어 던지고는 함께 작업을 돕기 시작했다. 그 작업은 쉽지 않
았다. 계속해서 널빤지를 밀어넣어 점점 드러나기 시작한 레온하
르트의 몸을 밀려 내려오는 흙덩어리의 압력으로부터 지켜내야
했기 때문이다. 그는 머리로 옛 광갱 바닥을 짓누른 채 아래를 향
해 비스듬하게 누워 있었다. 마침내 사람들은 그를 끄집어낼 수 있
었다.

나는 굉장히 조급해졌다. 왜냐하면 위에는 벤첼이 있었기 때문
이다. 난 그가 다시 깨어났는지 여부도 알지 못했다. 그렇기 때문에
레온하르트를 위해 할 수 있는 일이 아무것도 없다는 사실을 확인
했을 때 솔직히 안도감을 느꼈다. 그는 질식사한 것도 아니었다. 사
고가 난 순간 압사했던 것이다.

사람들은 말없이 둘러서 있었다. 그들이 그의 몸을 끄집어낸 구
덩이에서는 흙이 부슬부슬 떨어져내렸고, 물이 졸졸 흘러내렸다.

그 안에 밀어넣은 널빤지들이 휘어지고 부러지는 소리가 났다. 나는 우리 모두가 거기서 무엇인가가 또 따라 나오기를 기다리기라도 하는 듯 계속해서 그 구덩이를 바라보고 있음을 깨달았다. 짐승, 뱀 또는 검은 고양이, 아니면 거기서 나올 법하지 않은 어떤 것이라도. 누가 명령을 내린 것도 아닌데, 또 그것이 아무런 의미나 목적이 없음에도 불구하고 두 사람이 나서서 무덤이었던 곳을 널빤지로 덮기 시작했다.

"나는 가보겠소." 내가 말했다. "저 사람은 당신들이 데리고 나오도록 해요."

마티아스가 시체 돌보는 일을 맡았고 나는 그곳을 떠났다. 돌아오는 길에야 나는 그 구간이 굉장히 짧다는 것을 알게 됐다. 분명히 삼백 미터도 안 되는 거리였다. 경사로가 금세 끝났고, 광갱 입구의 반원 모양이 보이더니 점점 빠르게 커졌다. 거기서 나는 대장장이의 지휘 아래 행진해 오는 새로운 작업조를 만났다. 나는 그들에게 되돌아가도 된다고, 작업은 종료되었다고 알려주었다.

"그렇군." 대장장이가 말했다. "압사라고…… 그렇다면 그는 적어도 멋진 죽음을 맞은 거로군."

"이봐, 대장장이" 내가 말했다. "멋진 죽음은 그런 게 아니라고 생각하네."

"아냐." 그가 말했다. "멋진 죽음은 불처럼 거친 것이지."

그는 레온하르트와 그의 멋진 죽음을 보기 위해 계속해서 갔다.

그들 중 몇 사람은 나와 함께 출구를 향해 돌아섰다. 그곳에서 기다리는 사람들의 무리는 그사이에 더 늘어나 있었다. 내가 그들에게 일어난 일에 대해 알리자, 사람들은 차례차례 머리에 쓴 모자나 두건을 벗었다. 그와 동시에 비명 소리가 공터 위로 날카롭게 울려퍼졌다. 그 비명은 성탄절 분위기를 내는 나무들의 고요한 꼭대기를 향해 올라갔고, 절벽들 사이에서 울리며 잦아들다가 다시 한번 울리고는 잦아들었다. 비명의 주인은 레온하르트의 어머니인 연로한 니스틀러 부인이었다. 그녀는 약간 떨어진 곳에서 여인들의 무리에 섞인 채 다른 사람들과 마찬가지로 기다리고 있다가 그 엄숙한 몸짓의 의미를 이해했던 것이다.

하지만 나는 그녀를 돌볼 만한 시간이 없었다. 나는 벤첼에게 가야만 했다. 그런데 그곳에선 또 하나의 깜짝 놀랄 만한 일이 벌어져 있었다. 그것은 민망한 일이기도 했다.

여전히 두 눈을 감은 채 그 자리에 누워 있는 벤첼 앞에 마리우스가 버티고 서 있었기 때문이다. 그 옆에는 크리무스와 락스가 서 있었다. 이미 흥분한 채로 말을 하고 있었던 것이 분명한 마리우스가 부상자를 향해 장광설을 늘어놓고 있었다.

"벤첼." 그는 막 이렇게 말하는 참이었다. "자네 말은 그러니까 나무에 톱질이 되어 있었다는 거지…… 그렇게 말하는 게 고약한 의혹을 제기하는 것이란 걸 알고 있나? 시장님도 곧 오시게 될 거고, 그러면 자네는 자네의 그 고발 건에 대해 책임지고 얘길 해야만 하네…… 자네가 하는 모든 일에 대해서는 스스로 책임을 지라고 내가 항상 자네에게 주의를 주지 않았나? 시간이 무르익고 산이 스스로 우리를 부르게 될 때까지 기다리라고 내가 자네에게 명령하지 않았나? 산은 우리를 불렀을 거야. 정결함과 위대함 속에서 산은 우리를 불렀을 거라고. 왜냐하면 산은 이미 첫번째 부름을 들려줬었기 때문이지! 하지만 자네는 참을성이 없었어. 자네는 나를 비웃었지. 그런데 이제 자네가 책임을 전가하려고 근거 없는 고발을 하겠다는 건가……!"

"지금은 그 사람을 좀 내버려둬요." 나는 그 바보를 향해 호통 쳤다.

그는 잠시 말을 멈추더니 성난 듯 눈썹을 찌푸리고는 부상당한 난쟁이를 바라보았다. 왜냐하면 그 난쟁이가 나의 예상과는 달리 그의 말을 듣고 있었던 듯했고, 이제는 두 눈을 떴기 때문이다. 그의 눈에서는 예전과 같은 장난스러움을 발견할 수 없었고, 항상 어려 있던 증오의 기운도 더이상은 전혀 찾아볼 수 없었다. 그의 두 눈이 크고 무겁고 진지하게 마리우스에게 머물러 있었다.

말이 중단된 틈을 이용해 락스가 재빨리 이의를 제기했다. "운송되었던 목재들은 흠잡을 데 없이 완벽했어…… 만일 그 사고가 나무 때문에 일어난 거라면, 그건 정말로 어떤 나쁜 놈이 톱질을 한 거라고."

하지만 마리우스는 자신의 거침없는 연설을 나 때문에 혹은 락스 때문에 중단할 생각이 없었다. 그는 내가 익히 잘 알고 있는 노래하는 듯한 어조로 옮겨갔다. "오직 산의 목소리를 듣고 그에 순종하는 사람만이 행동해도 되는 거야. 오직 나만이 그 일을 해도 되는 거라고. 오직 나만이. 왜냐하면 산의 목소리가 내게 선물로 주어졌기 때문이지. 나는 그 목소리를 귀 기울여 듣지. 하지만 산은 침묵했고 아직은 나더러 자기에게 오라는 명령을 내리지 않았다고……"

그때 크리무스가 더이상 참지 못하고 물었다. "산은 계속해서 침묵하게 될까? 산은 계속해서 닫혀 있을까? 산은 금을 내어주지 않을까?"

그러자 바보는 또다시 벤첼을 향해 몸을 돌리며 옛 마법사 같은 어조로 이렇게 대답했다. "너는 범죄를 저질렀다. 너는 나의 말에 순종하지 않았다. 너는 산을 모욕했다. 만일 산이 이제 침묵하고 또다시 스스로를 폐쇄시킨다면 너는 그 책임을 지게 될 것이다."

그러자 벤첼의 눈에 증오가, 심지어 심술궂기까지 한 증오가 다시 돌아온 것처럼 보였다. 그 증오는 굉장히 강렬해서, 그동안 그의 내면에서 내내 형성되었던 것을 남들이 알아들을 수 있는 말로 내뱉을 수 있었다. 그것은 단 하나의 단어였다.

"개자식."

하지만 그러고 나서는 너무 힘을 쓴 나머지 기진맥진한데다 또다시 아픔이 엄습해 그는 신음 소리를 내뱉으며 다시 두 눈을 감았다.

마리우스는 마치 덤벼들려는 동물처럼 몸을 움츠렸다. 내가 아는 한 그는 분명 실제로 그렇게 하지는 않았을 것이다. 하지만 락스가 크게 웃음을 터뜨리며 미리 그의 팔을 붙잡았다. "한번 더 말해보게, 벤첼." 그는 아주 재미있어하며 환호했다.

마리우스는 손을 뿌리치고는 돌아섰다. "저 녀석 어차피 지금 마비 상태이고 앞으로도 계속 불구로 남을 텐데 뭐. 산이 벌을 준 거지." 그는 그렇게 말하고는 침을 뱉었다.

이제 더이상은 참고 볼 수 없었다. 이미 숲속 공터 주위에 푸르스름하게 땅거미가 지기 시작했다. 부상자를 수송해서 내려보내야만 할 시간이었다. 나는 크게 화를 내며 소리쳤다. "당신들은 저기 아래 누워 있는 사망자 한명으로는 불충분한 건가요?"

락스는 진지해졌다. "레온하르트가……"

"그래요." 나는 여전히 화를 내며 말했다. "죽었죠, 압사했어요, 생매장됐죠."

크리무스의 누런 얼굴이 지금까지 빠져 있던 무딘 낭패감에서 깨어났다. 그의 얼굴이 환하게 밝아졌다. "황금! 이제…… 이제 산과 다시 화해한 거지……"

그러자 마리우스가 그의 말을 이어나갔다. 그는 어리석은 자였음에도 불구하고 자신의 우위를 유지하고자 했고 크리무스에게 자신의 입지를 확고히 하려 애쓰는 게 분명해 보였다. 아니 거기서 더 나아가 그는 크리무스의 말을 곧바로 진짜 어리석음과 광기로 바꿔버렸다. 그러면서 내면으로 시선을 향했다가 곧바로 자신의 선지자적인 어조를 되찾았다. "산속의 사망자, 그는 산에 의해 압사당했고, 산은 난쟁이가 다시 거인이 될 수 있도록 그의 피를 마십니다. 비인간이 다시 인간이 됩니다. 침묵이 다시 목소리가 됩니다…… 산이 속죄의 희생제물을 받아들이고 범죄를 용서하면, 산은 그의 목소리를 내어 나를 부를 것입니다……"

"그렇다고 칩시다." 내가 말했다. "그런데 난 지금 여기서 해야 할 일이 있습니다…… 락스, 제발 부탁인데 이 두 사람 좀 데리고 가줘요……"

"전 갑니다, 의사 선생님." 마리우스가 정중하게 말하고는 자리를 떠났고, 그 뒤를 크리무스가 따랐다.

"저 파렴치한 바보 녀석, 못된 녀석 같으니라고." 락스가 말했다. "하지만 조심하세요, 의사 선생님. 저놈은 해낼 겁니다. 저놈이 금을 가져올 거라고요."

"락스." 내가 말했다. "난 지금 금에는 눈곱만큼도 관심이 없어요…… 난 이 사람을 골짜기로 보내야만 해요."

정말로 내키지 않았지만, 또한 경우에 따라서는 아주 위험한 일이 될 수도 있었지만 나는 벤첼에게 강력한 모르핀 주사를 놔줬다. 심장 기능이 약해질 경우에는 카페인을 투여하여 보완해야만 할 거라는 각오를 한 채였다. 그러고는 들것 바닥의 아마포 천에서 넓은 띠만큼의 분량을 잘라냈다. 환자가 가능한 한 등이 편한 상태로 그 위에 눕도록 하기 위해서였다. 그사이에 그가 분명하게 가수면 상태에 빠진 것을 확인한 후 우리는 그를 조심스럽게 들것 위로 들어올렸다. 그다음에 난 그를 벨트로 고정시켰다. 나는 그를 운반하는 동안 교대해줄 믿을 만하고 건장한 사람 몇명을 선발했다. 횃불도 몇개 가져왔다. 그리고 우리는 길을 떠났다.

그런데 우리가 통과해야 할 공터는 이제 아주 조용해져 있었다. 왜냐하면 그사이에 사람들이 사망자를 산속에서 끄집어내왔고, 이제 그 시신이 성탄절 분위기의 숲속 공터 한가운데에 누워 있었기 때문이다. 그는 여러 손이 붙든 바람에 모서리가 꺼멓게 된 두장의 하얀 전나무 널빤지 위에 눕혀져 있었다. 그는 한폭의 황마로 덮여 있었다. 그의 어머니는 그 앞에 무릎을 꿇고 있었고, 주변에는 침묵하는 무리가 저녁 기운을 받은 눈의 부드러움 속에서 시커멓게 둘러서 있었다.

하지만 그 어머니 옆에는 가볍게 격식을 갖춰 한쪽 무릎을 땅 위에 대고, 다른 쪽 다리를 굽혀 그 위에 팔꿈치를 지탱한 채 마리우스가 앉아 있었다. 우리가 그 옆을 지나다가 고인에 대한 예의로 잠시 멈추었을 때, 난 그 바보가 어머니에게 이렇게 말하는 것을 들었다. "너무 슬퍼하지 마십시오, 어머니. 아드님은 위대한 일을 위해 죽었기 때문입니다. 여기 어머니를 둘러싸고 있는 우리뿐 아니라 우리의 자녀들과 그 자손들까지 그의 영웅적 죽음을 감사한 마음으로 기억할 것입니다."

그런데 그 어머니는 그 파렴치한을 쫓아내지 않았다. 아무도 그렇게 하지 않았다. 오히려 그녀는 그가 감언이설로 들려주는 위로를 탐하며 이렇게 말하는 것이었다. "알겠어요, 라티 씨."

그러자 그가 말했다. "채굴사업이 번창하게 되면, 그때는 사람들이 지금 용감한 아들을 잃고 애통해하시는 어머님도 잊지 않을 것입니다…… 모두가 자신들이 어머님께 무엇을 빚지고 있는지 알고 있습니다……" 그러더니 그는 주위 사람들을 향해 몸을 돌렸다. "그렇지 않습니까? 우리 모두 같은 마음으로 보증하는 것 아닙니까?"

아무도 감히 반박하지 못했다. 어쩌면 죽음과 고통의 침묵이 각각의 인간적인 의견보다 더 강해서일 수도 있었고, 그들 모두가 마리우스와 똑같은 망상을 품고 있어서일 수도 있었다.

그러자 그런 식으로 죽음을 동맹자로 만든 마리우스가 계속해서 말을 이었다. 그의 연설은 언제나 끝을 모르기 때문이었다. "모든 금덩어리에서 그의 이름이 빛나게 될 것입니다……"

그때 어떤 목소리가 들려왔는데, 나는 그게 주크의 목소리인 것을 알 수 있었다. "이따위 허튼소리에 속아넘어가지 말라고……"

몇몇이 언짢은 듯 투덜거렸다. 그러더니 불쾌하고 성난 외침이 터져나왔다. "주크, 입 닥쳐!"

그때 크리무스가 쉰 목소리로 외쳤다. "황금, 우린 이제 그걸 얻게 될 거야……!"

"자네들은 쓰레기를 얻게 될 걸세!" 주크가 대답했다. 그러고는 그가 숲속에서 멀어져가는 소리가 들렸다.

나는 연로한 니스틀러 부인의 손을 꼭 잡아주고 싶은 마음이 간절했다. 하지만 난 나와 함께한 사람들에게 말했다. "갑시다." 결국 내겐 그 바보 같은 짓거리에 끼어드는 것보다 더 급하게 해야만 할 일이 있었던 것이다. 내가 정말로 염려하는 예배당 아래쪽의 급경사를 아직 햇빛이 남아 있는 동안 지나가고자 한다면 더이상 지체

해서는 안 되었다. 예배당 옆 초원을 지나 바로 이어지는 숲길 역시 충분히 험악했다.

하지만 모든 것이 기대 이상으로 잘 진행되었다. 그 급경사 지역을 지나는 것 역시 마찬가지였다. 난쟁이는 옮기기에 가벼웠다. 우리는 두줄로 늘어서서 들것을 손에서 손으로 전달했다. 그렇게 들것이 항상 수평으로 유지되도록 했다. 더이상 레온하르트를 기다리지 않고 우리와 함께 내려가게 된 일군의 사람들도 우리를 도와줬다. 급경사 지역에 쌓인 눈들은 저녁 그림자 속에서 이미 아주 단단하게 얼어붙어 있었지만, 그렇게 해서 그곳을 무사히 지나갈 수 있었다. 하지만 아래쪽에는 가을 골짜기가 부드럽게 자리 잡고 있었다. 쿠프론산 뒤에는 아마도 갈라진 구름이 자리 잡고 있을 것이다. 왜냐하면 맞은편 고지의 하얀색이 장밋빛 숨결로 변했기 때문이다. 그 장밋빛 머금은 은빛 숨결은 마치 메아리가 마지막으로, 정말 마지막으로 내쉬는 호흡 같았고, 불타오르듯 빨갛고 거대한 수치심의 메아리가 잦아드는 모습 같았다.

우리는 천천히 어두워져가는 숲속을 별 사고 없이 통과했고, 온화하게 어두워져가는 가을 구역에 도달했다. 노정의 마지막 부분인 우리 집 앞 근처에서 우리는 횃불에 불을 붙여야 했다. 정확히 여덟시가 지나자 구급차가 벤첼을 싣고 가기 위해 도착했다. 그 장난꾸러기 난쟁이는 이제는 아주 가끔씩 한쪽 눈을 깜박였고 사람들이 자신을 다루는 대로 무감각하게 내버려두고 있었다.

14

 그 십일월의 처음 며칠 동안 한 해가 다시 한번 모습을 드러냈고, 자신의 온 힘을 모아 전율하는 장관과 황금빛 음향을 불러왔다. 늦가을, 드물게 성숙한 늦여름이 시월에 내린 고지의 눈을 녹였다. 헤아릴 길 없이 환한 하늘이 다시 한번 세상의 모든 추위를 자신 안에 빨아들여 자신의 투명한 푸른빛 뒤로 감추어두었다. 그 빛은 물망초의 푸른빛도, 용담의 푸른빛도 아니었고, 활짝 핀 백장미의 그림자 같았다. 그 그림자는 단단한 부드러움으로 충만한 채 더 유연하고 더 날카로워진 나뭇가지들 사이로 내다보고 있었다. 무한은 스스로를 폐쇄하고 별들의 겨울 경계 지역까지 물러가기 전에 다시 한번 가장 사랑스러운 자태로 자연 사이를 지나가며 인간이 그 모습을 알아챌 수 있도록 했다. 사람들은 이 시기를 '늙은 여자의 여름'이라고 부르는데, 아마도 그것은 이 시기에 세계의 완고함과 부드러움, 세계의 시작과 끝이 중심의 충만함 속에서 하나가

됨으로써 다른 어떤 시기보다도 세계의 온전함을 예감하게 해주기 때문일 것이다. 무한은 온전함과 평온함을 이룰 때 자신의 충동과 자기창조 성향으로부터 벗어나 여성적으로 변한다. 그리하여 대지와 세계는 다시 한번 그 온전함 속에서 자신을 드러냈다.

그 십일월의 처음 며칠 사이에 베취는 새롭게 출발하기 위해 도시로 이주했다. 그는 집 계약을 해지했는데 그것은 잘한 행동이었다. 왜냐하면 이제 마리우스를 받아들인 공동체위원회에서 어차피 그가 계속 살도록 내버려두지 않았을 것이기 때문이다. 광산에서의 사고 직후 밀란트는 자신의 모든 공직을 사임했다. 공석이 된 자리에 마리우스를 들이려는 락스의 시도는 큰 어려움이나 소란 없이 성공을 거두었다. 마리우스가 취임한 첫번째 회의에 나는 참석하지 않았다. 동시에 이 단체에서 탈퇴하고 싶은 것이 나의 진심이었다. 하지만 공동체 소속 의사로서 나는 그렇게 할 수 없었다.

로자가 나를 깨운 것은 십일월 사일의 일이었다. 아마도 그 아이는 평소의 버릇대로 먼저 소심하게 노크를 했을 것이다. 하지만 내가 그 소리를 듣지 못하자 아이는 내가 대답할 때까지 두 주먹으로 온 힘을 다해 방문을 두드려댔다.

"그래." 내가 소리쳤다. "들어와라." 아직 어두웠다. 나는 불을 밝혔다. 여섯시였다.

아이는 내 침대 앞에 서 있었다. "난 도시로 가요." 아이가 진지하게 말했다. 그녀를 따라왔던 트랍이 고개를 침대 모서리에 얹었다.

"그것 때문에 날 벌써부터 깨워야만 했다니, 이 나쁜 녀석…… 게다가 넌 이미 옷도 다 차려입었구나."

"카롤리네 아줌마가 커피를 끓이고 있어요."

"그래, 오늘은 중요한 날이니까…… 곧 내려가마."

내가 옷을 입는 동안 창문 앞이 환해졌다. 그 앞엔 마치 투명한 밀랍처럼 하얀 안개가 껴 있었다. 마치 스펀지처럼 환한 빛에 푹 적셔진 모습이었다. 그 위에 구름 한점 없는 하늘이 존재하고 있다는 것을 짐작할 수 있었다.

내가 내려오자 두 사람은 이미 커피를 마시고 있었다.

"기분이 좋으냐, 로자?" 내가 물었다.

카롤리네는 소리가 나게 코를 풀고는 자리에서 일어나 화덕 근처에서 일을 하는 척했다.

로자는 손등으로 입을 문질렀다. "도시에 가면 난 학교에 다니게 될 거예요…… 알베르트 주크처럼요."

"그건 여기서도 할 수 있었을 거야." 카롤리네가 화덕 쪽에서 말했다.

"아녜요." 아이가 말했다.

"그래?" 내가 말했다. "넌 그러니까 도시 아이들하고만 함께 공부하고 싶은 거로구나?"

"아빠가 난 도시 학교에서 공부해야만 한다고 그랬어요."

자제하지 못하고 카롤리네가 몸을 돌렸다. "네 아빠는 널 여기에 두고 가야 해."

"카롤리네, 아이에게 그런 생각을 불어넣지 말아요. 아이는 부모에게 속한 존재라는 걸 알잖아요."

카롤리네는 마음이 상해서 입을 다물었다. 하지만 잠시 후 그녀는 이렇게 말했다.

"이제서야 이곳에서 우리가 잘 지내게 될 판국인데."

"무슨 말이죠?"

"네, 이제 모든 것이 더 나아질 거예요. 학교도 마찬가지구요……

이제 여자애들은 더이상 하녀가 되지 않아도 돼요."

"처음 듣는 이야기네요, 카롤리네."

"그건 선생님이 라티 씨를 좋아하지 않으시니까 그런 거죠, 의사 선생님…… 하지만 그 사람은 이제 공동체위원회에 속해 있어요……"

다행스럽게도 그때 주크가 자신의 세 아들과 함께 들어왔다.

"우린 로자에게 작별인사를 하려고 왔습니다."

그의 얼굴이 따뜻함으로 빛났다. 막내아들인 프란츨은 기계로 깎아 만든 후 갓 색칠한 나무인형을 팔에 끼고 있었다.

로자는 의자에서 미끄러져 내려왔다.

"그걸 로자에게 줘…… 프란츨이 너에게 주려고 가져온 거란다."

"그걸 당신이 만들었단 말인가요, 주크?"

"물론이죠."

위의 두 아이들은 각기 학교 가방을 들고 있었다. 그 아이들은 이제 가봐야 할 시간이었다. 로자와 프란츨은 그들이 나가는 길에 함께 따라나섰다.

"그래요." 주크가 말했다. "이제 전 베취가 짐을 싣는 걸 도와줄 생각입니다."

"정말 친절하네요, 주크."

그는 그 말을 거부했다. "전혀 아닙니다. 전 마리우스에게 반항하느라 이러는 겁니다."

카롤리네가 우리 이야기에 끼어들었다. "당신 역시 그런 사람이로군요, 주크."

"당연히 저 역시 그런 사람입니다…… 아마도 내가 베취를 도와주는 게 마땅치 않은 모양이군요?" 그는 자신이 가져온 목공용 도끼를 어깨 위에 걸치고 파이프를 입가에 문 채 서 있었는데, 그의 붉고 기름진 뺨이 유쾌하게 빛났다.

그녀가 키득거렸다. "베춰가 떠나는 게 옳다는 것뿐이에요."

"카롤리네." 내가 말했다. "하지만 아이는 붙잡아두고 싶어했잖아요."

"그래요, 그애는 붙잡아두고 싶어요. 그 부모에게는 과분한 아이니까요."

"말도 안 되는 소리 하지 말아요, 카롤리네." 내가 말했다.

주크는 선량하게 웃었다. 나는 톱질이 되어 있었다는 기둥에 대해 생각하지 않을 수 없었다. 이 선량하고 마음 따뜻한 남자가 정말로 그런 일을 할 수 있단 말인가?

"아주머니는 나이가 많아요." 그가 말했다.

"내가요? 내가 진짜로 보여주죠, 나이 많은 여자를…… 당신한테 나 같은 사람은 아직 한참 젊은 사람이라고요."

"아하, 당신은 그런 사람이군요."

"웃지 말아요, 주크…… 이제 난 아이 양육비를 후불로 지급받게 될 거라고요…… 전부 다 받게 되죠. 전체 기간에 대해서 말이죠…… 그렇게 되면 난 부자가 된답니다."

"당연하죠. 그렇게 되면 저와 결혼해주실 건가요?"

"당신과?" 카롤리네가 거칠게 말했다. "당신은 갇히게 될 거예요. 조금만 기다려요. 마리우스가 당신을 가둘 겁니다."

나는 주크를 바라보았다. 그는 한순간 진지해졌다. 하지만 곧 그는 화가 난 카롤리네의 코끝을 손가락으로 튕기고는 문 쪽으로 돌아섰다. "이제 가겠습니다." 그가 말했다. "도와주려면 같이 가도 돼요, 카롤리네." 그러더니 그는 밖으로 나갔다.

"대체 누가 양육비를 후불로 지급한다는 거죠?"

"공동체에서요." 그녀가 건조하게 말하고는 아침 식사한 그릇들을 설거지하기 시작했다.

아홉시경에 나는 자동차 한대가 경적을 울리고는 부드러운 숲바닥 위로 육중하고도 둔탁하게 지나가는 소리를 들었다. 그것은 베취가 자신의 짐들을 운반하기 위해 도시에서 불러온 자동차였다.

잠시 후 나도 건너편 집으로 가보았다.

자동차는 짐칸의 옆문 한쪽을 아래로 접어내린 채 네 바퀴 위에서 부드럽게 쉬고 있었다. 차에는 이미 절반 정도 짐이 실려 있다. 해는 베취의 침실에서 나온 거울 달린 장롱에 비쳐 번쩍거렸다. 그 장롱은 충돌로부터 보호하기 위해 회색과 붉은색 줄무늬의 매트리스 몇 장으로 덧대어져 있었고, 운전석 가까이까지 밀어넣어져 있었다. 운전기사는 두 다리를 벌린 채 짐칸 위에 서서 주크와 조수가 올려주는 물건들을 건네받았다. 그 조수는 운반용 띠를 하나는 왼쪽 어깨, 다른 하나는 오른쪽 어깨 위에 대각선으로 매고 있었다. 상자와 침대 부속품 들 그리고 로자의 작은 탁자용 걸상도 거기 있었다. 운전기사는 굉장히 꼼꼼하게 물건을 쌓아올리고 정리하는 것 같았다. 나머지 가재도구들은 아직도 전나무 아래의 정원 잔디밭에 놓여 있었고, 로자와 프란츨은 그 물건들 위로 마구 기어올랐다. 베취는 이리저리 돌아다니며 남아 있는 물건들을 하나씩 집 안에서 들고 나왔다.

나는 먹을 것을 한 광주리 가지고 갔는데, 그것을 그의 아내에게 주고 싶었다. "부인은 어디 계신가요, 베취?"

"부엌에요…… 아니, 위층에요."

가구를 들어낸 집은 마치 방금 벗어 던진 옷가지 같았다. 조금 전에 그 옷을 입었던 사람의 몸의 형태를 보여주며 아직은 단순한 사물로 축소되어버리지 않은 옷가지 말이다. 벽에는 아직도 이곳에서 살았던 사람들의 숨결이 달라붙어 있었다. 여기저기 녹색과 갈색의 벽칠이 벗겨져내려 마룻바닥 모서리에서 작은 먼지 덩어리를 이루고 있었는데, 이제 그 칠들은 더이상 그곳에 입김을 불어줄 생명체가 없을 것이기 때문에 최종적으로 죽음을 맞으려는 것 같았다. 인간이 자신의 주위에 둘렀던 여러겹, 그가 소유를 통해 세상의 온전함을 채우고 그곳에 존재하기 위해 하나씩 하나씩 가득 채우고자 하는 여러겹 중에서, 옷과 집이 가장 근원적으로 밀접한 것들이다. 그것들이 가장 직접적으로 인간의 본질적인 현실에 참여하는 것들이기 때문에, 대부분의 사람들에게 그러한 소유물들은 이미 세계 전체 그리고 온전한 세계의 현실을 의미하기도 한다. 아마도 사람들은 그 사물들로부터 바로 그런 것들을 읽어낼 것이다. 베취는 이곳에서 십년 가까이 거주했다. 운명의 바람이 그를 이곳으로 데려왔다. 그것은 유익한 바람이거나 혹은 불리한 바람이었다. 스스로는 그러한 사건을 의식하지도 못한 채, 그것이 실제로 일어난 일임을 감지했음에도 자신의 현실을 의식하지도 못한 채, 그때와 마찬가지로 이제 그는 다시 바람에 불려 날아갔다. 십년 가깝게 이 벽들은 그에게 도피처이자 현실이었다. 그는 이 벽들을 자신의 삶과 가구들로 가득 채웠다. 그 가구들은 이제 단 한대의 트럭 짐칸 바닥 위에 비현실적으로 밀집한 채 자리를 잡고 있었다. 그 가구들은 다시 제각각 펼쳐지고 나면 또다시 새로운 벽들 사이에서 그에게 현실이 되어줘야 할 것이다. 그것은 그의 존재의 한겹, 그의 수면을 둘러싸고 그것을 비춰줄 그의 수면의 한겹이 될 것이다. 그것은 그의 평온을 에워쌀 세계 전체이다. 그의 평온은 그가 잠자는 곳, 그가 자신의 아내와 잠자는 곳에 있다. 때로는 손을 잡고, 다른 피조물과 하나가 되어, 몸과 몸을 맞대지만 영혼과 영혼이 맞닿아 육체를 탄생시키고, 영혼을 탄생시킨다. 가족으로서 공동의 몸과 공동의 영혼이 되어간다. 가족이라는 인생의 단위는 마치 고요한 호수 안의 물처럼 이 집 또한 가득 채웠다. 침실의 벽에는 두 부부침대의 나무판이 쓸리면서 생긴 날카로운 가로줄이 예술 작품처럼 남겨졌다. 그리고 그 위쪽에는 여전히 가정의 축복 문구가 걸려 있다. "사랑이 거하는 곳에 신의 축복이 있다." 한쪽 구석에는 두개의 요강이 비스듬히 포개진 채 옮겨지기를 기다리고 있었다.

옆방에 베취 부인이 있었는데, 울어서 빨개진 눈으로 커튼을 걷어내느라 애쓰고 있었다. 어린 막시는 마루 위에서 이리저리 기고 있었는데, 뒤쪽에 커튼 조각 하나를 끌고 다녔다.

"힘내요, 부인." 내가 말했다. "용기만 잃지 말아요. 그럼 괜찮을 겁니다."

"오, 용기는 있습니다. 의사 선생님…… 제 불쌍한 남편에게 그런 용기조차 없다면 우린 어떻게 되어 있을까요…… 중요한 건 서로 사랑하면 모든 것이 가능하다는 거지요."

"그럼요, 그러면 모든 것이 가능하지요." 나는 서로를 사랑할 때의 은혜가 아무리 크다 해도 절대 모든 것이 가능하지는 않다는 사실을 알고 있었음에도 그렇게 동의해줬다. 그런데 바로 그 순간 베취가 오는 소리가 들려왔다. 그의 발소리는 텅 빈 집 안에서 기이하게 둔탁한 소리를 내며 울리고 삐걱거렸다. 그래서 나는 급히 나의 광주리를 건네주고 고맙다는 인사를 듣기 전에 그 자리를 벗어났다.

베춰는 계단을 지나 막 들어오는 참이었다.

"그래, 저 아래쪽은 곧 끝날 참인가요?"

"네, 이제 마지막 물건들을 날라야 해요."

그러고는 그가 안에서 명령조로 외치는 소리를 들을 수 있었다.
"아니 왜 아직도 축복 문구가 벽에 걸려 있는 거야?"

나는 전나무 아래 놓여 있는 소파로 가서 아이들 곁에 앉았다.
소파는 쿠션 때문에 맨 위에 실리게 될 터였다.

"집 안은 철저하게 청소했습니다." 주크가 말했다. 그는 서랍장
을 어깨 위에 짊어지려는 참이었다. "내가 전등 스위치까지 다 풀
어서 뗐어요."

"그렇게까지." 나는 건성으로 대답했다. 왜냐하면 새로운 사건
이 나의 주의를 끌었기 때문이다. 건너편 우리 집 정원 울타리에
두 사람의 모습이 보였는데, 마리우스와 마을경찰이었다.

"주크, 저기 오는 사람들을 좀 봐요⋯⋯"

주크는 서랍장을 다시 땅바닥에 내려놓고 그쪽을 바라보았다.
그러더니 그는 팔꿈치를 서랍장 상판 위에 기댔다. 마치 판매대 뒤
에 서 있는 상인과 같은 모습이었다. "왜 안 오나 했네요."

베춰가 한 손에는 세숫대야, 다른 손에는 요강 두개를 들고 나타
났다. 축복 문구는 팔 아래 끼고 있었고, 커튼은 목에 두른 채였다.

"이제 재미있어질 거야." 주크가 그에게 통보했다.

근시인 베춰는 우리에게 뭐가 보이느냐고 물었다.

"글쎄, 마리우스가 친히 자네를 방문하시는 중이야." 주크는
판매대 뒤에 선 채로 수염 난 턱을 들어 정원 바깥쪽을 가리켜 보
였다.

"제가 가보죠." 베취는 그렇게 말하고는 마비된 듯 제자리에 서 있었다.

"가보게, 어서." 주크가 별 감흥 없이 웃었다.

"애야, 이리 와." 베취는 마치 자신의 아이도 보호해야만 한다는 듯 두려움에 차서 외쳤다.

"이봐요, 베취. 당신에게 아무 짓도 안 할 겁니다. 아무도 당신을 괴롭히지 않을 거예요."

그는 집기들을 붙들고 있는 손으로 윗입술과 이마에서 흘러내리는 땀을 닦으려 애썼다. "네, 의사 선생님." 그가 소심하게 대답했다.

의기양양하게, 여유 있게, 면도도 하지 않은 모습으로 마리우스가 정원 안에 들어섰다. 그는 나와 주크에게는 악수를 청했고, 여전히 자신의 짐들을 내려놓지 않고 있던 베취에게는 그 동작을 생략했다. 그는 마치 코미디언처럼 기이한 태도로 베취에게 "안녕하시오" 하며 고개를 끄덕였고, 베취는 커튼을 두른 목을 숙여 응대했다. 그런데 그때 주크가 이렇게 말했다. "여기 한 사람 더 있는데." 그러면서 그가 로자를 마리우스의 발 앞쪽으로 미는 바람에 마리우스는 아이가 내민 손을 잡을 수밖에 없다.

"공손하게 인사드려야지." 베취가 떨리는 목소리로 그렇게 명령하자, 마리우스는 경멸하는 듯한 시선으로 그를 바라본다.

하지만 공격적인 성향의 주크는 그 정도로 만족하지 않는다. "삼촌에게 뽀뽀해드리지 않을 거야?" 그는 가식적인 어조로 그렇게 묻고는 콧물투성이의 여자아이를 마리우스의 얼굴 높이까지 들어올린다. 아이는 두 발을 버둥거려 삼촌의 가슴을 찬다. 주크는 웃는다. 베취는 방어하듯 집기들을 앞으로 내민 채 뭐라고 웅얼거린다.

"하지 마, 하지 마." 그런데 마리우스가 당황하여 어찌할 바를 모르는 것을 보는 것은 나로서는 사실상 처음 있는 일이다. 왜냐하면 그가 상당히 당황한 채 이 사람 저 사람을 쳐다보고 있기 때문이다. 그는 매력적인 미소를 지으려 시도해보지만, 몸부림치던 로자가 손가락으로 그의 두 눈을 할퀴려들면서 그 미소가 사라져버린다. 그러자 그는 한걸음 뒤로 물러서서 자신의 위엄을 되찾고는 엄격한 어조로 말한다. "아이가 싫어하잖습니까."

"당연하지." 주크는 즐거워하며 소녀를 내려놓는다. "나 같아도 싫겠어."

마리우스는 정중함을 유지하고는 있지만 언짢은 표정을 짓는다. 이런 식의 장난은 그의 방식과 어울리지 않는 것이다.

내가 묻는다. "무슨 일로 여기까지 왔나요, 라티 씨?"

그는 평소처럼 약간 거만한 자세로 되돌아갔다. "공동체위원회를 대신해서 제가 이 집을 인수하겠습니다."

"승리를 만끽하는 거지." 주크가 그의 말을 바로잡는다.

마리우스는 그런 말에 대답하는 것 자체가 아무 의미 없다는 듯한 몸짓을 했지만 그래도 이렇게 말한다. "공동체위원회에서는 만기 이전의 계약 해지에 동의했습니다…… 그걸 승리라고 할 수는 없지요."

"그렇게 비겁하게 굴지 마." 다시 서랍장 옆에 가 있던 주크가 말한다. "자네가 베취를 내쫓았고, 그걸 기뻐하고 있다는 걸 인정하시지, 비겁자 씨."

비겁하다는 비난이 적중했는지, 약간 멋 부린 대답이 돌아온다. "공동체위원회에서는 이렇게 하는 것이 더 낫다고 판단했지요."

이젠 나 역시 더이상 참을 수가 없다. "어이없군요, 마리우스. 우리와 자기 자신을 그런 말도 안 되는 소리로 속이려들지 말아요. 당신이 자신과 다른 사람들에게 불어넣은 생각은 터무니없는 것입니다. 하지만 그렇다고 해서 사람들이 그 생각에 동의하고 있는 것은 아닙니다."

"나 참." 주크는 그렇게 말하고는 서랍장을 등에 지고 자동차를 향해 걸어간다.

마리우스는 생각에 잠긴다. 그는 나와의 관계를 아주 망치고 싶은 생각은 없다. 그는 작고 우아한 몸짓으로 잔디를 가리켜 보인다. "이것은 정원이지요, 의사 선생님?"

"그렇긴 하죠…… 무슨 말을 하려는 거요?"

"화단도 없고, 약간의 채소조차 없고…… 아무것도 없습니다."

"라티 씨……" 그때 뿌리박힌 듯 계속 그 자리에 서 있는 베취의 목소리가 들려온다.

하지만 이제 마리우스는 탄력을 받은 셈이어서 그렇게 쉽게 저지당하지 않는다. "땅에 대한 사랑이 결핍된 자는 인간이 아닙니다. 그는 한걸음씩 걸을 때마다 대지를 모독하는 겁니다. 그런 자는 쫓아내야 합니다. 왜냐하면 그는 자신이 만지는 모든 것을 모독하니까요……"

나는 그를 제지하려고 시도한다. "글쎄, 그렇게 금세 또다시 과장하지 말아요……"

실제로 그 말은 효과가 있어서 그가 누그러진다. "의사 선생님, 사실은 말입니다, 세상의 모든 재앙은 대지로부터 멀어진 사람들에게서 오는 겁니다. 도시로부터 오는 거죠…… 의사 선생님, 저는 여러곳을 떠돌아다녔고 많은 것을 보았습니다. 그러면서 매번 확신할 수 있었던 것은 농부가 도시인을 꺼리는 게 옳다는 것이었습니다…… 전세계의 농부들은 서로를 사랑합니다. 농부들만 존재한다면 전쟁은 없을 것입니다…… 인간은 대지로부터 자라납니다. 대지로부터 그의 공동체가 자라납니다. 농부들만 존재한다면 세상은 단 하나의 공동체가 될 겁니다…… 하지만 도시들은 모든 공동체의 바깥에 있습니다. 왜냐하면 도시에는 포석이 깔려 있어서 대지를 잃었기 때문이지요…… 그곳에서 증오가 자랍니다…… 농부는 그것을 느낍니다. 그래서 그가 도시인을 좋아하지 않는 겁니다. 도시인이 침입하려고 하면 그는 자신의 공동체로부터 그를 배제시킵니다. 그는 이방인과 전쟁을 치릅니다. 하지만 그의 증오는 누구에게든 향할 수 있습니다…… 농부와 농부가 전쟁을 치르지는 않습니다. 그들은 서로를 증오하지 않으니까요. 그들은 도시의 증오의 희생자들입니다."

그의 말은 도시 사람인 나에게 정중한 것은 아니었지만, 이번에도 역시 아주 이성적으로 들렸다. 이 마리우스라는 자는 분명 본질적으로 소시민인데도 불구하고, 기이하게도 자신이 농부라고 느끼고 농부의 대변자를 자처했다.

유감스럽게도 나는 동의하듯 고개를 끄덕이고 만다. 그에게 동의의 신호를 주어서는 안 된다. 그는 곧바로 다시 활기를 띤다.

"도시로부터 그것이 기어나옵니다. 혐오스러운 존재, 타인을 혐오하는 존재. 그것은 기계들을 가지고 오고 라디오와 담보융자를 가지고 옵니다. 그 대신 그것은 우리의 빵으로 먹고살려고 합니다…… 마치 계집들처럼 그들은 자신들의 사업을 갖고 감언이설로 꼬셔댑니다. 네, 계집들같이 말입니다. 그들은 자신들의 얼굴에 수염이 달려 있다고 마치 자신들이 사내인 것처럼 행동하지만, 그렇게 한다고 해서 그들의 물렁한 얼굴 속에 담긴 계집들의 탐욕까지 감출 수는 없지요……"

어머니 기손이 그의 남성성에 대해 말했던 것이 떠오른다. 그는 두 눈을 감고 입을 살짝 벌린 채 엄지와 검지로 자신의 갈리아풍 콧수염을 누른다. 마치 비밀을 먼저 자신의 손 안에 불어넣어야만 한다는 듯이. 그러고는 비밀스럽게 계속해서 말을 잇는다.

"그들은 아이도 낳습니다. 하지만 그들은 남자가 아닙니다. 그들의 자식들은 더 남자답지 못하고, 그들의 손자들은 그보다도 더 남자답지 못합니다…… 도시가 오래될수록 점점 더 여성화되어갑니다…… 그들은 계집의 수염을 달고 다닙니다. 계집의 손을 갖고 있습니다. 그리고 그들끼리 어울려 이루는 공동체는 이권다툼일 뿐입니다. 그렇지 않을 리가 없지요. 그들은 자신의 삶을 대지로부터 얻지 않고 다른 사람의 대지로부터 얻으니까요…… 남자들처럼 행동하는 여자들이 그렇듯이 그들은 팽팽하게 독을 품고 있지요. 그들의 증오가 그런 모습입니다. 부드럽고, 친절하고, 사업적이지요. 또한 마치 계집들처럼 그들은 자신들이 증오하고 있으며, 증오해야만 한다는 것을 전혀 모릅니다. 그러고는 사람들이 그들을 쫓아내면 자신들이 부당한 일을 당한다고 주장하지요……"

그의 목소리는 점점 더 날카로워지고 신경질적으로 변했다.

"그들은 탐욕스럽습니다. 그들은 권력욕이 강합니다. 그들과 그들의 패거리들은 계집들의 증오, 계집들의 권력욕을 갖고 있습니다. 그들은 땅을 경작하려 하지 않습니다. 그들은 땅을 소유하고 싶어합니다. 거기에 저당권을 설정할 수 있게 하기 위해서죠. 그리고 그들은 계집의 간계와 계집의 이성을 가지고 성공을 거두었습니다. 세상의 지배권을 쟁취한 겁니다…… 그것이 계집들의 지배입니다. 계집들의 지배를 이룬 거죠…… 증오의 지배입니다…… 도시들은 세상의 불행입니다."

"이 사람은 왜 이렇게 소리를 지르는 겁니까?" 주크가 되돌아오며 묻는다.

손에 집기들을 든 채 세상의 지배자인 베취가 거기 서 있다. 그가 뭔가를 말하고 싶어한다는 것을 알 수 있다. 그는 말없이 입술을 움직인다. 성긴 금발 눈썹을 찌푸린 채 벗겨진 머리의 피부를 움찔한다. 하지만 그렇게 해도 말의 눈사태를 막을 길은 없다.

이제 마리우스는 어깨 너머로 그를 가리킨다. "그들 중의 누군가가 대지로 돌아왔던 적이 한번이라도 있습니까? 그들 중의 누군가가 쟁기 끄는 법을 다시 배웠던 적이 있습니까? 소젖 짜는 법은요? 아니죠. 이제까지 도시 출신이 길을 돌이켰던 적은 없습니다. 왜냐하면 거기엔 오직 가는 길만이 있을 뿐 돌아오는 길은 없기 때문이죠…… 계집들의 족속에 휩쓸린 사람은 결코 헤어날 수 없습니다. 그는 계속해서 다른 사람들을 끌어들일 수 있을 뿐입니다…… 하지만 이제는 계집들의 지배가 끝났습니다. 도시의 지배가 끝났습니다. 사악한 떼거리와 함께 자신에게 어울리는 동굴로 돌아가야죠. 새로운 시대가 시작되었습니다. 남자들의 공동체가 다시 시작되었고, 땅이 그에 복종합니다. 왜냐하면 그것은 땅의 공동체이기 때문입니다. 그리고 도시들은 시샘 어린 소유욕에 사로잡혀 시들게 될 것입니다. 땅을 잃은 자들, 신을 부인하는 자들이 모두 사라지게 되었을 때, 사악한 떼거리들이 제거된 대지가 화해하게 되고, 하늘도 화해하여 세상의 새로운 순수함을 향해 다시 몸을 숙이게 되면 말입니다……"

그때 덜그럭거리면서 물건들이 떨어지는 소리가 난다. 베취가 들고 있던 사기그릇들을 그냥 떨어뜨린 것이다. 그러더니 그는 깨진 사기 조각들을 넘어 놀라서 말을 멈춘 마리우스를 향해 다가온다.

"라티 씨." 목에 커튼을 두른 왜소한 판매대리인이 말하면서 숨을 헐떡거린다. "라티 씨, 이제 더는 못 듣겠네요…… 당신은 나를 모욕했습니다. 당신은 나의 가족을 모욕했습니다. 나는 그것을 그냥 받아들였습니다. 그리고 또 내가 탐욕적이라고 해도 상관없습니다. 이 마을에서만큼 엄청난 탐욕을 다른 곳에서 본 적이 없지만 말입니다……"

마리우스는 거만한 태도로 그의 말을 중단시키려고 한다. "모든 인간은 소유에 집착하지만, 그와 달리 당신은 그저 돈에 집착하지요."

"좋아요." 베취가 말한다. "그 차이는 모르겠지만, 어쨌든 난 도시 사람입니다. 그 점도 당신 말이 맞다고 합시다…… 다 받아들이지요. 하지만 당신이 나를 신을 부인하는 자라고 칭하도록 내버려두지는 않겠습니다……"

"신은 이곳으로부터 오시지요." 마리우스는 몸을 굽혀 한움큼의 흙을 집어 그것을 베취에게 보여준다.

"그 안에 사기 조각들도 들어 있네." 주크가 말한다. "마리우스, 손 베지 않도록 하게."

베취는 그 갈색 덩어리를 근시처럼 실눈을 뜨고 바라본다. 그러고는 기이할 정도로 차분하게 말한다. "나도 잘 모르겠습니다만, 난 굉장히 가난한 사람입니다. 나는 나의 가족들이 먹을 수 있도록 내일을 위한 빵을 어디서 구해야 할지 굉장히 고민해야만 합니다. 내게는 빵이 자라나지 않습니다. 나는 그것을 찾아야만 합니다. 도시에 사는 사람들에게는 상황이 아마 다 같을 겁니다. 하지만 난 거기서 배운 게 있습니다. 아마 도시의 많은 사람들이 나와 같은 것을 배웠을 겁니다. 왜냐하면 난 다른 모든 사람과 마찬가지로 그저 가난한 사람일 뿐인데, 나 혼자만 그것을 배웠어야 할 이유는 없으니까요. 내가 배운 것은 인간은 자신의 손에 쥘 수 있고 만질 수 있는 것에 의존해서는 안 되며, 일어나는 일에 의존해야 한다는 것, 이 흙처럼 손에 쥘 수 있는 것이 아니면서도 그곳에 존재하며 눈에 보이는 것에 의존해야 한다는 것입니다. 그래요. 어쩌면 도시에서는 거의 모든 것이 인간의 작품일 뿐이기 때문에 그런 건지도 모릅니다. 거기서 사람들은 사물 안에 존재하지 않는 보이지 않는 것, 보이지 않으면서도 보이는 것을 더 섬기지요…… 그래요. 사람들은 그런 것을 섬기지요……"

"그래요, 섬기죠……" 마리우스가 그의 말에 끼어들었다. "도시 민중들은 섬겨야만 하죠. 계집들이 지배하는 대신 섬기는 것처럼 말이죠……"

"그냥 좀 들어봐." 주크가 말한다. "오늘은 자네가 한번쯤 베춰에게서 뭘 좀 배울 수도 있잖아."

"아닙니다." 왜소한 판매대리인이 말한다. "라티 씨는 제게서 배울 게 아무것도 없습니다. 저분은 다른 세상에서 왔어요…… 그리고 내가 섬긴다는 말을 할 때의 의미는 인생이 사그라지지 않도록 내가 나의 아내와 아이들을 진정으로 돌본다는 의미입니다. 라티 씨는 이것도 이해할 수 없을 겁니다. 저 사람은 아내도 아이도 없으니까요. 아마도 저 사람은 또 이런 것이 섬기는 일과 보이지 않는 것과는 아무런 상관이 없다고 믿고 있을 겁니다…… 그래요. 아마도 그렇게 믿고 있겠지요…… 하지만 난 그 반대의 사실을 알고 있어요. 네, 그 반대의 사실 말입니다……"

그는 말이 막힌 채 고개를 떨구더니 생각에 잠긴 듯했다.

"그래요, 베취." 내가 그를 일깨웠다. 또다시 마리우스가 끼어들지 않도록 하기 위해서였다.

"네…… 전 배운 사람이 아닙니다…… 전 제 생각을 근사하게 표현할 줄도 몰라요. 하지만 말입니다, 의사 선생님. 아이를 배불리 먹일 수 있고, 그 아이가 즐거워하면, 그러면 말입니다…… 네, 그러면 바로 그 신으로부터 온 보이지 않는 것을 느끼게 됩니다. 바로 여기 있는 이 흙과 똑같이, 아니 심지어는 그보다 더 많이 느끼지요. 그것은 보이지 않지만 굉장히 거대합니다. 배부름을 느끼는 아이보다도 더 크고, 이 짧은 인생보다도 더 크고, 죽음보다도 더 큽니다. 그것은 위로입니다. 네, 거대한 위로입니다…… 있잖아요, 사람이 그것을 위해서 굉장히 경건할 필요는 없답니다. 그래도 아이를 배부르게 해주신 데 대해 두 손을 모으고 우리의 신께 감사기도를 드리지요. 그러면서 그가 거기에 계신다는 것을 알지요…… 보이지 않게……"

"멋지네, 베취." 주크가 그렇게 말하고 소파를 붙들었다. "자넨 멋진 사람이야."

그 순간 마리우스는 거만한 표정으로 대충 듣고 있을 뿐이었다.

"그런 게 계집들의 종교죠." 그가 말한다. "그런 종교의 범위는 겨우 그 떼거리의 위장을 채울 정도까지밖에 닿지 않아요. 도시 종교 말입니다. 그리고 그걸 위해 그들은 농부의 빵을 훔치는 겁니다."

하지만 그건 너무 심한 말이었다. 그래서 내가 끼어들었다. "이봐요, 마리우스. 당신은 다른 사람에게 너무 지나친 것을 요구하고 있어요. 사실상 나 역시 도시 출신이잖아요…… 그렇다면 당신은 농부 말고 다른 직업은 없어야 한다고 생각하는 건가요? 만일 도시에 병원도 없고 의사도 없다면 농부들이 뭐라고 말할지 알고 싶군요. 최소한 당신의 벤첼은 저 위에서 이미 끝장이 났겠지요."

그는 어깨를 으쓱하고는 정중하게 말한다. "의사 선생님, 제가 감히 의사 직업을 폄하하지는 않을 겁니다……"

"환자를 돌보는 일이 계집의 일이라는 게 당신 생각에 딱 들어맞을 텐데요."

그는 곰곰이 생각한다. 그러더니 결심한 듯 솔직하게 말한다. "의사 선생님, 맞아요…… 그 일 또한 도시의 종교에 속하죠. 비겁함의 종교 말입니다…… 인간은 죽기를 원해야 하는 거지, 건강하게 치료받아서는 안 되는 겁니다. 땅이 그것을 원합니다. 만일 선생님이 벤첼을 땅 위에 그대로 눕혀두었더라면 그에게는 더 나았을 겁니다…… 부러진 것은 파멸해야 합니다. 그리고 땅은 자신이 치료하기를 원하는 것은 직접 치료합니다……" 그는 또다시 흥분 상태에 빠졌다. "다른 것은 모두 인위적인 것입니다. 계집의 비겁함입니다. 도시의 비겁함, 판매대리인의 비겁함입니다……"

내가 바보와 상대하고 있다는 것을 알고 있음에도 불구하고 난 굉장히 화가 나기 시작한다. "당신이 정말로 아픈 모습을 한번 보고 싶네요. 그래도 당신이 그런 허튼소리를 계속 지껄일지 궁금하군요……"

"그건 용기죠, 의사 선생님. 죽음을 향한 용기는……"

하지만 그는 말을 이어가지 못한다. 베취는 점점 더 조급함을 드러내면서 우리의 논쟁을 듣고 있었는데, 그가 손가락 하나를 들어올렸다. 그가 마리우스를 가리킨 것인지, 아니면 학교에서처럼 발언권을 신청한 것인지는 정확히 알 수 없었다. 아마도 그 두가지 모두인 것 같았다. 그 손가락은 떨고 있었다. 불안하고도 대담한 행위를 앞두고 베취의 온몸이 요동치며 떨고 있었다. 그러더니 그가 바로 마리우스의 말을 잘라버렸다. "아뇨, 아뇨, 아뇨." 나지막하고 조심스럽지만 그 소리는 비명처럼 들린다. "아니, 그렇지 않습니다. 의사 선생님, 선생님께서 그를…… 라티 씨는 아마 이것도 이해하지 못할 겁니다…… 그는 용기에 대해 말합니다. 하지만 실제로는 그는 두려움을 갖고 있습니다. 네, 두려움 말입니다. 그는 두려워합니다. 그는 보이지 않는 것을 두려워하고 있습니다. 보이지 않는 것이 그의 불의한 행동을 금지할 것이기 때문입니다. 그래서 그는 우리의 하느님을 찾기보다는 차라리 죽음을 구하는 것이지요……"

마리우스는 어안이 벙벙한 채 그를 바라보았다. 뭔가 말하고 싶어했지만 시작하지 못했다.

"그래요, 라티 씨. 당신은 죽음에 대해 이야기하지요…… 내 얘기 한번 들어보세요…… 우린 하느님을 위해 죽을 수 있습니다. 네, 그게 필요할 경우라면 그럴 수 있고 그래야만 합니다. 하지만 그외에는 인간은 오직 삶 속에서만 신을 섬길 수 있습니다. 그러기 위해서 그가 우리에게 삶을 주신 겁니다…… 라티 씨, 당신은 우리가 이 삶에 집착한다고 우리를 비겁한 자들이라고 욕합니다. 우리가 잘 알지도 못하는 조금은 힘겨운 삶, 분명히 당신의 농부들의 삶보다 훨씬 더 힘겨운 이 삶에 집착한다고 말입니다…… 하지만 그 삶이 바로 그렇게 사소하고 구차한 것이기에, 왜소하고 남루한 판매 대리인의 삶에 지나지 않는 것이기에, 바로 그렇기 때문에 우리는, 우리 도시 사람들은 우리가 그 삶을 낭비해서는 안 된다는 것을 알고 있습니다. 네, 우리는 그 삶을 조심스럽게 대해야 합니다…… 우리는 땅을 위해 죽을 생각이 없습니다……"

"그게 내가 하려는 말입니다." 마리우스가 끼어들어 말했다.

베춰의 얼굴 위로 미소가 스쳤다. 그가 짓곤 하던 상냥한 판매 대리인의 미소와 거의 비슷했다. "우리 같은 보잘것없는 사람들에게 삶은 비싼 댓가를 요구합니다…… 굉장히 비싸죠…… 네, 그리고…… 그리고 그것은 보이지 않죠……" 그는 잠시 말을 멈췄다. "……의사 선생님, 그걸 표현을 못하겠어요…… 그 댓가는 삶 가운데 있으면서 죽음 이후에도 있어요. 그것은 그렇게나 위대하죠…… 잘 표현을 못하겠어요……"

"그건 당신이 할 말이 없어서입니다. 할 말이 있는 사람은 그걸 표현할 수도 있는 법이거든요." 마리우스가 설명했다.

"전체 삶이 그 댓가 안에 존재하고 전체 죽음 또한 그렇습니다. 그게 제 생각입니다. 그리고 그곳에 하느님도 계십니다."

나는 그의 말을 이해한다. "무한을 말하는 거죠, 베춰."

"네……" 그는 내 말을 즉시 이해하지는 못한다. "……무한이라는 게 그러니까…… 아이들을 배불리 먹이는 것, 그리고 죽음을 넘어서는 것…… 그것이 이미 무한이겠지요……" 그러더니 그가 말한다. "영혼 속의 영원입니다."

마리우스는 위엄 있게 몸을 일으켜 세운다. 그리고 과시적인 몸짓으로 쿠프론산 쪽을 가리켜 보인다. "저곳에…… 저곳에 무한이 존재합니다. 바다가 하늘을 향해 밀고 들어오는 곳, 산의 광석이 빛을 발하는 곳, 자연의 근본 요소들이 하나로 합해지는 곳, 식물도, 동물도 더이상 살지 않는 곳, 그곳에 무한이 존재합니다……"

"거기 무슨 일이 있는 겁니까?" 주크가 묻는다. "왜 모두들 고산 목장을 올려다보고 있는 거죠?" 그러고는 그 역시 전나무 꼭대기 너머 담청색으로 쉬고 있는 영원을 바라본다. 영원은 저 위쪽에서 미동도 없이 환한 햇살의 돗자리와 고요한 바위들 주위에 깃들어 있다.

"그렇습니다." 마리우스가 소리 지른다. "저기 산이 보좌에 앉아 있습니다. 그는 땅으로부터 올라갔습니다. 그는 희생제물의 피를 받아들였고, 두 팔을 마치 무지개처럼 하늘로부터 바다를 향해 펼치고 있습니다. 그리고 바다는 그 꼭대기 위를 떠다니다가 다시 미끄러져 내려옵니다. 네, 그렇게 그는 자신이 마셨던 피를 뱉어냅니다. 네, 그렇게 조화롭게, 그렇게 정결하고 서늘하게…… 그것이 무한이지요." 그는 마치 자신이 무지개이기라도 한 것처럼 두 팔을 펼친다. "저곳에서는……"

"저곳 말이죠…… 네." 판매대리인이 그렇게 말하며 고개를 끄덕인다. "하지만 영혼이 없다면 저곳에도 아무것도 없는 겁니다."

마리우스가 급히 몸을 돌리며 두 팔을 떨어뜨린다. "당신은 저곳에서 어차피 아무것도 볼 수 없습니다. 도시 민중은 자신들의 비겁한 동굴 속에 살고 있지요. 그들은 대지를 향해 오고자 하는 태양을 보지 못합니다. 또한 그들은 태양을 향해 솟아오르는 대지를 보지 못합니다…… 그들은 무한을 제대로 발음조차 할 줄 모릅니다. 그러면서 자신들이 낳아놓은 자식들 안에서 그것을 찾지요."

그때 베취가 말한다. "아닙니다, 라티 씨. 보이지 않는 영혼 속에서 찾는 겁니다…… 그리고…… 네, 그리고 당신은 그것을 두려워하지요."

"흠." 주크가 소리를 내더니 나지막이 웃음을 터뜨린다.

마리우스는 마치 내게 동의를 구하는 듯, 저토록 심각한 무지몽매함에 대항할 수 있는 도움을 구하기라도 하는 듯 나를 바라본다. 하지만 나는 왜소한 판매대리인의 어깨에 손을 얹는다. 마리우스는 점잔을 빼며 또다시 산 쪽을 올려다본다.

운전기사가 조급하게 경적을 울린다. 내가 말한다. "이제 짐을 다 실은 모양인데요."

베취는 지칠 대로 지친 모습이다. 그는 또다시 어찌할 바 모르고 당황한 표정으로 돌아가 있다. 그의 두 눈이 이곳저곳을 두리번거린다. "네." 마침내 그가 말한다. "짐은 다 실었습니다. 하지만 집 안에……"

주크가 엄숙함에 빠져 있는 마리우스를 일깨운다. "이제 자네가 이 집을 봉하게 되면…… 그것도 산을 달래는 건가?"

"그 일은 마을공동체 직원이 해도 되는 일입니다." 마리우스는 그렇게 대답하고는 정원 입구 쪽으로 걸어간다. 문 옆에는 경찰이 기대고 서서 운전기사와 이야기를 나누고 있다. 그들에게 인사도 건네지 않은 채 그는 그곳을 지나 경쾌하고 의기양양한 걸음걸이로 가볍게 다리를 절며 계속해서 걸어간다.

"저자가 아까 산에 대해 이야기한 건 꽤 그럴듯했어." 주크가 말한다. "다만 들어줄 수가 없을 뿐이지…… 가보세, 베취. 안에 뭐가 더 있나?" 그는 베취를 앞세워 집 안으로 밀고 들어간다.

베취 부인이 온갖 잡동사니가 가득한 커다란 광주리를 들고 나타난다. 여러번 왔다 갔다 하고, 점점 더 흥분이 고조되는 가운데 모든 물건을 차곡차곡 쌓은 후 밧줄을 자동차 위로 던져 측면의 고리를 통해 당겨 묶은 뒤, 그리하여 이제 고통스럽고도 일견 영원을 향한 듯한 작별의 순간, 거기 참여하는 모든 이들이 자기 자신의 죽음을 조금씩 느끼게 되는 그 순간이 가까워오자, 나는 베취 부인과 두 아이를 재빨리 운전석 위로 밀어올려준다. 그사이 물기 어린 눈으로 이런저런 말을 더듬거리던 베취를 조수가 높이 떠 있는 소파 위로 끌어올려버린다. 그는 다시 내려오려고 시도해보지만 완강하게 버티고 있는 주크에 의해 차단당한다. 그러고는 그가 그 위에서 조심스럽게 제자리를 찾기도 전에 자동차는 급히 출발해버렸다. 그러자 손을 들어 흔들려던 베취는 무언가를 꼭 붙잡을 수밖에 없다. 그러고는 그들이 사라진다. 주크와 나는 서로를 마주 본다. 우리의 두 눈 역시 조금은 젖어 있다.

비슷한 날씨가 지속되었다.

베취가 떠난 후 이틀이 지났을 때였다— 나는 정오에 정확히 시간을 맞춰 아랫마을 진료실에 갈 계획이었고, 카롤리네와 서둘러 간단한 식사를 하기 위해 막 식탁에 앉으려던 참이었다. 식탁 위에 이제 로자의 식기는 없었다. 그때 아가테가 숨을 헐떡이며 안으로 뛰어들어왔다.

"의사 선생님, 좀 와주세요…… 빨리요……"

나는 급하게 불려가는 일에 익숙했기 때문에 그다지 놀라지는 않았다. "그래, 아가테, 일단 숨부터 돌리렴…… 너의 몸 상태로는 그렇게 급히 뛰는 게 아니란다…… 대체 무슨 일인 거냐?"

그녀는 고개를 흔든다. "아뇨, 아뇨, 의사 선생님, 좀 와주세요……"

그녀는 나의 소매를 잡아끌고 밖으로 나갔다.

"알았다, 아가테. 하지만 적어도 내 도구들은 가지고 가야 하지 않겠니…… 대체 누가 아픈 거냐?"

"어머니 기손이……"

그제야 나는 놀랐다. "맙소사…… 어머니가 너를 보내신 거냐?"

"아녜요…… 가요, 의사 선생님……"

"그분이 쓰러지신 거냐? 의식을 잃으셨어?"

나는 심부전증이나 뇌졸중을 떠올렸다. 그래서 난 아가테를 뿌리치고는 비상약품이 들어 있는 내 가방을 가져오기 위해 위쪽으로 달려올라갔다. "난 어머니 기손 댁에 가 있을 겁니다." 나는 다시 아래로 내려오자 부엌에 대고 이렇게 외쳤다. "어서 와라, 아가테. 이제 가보자."

하지만 우리가 정원 입구에 도달했을 때 마을 쪽으로 가기 위해 내가 왼쪽으로 몸을 돌리려고 하는데 그녀는 그 자리에 멈춰 서 있다. "어머니는 집에 계시지 않아요……"

"그럼 어디에 계시는 거냐?"

놀랍게도 그녀는 잠시 생각에 잠긴다. "칼트 바위 언덕에 계세요."

"그래……? 넌 그곳에 그분이 누워 계시도록 내버려두고 온 거냐?"

"아뇨."

상황을 이해할 수 없게 되었다. "그럼 그분이 칼트 바위 언덕에 누워 계신다고 누군가가 얘기를 해준 거냐?"

그녀의 두 눈에 당황스러운 공포가 서려 있다. "아뇨……"

임산부들에게 가끔씩 가벼운 정신 이상 증세가 나타날 때가 있다. "말 좀 해보거라, 아가테. 넌 대체 어디에서 온 거냐?"

그녀는 마을 쪽을 가리켜 보인다. "어머니가 집에 계시지 않아요…… 창문 안쪽에서 촛대에 꽂힌 초가 타고 있어요……"

"그래서?"

"집은 잠겨 있구요."

"아가테, 넌 지금 일단 좀 쉬어야 할 것 같구나…… 난 그사이에 어머니 기손 댁으로 올라가봐야겠다. 무슨 일인지는 모르겠지만 말이다. 그러고 나서 내가 널 집으로 데려다주마…… 어차피 나도 진료실로 내려가봐야 하거든."

그녀는 또다시 내 윗도리 소매를 붙잡았다. 하지만 다시 내려놓더니 기이할 정도로 어른스럽고 단호한 목소리로 이렇게 말하는 것이었다. "선생님이 함께 가시지 않겠다면, 저 혼자 가겠어요."

"하지만 애야, 누가 너한테 전해준 것도 아니고, 그분이 칼트 바위 언덕에 계시는지도 정확히 모르지 않니…… 이렇게 날씨가 좋은데 왜 그분이 집에 앉아 계셔야겠니. 분명히 집으로 다시 오실 거야."

"아뇨, 아뇨, 의사 선생님…… 전 알아요…… 전 그것을 느꼈기 때문에 윗마을로 달려왔어요…… 그런데 창 안에 촛대가 놓여 있는 거예요……"

나는 그녀의 손을 잡았다. "사람이 아이를 갖게 되면 가끔씩 그런 생각을 하게 된단다, 아가테…… 그건 악몽과 같은 거야……"

학생 같은 그녀의 얼굴이 심각해진다. 하지만 그녀는 분명하고 단호하게 말한다. "그게 꿈일 리 없어요……"

"글쎄, 그래도 내가 일단 어머니 기손 댁에 가서 확인을 해봐야 하지 않을까……?"

그 순간 그녀는 기이할 정도로 어른스러워진다. "제가 그냥 꿈을 꾼 것뿐이라면, 어머니는 건강하게 집에 계실 거예요. 그럼 가봐야 헛고생이죠…… 하지만 제가 꿈을 꾼 게 아니라면 말이죠…… 의사 선생님, 같이 가요……"

그녀는 심각한 듯하다. 어쨌든 곧 나에게까지 두려움이 엄습한다. 하지만 난 그녀가 그것을 눈치채게 하고 싶지는 않다. "알겠다." 내가 말한다. "그래봐야 우리가 함께 산책 한번 다녀온 걸로 하면 되지."

그때 그녀가 움찔하며 나의 손을 잡는다. "의사 선생님…… 지금…… 지금 그게 다시 느껴져요……"

그러고는 그녀는 두려움 때문인지, 아니면 자신이 나를 이끌고 가야 한다고 생각해서인지 더이상 나의 손을 놓지 않는다. 손에 손을 잡고 우리는 걸어간다. 아니, 우리는 거의 뛰어간다. 문이 잠겨 있는 적막한 베취의 집을 지나, 전나무 숲 사이로 두 아이처럼 손에 손을 잡고, 나이 든 잿빛 수염의 의사와 젊은 임산부가 달려간다. 숲은 여름 같으면서도 겨울처럼 아무런 향기가 나지 않는다. 숲을 들여다보고 있는 하늘은 더 맑고, 우리가 그 아래로 달리고 있는 격자 구조는 더 단단하다. 자정과 같은 정오의 하늘이다. 적막하게 닫혀 있는 숲은 더이상 그 하늘을 향해 자라지 않는다. 더이상 아무것도 자라지 않고, 딱딱 소리를 내며 뻗어나가는 뿌리도 없다. 하지만 우리는 고요 사이를 달려간다. 그리고 두 골짜기 위쪽에 위치한 숲속 공터에 도착한다. 두 골짜기는 지금 여름을 다시 한번 반사하고 있는 두개의 호수 같다. 이제 우리는 이곳에 멈춰 선다. 왜냐하면 마치 점막대가 기울기라도 하는 듯 그녀의 손에서 작고 날카로운 움직임이 있었기 때문이다.

그러고는 그녀가 나를 계속 끌고 간다.

"그쪽은 칼트 바위 언덕으로 가는 길이 아니잖아, 아가테."

"맞아요. 어머니는 지금 저쪽에 계세요."

그것은 방목되는 가축들이 숲 사이로 길을 낸 후 벌목꾼들이 닳도록 밟고 다녀 만들어진 그런 좁은 길들 중의 하나이다. 이제 아가테는 뒤를 향해 몸을 절반쯤 비스듬하게 돌린 채 앞에서 나를 끌고 가고 있다. 그녀가 끌고 가는 것은 어린 소년이다. 좁은 길은 나무가 우거진 급경사를 따라 나 있다. 나무들은 듬성듬성 서 있는데, 나무들 사이로 관목들이 무성해서 그 관목들이 길 위까지 뻗어나와 있는 곳도 많다. 길은 투명한 골짜기 공간 속 여기저기 마치 작은 곳처럼 튀어나와 있는 황량한 경사 지역을 통과해서 나 있다. 그런 곳들 중 한곳에 서면 퇴색한 낙엽송과 노랗게 변한 자작나무들이 서 있는 칼트 바위 초원을 한눈에 내려다볼 수 있다. 그보다더 짙은 전나무 무대와 아래쪽으로 흘러내려가는 산의 물결이 만들어내는 어설픈 음악의 한가운데에서 들려오는 부드럽고 환한 천사의 노래를 들을 수 있다. 마치 심벌즈의 울림처럼 매 한마리가 단 하나의 점으로 그 위에 떠 있다가 사라진다.

"이교도갱도에 가려는 거냐?"

그녀는 계속해서 나를 끈다. "네…… 아마도요."

우리는 숲에서 빠져나와 하부 이교도갱도 쪽에 도착한다. 그곳은 절벽의 넓은 틈새 어귀에 형성된 자그마하고 질퍽질퍽한 숲속 공터로, 짐승들이 땅바닥을 밟아대서 깊숙한 지대와 구덩이로 만들어놓았다. 반구형의 흙덩이 위에는 풀덤불이 가을에 지친 모습으로 이미 시들어 있고, 깊이 구멍 난 발자국들의 바닥에선 물기가 반짝인다. 그 땅을 밟고 지나갈 수 있도록 하기 위해 몇개의 막대기가 가로질러 놓여 있다. 가끔씩 축축한 고요 속으로 물 한방울이 떨어진다. 이 모든 물기를 제공하는 것은 절벽의 틈새를 지나 흘러온 시내이다. 이곳에서 그 시내는 칼트 바위 언덕으로부터 상부 이교도갱도로 올라가는 길을 가로질러 흐른다. 그리고 우리 앞쪽, 건너편 시냇가에 덤불 속에 숨겨지고 매몰된 하부 이교도 광갱 입구가 위치한다.

우리는 진흙탕을 가로질렀다. 길에 도착하자 아가테는 시내의 위쪽 방향으로 몸을 돌린다.

"그러니까 결국 상부 이교도갱도로 가는 거냐?"

그녀는 대답하지 않는다. 그녀는 굉장히 호흡이 가쁜데도 그저 발걸음을 빨리할 뿐이다. 내게 잡힌 손은 축축하다. 나는 거칠게 뛰는 심장박동을 느낀다. 하지만 그녀의 두려움도 느낀다. 그 두려움은 손을 타고 내 안으로 흘러들어온다. 마치 공동의 두려움의 물결이 우리 두 사람 안에서 계속 흐르는 것 같다. 한 사람에게서 다른 사람에게로, 그리고 다시 처음 사람에게로. 그리고 그 물결은 우리가 서로의 손을 놓는 것을 금지하고 있는 것 같다. 그리고 그것이 마치 그녀의 생각이기라도 한 것처럼, 사냥꾼 기손이 총에 맞은 채 발견되었던 곳이 상부 이교도갱도였다는 사실이 번뜩하고 떠오른다.

이제 우리는 절벽이 갈라진 틈새에 들어와 있다. 현세에 속하지 않은 듯 정결하게, 마치 무한으로부터 직접 오기라도 하는 듯 시냇물은 우리 왼편에서 길 쪽으로 흘러간다. 돌로 이루어진 양쪽 비탈에는 전나무가 자라고 있다. 그리고 조금 더 위쪽, 종종 길까지 이어지기도 하는 경사진 자갈밭들 사이에서는 이미 눈잣나무가 절벽 속에서 자라고 있다. 그 절벽들은 서로 점점 더 가까워지고 있는데, 이제는 너무 가까워진 나머지 이끼 낀 그림자들이 경직된 채 겨울다운 모습으로 협곡을 가득 채우고 있다. 전나무들은 서늘함 속에 검게 서 있고, 금빛은 저 높은 곳 어둠 위에서 흐르듯이 헤엄치고 있다.

상부 이교도갱도로 향하는 길이다.

그다음엔 협곡이 펼쳐져 아치형의 거대한 분지를 이룬다. 대접 안에선 태양의 침묵 소리가 울려퍼지고 있고, 금빛 가벼움이 가장자리까지 가득 채워져 있다. 아니, 넘쳐흐르고 있다. 주위는 수관樹

꿴들로 둥그렇게 장식되어 있다. 건너편 소나무 숲속의 햇빛 비치는 쪽에는 몇그루의 낙엽송까지 섞여 있다. 낙엽송의 잿빛 줄기들은 마치 주석 촛대처럼 환하고도 윤기 없는 모습으로 빛나고 있다.

아가테는 나의 손을 꽉 쥔다. "말하지 마세요." 그녀는 그렇게 말하고는 귀를 기울이며 멈춰 서 있다.

상부 이교도갱도다.

건너편 소나무 숲속에 입구가 있다. 그것은 자연적으로 형성된 동굴인데, 한번이라도 정말로 광부들이 줄을 지어 그 안에 들어갔던 적이 있었는지, 아니면 이 매우 험하고 거대한 분지에서 이교도들이 쿠프론산의 광석을 탈취해간다는 이야기가 이 동굴과 쿠프론산에 그럴듯하게 어울려서 사람들이 상상으로 지어낸 것인지에 대해 제대로 알고 있는 사람은 아무도 없다. 사실이 어떻든지 간에 그곳은 숲이 굉장히 부드럽게 비탈을 이루며 위쪽으로 이어지고 있고, 동굴 입구 옆에서 시내의 근원이 매우 환하게 솟아나고 있음에도 사람들이 기피하는 으스스한 장소이다. 사냥꾼 기손이 그곳에서 죽었다는 사실이 그 장소를 더 으스스하게 만들었다.

우리는 선 채로 건너편에서 나는 소리에 귀를 기울인다.

분지 한가운데에서 시내는 작은 연못을 이룬다. 무정하게 매끈한 그 연못은 돌처럼 차갑고 태연한 시선으로 바위 꼭대기와 푸른 빛을 올려다보고 있다. 그리고 그것들을 자기 안으로 빨아들인다.

사방이 너무나 고요해서 주위에서 나는 어떤 음성, 어떤 한숨도 다 들을 수 있을 정도이다. 하지만 아무 소리도 들리지 않는다. 오직 연못 어귀의 돌들 위로 떨어진 물이 미끄러지면서 졸졸 흐르는 소리만 들릴 뿐이다.

마치 성스러운 홀에 들어서는 것처럼 우리는, 젊은 임산부와 늙은 남자인 나는 서로의 손을 꼭 붙잡은 채 천천히, 거의 발끝으로만 걸어서 분지를 통과한다. 한가운데에 있는 연못 근처에 다다르자, 우리가 계속해서 전진할 수 있으려면 우리의 열기와 여름을 씻어내기 위해 하늘을 비추는 거울 속에 몸을 담가야만 할 것 같은 느낌이 든다. 태양이 암석들 위에서 유희하고 있기에, 무한이 현세의 칠현금을 연주하고 있기에, 그것은 노래와도 같다. 또한 그것은 우리의 두려움을 향해 함께 노래하라고 하는 명령과도 같다. 왜냐하면 우리는 보이지 않는 것을 마주하여, 우리가 숨을 수 없다는 것을 알면서도 여전히 조심스럽게 그것을 향해 걸어가고 있는 중인데, 우리의 두려움이 기이하게 활기차고 거의 흥거울 정도의 두려움으로 바뀌었기 때문이다. 나는 그것을 아가테의 손에서 느낀다.

그런데 그곳에 정말로 노래가 있었다.

왜냐하면 그곳에 어머니 기손이 있었기 때문이다.

그녀는 소나무 아래 서 있다. 아니 좀더 정확히 말하자면 그곳에 떠 있다. 나무줄기들 사이를 거닐며, 그러면서도 쉬고 있다. 그것은 위엄 있으면서도 동시에 부드러운 모습이다. 그것은 물 흐르듯 하는 경직됨이다. 소나무의 넓고도 투명한 수관으로 보호되고, 그 사이에 선 낙엽송의 밝은 가지들의 인사를 받는다. 환한 수관들 사이로 졸졸 흐르며 환한 숲속을 가득 채우고 있는 빛은 부드럽고 경직되어 있으며 물 흐르듯 한다. 어머니 기손이 말하는 것은 경직된 동시에 부드럽고, 그와 동시에 위엄 있으며, 마치 노래와도 같다. 우리는 감히 가까이 다가서지 못한다. 우리는 손에 손을 잡은 채 그대로 서 있다. 하지만 그녀가 우리를 향해 다가온다. 우리를 향해 미소 짓지만, 우리에게 관심을 기울이지 않고 다른 누군가, 더 먼 곳에 있는 누군가와 이야기를 나누는 중이다.

—"그래, 이름가르트, 너의 관冠은 너무나 가벼워서 벗을 필요가 전혀 없단다. 하얗고 녹색인 그 관은 입맞춤보다도 더 가볍게 노래하지……"

그러고는 그녀는 마치 이야기를 듣는 듯이 잠시 말을 멈춘다.

—"슬퍼하지, 오오, 슬퍼하지 마라, 사랑하는 아이야. 이루어지지 않은 일 때문에 슬퍼하지 마라. 부끄러워하지 마라. 숨지 마라. 넌 언제나 너 자신이었다. 네가 가진 어떤 것도 파괴되지 않았다. 어떤 마력도 너를 사로잡고 있지 않아. 너 또한 가득 채워져 있단다……

—이름가르트,

—이름가르트, 새들이 너에게 말하는 것을 듣고 있니? 새들이 이곳저곳으로 날아다니는구나. 새들의 경계는 가볍지. 꽃들의 소리를 듣고 있니? 꽃들은 이곳저곳에서 자란다. 꽃들에겐 경계가 없지……

—이름가르트, 영혼아, 아직도 기억하니? 네가 내 무릎 위에 앉아서 아직 인간의 언어를 이해하지 못하던 때, 그때 넌 고양이의 언어를 듣고 그걸 이해했고, 우리를 향해 다가오는 노루의 언어를 이해했지. 그리고 그보다 더 어릴 때는 잔디와 풀줄기와 물결의 언어를 말했지. 이제 다시 그것들을 듣고 있니, 그 언어들을?

—우리는 둘이 함께 있게 될 거다, 이름가르트. 그리고 우린 그걸 알아채지 못할 거야. 넌 이름이 없을 것이고, 나도 이름이 없을 거다. 그럼에도 우리는 이름 없이 그것을 알게 될 거다.

이름가르트, 이름가르트……"

그녀는 이제 숲 가장자리의 마지막 나무들 곁, 제방과 아주 가까운 곳에 서 있다. 제방 끄트머리에서 우리가 기다리고 있다. 나는 그녀가 맨발인 것을 본다.

그다음에 그녀는 말하면서 공기와 하늘과 맑은 날 전부가 그 위에 멈출 수 있도록 손바닥을 위로 한 채 팔을 들어올린다.

"빛은 이쪽에서도 오고 저쪽에서도 온다. 이제 곧 그것은 더이상 섞이지 않을 것이다…… 너를 운반할 꽃의 광선에는 그림자가 없단다, 이름가르트……

— 슬퍼하지 마라, 슬퍼하지 마라, 네가 슬퍼하면 내 마음이 아프다, 이름가르트. 너를 찾지 못하겠다…… 방황하지 말고 춥게 다니지 마라…… 우리는 둘이 함께 있단다……"

또다시 그녀는 귀 기울여 듣는다. 그러더니 미소 짓는다. "그래, 아이야."

그녀는 침묵한다.

나는 감히 말을 걸지 못했을 것이다. 하지만 아가테가 너무나 당연하다는 듯이 말을 한다. "어머니."

그녀는 우리를 향해 고개를 끄덕인다. 나는 나 역시 그녀가 대화를 나누었던 거룩한 정령들에게 속한 것만 같은 느낌을 잠시 갖는다. 왜냐하면 그녀가 이렇게 말하기 때문이다. "그래, 너희들도 와 있구나. 그게 당연한 일이지…… 함께 가자꾸나."

우리는 그녀의 뒤를 따라 이교도갱도 옆의 수원 쪽으로 올라간다. 소나무 줄기에서 소나무 줄기로, 그녀가 맨발인 채로 아무런 소리도 내지 않고 우리를 앞서 걷는 모습에서, 또한 그녀가 모든 줄기마다 쉬면서 기대고 멈추는 모습에서, 그것이 잽싸게 떠다니는 모습 같음에도 불구하고, 나는 그녀가 매우 쇠약하다는 것을 깨닫는다.

하지만 그녀는 피로에 개의치 않는다. 광갱 입구의 동굴 앞, 소나무 숲이 점점 가팔라지기 시작하고 바위들이 적당한 규모의 채석장처럼 지면으로부터 솟아나와 있는 그곳에서 그녀는 수원 옆에서 길게 뻗은 S자 형태로 자라고 있는, 자신의 뿌리를 돌로 된 녹색 수반에 담그고 있는 나무줄기에 몸을 기댈 뿐이다. 그곳에서 그녀는 몸을 기댄 채 우리가 도착하기를 기다린다. 수원의 위편에는 바닥에 관목들이 더 빽빽하게 자라고 있다. 바다나물[31]과 벨라도나[32]가 이곳에서 자란다. 채석장 가장자리 위쪽으로는 이미 잎이 떨어진 마가목 가지가 기울어져 있는데, 그 위엔 아직도 빨간 열매들이 달려 있다. 삶의 저편에, 죽음의 저편에 늦가을이 존재하고 있다. 수정으로 만들어진 구름이 비바람에 시달린 모습으로 대지와 맞닿고 있다. 어머니 기손이 우리를 향해 미소 짓는다.

"날 재촉하고 싶은 모양이구나, 아가테. 그래서 약초를 찾으러 온 거냐?"

아가테는 뭐라고 대답해야 할지 알지 못한다. 이제 그녀는 이곳에 와 있고 피곤한 상태이다. 그녀는 만삭의 몸으로 두 손을 배 위에 얹고 있다. 마침내 그녀가 조용히 말한다. "어머니, 저희는 어머니를 찾아 달려왔어요…… 의사 선생님과 저 말이에요……"

그때 그녀가 우리를 나무란다. "자네들 모습이 지금 어떤지…… 네 아이가 너에 대해 어떻게 생각하겠니, 아가테……?"

그 말이 옳다. 나 역시 기진맥진한 상태이다. 폭풍우가 두려워서 집으로 달려온 두명의 학생처럼 우리는 그곳에, 비난하듯 친절한 어머니 기손의 눈길 아래 묵묵히 서 있다.

"그래도 넌 너의 약초를 얻게 될 거다…… 아직 약초가 좀 있거

---

31 미나릿과에 속한 여러해살이풀.
32 가짓과의 유독식물. 뿌리와 줄기는 진통제로 쓰인다.

든…… 아이를 위한 선물이지…… 그런데 곡물은 가지고 왔니?"

아가테의 얼굴 위로 어린아이의 영리함이 스친다. 그녀는 주머니를 뒤적여 한줌의 곡물을 끄집어내더니 그것을 어머니 기손에게 내민다.

"좋다." 그녀가 말한다. "하지만 이 상태로는 안 된다. 이건 창피한 일이지…… 일단 두 손을 물에 담그라. 네 얼굴도 마찬가지고."

아가테는 수원에 무릎을 꿇고 앉아서 두 손을 담그고 얼굴을 씻는다. 그런데 이걸로는 충분치 않다는 듯, 어머니 기손이 그녀 쪽으로 몸을 숙이더니 물을 퍼서 아가테의 머리와 목에 그 물이 흘러내리도록 한다.

"자네도 하겠나?" 그녀가 내게 묻는다.

하지만 나는 늙은 의사이기에, 그 관성이 내 의지보다 강하게 작용한다. 그래서 이렇게 말한다. "어머니, 그렇게 몸을 구부리는 게 힘들지는 않으세요?"

그러자 그녀가 웃는다. "좀 어지간히 할 수 없겠나? 오늘도 그래야 해……? 이쪽으로 와서 몸이나 담그게……"

그녀는 몸을 바로 세우더니 다시 진지해진다. "이름가르트." 그녀가 낮은 목소리로 부른다. "이름가르트, 여기에 있는 거냐, 사랑스러운 아이야? 네가 저 물을 마셨니……?"

나 또한 기다린다.

나는 곧 질책을 받는다. "이름가르트는 신경 쓰지 말게……"

나는 고분고분하게 수원으로 가서 그녀가 말한 대로 한다. 물은 얼음처럼 차갑다. 내가 변화하며 흘러가버리는 것 속에서 나의 맥박을 식히고 나의 관자놀이를 적시고 수원이 끊임없이 몸짓하고 있는 것을 들여다보는 동안, 내겐 마치 저편과 이편 사이에 끊임없는 흐름과 반대 흐름이 존재하고 있어서 그 사이에 더이상 경계가 존재하지 않고, 이 흐름이 그저 나의 머리를 스치기만 해도 나를 열 수 있을 것처럼 여겨진다. 이 흐름은 나의 심장 속으로 흘러들어가고, 마치 은빛 리본처럼 나의 영혼 주위를 흐른다. 그것은 영혼의 가장 깊고 도달할 수 없는 깊이, 기다리는, 모든 경계를 넘어 동경하고 있는 그 깊이까지 밀고 들어간다. 아래쪽 수원 바닥에는 소나무 뿌리가 단단하게 휘감긴 모습으로 자리 잡고 있다. 수원의 가장자리에는 눈물 젖은 풀잎이 속눈썹처럼 장식을 하고 있고 이끼가 끼어 있다. 나는 어머니 기손이 "마시게"라고 하는 소리를 듣는다. 그래서 나는 수면까지 몸을 숙이고는 그 말에 따른다.

그러고 나자 그녀가 내게 말한다. "이보게…… 이곳에 그가 누워 있었다네. 여기 이 자리에 말일세…… 그는 물을 마시기 위해 이곳까지 힘겹게 몸을 끌고 왔던 거야…… 오늘과 같아. 그런데 그것은 어느날과도 같지 않아. 그리고 그것은 영원과도 같지……"

한참을 침묵한 후 그녀는 거의 알아들을 수 없을 정도로 나지막하게 말한다. 그것은 나에게 주는 유언과도 같다. "미티스가 그랬네……"

숲의 바닥에 맨발로 선 채 그녀는 소나무 줄기에 기대어 있다. 그녀는 한 팔로 그 줄기를 감싸고 있다. 내가 당황하는 것을 보며 그녀의 주름살 위로 미소가 번진다. 그녀의 습관인 약간 비웃는 듯한 미소를 보자 그녀가 그저 집으로 돌아가 자신의 부엌으로 들어가기만 하면 모든 것이 예전 그대로 머물러 있게 되고, 내일 그녀는 미티스네 가족에게 또다시 약초차와 설탕을 보낼 것 같은 느낌이 들 정도이다. 그녀가 다시 미소를 짓는다. "자네만 알고 있게."

"어머니, 하지만 어머니는……"

그녀는 수원의 물로 인해 아직 젖은 상태인 나의 수염 난 뺨을 부드럽게 쓰다듬는다. 그리고 이렇게 말한다. "삶을 돌보지 않는 사람은 살고 있는 것이 아니고 죽지도 않는다네…… 우리에겐 잘 돌보라고 삶이 선물로 주어진 거야. 자네도 그 사실을 나만큼이나 잘 알고 있지 않나."

나는 그녀가 삶을 선물해준 아버지 미티스를 눈앞에 떠올린다. 그런데 그는 마리우스가 밀렵꾼들의 총질을 의무로 승격시킬 것을 기대하고 있다. 하지만 어머니 기손의 손 안에 깃든 고요는 귀향과도 같다. 그것은 미티스보다 더 위대하고, 모든 인생보다 더 위대하다. 그 고요함은 상승하고 휴식하며 수관들의 광주리를 채운다. 그리고 그것은 온 세상을 채운다.

"이제 바로 가보게나, 의사 선생…… 아가테는 벌써 조급해하고 있어…… 이름가르트도 마찬가지고…… 약초를 찾는 데는 사내를 이용할 수 없어서 말일세……"

"그래, 이름가르트." 그녀가 고개를 끄덕인다. "이제부터는 아가테가 우리 대신 약초를 캐게 될 거야. 그리고 우리를 기억하며 이 아이가 약초들을 찾기도 할 거다."

그때 마치 한숨과도 같은 것이 적막 사이를 스치고 지나간다.

그러자 아가테가 젖은 두 손을 앞치마에 닦아 말리더니 말한다. "네, 어머니." 이제는 그녀 역시 맨발이다.

그러나 나는 떠난다. 나는 마치 그곳이 기다리기에 가장 적합한 장소이기라도 한 듯 천천히 연못 쪽으로 내려간다. 나는 섬처럼 그것을 둘러싸고 있는 눈잣나무도 통과한다. 그러고는 돌로 된 가장자리에 서 있는다.

어떤 음성도 들리지 않는다. 어떤 향기도 느껴지지 않는다. 나는 공기를 맛본다. 그것은 증류된 것 같다. 오직 눈에 보이는 것만이 존재한다. 그것은 적막으로 가득 차 있고, 마치 그것이 우주이기라도 한 듯 형체를 갖고 있지 않다. 더이상 바깥 면을 갖고 있지 않은, 거대하고 속이 텅 빈 나무의 내벽이기라도 한 듯 바위들이 분지를 둘러싸고 솟아 있고, 마치 뿌리액이기라도 한 듯 연못은 어둡게 한가운데에 자리하고 있다. 뿌리줄기들은 더욱 깊이 훨씬 더 깊은 적막 속으로 파고든다. 더욱 깊이 세상의 중심까지 다다른다. 그렇게 연못은 한가운데에서 쉬고 있다. 절벽의 메아리는 침묵을 노래한다. 그리고 침묵은 심연으로부터 메아리의 근원을 노래한다. 그렇게 죽음은 꿈을 꾼다. 꿈이 쉬고 있는 물결 속에 샘의 가장자리 위쪽에서 반짝이는 정오의 별들이 비친다. 밤은 정오와 같고, 밤의 바닥 위에서 유한한 존재가 수정 주위를 떠돈다. 꿈은 꿈속에 거한다. 무한은 무한 속에, 보이지 않는 것은 보이지 않는 것 속에 거한다. 하지만 호수의 눈과 하늘의 눈은 서로를 비춘다. 나는 이 모든 것을 본다. 두려움 없이 본다. 내가 천천히 호수의 경계를 따라 걷고 있기 때문이다. 하지만 나의 두려움은 여전히 존재한다. 그것은 거의 유쾌할 정도의 두려움으로서, 그 두려움은 가장 환한 꿈까지도 채우고 있다. 왜냐하면 그것은 도달할 수 없을 정도의 무한에서 유래한 것이기 때문이다. 그것은 각성覺醒되지 못함에 대한 두려움이며 시간 속에서 각성할 수 없음에 대한 두려움이다. 또한 그 두려움은 내 옆의 연못 수면 속에서 빛나고 있다. 연못 수면은 그 물기 어린 은빛 어둠속에 창공의 푸른 꽃빛을 담고 있고, 위로 솟아오른 바위 표면의 상들을 점점 깊어지는 심연으로 끌어당기고 있다. 수면은 내가 걷고 있는 대기의 무게를 지고 있고, 나 또한 끌어당긴다. 자신에게로 끌어당긴다. 자기 안으로 끌어당긴다. 그리하여 나는 그 위를 건너 죽음 속으로, 삶의 반사적 변형 속으로 가라앉는다. 상은 어디 있는가, 근원상은 어디 있는가? 스스로를 반사하는 경계, 그렇게 물가의 돌들은 다시 한번 잠겼다가 떠오른다. 그 환함 속에 반짝이는 별무리와 비슷하게 물고기들이 존재한다. 떠돌면서 휴식하며, 거의 움직임 없이, 은하수의 원 속에서, 보이지 않도록 검은 심연의 수정 같은 뱀 위로 원을 그리며 떠돌고 있다. 나는 나의 꿈 주위를 떠돌고 있는가? 오, 우리 유한한 자들이여, 우리는 언제나 우리 꿈의 갱도 안을 돌아다니고 있다. 우리는 언제나 그 꿈의 심연을 돌아다니고 있다. 위쪽으로 올라가고자 하는 꿈과 아래쪽으로 미끄러져내리는 꿈. 하지만 죽음에 이르러서야 꿈은 우리를 받아들인다. 영혼은 자신의 상 속으로 미끄러지고 부유한다. 그 것은 영혼의 메아리이면서 자기 자신이기도 하다. 모든 비유가 진실이 된다. 나무의 둥근 껍질이 나를 둘러싸고 천천히 흔들린다. 보라, 하늘이 그의 관冠이다. 그 가지들은 수정같이 눈에 보이지 않은 채 몸을 뻗고 둥글게 감고 구부린다. 그것은 지식의 격자이다. 존재에 관한 고요한 지식, 그것은 너무나 거대해서 미래의 것도 기억이 될 정도이다. 그것은 한계가 없는 지식이다. 왜냐하면 무한이 마치 낮과 밤처럼 하나로 결합되기 때문이다. 서로를 낳으며, 하나가 다른 하나의 소리에 메아리치는 그것은 꽃의 눈들로 가득한 고요한 지식이다. 또한 그것은 별들이다. 위쪽을 향해 떠다니며, 아래쪽으로 미끄러지며 나는 연못 가장자리를 걷는다. 그곳은 하늘의 가장자리, 그 안에 지식이 존재하는 열려 있는 컵의 가장자리이다. 나는 존재의 가장자리를 걷는다. 어쩌면 여전히 걷고 있으면서도, 그럼에도 더는 앞쪽으로 나아가지는 못한다. 나는 더이상 나의 육체를 거의 느끼지 못하면서 걷는다. 그럴수록 여전히 살아 있고 지각하는 나의 눈만을 더욱더 느낀다. 나는 부드럽게 휴식하며 앞쪽으로 옮겨진다. 그리하여 천천히 원을 그리며 경직된 채 나에게 다가오는 상 안으로 들어간다. 나는 두려움 속에서도 도망치지 않는다. 오히려 그 두려움은 거대한 껍질이 그리는 원 사이로 나를 부드럽게 날라다주는 존재이다. 그 안에서는 오직 연못만이 쉬고 있다. 그 심연 속에서 두려움은 보이지 않는다. 나를 향해 원을 그리며 다가오는 시간이 그 안에서 쉬고 있다. 그렇게 나는 소나무와 수원으로 되돌아온다. 소나무와 수원이 내게로 되돌아온다. 나는 고향에 되돌아오고, 그 고향은 내 안에 다시 도착한다. 주변 풍광이 그 움직임을 서서히 멈추고 나의 두 발이 이끼 끼고 자갈투성이인 숲의 바닥을 다시 느끼는 동안, 나는 수원 곁에서 쉬고 있는 어머니를 바라본다. 그녀는 나를 바라보며 고개를 끄덕인다. 하지만 아가테는 약초를 무릎 위에 놓은 채 그녀의 발치에 웅크리고 앉아 있다.

그때 어머니 기손이 말한다.

"이리 와, 우리 쪽으로 와서 앉아. 그리고 두려움에 대한 꿈은 꾸지 말게."

그녀는 머리를 나무줄기에 기대고 있다. 그녀의 얼굴은 주름져 있다. 나무껍질도 주름져 있다. 그녀와 나무는 거의 똑같은 빛깔이다. 나는 꿈꾸지 않는다. 나무와 그 얼굴에는 똑같은 삶이 들어 있다. 그것은 불멸의 것이고 무한한 것이다. 시간이 서서히 다시 흐르기 시작했다. 마치 가볍고 지속적인 숨결 속에 이교도광갱의 입구로부터 흘러나오는 듯이 아주 천천히. 그 위에서는 소나무 수관의 찢겨진 그림자가 펄럭였다. 그림자 없는 그림자였다.

나는 그녀 옆의 무너져내린 돌덩이들 위에 앉아 있다. 그 주름 속에서 녹색 이끼가 부드럽고도 단단하게 자란다. 적막은 더욱더 적막하다.

그때 아가테가 말한다. "이곳이 저희 집이에요."

수관은 온 숲을 타고 오르며 수관과 얽힌다. 그 안에 태양이 얽혀 있다. 적막이 얽혀 있다.

아가테는 무릎 위의 약초들을 정리한다.

나는 또다시 적막이 한숨 쉬는 소리를 듣는다.

어머니 기손의 두 손은 땅 위에서 쉬고 있다. 땅 위에는 갈색의 뾰족한 솔잎들이 마치 낡고 부서진 햇살처럼 흩어져 있다. 그녀가 말한다. "그것은 그저 차일 뿐이다, 아가테. 그리고 슈납스가 되기도 하고 가끔은 약도 되지. 하지만 그것은 그 이상이기도 하다. 그러니 넌 그걸 잘 지켜야 한다."

"어머니, 전 그걸 찾을 거고, 지킬 거고, 항상 어머니를 기억할 거예요."

그러자 침묵이 슬퍼한다. 나는 그 소리를 듣는다. "어머니, 오, 어머니."

"그래, 이름가르트." 어머니 기손이 대답한다.

"오, 어머니, 저 애는 아이를 갖고 있어요. 그리고 저 애는 그 아이를 위해 약초를 캘 거예요."

"넌 슬퍼해서는 안 된다, 이름가르트, 영혼아. 그건 너에게도 너 자신보다 더 거대한 것이 아니었더냐?"

빛이 마치 베일과도 같이 주교의 관처럼 생긴 수관들 사이로 떨어져내리며 이렇게 말한다. "이제는 더이상 모르겠어요."

"이름가르트." 어머니 기손이 말한다. "네가 거기 있구나."

나뭇가지들에 걸려 있는, 푸른 창공까지 가 닿는 적막 속에 선함이 뒤섞여 있다. 그리고 침묵이 이렇게 말한다. "네, 어머니." 이제 그것은 이름가르트의 목소리이다.

그녀가 미소 짓는다. "이제 너희들 모두 다 있구나. 마티아스만 없어. 하지만 그애도 벌써 오고 있는 중이다…… 우린 그애를 기다리고 있는 거야."

그녀는 두 눈을 감는다. "낮은 장미와도 같아. 계속해서 피어나 하늘이 되는 장미 말이다."

"어머니." 아가테가 말한다. "제 안의 아이는 노래하는 하늘 같아요. 그리고 아이의 잠은 완전히 파란 별들이에요."

그러자 침묵이 말한다. "모든 존재는 자기 충족이 되었어요. 난 아직도 이곳에 있지만 가장 멀고도 먼 곳에 흩뿌려져 있고 어느 곳에도 존재하지 않아요. 언제나 나 자신이지만, 나 자신인 적이 한번도 없어요."

"그래." 어머니 기손이 말한다. "아마도 그럴 거다. 아마도 그렇게 될 것이다……"

숲의 수관樹冠들은 점점 더 부드러워지면서 하나씩 하나씩 그림자를 뱉어낸다. 스스로를 향해, 가지들과 바닥을 향해. 하지만 세계수世界樹[33]의 그림자는 빛이다.

그녀는 다시 한번 말한다. "그래, 이름가르트……"

그녀는 생각에 잠긴 듯 침묵한다. 그러더니 이렇게 말한다.

"모든 인간의 심연에는 밤이 존재하고, 그곳은 대지처럼 따뜻하다. 그곳에서 그는 자기 자신의 어머니이다. 그가 자신의 가장 깊은 품으로 돌아오게 되면, 그는 자기 존재와 삶의 아이와도 같단다."

그녀는 침묵한다. 나의 삶은 심연의 광채와 고도의 광채 사이에

---

[33] 생명의 원천, 세계의 중심, 또는 인류의 발상지가 된다는 나무. 북유럽 신화를 비롯해 전세계의 민간 신앙, 신화, 전설 속에 등장한다.

파묻혀 있는 어두운 적막과도 같다. 그것은 스스로에게 그늘을 드리우는 그림자이다.

나는 의아해하며 생각한다. 어떤 남자가 됐든 자신의 꿈의 갱도 안에서 스스로 아이가 되고, 스스로 어머니가 되는 것이 가능하기는 한 걸까? 지식이 그에게는 가장 깊은 근원이 아닐까? 그는 그 근원으로부터 나와 무한으로 향하고, 그것이 마치 밤의 길을 걷기 전의 낮이었다는 듯이, 무한 이후에 한때 그를 새롭게 기다린 낮이었다는 듯이, 무한 속을 떠돌아 그 근원으로 향하는 것이 아닐까?

아무것도 내게 답하지 않는다. 바위의 입구는 자신에게 집중한 채, 침묵하며 해를 향해 빛을 발하고, 마치 바위에게는 밤이 존재하지 않는다는 듯이 내리쬐고 있는 침묵을 마신다. 하지만 갑자기 침묵이 나지막하게 말한다. 그리고 그것은 이름가르트의 목소리이다. "낮도 아니고 밤도 아니에요. 지식도 아니고 무지도 아니에요. 망각도 아니고 기억도 아니에요. 두가지 모두예요."

하지만 어머니 기손은 이제 거의 재미있다는 듯이 나를 바라본다. "자네는 무한한 것을 시간 속에서만 보고 있어. 모든 남자들이 그렇지. 그의 꿈이 시간 또한 그 자신 안에서 쉴 수 있다는 걸 보여줄 때, 그는 두려움과 함께 그 사실을 받아들이지. 그렇지 않은가, 의사 선생? 그렇지 않으면 아니라고 말을 해요……"

"그렇습니다, 어머니." 내가 말한다. 그리고 나는 지상의 모든 길은 끝까지 걸어보는 것이 불가능하다는 생각을 한다. 그리고 무한하게 먼 영원 속에서야 비로소 도달할 수 없는 것이 마치 미소처럼 우리에게 인사한다는 생각을 한다.

마치 봄밤의 정원처럼 부드럽게 노래하며 침묵이 내게 동의한다. "무한한 것은 순결해요."

하지만 그녀는 이렇게 말한다.

"인간의 두려움은 어둠입니다. 그는 바닥에서 쉬고 있는 뱀을 꺼리지요. 모든 동경은 먼 곳에 있는 빛을 향합니다. 보이지 않는 것, 언제나 그저 예감할 수 있을 뿐인 것을 향하지요. 그것은 그저 상과 그것을 비춘 상 속에 밝은 빛의 가상을 남길 뿐입니다. 그 광채가 너무 거대해서 어떤 인간의 눈도 그것을 탐지해내지 못할 것입니다. 미래의 어떤 종족도……"

지금 말하고 있는 것이 여전히 그녀일까? 그것은 나무일까, 바위일까? 그녀는 고개를 숙인 채로 있다. 그리고 그녀의 목소리는 환한 중얼거림이 된다. 그것은 마치 아침놀이 만진 나뭇가지들의 중얼거림 같고, 햇살이 쓰다듬은 바위의 중얼거림 같다. 그것은 마치 동굴이 인간들과 대화를 나누는 것 같다. 그녀가 계속해서 말한다.

"하지만 쉼이 없다면 당신의 세계엔 상이 존재하지 않을 겁니다. 쉼이 없다면 당신의 모든 걸음은 파악할 수 없음에서 파악할 수 없음으로 건너가는 공허하고 급한 걸음일 겁니다. 당신은 시간을 바라봅니다. 그 근원은 시간적으로 먼 곳에 있습니다. 시간적으로 먼 곳으로부터 시간은 근원으로 돌아옵니다. 그곳은 하늘의 갱도입니다. 그 가장 깊은 대지에, 당신 자신에게 근원이고 종점인 그곳에 당신의 영혼이 있습니다. 자신의 아이에게 한장 한장 그림을 펼쳐서 보여주는 어머니처럼, 시간은 당신에게 먼 곳에 있는 빛을 가리켜 보여주며 예감합니다. 그것은 한장 한장씩 당신의 어둠으로부터 솟아오르는 당신의 지식입니다. 왜냐하면 당신은 오직 당신의 현세성의 상 속에서만 빛을, 당신이 그곳으로 되돌아가려 애쓰는 그 빛을 보기 때문입니다. 또한 당신의 현세적이고 고요한 걸음이 없다면, 당신이 휴식하며 떠도는 그 하늘도 없을 겁니다. 그리고 그

중앙에 당신의 가장 머나먼 목표가 자리 잡고 있습니다."

그녀는 침묵한다. 바위와 동굴, 나무와 숲, 낙엽송의 노란빛, 소나무의 녹색빛, 그것들은 다시 침묵하는 빛이 된다. 내가 시간을 초월한 곳을 바라보는 동안, 아가테가 하늘을 향해 이렇게 말하는 소리가 들린다.

"마치 해 질 녘 별들의 꽃봉오리처럼 내 안에서 모든 꽃이 깨어납니다. 오, 어머니, 전 기뻐요."

수정 같은 하늘의 가지가 소나무 가지와 뒤얽혀 있다. 바위 골짜기들이, 수원의 물이 지식 그리고 사고와 뒤얽혀 있다. 아가테의 두 눈이 광채 속에 뒤얽혀 있다. 그리고 아래쪽에서는 연못이 쉬고 있다. 숨도 쉬지 않는다.

그때 어머니가 다정하게 눈길을 든다. 또다시 시간은 흐름을 멈추고, 햇살도 고요한 가운데 소리 울리는 건물이 된 것 같다.

하지만 그녀는 내게 이렇게 말한다.

"지나간 세월 때문에 근심하지 말게. 그 시간들은 자네에게 호의적이네. 시간은 그 중심에서 아름답게 쉬고 있다네. 그 경계들은 여기서 무한히 쉬고 있지. 그 둘레는 크지만, 그 중심은 더 크지. 또한 모든 두려움은 그 안에서 침묵한다네."

아가테가 외치자 그 소리는 부드럽고 넓게 퍼져나간다. "아홉 달이 가장 아름다운 시간이에요."

그러자 침묵이 슬픔의 답변을 노래한다. "무한은 그렇게 아름답지 않아요."

"그래." 어머니 기손이 말하고는 조용히 동의하듯 임산부 쪽을 건너다본다. "그것은 아름답지만, 두려움에 대한 저항력을 갖고 있지는 않지……"

그녀는 손바닥으로 땅을 쓰다듬는다. "이곳에서 난 두려움을 느꼈지……"

그러더니 그녀가 말한다.

"이곳에서 그가 마지막으로 물을 마셨어. 이곳에서 그가 죽었지…… 이곳에서 난 내 두 손으로 땅을 파헤쳤지…… 그리고 두려워했어……"

그녀가 완전히 조용해진다. 그리고 숲도 조용해진다. 그 적막이 너무나 고요해서 지금 한해 한해 등장하는 세월의 소리를 들을 수 있을 정도이다. 그 세월은 우리를 둘러싸고 조용히 서 있다. 투명하게 숲을 이루고 있다. 그것은 두번째 숲이며 유리로 되어 있다.

하지만 그다음에 그녀가 이렇게 말한다.

"그를 빼앗겼지. 난 두려웠어."

"마치 아이인 동시에 선조이기도 한 것처럼, 태어나지 않았으면서도 이미 죽은 것처럼, 우리가 그 안에서 잠자면서 살고 있는 입맞춤이 모든 존재와 영원의 중심이기라도 한 것처럼, 그렇게 우리가 다른 사람 안에서 숨 쉴 수 있다는 것은 커다란 행복이기 때문이지. 그런데 그것을 빼앗겼기 때문에 난 두려웠어. 걷는 것은 행복이 아니고 수색하는 것도 행복이 아니야. 무한을 감시하는 것도 행복이 아니야. 행복은 무한한 것이지. 끝없이 존재하는 거야. 그리고 그것은 모든 경계를 넘어 황홀하도록 넓게 퍼지는 경계 없는 세상의 전체라네. 그것은 은빛으로 경계를 넘어 떨어지지. 넘치는 것으로부터 은빛 하늘로 떨어진다네. 그것은 어두운 저수지의 어두운 근원의 입맞춤이야. 사람들이 그것을 내게서 강탈해갔어. 그래서 나의 두려움은 컸지. 그것은 밤의 두려움이 아니었어. 그래, 그것은 환한 낮의 두려움이었어. 그때 바위들은 무자비하게 환한 모습으로 경직된 채 서 있었고, 아무것도 움직이지 않았지. 그 무엇도 나의 비명을 듣지 않았어. 뱀만이 살그머니 암석 위로 도망쳤고, 나의 두 손은 절개된 심장처럼 상처투성이였지. 그때 난 두려웠어. 그건 나의 여성과 나의 자비에 대한 두려움이었어. 전체를 느낄 수 없는 사람은 더이상 여자가 아니거든."

침묵이 울고 있다. 적막한 빛으로, 고요한 햇살로 운다. 그리고 그 눈물 방울은 모두 황금빛 화살이다.

하지만 아가테는 이렇게 말한다. "그 전체가 저의 아이랍니다. 전 그 한 부분일 뿐이구요."

세월은 투명하게 미동도 없이 서 있다. 그것은 우리를 둘러싸고 있는 보이지 않는 숲이다. 태양이 말없이 서 있다. 마치 이 여름날을 영원히 보존해야 한다는 듯 타오르는 것처럼 잠잠하다.

기다림은 그런 모습이 되어간다. 만일 내가 감히 입을 연다면 내 목소리는 빛에 의해 옮겨지고 빨아들여져 입술로부터 사라져버릴 것이다.

어머니 기손이 아가테의 정수리에 손을 얹었다. "빛은 이런 것이란다, 두려움은 이런 것이란다, 아가테. 이것이 여인의 두려움이다. 네가 그것과 맞닥뜨리게 되거든, 심각하고 즐겁게 받아들이거라."

그리고 그녀가 말한다.

"─그렇게 나는 사람들이 내게서 빼앗아간 그 사람을 찾았어. 그리고 나의 두 손으로 대지가 나에게서 빼앗아 마셨던 피를 찾아 땅을 팠지. 나는 이 세상의 전체를 더이상 보지 않았어. 그 가장자리를 더이상 보지 않았지. 나는 아무것도 보지 않았어.

─나는 그저 나만을 보았고, 그러면서도 나를 보지 않았지. 왜냐하면 나를 둘러싼 고통이 돌과 같았기 때문이야. 그것은 잿빛의

단단한 돌이었어.

　—나는 더이상 여자가 아니었어.

　—나는 남자처럼 하루의 일을 했지. 그리고 저녁이면 샘으로 달려갔지. 보이지 않는 먼 곳으로.

　—나는 아이들을 돌보고 옷을 입혔어. 그 아이들을 씻기고 먹여 살렸지. 나는 그 일을 했지만 그에 대해 아무것도 알지 못했고, 그 아이들을 보지 않았어.

　—그래도 그건 그의 아이들이었어. 하지만 난 더이상 과거에 그 아이들을 임신했던 것과 같은 그런 여자는 아니었지.

　—나의 주위에서 죽음이 자라났어. 그것은 내 안에서 자라났지. 죽음의 바위들이 나를 메웠어.

　—그때 나는 나의 필요 때문에 아이들을 샘으로 데리고 갔어. 아이들이 아버지를 부르게 하려고 말이야. 아이들은 부르지 않았어. 그애들은 조약돌을 가지고 놀았지.

　—하지만 난 땅속에 두 손을 넣고 여기에 누워 있었지. 모든 빛은 돌이었어. 모든 구름은 텅 비어 있었어. 구석에서 산산조각이 났지. 그렇게 난 여기 누워 있었어. 담장들 사이에 갇힌 채 누워 있었지. 담장은 점점 더 높이, 더 높이 자랐어. 그것은 죽은 갱도였어. 나의 모든 갈망은 그의 땅으로 더 깊이, 더 깊이 가라앉는 것이었어. 밤 속에 파묻혀 나는 모든 구속으로부터 끊어졌지. 그때 나의 손가락들이 하나씩 하나씩 떼어지고 파내지는 것이 느껴졌어. 그건 아들 녀석이었어. 그 아이가 내게로 기어와서, 내 손가락을 마치 조약돌이기라도 한 것처럼 파냈던 거야. 그러고는 마치 조약돌을 가지고 놀 듯 내 손가락들을 가지고 놀았지. 아이는 내가 땅이기라도 한 것처럼 내 위를 이리저리 기어다녔어.

──그후 난 집으로 돌아갔고 이곳에 다시 오지 않았지.

　　──그리고 일상의 일을 하고, 나의 삶을 살았어. 삶은 괜찮아졌
지. 그를 받아들였던 먼 곳을 바라보면, 그곳은 서서히 무한이 되
어갔어. 그리고 난 서서히 그 안에 죽음 저편의 목표가 있는 걸 알
게 되었어. 아니, 그건 모든 종류의 죽음 저편의 목표였어. 그는 그
것을 추구했고 이제는 그게 마치 늦둥이라도 된다는 듯 그것을 내
심장 아래 놓아 거기서 자라게 하려고 했지. 하나씩 하나씩 잡초를
뽑고, 한알 한알 쌀을 심으며 난 나를 기다리고 있는 그에게로 왔
어. 마치 그렇게 되지 않을 리 절대 없다는 듯 내가 올 것이라고 알
고 있는 그에게로 말이야.

　　──처음에 그것은 마치 땅 아래의 샘물이 흘러가듯 조용하게 졸
졸거리는 소리였어. 서서히 그것은 빛으로 회복되었지. 그런데 나
는 갑자기 깨달았어. 내가, 내가 다시 여자라는 것을, 그녀의 지식
으로 인해 세상이 부활하게 되는 여자라는 사실을 말이야. 한때 달
콤하고 어두웠던 것이 이제는 광채가 되었지. 세상이 자라났고, 그
것은 다시 온전해졌어. 그리고 세상은 그렇게 자라면서 모든 저수
지의 가장자리 너머로 넘쳐흘렀지. 정원의 수면은 밀려나 원을 그
렸고, 난 근원이었지만 보는 것밖에는 할 수 없었어. 그에 의해 살
고, 그를 살았어. 그것은 끝없이 샘솟는 신뢰였고, 새롭게 탄생시키
는 지식이었지. 그렇게 세상은 날마다 더 큰 날로 자라나고 밤마다
더 환한 밤으로 자라났지. 대지는 하늘의 천막이었고, 영원히 성장
하는 밝은 죽음이었어.”

　　그녀는 침묵한다. 그러자 마치 숲처럼 그녀 주위에 모여 있던 수
많은 투명한 세월들이 숨을 쉬며 말한다. “현세의 고난에도 불구하
고 먼 곳의 빛을 깨운다면, 여자여, 너는 거룩해져서 보이지 않는

대지가 될 것이다."

"오 아닙니다." 어머니 기손이 말한다. "그것은 우리가 더 잘 알고 있습니다. 아가테와 나 말입니다. 사람은 먼저 그의 자식을 사랑해야 하는 겁니다."

"저는 대지가 된 적이 없어요. 제겐 아이가 주어지지 않았어요"라며 다시 한번 이름가르트의 목소리가 소리 없이 연못으로부터 노래한다.

"애야, 이름가르트, 너의 삶이 더 쉬웠단다. 하지만 너의 삶은 힘겨웠지." 어머니 기손이 말한다. "넌 더 높은 차원의 평안 속에 있었다. 너의 삶은 처음부터 아름다운 죽음이었어. 환한 삶이 언제나 너의 죽음이기도 했지. 넌 부드럽게 죽어가면서 현세에서 살았던 거야. 넌 죽어가면서 살았던 거란다."

그다음엔 고요함이 그녀의 두 눈을 감긴다. 그러자 이제 또다시 하늘의 그림자이자 동굴의 심연인 바위가 외치는 것처럼 보인다.

"하지만 그는 내 옆에 머물러 있었지. 그는 완성되지 않았어. 그는 나와 함께 늙어갔지. 나는 그를 위해 원을 그리며 걸었어. 그리고 내게 무한을 부여했지. 내가 그의 삶을 살고, 그가 나의 삶을 살았기 때문에 우리 두 사람에게 똑같이 온전함이 주어졌어. 그 온전함 속에서 그는 먼저 목표를 발견했지. 그 목표는 무한히 먼 곳에 있지만, 세상과 세상들 사이의 모든 경계가 무너졌기에 무한히 되돌아오는 거란다. 또한 그는 온갖 은빛 구름 속으로 사라지기도 했고 그의 얼굴이 온갖 산꼭대기로부터 바람에 불려다니기도 했지만, 그래도 그는 내 옆에 머물러 있었어. 그를 기다리며 따르는 내 안에 말이야. 나이 들며, 자라며 그의 얼굴은 아름다워졌지."

그러자 세월이 말한다. "너의 원 속에서 대지를 에워쌌다면 너의 얼굴은, 남자여, 지상 경관을 드러내는 정신이 될 것이다."

"그래요." 그녀가 말하며 마치 그 말이 우리 두 사람에게 해당된다는 듯이 나를 향해 살짝 눈짓을 한다. "그렇다네. 그걸 따르도록 하게, 의사 선생."

그녀는 아주 조용히 쉬고 있다. 그러다가 그녀가 나지막이 말한다.

"중심의 빛을 향해, 이제 나는 한방울의 물로서 나의 가장자리를 넘어 흘러가려 하네."

빛이 하얘진다. 하지만 그녀는 더이상 그것을 보고 있지 않다. 그녀는 자기 자신의 내면을 본다.

그러더니 그녀가 묻는다.

"이름가르트, 아직도 그렇게 춥니?"

침묵이 대답한다. "따뜻하지도 않고 춥지도 않아요, 어머니. 이곳은 아름다워요."

"그럴 거야." 어머니 기손이 말한다. "그곳은 아름답지. 그리고 지식도 망각도 존재하지 않는 그곳, 그곳에 그가 있어. 그가 하는 말이 들리니, 이름가르트?"

"아뇨." 빛이 막 꺼지려는 듯이 대답한다. "그분의 목소리가 들리지 않아요. 그리고 어머니의 목소리도 아주 작게만 들릴 뿐이에요, 어머니."

어머니 기손은 거의 눈에 띄지 않을 정도로 가볍게 고개를 흔들고는 미소 짓는다. "난 더 크게 말할 수가 없구나, 이름가르트. 이제 곧 우리의 말은 빛으로만 이루어질 거야."

하늘이 미끄러져내려와 자신의 파란색 드레스로 아가테를 감싼다. 하지만 우리는 물 위에 떠 있다. 그리고 우리와 함께 산, 나무,

풀들이 떠 있다. 적막과 경직硬直이 떠 있다. 별들이 떠 있다. 맑음이 떠 있다. 세월은 마치 천사라도 되는 듯이 수정 날개로 우리를 보이지 않는 것 안에 데려다주고, 계속 떠 있으면서 우리를 모든 세상들의 중심에 머물게 한다.

그녀는 떠 있는 채로 누워서 이렇게 말한다. "저녁에 어머니가 우리를 침대로 데려가고 촛불이 꺼지면, 주위가 환해졌고 사람들은 날아가버렸지."

세상은 잊혔고, 꿈도 잊혔다.

"그때도 사람들은 마치 태어나지 않은 것 같았어."

이제 대지가 스스로 숨을 멈춘다. 샘물이 멈춘다. 우리는, 꿈을 향해 열린 우리는 이미 보이지 않는 문턱의 저편에 와 있는 것인가? 이것은 그림자 없는 존재로의 그림자비행은 아닌가?

그때 그녀가 거의 즐거운 듯 말한다. "너희들이 나와 동행해주었구나. 이제 집으로 가거라."

아가테가 운다. 하지만 그 소리는 들리지 않는다.

하지만 그녀는 얼굴을 가린 채 마치 머리가 줄기 안으로 자라나야 한다는 듯이 머리를 소나무 줄기에 기대고 있다. 그러고는 명령한다. "마티아스."

"여기 있어요, 어머니." 그가 말하고는 다가선다.

잠시 후 그녀가 말한다. "좋은 아내를 만나거라. 이제 그럴 때가 됐다."

그녀의 입 주위로 친근한 경쾌함의 흔적이 잠시 어린다. "아이를 낳게 된다면 말이다, 난 지금 벌써 그 아이를 사랑하고 있거든…… 나중에 그 아이에게 그렇게 얘기해줘도 된다……"

"네, 어머니."

그녀는 마티아스를 바라보고, 나와 아가테를 바라본다. 그러고는 두 눈을 감는다. 그렇게 그녀는 우리와 함께 기다린다.

그러다가 그녀가 손을 오므려 아래쪽의 샘물을 향해 뻗더니 입쪽으로 물을 가져다가 마신다.

그러고는 더이상 말하지 않는다.

보이지 않는 세월의 숲은 사라졌다. 시간은 더이상 그 뒤를 따르지 않는다. 시간은 극복되었다. 하지만 소나무 줄기들 사이로 침묵이 지나간다. 그것은 강한 남자의 침묵이다. 사랑하는 침묵이다. 그리고 그것이 말한다. "갑시다."

그러자 그녀가 한번 더 숨 쉰다. 미소 짓는다.

그리고 마티아스가 그녀의 두 눈 위에 손을 얹는다.

골짜기의 분지 사이로 가벼운 바람이 스쳐지나간다. 마치 햇빛 속에서도 춥다는 듯 나뭇가지들이 바스락거린다.

그 일의 전말은 그러했다.

그후 내가 마을 사람들에게 소식을 알리고 사람들을 위쪽으로 올려보내기 위해 서둘러 내려가고 있을 때, 바위로 둘러싸인 분지의 출구 쪽 협곡은 이미 오후의 그림자에 휘감겨 있었다. 그리고 나를 둘러싼 골짜기에 가을의 냄새가 바람과 함께 선선하고 축축하게, 이끼 그리고 곰팡이 내음과 함께 흘렀다.

내가 마을에 들어섰을 때, 사람들은 이미 어머니 기손의 집 앞에 모여 있었다. 몇 사람은 이교도갱도를 향해 막 올라가려던 참이었다. 그때 주크도 나타났다. 나는 사람들이 어떻게 알게 된 것인지 더이상 묻지 않았다. 창문 안의 초는 여전히 타고 있었고, 햇빛 속에서 흔들렸다. 초는 짧은 토막 정도밖에 남지 않았다. 주석 촛대 위로 촛농이 흘러서 굳었다.

어둠이 깔릴 무렵 그녀는 아래로 옮겨졌다. 밀란트 가족과 신부님이 종부성사를 위해 왔다. 어머니 기손은 자신의 침대에 누워 있었다. 나는 마을 사람들 거의 대부분이 침대에 누워 있는 모습을 본 적이 있지만, 침대에 누운 그녀를 본 적은 한번도 없었다. 방 안에는 사람들이 가득 찼다. 여자들은 침대 주위에 무릎을 꿇고 있었다. 한쪽 입술이 처진 얼굴로, 자기 자신도 거의 꺼져가면서, 왜소한 신부님은 그들과 주기도문을 외웠다.

장례식 날까지 여름 날씨가 지속되었다. 어머니 기손은 태양으로부터 땅속으로 갔다. 하지만 바로 그날 저녁 눈보라와 함께 겨울이 급작스럽게 시작되었다. 십오분 사이에 기온이 이십오도가 떨어졌다.

후기

내가 이 기록을 시작했을 때는 겨울이었다. 그런데 이제 곧 여름이 되려고 한다. 열린 창가를 스쳐지나가는 바람이 여름 기운을 머금고 있다. 흘러가는 하늘은 여름답게 구름으로 가득 차 있다. 숲은 여름처럼 살랑거리고 따뜻하다. 저 아래 우리 집 정원의 달리아가 활짝 피었다. 하지만 그 꽃은 신부님의 꽃들보다 덜 예쁘다. 아랫마을 들판에서는 벌써 클로버향이 난다. 들판은 푸르고 높이 자라 있다. 풀밭 사이를 걸으면 그 걸음이 작은 길을 만든다. 그 길은 아주 서서히 닫힌다. 건초 수확이 곧 시작될 것이다. 그리고 아가테의 아들은 이제 곧 육개월이 된다. 내 주변에서 자라나는 것들 중에서 사실상 그 아이가 내게는 가장 여름다운 존재이다. 난 그 사실을 조금은 이상하게 여긴다. 왜냐하면 이미 많은 아이들이 내 손을 거쳐 이 세상에 도착했기 때문이다. 마을을 걷고 있으면, 아가테의 아이와 다를 바 없이 그 아이들이 자라고 성장하는 것을 보게 된다.

그래서 나는 가끔씩 그 사실을 이상하게 여기는 것이다.

하지만 그건 전혀 이상할 것 없는 일이다. 왜냐하면 다른 아이들은 우리가 들어올 때는 출생, 나갈 때는 죽음이라고 칭하는 그 경계를 넘음으로써 간단히 이 세계에 도착하는데 반해, 내가 보기에 아가테의 아이의 경우와 어머니 기손의 죽음에서는 이 경계가 조금씩 옮겨졌던 것 같기 때문이다. 마치 본래의 경계가 정해져 있었던 것에 비해 아가테의 아이는 조금 더 일찍 삶을 시작한 것 같고, 어머니 기손은 조금 더 늦게 삶을 멈추었던 것만 같다. 그에 대해 더 오래 생각할수록 그것은 더욱더 나의 확신이 되어간다. 그리고 그것은 그 두가지 사건에 더 깊고 긴밀한 연관성을 부여한다. 그 두 사건은 상황에 의해 어차피 이미 서로 연관되어 있지만 말이다. 또한 그것은 그 두 사건을 더 깊이, 더 강력하게 '자연' 속에 파묻는다. 사실 그 자연은 오직 인간에게만 삶과 삶이 아닌 것 사이, 이전과 이후 사이에 굉장히 날카로운 경계를 그어놓는다. 그리고 그렇게 해서 인간을 자신의 다른 모든 피조물과 구별 짓는다. 어쩌면 그저 주어진 경계를 철거하고 그럼에도 인간으로 남아 있고자 하는 갈망을 통해 인간을 구별하는 것뿐일지도 모른다. 그리고 이것은 내게 오직 인간만이 알고 있는 경건함으로 보인다.

어머니 기손은 세상을 떠났다. 그리고 아가테에겐 아이가 있다. 펜을 놓아야 하는 것은 마음 아픈 일이다. 내 삶에 일어났던 사건을 기록하는 일이 아니라면 기나긴 저녁마다 늙어가는 남자인 내가 시작할 일이 무엇이 있겠는가. 하지만 마리우스가 여전히 공동체위원회에 소속되어 있다는 사실을 기록해야 하는 것일까? 나 자신이 그에 대해서는 전혀 생각하고 싶지 않은데 누구를 위해서 그 사실을 기록해야 하는 것일까? 비록 그의 기이한 장광설과 거드름에도 불구하고 상당히 많은 것들이 예전 모습 그대로 머물러 있다고는 해도, 또한 농부가 날마다 마차를 타고 들판으로 나가고 날마다 소들의 젖을 짠다고 해도, 심지어는 이번 해에 탈곡기로 작업을 하게 될 것이라 해도, 그리하여 세상의 전체적 양상이 거의 변하지 않았고 앞으로도 거의 변하지 않을 것이며, 농장과 집, 오두막들이 예전과 똑같이 평화롭게 자리 잡고 있고 하늘을 향해 연기를 뿜어 올리고 있다 해도, 나는 이름가르트의 운명도, 가련한 베춰에게 가해졌던 부당함도 잊을 수 없다. 정말이지 그가 겪은 부당함이 그녀의 존재 방식의 자연스러운 종말과도 같았던 이름가르트의 죽음보다 더 심각한 일로 여겨지기조차 한다. 부당함은 인간성과 인간 속에 깃든 신성에 대한 폭력이다. 그리고 그 안에 공포의 근원이 존재한다. 이름가르트 역시 죽음에 이르게 했던 그러한 공포 말이다. 대단한 현혹이다! 자연으로 돌아가려다가 이렇게나 잘못된 길로 들어서다니! 이제 자연은 그에 대해 어떤 방식으로 복수하게 될까! 자연은 폭력에 희생된 정신에 대해 복수하기 때문이다. 정신과 자연은 하나이기 때문이다. 인간에게 자연과 그 무한으로 가는 길은 딱 하나뿐이다. 그것은 정신, 인간의 자비, 그리고 인간의 신적인 탁월함이다.

어머니 기손은 세상을 떠났다. 그리고 아가테에겐 아이가 있다. 이것은 과거에도 중요했고, 지금도 중요하다. 왜냐하면 죽음과 출산의 과정에서도 정신이 영향을 미칠 수 있기 때문이다. 그렇다. 어쩌면 다른 어떤 것보다도 그것들에 더 많은 영향을 미칠 것이다. 그리하여 난쟁이갱이 광산 당국에 의해 폐쇄되었다는 사실은 그 옆에서 퇴색된다. 마리우스가 그에 대해 이의를 제기하고, 이를 위해 변호사와 기술자 같은 다양한 도시의 기관들을 동원했다는 사실은 그 옆에서 퇴색된다. 크리무스가 이 모든 비용을 지불하고, 마침내 락스가 크리무스의 토지까지도 거머쥐게 될 것이라는 사실은 그에 반해 퇴색된다. 이 모든 일들이 그 옆에서 퇴색된다. 어머니 기손은 세상을 떠났다. 그리고 아가테에겐 아이가 있다. 그리하여 내겐 마리우스의 연설보다는 오히려 아가테의 아이와 함께 새로운 시대가 올 것처럼 보인다. 내겐 아가테의 정신 속에 이 세상이 필요로 하고 원하는 새로운 경건함이 준비되고 있는 것처럼 보인다. 또한 아가테의 아이가 그것을 언젠가는 실현시킬 수 있을 것처럼 보인다. 그리고 어쩌면 나는 그것이 탄생하는 순간에 그 곁에 있었던 것인지도 모른다.

작품해설

인간의 대중심리와 종교적 본성에 대한 고찰

가치 붕괴의 시대와 문학의 윤리적 역할

오스트리아의 유대계 작가이자 학자인 헤르만 브로흐(Hermann Broch, 1886~1951)는 20세기 초중반 유럽이 겪은 급격한 변화와 비극적 운명을 경험했다. 1차대전과 조국 오스트리아의 몰락, 경제 공황, 나치의 집권과 2차대전, 유대인 탄압과 미국 망명 등 시대의 비극 속에서도 지식인으로서의 책임감과 윤리의식을 놓치지 않고 삶의 마지막 순간까지 치열하게 고민하고 행동했던 그는 '지식인으로서 당대의 정점에 서 있던 존재'로 평가받기도 한다.

브로흐는 1886년 오스트리아 빈에서 섬유업계의 거상 요제프 브로흐와 가죽업계 거상의 딸인 요한나 브로흐 사이의 두 아들 중 첫째로 태어났다. 그의 아버지는 현재 체코 영토인 모라비아 출신의 유대인으로 가난 때문에 어린 나이에 제국의 수도인 빈으로 이

주해 자수성가한 인물이다. 어려서부터 계산과 글쓰기에 자신이 있던 브로흐는 인문계 고등학교에 진학해 수학자가 되고 싶어했지만, 엄격한 사업가 아버지의 뜻에 순종하여 기술전문학교를 거쳐 빈과 엘자스의 전문학교에서 공학과 경제학, 방적기술 등을 공부했다.

브로흐는 작가로서 자신의 삶을 회고할 때 1907년에서 1928년 사이에는 보고할 게 없다고 했는데, 그 이유는 이 시기에 그가 직물공장의 운영자로서 철학이나 문학보다는 상공업 영역에서 더 집중적으로 활동했기 때문이다. 그는 40세가 넘을 때까지 빈과 테스도르프의 공장을 오가는 바쁜 상공인의 삶을 사는 동시에, 시간을 쪼개어 빈 대학에서 수학, 철학, 물리학을 청강하고 독학으로 윤리학을 공부하는 이중생활을 했다. 1913년경부터는 여러 문화 잡지에 문학비평과 철학 에세이 등을 기고했다. 그는 1927년 가족의 반대를 무릅쓰고 공장을 매각했고, 이후 원하던 대로 자유문필가의 삶을 살 수 있었지만, 점차 생활비에 제약을 받으며 쪼들리는 생활을 하게 된다.

1938년 알트아우스제(Altaussee) 지역에 체류하며 집필 중이던 그는 오스트리아가 독일에 합병되자 지역의 나치에 의해 약 3주간 수감되는 고초를 겪는다. 빈으로 돌아온 후에도 다시 체포될지 모른다는 두려움에 시달리던 그는 토마스 만과 알베르트 아인슈타인, 제임스 조이스 등의 도움을 받아 영국을 거쳐 미국으로 망명했다. 그의 망명자로서의 삶은 더욱 고단했던 것으로 알려져 있다. 경제적인 토대를 모두 잃은 그는 대학 연구소의 객원 연구원으로 일하거나 여러 재단의 장학 지원과 숙소 제공에 의존해 기본적인 생계를 유지하며 연구와 집필에 몰두하는 삶을 살았다. 그런 와중에도 자신의 윤리적·정치적 고민의 결과를 실천에 옮기고자 전후의 세계평화를 위한 국제기구 창립을 제안하고, 로베르트 무질이나 프란츠 블라이 등 유대계 망명작가나 독일인 피해자를 돕는 일에도 꾸준히 참여했다.

오스트리아 PEN클럽이 주도해 1950년 브로흐는 노벨 문학상 수상자로 거론되기도 하였다. 말년에도 하루 17~18시간씩 책상에 앉아 연구하고 글을 쓰는 데 몰두하던 그는 『현혹』의 제3본을 집필하던 중 갑작스럽게 삶을 마감했다. 미국 망명 후 첫 고향 방문을 얼마 남겨두지 않은 때였다.

그는 평생 동안 광범위한 지식 영역을 넘나들며 엄청난 분량의 지적 노동을 해냈다. 문학, 예술사학, 철학, 사회학, 심리학, 물리학, 수학 등 다양한 학문을 연마하고 작가로서 활발한 활동을 벌였을 뿐만 아니라 문학이론과 비평, 정치, 법학, 대중심리, 문화비판 등의 영역에서도 저술을 통해 자신의 견해를 밝혔다. 그가 가장 관심을 기울이던 영역은 가치철학이었는데, 무엇보다도 예술 작품의 윤리적 의무에 대한 지속적인 요청과 그 실현 방식에 대한 고민이 두드러진다. 1913년 처음으로 철학적 에세이 「윤리학」을 발표한 후 윤리적 판단 기준이라는 주제는 브로흐의 예술과 문화 이해에서 일관되게 중심적인 역할을 맡게 된다. 그의 가치체계 이론에 의하면 윤리적이고 선한 목표에서 출발한 결과물이 미적인 것이며, 예술의 과제는 윤리적 요구에 의한 세계의 탐구이다. 결국 '미(美)'는 모든 윤리적 행위의 총체로부터만 발생할 수 있다는 것이다.

그는 19세기 말 이후의 유럽은 본질적인 가치 추구가 행해지지 않는 가치 공백의 시대를 겪고 있으며, 가차 없는 자본주의적 발전과 그로 인한 전 사회 영역의 물화가 진행되고 있다고 진단한다.

하지만 과거의 기독교 같은 중심적 가치가 더이상 존재하지 않는 가치 붕괴의 현실 속에서도 그는 시대의 다양한 개별 사상을 혼합해 초월적이고 총체적인 인식을 회복하려는 노력을 포기하지 않았다.

가치철학 외에 후기의 브로흐가 관심을 가진 것은 대중광기 이론이다. 히틀러의 권력 장악과 2차대전을 목도하고 정든 고향을 떠나야만 했으며, 어머니를 강제수용소에서 잃는 비극마저 겪은 그는 집단광기에 대한 체계적 연구가 근대적 위기에 처한 인류를 위해 중요하다고 보고, 집단심리학의 기초를 다지고 대중광기에 대한 저서를 집필하고자 했다. 그리하여 그는 유럽에서 독재 정권이 몰락한 후인 1948년까지도 집단심리학, 대중광기 현상의 법칙성에 대한 글을 쓰고 연구를 진행했다.

브로흐가 처음부터 작가가 되기를 꿈꾸던 것은 아니다. 우선적으로 철학과 윤리학적 성찰을 통해 가치가 타락해버린 사회를 비판하고 개혁을 촉구했던 그는 철학이 더이상 세상에 힘을 발휘할 수 없게 된 시대에 문학이 문화비판의 역할을 감당할 수 있을 것이라고 생각했다. 특히 현대소설이 파편화된 세상에 총체성을 부여할 수 있는 최고의 수단이라는 믿음을 가졌던 그는 30대 후반의 나이에 뒤늦게 작가의 길에 들어선다. 그의 첫 장편소설이자 대표작인 『몽유병자들』(*Die Schlafwandler*)은 문학이 맡고 있는 인식의 의무와 윤리적 역할에 대한 고민과 세기전환기의 '가치 붕괴'에 대한 성찰을 담고 있다.

브로흐가 문학 작품을 통해 탐구하고자 했던 또 한가지 요소는 사물의 근원과 무한성, 근원적 신성을 향한 인간의 종교적 본성이다. 그는 이성적 인식의 한계를 넘어서는 신화적 인물과 세계관의

형상화를 통해 근원적 인식에 도달하고자 시도한다. 또한 죽음과
분열을 극복하고 영원한 회귀와 생성을 지향하는 종교적·신화적
접근방식을 실험한다. 여러번의 개작을 거쳐 말년에 발표된 작품
『베르길리우스의 죽음』(Der Tod des Vergil)과 미완성작『현혹』에서 자
연 속에서의 편안하고 조화로운 죽음이 공통적으로 등장하고, 죽
음과 함께 새로운 출발에 대한 희망이 그려지는 것도 신화적 세계
관과 글쓰기에 대한 그의 오랜 관심이 반영된 결과이다.

『현혹』의 탄생 과정과 배경

　　문체의 난해함과 그 안에 담긴 사색의 깊이로도 유명한『현혹』
은 그 집필과 출판 과정 또한 단순하지 않았다. 1933년 독일에서
히틀러가 집권한 후 대중 선동과 반유대주의 정책이 시행되고, 오
스트리아에서는 그러한 정책에 동조하는 보수 우익의 구호가 힘
을 얻어가고 있었다. 이러한 시대적 배경 속에서 브로흐는 1935년
에 오스트리아 서부 티롤 산간의 뫼저른(Mösern) 지방에 칩거하며
'데메테르 3부작'을 구상하고 1936년 1월에 제1부를 완성한다. 그
는 집필 당시 '산악소설'(Bergroman)이라고 칭한 이 작품을 자기 사
상의 종합적 작품으로 여겼다. 이후 이 작품은 '데메테르' 혹은 '현
혹'이라고 불리게 된다. 1936년 1월에 곧바로 개작에 돌입한 그는
제1본의 10장까지 다시 손보았지만,『베르길리우스의 죽음』등 다
른 작품들을 쓰기 시작하면서 제2본의 집필은 더이상 진전되지 못
했다.
　　미국 망명 후에는 작품의 완성이 더 미뤄지게 된다. 오스트리아

를 떠날 때 급하게 남의 손에 맡겨졌던 제1본과 미완성인 제2본 원고를 1939년 슈테판 츠바이크의 도움으로 다시 손에 넣었음에도 브로흐는 출판을 서두르지 않는다. 그동안 자신의 예술적 의도가 변화했다고 느낀 그는 1950년에 제3본의 집필을 다시 시작한다. 출판사의 독촉을 받으며 개작에 매달리던 그는 결국 제3본 원고를 5장까지밖에 완성하지 못한 채 1951년 눈을 감았고, 이 작품은 그 안에 담긴 내용 못지않게 탄생 과정마저도 비운의 작품으로 남게 되었다.

그의 사후에 이 작품은 편집자의 의도에 따라 매번 제목과 편집이 달라진 채 출간되었다. 그러다가 1936년 완성된 제1본이 '현혹'이라는 제목으로 1976년 독일 주어캄프 출판사에서 브로흐 전문 연구자 파울 미하엘 뤼첼러의 편집으로 13권짜리 주석판 전집 중 제3권으로 출간됐다. 그후 대부분의 연구자에 의해 이 판본이 원본으로 받아들여지고 있으며 본 번역서 또한 이 판본을 따르고 있다. 결국 여기 소개된 『현혹』은 브로흐가 첫번째 집필 당시인 1935년까지 도달한 사상적·문학적 성과만을 담고 있기 때문에, 그가 1950년에 시작한 개작을 완성해서 출간했더라면 하는 아쉬움이 남는 것이 사실이다. 하지만 브로흐가 마지막까지 시도한 개작이 주제 자체보다는 문체적인 부분을 대상으로 진행됐기 때문에, 미완의 작품이라는 아쉬움에도 작품 고유의 주제의식과 의미는 그대로 남아 있다고 볼 수 있다. 자신의 시대인식과 성찰을 담아내기 위해 "종교적인 동시에 정치적인 소설"을 집필하겠다고 한 브로흐의 선언대로 이 작품 속에는 1935년 이미 실체를 드러낸 독재자 히틀러와 그를 따르는 대중의 광기에 대한 고민 그리고 특정 시대를 초월한 존재의 근원에 대한 탐구라는 두가지 중요한 주제가 담겨 있기 때문이다.

　시대와 예술 그리고 인간에 대한 작가의 깊은 고민과 성찰을 담고 있는 이 작품은 독자가 쉽게 접근할 수 있는 친절한 소설은 아니다. 작품 내용의 많은 부분이 극적 갈등이나 사건의 진행보다는 나이 지긋한 서술자가 깊은 산길을 홀로 걸으며 끝없이 풀어내는 성찰과 내적 독백들로 이루어져 있기 때문이다. 시간과 공간적 거리감, 독일어라는 언어의 특성으로 그 난해함이 더욱 크게 느껴질 수도 있다. 본 작품해설에서는 알프스 산간마을의 굽이굽이 이어진 산길 속에서 독자들이 방향을 잃지 않았으면 하는 마음으로 먼저 작품의 구성과 내용을 간략히 소개한 후, 작품 속의 이정표와도 같은 주요 인물들에 대해 안내하고자 한다. 작품의 두 축인 정치적인 요소와 종교적인 요소를 체화하고 있는 선동자 마리우스 라티와 자연요법 치유자인 어머니 기손, 그리고 그 사이에서 고민하며 동요하는 깊은 산골의 산책자인 마을의사가 그들이다.

작품의 구성과 줄거리

　『현혹』은 1차대전이 끝나고 약 10년 후의 어느 해 3월에서 11월 사이에 알프스의 작은 산골마을에서 벌어진 일을 회고의 방식을 통해 그리고 있다. 총 14장의 회상에 짧은 서언과 후기가 첨부되어 있으며 10장과 12장을 제외하고는 모두 한장에서 하루 동안에 일어난 일들을 보고한다. 이해를 돕기 위해 각 장의 내용을 요약하면 다음과 같다.

서언: 본격적인 서술을 시작하기에 앞서 서술자는 자신이 도시에서의 삶을 버리고 쿠프론 절벽에 둘러싸인 산간마을에 들어와 살고 있음을 밝히고, 지난 1년 동안 일어났던 일을 기록하고자 한다고 알린다.

1장: 따뜻한 3월의 어느날, 마을의사인 서술자는 정기 진료를 위해 아랫마을을 찾았다가 마침 그 마을에 도착한 낯선 사람을 우연히 보게 된다.

2장: 싸늘한 3월의 어느 오후, 출산을 돕기 위해 아랫마을에 들른 서술자는 귀갓길에 밀란트 가족을 방문한다. 그는 우연히 봤던 낯선 사내 마리우스 라티가 그 집에 머물고 있으며, 밀란트의 딸 이름가르트를 비롯한 밀란트네 가족 구성원들과 묘한 관계를 맺고 있음을 발견한다.

3장: 비 내리는 4월 어느 정오에 서술자는 윗마을 산골농장의 어머니 기손과 그녀의 아들 산마티아스의 집을 방문한다. 그곳에 마리우스가 찾아와 자신이 황금을 찾을 때까지 머물 수 있게 해달라고 요청하지만 거절당한다.

4장: 부활절을 맞아 서술자는 성당 미사에 참석하는데 병약하고 무능한 신부의 모습과 오만한 마리우스의 모습이 그려진다. 미사 후 윗마을과 아랫마을 주민들이 모여 앉은 주점에 마리우스가 나타나 황금을 찾겠다고 선언해 사람들을 동요시킨다.

5장: 5월 중순, 서술자는 아랫마을 주점 주인의 아들 페터 자베스트가 마리우스의 영향 때문에 자신의 연인이던 소작농부의 어린 딸 아가테 슈트룀과 헤어졌다는 소식을 듣는다. 밀란트의 집을 방문한 서술자는 마리우스를 만나 그의 반문명적 발언을 듣게 되고, 그가 마을로 불러들인 난쟁이 벤첼과도 대면한다.

6장: 깊은 산골의 탄광예배당에서 마을 사람들이 참여한 가운데 오랜 전통을 가진 암석축성 의식이 진행된다. 밀란트의 딸이자 어머니 기손의 외손녀이기도 한 이름가르트가 올해의 산신부가 되어 전설 속의 용을 달래는 역할을 수행한다.

7장: 어느 여름 아침 서술자는 페터에게 버림받은 어린 소녀 아가테가 임신 중이라는 소식을 듣게 된다. 타지 출신의 판매 대리인 베취는 마리우스의 선동으로 마을 안에서 따돌림을 당하고 있고, 서술자인 의사는 그의 딸 로자를 잠시 맡아 돌보기로 한다.

8장: 7월의 어느날 마을에서는 수확이 한창이다. 서술자는 마리우스와 벤첼과의 대화를 통해 그들의 기이한 세계관이 마을 사람들에게 영향을 미치고 있음을 감지하지만 그 자신도 명확하게 반박하지 못한다. 밤사이 마을에 지진이 일어난다.

9장: 여전히 추수가 한창인 8월 초의 어느날 윗마을의 난쟁이갱 근처에서 벤첼이 훈련시키는 마을 청년들과 윗마을 주민인 주크, 산마티아스 간에 충돌이 벌어진다. 서술자는 어머니 기손과 앞으로 마을에 일어날 일에 대해 이야기를 나눈다.

10장: 사경을 헤매는 베취의 아들을 간호하여 살려낸 서술자는 15년 전 도시의 병원에서 자신이 동료 의사이자 급진적 공산당원이었던 바르바라와 나눈 비극적 사랑을 회상한다. 마을의 공동 타작장을 찾은 그는 그곳에서 마리우스와 이름가르트가 사랑과 희생제물에 대해 나누는 기이한 대화를 엿듣는다.

11장: 9월의 어느 오후 서술자는 밀란트와 신앙과 절망에 대한 대화를 나눈다. 서술자는 마리우스의 주장들이 마을 사람들에게 점점 더 영향력을 미치고 있음을 알아챈다.

12장: 9월에 열리는 연례 헌당축제에서 서술자를 비롯한 마을 사람들은 무엇에 홀린 듯이 격렬한 춤을 추고 가상의 마녀 재판 의식을 치른다. 마리우스와 벤첼의 선동 끝에 사람들은 희생제물을 바치는 데 동의하고, 결국 희생을 자청한 이름가르트가 정육점 주인 자베스트의 칼에 살해되어 제단 위로 쓰러진다. 같은 날 밤 판매대리인 베취는 마을 청년들로부터 심하게 집단 구타를 당한다.

13장: 10월의 어느날 마을 사람들이 황금 채굴 작업을 계속하던 중 난쟁이갱의 붕괴 사고로 한 청년이 사망하고 벤첼이 부상을 입는다.

14장: 베취는 가족과 함께 도시로 떠나고, 마리우스는 공동체위원회에 소속되어 마을에서 계속 활동하기로 한다. 어머니 기손은 깊은 숲속 샘가에서 보이지 않는 영들과 대화하며 평화롭게 죽음을 맞는다.

후기: 서술자는 아가테의 아이에 대한 희망을 언급하며 몇달 동안 계속된 기록을 마무리한다.

선동자 마리우스 라티와 대중광기

첫 등장부터 서술자의 시선을 끌고 모든 회상의 원인을 제공하는 중심 인물은 외지인 마리우스 라티이다. 지나가던 화물차를 얻어 타고 갑자기 마을에 나타난 외지인 마리우스 라티와 마주친 서술자는 그를 남부 유럽 출신의 방랑자일 것이라고 짐작한다. 갈리아풍의 콧수염을 기르고 한쪽 다리를 저는 초라한 방랑자 차림의 그는 외모가 매력적인 인물은 아니다. 무엇보다도 그는 성불능자인 것으로 암시된다. 따라서 여성과 잠자리를 가질 수도, 후손을 얻을 수도 없으면서 말로는 남성성을 강조하는 모순적인 인물로 그려지며, 서술자에 의해 의심할 바 없는 정신병자라고 언급되기도 한다.

하지만 그는 아랫마을 농부 밀란트네 집에 임시 일꾼 자격으로 기거하게 되면서 마을 안에 자리를 잡고, 이후 이단 교리 같은 기이한 주장을 펼치며 독특한 카리스마를 무기로 마을 주민들의 마음을 점차 사로잡게 된다. 그는 종교적 근본주의자처럼 정결한 삶을 주장하며 미혼모를 마녀라고 낙인찍어 따돌리기도 하고, 기계문물과 대량생산 방식을 거부하여 라디오나 기성복 구입을 반대하고 탈곡기 사용을 죄악시한다. 또한 직접 생산에 참여하지 않는 도시인들의 생활방식을 비난하며 판매대리인 같은 서비스 직종을 직업으로 인정하지 않고 경멸한다. 그는 이처럼 엄격한 규율과 배제를 통해 마을 사람들에게 정신적 기준을 제공하는 한편, 아주 오래전부터 마을에 전설처럼 전해지는 황금 채굴의 욕망을 다시 불러일으킴으로써 대중적인 관심을 끌어모은다.

주민들은 낙후된 마을에서 별다른 희망도 없이 산간지대를 개간해 농사를 지으며 단조로운 삶을 살고 있다. 매주 참여하는 미사와 절기 의식 등을 통해 가톨릭이 마을 주민들의 일상에서 중요한 부분을 차지하고 있는 것처럼 보이지만, 그들의 신앙은 미신에 가깝고 성당의 신부는 무기력하고 병약해서 주민들의 내면적인 문제나 신앙심을 돌볼 능력이 없다. 오히려 라티가 벌이는 사업들을 통해 성당의 경제적 어려움이 해소될 수 있기를 기대하는 모습까지 보이는데, 그에게서는 사회 안에서 아무런 영향력을 갖지 못한 채 세상과 타협해버린 무기력한 교회의 현실이 드러나면서 나치의 정책에 순응했던 제3제국 시대 교회의 모습이 겹쳐진다.

외지인 라티가 주민들을 사로잡은 것은 단순히 물질적인 욕망 때문만은 아니다. 추구해야 할 목적도 없이 상실과 죽음에 대한 근원적인 두려움을 갖고 무의미한 일상을 영위하던 그들은 라티가 설파하는 독단적인 가르침을 종교적 열정으로 따름으로써 영혼의 공허함을 잊고 내적인 결핍을 보상받는 듯이 보인다. "마리우스는 다른 사람들이 생각하고 있는 것을 말하는 것뿐입니다"(194면)라는 농부 밀란트의 고백이 교조적 종교 지도자 혹은 히틀러 같은 독재자의 탄생 근거를 설명한다. 20세기의 대중광기 현상을 연구한 브로흐는 가치가 붕괴되고 문명이 종말을 향하는 시기에 등장하는 개인은 비이성적 성향을 띠며, 더이상 문화적으로는 채울 수 없는 동경과 두려움에 쫓기고 있다고 진단한다. 이렇듯 대전환기를 맞게 된 사회의 구성원들은 종교적이거나 신비주의적인 것에 접근하게 되고 이것은 쉽게 대중심리로 연결된다. 그리고 게으르고 수동적인 대중의 에너지에 힘과 방향을 부여하는 지도자가 필요하게 되어 대중과 지도자 사이에 긴밀한 연관관계가 형성된다는 것이다.

특별한 사건 없이 주로 소소한 대화와 개인적 성찰로 이어지는 이 소설에서 대중광기의 형성 과정은 직접적으로 묘사되지 않고 지속적으로 암시되기만 하다가 후반부인 12장에 이르러 산골성당 장터에서의 희생제사 의식을 빙자한 살인과 뒤이은 폭력 사건으로 폭발적인 정점을 맞는다. 이 두 사건은 우발적인 것이 아니라 마리우스 라티의 등장에서부터 차근차근 준비되어왔으며, 실제 행위에 참여한 사람들뿐만 아니라 마을 사람 전체의 무언의 동의하에 이루어진 의식과도 같은 성격을 갖는다. 기이한 분위기에 휩쓸린 축제 참여자들이 "희생제물, 희생제물!"(406면)을 외치고 "실행하라, 실행하라!"(408면)고 울부짖는 가운데, 희생자 이름가르트는 라티에 대한 헌신적 애정과 정신적 위기를 겪고 있는 자신의 아버지 밀란트에 대한 염려 때문에, 처녀의 순결한 피를 바쳐야 하늘과 땅이 다시 결합할 수 있다는 라티의 주장에 현혹되어 순순히 목숨을 제물로 내놓는다.

사회적·경제적으로 정체되고 낙후된 마을공동체가 타지인의 선동을 통해 새로운 동력을 얻고 비이성적이고 폭력적으로 변모해가는 과정은 독일에서 히틀러가 정권을 장악해가던 과정과 유사성을 보인다. 특히 브로흐가 가치가 붕괴된 사회 구성원들의 특징으로 보았던 비이성적 요소와 소유욕, 동경과 두려움 등은 산골마을이라는 작은 공동체 안에서 더욱 뚜렷하게 가시화되고 있으며 그래서 이 소설은 대중광기의 탄생에 대한 알레고리로 읽힐 수 있다.

대안적 유토피아의 가능성: 어머니 기손

『현혹』을 히틀러에 대한 알레고리로만 읽는다면 이 작품이 담고 있는 또 하나의 중요한 요소를 놓치게 된다. 이 소설에서는 히틀러에게 현혹된 대중의 광기라는 역사적 사실에 대한 정치적·사회적 고찰과 함께 근원적 진실에 도달하고 싶은 인간의 오랜 염원을 반영하는 신화적 세계관이 배경을 이루고 있기 때문이다.

브로흐는 '데메테르 3부작'을 구상한 후 종교, 신화, 철학사 관련 서적들을 탐독하며 준비했고, 제1부로 완성한 『현혹』을 종교서라고 부르기도 했다. 그는 고대신화 속의 위대한 어머니(마그나 마테르, Magna Mater)의 원형, 혹은 대지의 여신 데메테르(Demeter)와 같이 근원적 진실에 가까이 접근한 신화적 존재를 상상했는데 이 작품 속에서 그것을 체화하고 있는 인물은 윗마을에 거주하는 지혜로운 노인인 어머니 기손이다. 약초와 동물의 기운을 이용하는 전통적 민간요법으로 환자를 치유할 줄 아는 그녀는 현대 의학의 한계를 인정하는 의사인 서술자와 서로 존중하며 동업자적 우정을 나누는 인물이다. 오랜 삶의 경험과 성찰로 그녀는 라티가 마을에 불러오게 될 파란을 예견하고 경고하기도 한다.

그녀가 속한 공동체는 산골농장 주변의 윗마을 사람들로 이루어져 있으며, 이들은 오래된 공동체적 전통을 유지하면서 자연의 신비로운 힘을 인정하고 그 안에서 노동과 일상을 영위하는 긍정적 유토피아의 가능성을 보여준다. 어머니 기손의 아들인 산마티아스는 라티가 주도하는 무모한 금 채굴사업에 대해 사람이 억지로 무언가를 찾겠다고 고집을 부리면 재앙이 따를 수 있으며, 산이 허락하지 않을 것이라고 경고한다. 윗마을 사람들은 사람의 욕심보다 '산이 무엇을 원하는지'에 관심을 갖고 있으며 산이 무언가를 제공하면 그것에 보답해야 한다고 믿고 있다.

어머니 기손의 세계가 갖고 있는 또다른 중요한 특징은 죽음 혹은 종말을 대하는 순응적 태도이다. 그녀는 외손녀인 이름가르트의 희생을 예견하면서도 막으려고 적극적으로 나서지 않는다. 손녀의 죽음에 대해 "아이가 우리를 떠났네. 생명의 저편으로 건너갔어. 아이는 바위 사이를 걸어가고 있어"(419면)라고 표현하는 데서 알 수 있듯이 그녀는 죽음을 명백한 단절로 여기지 않는다. 라티가 주도하는 세계의 정점이 산골성당 장터의 희생제사 의식이었다면, 어머니 기손이 주도하는 세계의 정점은 그녀 자신의 죽음 의식이라고 할 수 있다. 처음 등장한 장면에서부터 자신의 죽음을 예견하며 그 순간이 오거든 순리대로 내버려두라고 당부하던 그녀는, 사냥꾼이었던 자신의 남편이 오래전 밀렵꾼의 총에 맞아 죽었던 깊은 산속 갱도 입구를 찾아간다. 계곡 사이를 흐르는 시내의 수원이 존재하는 고요하고 성스러운 분위기의 그 장소는 삶과 죽음이 자연스럽게 공존하고 있는 경계 지역이다. 그녀가 이 세상을 떠난 손녀 이름가르트의 영혼과 독백하듯 대화를 주고받으며 죽음을 준비하는 동안, 주위의 연못이, 바위가, 세월이 대화에 참여한다. 그녀는 그곳에서 자신의 약초 수집과 약초술 제조 비법을 전수하여 후계자로 삼은 어린 미혼모 아가테, 자신의 아들 산마티아스, 그리고 동료애적 우정을 나눠온 서술자가 지켜보는 가운데 마치 고향으로 돌아가듯 평화롭게 죽음을 맞는다. 어머니 기손은 살아 있을 때부터 죽음을 미리 살아내고 있는 여인, 죽은 자들과 대화하는 여인으로 그려진다. 그녀가 죽음을 맞는 순간, 자연의 요소들이 인간의 지식과 뒤얽혀 있는 그곳은 "존재에 관한 고요한 지식이 너무나 거대해서 미래의 것도 기억이 될"(538면) 수 있는 곳이다. 그녀와 동행한 아가테와 서술자는 한순간 자신들도 죽음과 삶, 기억과 망각의 경계를 넘어서는 듯한 체험을 하게 된다.

이처럼 그녀를 중심으로 형성된 작은 세계는 모든 대립 요소들이 통합되는 신화적 세계로서, 어머니 기손은 대지의 여신과 연결되며 기술 발전과 문명의 진보에만 치중해온 서구의 계몽주의 전통에 대한 비판과 대안 제시를 위한 상징적 인물로 등장한다. 그녀의 존재는 독재자 출현과 대중광기라는 현실 정치의 문제와 밀접하게 연결되는 이 소설의 구성에 사뭇 다른 층위의 종교성을 부여하며, 인간으로 하여금 현실의 한계를 초월하고 세계의 총체적 이해에 다가가도록 한다. 하지만 다른 한편으로 이러한 대안적 세계는 추상적이고 비현실적이어서 그 안의 인물들은 무책임하거나 무기력한 패배자처럼 보이기도 한다. 이런 그들의 체념적이고 순종적인 사고방식으로 인해 이 이야기가 현실 정치와 맺고 있던 긴밀한 연관 관계는 그 해결책을 찾지 못한 채 해체되어 신화적이고 관념적인 세계로 넘어가버리고 만다.

무기력한 서술자: 망명과 도피의 산책길

브로흐는 『현혹』이 괴테의 『파우스트』에 견줄 만한 소설이 되기를 꿈꾸었지만, 그동안의 작품에 대한 수식어가 보여주듯 그의 꿈은 이루어지지 못했다. 다만 브로흐 연구자인 뤼첼러는 서술자인 마을의사의 가슴 속에 두개의 영혼이 존재하고 있다는 점에서 파우스트와의 유사점을 본다. 인간의 종교적·신화적 본성을 체화한 어머니 기손, 기존의 종교에 대한 믿음이 뿌리째 흔들리고 있을 때 나타나 사람들을 현혹시키는 선동자 마리우스 라티, 이 두 세계 사이에서 서술자는 두 사람 모두에게 공감하며 계속해서 흔들리는 모습을 보여주기 때문이다.

서술자의 회상으로 이루어진 이 소설에서 그는 존경받는 마을의사로서 주민들의 육체와 영혼의 문제를 파악하고 있으며, 모든 대화와 사건에 직접 참여하거나 관찰하면서 중요한 역할을 맡고 있다. 그는 산길을 걸으며 구도자적인 사색을 이어가는데, 사색의 주요 주제는 인간의 유한성과 그에 반하는 무한성의 추구, 인간의 외로움과 두려움이다. 그가 느끼는 인간의 본질적인 한계는 그의 눈앞에 펼쳐진 대자연의 위용 및 무한성과 대비되고 상대화된다. 그가 추구하는 무한성은 기독교적 신의 개념을 벗어나는 것으로 보이며, 또한 그는 마리우스 라티의 방랑자적 삶에 대한 동경을 숨기지 않는다. 그는 "다시 한번 젊음을 되찾아 마리우스처럼 이곳저곳 옮겨 다니며 방랑하고 싶은 갈망, 저 마리우스처럼 나 자신이 바보가 되어도, 우스꽝스러운 세계 개혁자가 되어도 상관없으니 방랑자가 되고 싶다는 갈망"(89면)마저 품고 있다. 그가 이성의 통제를 벗어나 자신의 본능에 가장 충실한 모습을 보인 것은 모든 마을 주민들이 거의 광기에 사로잡히다시피 한 산골성당 장터에서이다. 현혹되지 말라는, 정신 똑바로 차리고 있으라는 어머니 기손의 거듭되는 조언에도 그는 "위험하면서도 유혹적인"(384면) 그날 밤의 공기에 취해버린다. 심지어 그러한 폭력 행위에 대해 자기도 모르게 내적인 동조의 감정을 내보이기까지 한다.

산골마을에서 1년 남짓한 시간 동안에 벌어진 일들을 회상하던 서술자는 그 회상의 중간 즈음에 15여년 전 자신에게 기쁨과 고통을 선사했던 매우 사적인 '바르바라 체험'을 떠올린다. 도시의 대형 병원에서 과장으로 근무하던 중년의 그가 독특한 매력의 젊은 의사와 사랑에 빠져 공동의 미래를 꿈꿨지만, 공산당 행동대원으로서 정치적 신념을 우선시한 그녀가 쿠데타 실패 후 그의 아이를 임신한 상태에서 자살해버림으로써 큰 슬픔과 좌절을 겪었던 과거가 드러난다. 이후 이성과 문명 전반에 환멸을 느끼고 도시를 떠나 세상을 떠돌다가 우연히 산골마을에 정착해서 살고 있는 그는 타인의 삶과 거리를 두며, 삶과 죽음, 기쁨과 슬픔, 자연과 문명을 대하는 태도 역시 사변적이고 도피적이다.

서술자의 양가적 태도와 내면적 우월감은 쉽게 읽히지 않는 까다롭고 독특한 문체를 통해서 더욱 강조된다. 독특한 단어를 조합하거나 새로 만들고, 거의 비슷한 어구를 한두 어휘만 변형시켜 반복하거나 한문장이 거의 한면에 이르도록 긴 사색을 이어가는 등 그의 문장은 복잡하고 불친절하다. 또한 대조의 기법을 통해 자연과 인간 존재가 품고 있는 양가적 가능성을 다 고찰하고자 하며 그 의미를 더욱 강조한다. 의식의 흐름과도 같은 서술 방식을 통해 서술자는 가치의 혼란을 느끼며 갈등하고 분열하는 자신의 내면을 반영한다.

그는 산간마을 공동체의 윤리적 몰락을 막는 데 실패했으며, 대도시와 산간마을에서의 체험을 통해 성장한 것으로 보이지도 않는다. 회상을 마친 후 첨부한 짧은 후기에서 그는 "어머니 기손은 세상을 떠났다. 그리고 아가테에겐 아이가 있다"(555~57면)는 말을 세 번이나 반복하며 라티보다는 이 아이를 통해 "이 세상이 필요로 하고 원하는 새로운 경건함"(557면)이 실현될지도 모른다는 기대와 예감을 피력하고 있을 뿐이다.

단순히 무기력하기만 한 것이 아니라 실제로 가치관의 혼란을 겪고 때로는 대중광기에 내적으로 동조하는 인물로서 각성과 실천에 도달하지 못하는 서술자의 실패는 이 작품 자체의 설득력 부족과 다시 연결된다. 공동체 안에서 존중받는 어른의 지위를 누리면서도 실제적으로는 무기력한 지식인인 그의 모습은 비정치적이고 휴머니즘적인 성향을 띠던 당시의 시민 중간계층을 대변하는 것으로 해석될 수 있다. 이렇듯 『현혹』은 20세기 초반 서구 문명세계가 맞았던 총체적 위기와 시민 계층의 실패라는 진지하고도 다층적인 주제를 알프스 산간의 작은 시골 마을 안에 오롯이 담아냈다는 점에서 흥미로운 작품이다. 헤르만 브로흐는 전통적인 가치가 붕괴되고 인간 존재에 대한 회의가 만연한 시대를 살면서도 문학을 통해 윤리적으로 사고하고 실천하는 것이 가능할 것이라는 희망을 놓치 않았던 작가이다. 그의 문학적 고민과 노력의 결과물은 시간과 공간을 뛰어넘어 오늘날에도 독자들의 상상력을 자극하고 삶의 본질적인 문제에 대해 질문하게 한다.

이노은(인천대 독어독문학과 교수)

작가연보

1886년   11월 1일 오스트리아 빈에서 섬유업계 거상인 아버지 요제프
             브로흐와 어머니 요한나 브로흐 사이의 장남으로 출생. 형제로
             는 프리드리히 브로흐가 있음.

1904년   아버지의 뜻에 따라 실업학교인 K. K. 슈타츠-레알슐레 졸업.

1904~1906년   섬유산업 고등교육실험학교에서 섬유기술 전공. 1904년 겨울
             학기 동안 빈 대학에서 철학, 수학, 물리학 청강.

1906~1907년   엘자스 뮐하우젠 방직전문학교 졸업. 면직혼합기계 발명 및 특
             허 취득.

1907년   6주간 미국 출장 여행.

1908년   아버지가 인수한 빈 근교 테스도르프의 방직공장 조감독으로
             근무 시작.

1909년   빈 근교와 자그레브에서 6개월간 자원 군복무. 가톨릭으로 개
             종. 설탕공장 주인의 딸 프란치스카 폰 로테르만과 결혼.

1910년	10월 4일 아들 헤르만 프리드리히 마리아 브로흐 출생.
1913년	문화잡지 『데어 브렌너』(*Der Brenner*)에 학문적 글을 기고하며 작가와 사업가로서의 이중생활 시작.
1914년	1차대전 중 공장 부지 안에 설치된 경상자를 위한 적십자 야전병원 감독.
1915년	테스도르프 방직공장의 총책임자로서 본격적으로 공장 운영.
1916년	가치이론을 독학으로 연구함. 빈의 센트럴 까페와 헤렌호프 까페의 단골 고객으로 당대의 작가, 학자 들과 교류.
1917~18년	잡지 『줌마』(*Summa*), 『디 레퉁』(*Die Rettung*)에 기고.
1919~21년	공장 운영, 오스트리아 섬유산업전문가협회 임원, 빈의 직업법정 분쟁조정위원 활동과 병행하며 빈 대학에서 청강. 비평, 에세이 등 집필 활동.
1923년	프란치스카 폰 로테르만과 이혼.
1925~30년	빈 대학에서 철학, 수학, 물리학 공부.
1927년	테스도르프 공장을 오랜 친구인 펠릭스 볼프에게 매각. 정신분석 치료 시작.
1928~29년	『몽유병자들』(*Die Schlafwandler*) 3부작 집필. 라인출판사 운영자이자 평생의 친구가 될 다니엘 브로디와 출판 계약. 40대의 나이에 소설가로 데뷔.
1931년	『첫번째 소설. 1888-파제노 혹은 낭만주의』(*Der erste Roman. 1888 Pasenow oder die Romantik*) 출간. 『두번째 소설. 1903-에슈 혹은 무정부주의』(*Der zweite Roman. 1903 Esch oder die Anarchie*) 출간.
1932년	『세번째 소설. 1918-후게나우 혹은 즉물주의』(*Der dritte Roman. 1918 Hugenau oder die Sachlichkeit*) 출간으로 『몽유병자들』

3부작 완간.

| 1933년 | 소설 『미지의 수』(*Die Unbekannte Größe*) 출간. |

1933년 | 소설 『미지의 수』(*Die Unbekannte Größe*) 출간.

1934년 | 3월 15일 취리히에서 경제 공황과 친구의 자살을 다룬 연극 「속죄」(Die Entsühnung) 초연.

1935년 | 티롤 산간의 뫼저른에 거주하며 소설 『현혹』(*Die Verzauberung*) 초고 집필. 1936년 1월 제1본 완성 후 곧바로 제2본 집필 시작 했으나 중단.

1937년 | 단편소설 「베르길리우스의 귀향」(*Die Heimkehr des Vergil*) 집필. 반파시즘적인 민족연합-결의 발표.

1938년 | 독일의 오스트리아 합병 직후 당시 거주하던 알트아우스 지역의 나치들에 의해 공산주의자로 체포되어 약 3주간 구금됨. 제임스 조이스 등 국제적 명사들의 도움으로 7월 24일 영국으로 피신. 이후 토마스 만과 알베르트 아인슈타인 등의 도움으로 미국 비자를 발급받아 10월 9일 뉴욕 도착. 소규모의 장학 지원과 숙소 제공에 의존해 망명생활.

1940년 | 구겐하임 재단의 지원을 받아 『현혹』과 『베르길리우스의 죽음』(*Der Tod des Vergil*) 개작 진행. 민주주의 개혁과 세계 평화를 위한 프로젝트 'The City of Man. A Declaration on World Democracy'에 동참.
전쟁 기간 중 유럽 출신 망명자들을 돕는 활동에 적극 참여.

1941년 | 『작업 계획으로서의 자서전』(*Autobiographie als Arbeitsprogramm*), 『대중광기 현상이론을 위한 구상』(*Entwurf für eine Theorie massenwahnartiger Erscheinungen*) 집필.

1942년 | 테레지엔슈타트 강제수용소에서 어머니 요한나 브로흐 사망. 1944년에야 소식 전해짐. 미국 예술문학아카데미가 수여하는

문학상 수상.

1942~44년   록펠러 재단의 후원으로 프린스턴 대학 여론연구소 객원 연구원 활동.

1944년   1월 미국 시민권 취득.

1945년   『베르길리우스의 죽음』을 독어본과 영어본으로 출간하여 미국에서 큰 반향을 얻음.

1945~47년   볼링겐 재단 지원으로 대중광기 이론 연구 진행.

1948년   6월 골반뼈 골절 사고로 1949년 4월까지 입원 생활. 이 기간 동안 에세이 『호프만스탈과 그의 시대』(*Hofmannsthal und seine Zeit*) 집필에 몰두.

1949년   5월~9월 뉴헤이븐의 예일 대학 세이브룩 칼리지 객원 연구원 활동.

         12월 안네마리 마이어-그레페와 재혼.

1950년   예일 대학 독문과에서 강사로 활동.

         오스트리아 PEN클럽에서 브로흐를 노벨 문학상 수상자로 추천함.

         단편집 『죄 없는 사람들』(*Die Schuldlosen*) 출간.

1951년   5월 30일 『현혹』의 제3본 집필 작업과 유럽 방문 준비 중 심장마비를 일으켜 만 64세의 나이로 뉴헤이븐 자택에서 사망.

발간사

고전의 새로운 기준, 창비세계문학

오늘날 우리는 인간의 존엄과 개성이 매몰되어가는 시대를 살고 있다. 물질만능과 승자독식을 강요하는 자본주의가 전지구적으로 확산되면서 현대사회는 더 황폐해지고 삶의 질은 크게 훼손되었다. 경제성장만이 최고의 선으로 인정되고 상업주의에 물든 문화소비가 삶을 지배할수록 문학은 점점 더 변방으로 밀려나고 있다. 삶의 본질을 성찰하는 문학의 자리가 위축되는 세계에서는 가진 자와 못 가진 자 할 것 없이 모두가 불행할 수밖에 없다.

이 시대야말로 인간답게 산다는 것의 의미가 무엇인지 근본적인 화두를 다시 던지고 사유의 모험을 떠나야 할 때다. 우리는 그 여정에 반드시 필요한 벗과 스승이 다름 아닌 세계문학의 고전이라는 점을 강조한다. 고전에는 다양한 전통과 문화를 쌓아올린 공동체의 경험이 녹아들어 있고, 세계와 존재에 대한 탁월한 개인들의 치열한 탐색이 기록되어 있으며, 새로운 세상을 꿈꾸는 아름다운 도전과 눈물이 아로새겨 있기 때문이다. 이 무궁무진한 상상력의 보고이자 살아 있는 문화유산을 되새길 때만 개인의 일상에서 참다운 인간적 가치를 실현하고 근대적 삶의 의미와 한계를 성찰하는 지혜를 얻을 수 있을 것이다.

'창비세계문학'은 이러한 문제의식에서 출발한다. 세계문학의 참의미를 되새겨 '지금 여기'의 관점으로 우리의 정전을 재구성해야 할 필요성이 그 어느 때보다 절실하다. '정전'이란 본디 고정된 목록으로 존재하는 것이 아니라 그때그때 주어진 처소에서 새롭게 재구성됨으로써 생명을 이어가는 것이다. 우리는 먼저 전세계 문학들의 다양성과 차이를 존중하면서 국가와 민족, 언어의 경계를 넘어 보편적 가치에 기여할 수 있는 가능성에 주목하고자 한다. 근대를 깊이 성찰한 서양문학뿐 아니라 아시아와 라틴아메리카, 중동과 아프리카 등 비서구권 문학의 성취를 발굴하고 재평가하는 것 역시 세계문학의 지형도를 다시 그리려는 창비의 필수적인 작업이 될 것이다.

여러 전집들이 나와 있는 세계문학 시장에서 '창비세계문학'은 세계문학 독서의 새로운 기준이 되고자 한다. 참신하고 폭넓으면서도 엄정한 기획, 원작의 의도와 문체를 살려내는 적확하고 충실한 번역, 그리고 완성도 높은 책의 품질이 그 기초이다. 독서시장을 왜곡하는 값싼 유행과 상업주의에 맞서 문학정신을 굳건히 세우며, 안팎의 조언과 비판에 귀 기울이고 독자들과 꾸준히 소통하면

서 진정 이 시대가 요구하는 세계문학이 무엇인지 되묻고 갱신해
나갈 것이다.

　1966년 계간 『창작과비평』을 창간한 이래 한국문학을 풍성하게
하고 민족문학과 세계문학 담론을 주도해온 창비가 오직 좋은 책
으로 독자와 함께해왔듯, '창비세계문학' 역시 그러한 항심을 지켜
나갈 것이다. '창비세계문학'이 다른 시공간에서 우리와 닮은 삶을
만나게 해주고, 가보지 못한 길을 걷게 하며, 그 길 끝에서 새로운
길을 열어주기를 소망한다. 또한 무한경쟁에 내몰린 젊은이와 청
소년 들에게 삶의 소중함과 기쁨을 일깨워주기를 바란다. 목록을
쌓아갈수록 '창비세계문학'이 독자들의 사랑으로 무르익고 그 감
동이 세대를 넘나들며 이어진다면 더없는 보람이겠다.

2012년 가을
창비세계문학 기획위원회
김현균 서은혜 석영중 이욱연 임홍배 정혜용 한기욱

창비세계문학 75

현혹

초판 1쇄 발행 / 2019년 12월 30일

지은이 / 헤르만 브로흐
옮긴이 / 이노은
펴낸이 / 강일우
책임편집 / 오규원 황현주
조판 / 한향림
펴낸곳 / (주)창비
등록 / 1986년 8월 5일 제85호
주소 / 10881 경기도 파주시 회동길 184
전화 / 031-955-3333
팩시밀리 / 영업 031-955-3399 편집 031-955-3400
홈페이지 / www.changbi.com
전자우편 / lit@changbi.com

한국어판 ⓒ (주)창비 2019
ISBN 978-89-364-6475-2 03850